D1726416

Antonio Fogazzaro

Piccolo Mondo Antico
Die Kleinwelt unserer Väter

Aus dem Italienischen von Maria Gagliardi
mit Grafiken von Florian L. Arnold

Bibliografische Information der Deutschen Nationalbibliothek:
Die Deutsche Nationalbibliothek verzeichnet diese Publikation in der
Deutschen Nationalbibliografie; detaillierte bibliografische Daten sind im
Internet über http://dnb.dnd.de abrufbar

1. Auflage
Mediathoughts Verlag - Dr. Glaw + Lubahn GbR
Bergstr. 12 | 82024 Taufkirchen | Germany | team@mediathoughts.net
Copyright 2025 Mediathoughts Verlag - Dr. Glaw + Lubahn GbR
Umschlag und grafische Gestaltung Florian L. Arnold
Druck und Bindung: Totem
Printed in Poland

ISBN: 978-3-947724-54-3

Das Buch wurde auf FSC-zertifiziertem Papier gedruckt.

Vorwort des Herausgebers

Der 1842 in Vicenza geborene Antonio Fogazzaro gehört, zumindest außerhalb Italiens, tatsächlich zur vergessenen Moderne. Nachdem er in Turin sein Studium der Rechtswissenschaften 1864 abgeschlossen hatte, kehrte er nach Vicenza zurück, wo er zunächst als Anwalt tätig war. Bald jedoch widmete er sich ganz der Schriftstellerei.

Er begann seine literarische Karriere mit Miranda, einem poetischen Liebesroman (1874), gefolgt von Valsolda im Jahr 1876, das 1886 mit beträchtlichen Ergänzungen neu aufgelegt wurde.

Seine Romane Malombra (1882), Daniele Cortis (1887) und Misterio del Poeta (1888) waren bereits bei ihrer Erstveröffentlichung literarisch sehr erfolgreich

Fogazzaro hielt den hier vorliegenden 1895 erschienene Roman, an dem er seit 1889 gearbeitet hatte, für sein Hauptwerk und es wird bis heute als sein wichtigstes Werk angesehen. Es folgte eine Fortsetzung in ›Piccolo Mondo Moderno‹ sowie die Romane ›Il Santo‹ und ›Leila‹, die die katholische Kirche beide auf den Index Librorum Prohibitorum setzte. Als liberaler Katholik setzte sich Fogazzaro dafür ein, Darwin Evolutionstheorie mit dem Christentum in Einklang zu bringen.

Der am Ufer des Luganer Sees spielende Roman ist in gewisser Weise typisch für Fogazzaros schriftstellerisches Werk: es gibt einen ständigen Konflikt zwischen Pflichtbewusstsein und Leidenschaft, Glaube und Vernunft. Hier wie in anderen seiner Romane führt dies dazu, dass die gequälte Seele der Charaktere mystische Erfahrungen macht.

Die Wiederentdeckung dieses Romans ist jedoch nicht nur auf Grund der Protagonisten und deren inneren wie äußeren Konflikte interessant, stellt er doch zugleich ein präzises Sittenbild der italienischen Gesellschaft kurz vor dem zweiten Unabhängigkeitskrieg dar, den Sardinien mit französischer Unterstützen gegen Österreich-Ungarn 1959 führte und der gemeinsam mit Garibaldis ›Zug der Tausend‹ ein weiterer Schritt zur Unabhängigkeit Italiens darstellte.

Im Gegensatz zu der anderen großen Liebesgeschichte der italienischen Literatur des 19. Jahrhunderts, Alessandro Manzonis ›I Promessi Sposi‹, (Deutsch ›Die Verlobten‹ oder ›Die Brautleute‹) ist Fogazzaros Roman jedoch nicht der Romantik verbunden, sondern schildert den Realismus nahe das Leben und die Umstände seiner Figuren.

Die Übersetzung von Maria Gagliardi wurde in Zeichensetzung und Orthografie angepasst, einzelne Stellen wurden auch sprachlich überarbeitet.

Erster Teil.

Erstes Kapitel.
Risotto und Trüffeln

Ein rauer Wind blies über den See. Er peitschte, als gelte es, die grauen Wolken, die schwer auf den dunkeln Bergkuppen lagerten, zu verjagen. Und wirklich hatte der Regen noch nicht eingesetzt, als die Pasotti, von Albogasio Superiore herunterkommend, in Casarico anlangten. Donnernd brandeten die Wellen gegen das Ufer, zerrten an den angeketteten Booten und ließen hier und da, bis hinüber zu dem jenseitigen steilen Ufer des Doi, weiße Schaumkappen aufblitzen. Aber weiter nach Westen, am Ende des Sees, sah man einen hellen Streifen, wie den Anfang der Stille; da war die Wut des Sturms gebrochen. Und hinter dem dunkeln Monte Caprino stieg der erste Regendampf auf. Pasotti, im schwarzen Feiertagsrock, den Zylinderhut auf dem Kopf und das dicke Bambusrohr in der Hand, ging nervös am Ufer entlang, blickte nach rechts und nach links, stampfte heftig mit dem

Stock auf den Boden und rief nach dem Esel von Fährmann, der nicht kommen wollte.

Das kleine, schwarze Boot mit dem roten Kissen, dem weiß und roten Zelt, dem quer gestellten, beweglichen Prunksitz, die Ruder am Achterteil gekreuzt, kämpfte, von den Wellen hin und her geschleudert, zwischen zwei mit Kohlen beladenen Kähnen, die kaum schwankten.

»Pin!«, rief Pasotti immer aufgebrachter. »Pin!«

Keine Antwort als das gleichmäßige Dröhnen der gegen das Ufer brandenden Wellen, das Gegeneinanderstoßen der Kähne. Man hätte meinen können, dass es in ganz Casarico keinen lebendigen Hund gäbe. Nur eine alte klägliche Stimme, eine verschleierte Stimme wie die eines Bauchredners, jammerte aus der Dunkelheit des Bogenganges heraus.

»Wir wollen zu Fuß gehen! Lass uns zu Fuß gehen!«

Endlich tauchte Pin in der Richtung San Mamette auf.

»Holla!«, winkte Pasotti. Jener setzte sich in Trab.

»Dummkopf!«, schrie Pasotti. »Sie haben dir nicht umsonst einen Hundenamen gegeben!«

»Lass uns zu Fuß gehen, Pasotti!«, jammerte die klägliche Stimme. »Lass uns zu Fuß gehen!«

Pasotti fluchte noch mit dem Fährmann, der in Eile die Kette seines Bootes von einem in das Ufer getriebenen Ring löste. Dann wandte er sich mit gebieterischer Miene dem Torgang zu und winkte jemand zu kommen.

»Lass uns zu Fuß gehen, Pasotti!«, jammerte die Stimme wieder.

Er zuckte die Achseln, machte mit der Hand eine kurze, befehlende Bewegung und stieg hinunter zum Boot.

Da löste sich aus einem Bogen des Ganges die magere Gestalt einer alten Dame; sie war in einen indischen Schal gehüllt, unter dem der schwarze Seidenrock sichtbar wurde; den Kopf umschloss ein unverhältnismäßig hoher Kapotthut, den gelbe Rosetten und schwarze Spitzenkanten garnierten. Zwei schwarze Locken umrahmten das runzlige Gesicht, in dem sich zwei große, sanfte, verschleierte Augen öffneten. Der große Mund war von einem leichten Flaum beschattet.

»O Pin«, sagte sie, die kanariengelben Handschuhe zusammenfaltend, während sie am Ufer stehen blieb und mitleidig auf den Fährmann blickte. »Sollen wir wirklich bei diesem Wetter über den See?«

Ihr Gatte machte eine noch ungeduldigere Gebärde, ein noch barscheres Gesicht als vorher. Die arme Frau ging stumm hinunter zum Boot und wurde, an allen Gliedern zitternd, hinein gehoben.

»Ich empfehle meine Seele der Madonna von Caravina, mein lieber Pin«, sagte sie. »Ein schreckliches Wasser!«

Der Fährmann schüttelte lächelnd den Kopf.

»Ehe ich's vergesse«, rief Pasotti, »hast du auch das Segel?«

»Ich hab's oben im Hause«, erwiderte Pin. »Soll ich's holen? Die Dame hier wird vielleicht Furcht haben. Und da, da schlägt schon das Wasser herein!«

»Geh!«, sagte Pasotti.

Die Dame, die taub war wie ein Glockenschwengel und von dieser Unterredung kein Sterbenswörtchen gehört hatte, wunderte sich nicht wenig, als Pin plötzlich davonlief. Sie fragte ihren Mann, wohin er ginge.

»Das Segel!«, schrie Pasotti ihr ins Gesicht.

Vorgebeugt, mit weitgeöffnetem Mund, versuchte sie einen Laut zu erhaschen. Umsonst.

»Das Segel!«, wiederholte er noch lauter und bildete mit den Händen ein Sprachrohr.

Sie glaubte verstanden zu haben, zitterte vor Entsetzen und zeichnete mit dem Finger ein hieroglyphisches Fragezeichen in die Luft. Pasotti antwortete, indem er gleichfalls einen fantastischen Bogen in die Luft zeichnete und hineinblies. Dann nickte er mit dem Kopf, ohne zu sprechen. Furchtbebend stand seine Frau auf, um wieder auszusteigen.

»Ich steige aus«, sagte sie angsterfüllt. »Ich steige aus! Ich gehe zu Fuß!«

Ihr Mann packte sie am Arm, zwang sie zum Niedersitzen und durchbohrte sie mit seinen zürnenden Blicken.

Inzwischen kam der Fährmann mit dem Segel zurück. Die arme Frau wand sich vor Furcht, Tränen standen ihr in den Augen, und sie warf sehnsüchtige Blicke nach dem Ufer. Aber sie sagte nichts. Der Mast wurde hochgerichtet, die beiden unteren Enden des Segels angebunden, und das Boot war eben im

Begriff abzustoßen, als eine dröhnende Stimme vom Bogengang rief: »Sieh da, der Herr Kontrolleur!«, und die rundliche Gestalt eines Priesters zum Vorschein kam, mit gerötetem Gesicht, glorreichem Schmerbauch, einem großen schwarzen Strohhut, die Zigarre im Mund und den Regenschirm unterm Arm.

»O, der Herr Pfarrer!«, rief Pasotti. »Bravo! Auch zum Essen geladen? Kommen Sie mit uns nach Cressogno?«

»Wenn Sie mich mitnehmen!«, erwiderte der Pfarrer von Puria, hinunter zum Boot kommend. »Sieh, da ist ja auch die Frau Barborin!«

Das feiste Gesicht wurde liebenswürdig und die laute Stimme weich und sanft.

»Sie hat eine höllische Furcht, arme Seele«, spottete Pasotti, während der Pfarrer vor der Dame, die dieses drohende Übergewicht mit neuem Schrecken erfüllte, dienerte und lächelte. Sie begann wortlos zu gestikulieren, als wären die anderen tauber als sie selbst. Sie deutete auf den See, das Segel, den kolossalen Leibesumfang des Priesters, hob die Augen zum Himmel, drückte die Hände gegen das Herz, bedeckte sich das Gesicht.

»Ich wiege gar nicht so schwer«, sagte der Pfarrer lachend. »Schweig du«, fügte er, zu Pin gewendet, der unehrerbietig gemurmelt hatte, hinzu. »So ein Schafskopf.«

»Wisst Ihr«, rief Pasotti, »was wir tun wollen, damit ihr die Furcht vergeht? Pin, hast du ein Tischchen und ein Spiel Tarock?«

»Zwar 'n bisschen fettig«, entgegnete Pin, »aber ich hab' eins.«

Es war schwer, der Frau Barbara, gewöhnlich Barborin genannt, klarzumachen, um was es sich handelte. Sie wollte nicht verstehen, selbst nicht, als ihr Ehemann ihr ein Pack widerlich schmutziger Karten gewaltsam in die Hand drückte.

Aber für den Augenblick war es nicht möglich zu spielen. Mühsam näherte sich das Boot, durch die Ruder vorwärtsgetrieben, der Mündung des Flusses von San Mamette, wo man das Segel hätte hissen können; aber die von den Ufern zurückgeschlagenen Sturzwellen kämpften mit den neu hinzukommenden, so dass das Boot zwischen einem Strudel weißen Gischtes tanzte. Die Dame weinte. Pasotti verwünschte Pin, der nicht genug auf den offenen See hinausgehalten hatte. Da ergriff der Pfarrer, der seines gewaltigen Körpers wegen in der Mitte des Bootes Platz genommen hatte, zwei Ruder und holte so kräftig aus, dass er in vier Schlägen aus dem gefährlichen Fahrwasser heraus war. Das Segel wurde aufgezogen, und sofort glitt das Boot mit einem leisen Plätschern unter dem Kiel, mit einem langsamen und sanften Wiegen dahin. Darauf setzte sich der Geistliche neben Frau Barborin, die die Augen schloss und Gebete murmelte. Aber Pasotti schlug ungeduldig mit den Tarockkarten auf das Tischchen, und man musste spielen.

Indessen kam sachte, sachte der graue Regen näher. Er verhüllte die Berge, erstickte die Brise. In dem Maße, wie der Wind abnahm, fasste die Dame wieder Mut. Sie spielte fügsam und ließ sich weder durch ihre eigenen Versehen noch die wütenden Ausfälle ihres Mannes aus ihrer Gemütsruhe bringen.

Als dann die ersten Regentropfen auf das Zeltdach des Bootes und das unbewegte Wasser schlugen, das jetzt fast gänzlich windlos gegen die Klippen des Tention trieb, als der Fährmann das Segel reffte und wieder zu den Rudern griff, atmete Frau Barbarin völlig erleichtert auf. »Mein lieber Pin«, sagte sie zärtlich; und sie ging mit einem Eifer, mit einer Lebhaftigkeit, mit einem glückseligen Gesicht an das Kartenspiel, die weder Fehler noch Verweise trüben konnten.

Viele Tage des Sturms und des Regens, des Sonnenscheins und Gewitters sind über den Luganer See, über die Berge von Valsolda dahingezogen seit jener Tarockpartie der Frau Pasotti, ihres Ehegemahls, Steuerkontrollers a. D., und des Herrn Pfarrers von Puria auf dem Boot, das mitten durch eine Nebelwolke an der Küste längs der Klippen zwischen San Mamette und Cressogno langsam dahinglitt. Wenn ich im Geiste jene dunkeln, armseligen Häuser vor mir sehe, die jetzt ihren protzigen bäuerlichen Aufputz im See widerspiegeln, jene heiteren, eleganten, kleinen Paläste, die jetzt in unberührtem Schweigen zerfallen, den alten Maulbeerbaum von Oria, die alte Buche von Madamina, die mit den Generationen, die sie verehrten, zugrunde gingen, die vielen menschlichen Gestalten, erfüllt von heimlichem Groll, den sie für ewig hielten, von guten Einfällen, die unerschöpflich schienen, treu den Gewohnheiten, von denen man gemeint hätte, dass nur eine allgemeine Sintflut sie hätte fortspülen können, Gestalten, den vergangenen Generationen nicht weniger vertraut als jene Bäume, mit denen sie verschwanden, – wenn ich jener Zeit gedenke, so scheint sie mir weit entlegener, als sie in Wahrheit ist, wie dem Fährmann Pin, wenn er nach Westen blickte, der San Salvatore und die Berge von Carona durch den Regen viel entfernter erschienen, als sie es in Wirklichkeit waren.

Es war eine graue und schläfrige Zeit, gerade wie der Anblick des Himmels und des Sees, nachdem der Sturm sich gelegt, der Frau Pasotti so geängstigt hatte. Nachdem der große Sturm von 1848, der wenige Stunden der Sonne gebracht und eine Weile gegen das schwere Gewölk gekämpft hatte, seit drei Jahren vorübergezogen war, regnete es einförmige, trübe, stille Tage dort, wo diese meine bescheidene Geschichte sich abspielt.

Die Kartenkönige und -königinnen des Tarocks, der ›Matto‹ und der ›Bagatto‹ waren zu jener Zeit und in jenem Lande Personen von Wichtigkeit, winzige Mächte, die großmütig im Schoße des großen, schweigsamen österreichischen Kaiserreichs geduldet wurden, und deren Feindschaften, deren Bündnisse, deren Kriege das einzige politische Argument waren, über das man frei diskutieren konnte. Auch Pin steckte während des Ruderns neugierig seine Habichtsnase in Frau Barborins Karten und zog sie nur widerwillig zurück. Einmal hielt er im Rudern inne, um zu sehen, wie die arme Seele sich aus einer schwierigen Lage ziehen, was sie mit einer gewissen Karte anfangen würde, die gefährlich war auszuspielen und gefährlich zu behalten. Ihr Mann klopfte ungeduldig auf den Tisch, der Priester betastete mit einem glücklichen Lächeln seine eigenen Karten, und sie drückte die ihren lachend und stöhnend gegen die Brust, kniff die Augen und sah bald zu dem einen, bald zu dem anderen ihrer Gefährten spähend hinüber.

»Sie hat den Matto in der Hand«, flüsterte der Geistliche.

»So macht sie's immer, wenn sie den Matto hat«, sagte Pasotti; und zu ihr schrie er: »Heraus mit diesem Matto!«

»Ich werfe ihn in den See«, sagte sie. Dabei blickte sie nach dem Schiffsbug und gewahrte, dass man in Cressogno angelangt und es Zeit war aufzuhören. Dadurch entging sie der Verlegenheit.

Ihr Mann brummte zwar, aber schließlich gab er sich zufrieden und zog die Handschuhe an.

»Forelle, heute, Herr Kurat«, sagte er, während seine demütige Ehehälfte sie ihm zuknöpfte. »Weiße Trüffeln, Haselhühner und Ghemmer Wein.«

»Sie wissen's?«, rief der Pfarrer. »Ich weiß es auch. Mir hat's der Koch gesagt, gestern in Lugano. Ei, die versteht's, die Frau Marchesa!«

»Was ist da zu verstehen? Ein Diner zu Ehren der heiligen Ursula; es sind auch Damen geladen; die Carabelli, Mutter und Tochter; die Carabelli von Loveno, wissen Sie?«

»Ah wirklich?«, entgegnete der Pfarrer. »Sollte da irgendeine Absicht sein? Hier ist Don Franco im Boot. Je, welch eine Flagge, der junge Mann! Ich habe mein Lebtag noch keine solche gesehen.«

Pasotti hob den Zeltvorhang, um zu sehen. In geringer Entfernung wiegte sich eine Barke mit weiß und blauer Flagge in dem gleichmäßigen Rhythmus der Wellen, in dem gleichen müden Tempo. Am Heck unter der Flagge saß Don Franco Maironi, das Mündel der alten Marchesa Ursula, die das Mittagessen gab.

Pasotti sah, wie er aufstand, die Ruder ergriff und sich nach der dicht bewachsenen Bucht des Doi zu entfernte. Er ruderte schlecht, lang wie er war und ungeschickt. Die weiß-blaue Flagge hatte sich ganz entfaltet und flatterte auf dem Wasser.

»Ein Original – wohin mag er fahren?«, sagte er. Und mit der erkünstelten Heiserkeit eines Mailänder Straßenrufers brummte er zwischen den Zähnen: »Antipathischer Mensch.«

»Man sagt, er sei sehr begabt«, bemerkte der Priester.

»Harter Kopf«, entschied der andere. »Viel Hochmut, wenig Wissen, keine Lebensart.«

»Und angefault«, fügte er hinzu. »Wenn ich die junge Dame wäre ...«

»Welche?«, fragte der Geistliche.

»Die Carabelli.«

»Merken Sie auf, Herr Kontrolleur. Wenn die Haselhühner und die weißen Trüffeln für die Tochter Carabelli sind, dann sind sie zum Fenster hinausgeworfen.«

»Wissen Sie etwas davon?«, sagte Pasotti leise, mit Augen, die vor Neugier funkelten.

Der Geistliche gab keine Antwort, weil das Boot in diesem Augenblick auf den Sand stieß und die Landungsstelle erreicht war. Er stieg als erster aus. Dann gab Pasotti seiner Gattin in schneller, befehlshaberischer Mimik noch irgendwelche Anweisungen und stieg ebenfalls ans Land. Die arme Frau kam zuletzt an die Reihe; ganz eingehüllt in ihren indischen Schal, gebückt unter dem großen, schwarzen Hut mit den gelben Rosetten schwankte sie vorwärts, die großen Hände in den kanariengelben Handschuhen von sich streckend. Die beiden hängenden Locken, die ihre liebenswürdige Hässlichkeit umrahmten, nahmen einen besonderen Ausdruck von Resignation an unter dem Schirm des Gatten, der Eigentümer, Inspektor und eifersüchtiger Hüter all dieser Eleganz war.

Die drei stiegen zu dem Bogengang hinauf, durch den die Villa Maironi im Westen den Landungsweg zur Pfarrkirche von Cressogno abschließt. Der Pfarrer und Pasotti sogen zwischen wollüstigen Seufzern einen unbestimmten warmen Duft in die Nase, der aus dem offenen Vestibül der Villa aufstieg.

»Aha, Risotto, Risotto«, flüsterte der Priester, und es leuchtete begehrlich in seinen Augen.

Pasotti mit seiner feinen Nase zuckte die Achseln und runzelte die Stirn in offenbarer Verachtung dieser anderen Nase. »Risotto, nein«, sagte er.

»Was, Risotto, nein?«, rief der Pfarrer pikiert, »Risotto ja. Risotto mit Trüffeln; riechen Sie es nicht?«

Beide blieben inmitten der Vorhalle stehen und schnupperten geräuschvoll wie die Spürhunde.

»Mein bester Kurat, tun Sie mir den Gefallen und sprechen Sie von Posciandra«, sagte Pasotti nach einer langen Pause, auf ein bestimmtes Bauerngericht aus Kohl und Würsten anspielend. »Trüffel ja, Risotto nein.«

»Posciandra, Posciandra«, brummte der andere ein wenig beleidigt. »Was das anbelangt...«

Die gute Dame begriff, dass die beiden Streit anfingen, entsetzte sich und wies mit dem rechten Zeigefinger mehrere Male gegen die Decke, um anzudeuten, dass man dort oben hören könnte. Ihr Mann hielt ihre Hand in der Luft fest, gab ihr zu verstehen, dass sie riechen sollte, und flüsterte ihr dann in den weitgeöffneten Mund: »Risotto!«

Sie zögerte, da sie nicht gut gehört hatte.

Pasotti zuckte ungeduldig mit den Achseln.

»Sie versteht kein Jota«, sagte er, »das Wetter schlägt um.« Damit stieg er die Treppe hinauf, gefolgt von seiner Frau. Der dicke Priester wollte noch einen Blick auf Don Francos Boot werfen. ›Nichts von Carabelli,‹ dachte er;

gleich wurde er wieder von Frau Barbarin gerufen, die ihn bat, sich bei Tisch neben sie zu setzen. Sie war so ängstlich, das arme Wesen.

Der Dampf der Pfannen füllte auch die Treppe mit lauen Düften. »Risotto nein«, sagte mit leiser Stimme die Avantgarde. »Risotto ja«, erwiderte in demselben Tone die Nachhut. Und so ging es fort, immer leiser: »Risotto ja, Risotto nein«, bis Pasotti an der Tür des roten Saales, des gewöhnlichen Aufenthalts der Hausherrin, angekommen war.

Ein hässliches, dünnleibiges Hündchen lief kläffend der Frau Barborin entgegen, die versuchte zu lächeln, während Pasotti seine ehrerbietigste Miene aufsteckte, und der Priester als letzter eintretend mit zuckersüßem Gesicht in seinem Herzen das verfluchte Tier zur Hölle wünschte.

»Friend! Hierher! Friend!«, sagte gelassen die alte Marchesa. »Meine liebe Frau, lieber Kontrolleur, lieber Kurat.«

Die fette, näselnde Stimme sprach mit demselben Phlegma, in demselben Ton zu den Gästen wie zu dem Hunde. Sie war für Frau Barborin aufgestanden, aber ohne ihr einen Schritt entgegenzugehen, und stand vor dem Kanapee, eine starke, untersetzte Gestalt mit erloschenen und müden Augen unter der Marmorstirn und der schwarzen Perücke, die sie an den Schläfen zu zwei großen Schnecken aufgerollt trug. Das Gesicht

23

musste einst schön gewesen sein und bewahrte in seiner gelblichen, an antiken Marmor gemahnenden Blässe eine gewisse kühle Majestät, die wie die Stimme, wie den Blick keine Gemütsbewegung je veränderte. Der Priester machte aus der Entfernung zwei oder drei ungelenke Verbeugungen, aber Pasotti küsste ihr die Hand, während Frau Barborin, die sich unter diesem toten Blick erstarren fühlte, nicht wusste, wie sie sich bewegen, noch was sie sagen sollte. Eine andere Dame hatte sich gleichzeitig mit der Marchesa vom Sofa erhoben und blickte hochmütig auf die Pasotti, dieses arme Häufchen Unglück, das in seine neuen Kleider gewickelt war.

»Frau Pasotti und ihr Gatte«, stellte die Marchesa vor; »Donna Eugenia Carabelli.«

Donna Eugenia neigte kaum den Kopf. Ihre Tochter Donna Carolina stand am Fenster im Gespräch mit einem Schützling der Marchesa, der Nichte ihres Verwalters.

Die Marchesa hielt es nicht für notwendig, sie zu stören, um sie den Neuangekommenen vorzustellen, und nachdem sie jene zum Sitzen aufgefordert hatte, nahm sie eine gleichgültige Unterhaltung mit Donna Eugenia über gemeinschaftliche Mailänder Bekannte wieder auf, indessen Friend schnuppernd und niesend Frau Pasottis nach Kampfer riechenden Schal umkreiste, sich gegen des Priesters Waden rieb und Pasotti mit seinen feuchten und traurigen Augen anblickte, ohne ihn zu berühren, als ob er wüsste, dass der Besitzer des indischen Schals trotz seines liebenswürdigen Gesichts ihm am liebsten den Hals umgedreht hätte.

Die Marchesa Ursula fuhr fort, mit ihrer fetten, einschläfernden Stimme zu reden, und die Carabelli bemühte sich, beim Antworten ihr lautes, herrisches Organ liebenswürdig zu färben, aber Pasottis durchdringenden Augen und seinem boshaften Scharfblick entging nicht, dass die beiden alten Damen, die Maironi in stärkerem, die Carabelli in geringerem Maße, eine gemeinsame Unzufriedenheit verbargen. Jedes Mal, sobald die Tür aufging, wandten sich die erloschenen Augen der einen und die finstern Blicke der anderen dorthin. Einmal war es der Präfekt des Santuario della Caravina, der mit dem kleinen Herrn Paolo Sala, genannt der Paolin, und dem großen Herrn Paolo Pozzi, genannt der Paolon, zwei unzertrennlichen Freunden, zusammen eintrat. Ein zweites Mal erschien der Marchese Bianchi aus Oria, ein alter Offizier des Königreichs Italien, mit seiner Tochter; die vornehme Erscheinung eines alten, ritterlichen Soldaten neben einer reizenden, temperamentvollen Mädchengestalt.

Sowohl das erste- wie das zweite Mal glitt es wie ein Schatten von Ärger über das Gesicht der Carabelli. Auch ihre Tochter drehte die Augen zur Tür, wenn sie sich öffnete; aber dann schwatzte und lachte sie lauter als zuvor.

»Und Don Franco, Marchesa? Wie geht es Don Franco?«, fragte der boshafte Pasotti mit honigsüßer

Stimme und bot dabei der Marchesa die geöffnete Tabaksdose an.

»Danke sehr«, entgegnete die Marchesa, sich ein wenig vorneigend und mit zwei fleischigen Fingern in den Tabak greifend; »Franco? Um die Wahrheit zu sagen, ich bin ein bisschen besorgt. Heute Morgen fühlte er sich nicht wohl, und jetzt sehe ich ihn nicht. Ich möchte...«

»Don Franco?«, unterbrach sie der Marchese. »Der ist im Boot. Wir haben ihn soeben noch wie einen Matrosen rudern sehen.«

Donna Eugenia klappte den Fächer auf. »Bravo«, sagte sie, sich hastig fächelnd. »Das ist eine wundervolle Zerstreuung.« Sie klappte den Fächer hastig zu und nagte mit den Lippen daran.

»Er wird das Bedürfnis nach frischer Luft gehabt haben«, bemerkte die nicht aus dem Gleichmut zu bringende Marchesa durch die Nase.

»Er wird das Bedürfnis nach Wasser gehabt haben«, murmelte der Präfekt der Caravina mit boshaft funkelnden Augen. »Es regnet.«

»Eben kommt Don Franco, Frau Marchesa«, sagte die Nichte des Verwalters, nachdem sie einen Blick hinunter auf den See geworfen hatte.

»Es ist gut«, tönte es aus der schläfrigen Nase. »Ich hoffe, es geht ihm besser. Sonst spricht er keine zwei Worte. Ein kerngesunder Junge, aber nervös. Hören Sie, Kontrolleur, und Herr Giacomo? Warum lässt er sich nicht sehen?«

»Der Herr Zacomo«, begann Pasotti, sich über Herrn Giacomo Puttini lustig machend, einen alten Junggesellen aus Venetien, der seit dreißig Jahren in Albogasio Superiore neben der Villa Pasotti wohnte, »der Herr Zacomo...«

»Halt«, unterbrach ihn die Dame. »Ich erlaube nicht, dass Sie über die Venezianer spotten, und dann ist es gar nicht wahr, dass man im Venezianischen ›Zacomo‹ sagt.« Sie war in Padua geboren, und obwohl sie seit beinahe fünfzig Jahren in Brescia lebte, so war doch ihr lombardischer Dialekt mit gewissen chronischen Anklängen an Padua behaftet.

Während Pasotti noch mit feierlichem Entsetzen protestierte, dass er nur beabsichtigt habe, die Stimme seines geschätzten Nachbars und Freundes nachzuahmen, öffnete sich die Tür ein drittes Mal.

Donna Eugenia, wohl wissend, wer eintrat, würdigte den Kommenden keines Blickes, aber die müden Augen der Marchesa richteten sich mit ihrem ganzen Phlegma auf Don Franco.

Don Franco, einziger Erbe des Namens Maironi, war der Sohn eines Sohnes der Marchesa, der mit achtundzwanzig Jahren gestorben war. Die Mutter hatte er bei seiner Geburt verloren, und so hatte er immer unter der Autorität der Großmutter Maironi gestanden. Groß und hager, trug er eine Mähne rotblonder, borstiger Haare, die ihm den Beinamen ›Wolkenkehrer‹ verschafft hatte. Er hatte sprechende Augen von lichtestem Blau, ein mageres, sympathisches Gesicht, das sehr beweglich war, sich leicht errötete und erblasste. Auf diesem mürrischen Gesicht stand jetzt deutlich geschrieben: »Ich bin hier, aber ihr seid mir höchst lästig.«

»Wie geht's dir, Franco?«, fragte die Großmutter und fügte, ohne die Antwort abzuwarten, schnell hinzu: »Höre, Donna Carolina möchte gern das Stück von Kalkbrenner hören.«

»Ach nein, wissen Sie«, sagte die junge Dame, sich mit verdrossener Miene an den jungen Mann wendend, »ich habe es gesagt, ja, aber Kalkbrenner gefällt mir nicht. Ich plaudere lieber mit den jungen Mädchen.«

Franco schien mit dem ihm zuteil gewordenen Empfang zufrieden und begann, ohne Weiteres abzuwarten, mit dem Priester über ein gutes altes Bild zu sprechen, das sie sich zusammen in der Kirche von Dasio ansehen müssten.

Donna Eugenia Carabelli schnaubte vor Wut. Sie war mit ihrer Tochter erst nach einer geheimnisvollen diplomatischen Verhandlung, an der andere Mächte teilgenommen hatten, von Loveno gekommen. Ob dieser Besuch gemacht werden sollte oder nicht, ob das Dekorum der Familie Carabelli es gestattete, wenn die Wahrscheinlichkeit des Erfolges, den Donna Eugenia verlangte, vorhanden sei, das waren die letzten von der Diplomatie endgültig geregelten Fragen gewesen. Trotz der alten Beziehungen der Mama Carabelli und der Großmama Maironi hatten die jungen Leute sich nur ein paarmal flüchtig gesehen, und es war ihr Reichtum und ihre Vornehmheit, ihre Verwandtschaften und Freundschaften, die sie anzogen, wie ein Tropfen Seewasser und ein Tropfen Süßwasser einander anziehen, obschon die mikroskopischen Lebewesen sowohl des einen wie des anderen Tropfens zu sterben verurteilt sind, wenn die beiden sich vereinen. Die Marchesa hatte ihren Punkt gewonnen; anscheinend wegen ihres Alters, tatsächlich wegen ihres Geldes hatte man den Vorschlag angenommen, dass die Zusammenkunft in Cressogno erfolgte. Hatte Franco im eigenen Besitz auch nur die dürftige Mitgift der Mutter, achtzehn- oder zwanzigtausend österreichische Lire, so saß die Großmutter mit ihrer phlegmatischen Würde auf einigen Millionen.

Donna Eugenia schäumte vor Grimm gegen die Marchesa, als sie das Benehmen des jungen Mannes sah, weil sie sie und ihre Tochter einer solchen Demütigung ausgesetzt hatte. Wenn sie mit einem Schlage die Alte, ihren Neffen, das abscheuliche Haus und die verhasste Gesellschaft hätte fortblasen können, hätte sie es mit Freuden getan. Aber man musste sich verstellen, gleichgültig erscheinen, die Schmach und das Essen hinunterwürgen.

Die Marchesa bewahrte ihre äußere kühle Gelassenheit, obgleich sie im Herzen Unwillen und Zorn gegen ihren Enkel nährte. Er hatte vor zwei Jahren gewagt, sie um die Einwilligung zur Heirat mit einer jungen Dame aus dem Valsolda zu bitten, die gebildet, aber weder reich

noch vornehm war. Die bündige Ablehnung der Großmutter hatte die Heirat unmöglich gemacht und die
Mutter des Mädchens veranlasst, Franco nicht mehr in
ihrem Hause zu empfangen; aber die Marchesa war fest
überzeugt, dass diese Leute noch immer ein Auge auf
ihre Millionen geworfen hatten. Daher war der Plan in
ihr gereift, Franco möglichst schnell eine Frau zu geben, um ihn dieser Gefahr zu entreißen, und sie hatte
nach einem Mädchen Umschau gehalten, das reich war,
aber nicht übermäßig, vornehm, aber nicht übermäßig,
klug, aber nicht übermäßig. Als sie eine dieses Schlages
ausfindig gemacht hatte, schlug sie das Mädchen Franco
vor, der außer sich war vor Entrüstung und erklärte,
sich nicht verheiraten zu wollen. Die Antwort schien
ihr verdächtig, und aufmerksamer als je überwachte
sie die Schritte ihres Enkels und jener ›Madame Listig‹,
wie sie liebenswürdigerweise das Fräulein Luisa Rigey
nannte.

Die Familie Rigey, nur aus zwei Damen, Luisa und
ihrer Mutter bestehend, wohnte in Castello im Valsolda.
Es war nicht schwer, sie zu überwachen. Aber selbst die
Marchesa konnte hinter nichts kommen. Pasotti hingegen berichtete ihr eines Abends unter erheucheltem
Zögern und erkünsteltem Abscheu, dass der Präfekt
der Caravina, als er in der Apotheke von San Mamette
mit ihm, Pasotti, mit Herrn Giacomo Puttini, mit Paolin
und Paolon zu einem Plauderstündchen zusammenge-
kommen sei, folgende schöne Rede gehalten habe:

»Don Franco stellt sich so lange zum Spaß tot, bis die Alte es im Ernst sein wird.«

Nach Anhörung dieses feinen Witzes antwortete die Marchesa gelassen durch die Nase: »Ich danke sehr« und wechselte den Gegenstand der Unterhaltung.

Sie erfuhr dann, dass es Frau Rigey, die immer von zarter Gesundheit gewesen, schlecht gehe infolge einer Herzerweiterung, und es schien ihr, als ob Francos Laune darunter litte. Gerade zu dieser Zeit wurde ihr die Carabelli vorgeschlagen. Vielleicht war die Carabelli nicht ganz nach ihrem Geschmack, aber angesichts der anderen Gefahr durfte man nicht zögern. Sie sprach mit Franco. Dieses Mal entrüstete Franco sich nicht, hörte zerstreut hin und sagte, dass er sich die Sache überlegen wollte. Es war vielleicht die einzige Heuchelei seines Lebens. Die Marchesa spielte ein gewagtes Spiel, sie ließ die Carabelli kommen.

Nun sah sie wohl ein, das Spiel war verloren. Don Franco hatte sich zur Ankunft der Damen nicht eingestellt und war dann nur ein einziges Mal auf wenige Minuten zum Vorschein gekommen. Seine Formen waren während dieser wenigen Minuten höflich gewesen, sein Gesicht nicht. Seine Miene hatte wie gewöhnlich so deutlich gesprochen, dass die Marchesa, indem sie ihm, wie sie es sofort tat, ein Unwohlsein andichtete, niemand zu täuschen vermochte. Dennoch war die alte Dame überzeugt, nicht schlecht gespielt zu haben. Seit ihrem ersten selbstständigen Denken hatte sie sich auf den Standpunkt gestellt, sich niemals einen Fehler oder ein Unrecht einzugestehen, sich niemals freiwillig in ihrem edlen und bevorzugten Selbst zu verletzen. Jetzt gefiel es ihr anzunehmen, dass nach ihrer Ehestandsrede dem Enkel auf geheimnisvollem Wege ein zärtliches, anlockendes und giftiges Wörtchen zugegangen sei.

Was ihr in ihrer Enttäuschung einen kleinen Trost gewährte, war das Benehmen des Fräuleins Carabelli, die ihren Verdruss nur mühsam verhehlte. Das gefiel der Marchesa nicht. Der Präfekt der Caravina hatte vielleicht nur in der Form ein wenig unrecht, als er leise von ihr sagte: »Die ist ein österreichisches Dirnchen...«

Wie das alte Österreich in jener Zeit, so liebte auch die alte Marchesa in ihrem Reich die lebhaften Geister nicht. Ihr eiserner Wille duldete keinen anderen neben sich. Ihr war schon ein widerspenstiger Lombardo-Venezianer wie Herr Franco zu viel, und die Tochter Carabelli, die aussah, als hätte sie eigene Gefühle und eigenen Willen, wäre wahrscheinlich dem Hause Maironi eine unbequeme Untertanin geworden, ein aufrührerisches Ungarn.

Es wurde gemeldet, dass angerichtet sei. In dem glatt rasierten Gesicht und der schlecht sitzenden grauen Livree des Dieners spiegelten sich die aristokratischen, durch ökonomische Gewohnheiten gedämpften Anschauungen der Marchesa.

»Und Herr Giacomo, Kontrolleur?«, fragte sie, ohne sich zu rühren.

»Ich fürchte, Marchesa...«, antwortete Pasotti. »Ich bin ihm heute Morgen begegnet und sagte zu ihm: ›Also, Signor Giacomo, sehen wir uns heute beim Mittagessen?‹ Es war, als ob er eine Schlange im Leibe hätte. Er wand sich und stotterte: ›Ja, ich glaube, ich weiß nicht, vielleicht, ich sage nicht, pff, sehen Sie, wahrhaftig, bester Kontrolleur, ich weiß nicht, pff!‹ Weiter war nichts aus ihm herauszubringen.«

Die Marchesa winkte dem Diener und sagte leise ein paar Worte zu ihm. Dieser verbeugte sich und zog sich zurück.

Der Pfarrer von Puria rückte auf seinem Stuhl und strich sich die Knie in sehnsüchtiger Erwartung des Risotto, aber die Marchesa schien wie versteinert auf dem Kanapee, und so erstarrte auch er. Die anderen sahen sich gegenseitig stumm an.

Die arme Frau Barborin, die den Diener gesehen hatte und erstaunt war über diese Unbeweglichkeit, über die verblüfften Gesichter, zog die Augenbrauen in die Höhe und fragte mit den Augen bald ihren Mann, bald den Pfarrer, bald den Präfekten, bis ein niederschmetternder Blick von Pasotti auch sie versteinerte.

›Wenn das Essen verbrannt wäre!‹, dachte sie und versuchte, ein gleichgültiges Gesicht zu machen. ›Wenn sie uns nach Hause schickten! Welches Glück!‹

Zwei Minuten später kam der Diener zurück und machte eine Verbeugung.

»Gehen wir«, sagte die Marchesa und erhob sich.

Die Gesellschaft fand im Speisesaal eine neue Person vor, ein kleines, gebücktes, altes Männchen mit zwei gutmütigen Äuglein und einer langen, über das Kinn hängenden Nase.

»In Wahrheit, Frau Marchesa«, sagte er ganz schüchtern und unterwürfig, »habe ich schon gespeist.«

»Nehmen Sie Platz, Herr Viscontini«, erwiderte die Marchesa, die die anmaßende Kunst des Taubseins auszuüben verstand wie alle Menschen, die sich unter allen Umständen eine Welt nach ihrer Bequemlichkeit und ihrem Geschmack zimmerten.

Das Männchen wagte keine Antwort zu geben, wagte aber auch nicht, sich zu setzen.

»Nur Mut, Herr Viscontini!«, sagte Paolin zu ihm, der neben ihm stand. »Was machen Sie?«

»Er macht das vierzehnte Couvert«, murmelte der Präfekt.

In der Tat war der ehrenwerte Herr Viscontini, seines Zeichens Klavierstimmer, am Morgen von Lugano gekommen, um das Klavier der Herrschaften Zelbi aus Cima und das Don Francos zu stimmen; um ein Uhr hatte er im Hause Zelbi zu Mittag gegessen und war dann zur Villa Maironi gekommen, wo er Herrn Giacomo vertreten musste, weil es sonst dreizehn Tischgenossen gewesen wären.

Eine braune Flüssigkeit dampfte in der silbernen Suppenschüssel.

»Risotto nein«, flüsterte Pasotti, als er hinter dem

Pfarrer vorbeiging. Das feiste, freundliche Gesicht gab kein Zeichen, dass er ihn gehört hatte.

Die Diners im Hause Maironi hatten immer etwas feierlich Langweiliges, und das heutige ließ sich noch steifer an als gewöhnlich. Zur Entschädigung war es aber auch viel feiner. Pasotti und der Pfarrer wechselten beim Essen häufig Blicke miteinander, um ihre Bewunderung auszudrücken und sich gegenseitig zu dem exquisiten Genuss zu gratulieren. Sollte jemand einer von Pasottis Blicken dem Pfarrer entgehen, so machte Frau Barborin, seine Tischnachbarin, ihn durch ein leises Berühren des Ellbogens aufmerksam.

Die Unterhaltung wurden zum größten Teil von dem Marchese und Donna Eugenia getragen. Die große aristokratische Nase Bianchis, sein den galanten Kavalier verratendes Lächeln wandten sich häufig an die schwindenden, aber noch nicht entschwundenen Reize dieser Dame. Beide Mailänder von vornehmstem Geblüt, fühlten sie sich verbunden durch eine gewisse Überlegenheit, nicht nur über die kleinen Spießbürger an der Tafelrunde, sondern auch über die Wirte des Hauses: Provinzadel. Der Marchese war die Liebenswürdigkeit selbst und hätte sich auch mit dem bescheidensten der Tischgenossen liebenswürdig unterhalten; aber Donna Eugenia, in der Bitterkeit ihrer Seele, in ihrem Widerwillen gegen den Ort und die Menschen, heftete sich an ihn als den einzigen, den sie ihrer würdig hielt, auch um die anderen zu ärgern. Sie brachte ihn in Verlegenheit, indem sie ganz laut zu ihm sagte, dass sie nicht begriffe, wie er sich in dieses fürchterliche Valsolda habe verlieben können. Der Marchese, der sich vor langen Jahren zu einem beschaulichen Leben hierher zurückgezogen hatte, wo auch seine einzige Tochter, Donna Ester, geboren wurde, geriet zunächst etwas außer Fassung bei diesen für einzelne Gäste so verletzenden Worten, dann aber schwang er sich zu einer beredten Verteidigung für den Ort auf. Die Marchesa zeigte keine Erregung; der Paolin, der Paolon und der Präfekt, alle drei Valsolder, schwiegen mit verdrossenen Gesichtern.

Pasotti sang in schwülstigen Ausdrücken das Lob der ›Niscioree‹, der Villa Bianchi bei Oria. Bianchi, ein rechtschaffener Mann, der in früheren Zeiten nicht allzu rühmliche Erfahrungen mit Pasotti gemacht hatte, schien durch dieses Lob nicht sehr angenehm berührt. Er lud die Carabelli nach Niscioree ein.

»Zu Fuß machst du's nicht, Eugenia«, sagte die Marchesa, die wusste, dass ihre Freundin immer in der Furcht lebte, zu dick zu werden. »Man muss sehen, wie eng der Weg von der Steuerkontrolle nach Niscioree ist! Du kommst sicher nicht durch.«

Donna Eugenia widersprach entrüstet. »Es ist allerdings nicht der Korso von Porta Renza«, sagte der Marchese, »aber es ist – leider – auch nicht der Weg zum Paradies.«

»Das nicht! Wahrhaftig nicht! Das kann ich Ihnen sagen!«, rief Viscontini, den der reichliche Genuss des

Ghemmer Weines unglücklicherweise in Eifer gebracht hatte. Aller Augen richteten sich auf ihn, und Paolin flüsterte ihm etwas zu.

»Ob ich verrückt bin?«, entgegnete das Männchen mit gerötetem Gesicht. »Kein Gedanke. Ich sage Ihnen, dass mir in meinem ganzen Leben keine elendere Gesellschaft begegnet ist.« Und nun erzählte er, wie er des Morgens, als er, von Lugano kommend, im Boot gefroren habe, bei Niscioree ausgestiegen sei, um die Reise zu Fuß fortzusetzen; wie er zwischen den beiden Mauern, wo man nicht einen Esel umdrehen kann, den Zollwächtern begegnet sei, die ihn insultierten, weil er nicht bei der Steuerkontrolle gelandet sei, wie sie ihn zu der verwünschten Zollstation geführt hätten, und wie der Esel von Zolleinnehmer ihm eine geschriebene Notenrolle, die er in der Hand getragen, und deren chromatische Zeichen er für politische Geheimkorrespondenzen gehalten, abgenommen habe.

Tiefes Schweigen. Nach einigen Augenblicken entschied die Marchesa, dass Herr Viscontini absolut im Unrecht sei. Er hätte sich nicht bei Niscioree ausschiffen dürfen, das war verboten. Was den Herrn Steuererheber beträfe, so sei er eine sehr ehrenwerte Person.

Pasotti bekräftigte mit strengem Gesicht: »Ein ausgezeichneter Beamter.«

»Ausgezeichneter Schuft«, murmelte der Präfekt zwischen den Zähnen.

Franco, der anfangs an ganz anderes zu denken schien,

schüttelte sich und warf Pasotti einen verächtlichen Blick zu.

»Außerdem«, fuhr die Marchesa fort, »finde ich, dass man unter dem Vorwand geschriebener Noten sehr gut imstande wäre...«

»Zweifellos«, bemerkte Paolin, der es aus Furcht mit den Österreichern hielt, während die Marchesa es aus Überzeugung tat.

Der Marchese, der im Jahr 1815 den Degen zerbrochen hatte, um den Österreichern nicht zu dienen, lächelte und sagte nur: » Là! C'est un peu fort!«

»Aber jeder weiß doch, dass er ein Dummkopf ist, dieser Zolleinnehmer«, rief Franco.

»Bitte um Verzeihung, Don Franco«, versetzte Pasotti.

»Was, Verzeihung!«, unterbrach ihn der andere. »Ein großer Esel ist er!«

»Er ist ein gewissenhafter Mensch«, sagte die Marchesa. »Ein Beamter, der seine Pflicht tut.«

»Dann sind seine Vorgesetzten Dummköpfe!«, gab Franco zurück.

»Lieber Franco«, entgegnete die phlegmatische Stimme, »solche Reden werden in meinem Hause nicht geführt. Gott sei Dank sind wir hier nicht in Piemont.«

Pasotti stimmte mit höhnischem Lachen zu. Da ergriff Franco wütend seinen Teller mit beiden Händen und zerschlug ihn auf dem Tisch.

»Jesus Maria!«, schrie Viscontini auf, und Paolon, der in seiner mühevollen Beschäftigung des Kauens mit zahnlosem Munde unterbrochen wurde, meinte: »O! o!«

»Jawohl«, sagte Franco, mit verzerrtem Gesicht sich erhebend, »es ist besser, dass ich gehe!« Und er verließ den Saal.

Gleich darauf fühlte sich Donna Eugenia schlecht, und man musste sie hinausführen. Alle Damen, mit Ausnahme der Pasotti, folgten ihr, während von der entgegengesetzten Seite der Diener mit einer Risotto Pastete eintrat. Der Pfarrer sah Pasotti mit triumphierendem Lachen an, aber Pasotti tat, als bemerke er es nicht. Alle waren von ihren Plätzen aufgestanden.

Viscontini, der scheinbar Schuldige, fuhr fort, zu sagen: »Ich verstehe nicht, ich verstehe nicht«, und Paolin, der sich schwer wegen des gestörten Mittagessens ärgerte, brummte: »Was hätten Sie je verstanden?«

Der Marchese schwieg verstimmt.

Endlich sagte Pasotti, der in Wahrheit Schuldige, mit affektiert betrübter Miene, wie zu sich selbst sprechend: »Schade! Armer Don Franco! Ein Herz von Gold, ein kluger Kopf und ein so unglückliches Temperament! Wirklich schade!«

»Ja, aber«, sagte Paolin. Und der Pfarrer meinte ganz zerknirscht: »Das ist sehr bedauerlich!«

Man wartete und wartete. Die Damen kamen nicht zurück. Schließlich fing man an aufzubrechen. Paolin und der Pfarrer näherten sich, die Hände auf dem Rücken, langsam dem Büffet und nahmen die Risotto Pastete in Augenschein.

Der Pfarrer rief Pasotti mit leiser Stimme, aber Pasotti regte sich nicht. »Ich wollte Ihnen nur sagen«, meinte der Priester, seinen Triumph durchblicken lassend, »dass weiße Trüffeln dran sind.«

»Ich würde denken, dass auch die schwarzen nicht fehlen«, bemerkte der Marchese, einen besonderen Nachdruck auf die beiden Worte legend.

Zweites Kapitel.
An der Schwelle eines anderen Lebens

»Canaille!«, knirschte Don Franco, während er die Treppe zu seinem Zimmer hinaufstieg. »Verfluchter Esel von einem Österreicher!« Er rächte sich an Pasotti, da er die Großmutter nicht beleidigen konnte; und die Buchstaben des Wortes ›Österreicher‹ dienten ihm ebenso dazu, seinen Zorn zwischen den Zähnen zu zermalmen, wie seine Würze auszukosten und zu genießen. Als er in seinem Zimmer angelangt war, war der Zorn verraucht.

Er warf sich in einen Lehnstuhl, der vor dem weitgeöffneten Fenster stand, und sah auf den im Nachmittagsnebel traurig daliegenden See und auf die einsamen Berge jenseits des Sees. Er atmete tief auf. Wie wohl fühlte er sich hier, allein; welcher Friede, wie verschieden die Luft von der unten im Salon; welch süße Luft, voll von seinen Gedanken, voll von seiner Liebe! Er fühlte ein tiefes Bedürfnis, sich ihnen ganz hinzugeben; und sie nahmen ihn ohne Säumen, sie verjagten die Carabelli und Pasotti, die Großmutter und die Canaille von Zolleinnehmer aus seinem Gedächtnis. Die?! Nein, nein, es gab nur einen Gedanken, einen einzigen, der aus Liebe und Vernunft, aus Angst und Freude, aus tausend süßen Erinnerungen und aus zitternder Erwartung zusammengesetzt war; denn etwas Feierliches stand bevor und sollte sich im Schatten der Nacht vollziehen. Franco sah auf die Uhr. Es war ein Viertel vor vier. Noch sieben Stunden. Er erhob sich und warf sich mit verschränkten Armen auf das Fensterbrett.

Noch sieben Stunden, und ein neues Leben würde für ihn beginnen. Außer den ganz wenigen Personen, die an dem Ereignis teilnehmen sollten, ahnte es selbst die Luft nicht, dass an diesem selben Abend, gegen elf Uhr, Don Franco Maironi das Fräulein Luisa Rigey heiraten würde.

Frau Teresa Rigey, Luisas Mutter, hatte seinerzeit Franco in loyalster Weise gebeten, sich dem Willen der Großmutter zu fügen, ihr Haus zu meiden und nicht mehr an Luisa zu denken. Luisa ihrerseits war einverstanden gewesen, dass aus Rücksicht auf die Würde der Familie und die Empfindungen ihrer Mutter alle äußerlichen Beziehungen abgebrochen wurden; aber sie hegte keinen Zweifel an Francos Treue und wusste sich ihm für immer verbunden. Er studierte insgeheim, ohne Wissen der Großmutter, die Rechte, um einen Beruf ergreifen und sich auf eigene Füße stellen zu können. Aber Frau Teresa hatte sich infolge der vielen

41

Aufregungen ein Herzleiden zugezogen, das sich Ende August 1851 plötzlich in besorgniserregender Weise verschlimmerte. Franco schrieb ihr und bat um die Erlaubnis, sie wenigstens sehen zu dürfen, wenn er schon nicht ›seine Pflicht, ihr beizustehen‹, erfüllen könne. Frau Teresa glaubte, nicht einwilligen zu dürfen, und der junge Mann, in Verzweiflung, ließ sie wissen, er betrachte Luisa vor Gott als seine Verlobte, und er würde eher sterben, als sie aufgeben. Die arme Frau, die sich jeden Tag schwächer fühlte, quälte sich bei dem Gedanken, die geliebte Tochter in einer so ungewissen Lage zurücklassen zu müssen. Angesichts des festen Willens des jungen Mannes wurde sie von dem Wunsche ergriffen, die Hochzeit möge, da sie doch einmal vollzogen werden sollte, möglichst bald vollzogen werden. Alles wurde mit Hilfe des Pfarrers von Castello und des Bruders von Frau Rigey, des Ingenieurs Ribera von Oria, der beim K.K. Bauamt in Como angestellt war, in aller Eile vereinbart. Folgendes wurde abgemacht:

Die Hochzeit sollte heimlich stattfinden; Franco würde bei der Großmutter, Luisa bei der Mutter bleiben, bis der geeignete Moment gekommen wäre, um der Marchesa das Geschehene zu bekennen. Franco rechnete auf die Unterstützung Monsignore Benaglias, des Bischofs von Lodi, eines alten Freundes der Familie; aber dazu musste die vollendete Tatsache bestehen. Sollte sich das Herz der Marchesa verhärten, wie es wahrscheinlich war, so wollten die Gatten und Frau Teresa in dem Hause, das der Ingenieur Ribera in Oria besaß, Wohnung nehmen. Ribera, der Junggeselle war, erhielt die Familie seiner Schwester; er würde dann auch Franco an Sohnes Stelle annehmen.

In sieben Stunden also.

Das Fenster ging auf das Streifchen Garten, das die Villa nach dem See begrenzte, und auf den Landungssteg. In den ersten Zeiten seiner Liebe pflegte Franco dort zu stehen und auf das Nahen und Landen eines gewissen Bootes zu lauern, auf das Aussteigen eines geschmeidigen, leichten, schlanken Persönchens, das niemals, niemals zum Fenster hinaufsah. Eines Tages aber war er dann herabgestiegen, um ihr zu begegnen, und sie hatte einen Augenblick mit dem Aussteigen gezögert, um seine – gänzlich überflüssige – Hilfe anzunehmen. Hier unten im Garten hatte er ihr zum ersten Mal eine Blume gegeben, eine duftende Blüte der mandevilia suaveolens, des chilenischen Jasmins. Hier unten hatte er sich ein andermal mit einem Messerchen ernsthaft verwundet, als er einen Rosenzweig für sie abschnitt, und sie hatte ihm mit ihrem Schreck einen wonnevollen Beweis ihrer Liebe gegeben. Wie viele Spaziergänge mit ihr und anderen Freunden, ehe die Großmutter darum wusste, an den einsamen Ufern längs des Bisgnago, dort gegenüber; wie viele Streifzüge zum Frühstück und des Nachmittags in die Weinwirtschaft am Doi! Mit welcher Wonne im Herzen, von Blicken entfacht, die den seinen begegneten, kehrte Franco nach Hause zurück und schloss sich in sein Zimmer, um sie sich zurückzurufen, um sie in der Erinnerung neu zu genießen! Diese Erinnerungen an seine ersten Liebesgefühle drangen auf ihn ein, nicht eine nach der anderen, sondern alle zusammen stiegen sie aus dem trüben Wasser und von den öden Ufern auf, in denen seine starr blickenden Augen sich eher in die Schatten der Vergangenheit als in die Nebel der Gegenwart zu verlieren schienen. Dem Ziele nahe, dachte er an die ersten Schritte des langen Weges zurück, an die unerwarteten Zwischenfälle, und wie der Anblick der so sehnlich erwünschten Vereinigung sich nun in Wirklichkeit so ganz anders gestaltete als in seinen Träumen, zur Zeit der Mandelbäume und der Rosen, der Ausflüge auf dem See und der Spaziergänge in die Berge. Damals ahnte er wahrlich nicht, dass er so dazu gelangen würde: in der Heimlichkeit, unter so viel Schwierigkeiten, so viel Ängsten. Und doch, dachte er jetzt, hätte die Ehe sich öffentlich und friedlich vollzogen, mit dem ganzen Gefolge von offiziellen Feierlichkeiten, Kontrakten, Gratulationen, Besuchen und Einladungen: wie viel widriger noch wäre es für seine Liebe gewesen als diese Kontraste.

Die Stimme des Präfekten, der ihm vom Garten aus zurief, dass die Carabelli aufbrächen, erweckte ihn. Franco wusste, dass er, wenn er hinunterginge, sich entschuldigen müsste, und so zog er vor, sich gar nicht sehen zu lassen.

»Sie hätten den Teller auf seinem Gesicht zerschlagen

sollen!«, schrie der Präfekt zwischen seinen an den Mund gelegten Händen herauf. »Auf seinem Gesicht hätten Sie ihn zerschlagen sollen!«

Dann ging er, und Franco sah, wie der Schiffer der Carabelli das Boot herabließ und in Bereitschaft setzte. Da trat er vom Fenster zurück, und seinen früheren Gedankengang verfolgend öffnete er seine Kommode und betrachtete zerstreut den Brustlatz eines gestickten Hemdes, in dem dieselben Brillantknöpfchen glänzten, die sein Vater bei seiner eigenen Hochzeit getragen hatte. Der Gedanke missfiel ihm, ohne irgendein festliches Abzeichen zum Altare treten zu sollen; aber dies Abzeichen musste, wohlverstanden, möglichst wenig sichtbar sein.

In der mit Veilchenduft parfümierten Kommode war alles mit der gewissenhaften Eleganz und Sorgfalt angeordnet, die einen geläuterten Geist verriet; und niemand außer ihm durfte die Hand daranlegen. Die Sessel, der Schreibtisch, das Klavier dagegen waren derartig unordentlich vollgestopft, dass es den Anschein hatte, als ob ein Wirbelwind von Büchern und Papieren durch die beiden Fenster eingedrungen wäre. Gewisse Bände juristischer Werke schlummerten unter einer fingerdicken Staublage, während auf dem kleinen Gardenientopf auf dem Fensterbrett nach Osten auch kein Atom von Staub zu sehen war. Das waren schon genügende Anzeichen, um zu verraten, dass ein Dichter in diesem bizarren Heim hauste. Ein Blick auf die Bücher und Schreibereien hätte den Beweis vollends geliefert.

Franco liebte die Poesie mit Leidenschaft und war in dem zarten und erlesenen Empfinden seines Herzens ein wahrer Dichter; als Verseschreiber war er nur ein guter Dilettant ohne Originalität zu nennen. Seine bevorzugten Vorbilder waren Foscolo und Giusti. Er betete sie an und plünderte sie alle beide; denn sein Geist, enthusiastisch und satirisch zu gleicher Zeit, war nicht imstande, sich seine eigene Form zu schaffen; er blieb bei der Nachahmung. Man muss der Gerechtigkeit wegen sagen, dass die jungen Leute damals im Allgemeinen eine klassische Bildung besaßen, die seither selten geworden ist; und dass sie durch die Klassiker dazu erzogen wurden, die Nachahmung als eine wünschens- und lobenswerte Übung zu betrachten. Während er unter seinen Papieren kramte, um, ich weiß nicht was zu suchen, kamen ihm die folgenden, einem uns allen Bekannten gewidmeten Verse unter die Hände, die er mit Vergnügen durchlas, und die ich als Probe seines satirischen Stils hierher setze:

Augen so heuchlerisch,
ölglatt die Kehlen,
Zungen nach Vipernart,
Kastratenseelen.
Scheckig die Hosen und
schmutzig die Röcke,
riesig die Hüte und
armdick die Stöcke:
Dieses die elenden

Gauners von heute,
Abscheu des Himmels und
Ekel der Leute.

Giusti und Francos Leidenschaft, ihm nachzuahmen,
trugen den Löwenanteil an so viel Galle; denn in Wirklichkeit verfügte er gar nicht über eine so große Dosis
von Bitterkeit. Er neigte zu raschen, leidenschaftlichen,
aber schnell vorübergehenden Zornesausbrüchen; zu
hassen verstand er nicht, ebenso wenig lange jemand
etwas nachzutragen. - Eine Probe seiner zweiten dichte-
rischen Manier lag aufgeschlagen auf dem Klavierpult,
auf einem ganz verwischten und beklecksten Blättchen:

An Luisa.
Wo hoch auf einem windumstürmten Felsen,
den es bekrönt, dein Nest, das luftig leichte,
dem Mond zulächelt und den Bergeshängen,
die Trauben für den Tisch dir tragen, Rosen
fürs Haupt und purpurfarbige Alpenveilchen
für mich, Träume und Düfte, o Luisa,
Da stell dir vor mein liebend Herz im Schrecken
All dieser Schatten. Schweigend sitz und blicke
hoch vom Balkone nimmermehr hinüber
zum weißen Westen, zu den lichten Bergen,
nicht auf den See, den spiegelglatten, heitern,
der auf dem Monde funkelt, nein, dies eine
Dunkel nur sieh' vor dir und frag' die Lüfte,

die der Terrasse Oleanderbäume
durchweh'n und zitternd meinen Namen hauchen.

Vielleicht gefiel sich Franco darin, diese seine Verse vor
Augen, auf dem Klavier zu improvisieren. Er liebte die
Musik noch leidenschaftlicher als die Poesie und hatte
sich dies Klavier für fünfzig Gulden vom Organisten von
Loggio gekauft. Denn das mittelmäßige Wiener Instrument der Großmutter, das wie ein Gichtkranker von der
Familie eingewickelt und respektiert wurde, konnte ihm
nicht dienen. Das Klavier des Organisten, das von zwei
Generationen schwieliger Fäuste abgespielt und zer-
hämmert worden war, gab nur noch einen komischen,
näselnden Ton von sich über einem dünnen Klingklang,
wie von zahllosen kleinen, feinen Gläsern. Aber das war
für Franco beinahe gleichgültig; kaum hatte er die Hände
auf das Instrument gelegt, so entzündete sich seine
Fantasie, die glühende Begeisterung des Komponisten
ging auf ihn über, und in der Hitze der schöpferischen
Leidenschaft genügte ihm ein schwacher, dünner Ton,
um die musikalische Idee zu verstehen und sich an ihr
zu berauschen. Ein Érard Flügel würde über ihm gestanden, würde seiner Fantasie Zwang angetan haben
und würde ihm vielleicht weniger teuer gewesen sein als
sein armseliges Spinett.

Franco hatte zu vielerlei verschiedene Neigungen und
Talente, zu viel hitziges Ungestüm, zu wenig Eitelkeit
und vielleicht auch zu wenig Willenskraft, um sich der

langweiligen, methodischen, mechanischen Arbeit zu unterziehen, deren es bedarf, um Pianist zu werden. Aber Viscontini war ein leidenschaftlicher Verehrer seiner Art zu spielen; und Luisa, seine Braut, teilte zwar seinen klassischen Geschmack nicht ganz, bewunderte aber, wenn auch ohne Fanatismus, seinen Anschlag. Wenn er auf allgemeines Bitten die Orgel von Cressogno brausen und stöhnen ließ, dann betrachtete ihn das gute, von der Musik und von der Ehre ganz betäubte Volk mit offenem Mund und ehrfurchtsvollen Blicken wie einen unfassbaren, unbegreiflichen Prediger. Trotz alledem hätte es Franco in einem städtischen Salon nicht mit so und so vielen kleinen Dilettanten, die unfähig waren, Musik zu lieben und zu verstehen, aufnehmen können. Alle oder doch beinahe alle hätten ihn an Fingerfertigkeit und Präzision übertroffen und hätten größeren Beifall geerntet, wennschon es keinem von ihnen gelungen wäre, das Klavier singen zu lassen, wie er es singen ließ, namentlich in den Adagi von Bellini und Beethoven, wenn er spielte, die Seele in der Kehle, in den Augen, in jedem Gesichtsmuskel, in allen Nerven seiner Hände, die mit den Saiten des Instruments eins waren.

Eine andere Leidenschaft Francos waren alte Bilder. Die Wände seines Zimmers waren mit mehreren bedeckt, großenteils wertlosen alten Plunder. Da er nicht viel gereist war, fehlte es ihm an Erfahrung; und bei seiner leicht entflammten Fantasie und den im Vergleich zu seinen vielen Wünschen sehr beschränkten Mitteln fiel er leichtgläubig auf die angepriesenen Glücksfälle anderer kümmerlicher Sammler herein, und blindlings begeistert stürzte er sich auf irgendeinen schmutzigen Fetzen, der, wenn er wenig kostete, noch weniger wert war. Außer einem männlichen Kopf in der Art des Morone und einer Madonna mit dem Kinde in der Art Dolcis besaß er nichts von einigem Wert. Er taufte die beiden Bilder ohne weiteres auf die Namen Morone und Dolci.

Nachdem er die vom Gauner Pasotti inspirierten Verse durchgelesen und genossen hatte, stöberte er in dem Chaos auf dem Schreibtisch herum und fand einen Bogen Briefpapier, auf dem er an Monsignore Benaglia schreiben wollte, der einzigen Person, die ihm in Zukunft bei der Großmutter nutzen konnte. Es schien ihm richtig, ihn in Kenntnis zu setzen von dem bevorstehenden Akt, von den Gründen, die ihn und seine Braut bestimmt hätten, ihn in dieser peinlichen Weise zu vollziehen, und von der Hoffnung, die sie hegten, er werde ihnen beistehen, wenn der Moment gekommen wäre, alles der Großmutter zu eröffnen. Nachdenklich saß er noch, die Feder in der Hand, vor dem weißen Papier, als das Boot der Carabelli unter seinem Fenster vorbeikam. Bald darauf hörte er auch die Gondel des Marchese und das Boot Pins abfahren. Er nahm an, dass die Großmutter, die nun allein war, ihn rufen lassen würde; aber nichts dergleichen geschah. Nachdem er einige Zeit in der Erwartung verbracht, fing er wieder an, über seinen Brief nachzudenken, und er dachte so lange, veränderte die Einleitung so oft und schrieb dann auch so langsam, mit so vielen Korrekturen weiter, dass der Brief noch nicht fertig war, als es Zeit wurde, Licht anzuzünden.

Der Schluss wurde ihm leichter. Er empfahl seine Luisa und sich den Gebeten des alten Bischofs und sprach ein so reines und volles Vertrauen in Gott aus, dass es auch das ungläubigste Herz gerührt haben würde.

Hitzig und ungestüm, wie Franco war, hatte er sich trotzdem den einfältigen, ruhigen Kinderglauben bewahrt. Ohne Stolz und fern von allen philosophischen Betrachtungen kannte er den Durst nach geistiger Freiheit nicht, der die jungen Leute quält, wenn ihre Vernunft und ihre Sinne beginnen, sich vom harten Joch eines positiven Glaubens beschwert zu finden. Nicht einen Augenblick hatte er an seiner Religion gezweifelt, und gewissenhaft befolgte er alle ihre Übungen, ohne jemals zu fragen, ob es vernunftgemäß sei, so zu glauben und so zu handeln. Dabei hatte er nichts vom Mystiker oder vom Asketen. Warmen und poetischen Gemüts, gleichzeitig aber klar und scharf denkend, für Natur und Kunst leidenschaftlich begeistert und für jede Schönheit des Lebens empfänglich, fühlte er sich von jedem Mystizismus naturgemäß abgestoßen. Er hatte sich seinen Glauben nicht erobert, und niemals hatte er all sein Denken für lange Zeit darauf gerichtet, daher hatte er auch nicht alle seine Empfindungen damit durchtränken können. Für ihn war die Religion, was für einen fleißigen Schüler die Wissenschaft ist, dem die Schule den Gipfelpunkt aller seiner Gedanken vorstellt, der gewissenhaft und fleißig ist und keine Ruhe findet, bis er seine Arbeiten gemacht und seine Aufgaben präpariert, aber dann, wenn er seine Pflicht erfüllt hat, weder an Professoren noch an Bücher mehr denkt und kein Bedürfnis fühlt, sich noch um wissenschaftliche Ziele oder Schulweisheit zu kümmern. Daher hatte es oft den Anschein, als folge er in seinem Leben nichts anderem als seinem glühenden und großen Herzen, seinen leidenschaftlichen Liebhabereien, seinen lebhaften Eindrücken und dem Ungestüm seiner redlichen Natur, die, durch jede Niedrigkeit und durch jede Lüge verletzt, keinen Widerspruch ertrug und jeder Verstellung unfähig war.

Kaum hatte er seinen Brief gesiegelt, als an der Tür geklopft wurde. Die Frau Marchesa ließ Don Franco bitten, zur Abendandacht herunterzukommen. Im Hause Maironi wurde jeden Abend zwischen sieben und acht der Rosenkranz gebetet, und die Dienerschaft war verpflichtet, der Andacht beizuwohnen. Die Marchesa betete den Rosenkranz, auf dem Sofa thronend und die schläfrigen Augen über die gebeugten Rücken und die Knie der Getreuen gleiten lassend, die rechts und nach der Seite hin sich niedergeworfen hatten, der eine in dem Licht, das seiner frommen Haltung am günstigsten war, der andere im Schatten, in dem ein verbotenes Schläfchen am unbemerktesten blieb. Franco trat gerade in den Saal, als die näselnde Stimme die süßen Worte ›Ave Maria, gratia plena‹ mit jenem salbungsvollen Phlegma herunterleierte, das ihm stets eine Teufelslust einflößte, Türke zu werden. Der junge Mann warf sich in einer dunkeln Ecke nieder und tat den Mund nicht auf. Es war ihm unmöglich, auf diese aufreizende Stimme mit Andacht zu antworten. Er malte sich ein vermutlich bevorstehendes Verhör aus und wälzte verächtliche Antworten in seinem Kopfe herum.

Als der Rosenkranz beendet war, machte die Marchesa eine kurze Pause, dann sprach sie die sakramentalen Worte:

»Carlotta, Friend!«

Die alte Kammerfrau Carlotta hatte das Amt, wenn der Rosenkranz zu Ende war, Friend auf den Arm zu nehmen und ihn ins Bett zu bringen.

»Er ist hier, Frau Marchesa«, sagte Carlotta.

Aber Friend, wenn er da war, befand sich jedenfalls in dem Augenblick, als sie die Hand nach ihm ausstreckte, anderswo als sie. Er war in guter Laune an diesem Abend, der alte Friend, und es machte ihm Spaß, Verstecken zu spielen, Carlotta zu ärgern, ihr aus der Hand zu entschlüpfen, unter das Klavier oder unter den Tisch zu entkommen und die arme Person, die mit dem Munde ›komm, Liebling, komm‹ und mit dem Herzen ›widerwärtiger Köter‹ sagte, ironisch anzublinzeln.

»Friend!«, rief die Marchesa. »Geh, Friend! Sei brav!«

Franco kochte. Als das unsympathische kleine Ungeheuer, das von dem Egoismus und von dem Hochmut
seiner Herrin angesteckt war, ihm zwischen die Beine
kam, stieß er es von sich und überlieferte es so den
Krallen Carlottas, die ihm auf eigene Rechnung einen
wütenden Puff versetzte, ihn forttrug und auf sein Ge-
kläff perfid antwortete: »Was haben sie dir denn getan,
armer Friend, was haben sie dir denn getan?«

Die Marchesa sagte kein Wort, und kein Zug ihres
marmornen Gesichtes verriet, was in ihrem Herzen
vorging. Sie gab dem Diener die Weisung, er möge, falls
der Präfekt der Caravina oder sonst wer noch käme,
sagen, sie sei zu Bett gegangen. Franco war im Begriff,
hinter der Dienerschaft das Zimmer zu verlassen, blieb
aber plötzlich stehen, um nicht den Anschein zu erwe-
cken, als ergriffe er die Flucht. Er nahm vom Kamin
eine Nummer der ›K.K. Mailänder Zeitung‹, setzte sich
neben die Großmutter und begann erwartungsvoll zu
lesen.

»Ich wünsche dir Glück«, begann unvermittelt die
schläfrige Stimme, »zu der guten Erziehung und den
schönen Empfindungen, die du heute gezeigt hast.«

»Ich nehme den Glückwunsch an«, erwiderte Franco,
ohne die Augen von der Zeitung zu erheben.

»Schön, mein Teurer«, antwortete unerschütterlich die
Großmutter. Und sie fügte hinzu: »Ich bin froh, dass
das Fräulein dich kennen gelernt hat; so wird sie, falls sie

je von einem Heiratsprojekt gehört hat, froh sein, dass nie wieder die Rede davon sein kann.«

»Wir können alle beide froh sein«, sagte Franco.

»Du hast keine Ahnung davon, ob du froh sein kannst. Besonders wenn du noch deine früheren Ideen im Kopfe hast.«

Auf diese Worte hin legte Franco die Zeitung nieder und sah der Großmutter gerade ins Gesicht.

»Und was würde geschehen«, sagte er, »wenn ich noch meine früheren Ideen im Kopfe hätte?« Er sprach diesmal nicht im Tone der Herausforderung, sondern mit ruhigem Ernste.

»Bravo, bravo!«, rief die Marchesa. »Erklären wir uns offen. Ich hoffe und glaube sicher, dass ein gewisser Fall niemals eintreten wird; aber sollte er doch eintreten, so glaube nicht, dass bei meinem Tode etwas für dich da sein wird; ich habe dafür Sorge getragen, dass für dich nichts da sein wird.«

»Man denke!«, sagte der junge Mann gleichgültig.

»Das wäre die Rechnung, die du mit mir abzuschließen hast«, fuhr die Marchesa fort. »Dann kommt noch die, die du mit Gott abmachen musst.«

»Wie?«, rief Franco. »Meine Rechnung mit Gott kommt vor der mit dir, nicht nach ihr!«

Wenn die Marchesa einen Fehler begangen hatte, pflegte sie stets in ihrer Rede fortzufahren, als sei nichts vorgefallen.

»Und sie ist groß«, sagte sie.

»Aber zuvor mit Gott!«, beharrte Franco.

»Denn«, fuhr die fürchterliche Alte fort, »ein Christ hat die Pflicht, Vater und Mutter zu gehorchen, und ich vertrete Vater und Mutter bei dir.«

Wenn die eine zäh war, so war es der andere nicht minder.

»Aber Gott kommt zuerst!«, sagte er.

Die Marchesa läutete und schloss die Unterredung mit den Worten:

»Jetzt sind wir also einig.«

Sie stand bei Carlottas Eintreten vom Sofa auf und sagte gelassen: »Gute Nacht!«

Franco erwiderte: »Gute Nacht« und nahm die ›Mailänder Zeitung‹ wieder zur Hand.

Kaum hatte die Großmutter das Zimmer verlassen, so warf er das Blatt fort, ballte die Fäuste, machte sich wortlos mit einem wütenden Schnauben Luft, sprang in die Höhe und rief dann laut:

»Ah, besser so, besser, viel besser!« Besser so, wütete er innerlich weiter; besser, sie gar nie in dieses verfluchte Haus zu führen, meine Luisa, besser, sie gar nicht unter dieser Herrschaft, diesem Hochmut, dieser Stimme, diesem Gesicht leiden zu lassen, besser, von Wasser und Brot zu leben und das weitere von irgendeiner Hundearbeit erwarten als von den Händen der Großmutter; besser Gärtner zu werden, oder Schiffer oder Kohlenbrenner – vermaledeite Geschichte!

Er ging in sein Zimmer, fest entschlossen, jede Rücksicht fallen zu lassen. »Meine Rechnung mit Gott?«, rief er, indem er die Tür schallend hinter sich zuwarf. »Meine Rechnung mit Gott, wenn ich Luisa heirate? Ach, jetzt nehme die Sache ihren Lauf, was kümmert's mich, ob sie mich sehen, mich hören, mir nachspüren, es ihr sagen, es ihr erzählen, es ihr stecken – mir tun sie den größten Gefallen damit!«

In wütender Eile zog er sich an, stieß an alle Sessel und öffnete und schloss mit Krachen Kasten und Schränke. Aus Trotz legte er den schwarzen Frack an, ging geräuschvoll die Treppe hinab, rief den alten Diener, sagte ihm, dass er die ganze Nacht ausbleiben würde, und ohne auf das zwischen Verblüffung und Entsetzen schwankende Gesicht des armen, ihm treu ergebenen Menschen zu achten, stürzte er auf die Straße und verlor sich im Nebel.

*

Er war zwei oder drei Minuten fort, als die Marchesa, die sich schon zur Ruhe gelegt hatte, Carlotta schickte, um nachzusehen, wer so im Sturmschritt die Treppe hinuntergelaufen wäre. Carlotta berichtete, dass es Don Franco gewesen sei, und musste sofort mit einem zweiten Auftrag wieder fort. Was Don Franco wolle? Diesmal lautete die Antwort, Don Franco sei für einen Augenblick ausgegangen. Dieser Augenblick war eine famose Erfindung des alten Dieners. Die Marchesa befahl Carlotta, das Licht brennen zu lassen und hinauszugehen. »Wenn ich läute, so komme wieder«, sagte sie.

Nach einer halben Stunde ertönte die Glocke.

Die Kammerfrau lief zur Herrin.

»Ist Don Franco noch nicht zurück?«

»Nein, Frau Marchesa.«

»Lösch das Licht aus, nimm den Strickstrumpf, setz dich ins Vorzimmer und melde es mir, wenn er nach Hause gekommen ist.«

Nachdem sie dies gesagt, drehte sich die Marchesa auf die Seite nach der Wand und kehrte der bestürzten und unzufriedenen Kammerfrau das weiße, gleichförmige und undurchdringliche Rätsel ihrer Nachtmütze zu.

Drittes Kapitel.
Der große Schritt

An demselben Abend Punkt zehn Uhr klopfte der Ingenieur Ribera zweimal vorsichtig an die Tür des Herrn Giacomo Puttini in Albogasio Superiore; alsbald öffnete sich ein Fenster über seinem Kopf, und im klaren Lichte des Mondes erschien das bartlose alte Gesicht des ›Herrn Zacomo‹.

»Ihr Diener, teuerster Ingenieur«, rief er. »Gleich wird das Mädchen kommen, Ihnen zu öffnen.«

»Ist nicht nötig«, erwiderte der andere. »Ich komme nicht hinauf. Es ist Zeit aufzubrechen. Kommen Sie unverzüglich herunter.«

Herr Giacomo begann zu schnauben und mit den Augen zu blinzeln.

»Verzeihen Sie gütigst«, sagte er in seiner Sprache, die aus allen möglichen Dialekten zusammengemischt war. »Verzeihen Sie mir, teuerster Ingenieur. Aber die zwingende Notwendigkeit...«

»Wozu?«, fragte ärgerlich der Ingenieur. Die Tür ging auf, und das gelbe Raubtiergesicht der Magd erschien.

»O, der Herr Gevatter!«, sagte sie respektvoll. Sie rühmte sich irgendeiner entfernten Verwandtschaft mit der Familie des Ingenieurs und gab ihm stets diesen Namen. »Kommt er wohl gar, um die Frau Gevatterin zu suchen?«

Die ›Frau Gevatterin‹ war die Schwester des Ingenieurs, Frau Rigey.

»Ach, grüß Gott, Marianna«, begnügte sich der Ingenieur zu erwidern und stieg die Treppe hinauf, von Marianna mit dem Licht gefolgt.

»Ihr Diener«, begann Herr Giacomo, der ihm mit einem zweiten Lichte entgegenkam. »Ich verstehe und würdige die Unannehmlichkeit wohl, aber wahrhaftig ...«

Das rasierte, rosige, kleine Gesicht des Herrn Giacomo, das über einer weißen Krawatte und einem ausgemergelten, von einem schwarzen Gehrock umschlossenen Körperchen saß, drückte in den konvulsivischen Bewegungen der Lippen und der Augenbrauen und in den schmerzlichen Augen die allerkomischste Unruhe aus.

»Was gibt's denn Neues?«, fragte der Ingenieur etwas schroff. Er, der rechtschaffenste und lauterste Mensch von der Welt, hatte wenig Verständnis für die Bedenklichkeiten des armen, schüchternen Herrn Giacomo.

»Verzeihen Sie«, begann Puttini; dann wendete er sich zur Magd und sagte barsch zu ihr: »Geh fort, du; geh in deine Küche; komm wieder, wenn ich dich rufe, geh zum Teufel! Gehorche! Hab gefälligst Respekt! Hier befehle ich; ich bin der Herr hier!«

Es war die Neugier der Magd, ihre impertinente Nichtachtung der allerhöchsten Befehle, die in ›Herrn Zacomo‹ dieses despotische Feuer entflammte.

»Puh! Was für ein Teufel von Mannsbild!«, schnaubte sie, indem sie wütend ihr Licht in der Hand schwenkte. »Ist das eine Art und Weise! Was sagen Sie dazu, Herr Gevatter?«

»Hören Sie«, meinte der Ingenieur, »statt solche Reden zu führen, sollten Sie nicht besser hinauszugehen?«

Schimpfend entfernte sich Marianna, und Herr Giacomo begann, mit vielen ›aber‹, ›wenn‹, ›obschon‹ und ›wahrhaftig‹ dem teuersten Ingenieur seine innersten Gedanken kundzutun. Er hatte versprochen, Luisas geheimer Eheschließung als Zeuge beizuwohnen, aber nun, auf dem Punkt, nach Castello aufzubrechen, war ihm eine arge Furcht, sich zu kompromittieren, gekommen.

Er war erster politischer Deputierter, wie sich damals die höchste kommunale Behörde nannte. Wenn der verehrungswürdige K.K. Kommissar von Porlezza die heikle Geschichte erführe, wie würde er sich dazu stellen? Und die Frau Marchesa? »Ein böses Weib, teuerster Ingenieur; ein rachsüchtiges Weib.« Und er hatte schon so viel andere ärgerliche Geschichten auf dem Hals. »Und da ist auch noch der vermaledeite Stier!« Dieser Stier, Gegenstand eines Prozesses zwischen der Gemeinde Albogasio und dem Älpler, dem Pächter der Weide auf der hohen Alp, war seit zwei Jahren ein tödlicher Kummer für den armen Herrn Giacomo, der stets, wenn er von seinen Leiden sprach, mit der ›boshaften Magd‹ begann und mit dem Stier endete. »Und da ist auch noch der vermaledeite Stier!« Und mit diesem Wort erhob er sein kleines Gesicht, die Augen voll schmerzlichen Abscheus, und schüttelte die Hand nach dem Gipfel des Berges, der gerade vor seinem Hause aufstieg, nach dem Aufenthalt des diabolischen Tieres.

Aber der Ingenieur, der auf seinem schönen, unerschrockenen, ehrenhaften Gesicht eine fortwährende Missbilligung und wachsenden Widerwillen vor dem kindischen Männchen gezeigt hatte, das sich da vor ihm wand, verlor nach einigen Ausrufen, die seinen Unwillen zu verstehen gaben, die Geduld. Er rundete die Arme, die Ellbogen nach außen, und schüttelte sie, als ob er einen schlafmützigen alten Klepper am Zügel hätte, dabei rief er: »Was denn! Was denn nun! Es scheint unmöglich! Das sind ja die Reden eines Narren, lieber Herr Giacomo. Ich hätte niemals geglaubt, dass ein Mann, ich möchte sagen so …«

Hier blähte der Ingenieur, der wirklich nicht wusste, wie er Herrn Giacomo kennzeichnen sollte, bloß die

Backen auf und gab ein lang gezogenes Murmeln, eine Art Röcheln von sich, als ob er ein allzu grobes Beiwort im Munde hätte, das er nicht ausspeien könnte. Inzwischen mühte sich Herr Giacomo, dunkelrot im Gesicht, ab, zu protestieren: »Halt, halt! Entschuldigen Sie, ich bin hier, ich komme; erhitzen Sie sich doch nicht, ich habe ja nur meine Zweifel geäußert; teuerster Ingenieur, Sie, Sie kennen die Welt, ich habe sie früher auch gekannt, aber ich kenne sie nicht mehr.«

Er verschwand und kam gleich darauf zurück, in der Hand einen ungeheuerlichen Zylinder mit breiten Rändern, der Kaiser Ferdinands Einzug in Verona im sogenannten ›Kaiserjahr‹ 1838 noch gesehen hatte.

»Ich halte es für passend«, sagte er, »irgendein Anzeichen des Respekts und der Teilnahme zu tragen.«

Der Ingenieur rief beim Anblick dieses Ungetüms von neuem: »Was denn? Was denn nun?«

Aber das kleine Männchen, im Grunde seiner Seele zeremoniell, hielt stand. »Meine Pflicht, es ist meine Pflicht«, und er rief nach Marianna um Licht. Als diese ihren Herrn mit dem grandiosen Merkmal innerer Anteilnahme auf dem Kopf erblickte, konnte sie sich vor Erstaunen kaum fassen. »Wirst du schweigen!«, schnaubte der unselige Herr Giacomo. »Schweig!« Und kaum aus der Tür, brach er los: »Kein Zweifel, diese verflixte Person wird mich noch umbringen.«

»Warum schicken Sie sie nicht fort?«, fragte der Ingenieur.

Herr Giacomo hatte gerade einen Fuß auf die erste Stufe des Treppenwegs gesetzt, der seitwärts vom Hause Puttini aufwärts führte, als diese plötzliche Frage, die wie ein Dolch in sein Gewissen drang, ihn festnagelte.

»Ach!«, erwiderte er seufzend.

»So, so!«, machte der Ingenieur.

»Was wollen Sie?«, nahm ersterer nach kurzer Pause wieder das Wort. »Es ist halt, wie es ist.«

Nachdem er als Schlusswort diese bedeutsame Äußerung getan, blies Herr Giacomo die Backen auf, atmete lebhaft und entschloss sich, seinen Weg fortzusetzen.

Einige Minuten lang klommen sie die beschwerliche, nur von einem zwischen den Wolken verlorenen Mondschimmer schwach beleuchtete Straße empor, er voraus, der Ingenieur hinter ihm. Man hörte nichts als die langsamen Schritte, das Stampfen der Stöcke auf dem geschotterten Wege und das regelmäßige Keuchen des Herrn Giacomo. Am Fuß der langen Stufenreihe von Pianca blieb der Knirps stehen, nahm den Hut ab, trocknete den Schweiß mit einem großen weißen Taschentuch, sah zu dem großen Nussbaum und den Stallungen von Pianca hinauf, zu denen man klettern musste, und tat einen ungewöhnlich tiefen Atemzug.

»Herr des Himmels!«, sagte er.

Der Ingenieur sprach ihm Mut zu. »Auf, Herr Giacomo! Aus Liebe zu unserer Luisa!«

Ohne weiteres machte sich Herr Giacomo wieder auf die Beine, und nachdem er die Stallungen überwunden, jenseits welcher der Weg menschlicher wurde, schien er die Stufen und die Skrupel, die perfide Magd und den K.K. Kommissar, die rachsüchtige Marchesa und den vermaledeiten Stier zu vergessen und begann mit Enthusiasmus von Fräulein Rigey zu sprechen.

»Kein Zweifel, wenn ich so die Ehre habe, mit Ihrer Nichte, dem Fräulein Luisa, beisammen zu sein, dann habe ich, weiß Gott, Sie können es mir glauben, immer die Empfindung, als ob ich mich noch zu Zeiten der Baratela, der Filipuzza, der drei Schwestern Sparesi da S. Piero Incarian und zahlloser anderer von dazumal befände, so sehr gefällt sie mir wegen ihrer Anmut. Ich gehe ja von Zeit zu Zeit zur Frau Marchesa und sehe, ob sich's noch machen lässt. Nein ... nein ... nein; die haben wahrhaftig kein Benehmen, wie ich's verstehe; die sind entweder hart, oder sie sind verächtlich. Da schauen Sie mal im Vergleich Fräulein Luischen an, wie die mit allen ist, mit jung und alt, mit reich und arm, mit der Magd und mit dem Pfarrer. Ich kann wahrhaftig nicht verstehen, wie die Marchesa ...«

Der Ingenieur unterbrach ihn. »Die Marchesa hat ganz recht«, sagte er. »Meine Nichte ist nicht adlig, und sie hat keinen Soldo; wie kann man da verlangen, dass die Marchesa zufrieden sein soll?«

Etwas außer Fassung gebracht, blieb Herr Giacomo stehen und sah den Ingenieur mit schmerzlichem Augenblinzeln an. »Aber«, sagte er, »Sie werden ihr doch nicht im Ernst recht geben?«

»Ich?«, erwiderte der Ingenieur. »Ich billige es niemals, dass man gegen den Willen der Eltern oder ihrer Stellvertreter handelt. Aber ich, lieber Herr Giacomo, bin ein altmodischer Mensch wie Sie, ein Mensch aus Olims Zeiten, wie man zu sagen pflegt. Jetzt geht die Welt einen anderen Lauf, und man muss sie laufen lassen. So habe ich ihnen denn meine Meinung gesagt, und dann habe ich gesagt: Tut ihr nur das Eure; und wenn ihr eure Beschlüsse gefasst haben werdet, wie immer sie auch ausfallen mögen, so teilt mir mit, was ich zu tun habe, und ich werde zur Stelle sein.«

»Und was sagt Frau Teresina dazu?«

»Meine Schwester? Meine Schwester, die Ärmste, sagt: Wenn ich sie vereint sehe, so werde ich gerne sterben.«

Herr Giacomo atmete heftig wie immer, wenn er dies letztere peinliche Wort vernahm.

»Aber so weit ist sie doch noch nicht?«, sagte er.

»Ach!«, sagte der Ingenieur sehr ernst. »Wir müssen auf Gott vertrauen.«

Sie kamen jetzt an die Biegung des Fußpfades, die, wo sie sich von den letzten Feldern des Gebiets von Albogasio zu den ersten des Gebiets von Castello windet, nach links auf einen vorspringenden Hügel ansteigt und den plötzlichen Ausblick auf einen jäh abstürzenden Hang des Berges gewährt und in der Tiefe auf den See, auf die kleinen Ortschaften Casarico und San Mamette, die, wie um zu trinken, ans Ufer hingekauert sind, auf das nahe, nur ein wenig höher gelegene Castello und gegenüber auf die nackte, stolze Felsenspitze des Cressogno, die auf den weiten Tälern von Loggio frei in den Himmel ragt. Es ist selbst des Nachts, beim Schimmer des Mondes, ein schöner Fleck; aber wenn Herr Giacomo hier in nachdenklicher Stellung und ohne zu schnaufen stehen blieb, so geschah es nicht bloß, weil die Szenerie ihm der Aufmerksamkeit eines jeden, geschweige denn eines ersten politischen Abgeordneten würdig erschienen wäre, sondern vielmehr, weil er eine bedeutsame Betrachtung ans Licht zu fördern hatte und das Bedürfnis fühlte, alle seine Kräfte dem Gehirn zuzuwenden und jede andere Bewegung, selbst die der Beine zu suspendieren.

»Außerordentlich schön«, sagte er, »vertrauen wir auf Gott den Herrn. Aber erlauben Sie mir zu bemerken, dass man zu unserer Zeit fortwährend von empfangenen Gnaden, von Bekehrungen und Wundern hörte, und jetzt sprechen Sie mir davon. Die Welt ist nicht mehr dieselbe, und mir kommt's vor, als ob unser Herrgott ihrer überdrüssig wäre. Die heutige Welt kommt mir vor wie unsere Kirche von Albogasio, wo früher der Herrgott allmonatlich hinkam, und wohin er jetzt nur einmal im Jahr kommt.«

»Hören Sie, lieber Giacomo«, bemerkte der Ingenieur, der vor Ungeduld brannte, endlich in Castello anzukommen, »wenn das Pfarramt von einer Kirche auf die andere übertragen wird, so geht das den lieben Gott nichts an; lassen wir überhaupt den Herrgott in Ruhe und beeilen wir uns.«

Nach diesen Worten schritt er so rüstig aus, dass Herr Giacomo nach wenigen Schritten stehen blieb, wie ein Blasebalg keuchend.

»Entschuldigen Sie«, sagte er, »wenn ich von Zeit zu Zeit der angeborenen Neugier der Menschen unterliege. Aber könnte man nicht Ihr geehrtes Alter erfahren?«

Der Ingenieur verstand den geheimen Sinn, blieb einen Augenblick stehen und antwortete, rückwärtsgewandt, mit ironischer und triumphierender Milde: »Ich bin älter als Sie.« Und mitleidlos setzte er den Weg fort.

»Ich bin aus dem Jahre 88, wissen Sie«, jammerte Puttini.

»Und ich aus dem Jahre 85!«, gab der andere zurück, ohne sich aufzuhalten. »Vorwärts!«

Zum Glück für Puttini waren nur noch wenige Schritte zu machen. Da war schon die dicke Mauer, die die Sakristei der Kirche von Castello trägt, und hier die Stufen, die zum Eingang ins Dorf führen. Jetzt musste man in die Vorhalle bei der Wohnung des Kanonikus einbiegen, sich blindlings in irgendein dunkles Loch werfen, wo die Einbildungskraft des Herrn Giacomo ihm so viel schlüpfrige, heimtückische Steine, so viel verflixte, verräterische Stufen vorspiegelte, dass er sich auf seine beiden Füße stemmte und, die Hände über dem Knauf seines Stockes faltend, folgendermaßen sprach:

»Zum Teufel auch! Nein, teuerster Ingenieur. Nein, nein, nein. Ich kann wahrhaftig nicht mehr, ich bleibe hier. Sie werden schon in die Kirche finden. Die Kirche ist dort. Ich warte hier. Zum Teufel auch!«

Diesen zweiten ›Teufel‹ murmelte Herr Giacomo zu sich selbst, wie den Schluss eines innerlichen Monologs über die Begleiterscheinungen des Dilemmers, in die er sich begeben hätte.

»Warten Sie!«, sagte der Ingenieur.

Ein schmaler Lichtstreifen fiel aus der Kirchentür. Der Ingenieur trat hinein und erschien sofort wieder in Begleitung des Sakristans, der eben die Betschemel für das Brautpaar geordnet hatte. Dieser streckte zur Unterstützung für Puttini die lange Stange mit dem an der Spitze brennenden kleinen Wachsstock aus, die dazu dient, die Altarkerzen anzuzünden. So konnte er, am Eingang der Vorhalle stehend, so lang die Stange war, ihr Licht immer weiter vor den Füßen des Herrn Giacomo leuchten lassen, der, höchst unzufrieden mit dieser religiösen Beleuchtung und auf die Steine, die Dunkelheit, das heilige Lichtstümpfchen und seinen Träger heftig schimpfend, sich vorwärts schob, bis er, vom Sakristan verlassen und vom Ingenieur gepackt, trotz seines stummen Widerstandes wie ein Hecht am Angelhaken auf die Schwelle des Hauses Rigey geschleppt wurde.

*

Die Häuser von Castello drängen sich in einer Reihe auf dem gewundenen Hang des Berges, um die Sonne und den Blick auf den See tief unten zu genießen; sie sind alle licht und lachend nach der offenen Seite, alle düster nach jener anderen unglücklichen Häuserreihe zu, die hinter ihnen trauert, und sie gleichen damit gewissen Glücklichen dieser Welt, denen das Elend anderer allzunahe auf den Leib rückt, und die eine feindlich-gemessene Würde annehmen und möglichst nahe aneinander rücken, um sich das Unglück fern zu halten. Unter diesen Glücklichen war das Haus Rigey eines der allerdüstersten nach der Seite der bettelhaften Dorfhäuser, eines der allerhellsten nach der Sonnenseite. Von der Straßentür führt ein enger, langer Gang zu einer offenen kleinen Loggia, von der man ein paar Stufen auf die kleine weiße Terrasse herabsteigt, die, zwischen dem Empfangssalon und einer hohen, fensterlosen Mauer liegend, sich zum Bergessaume hinzieht und ausblickt auf die steile Schlucht, in der der Soldo entspringt, auf den See bis zu den grünen Buchten der Birosni und des Doi und fern hin bis zu lachenden Tälern jenseits von Caprino und von Gandria.

Herr Rigey, aus Mailand gebürtig, Sohn eines französischen Vaters, war im Institut von Madame Berra Professor der französischen Sprache gewesen, hatte seinen Posten und einen großen Teil seiner Privatstunden verloren, weil er in den Ruf eines irreligiösen Menschen gelangte, hatte das Häuschen im Jahre 1825 gekauft, um sich von Mailand dorthin zurückzuziehen und in Ruhe möglichst billig zu leben, hatte die Schwester des Ingenieurs Ribera geheiratet und war im Jahre 1844 gestorben, seiner Gattin ein Töchterchen von fünfzehn Jahren und außer dem Hause ein paar tausend Zwanziger hinterlassend.

Kaum hatte der Ingenieur, nicht allzu leise, an die Tür geklopft, so hörte man leichte Schritte im Gang, es wurde geöffnet, und eine Stimme, nicht gerade fein und silbern, aber unaussprechlich wohlklingend, flüsterte:

»Was für ein Lärm, Onkel!«

»O je!«, meinte vertraulich der Ingenieur. »Ich soll wohl mit der Nase anklopfen?«

Die Nichte hielt ihm mit der einen Hand den Mund zu, zog ihn mit der anderen herein, begrüßte anmutig Herrn Giacomo und schloss die Tür; alles das in einem Augenblick, während derselbe Herr Giacomo atemlos stammelte:

»Mein allerverehrtestes Fräulein... ich bin wahrhaftig glücklich...«

»Danke, danke«, sagte Luisa, »gehen Sie, bitte, voran, ich muss dem Onkel ein Wort sagen.«

Das Männchen ging voraus, seinen Hut in der Hand, und das junge Mädchen umarmte zärtlich ihren alten Onkel, küsste ihn und legte ihr Gesicht an seine Brust, während sie ihre Arme um seinen Hals schlang.

»Nun, was ist's?«, fragte der Ingenieur, sich fast ihrer Liebkosungen erwehrend, denn er fühlte eine Dankbarkeit heraus, die er, in Worte gekleidet, nicht ertragen hätte. »Ja, ja, genug. Wie geht's der Mutter?«

Luisa antwortete nur mit einem neuen Druck ihrer Arme. Der Onkel war ihr mehr als ein Vater, er war die Vorsehung des Hauses, obschon er sich's in seiner großen, einfachen Güte nicht einmal träumen ließ, dass er das geringste Verdienst Schwester und Nichte gegenüber habe. Was hätten die armen Frauen wohl ohne ihn beginnen sollen, mit den mageren von Rigey hinterlassenen zwölf- oder fünfzehntausend Zwanzigern? Er hatte als Ingenieur am öffentlichen Bauamt ein gutes Einkommen. Er lebte in Como anspruchslos mit einer alten Haushälterin, und seine Ersparnisse flossen ins Haus Rigey. Zuerst hatte er offen und feierlich gegen Luisas Neigung zu Franco protestiert, da es ihm eine zu ungleiche Verbindung schien. Aber da die jungen Leute festgeblieben waren, und seine Schwester ihre Einwilligung gegeben, hatte er seine Meinung für sich behalten und hatte ihnen, soviel es in seiner Macht lag, geholfen.

»Die Mutter?«, wiederholte er.

»Sie fühlte sich heute Abend so beruhigt und wohl; aber jetzt ist sie erregt, weil vor einer halben Stunde Franco gekommen ist und erzählt hat, dass er eine Art Szene mit seiner Großmutter gehabt hat.«

»Ach, ich Ärmster!«, rief der Ingenieur, der die Gewohnheit hatte, wenn er von den Ungelegenheiten anderer Leute hörte, sich selbst mit diesem Ausruf zu bemitleiden.

»Nein, Onkel, Franco ist im Recht.«

Luisa sprach diese Worte mit plötzlichem Stolz. »Ja, ja!«, rief sie, weil der Onkel ein lang gezogenes »Hm!« von sich gegeben hatte. »Er hat hundertmal recht!

Aber«, fügte sie leise hinzu, »er sagt, dass er in einer Weise von Hause fortgelaufen ist, dass die Großmutter höchst wahrscheinlich alles entdecken werde.«

»Besser so«, sagte der Onkel, auf die Terrasse zuschreitend.

Der Mond war untergegangen, es war dunkel. Luisa flüsterte: »Die Mutter ist da.«

Frau Teresa, von Atemnot gepeinigt, hatte sich in ihrem Lehnstuhl auf die Terrasse tragen lassen, um ein wenig Luft, ein wenig Erleichterung zu finden.

»Was meinst du, Piero?«, sagte eine Stimme, die in der Klangfarbe Luisas ähnlich war, aber sanfter und milder; die Stimme eines weichen Herzens, dem die Welt viel Bitternis bereitet und das jeden Widerstand aufgegeben hat. »Was sagst du dazu, dass all unsere Vorsicht zu nichts dient?«

»Aber nein, Mama, das weiß man noch nicht, das kann man nicht sagen!«

Während Luisa so sprach, kam Franco aus dem Salon, wo er mit dem Pfarrer geweilt hatte, um den Onkel zu umarmen.

»Also?«, sagte dieser, ihm die Hand reichend, denn Umarmungen waren nicht nach seinem Geschmack. »Was ist vorgefallen?«

Franco erzählte den Hergang, wobei er die für die Familie Rigey allzu beleidigenden Ausdrücke der Großmutter milderte, die Drohung, ihm keinen Soldo zu hinterlassen, gänzlich verschwieg, fast mehr seine eigene

Empfindlichkeit als den Hochmut der Alten beschuldigte und zum Schluss gestand, er habe absichtlich seinen Entschluss, die ganze Nacht auszubleiben, zu erkennen gegeben. Dies musste aber wohl oder übel die Großmutter dahin bringen, alles sofort zu entdecken; denn sie würde ihn über seine Abwesenheit ausfragen, und lügen wollte er nicht; schweigen aber kam einem Bekenntnis gleich.

»Höre!«, rief der Onkel mit dem starken Ton und dem aufleuchtenden Gesicht des Biedermanns, der, in einem Wust von Verstellung und Heuchelei fast erstickend, mit zwei festen Ellbogenstößen dazwischen fährt, sich daraus befreit und aufatmet: »Ich finde, dass du unrecht gehabt hast, deine Großmutter zu reizen, denn, was soll denn das! Man muss die Alten ehren, selbst in ihren Irrtümern; ich verstehe, dass die Folgen üble sein werden; aber mir ist's lieber so, und noch lieber wäre es mir, wenn du deiner Großmutter klar und rund herausgesagt hättest, wie die Dinge stehen. Dieses Geheimnis, dies sich verstellen und verstecken hat mir niemals gefallen können. Was soll denn das! Ein rechtschaffener Mann sagt das, was er tut. Du willst dich gegen den Willen deiner Großmutter verheiraten. Nun wohl, so betrüge sie wenigstens nicht!«

»Aber Piero!«, rief Frau Teresa, die mit einem feinen Empfinden für das Leben, wie es eigentlich sein sollte, einen geschärften Sinn für das Leben, wie es wirklich ist, verband, und der es vermittels ihrer religiösen Übungen und der daraus resultierenden Familiarität mit Gott viel leichter als ihrem Bruder gelang, sich einzureden, sie habe von ihm zugunsten eines greifbaren Gutes einen Nachlass in der Form erlangt. »Aber Piero! Denk doch nach!« (Frau Teresa sprach als die viel jüngere immer in respektvollem Ton zu ihrem Bruder.) »Wenn die Marchesa auf solche Weise von der Ehe erfährt und dann natürlich nichts davon wissen will, Luisa ins Haus zu nehmen, was sollen die jungen Leute dann machen? Wohin sollen sie gehen? Hier ist kein Platz, und wenn auch Platz da wäre, so ist doch nichts vorbereitet. In deinem Hause ebenso wenig. Man muss überlegen. Wenn wir die Sache einen oder zwei Monate geheim halten wollten, so war es wirklich nicht, um zu betrügen; es war, um Zeit zu haben, die Großmutter zu gewinnen und, falls die Großmutter nicht nachgeben würde, ein paar Zimmer in Oria einzurichten.«

»Ach, ich Ärmster«, sagte der Ingenieur. »Zwei Monate braucht man dazu! Das scheint unglaublich!«

In diesem Augenblick erinnerte ein gedehntes Schnauben im Schatten an Herrn Giacomo, der in einem Winkel an der Mauer stand und sich der Dunkelheit wegen nicht weiter getraute.

Frau Teresa hatte ihn noch nicht begrüßt.

»O Herr Giacomo!«, sagte sie eiligst. »Entschuldigen Sie. Ich bin Ihnen ja so dankbar. Treten Sie näher. Sie haben gehört, um was es sich handelt! Sprechen Sie auch: was denken Sie davon?«

»Ihr Diener«, sagte Herr Giacomo aus seinem Winkel. »Ich traue mich wahrhaftig nicht weiter, mit meiner Kurzsichtigkeit.«

»Luisa!«, rief Frau Teresa. »Bring ein Licht heraus ... Aber Sie haben gehört; was meinen Sie? Sprechen Sie.«

Herr Giacomo tat drei oder vier eilfertige kleine Schnauber, die bedeuteten: o weh, das ist eine Verlegenheit.

»Ich weiß nicht«, begann er zaghaft, »ich weiß nicht, ich sage jetzt, wenn ich im Dunkeln tappe ...«

»Luisa!«, rief von neuem Frau Teresa.

»Ach nein, Frau Rigey, ach nein. Ich verstehe unter dem Dunkeln allerlei, was ich nicht weiß. Ich will sagen, dass ich in meiner Unwissenheit keine Meinung äußern kann. Aber, sag' ich, ich meine, man könnte vielleicht ... jetzt, sag' ich, bin ich hier in Ihrem und der verehrungswürdigen Familie Dienst, wenn schon es mich keineswegs wundern würde, wenn der Kaiserlich Königliche Kommissar, der beste Mensch, aber argwöhnisch ... schön, schön, reden wir nicht weiter, ich bin hier, aber, sag' ich, es würde mir scheinen, wenn man's noch ein wenig hinzögern und unser edler Herr Don Franco inzwischen vielleicht mit guten Worten und ... Schön, schön, schön, was mich anbetrifft, wie Sie befehlen.«

Es war der heftige Widerspruch von Seiten Francos, der so plötzlich Herrn Giacomo eine andere Richtung einschlagen ließ. Luisa unterstützte ihn lebhaft, und Frau Teresa, die vielleicht auch einer Verschiebung nicht abgeneigt gewesen wäre, wagte nicht zu widersprechen.

»Luisa, Franco«, sagte sie, »bringt mich in den Salon zurück.«

Die beiden jungen Leute, vom Onkel und von Herrn Giacomo gefolgt, schoben gemeinsam den Lehnstuhl in den Salon.

Als sie die Schwelle überschritten, beugte sich Luisa, küsste die Mutter auf das Haar und flüsterte: »Du wirst sehen, dass alles gut gehen wird.« Sie glaubte, den Pfarrer im Salon zu finden, aber der Pfarrer hatte sich durch die Küche entfernt.

Kaum hatten Franco und Luisa die Mutter an den Tisch mit der Lampe geschoben, als der Sakristan erschien, um zu melden, dass alles bereit sei. Frau Teresa bat ihn, den Pfarrer zu verständigen, dass binnen einer halben Stunde das Brautpaar in die Kirche kommen würde.

»Luisa!«, sagte sie, indem sie die Tochter bedeutungsvoll anblickte.

»Ja, Mama«, erwiderte diese; und mit lauterer Stimme wendete sie sich an ihren Verlobten: »Franco, Mama wünscht mit dir zu sprechen.«

Herr Giacomo verstand und ging hinaus auf die Terrasse. Der Ingenieur verstand nichts, und seine Nichte musste ihm erklären, dass man die Mutter mit Franco allein lassen solle. Der einfache Mann verstand nicht recht warum; da nahm sie lächelnd seinen Arm und führte ihn hinaus.

Frau Teresa streckte ihre schöne, noch jugendliche Hand Franco entgegen, der niederkniete, um sie zu küssen.

»Armer Franco!«, sagte sie sanft.

Sie hieß ihn aufstehen und sich neben sie setzen. Sie müsse mit ihm sprechen, sagte sie; und sie habe so wenig Atem! Aber er würde sie auch mit wenig Worten verstehen, nicht wahr?

Bei diesen Worten lag in ihrer schwachen Stimme eine unendliche Süßigkeit. »Weißt du«, sagte sie, »das hatte ich dir eigentlich nicht sagen wollen, aber es ist mir eingefallen, als du von dem Teller erzähltest, den du bei Tisch zerbrochen hast. Ich bitte dich, nimm Rücksicht auf Onkel Pieros Stellung. In seinem Innern denkt er wie du. Wenn du die Briefe gesehen hättest, die er mir im Jahre 1848 geschrieben hat! Aber er ist Beamter. Es ist wahr, in seinem Gewissen fühlt er sich ruhig, denn er weiß, dass er seinem Lande und nicht den Deutschen dient, wenn er sich mit Straßenbau und mit dem Wasser beschäftigt; aber gewisse Rücksichten will er und muss er nehmen. Und bis zu einem gewissen Punkt müsst auch ihr sie, ihm zuliebe, haben.«

»Die Deutschen werden nicht mehr lange bleiben, Mama«, erwiderte Franco, »aber sei ruhig, ich werde vorsichtig sein, du sollst sehen.«

»Ach, Liebster, ich werde nichts sehen. Nur noch euch beide vereinigt und von Gott gesegnet will ich sehen. Wenn die Deutschen fort sind, so kommt nach Looch, um es mir zu sagen.«

Die von großen Nussbäumen beschatteten Wiesen, wo der kleine Friedhof von Castello liegt, tragen den Namen Looch.

»Aber über eine andere Sache muss ich noch mit dir sprechen«, fuhr Frau Teresa fort, ohne Franco Zeit zum Widerspruch zu lassen. Er ergriff ihre Hände und drückte sie warm, mit Mühe seine Tränen zurückhaltend.

»Ich muss mit dir über Luisa sprechen«, sagte sie. »Du musst deine Frau kennen lernen.«

»Ich kenne sie, Mama; ich kenne sie so gut, wie du sie kennst, und besser noch!«

Er glühte und bebte bei diesen Worten in der leidenschaftlichen Liebe zu ihr, die Leben von seinem Leben, Seele von seiner Seele war.

»Armer Franco!«, sagte Frau Teresa lächelnd und zärtlich. »Nein, höre mich an, es ist etwas, das du nicht weißt und das du wissen musst. Warte einen Augenblick.«

Sie brauchte eine Ruhepause. Die Aufregung raubte ihr den Atem und machte ihr das Sprechen schwer. Sie machte eine verneinende Gebärde, als Franco ihr helfen, sie in irgendeiner Weise unterstützen wollte. Ein wenig Ruhe genügte ihr, und die schöpfte sie, den Kopf an die Lehne ihres Armstuhls stützend.

Bald richtete sie sich wieder auf. »Du wirst«, sagte sie, »zu Haus bei dir von meinem armen Manne schlecht haben sprechen hören. Du wirst gehört haben, dass er ein Mensch ohne Grundsätze war, und dass ich ein großes Unrecht getan hätte, ihn zu heiraten. Er war in der Tat nicht religiös, und aus diesem Grunde habe ich lange gezaudert, ehe ich mich entschloss. Man hatte mir geraten nachzugeben, weil ich vielleicht auf ihn, der eine edle Seele hatte, einen guten Einfluss gewinnen könnte. Er ist als Christ gestorben, und ich hoffe sicher, ihn im Paradies zu finden, wenn der Herr mir die Gnade erweist, mich zu sich zu nehmen; aber bis zur letzten Stunde schien es, dass ich nichts erreicht hätte. Nun, ich fürchte, dass Luisa in ihrem Innersten die Ideen ihres Vaters hat. Sie verbirgt sie mir, aber ich verstehe, dass sie sie hat. Ich lege sie dir ans Herz. Beobachte sie, berate sie; sie hat viele Gaben und ein großes Herz; wenn ich nicht verstanden habe, sie richtig zu leiten, so mache du es besser; du bist ein guter Christ, trachte, auch sie dazu zu machen, so recht von Herzen; versprich es mir, Franco.«

Er versprach es ihr lächelnd, als hielte er ihre Furcht für unbegründet und gäbe aus Gefälligkeit ein überflüssiges Versprechen.

Die Kranke sah ihn traurig an. »Du musst mir glauben«, fügte sie hinzu, »das sind keine Einbildungen. Ich kann nicht in Frieden sterben, wenn du sie nicht ernsthaft nimmst.« Und als der junge Mann, diesmal ohne zu lächeln, sein Versprechen wiederholt hatte, fuhr sie fort: »Noch ein Wort. Wenn du von hier fortgehst, gehst du nach Casarico zu Professor Gilardoni, nicht wahr?«

»Aber, das war unser früherer Plan. Ich sollte der Großmutter sagen, ich wollte bei Gilardoni schlafen, um dann einen gemeinsamen Morgenspaziergang mit ihm zu machen; du weißt ja aber doch, wie ich nun davongelaufen bin.«

»Geh trotzdem hin. Mir macht es Freude, wenn du hingehst. Und dann erwartet er dich auch, nicht wahr? Schon deshalb musst du hingehen. Armer Gilardoni, seit jener Dummheit vor zwei Jahren ist er nicht mehr hier gewesen. Du weißt davon, nicht wahr? Luisa hat sie dir erzählt?«

»Ja, Mama.«

Dieser Professor Gilardoni, der als Einsiedler in Casarico lebte, hatte sich vor ein paar Jahren in ganz romantischer Weise in Frau Teresa verliebt und hatte schüchtern und verehrungsvoll sich ihr zum Gatten angetragen, aber mit seinem Antrag ein solch bestürztes Erstaunen erregt, dass er sich seitdem nie wieder vor ihre Augen getraut hatte.

»Armer Mann!«, begann Frau Rigey von neuem. »Das war eine große Narrheit, aber er ist ein goldenes Herz, ein treuer Freund, haltet euch den warm. Am Tage bevor er jenen Anfall von Verrücktheit hatte, hat er mir etwas anvertraut. Ich kann es dir nicht wiederholen und bitte dich auch, nicht mit ihm davon zu sprechen, wenn er nicht davon anfängt; aber es ist eine Sache, die unter gewissen Verhältnissen, namentlich wenn ihr Kinder haben solltet, für euch von größter Bedeutung sein könnte. Sollte Gilardoni dir davon sprechen, so denke darüber nach, ehe du Luisa etwas sagst. Luisa könnte die Sache anders auffassen, als sie sollte. Beschließe du, berate dich mit Onkel Piero, und dann erst sprich oder sprich nicht, je nach dem Weg, den du einzuschlagen gedenkst.«

»Ja, Mama.«

Es wurde leise an die Tür geklopft, und Luisas Stimme fragte: »Seid ihr fertig?«

Franco sah auf die Kranke. »Herein!«, rief sie. »Ist es Zeit aufzubrechen?«

Luisa antwortete nicht und umschlang mit einem Arm Francos Hals. Sie knieten zusammen vor der Mutter nieder und legten den Kopf in ihren Schoß; Luisa machte eine übermenschliche Anstrengung, das Weinen zurückzuhalten, denn sie wusste, dass man der Mutter jede allzu heftige Erregung ersparen musste; aber ihre Schultern verrieten sie.

»Nein, Luisa«, sagte die Mutter, »nein, Liebste, nein«, und sie liebkoste ihren Kopf. »Ich danke dir, dass du mir immer eine gute Tochter gewesen bist; eine so gute Tochter; beruhige dich, ich bin so zufrieden; du wirst sehen, dass es mir besser gehen wird. So geht denn; gebt mir einen Kuss und dann geht, lasst den Herrn Pfarrer nicht warten. Gott segne dich, Luisa, und auch dich, Franco.«

Sie verlangte ihr Gebetbuch, rückte das Licht näher, ließ die Fenster und die Terrassentür öffnen, um besser atmen zu können, und schickte die Magd, die ihr Gesellschaft leisten wollte, fort. Als das Brautpaar hinausgegangen war, kam der Ingenieur, um die Schwester, noch ehe er in die Kirche ging, zu begrüßen.

»Nun also, Teresa.«

»Adieu, Piero! Eine neue Last auf deine Schultern, armer Piero.«

»Amen«, erwiderte ruhig der Ingenieur.

Allein geblieben, lauschte Frau Rigey auf das Geräusch der sich entfernenden Schritte; die schweren ihres Bruders und Herrn Giacomos, die das Ende des kleinen Zuges bildeten, übertönten die anderen, denen sie mit dem Ohr so lange wie möglich hätte folgen mögen.

Ein Augenblick noch, und sie vernahm nichts mehr. Der Gedanke kam ihr, dass Luisa und Franco sich zusammen in die Zukunft hin entfernten, in die ihnen zu folgen ihr nur noch wenige Monate, wenige Tage vielleicht nur vergönnt war, und dass sie nichts von ihrem Geschick erraten, nichts vorausfühlen konnte. ›Arme Kinder!‹, dachte sie, ›wer weiß, was sich in fünf, in zehn Jahren ereignet haben mag!‹ Noch immer lauschte sie, aber es herrschte tiefe Stille; durch das Fenster nur drang das ferne, ferne Rauschen des Wasserfalls von Rescia, jenseits des Sees. Da nahm sie in der Vorstellung, dass sie nun in der Kirche angelangt seien, ihr Gebetbuch und las mit Eifer.

Doch schnell ermüdete sie; sie fühlte sich verwirrt im Kopf, und auch die Buchstaben des Buchs verschwammen vor ihren Augen. Ihre Sinne schlummerten ein, ihr Wille war gelähmt. Sie hatte das Vorgefühl einer Vision unwirklicher Vorfälle und wusste doch, dass sie nicht schlief, fühlte, dass sie nicht träumte, dass es ein durch ihr Leiden hervorgerufener krankhafter Zustand sei. Sie sah, wie sich die Tür zur Küche öffnete, und herein trat der alte Gilardoni von Dasio, genannt ›Carlin von Das‹, der Vater des Professors und Verwalter des Hauses Maironi für die Besitzungen in Valsolda, der seit fünf-undzwanzig Jahren tot war. Er trat ein und sagte in na-türlichem Tone: »O, Frau Teresa, geht's Ihnen gut?« Sie glaubte zu erwidern: »Ach, ganz gut, Carlin; und Ihnen?«, aber in Wahrheit öffnete sie nicht den Mund. »Hier hab' ich den Brief«, begann die Gestalt wieder, triumphierend einen Brief schwenkend. »Für Sie hab' ich ihn gebracht.« Und er legte den Brief auf den Tisch.

Frau Teresa sah deutlich und mit einer Empfindung lebhafter Freude diesen schmutzigen, durch die Zeit vergilbten Brief, ohne Kuvert und mit den Spuren eines kleinen roten Siegels. Es schien ihr, als ob sie sag-te: »Danke, Carlin. Und jetzt gehen Sie nach Dasio?« »Nein, Frau Teresa«, erwiderte Carlin. »Ich geh' nach Casarico zu meinem Sohn.«

Die Kranke sah Carlin nicht mehr, aber sie sah den Brief auf dem Tisch. Sie sah ihn deutlich, obgleich sie nicht überzeugt war, dass er dort läge; in ihrem schlum-mernden Hirn haftete die undeutliche Vision anderer, längst vergangener Halluzinationen, die Vorstellung ihrer Despotin und Feindin, ihrer Krankheit. Ihr Auge war glasig, ihr Atem beschleunigt und schwer.

Der Schall von schnellen Schritten rüttelte sie auf, rief sie gleichsam ins Bewusstsein zurück. Als Luisa und Franco von der Terrasse ins Zimmer stürzten, bemerkten sie bei dem durch einen Lampenschirm gedämpften Licht nicht, wie die Physiognomie der Mutter verzerrt war. Sie knieten vor ihr nieder, bedeckten sie mit Küssen und schoben diesen gequälten Atem auf die große Erregung. Plötzlich hob die Kranke den Kopf von der Lehne des Armstuhls, streckte die Hände aus und blickte und deutete auf irgendetwas.

»Der Brief«, sagte sie.

Die beiden jungen Leute drehten sich um und sahen nichts. »Was für ein Brief, Mama?«, fragte Luisa. In demselben Augenblick bemerkte sie den Ausdruck im Gesicht der Mutter und warf Franco einen Blick zu, um ihn aufmerksam zu machen. Es war nicht das erste Mal während ihrer Krankheit, dass die Mutter an Halluzinationen litt. Bei der Frage: »Was für ein Brief?«, machte sie: »O!«, zog die Hände zurück, bedeckte sich das Gesicht damit und weinte still vor sich hin.

Durch die Liebkosungen ihrer Kinder getröstet, beruhigte sie sich wieder, küsste sie, reichte ihrem Bruder und Herrn Giacomo, die den Vorgang nicht recht verstanden hatten, die Hand und gab Luisa einen Wink, etwas zu holen. Es handelte sich um eine Torte und eine Flasche kostbaren Weines, die ihr mit anderen gleichen vorzeiten der Marchese Bianchi, der eine besondere Verehrung für Frau Rigey besaß, geschenkt hatte.

Herr Giacomo, der nicht wusste, wie er entkommen könne, begann sich zu drehen und zu wenden, zu schnaufen und den Ingenieur anzusehen.

»Frau Luischen«, sagte er, als er die junge Frau das Zimmer verlassen sah: »Entschuldigen Sie, aber ich möchte wahrhaftig um die Erlaubnis bitten ...«

»Nein, nein«, unterbrach ihn mit schwacher Stimme Frau Teresa, »warten Sie noch ein wenig.«

Luisa verschwand, und Franco schlüpfte hinter seiner Gattin ebenfalls aus dem Zimmer. Frau Teresa schien von einem Skrupel ergriffen und machte Miene, ihn zurückzurufen.

»Aber was denn!«, meinte der Ingenieur.

»Aber, Piero!«

»Aber was?«

Die alten, strengen Traditionen ihrer Familie, ein empfindlicher Sinn für Würde, vielleicht auch ein religiöses Bedenken, weil die Gatten der Brautmesse noch nicht beigewohnt hatten, hinderten Frau Teresa, es zu billigen, dass die jungen Leute sich absonderten, und zugleich auch, sich zu erklären. Ihre Zurückhaltung und des Onkels patriarchalische Gutherzigkeit gaben Franco Muße, sich ihrem Verlangen unwiderruflich zu entziehen.

»Auf ewig!«, murmelte sie nach einer Pause, als ob sie für sich spräche. »Vereint auf ewig!«

»Wir anderen«, sagte der Ingenieur, indem er sich im venezianischen Dialekt an seinen Kollegen im Zölibat wendete, »wir anderen, Herr Giacomo, wir machen keine solchen Narreteien.«

»Immer guter Laune, teuerster Ingenieur«, erwiderte Herr Giacomo, dem sein Gewissen sagte, dass er größere ›Narreteien‹ gemacht habe.

Die Gatten kamen nicht zurück.

»Herr Giacomo«, nahm der Ingenieur wieder das Wort, »für heute Nacht kein Gedanke ans Bett.«

Der Unglückliche wand sich, schnaubte und blinzelte mit den Augen, ohne zu antworten.

Und die Gatten kamen nicht zurück.

»Piero«, sagte die Dame, »bitte, ziehe an der Klingel.«

»Herr Giacomo«, meinte der Ingenieur, ohne sich zu rühren, »sollen wir an der Klingel ziehen?«

»Das scheint wahrhaftig Frau Teresas Meinung zu sein«, erwiderte das Männlein, so gut es konnte, zwischen Bruder und Schwester lavierend. »Aber ich sage gar nichts.«

»Piero!«, bestand die Dame.

»Aber schließlich«, sagte wiederum der Bruder, ohne sich vom Platz zu bewegen, »Sie, was würden Sie tun? Würden Sie an dieser Klingel ziehen, oder würden Sie es nicht tun?«

»O mein Gott!«, stöhnte Puttini. »Erlassen Sie mir doch die Antwort.«

»Nicht im Mindesten erlasse ich sie Ihnen.«

Die Gatten kamen nicht zurück, und die Mutter, immer unruhiger werdend, begann von neuem:

»Aber so läute doch, Piero!«

Herr Giacomo, der darauf brannte fortzugehen, und sich doch nicht entfernen konnte, ohne sich von dem Brautpaar zu verabschieden, gab sich, durch Frau Teresas Beharrlichkeit ermutigt, einen Ruck, wurde puterrot und stieß die Worte heraus: »Ich werde läuten!«

»Lieber Herr Giacomo«, sagte der Ingenieur, »ich staune, ich bin überrascht, und ich muss mich wundern.« Warum er, wenn er guter Laune war, und ihm eines dieser Synonyme in den Mund kam, sie gleich alle drei aneinander zu reihen pflegte, war unerfindlich. »Aber«, so schloss er, »läuten wir.«

Und er läutete ganz diskret.

»Höre, Piero«, sagte Frau Teresa. »Erinnere dich, dass, wenn du fortgehst, Franco ebenfalls gehen muss. Er wird um halb sechs zur Messe wiederkommen.«

»Ach, ich Ärmster!«, rief Onkel Piero. »Was für Schwierigkeiten! Schließlich, sind sie Mann und Frau, ja oder nein? Schon gut, schon gut«, fuhr er fort, da seine Schwester unruhig wurde, »macht alles wie ihr wollt, schon gut.«

Anstatt des jungen Paares trat die Magd mit der Torte und der Flasche ein und sagte dem Ingenieur, Fräulein Luisa ließe ihn bitten, einen Augenblick auf die Terrasse herauszukommen.

»Jetzt gerade, wo das bisschen Gottessegen kommt, schickt ihr mich hinaus?«, sagte der Ingenieur. Er scherzte mit seiner gewohnten Heiterkeit, vielleicht weil er den ernsten Zustand seiner Schwester nicht

ganz erfasste, vielleicht auch aus seiner natürlichen An-
lage, dem Unvermeidlichen ruhig entgegenzutreten.

Er ging auf die Terrasse, wo ihn Luisa und Franco erwarteten. »Höre, Onkel«, sagte sie, »mein Mann meint,
dass die Großmutter alles sofort entdecken würde, und
dass er nicht länger in Cressogno würde bleiben können;
wenn nur Mama in besserem Zustand wäre, so könnten
wir zu dir nach Oria kommen, aber so ist es ja leider unmöglich. Nun meint er, man könne hier in aller Eile, so
gut wie's eben geht, ein Zimmer in Ordnung bringen.
Das Arbeitszimmer des armen Papa wäre verfügbar.
Was meinst du dazu?«

»Hm!«, machte der Onkel, dem die Neuigkeit nicht
recht gefiel. »Das scheint mir ein sehr überstürzter Entschluss. Ihr macht Ausgaben und kehrt das Haus von
oben nach unten wegen einer Sache, die nicht dauern
kann.«

Seine fixe Idee war, die ganze Familie in Oria zu haben, und dieser Ausweg mit dem Zimmer schuf ihm
Bedenken. Er fürchtete, wenn die Gatten sich einmal in
Castello einrichteten, würden sie schließlich dortbleiben.
Luisa tat ihr Möglichstes, ihn zu überzeugen, dass es
nicht anders ginge, dass weder die Ausgaben noch die
Unbequemlichkeiten erhebliche wären, dass ihr Mann,
wenn er das Haus verlassen müsse, schnurstracks nach
Lugano eilen und mit den unumgänglich nötigen Mö-
beln zurückkehren würde. Der Onkel fragte, ob es anstatt dessen nicht besser wäre, wenn Franco inzwischen

nach Oria käme und dortbliebe, bis sie mit der Mutter ihm nachfolgen könne.

»Ach, Onkel!«, rief Luisa. Wenn sie die Sache mit der Klingel gewusst hätte, würde sie sich noch mehr über einen derartigen Vorschlag gewundert haben. Aber der gute Mann hatte zuweilen solche Einfälle, die seiner Schwester ein Lächeln entlockten. Luisa war unermüdlich, immer neue Gründe gegen Francos Verbannung ins Feld zu führen und sie mit glühendem Eifer zu verteidigen.

»Genug«, sagte der Onkel nicht überzeugt, aber ruhig, breitete er die Arme weit aus, in der Geste des ›dominus vobiscum‹ eines Priesters der barmherzig und bereit war, die armen menschlichen Kreaturen mit Zärtlichkeit zu umarmen. »Fiat[1]. Oh, und wenn es nötig ist«, fügte er hinzu, als er sich an Franco wandte, »wie steht es um deine Finanzen?«

Franco zuckte zusammen und war verlegen.

»Er ist unser Vater, weißt du«, sagte seine Frau zu ihm.

»Nichts da, Vater«, bemerkte der Onkel immer sanftmütig, »nichts da, Vater; aber was mir gehört, gehört euch, das ist alles; das will sagen, dass ich euch ein wenig nach meinen schwachen Kräften aushelfen werde.«

Und er nahm die gerührte Umarmung seiner Nichte entgegen, ohne sie zu erwidern, fast ärgerlich über eine so überflüssige Kundgebung, ärgerlich, dass sie nicht eine so einfache und natürliche Sache einfacher hinnahmen.

---

1 So sei es.

»Ja, ja«, sagte er, »lass uns ein Glas Wein trinken, das ist vernünftiger.«

*

Der Wein von Niscioree, rot und durchsichtig wie Rubin, süß und stark, besänftigte und streichelte milde die Eingeweide des ungeduldigen Herrn Giacomo, der in diesen für den Weinbau schlimmen Jahren nur selten die Lippen in unverfälschtem Wein badete und tiefsinnig seinen Grimelliwein verwässerten Andenkens trank.

» Est, est, nicht wahr, Herr Giacomo?«, meinte Onkel Piero, als er Puttini das Glas, das er in der Hand hielt, andächtig betrachten sah. »Hier wenigstens läuft man keine Gefahr zu krepieren, wie jener Gewisse: et propter nimium est dominus meus mortuus est.[2]«

»Mir kommt's im Gegenteil vor, als ob ich auferstünde«, erwiderte Herr Giacomo ganz sachte, fast im Flüsterton, immer noch in sein Glas blickend.

»Nun denn, einen Trinkspruch auf das Brautpaar!«, rief der andere, sich erhebend. »Und wenn Sie ihn nicht ausbringen, so werde ich ihn ausbringen:

Er soll leben, sie soll leben,
Wir müssen uns nach Haus begeben!«

Herr Giacomo leerte sein Glas, pustete gewaltig und blinzelte heftig mit den Augen, zum Zeichen der vielen

---

2 Wegen zu viel ›est‹ (guten Wein) ist mein Herr tot.

Gefühle, die auf ihn einstürmten, während das letzte Aroma und der letzte Duft des Weines sich in seinem Munde verflüchtigten; er bot Frau Teresa seine ganze Dienstbarkeit an, seine innigste Ergebenheit der liebenswürdigen jungen Gattin, seine Ehrerbietung dem geschätzten Gatten; mit den Armen und mit dem Kopf wehrte er die Danksagungen ab, die auf ihn herabregneten, und nachdem er Hut und Stock genommen, machte er sich, mit aus Vergnügen und Bedauern gemischten Empfindungen, schnaubend, demütig hinter der gewaltigen Masse des teuersten Ingenieurs auf den Weg.

»Und du, Franco?«, fragte plötzlich Frau Teresa.

»Ich gehe«, erwiderte Franco.

»Komm zu mir«, sagte sie. »Ich habe euch so schlecht empfangen, meine armen Kinder, als ihr aus der Kirche kamt. Du weißt, ich hatte einen von meinen Anfällen; ihr habt es ja verstanden. Jetzt fühle ich mich so wohl, so im Frieden. Mein Herrgott, ich danke dir. Mir ist, als hätte ich das Haus bestellt, das Feuer gelöscht, mein Gebet gesprochen, und als könnte ich nun schlafen gehen, ganz und gar zufrieden; aber nicht so schnell, weißt du, Lieber, nicht so plötzlich. Ich lasse dir meine Luisa, Liebster, ich lasse dir Onkel Piero. Ich weiß, dass du sie herzlich lieben wirst, nicht wahr? Aber gedenke auch meiner. Ach, mein Gott, wie leid es mir tut, dass ich eure Kinder nicht sehen werde! Ach ja, das schmerzt. Du musst ihnen jeden Tag einen Kuss für die Großmutter geben. Und jetzt geh, mein Sohn; du kommst um halb sechs wieder, nicht wahr? Leb wohl, und geh jetzt.«

Sie sprach liebkosend zu ihm, wie zu einem kleinen Kinde, das noch nichts versteht, und er weinte still vor sich hin vor Zärtlichkeit und küsste ihre Hände immer wieder, in stiller Freude, dass Luisa dabei war und es sah; denn in seiner unendlichen Zärtlichkeit für die Mutter lag die unendliche Freude, eins geworden zu sein mit der Tochter, und etwas wie eine Begierde, alles, was sein Weib liebte, mit der gleichen Kraft zu lieben.

»Geh«, wiederholte Mutter Teresa, die ihre eigene Rührung fürchtete; »geh, geh!«

Er gehorchte endlich und ging mit Luisa hinaus. Auch diesmal zögerte Luisa lange, ehe sie wiederkam; aber die lautersten Seelen haben ihre kleinen Schwächen, und obgleich die Magd fortwährend von der Küche in den Salon ab und zu ging, sagte Frau Teresa, die von den Zeichen der Liebe, die Franco ihr so reichlich gegeben, tief gerührt war, kein Wort davon, dass sie die Klingel ziehen solle.

Viertes Kapitel.
Carlins Brief

Langsam stieg Franco den Berg hinunter, ganz versunken in seine innere Welt, die so erfüllt war von neuen Dingen, Gedanken und Empfindungen, dass er in jedem Augenblick stehen blieb, die weißlich schimmernde Straße, die dunkeln Feldstreifen anblickte, die

Blätter eines Weinstocks oder die Steine eines Mauer-
vorsprungs berührte, um die Wirklichkeit der äußeren
Welt zu fühlen, sich zu überzeugen, dass er nicht träumte. Erst in Casarico, in der Straße dei Mal'ari, vor dem
Eingang der kleinen Villa Gilardoni, erinnerte er sich
der dunkeln Worte der Mama Teresa über die ihr von
Gilardoni gemachten vertraulichen Mitteilungen, und er
fragte sich, was das für ein Geheimnis sein könne, das
er Luisa nicht enthüllen sollte. In Wahrheit stimmte er
diesem Rat der Mutter nicht völlig bei. ›Wie sollte ich,‹
dachte er, während er an die Tür klopfte, ›wie sollte ich
vor meiner Frau etwas verbergen?‹

Der Professor Beniamino Gilardoni, der Sohn des
›Carlin von Das‹, hatte auf Kosten des alten Don
Franco Maironi, des Gatten der Marchesa Ursula,
eines wunderlichen, launenhaften, gewalttätigen, aber
freigebigen Mannes, studiert. Als Carlin starb, zeigte
es sich, dass die Freigebigkeit des Maironi nicht vonnöten gewesen wäre. Beniamino erbte ein anständiges
kleines Kapital, und Don Franco geriet hierüber in
solchen Zorn, dass er ihn für die väterliche Heuchelei
verantwortlich machte, ihm den Rücken kehrte und in
der kurzen Lebenszeit, die ihm noch nach dem Tode
seines Verwalters vergönnt war, nichts wieder von
ihm wissen wollte. Der junge Mann widmete sich dem
Lehrfach, er wurde Professor des Lateinischen am
Gymnasium in Cremona und Lehrer der Philosophie
am Lyzeum in Udine. Von schwankender Gesundheit

und in steter Furcht vor körperlichen Leiden, ein wenig Misanthrop, ließ er im Jahre 1842 das Katheder im Stich und trat in den Genuss der bescheidenen väterlichen Erbschaft in Valsolda. Das heimatliche Dasio, unter den Dolomitenfelsen des Arabione, war für ihn zu hoch und zu unbequem gelegen. Er verkaufte seine Besitzungen dort oben und erstand die Olivenpflanzung des Sedorgg oberhalb Casarico und ein Landhäuschen in Casarico selbst, am Ufer des Sees; ein wahres Puppenhäuschen, das er wegen seiner Form ›Pi Greco‹ nannte, nach dem Muster des Digamma vom Ugo Foscolo. Von der Straße der Mal'ari mündete ein kurzer Pfad in den Hof, der an einen kleinen Säulengang stieß, von dem aus man zwischen großen Oleanderbäumen den Blick auf eine sechs Meilen weite, je nach der Beleuchtung bald grüne, bald graue oder blaue Wasserfläche hatte, bis zu dem Berg S. Salvatore, der sich im Hintergrunde unter dem Gewicht seines melancholischen Höckers den unten gelegenen bescheidenen Hügeln von Corona zuneigte. Östlich von dem Häuschen erstreckte sich ein Garten von für die dortige Gegend fabelhafter Ausdehnung, dessen Flächen der Ingenieur Ribera scherzhaft auf sieben Tafeln abzuschätzen pflegte. Sieben Tafeln sind zwanzig oder zweiundzwanzig Meter im Quadrat.

Der Professor bestellte ihn mit Hilfe seines kleinen Dieners Giuseppe, genannt Pinella, und einer kleinen Bibliothek französischer Abhandlungen. Er ließ sich aus Frankreich Samen der berühmtesten Gemüsearten kommen, die zuweilen in ganz schändlicher Weise beim Aufgehen ihrem Taufschein und überhaupt jeder ehrlichen Pflanzenfamilie Hohn sprachen. Es kam dann vor, dass Philosoph und Diener, über das Beet gebeugt, die Hände an den Knien, die Augen von den heimtückischen Sprösslingen hoben, um einander anzublicken, ersterer in aufrichtiger, letzterer in geheuchelter Zerknirschung. In einem Winkel des Gartens fristete in einem nach allen Regeln der Kunst erbauten Stalle eine Schweizer Kuh ihr Dasein; sie war nach dreimonatigem eifrigem Studium gekauft worden und erwies sich als mager und kränklich wie ihr Herr, dem es trotz der Schweizer Milchkuh und vier Paduaner Hennen oft nicht gelang, sich im Haus ein Glas Eiermilch bereiten zu können. In der Stützmauer, nach dem See zu, gegen deren Fuß die Wellen brandeten, hatte er Öffnungen angebracht und auf Franco Maironis Rat einige amerikanische Agaven, Rosenbüsche und Kapernsträucher gepflanzt, auf diese Weise, wie er zu sagen pflegte, den nahrhaften Inhalt des Gartens hinter einer anmutigen poetischen Hülle verbergend. Und aus poetischer Liebhaberei hatte er einen Winkel des Gartens selbst unbebaut gelassen. Hier wucherte hohes Schilfgras, und direkt an dieses Röhricht hatte der Professor eine Art von Belvedere errichtet, ein hohes Holzgerüst, sehr ländlich und primitiv, wo er in der guten Jahreszeit manche angenehme Stunde beim frischen Seewind, beim Rauschen des Schilfes und der Wellen mit dem Lesen mystischer Bücher, für die er eine Vorliebe hatte, zubrachte. Von ferne mischte sich die Farbe des Gerüstes mit der des Schilfrohrs, und der Professor schien mit dem Buch in der Hand gleich einem Zauberer in der Luft zu schweben. Die botanische Bibliothek hielt er im Salon; die mystischen Bücher, die Abhandlungen über Nekromantik, Gnostizismus, die Schriften über Halluzinationen und Träume bewahrte er in einem kleinen Studierstübchen neben dem Schlafzimmer auf, einer Art Schiffskajüte, wo See und Himmel durch das Fenster einzudringen schienen.

Nach dem Tode des alten Maironi hatte der Professor seine Besuche bei der Familie wieder aufgenommen, aber die Marchesa Ursula gefiel ihm wenig und Don Alessandro, ihr Sohn, Francos Vater, noch weniger. Schließlich ging er nur einmal im Jahr hin. Als der junge Franco in das Lyzeum eintrat, wurde Gilardoni von der Großmutter – der Vater war schon vor geraumer Zeit gestorben – gebeten, ihm während des Herbstes einige Stunden zu erteilen. Lehrer und Schüler glichen einander in ihrer Begeisterungsfähigkeit, in den heftigen und schnell vorübergehenden Zornesausbrüchen, und beide waren glühende Patrioten. Als die Stunden überflüssig geworden waren, sahen sie sich als Freunde, obschon der Professor über zwanzig Jahre älter war als Franco. Jener bewunderte den Geist seines Schülers; Franco indessen hielt wenig von der halb christlichen, halb rationalistischen Philosophie, von den mystischen Neigungen des Lehrers; er lachte über seine Leidenschaft für die

Bücher und die Theorien von Gemüse- und Garten-baukunst, die jedes praktischen Sinnes ermangelten. Aber er hing an ihm wegen seiner Herzensgüte, wegen der Lauterkeit seiner Gesinnung, wegen seines warmen Gemüts. Er war seinerzeit der Vertraute der unglücklichen Liebe Gilardonis für Frau Teresa Rigey gewesen und hatte ihm dann mit dem gleichen Vertrauen vergolten. Gilardoni war sehr bewegt davon; er sagte zu Franco, dass mit dieser Verehrung im Herzen es ihm schiene, als sei er ein wenig sein Vater geworden, selbst wenn Frau Teresa nichts von ihm wissen wollte. Franco schien keinen Wert auf diese metaphysische Vaterschaft zu legen; die Liebe für Frau Rigey erschien ihm eine Verirrung; aber im ganzen bestärkte er sich in seiner Überzeugung, dass der Kopf des Professors nicht viel taugte, und dass sein Herz Gold war.

Er klopfte also an die Tür, und der Professor öffnete ihm selbst, ein Öllämpchen in der Hand.

»Bravo!«, sagte er. »Ich glaubte, Sie kämen nicht mehr.«

Gilardoni war im Schlafrock und Pantoffeln, er trug auf dem Kopf eine Art weißen Turban und strömte einen starken Kampfergeruch aus. Wie ein Türke sah er aus, ein Gilardoni-Bei; aber das magere und gelbliche Gesicht, das unter dem Turban lächelte, hatte nichts Türkisches. Umrahmt von einem rötlichen Bärtchen, über dem eine große, höckerige und rote Nase leuchtete, wurde es verklärt von zwei schönen, blauen, ganz jugendlichen Augen, aus denen kindliche Güte und Poesie leuchteten.

Kaum hatte Franco die Tür hinter sich geschlossen, als der Freund ihm zuflüsterte: »Ist's geschehen?«

»Es ist geschehen«, erwiderte Franco.

Der andere umarmte ihn und küsste ihn schweigend. Dann führte er ihn hinauf in das Studierstübchen. Auf dem Wege erklärte er ihm, dass er sich Kompressen von Borwasser, nach der Rezeptur von Raspail[3], gegen seine Migräne zubereitet habe. Er hatte auch Franco, der sehr zu Halsentzündungen neigte, davon überzeugt, dass Blutegeln und Kampferzigaretten das Mittel der Wahl seien.

In dem Arbeitszimmer umarbeiten sich die beiden erneut sehr innige und sehr lang.

»Alles, alles, alles Gute!«, rief Gilardoni, und meinte eine ganze Welt von Dingen.

Armer Gilardoni, in seinen Augen glänzte es. Er hatte umsonst auf ein ähnliches Glück, wie es seinem Freunde zuteil ward, gehofft. Franco begriff, er wurde verlegen, es fiel ihm kein Wort ein, das er ihm hätte sagen können, und es erfolgte ein so bedeutungsvolles Schweigen, dass Gilardoni es nicht ertragen konnte und anfing, ein wenig Feuer anzumachen, um den Kaffee, den er bereitet hatte, zu wärmen. Franco bot seine Hilfe bei dieser Verrichtung an, der Professor nahm, seinen Kopfschmerz vorschützend, an und begann seinen Turban vor einem mit Borwasser gefüllten Napf abzuwickeln.

---

3   Französischer Arzt und Naturforscher (1794-1878), der die Mehrzahl der Krankheiten auf das Eindringen parasitischer Insekten in den menschlichen Organismus zurück führte

»Also«, sagte er, die eigene Rührung mit Willenskraft unterdrückend, »erzählen Sie mir.«

Franco erzählte ihm alles, von dem Mittagessen bei der Großmutter an bis zu der Trauungsfeier in der Kirche von Castello, ausgenommen natürlich die geheime Unterredung mit Frau Teresa.

Der Professor Beniamino, der sich inzwischen den Turban wieder angelegt hatte, fasste Mut. »Eh ...«, sagte er, den geliebten Namen durch eine Art dumpfen Stöhnens ersetzend, »wie geht es ihr?« Als er von der Halluzination hörte, rief er: »Ein Brief? Sie glaubte einen Brief zu sehen? Aber was für einen Brief?«

Das konnte Franco nicht sagen.

Ein Prasseln auf der Kohlenglut unterbrach das Gespräch; der Kaffee brodelte und kochte über.

Gilardoni glich auch darin seinem jungen Freund, dass man ihm das Herz vom Gesicht ablas. Der junge Freund, der übrigens ein unendlich viel scharfsichtigerer und schnellerer Gedankenleser als er selbst war, begriff sofort, dass er an einen bestimmten Brief gedacht hatte, und fragte ihn, während der Kaffee sich setzte, ob er in der Lage sei, diese Halluzinationen zu erklären. Der Professor beeilte sich zu verneinen, aber kaum hatte er dies Nein ausgesprochen, so schwächte er es durch einige andere, mit unartikuliertem Gebrumme untermischte Verneinungen ab: »Ach nein – nein doch – nicht dass ich wüsste – kurz und gut nein.«

Franco bestand nicht weiter darauf, und es folgte ein

anderes, ebenso bedeutungsvolles Schweigen. Nachdem er den Kaffee unter vielen deutlichen Zeichen der Unruhe getrunken hatte, schlug der Professor unvermittelt vor, zu Bett zu gehen. Franco, der vor Tag aufbrechen musste, zog es vor, sich nicht hinzulegen, bestand aber darauf, dass der Freund zu Bett gehen sollte, und der Freund änderte nach endlosem Protestieren und Zeremonien, nachdem er mit dem Napf Borwasser in der Hand bis zur Schwelle der Tür gezögert hatte, plötzlich seine Meinung, sagte ihm ein nachlässiges ›Adieu!‹, und verschwand.

Allein geblieben, löschte Franco das Licht, um sich in dem Armstuhl auszustrecken mit der guten Absicht zu schlafen; zu diesem Zweck wollte er versuchen, wenn es möglich wäre, an Gleichgültiges zu denken.

Es waren noch nicht fünf Minuten verflossen, als an die Tür geklopft wurde und gleich darauf der Professor ohne Licht hastig eintrat und sagte: »Da bin ich.«

»Was gibt's?«, rief Franco. »Es tut mir leid, dass ich das Licht ausgelöscht habe.«

In demselben Augenblick fühlte er die Arme des guten Beniamino um seinen Hals, seinen Bart, den Kampfer, die Stimme dicht an seinem Gesicht.

»Lieber, lieber Don Franco, ich habe eine so schwere Last auf dem Herzen, ich wollte jetzt nicht mit Ihnen davon sprechen, ich wollte Sie in Ruhe lassen, aber ich kann nicht, ich kann nicht, kann nicht, kann nicht!«

»Aber sprechen Sie doch, beruhigen Sie sich, beruhigen

Sie sich!«, sagte Franco, sich sanft aus dieser Umarmung lösend.

Der Professor ließ ihn los und presste seine Hände stöhnend gegen die Schläfen: »O ich Tölpel, ich Tölpel! Ich konnte ihn doch in Ruhe lassen, ich konnte bis morgen warten! Oder bis übermorgen! Aber jetzt ist's geschehen!« Er ergriff Francos Hände. »Glauben Sie mir, ich hatte angefangen, mich auszukleiden, als es mich plötzlich, wie ein Schwindel packte, und da, sehen Sie, ziehe ich mir den Schlafrock wieder an und laufe davon wie ein Verrückter, ohne Licht. In der Hast habe ich sogar den Napf mit dem Borwasser umgeworfen!«

»Sollen wir Licht machen?«, fragte Franco.

»Nein, nein, nein! Es ist besser, im Dunkeln zu sprechen, viel besser im Dunkeln! Sehen Sie, ich setze mich sogar hierher!« Und er setzte sich an seinen Schreibtisch, außerhalb des schwachen Lichtschimmers, der durch das Fenster eindrang, und begann zu sprechen. Er sprach immer nervös und konfus; wie viel mehr jetzt bei der ungeheuren Aufregung, in der er sich befand.

»Ich fange an, nicht wahr? Wer weiß, was Sie sagen werden, lieber Don Franco! Alles überflüssiges Geschwätz, das; aber was wollen Sie, haben Sie nur Geduld. Ich fange also an; wo fange ich an? Ach Gott, sehen Sie, was für ein Dummkopf ich bin, ich weiß nicht einmal, wo ich anfangen soll! Ah, diese Halluzination! Ja, ich habe Ihnen vorher eine Lüge gesagt, ich kann die Ursache dieser Halluzination sehr wohl vermuten. Es handelt sich um einen

Brief, um einen Brief, den ich vor zwei Jahren Frau Teresa gezeigt habe. Einen Brief des armen Don Franco, Ihres Großvaters. Gut, jetzt fangen wir beim Anfang an.

Mein armer Papa sprach mir in den letzten Tagen vor seinem Tode von einem Brief des Don Franco, den ich in der großen Kiste finden würde, wo alle Papiere aufbewahrt wurden. Er sagte, dass ich ihn lesen, aufbewahren und zu gegebener Zeit meinem Gewissen entsprechend damit verfahren sollte. ›Doch,‹ sagte er, ›ist es fast sicher, dass nichts zu tun sein wird.‹ Der arme Papa starb, ich suchte den Brief in der Kiste, ich fand ihn nicht. Ich durchsuchte das ganze Haus; ich fand ihn nicht. Was tun? Ich beruhigte mich bei dem Gedanken, dass nichts zu machen wäre, und dachte nicht weiter daran. Dummkopf, nicht war, Tölpel? Sagen Sie es ruhig, ich verdiene es, ich habe es mir hundertmal gesagt. Ich fahre fort. Wissen Sie, wie die Erbschaft Ihres Großvaters geregelt worden ist? Wissen Sie, wie die Geschäfte Ihres Hauses erledigt wurden? Sie verzeihen, nicht wahr, wenn ich von diesen Dingen spreche?«

»Ich weiß, dass mein Großvater ohne Testament starb, und dass ich nichts besitze«, erwiderte Franco. »Aber lassen wir das, lassen Sie uns fortfahren.«

Es war für Franco in der Tat ein peinlicher Gegenstand. Bei dem Tode des alten Maironi hatte sich keinerlei Testament vorgefunden. Die Witwe und der Sohn Don Alessandro hatten in Freundschaft und Übereinstimmung das Vermögen zur Hälfte geteilt. Und der Sohn hatte dabei der Mutter eine sehr beträchtliche Schenkung gemacht, indem er erklärte, nur den Willen seines Vaters auszuführen, der versäumt hatte, ihn niederzulegen. Der junge Mann, der lasterhaft, ein Spieler und Verschwender war, befand sich schon bei dem Tode seines Vaters in den Krallen der Wucherer. In den sieben Jahren, die er noch lebte, richtete er sich so ein, dass er seinem einzigen Kinde Franco, dem einige zwanzigtausend Gulden blieben, das Vermögen seiner Mutter, die bei seiner Geburt gestorben war, nicht einen Soldo hinterließ.

»Ja, ja, fahren wir fort«, hub Gilardoni wieder an. »Vor drei Jahren, sprich drei Jahren, erhielt ich von Ihnen einen Brief. Ich erinnere mich, dass es am zweiten November war, am Allerseelentag. Seltsame Dinge, geheimnisvolle Dinge. Geben Sie wohl acht. Ich gehe abends zu Bett und habe einen Traum. Ich träumte von dem Brief Ihres Großvaters. Sie müssen wissen, dass ich nie wieder daran gedacht hatte. Ich träumte, dass ich ihn suchte und in einer alten Kiste fände, die in einem Speicher steht. Ich lese ihn, immer noch im Traum. Was sagt er? Er sagt, dass in dem Keller der Villa Maironi in Cressogno sich ein Schatz befinde, und dass dieser Schatz für Sie bestimmt sei. Mit einer seltsamen Gemütsbewegung wache ich auf, mit der Überzeugung, dass der Traum die Wahrheit sagte. Ich stehe auf und suche in der Kiste. Ich finde nichts. Aber zwei Tage später, als ich gewisse Grundstücke, die ich noch in Dasio besaß, verkaufen wollte, kommt mir eine alte Urkunde in die Hand, die Papa in seiner großen Truhe aufbewahrte. Ich falte sie auseinander, und heraus fällt ein Brief. Ich sehe die Unterschrift an und sehe: ›Edler Franco Maironi‹. Ich lese ihn, er ist es. So sage ich, hat der Traum also ...«

»Nun?«, unterbrach Franco. »Dieser Brief, was stand darin?«

Der Professor stand auf, nahm ein eine halbe Elle langes Streichholz, hielt es an die Glut des kleinen Kamins und zündete damit die Lampe an. »Ich habe ihn hier«, sagte er mit einem großen Seufzer der Erleichterung. »Lesen Sie!«

Er zog einen vergilbten Brief von kleinem Format, ohne Kuvert, mit den Überresten eines roten Siegels aus der Tasche und reichte ihn Franco. Die schwarzgelblichen Linien der Schrift schienen durch die Innenseite des Bogens hier und da fast reliefartig durch.

Franco nahm ihn, näherte sich dem Licht und las mit lauter Stimme:

»Lieber Carlin!
Du wirst in dem Vorliegenden mein Testament finden. Ich habe zwei Abschriften gemacht. Die eine behalte ich. Die andere ist diese, die ich Dich beauftrage zu veröffentlichen, falls die erste nicht ans Licht kommt. Hast Du verstanden? Basta, und wenn Du mich siehst, so ist es Dir streng verboten, mich zu belästigen ... mir Ratschläge zu geben, wie es Deine verfluchte Angewohnheit

ist. Du bist die einzige Person, der ich traue, aber im Übrigen habe ich nur zu befehlen, und Du hast nur zu gehorchen. Also alle Belästigungen sind überflüssig und unstatthaft.

Ich grüße Dich
als Dein Dir zugetaner Herr
Edler Franco Maironi.
Cressogno, 22. September 1828.«

»Hier das Testament«, sagte Gilardoni feierlich, Franco ein anderes vergilbtes Blatt reichend. »Aber das lesen Sie nicht laut vor.«

Auf dem Blatt stand geschrieben:

»Ich, der Unterzeichnende, Edler Franco Maironi, will mit diesem meinem letzten Willen über mein Vermögen verfügen.

Da Donna Ursula Maironi, geborene Marchesa Scremin, sich herabgelassen hat, neben vielen anderen Huldigungen auch die meinen anzunehmen, hinterlasse ich ihr als Zeichen meiner Dankbarkeit ein für alle Mal zehntausend mailändische Lire und den für sie oder für den gesetzlich in den Registern des Kirchspiels der Kathedrale in Brescia als meinen Sohn eingetragenen Don Alessandro Maironi wertvollsten Schmuck des Hauses.

Ich hinterlasse diesem meinem Sohne das ihm

gesetzlich zustehende Pflichtteil meines Vermögens und außerdem drei Parpagliole[4] täglich als Zeichen meiner besonderen Wertschätzung.

Ich hinterlasse meinem Verwalter in Brescia, Herrn Grisi, wenn er sich zur Zeit meines Todes in meinen Diensten befindet, alles, was er mir gestohlen hat.

Ich hinterlasse meinem Verwalter in Valsolda, Carlino Gilardoni, unter der Bedingung wie oben, vier mailändische Lire pro Tag, auf die Dauer seiner Lebenszeit.

Ich wünsche, dass in der Kathedrale zu Brescia, solange Donna Ursula Maironi Scremin am Leben ist, täglich eine Messe zelebriert wird für das Heil ihrer Seele.

Für den ganzen Rest meines Vermögens ernenne ich und setze ich zum Erben ein meinen Enkel Don Franco Maironi, Sohn des Alessandro.

So getan, geschrieben und unterzeichnet am 15. April 1828.

Edler Franco Maironi.«

Franco las das Schriftstück und gab es zurück wie im Traum, ohne ein Wort. Er war tief bewegt und hatte die unklare Empfindung, sich beherrschen, die eigene Erregung unterdrücken zu müssen und sich zu sammeln, klar in der Sache und in sich selbst zu sehen.

---

4   Alte lombardische Münze im Wert von drei toskanischen Soldi.

»Haben Sie gesehen?«, fragte der Professor. Bei diesem Punkt erreichte die Aufregung Gilardonis ihren Gipfel. »Warum ich nicht eher gesprochen habe?«, fuhr er fort. »Das ist eben die Geschichte, dass von einem positiven, klaren, präzisen Grund nicht die Rede ist. Ich kann es nicht sagen! Diese Papiere haben mir Grauen eingeflößt. Wenn es sich um mich, um meinen Vater, um meine Mutter gehandelt hätte, würde ich lieber auf eine Million verzichtet, als sie mit diesen Papieren in der Hand eingefordert haben. Jetzt bin ich wieder ein Esel, das zu sagen; tun Sie, als hätte ich es nicht gesagt, denn in Ihrem Falle ist es etwas ganz anderes! Ich sagte, an meiner Stelle, mein Herr, Sie verstehen. Also mir schien – sehen Sie, was für ein Narr –, dass die Großmutter Sie sehr lieb hätte, dass der Besitz des Großvaters auf alle Fälle in Ihre Hände kommen würde; und mit dem Gedanken!... Nach einiger Zeit frage ich Frau Teresa um Rat, zeige ihr Brief und Testament. Sie sagt mir, dass ich Sie sofort von der Entdeckung hätte benachrichtigen müssen, aber jetzt, da ihre Tochter auf eine gewisse Art mit hineingezogen werde, sie sich jedes Rats enthalte. Im Übrigen sagt sie... Doch das tut nichts zur Sache. Kurzum, ich verstehe, dass das Testament auch ihr ein Gräuel ist. Sehen Sie, ich setze mir in den Kopf, dass die Großmutter schließlich doch in die Heirat willigen wird, und ich sage nichts. Heute Abend erzählen Sie mir, dass die Großmutter gedroht hat, denken Sie nur! Jetzt begreifen Sie, dass ich nicht warten konnte, dass ich die

Papiere nicht einen Augenblick länger behalten konnte; hier sind sie, nehmen Sie sie!«

Franco, in seine eigenen Gedanken versunken, hörte nur diese letzten Worte. »Nein«, sagte er, »ich nehme sie nicht. Ich kenne mich. Wenn ich sie in Händen habe, könnte ich allzu schnell etwas zu Folgenschweres tun. Für jetzt behalten Sie sie.«

Gilardoni wollte davon nichts wissen, und Franco hatte einen seiner Ausbrüche von Ungeduld. Nichts irritierte seine Nerven mehr als diese haltlosen Ergüsse von Menschen mit gutem Herzen und zerfahrenem Geist. Er ereiferte sich, weil Gilardoni sich ihm widersetzte, er gab ihm zu verstehen, dass dieses um jeden Preis sich von den Schriftstücken befreien wollen purer Egoismus sei, und dass, wenn man Fehler beginge, man die Folgen tragen müsse. Das waren ungefähr die Worte; sein gereiztes Gesicht, seine harten Mienen sagten viel Schlimmeres. Gilardoni, dunkelrot im Gesicht, war empört über diese Anschuldigung des Egoismus, aber er hielt an sich; und nachdem auch er zornig die Stirn gerunzelt hatte, steckte er, indem er ›gut, gut, gut‹ sagte, hastig die Schriftstücke in die Tasche und ging ohne weiteres hinaus.

Um sein Gewissen zu beruhigen, überzeugte Franco sich selbst sofort, dass Herr Beniamino im höchsten Grade im Unrecht sei; er hatte unrecht, ihm die Schriftstücke nicht schon früher überreicht zu haben, unrecht, sie jetzt nicht behalten zu wollen, unrecht, beleidigt zu sein. Sicher, mit dem unentschlossenen Philosophen doch wieder Frieden zu machen, beschäftigte er sich nicht weiter mit ihm, löschte das Licht, kehrte zu seinem Lehnsessel zurück und versank von neuem in Nachdenken.

Jetzt begann er klar zu sehen. Er konnte sich dieses für seine Großmutter in Form und Inhalt so beschimpfenden Testaments ehrenhalber nicht bedienen wegen des Verdachtes der verbrecherischen Unterschlagung, der durch den Brief erzeugt wurde; wenig ehrenvoll auch für seinen Vater. Nein, niemals. Man musste dem Professor sagen, dass er alles verbrennen sollte. So, Frau Großmutter, werde ich über dich triumphieren; ich lasse dir Gut und Ehre, ohne mir die Mühe zu nehmen, es dir zu sagen! Diesen Plan im voraus genießend, fühlte sich Franco so leicht, als ob er Schwingen hätte, zufrieden mit sich selbst wie ein König, die Seele erleuchtet und beruhigt in einem aus Großmut und Stolz gemischten Gefühl. Trotz seines Gottesglaubens und seiner christlichen Übungen war er weit entfernt zu vermuten, dass eine solche Empfindungsweise nicht vollkommen gut und eine weniger selbstbewusste Großmut edler gewesen wäre.

Er ließ sich in die Lehne des Armstuhles sinken, mehr als vorher geneigt auszuruhen, und überdachte in aller Ruhe alles, was er gelesen, was er gehört hatte, wie jemand, der sich beinahe auf eine gewagte Spekulation eingelassen hätte und die Angst und das Unheil, das nun für immer vermieden, objektiv betrachtet. In seiner Seele regte es sich, und alte Erinnerungen wollten emportauchen. Es fielen ihm die Reden einer alten Dienerin über den Reichtum des Hauses Maironi ein, der den Armen gestohlen sei. Er war damals noch ein Kind gewesen, und das Mädchen hatte keine Scheu getragen, in seiner Gegenwart zu sprechen. Aber auf den Knaben hatte es einen tiefen Eindruck gemacht, der später, als er sich dem Jünglingsalter näherte, noch einmal Nahrung erhielt durch einen Priester, der ihm mit geheimnisvoll feierlicher Miene und vielleicht nicht ohne Absicht erzählt hatte, das Vermögen der Maironi rühre von einem Prozess gegen das Ospedale Maggiore in Mailand her, den sie gegen alles Recht, gewonnen hätten.

›So ist für mich,‹ dachte Franco, ›alles wieder, wie es war.‹

Es fiel ihm ein, dass es spät sein könnte, er zündete das Licht wieder an und sah nach der Uhr. Es war halb vier. Jetzt war es ihm nicht mehr möglich zu ruhen. Der Augenblick, wo er sich von neuem mit Luisa vereinen sollte, war zu nahe, seine Einbildungskraft zu lebhaft. Noch anderthalb Stunden! Alle Augenblicke sah er auf die Uhr; die verwünschte Zeit wollte nicht vergehen. Er nahm ein Buch und konnte nicht lesen. Er öffnete das Fenster, die Luft war mild, tiefes Schweigen, der See hell nach dem S. Salvatore, der Himmel sternenklar. In Oria sah man ein Licht. Sein Schicksal war vielleicht, dort zu leben, im Hause des Onkels. Indem er zerstreut nach dem leuchtenden Punkt blickte, begann er, sich die Zukunft auszumalen, immer wechselnde Phantome.

Gegen halb fünf hörte er die Glocke im unteren Stockwerk anschlagen, und bald darauf kam Pinella, um ihm im Namen seines Herrn zu sagen, dass, wenn er nach Boglia gehen wollte, es Zeit sei aufzubrechen. Der Herr habe starken Kopfschmerz und könne weder aufstehen noch ihn empfangen.

Franco suchte auf dem Schreibtisch ein Stück Papier und schrieb darauf:

›Parce mihi, domine, quia brixiensis sum[5].‹

Dann ging er hinaus, von Pinella mit der Lampe bis zu dem dunkelen Säulengang begleitet, wo er die Straße nach Castello einschlug und verschwand.

*

Um halb sieben klingelte die Marchesa Ursula und befahl der Kammerfrau, die gewohnte Schokolade zu bringen. Sie trank die gute Hälfte und fragte dann mit aller Gleichgültigkeit, um welche Zeit Don Franco zurückgekommen sei.

»Er ist nicht zurückgekommen, Frau Marchesa.«

Innerlich zuckte etwas zusammen, aber kein Muskel im Gesicht der Greisin bewegte sich. Sie berührte mit den Lippen den Rand der Tasse, sah die Kammerfrau an und sagte vollkommen ruhig:

---

5   Entschuldigen Sie mich Herr, aber ich bin aus Brescia.

»Bringen Sie mir eins von den Biskuits von gestern.«

Gegen acht erschien die Kammerfrau wieder, um zu melden, dass Don Franco zurückgekehrt, aber nur in sein Zimmer gegangen sei, um sich seinen Pass zu holen, dann sei er wieder heruntergekommen und habe den Diener beauftragt, ihm einen Fährmann zu besorgen, der ihn nach Lugano bringen sollte. Die Marchesa ließ kein Wort verlauten, aber später ließ sie ihren Vertrauten Pasotti benachrichtigen, dass sie ihn erwarte. Pasotti erschien sofort und blieb eine gute halbe Stunde bei ihr. Die Dame wollte in Erfahrung bringen, wo und wie ihr Enkel die Nacht zugebracht hätte. Pasotti hatte schon einiges aufgelesen und konnte ihr gewisse vage Gerüchte über einen nächtlichen Besuch Don Francos im Hause Rigey vorsetzen; aber es wurden genaue und sichere Mitteilungen verlangt. Der verschlagene Gauner, von Natur neugierig wie ein Spürhund, der jeden Schmutz aufwühlt, seine Schnauze in jede Öffnung steckt und sie an jeder Hose abreibt, versprach der Frau Marchesa, sie ihr binnen weniger Tage zu liefern, und empfahl sich mit funkelnden Augen, sich die Hände reibend, in der Erwartung einer unterhaltenden Jagd.

Fünftes Kapitel.
Der Teufel bei der Arbeit

Am nächsten Morgen, nachdem Pasotti seinen Milchkaffee getrunken und den Feldzugsplan bis halb elf überlegt hatte, ließ er Frau Barborin kommen, die in einem anderen Zimmer schlief, weil den Kontrolleur – so nannte sie ihn demütig – ihr Schnarchen belästigte. »Er hat recht«, sagte die arme Schwerhörige, »es ist eine abscheuliche Angewohnheit, die ich habe.« Sie war älter als ihr Gatte und hatte ihn aus liebebedürftigem Herzen in zweiter Ehe geheiratet, ihm ein kleines Vermögen in die Ehe bringend, auf das er schon lange ein Auge geworfen hatte und in dessen Genuss er sich's nun wohl sein ließ. Der Kontrolleur meinte es auf seine Art gut mit ihr, er zwang sie zu Besuchen, zu Ausflügen im Boot, zu Bergpartien, die eine Qual für sie waren, er machte sich lustig über ihre Taubheit, behängte sie mit Seide und Federn, wenn sie ausging, und im Hause ließ er sie arbeiten wie eine Magd. Trotz alledem verehrte und diente sie dem ›Kontrolleur‹ wie eine Sklavin, mit großer Furcht und dennoch nicht ohne Liebe. Wenn sie nicht als ›der Kontrolleur‹ von ihm sprach, so nannte sie ihn Pasotti. Niemals gestattete sie sich eine vertraulichere Anrede.

Pasotti befahl ihr mit den Gebärden und der herrischen Miene eines Satrapen, ein frisch gewaschenes Hemd aus der Kommode, aus dem Schrank einen Gehrock und ein Paar Stiefel aus dem Schubkasten zu nehmen; und als seine Frau, hin und her suchend, furchtbebend, sich alle Augenblicke umwendend, um den Augen und Winken des Herrn zu folgen, sich verschiedene Verwünschungen zuziehend und den Mund weit aufsperrend, um zu versuchen, das gesehene Wort zu hören, alles bereit gelegt hatte, streckte Pasotti die Beine aus dem Bett und sagte: »Da!«

Frau Barborin kniete sich vor ihm hin und begann ihm die Strümpfe anzuziehen, während der Kontrolleur, mit der Hand nach dem Nachttisch langend, die Tabaksdose ergriff und, nachdem er sie geöffnet, mit beiden Fingern im Tabak stöbernd, in seinen Meditationen von vorhin fortfuhr. Er beabsichtigte, einige Kundschafterbesuche zu machen, aber in welcher Reihenfolge? Nach dem, was ihm sein Pächter gesagt hatte, schien es, als müsste die Marianna bei Herrn Giacomo Puttini oder vielleicht Herr Puttini selbst etwas von Don Franco wissen; und etwas musste man sicher in Castello wissen. Während Frau Barborin ihm das zweite Strumpfband knüpfte, fiel Pasotti ein, dass es Dienstag sei. Herr Giacomo ging jeden Dienstag mit anderen Freunden zum Markt nach Lugano und eigentlich mehr noch in die Trattoria del Lordo, um dem alltäglichen Grimelliwein allwöchentlich ein Gläschen unvermischten Weines zuzugesellen; und häufig kam er in zärtlicher und aufrichtiger Stimmung heim. Es war also gut, ihn erst später aufzusuchen, zwischen vier und fünf. Pasotti bildete sich schon ein, ihn in seinen Krallen zu haben, ihn an seinem Drahte tanzen zu lassen. Er nahm die Finger aus der Tabaksdose mit boshaftem Lächeln, schnippte ein bisschen von der zu groß geratenen Prise auf den Boden, schnupfte mit aller Gemächlichkeit, ließ sich von der Gattin das Taschentuch reichen und lohnte es ihr, indem er mit wohlwollendem Gesicht, das Taschentuch zusammenlegend, murmelte: »Armes Weib! Arme Seele!«

Nachdem er nach halbstündiger Arbeit den Rock angezogen und zugeknüpft hatte, rief er allen Ernstes aus: »Gott, welche Anstrengung!«, und ging zum Spiegel. Seine Frau wagte nur schüchtern zu sagen:

»Ich kann wohl jetzt gehen, nicht?«

Pasotti wandte sich um mit gerunzelten Brauen, winkte sie gebieterisch mit der Hand zu sich heran und zeichnete über und um ihre Gestalt mit vier ausdrucksvollen Gebärden einen Hut und einen Schal. Sie sah ihn mit offenem Mund an, sie verstand nicht; sie deutete mit dem Zeigefinger auf seine Brust, fragte mit den Augen, mit den gewölbten Augenbrauen, als zweifelte sie, dass er diese Dinge vonnöten hätte; worauf Pasotti ihr in derselben Art antwortete, indem er sie dreimal mit dem Zeigefinger tippte: »Du, du, du!« Dann mit der ausgestreckten Hand nach draußen zeigend, bedeutete er ihr, dass sie mit ihm ausgehen müsse.

Sie zuckte vor Erstaunen und voll Widerspruch zwei- oder dreimal zusammen, riss die Augen unverhältnismäßig weit auf und fragte mit einer Stimme, die aus dem Keller zu kommen schien: »Wohin?«

Der Kontrolleur antwortete nur mit einem niederschmetternden Blick und einer bedeutungsvollen Bewegung. »Marsch!« Er wollte sich auf keine anderen Auseinandersetzungen einlassen.

Frau Barborin versuchte noch einen schwachen Widerspruch. »Ich habe noch nicht gefrühstückt«, sagte sie.

Ihr Mann nahm sie bei den Schultern, zog sie zu sich heran und schrie ihr in den Mund: »Das kannst du nachher tun.«

Erst bei Albogasio Inferiore, auf dem Kirchplatz der Annunziata, teilte er ihr mit, indem er mit dem Stock nach dem Ort deutete, dass sie nach Cadate gingen, nach dem verlassenen alten Herrschaftshaus, zwischen Casarico und Albogasio am See gelegen und im Volksmund ›der Palazzo‹ genannt, wo einsam in den Zimmerchen des obersten Stockwerks der Priester Don Giuseppe Costabarbieri und seine Magd Maria, genannt die Palazzo-Maria, lebten. Pasotti kannte beide als Leute, die ihre Ohren spitzten, aber ihre Zunge im Zaum hielten, und wollte ihnen gern einzeln und unbemerkt auf den Zahn fühlen und, wenn er den Boden nachgiebig fand, zugreifen. Er hatte die Frau mitgenommen, damit sie ihm bei der zarten Angelegenheit als Helfershelfer diene, indem sie sich abwechselnd mit einem von beiden beschäftige; und sie, die arme, unschuldige Seele, trottete mit kurzen Schritten hinter ihm her, die hundertneunundzwanzig Stufen herunter, die man die Calcinera nennt, ohne eine Ahnung von der perfiden Rolle zu haben, die man ihr zugedacht.

Der See war glatt wie Öl, und Don Giuseppe, ein trefflices Priesterlein, klein, dick, mit weißen Haaren und rotem Gesicht, mit blanken Äuglein, stand neben dem

Feigenbaum seines Gartens mit einem schwarzen Strohhut auf dem Kopf und einem weißen Tuch um den Hals,
um Gründlinge zu fischen, so eine Sorte pfundschwerer
Gründlinge, alte und durchtriebene Herrschaften, die
diese Stelle aus Liebe zu den Feigen langsam, langsam
umkreisen, neugierig und vorsichtig, gleich dem Priester
und der Magd, Gott weiß, wo diese sich jetzt aufhielt.
Pasotti trat ein, da die Haustür offenstand, er rief Don
Giuseppe, er rief Maria.

Da niemand antwortete, hieß er seine Frau sich auf
einen Sessel setzen, stieg hinunter in den Garten und
schritt direkt auf den Feigenbaum zu, wo Don Giuseppe,
als er seiner ansichtig wurde, sich in krampfhaften Höflichkeitsbezeigungen erging. Er warf die Angelrute beiseite und rief, ihm entgegenkommend: »O Herr, o Herr!
Ah, ich Ärmster! In diesem Zustand! Mein lieber Herr
Kontrolleur! Wir wollen hinaufgehen! Gehen wir hinauf!
Mein lieber Herr Kontrolleur! In diesem Zustand! Nehmen Sie's mir nur nicht übel, nein? Ich bitte tausendmal
um Entschuldigung!«

Aber Pasotti wollte nichts von ›hinaufgehen‹ wissen;
er wollte durchaus dort unten bleiben.

Don Giuseppe rief: »Maria! Maria!«

Und das große Gesicht Marias ward an einem Fensterchen des obersten Stockwerks sichtbar.

Don Giuseppe rief ihr zu, einen Stuhl herunter-
zubringen. Nun offenbarte der Herr Kontrolleur die
Anwesenheit seiner Gattin, worauf das Gesicht ver-

schwand und Don Giuseppe einen neuen Höflichkeits-
anfall bekam.

»Wie? Wie? Die Frau Barborin? Sie ist hier? Lieber
Gott! Gehen wir hinauf!«

Und mit stürmischer Dienstbeflissenheit eilte er davon, aber Pasotti zwang ihn wieder unter seinen Willen,
zunächst indem er ihn tatsächlich am Arm festhielt und
dann, indem er ihm erklärte, er wolle ihn erst zwei oder
drei dieser Riesengründlinge fangen sehen, und wie
Don Giuseppe nun auch seinerseits protestierte: »Da
hat sich was fangen! Schufte sind's, diese Gründlinge!«
– Es half nichts, er musste den Angelhaken werfen.
Pasotti tat erst sehr interessiert, und dann warf auch er
seinen Köder aus.

Er fing an, Don Giuseppe zu fragen, seit wie lange er
nicht in Castello gewesen sei. Als er erfuhr, dass er erst
am Tag vorher dort gewesen sei, um seinen Freund, den
Kaplan Introini, zu begrüßen, pries der gute Gauner, der
Introini nicht ausstehen konnte, ihn in allen Tonarten.
Eine Perle, dieser Pfarrer von Castello! Welch goldenes
Herz! Und hatte Don Giuseppe auch bei Rigeys vor-
gesprochen? Nein, der Frau Teresa ging es zu schlecht.
Nun Lobpreisungen auf Frau Teresa und Luisa. Welch
seltene Geschöpfe! Welche Klugheit, welche Vornehmheit, welches Gefühl! Und die Sache mit Maironi? Rückte
vorwärts, nicht wahr? War schon sehr weit gediehen?

»Weiß nicht, weiß nicht, weiß nicht«, antwortete Don
Giuseppe kurz.

Bei diesem hastigen Leugnen glänzten Pasottis Augen. Er tat einen Schritt vorwärts. Es war unmöglich, dass Don Giuseppe nichts wusste, Teufel auch! Es war unmöglich, dass er mit Introini nicht davon gesprochen hatte! Wusste Introini nicht, dass Don Franco die Nacht im Hause Rigey zugebracht hatte?

»Weiß nicht«, wiederholte Don Giuseppe.

Pasotti bemerkte jetzt sentenziös, dass gewisse bekannte Dinge verbergen wollen, so viel hieße, wie sie missbilligen. Zum Kuckuck! Don Franco war zweifellos mit den ehrlichsten Absichten in das Haus Rigey gegangen und...

»Ein Fisch, ein Fisch, ein Fisch!«, flüsterte Don Giuseppe hastig, sich über das Geländer beugend, die Rute der Angelschnur zusammenziehend und mit den Augen in das Wasser blickend, als ob ein Fisch anbeißen wollte. »Ein Fisch!«

Pasotti sah auch ärgerlich ins Wasser und sagte, dass er nichts sähe.

»Er ist entschlüpft, der Schuft, aber er war gerade darüber mit dem Maul; er wird den Stachel gefühlt haben«, sagte seufzend und sich aufrichtend Don Giuseppe, der, weil auch er den Stachel des Hakens gespürt hatte, zu entschlüpfen versuchte wie ein Fisch.

Der andere ging noch einmal zum Angriff vor, aber umsonst. Don Giuseppe hatte nichts gesehen, hatte nichts gehört, hatte von nichts gesprochen, wusste von nichts. Pasotti schwieg, und der Geistliche zögerte nicht, ihm ebenfalls eine kleine, boshafte Spitze zu geben:

»Sie beißen, weiß Gott, nicht an, heute beißen sie nicht an; es ist, als läge Wind in der Luft.«

Indessen ging im Hause die Unterhaltung zwischen Maria und der Frau Barborin nach den ersten herzlichen Begrüßungen, die sehr gut ausgefallen waren, recht schlecht vorwärts. Maria schlug ihr durch Zeichen vor, in den Garten hinunterzugehen, aber mit gefalteten Händen beschwor die Pasotti sie, sie auf ihrem Stuhl zu lassen. Darauf nahm sich die dicke Maria auch einen Stuhl, setzte sich neben sie und versuchte, einige Worte an sie zu richten; da es ihr, wie sehr sie auch schrie, nicht gelang, sich verständlich zu machen, gab sie es auf, nahm ihre Katze auf den Schoß und sprach mit dieser.

Die arme Frau Barborin sah mit ihren großen, schwarzen, von Alter und Traurigkeit verschleierten Augen die Katze resigniert an. Endlich erschienen Pasotti und Don Giuseppe, der wieder anfing zu pusten:

»Ah, du lieber Himmel! Meine liebe Frau Barborin! Entschuldigen Sie tausendmal!« Und als Maria dem Herrn Kontrolleur gestand, dass es seiner Frau und ihr nicht gelungen sei, sich zu verständigen, nannte er sie, aus Höflichkeit gegen Frau Pasotti, einen Dummkopf, und als sie sich dagegen verteidigen wollte, wies er sie klugerweise durch eine gebieterische Handbewegung und ein ›Tatatata‹ zur Ruhe. Dann machte er ihr ein geheimnisvolles Zeichen mit dem Kopf, und sie ging hinaus. Pasotti ging ihr nach und sagte ihr, dass seine

120

Frau, die den Rigeys einen Besuch schulde und wegen all der laufenden Gerüchte nicht wisse, wie sie sich benehmen solle, von der Maria gern Auskunft haben möchte, denn ›die Maria wisse immer alles‹.

»Was das für Redensarten sind!«, antwortete Maria geschmeichelt. »Ich weiß nie was. Wissen Sie, zu wem Ihre Frau gehen muss? Zu Herrn Giacomo Puttini. Herr Giacomo, der weiß alles.«

›Gut!‹, dachte Pasotti, der diese Bemerkungen mit denen des Pächters in Einklang brachte und eine gute Spur witterte. Gleichzeitig zuckte er ungläubig die Achseln. Herr Giacomo wusste vielleicht, was auf dem Mond geschah, aber weiter nichts. Maria blieb bei dem, was sie gesagt; und der Fuchs begann mit Fragen zu arbeiten, weither geholten, äußerst vorsichtig, aber er fand sie unzugänglich und begriff, dass es verlorene Mühe wäre, und dass er sich mit diesem Wink begnügen musste. Er schwieg also und kehrte halb befriedigt in das Zimmer zurück, wo Don Giuseppe der Frau Barborin mit geeigneter Gebärdensprache erklärte, dass Maria für einen kleinen Imbiss Sorge trage. Und wirklich erschien das Mädchen mit einem viereckigen Glasgefäß voller in Spiritus eingelegter Kirschen, eine berühmte Spezialität des Don Giuseppe, der sie mit einer gewissen Feierlichkeit seinen Gästen vorzusetzen pflegte:

»Darf ich Ihnen eine Kleinigkeit anbieten? Ein paar von meinen Kirschen? Vielleicht mit ’nem Bissen Brot? Maria, bring uns etwas Brot!«

Frau Barborin nahm auf den Rat ihres mephistophelischen Gemahls nur das Brot, während er nur die Kirschen nahm.

Dann gingen sie zusammen fort, und sie erhielt die Erlaubnis, nach Albogasio heimzukehren, während er sich auf den Weg zur Villa Gilardoni machte.

»Er ist ein Teufel, der Herr Pasotti«, sagte Maria, nachdem sie den Riegel vor die Haustür geschoben hatte.

»Nicht nur ein Teufel, der leibhaftige Satan ist er«, rief Don Giuseppe, an den Angelhaken denkend. Und mit dieser Benennung machten die beiden sanften Wesen sich Luft, entschädigten sie sich für all die ungern hergegebenen Dinge, die Umstände, das Lächeln und die Kirschen.

*

Der Professor Gilardoni las auf seinem Gartenbelvedere, als er Pasotti bemerkte, der hinter Pinella zwischen den Rüben- und Runkelrüben Beeten einherschritt. Er fühlte keine Sympathie für den Kontrolleur, mit dem er im Ganzen nur zwei Besuche ausgetauscht hatte, und der in dem Rufe stand, ein ›Österreicher‹ zu sein. Da er jedoch geneigt war, gut von allen zu denken, die er wenig kannte, so kostete es ihn keine Mühe, ihn mit derselben freundschaftlichen Artigkeit zu empfangen, die er gegen jedermann übte. Das Samtbarett in der Hand, ging er ihm entgegen, und nach einem Scharmützel gegenseitiger

Höflichkeitsbezeigungen, bei denen Pasotti den Vogel abschoss, kehrte er mit ihm zusammen zum Belvedere zurück.

Pasotti seinerseits empfand eine lebhafte Antipathie gegen den Professor Gilardoni, nicht sowohl, weil er ihn als liberal kannte, als weil Gilardoni, obschon er nicht wie er selbst zur Messe ging, wie ein Puritaner lebte, weder den Tafelfreuden huldigte noch Geschmack am Trinken, am Rauchen, an gewissen freien Reden fand, und weil er nicht Tarock spielte. Eines Abends, als er im Garten mit Don Franco über die solennen Fress- und Saufgelage sprach, die Pasotti und seine Freunde häufig in den Weinausschänken von Bisgnago vereinten, hatte der Professor ein hartes Wort gebraucht, das von dem dicken Priester, der, im See fischend, mit seiner Barke hart an der Mauer vorüberglitt, gehört wurde. »Erzflegel!«, hatte der liebenswürdige Kontrolleur mit dem Gesicht eines galligen Teufels ausgerufen, als ihm davon berichtet wurde. Dem Wort hatte er ein verächtliches Knurren folgen lassen, und dann hatte er ausgespuckt. Das hinderte ihn jedoch nicht, sich jetzt in tausend Entschuldigungen zu ergehen wegen des so unverzeihlich lange hinausgeschobenen Besuches, wie es ihn nicht hinderte, sofort nach dem Buche zu spähen, das auf dem ländlichen Tischchen des Belvedere lag. Gilardoni fing diesen Blick auf, und da es sich um ein von der Regierung verbotenes Buch handelte, nahm er es, sobald die Unterhaltung in Fluss gekommen war, fast instinktiv und hielt es so auf seinen Knien, dass der andere den Titel nicht lesen konnte. Diese Vorsicht störte Pasotti, der das Häuschen und den Garten in allen seinen Teilen in der für jeden einzelnen Teil geeigneten Tonart rühmte, die Zuckerrüben mit liebenswürdiger Familiarität, die Agaven mit ernster, staunender Bewunderung. Ein Zornesblitz funkelte in seinen Augen und erlosch sofort. »Sie Glücklicher!«, sagte er seufzend. »Wenn meine Verhältnisse es mir gestatteten, würde ich auch gern in Valsolda leben.«

»Es ist eine friedliche Gegend«, entgegnete der Professor.

»Ja, es ist eine friedliche Gegend; und dann, wer der Regierung gedient hat, der ist jetzt in der Stadt nicht gut angeschrieben, da ist nichts zu sagen. Die Leute verstehen nicht zu unterscheiden zwischen einem guten Beamten, der sich nur um das kümmert, was seines Amtes ist, wie ich es getan habe, und einem Polizeispitzel. Wir sind gewissen Verdächtigungen, gewissen Demütigungen ausgesetzt...«

Der Professor wurde dunkelrot und bereute, dass er das Buch vom Tisch genommen hatte. In der Tat war Pasotti trotz aller seiner demütigen Mätzchen viel zu stolz, sich zum Spion herzugeben, und sei es wegen dieses Stolzes, sei es aus irgendeiner guten Regung seines Herzens, er hatte es niemals getan. Es war also in seinen Worten ein Gran von Aufrichtigkeit, ein Körnchen Gold, das genügte, ihnen den Klang des edlen Metalls zu verleihen. Gilardoni war gerührt davon, er bot seinem Gast ein Glas Bier an und stieg eiligst hinunter, Pinella zu suchen, um einen Vorwand zu haben, das Buch auf dem Tisch zurückzulassen.

Kaum war der Professor fort, so stürzte sich Pasotti auf das Buch und warf einen neugierigen Blick hinein, dann legte er es an den Platz zurück, stellte sich oben an die Treppe mit der geöffneten Tabaksdose in der Hand, im Tabak stöbernd und zwischen Bewunderung und Seligkeit den Bergen, dem See, dem Himmel zu- lächelnd. Das Buch war ein Giusti, unter dem falschen Druckort Brüssel, ja sogar Brusselle herausgegeben und unter dem Titel: ›Auszug italienischer Gedichte aus einem gedruckten Manuskript.‹ In einer Ecke des Titel- blattes stand mit schräger Schrift geschrieben: ›Mariano Fornic.‹ Es bedurfte nicht einmal des Scharfsinnes eines Pasotti, um sofort aus diesem wundersamen Namen das Anagramm von Franco Maironi zu erraten.

»Welche Schönheit! Welches Paradies!«, sagte er halblaut, während der Professor die Treppe herauf- stieg, gefolgt von Pinella mit dem Bier.

Er beichtete dann zwischen einem Schluck und dem anderen, dass sein Besuch nicht ganz uneigennützig sei. Er gab vor, ganz verliebt in die blühende Wand zu sein, die den Gemüsegarten Gilardonis vorn gegen den See stützte, und dass er den Wunsch hege, sie in Albogasio Superiore nachzuahmen, wo, wenn auch der See fehlte, allzu viel kahle Mauern seien. Woher hatte sich der

Professor diese Agaven, diese Kapernsträucher, diese Rosen verschafft?

»Was meinen Sie!«, antwortete treuherzig der Professor. »Maironi hat sie mir zum Geschenk gemacht.«

»Don Franco?«, rief Pasotti. »Ausgezeichnet. So werde ich mich an Don Franco wenden, der mir sehr wohlgesinnt ist.« Er zog die Dose. »Armer Don Franco!«, sagte er, den Tabak ansehend und mit der Zärtlichkeit eines gerührten Teufels klopfend. »Armer Junge! Zuweilen ein bisschen hitzig, aber ein sehr guter Junge! Ein vortreffliches Herz! Armer Junge! Sie sehen ihn oft?«

»Ja, recht oft.«

»Möchten ihm wenigstens seine Wünsche in Erfüllung gehen, armer Junge! Ich meine seinetwegen und auch ihretwegen. Die Sache wird doch nicht zu Wasser werden?«

Pasotti äußerte diese Frage als großer Künstler, mit herzlicher, aber diskreter Teilnahme, ohne mehr Neugier an den Tag zu legen, als schicklich war, er wollte das verschlossene Herz Gilardonis erst ölen und weich machen, damit es sich ganz allmählich von selbst auftue. Aber statt sich unter dieser zarten Berührung zu öffnen, zog Gilardonis Herz sich zusammen, schloss sich.

»Ich weiß es nicht«, antwortete der Professor, zu seinem Ärger fühlend, wie ihm das Blut ins Gesicht stieg, und dadurch noch tiefer errötend.

Pasotti notierte sofort in dem Taschenbuch seines Geistes die verlegene Antwort und das Erröten. »Er täte unrecht«, sagte er, »das Spiel aufzugeben. Es ist begreiflich, dass die Marchesa Schwierigkeiten macht, aber im Grunde ist sie gut und liebt ihn sehr. Eine Angst hat sie ausgestanden, die vorletzte Nacht, die arme Frau!« Er blickte den Professor an, der schwieg, unruhig und finster, und er dachte: ›Du sprichst nicht? Also weißt du.‹ »Sie begreifen«, fuhr er fort. »Nicht zu sagen, wohin man geht! Meinen Sie nicht auch?«

»Aber ich weiß nichts, ich begreife nichts!«, rief Gilardoni, immer verdrossener, immer unruhiger.

Hier riskierte Pasotti, der wohl wusste, dass der Professor schon seit langer Zeit aufgehört hatte, die Rigeys zu besuchen, aber den Grund hierfür nicht kannte, als Neuling in der Späherkunst einen Schritt vorwärts.

»Man müsste sich in Castello darnach erkundigen«, sagte er mit einem etwas maliziösem Lächeln.

Bei diesem Punkte schäumte Gilardoni, in dem es schon lange kochte, über: »Haben Sie die Güte«, sagte er gereizt, »lassen wir diese Unterhaltung, lassen wir diese Unterhaltung!«

Pasotti verfinsterte sich. Höflich, schmeichlerisch, süßlich wie er war, duldete es doch sein Stolz nicht, ein unziemliches Wort sich ruhig ins Gesicht sagen zu lassen; er nahm es über alle Maßen übel. Er sprach nicht mehr, und nach einigen Minuten verabschiedete er sich mit würdevoller Kälte und zog sich, seine Wut hinunterwürgend, über Zuckerrübenbeete und Rüben zurück. Als er sich am Ende des Viertels Ma4ari befand, blieb der Erzgauner ein Weilchen mit dem Kinn in der Hand nachdenkend stehen, dann begab er sich in langsamen Schritten, sehr gebeugt, aber mit den leuchtenden Augen des Landstreichers, der in der Luft einen verborgenen Trüffels erschnüffelt hat, zum Ufer von Casarico.

Die verängstigten Abwehrversuche von Don Giuseppe, die hartnäckigen Abwehrversuche von Maria, die Verlegenheit und der Ausbruch des Professors sagten ihm, dass der Trüffel da war und groß. Erst hatte er daran gedacht, nach Loggia zu gehen, wo der Paolin und der Paolon, beide wohlunterrichtete Leute, wohnten; dann war ihm eingefallen, dass es Dienstag sei und er sie wahrscheinlich nicht antreffen würde. Nein, es war besser, von Casarico direkt nach Castello hinaufzusteigen, dort in der Wohnung einer gewissen Frau Cecca zu wittern und zu wühlen, einer vortrefflichen Dame, die ganz Herz war und berühmt wegen der unermüdlichen Wachsamkeit, mit der sie von ihren Fenstern aus mittels eines gewaltigen Fernrohrs das ganze Valsolda beobachtete. Sie vermochte jeden Tag Auskunft zu geben, wer mit dem Bootsmann Pin und wer mit dem Bootsmann Panighèt nach Lugano gefahren sei, sie verfolgte die Zusammenkünfte des armen Pinella mit einer gewissen Mochèt auf dem Kirchplatz in Albogasio auf einen Kilometer Entfernung; sie wusste, in wie viel Tagen der Herr Ingenieur Ribera das Füßchen Wein ausgetrunken hatte, das seine Barke von dem Haus in Oria leer nach der Kellerei von S.

Margherita zurücktrug. Ob Franco im Hause Rigey gewesen war, musste Frau Cecca wissen.

In dem gedeckten Gang, der von Casarico nach dem Wege von Castello führt, hörte Pasotti jemand eiligen Schrittes hinter sich herkommen, in dem er, als er ihn im Dunkel überholte, einen gewissen Herrn zu erkennen glaubte, der wegen seiner immer eiligen Gangart den Beinamen ›gehetzter Hase‹ führte. Dieser brave Mann übertraf an Neugier noch Pasotti, ein vortrefflicher Mensch, der die Dinge nur der Wissenschaft halber gern wissen wollte, ohne Nebenzwecke; er ging immer allein, war überall, erschien und verschwand wie ein Blitz bald an einem Ort, bald am anderen, wie gewisse große, geflügelte Insekten, die plötzlich aufschnellen, schwirren, mit den Flügeln schlagen, dann still sind; – man hört sie nicht, man sieht sie nicht, bis sie plötzlich wieder aufschnellen, wieder schwirren und wieder mit den Flügeln schlagen. Er hatte die Pasottis in den Palazzo eintreten sehen, und die ungewöhnliche Stunde hatte ihn argwöhnisch gemacht. Auf einem Feld versteckt, hatte er Frau Barborin nach Hause gehen sehen und den Kontrolleur den Weg nach Casarico einschlagen, war ihm von weitem gefolgt und hatte sich während seines Besuches bei Gilardoni hinter einem Pfeiler des Bogenganges von Casarico verborgen; und jetzt war er, die Dunkelheit benützend, an ihm vorbeigeglitten, um nach Castello zu laufen, ihn dort zu erwarten und von einem guten Beobachtungsposten zu überwachen. In der Tat sah er ihn bei Frau Cecca eintreten. Die alte, mit einem Kropf behaftete Dame stand in ihrem Salon. Mit der linken Hand hielt sie ein kleines Bürschchen, das an ihrem Halse hing, während sie mit der freien Hand ein übermäßig langes Rohr aus Pappe dirigierte, das, mit Bindfaden schräg im Fenster befestigt, wie eine kleine Kanone auf den funkelnden See, auf ein weißes, windgeschwelltes Segel gerichtet war. Bei Pasottis Eintritt, der, sich verneigend, den Hut in der Hand, mit strahlendem, honigsüßem Gesicht nähertrat, legte die gute, gastfreundliche Dame eiligst diese lange, ungeheuerliche Pappnase nieder, die sie in die fernliegenden Angelegenheiten anderer zu stecken liebte, wo ihr eigenes pergamentenes, nicht gerade klein ausgefallenes Riechorgan nicht ausreichte. Sie empfing den Kontrolleur, wie sie einen wundertätigen Heiligen hätte empfangen können, der gekommen wäre, sie von dem Kropf zu befreien.

»Ach, mein lieber Herr Kontrolleur! Mein lieber Herr Kontrolleur! Ah, wie mich das freut! Wie mich das freut!«

Sie bat ihn, Platz zu nehmen, und erstickte ihn mit liebenswürdigen Anbietungen.

»Ein bisschen Torte! Ein bisschen Mandelkuchen! Mein lieber Herr Kontrolleur! Bisschen Wein! Ein bisschen Rosenlikör! Entschuldigen Sie nur«, fuhr sie fort, da das Würmchen zu quietschen anfing. »Es ist mein Enkelchen; ja doch, es ist mein Herzblatt.«

Pasotti machte Umstände, denn außer Don Giuseppes Kirschen hatte er auch schon Gilardonis Bier im

Magen; aber schließlich blieb ihm nichts übrig, als an so einem verwünschten Mandeltörtchen zu knabbern, während der Kleine sich am Kropf der Großmutter festhielt.

»Arme Frau Cecca! Zweimal Mutter!«, sagte pathetisch bei diesem Anblick der boshafte Fuchs und lachte sich ins Fäustchen. Nachdem er sich nach dem Gatten und der Deszendenz bis in die dritte Generation erkundigt hatte, führte er Frau Teresa Rigey ins Treffen. Wie ging es der armen Dame? Schlecht! Wirklich so schlecht? Aber seit wann? Lag irgendeine besondere Ursache vor? Irgendeine Aufregung? Irgendeine Unannehmlichkeit? Ihre alten Sorgen kannte man ja, waren neue hinzugekommen? Vielleicht wegen Luisina? Wegen dieser Heirat? Franco kam niemals nach Castello? Bei Tag, nein, das stimmte; aber...

Wie der Kranke bei der Untersuchung, wenn der Arzt vorsichtig nach der schmerzenden Stelle tastet, immer kürzer antwortet, je näher die prüfende Hand dem wunden Punkt kommt, und, sobald er berührt wird, sich ihm zitternd entwindet, so wurden die Antworten der Frau Cecca immer kürzer und vorsichtiger, und bei diesem aber, das sanft die kritische Stelle berührte, rief sie plötzlich: »Noch ein Stückchen Torte, Herr Kontrolleur! Die Mädels haben's gebacken!«

Pasotti verwünschte im Innersten seines Herzens ›die Mädels‹ und ihren Kuchen aus Honig, Teig und Mandelöl, aber er hielt es für praktisch, noch ein zweites

Stückchen hinunterzuwürgen, und berührte, nein, drückte noch einmal dieselbe Stelle.

»Ich weiß von nichts, von nichts, von nichts!«, rief Frau Cecca. Versuchen Sie, mit Puttini zu sprechen! Mit dem Herrn Giacomo! Mich fragen Sie nur nichts mehr!«

Wieder! Pasottis Gesicht strahlte bei dem Gedanken, den bös hereingefallenen Giacomo in den Krallen zu haben. So würden die Augen eines übermütigen Falken funkeln bei dem Gedanken, einen Frosch zu packen und als Spielzeug und Zeitvertreib in den Fängen zu halten. Bald darauf empfahl er sich, mit allem zufrieden, außer mit der schweren Torte, die ihm im Magen lag.

*

Die Villa Puttini, deren kleine, herrschaftliche Fassade dem kleinen, alten Besitzer glich, der darin im schwarzen Rock und großer weißer Krawatte herrschte, lag nur wenig unterhalb des stolzen Massivgebäudes der Pasotti, auf dem Wege nach Albogasio Inferiore. Am Nachmittag gegen fünf Uhr machte sich der Falke mit boshaftem Gesicht auf den Weg dorthin. Er klopfte an die Tür und horchte. Er war da, der unglückliche Frosch war zu Hause, er zankte wie gewöhnlich mit der widerspenstigen Magd.

»Mach auf!«, sagte Herr Giacomo; aber Marianna verspürte keine Lust, hinunterzugehen und zu öffnen. »Mach auf! Mach auf! Ich bin hier der Herr!«

Umsonst. Pasotti klopfte von neuem, er klopfte wie eine Wurfmaschine.

»Verwünscht, wer ist da?«, schrie Puttini, und keuchend kam er herunter und öffnete. »O, mein verehrter Kontrolleur!«, sagte er, mit den Augen blinzelnd und die Augenbrauen pathetisch in die Höhe ziehend. »Verzeihen Sie! Diese unselige Person! Ich habe den Kopf verloren! Ich kann Ihnen gar nicht sagen, was in diesem Hause vorgeht.«

»Das ist nicht wahr!«, schrie Marianna von oben.

»Schweig!« Und Herr Giacomo begann nun seine Leiden zu klagen, wobei er alle Augenblicke den Widerspruch der unsichtbaren Dienstmagd zurückweisen musste. »Stellen Sie sich vor, heute Morgen gehe ich nach Lugano. Ich komme nach Hause, so ungefähr gegen drei Uhr. An der Tür sehen Sie hier, da sind Tropfen. – Schweig! – Ich achte nicht darauf, ich gehe vorwärts. Ich bin am Treppenabsatz, um in die Küche zu gehen; da sind Tropfen. – Still da oben! – ›Was hat sie vergossen?‹, denke ich. Ich bücke mich, ich wische mit dem Finger auf der Erde; ich fühle, es ist Fett; ich rieche, es ist Öl. Nun gehe ich den Tropfen nach. Ich taste, ich rieche, ich taste, ich rieche. Alles Öl, verehrtester Kontrolleur. Entweder ist es gekommen, oder es ist fortgebracht, sage ich mir. Wenn es gekommen ist, so hat's der Verwalter gebracht, und dann müssen die Tropfen, die vor der Tür verschüttet sind, bis hinauf führen; ist es fortgebracht, dann hat diese verwünschte

Person... Schweige sie!... es zum Verkauf nach S. Mamette getragen, und die Tropfen müssen dann bis hinunter führen. Und ich kehre um und gehe den Tropfen nach, immer den Tropfen nach, ich komme zur Tür; mein verehrtester Kontrolleur, die Tropfen gehen nach unten. Diese Person...«

Bei diesem Wort ging die Stimme der Magd wie der Wecker einer Uhr los, keine ›Still‹-Rufe vermochten diesen kreischenden, unaufhaltsamen Strom wutentbrannter Worte zu unterbrechen.

Pasotti versuchte es; da es ihm nicht gelang, geriet auch er in hellen Zorn.

»O du Nichtswürdige«, rief er, und fuhr fort, ihr Schimpfworte an den Kopf zu werfen, von denen jedes einzelne von einem halblaut geäußerten Wort der Anerkennung seitens des Herrn Giacomo begleitet wurde:

»Sehr gut gegeben, dreistes Mundwerk, bravo. Ihnen sehr verpflichtet. Ja, Hexe, bravo. Lästige Person, ausgezeichnet. Bin Ihnen sehr verpflichtet, verehrtester Kontrolleur, bin Ihnen wirklich verpflichtet.«

Als Marianna endlich ausgetobt zu haben schien und verstummte, sagte Pasotti zu Herrn Giacomo, dass er ihn sprechen müsse.

»Ich habe keinen Kopf«, entgegnete das Männchen. »Sie werden mir verzeihen, mir ist nicht wohl.«

»O, ich hab' keinen Kopf, ich hab' keinen Kopf«, äffte die wieder munter gewordene Marianna ihm nach. »Wenn er's sagt, dann wird er den Kopf wohl verloren haben, wie er bei Nacht die Frauensleute in Castello besucht hat!«

»Schweig!«, brüllte Puttini; und Pasotti mit teuflischem Grinsen: »Wie, wie, wie?«

Als er sah, dass der andere in Wut geriet, hielt er ihn an einem Arm fest und zog ihn unter friedlichem und liebevollem Zureden mit sich fort, schleppte ihn nach seinem Hause, rief seine Frau, und um den armen Frosch zu beruhigen, um ihn gemächlich in seine Krallen zu nehmen, arrangierte er ein Tarock zu dreien.

*

Wenn Frau Barborin schlecht spielte, so spielte Herr Giacomo, grübelnd, überlegend, schnaubend, noch schlechter. Er war ein sehr zaghafter Spieler und spielte niemals allein gegen die beiden anderen. Heute hielt er, kaum dass sie angefangen hatten, so außerordentliche Karten in der Hand, dass er in einem Anfall von Mut sich ordentlich ins Zeug legte.

»Gott weiß, was für ein Spielchen er hat«, murmelte Pasotti.

»Ich sage nichts... ich sage nichts... meine Mönche gehen in Pantoffeln spazieren.«

Herrn Giacomos ›Ich sage nichts‹ bedeutete, dass er wunderbare Karten in der Hand hatte; und die Mönche in Pantoffeln waren in seinem Jargon die vier Könige des Spiels.

Während er sich zum Ausspielen anschickte, indem er jede einzelne Karte befühlte und überlegend ansah, nahm Pasotti die Gelegenheit wahr – nebenbei hoffend, dass er ihm das Spiel abgewinnen würde – und sagte: »Also, erzählen Sie ein bisschen. Wann sind Sie des Nachts nach Castello gegangen?«

»O Gott, o Gott! Lassen wir das!«, entgegnete Herr Giacomo tief errötend und mehr als je mit den Karten angebend.

»Ja, ja, jetzt spielen Sie nur aus. Wir sprechen nachher. Außerdem weiß ich schon alles.«

Armer Herr Giacomo, er hatte gut spielen mit diesem Stachel im Fleische! Er befühlte die Karten, er schnaubte, er spielte aus, was er hätte behalten müssen, er irrte sich beim Zählen der Tarocks, verlor ein paar der Mönche mit den entsprechenden Pantoffeln, und trotz seines ausgezeichneten ›Spielchens‹ ließ er einige Marken in Pasottis Krallen, der vergnüglich grinste, und auf dem Schälchen der Frau Barborin, die mit gefalteten Händen wiederholte:

»Was haben Sie nur gemacht, Herr Giacomo, was haben Sie nur gemacht?«

Pasotti nahm die Karten an sich und fing an zu mischen, wobei er mit sardonischem Ausdruck Herrn Giacomo anblickte, der nicht wusste, wo er seine Augen lassen sollte.

»Gewiss«, sagte er. »Ich weiß alles. Die Frau Cecca hat mir alles erzählt. Im Übrigen, mein teurer politischer

Deputierter, werden Sie vor dem K.K. Kommissar von Porlezza Rechenschaft ablegen.«

Bei diesen Worten reichte Pasotti das Kartenspiel dem Puttini, damit er abhebe. Aber kaum hatte er diesen bedrohlichen Namen gehört, begann Puttini zu stöhnen: »O Gott, o Gott, was sagen Sie da, ich weiß nichts... o Gott... der K.K. Kommissar... Ich sage... ich wüsste nicht, weshalb ...«

»Gewiss!«, wiederholte Pasotti. Er wartete auf ein Wort, das ihm Aufschluss geben sollte; und er machte seiner Frau ein Zeichen, indem er mit dem Daumen erst auf die Tür und dann auf ihren eigenen Mund deutete, dass sie etwas zu trinken bringen sollte.

»Muss auch dieser verwünschte Ingenieur...!«, rief, fast wie zu sich selbst sprechend, Herr Giacomo.

Wie der Fischer mühsam die lange, schwere Angelschnur an sich zieht, wenn er glaubt, dass der langersehnte große Fisch angebissen, und er zieht und zieht und sieht endlich aus dem Grunde zwei große Umrisse von Fischen statt eines einzigen auftauchen, und wie er dann klopfenden Herzens die Vorsicht und die Geschicklichkeit verdoppelt, so Pasotti, als er den Namen des Ingenieurs hörte; er war im höchsten Grade erstaunt, sein Herz klopfte, und er war entschlossen, mit so zartem Griff wie nur möglich das Geheimnis des Herrn Giacomo und des Ribera herauszuziehen.

»Gewiss«, sagte er. »Er hat Unrecht getan.«

Herr Giacomo schwieg.

Pasotti blieb dabei: »Er hat sehr Unrecht getan.«

Frau Barborin trat, ganz Lächeln, mit einem Tablett, einer Flasche und Gläsern ein. Der Wein ist von dunkelroter Farbe, durchsichtig wie Rubin, und Herr Giacomo macht ihm, wenn noch kein zärtliches, so doch ein wohlwollendes Gesicht. Der Wein strömt ein Aroma von herber Kraft aus, und Herr Giacomo zieht den Duft tief empfundenen Gemüts in die Nase, er betrachtet ihn gerührt, er zieht wieder ein. Der Wein ist von jener süffigen Fülle, die Gaumen und Seele wohlgefällig ist, der Wein ist in Wirklichkeit von jener guten, starken Herbheit, wie sein Aroma sie ankündigt, und Herr Giacomo schlürft ihn in dem Wunsche, er möge nicht flüssig und vergänglich sein, er kaut ihn, er schwelgt darin, er schmatzt mit den Lippen; und wenn er von Zeit zu Zeit das Glas auf den Tisch setzt, so lässt er es weder aus der Hand noch aus den feucht glänzenden Augen.

»Der arme Ingenieur!«, rief Pasotti. »Armer Ribera! Er ist ein guter, anständiger Mensch, aber ...«

Und er zog und zog, der unglückliche Herr Giacomo saß schon fest und kam hinter Angel und Faden zum Vorschein.

»Ich wollte eigentlich nicht«, sagte er. »Er hat mich dazu getrieben. – ›Kommen Sie‹, sagte er; ›warum wollen Sie nur nicht kommen? Es geschieht kein Unrecht, es ist eine ehrliche Sache.‹ ›Ja‹, sage ich, ›das scheint mir auch so, aber dieses Geheimnis!‹ ›Aber! Die Großmutter!‹, sagt er. ›Ich verstehe‹, sage ich, ›aber es ist mir nicht angenehm.‹ ›Mir auch nicht‹, sagt er. ›Welche Rolle spielen wir dann‹, sage ich, ›Sie und ich?‹ ›Die Rolle des Narren‹, sagt er in seiner gutmütigen, altmodischen Art, ›was wollen Sie? Das liegt nun mal in meinem Temperament.‹ ›Dann komme ich‹, sage ich.«

Hier hielt er inne. Pasotti wartete ein wenig, dann zog er vorsichtig die Schlinge zu. »Das schlimme ist«, sagte er, »dass in Castello darüber gesprochen wird.«

»Ja, lieber Herr, und ich habe es mir gleich gedacht. Die Familie hat geschwiegen, der Ingenieur hat geschwiegen, ich habe selbstverständlich geschwiegen, aber der Pfarrer wird nicht geschwiegen haben, und der Sakristan wird nicht geschwiegen haben.«

Der Pfarrer? Der Sakristan? Jetzt verstand Pasotti. Er war starr; ein so großes Geschäft hatte er sich nicht versprochen. Er goss dem in seine Fänge geratenen Herrn Giacomo zu trinken ein, holte ihn mit Leichtigkeit über alle Einzelheiten der Eheschließung aus und versuchte, über die Pläne des jungen Paares einiges aus ihm herauszubringen; aber das gelang ihm nicht. Er mischte die Karten, um das Spiel fortzusetzen, und Herr Giacomo sah nach der Uhr und fand, dass noch neun Minuten an sieben fehlten, der Zeit, um die er seine Wanduhr aufzuziehen pflegte. Drei Minuten auf den Weg, zwei Minuten für die Treppe, – blieben ihm nur noch vier Minuten, um sich zu verabschieden.

»Verehrtester Kontrolleur, ich habe Ihnen die Rechnung gemacht, Sie entschuldigen, es stimmt genau.«

Frau Barborin, die glaubte, es handle sich um einen Streit, fragte ihren Gatten. Pasotti legte seine Hände vor den Mund und schrie ihr ins Gesicht: »Er will zu seiner Liebsten gehen!«

»Nicht doch, nicht doch!«, entgegnete der arme Herr Giacomo, dessen Gesicht in allen Regenbogenfarben spielte; und die Pasotti, die wunderbarerweise verstanden hatte, sperrte ihren großen Mund auf und wusste nicht, ob sie glauben sollte oder nicht. »Die Liebste? Ach, was für ein Geschwätz! 's ist doch nichts wahr davon, Herr Giacomo, sind bloß Redereien? Sie könnten es ruhig übel nehmen, ich sage ja nicht, dass Sie zu alt sind, aber immerhin!« Als sie begriffen, dass er fortgehen wollte, versuchte sie, ihn mit Maronen von Venegonno, die am Feuer kochten, zurückzuhalten. Aber weder die Maronen noch Pasottis kränkende Bemerkungen konnten Herrn Giacomo von seinem Entschluss abbringen, und er empfahl sich mit dem Gespenst des K.K. Kommissars im Herzen und gleichzeitig mit dem Bewusstsein einer unbehaglichen Empfindung, einer unbestimmten Unzufriedenheit mit sich selbst, die er sich nicht zu erklären vermochte, mit dem instinktiven Gefühl, dass die Injurien der boshaften Magd schließlich den Schmeicheleien Pasottis noch vorzuziehen seien.

Pasottis Augen waren indessen noch funkelnder als gewöhnlich. Er wollte sogleich nach Cressogno gehen. Ein unermüdlicher Fußgänger, berechnete er, dass er bis um acht Uhr dort sein könnte. Der Gedanke, mit seiner großen Entdeckung zu der Marchesa zu gehen, den Geheimnisvollen zu spielen, mit suggestiven Worten in kleinen Dosen herauszurücken und das übrige sich entreißen lassen, der Gedanke behagte ihm sehr. Und er bereitete zu seinem eigenen Vergnügen schon eine kleine versöhnliche, gemütvolle Rede vor, die er der unbeugsamen Dame auf die Wunde legen wollte, so dass sie nicht imstande wäre, sie zu verbergen, und dass niemand, nicht einmal Franco, sich über ihn beklagen könnte. Er ging in die Küche, ließ sich die Laterne anzünden, denn es war eine sehr dunkle Nacht, und machte sich auf den Weg.

In der Tür begegnete er seinem Pächter, der hereinkam. Der Pächter grüßte, trug einen großen Korb mit Früchten in die Küche, half der Magd, sie an Ort und Stelle legen, setzte sich ans Feuer und sagte mit größter Seelenruhe:

»Eben ist die Frau Teresa aus Castello gestorben.«

Sechstes Kapitel.
Die alte Frau mit dem Marmorherzen

Die Tür ging leise ein wenig auf, das Mädchen steckte den Kopf ins Zimmer und rief Franco, der vor einem Stuhl neben dem Bett der Toten kniend betete. Franco hörte nicht, aber Luisa erhob sich. Sie ging zu dem Mädchen, um nach ihrem leise geflüsterten Begehr zu fragen, sagte ihr ein paar Worte, und als jene sich zurückgezogen, wartete sie neben der Tür. Als niemand erschien, öffnete sie die Tür und sagte laut: »Kommen Sie, kommen Sie herein.« Ein heftiges Schluchzen antwortete ihr. Luisa streckte beide Hände aus, die der Professor Gilardoni krampfhaft festhielt. So blieben sie geraume Zeit unbeweglich mit gepressten Lippen, gegen die Bewegung ankämpfend, er mehr als sie. Luisa war die erste, die sich regte, sie entzog ihm sanft eine Hand und zog mit der anderen den Professor in das Zimmer der Toten.

Frau Teresa war im Salon gestorben, auf dem Lehnsessel, den sie nicht mehr hatte verlassen können seit der Hochzeitsnacht. Man hatte sie dann auf den Diwan gebettet, der zur Totenbahre hergerichtet war. In dem Lichte der vier Kerzen sah man das sanfte, wachsbleiche Antlitz auf dem Kissen ruhen, mit einem Lächeln, das durch die geschlossenen Lider schien, mit halbgeöffnetem Munde. Das Lager und das Kleid waren mit Herbstblumen bestreut, mit Alpenveilchen, Dahlien, Chrysanthemen.

»Sehen Sie, wie schön sie ist«, sagte Luisa mit so zärtlicher und klarer Stimme, dass es einem das Herz zerriss. Der Professor lehnte sich schluchzend gegen einen Stuhl, der von dem Lager entfernt stand.

»Fühlst du es, Mutter«, sagte Luisa leise, »wie lieb sie dich haben?«

Sie kniete nieder, nahm die Hand der Toten und bedeckte sie mit Küssen und Liebkosungen und flüsterte ihr süße Worte zu; dann schwieg sie, legte die Hand hin, stand auf, küsste die Stirn und betrachtete mit gefalteten Händen ihr Antlitz. Sie gedachte der Vorwürfe, die ihr die Mutter in den vergangenen Jahren, von der Kinderzeit an, gemacht, und die sie so bitter empfunden hatte. Wieder kniete sie nieder, wieder drückte sie die Lippen auf die eiskalte Hand mit leidenschaftlicher Inbrunst, als wenn sie ihrer Zärtlichkeiten gedacht hätte. Dann nahm sie ein Alpenveilchen von der Schulter der Toten, stand auf und reichte sie dem Professor. Dieser nahm sie weinend, näherte sich Franco, den er erstmals seit jener Nacht wiedersah, umarmte ihn und wurde in stummer Bewegung wieder umarmt; dann verließ er auf den Zehenspitzen das Zimmer.

Es schlug acht. Frau Teresa war um sechs am vorhergehenden Abend gestorben; in den sechsundzwanzig Stunden hatte Luisa nicht einen Augenblick geruht, hatte sie nur vier- oder fünfmal das Zimmer auf wenige Minuten verlassen. Wer oft hinausging und auch lange draußen blieb, das war Franco.

Man hatte ihn heimlich benachrichtigt, und er war gerade rechtzeitig in Castello eingetroffen, um die Mutter noch am Leben zu finden, und alle die traurigen Obliegenheiten, die der Tod mit sich bringt, waren ihm zugefallen, denn der Onkel Piero hatte trotz seines Alters nicht die geringste Erfahrung in diesen Dingen und wusste nicht ein noch aus.

Jetzt, als er es acht schlagen hörte, näherte er sich seiner Gattin und bat sie sanft, ein wenig zu ruhen, aber Luisa antwortete ihm sofort in so entschiedenem Ton, dass er nicht den Mut fand, weiter in sie zu dringen. Das Begräbnis sollte am folgenden Tag um neun stattfinden. Sie hatte gewünscht, dass man so lange wie möglich damit wartete und wollte bis zum letzten Augenblick bei der Mutter bleiben. In ihrer zarten Gestalt wohnte eine ungezähmte Energie, die noch ganz andere Beweise ihrer Stärke geben sollte. Für sie war die Mutter, die dort auf dem bescheidenen Lager unter den Blumen lag, alles, was ihr geblieben war. Sie dachte nicht, dass ein Teil von ihr anderswo sei, sie suchte sie nicht an dem nach Westen gelegenen Fenster unter den Sternen, die über den Bergen von Carona flimmerten. Sie dachte nur, dass die geliebte Mutter, die seit so vielen Jahren allein für sie gelebt, die keine andere Sorge auf Erden gehabt hatte, als ihr Glück, binnen weniger Stunden und für immer unter den großen Nussbäumen von Looch schlummern würde, in der schattigen Einsamkeit des kleinen Friedhofes von Castello, während sie das Leben genießen würde, die Sonne, die Liebe.

Sie hatte Franco fast schroff geantwortet, als verletze die Liebe des Lebenden auf irgendeine Weise die Liebe der Toten. Dann glaubte sie, ihn gekränkt zu haben, sie bereute es, gab ihm einen Kuss, und wissend, dass sie ihm eine Freude damit machte, wollte sie etwas tun, was die Mutter sicher von ihr erwartet haben würde: sie wollte beten. Mechanisch sagte sie Paters, Aves und Requiems her, ohne eine Befriedigung darin zu finden, ja sogar ein geheimes Unbehagen dabei empfindend, ein Loslösen vom Schmerz. Sie hatte immer die religiösen Gebräuche ausgeübt, aber seitdem die Inbrunst der ersten Kommunion erloschen, hatte ihre Seele keinen Teil mehr an dem Gottesdienst gehabt. Ihre Mutter hingegen hatte weit eher für das Jenseits als für diese Welt gelebt, jede Handlung, jedes Wort, jeden Gedanken hatte sie auf jenes Ziel gerichtet. Luisas Gedanken und Gefühle hatten bei ihrer vorzeitigen intellektuellen Entwicklung durch die kraftvolle Entschlossenheit, die in ihrem Charakter lag, eine andere Richtung genommen. Sie verbarg sie jedoch hinter einer teils bewussten, teils unbewussten Verstellung, sei es aus Liebe zur Mutter, sei es infolge der Widerstandskraft durch das mütterliche Wort ausgesäter Keime, die durch das Beispiel gepflegt, durch die Gewohnheit erstarkt waren.

Von ihrem vierzehnten Jahr ab hatte sie dazu geneigt, nicht über das gegenwärtige Leben hinauszublicken und gleichzeitig nicht in sich selbst zu blicken, für andere zu leben, für das irdische Wohl der anderen, jedoch mit einem starken und stolzen Gerechtigkeitssinn. Sie ging in die Kirche, erfüllte die äußeren Formen der Religion, ohne Ungläubigkeit und ohne die Überzeugung, Gott damit wohlgefällig zu sein. Sie hatte den unklaren Begriff eines so erhabenen und großen Gottes, dass keine direkte Verbindung mit den Menschen und ihm möglich wäre. Und wenn sie zuweilen glaubte zu irren, so schien es ihr, dass ein so unendlich gütiger Gott einen solchen Irrtum nicht strafen könne. Wie sie zu dieser Vorstellung gekommen war, wusste sie selbst nicht.

Noch einmal wurde die Tür ganz vorsichtig geöffnet, eine gedämpfte Stimme rief ›den Herrn Don Franco‹. Als Luisa allein geblieben war, hörte sie auf zu beten, sie neigte das Haupt über das Kissen der Mutter, berührte mit den Lippen ihre Schulter und schloss die Augen, sich von dem Strome der Erinnerungen tragen lassend, die diese Berührung wie ein vertrauter Lavendelduft heraufbeschwor. Das Kleid der Mutter war von Seide, ihr bestes, ein Geschenk des Onkels Piero. Sie hatte es nur ein einziges Mal getragen, vor einigen Jahren bei einem Besuch bei der Marchesa Maironi. Auch dieser Gedanke kam mit dem Lavendelduft, brennende Tränen stiegen ihr auf voll schmerzlicher Zärtlichkeit und einem Gefühl, das nicht gerade Hass, das nicht gerade Zorn war, aber doch von beiden die Bitterkeit in sich barg.

*

Als Franco seinen Namen rufen hörte, erbebte er; er erriet sofort die Veranlassung. Onkel Piero hatte zeitig am Morgen der Marchesa geschrieben, ihr in einfachen, aber ehrerbietigen Worten den Tod seiner Schwester an-gezeigt; und Franco selbst hatte dem Briefe des Onkels ein Billett mit den folgenden Worten beigefügt:

›Teure Großmutter, ich habe nicht die Zeit, Dir zu schreiben, weshalb ich hier bin; ich werde es Dir morgen mündlich sagen, und ich habe die Zuversicht, dass Du mich anhören wirst, wie mein Vater und meine Mutter mich angehört haben würden.‹

Bisher war noch keine Antwort aus Cressogno eingetroffen. Jetzt hatte ein Mann aus Cressogno einen Brief gebracht. Wo ist dieser Mann? – Fort; er wollte keinen Augenblick warten. – Franco nahm den Brief, las die Adresse ›Herrn Ingenieur Pietro Ribera, Wohlgeboren‹, und er erkannte die Handschrift der Verwalterstochter. Er ging sofort hinauf zum Onkel Piero, der sich ermüdet zu Bett gelegt hatte.

Onkel Piero zeigte, als Franco ihm den Brief reichte, weder Erstaunen noch Neugier und sagte gleichmütig:

»Öffne ihn.«

Franco stellte das Licht auf die Kommode und öffnete, dem Bett den Rücken wendend, den Brief. Er schien zu Stein erstarrt, er atmete nicht, er rührte sich nicht.

»Also?«, fragte der Onkel.

Schweigen.

»Ich verstehe«, sagte der Alte. Da ließ Franco den Brief fallen, streckte die Hände zum Himmel und stieß ein langes, tiefes und heiseres ›Ach!‹ aus, voll dumpfen Staunens und Abscheus.

»Nun«, sagte der Onkel, »darf man wissen?«

Franco schüttelte sich, stürzte ihm in die Arme, nur mit Mühe sein Schluchzen unterdrückend.

Der friedliebende Mann erduldete zunächst schweigend diesen Sturm, ohne sich darüber aufzuregen. Dann begann er sich zu wehren und verlangte den Brief: »Gib her, gib her, gib her!« Und er dachte: ›Was zum Teufel kann diese verwünschte Frau geschrieben haben?‹

Franco nahm das Licht und reichte ihm den Brief. Die Großmutter hatte nichts geschrieben, auch nicht eine Silbe; sie hatte einfach den Brief des Ingenieurs und Francos Billett zurückgeschickt.

Der Onkel brauchte einige Zeit, ehe er es begriff; er war nie schnell von Begriffen, und dies ging ihm über den Verstand. Als er verstanden hatte, konnte er nicht umhin zu sagen: »Ja, das ist ein starkes Stück.« Dann aber, als er Franco so außer sich sah, rief er mit der feierlichen Stimme, mit der er alle menschlichen Dinge abzutun pflegte: »Höre! Es ist…«, und er suchte nach dem bezeichnenden Wort in einer ihm eigentümlichen Weise, indem er die Backen aufblies und eine Art von Röcheln ertönen ließ, »– es ist eine Gemeinheit; aber mich darüber zu wundern wie du, daran denke ich nicht. Das Unrecht, mein Lieber, ist nicht auf ihrer Seite allein; und also? Im Übrigen tut es mir euretwegen leid, die ihr euch einschränken und in diesem elenden Nest leben müsst; aber meinetwegen? Ich gewinne dabei und bin bereit, ich sag's geradeheraus, deiner Großmutter zu danken. Sieh, ich habe keine Familie gegründet, ich habe immer darauf gerechnet. Jetzt ist meine arme Schwester gestorben; hätte die Großmutter euch mit offenen Armen empfangen, so würde ich überflüssig sein wie ein Kohlstrunk. Also!«

148

Franco hütete sich, seiner Gattin die Sache zu erzählen, und obschon sie von den nach Cressogno abgeschickten Briefen wusste, fragte sie doch erst nach der Beerdigung, einige Stunden nachher, ob die Großmutter geantwortet habe. Der kleine Salon, die kleine Terrasse, die kleine Küche waren den ganzen Tag von morgens neun Uhr bis abends neun Uhr voller Menschen gewesen.

Um zehn verließen Luisa und Franco das Haus ohne Laterne, sie schlugen den Weg zur Rechten ein, gingen langsam und schweigend durch die Dunkelheit des Dorfes, erreichten die lichte und zugige Biegung, zu der das dumpfe Getöse des Flusses San Mamette heraufdringt, und traten in den Schatten der einen kräftigen Geruch ausströmenden Nussbäume von Looch. Kurz ehe sie den Kirchhof erreichten, fragte Luisa mit leiser Stimme ihren Mann: »Weißt du nichts von Cressogno?« Er hätte ihr so gern, wenigstens teilweise, die Wahrheit verborgen. Er konnte es nicht. Er sagte, dass ihm sein Billett zurückgeschickt worden sei, aber Luisa wollte wissen, ob die Großmutter dem Onkel wenigstens ein Wort des Beileids geschrieben habe. Francos ›Nein‹ war so unsicher, fast zitternd, dass bei Luisa, nicht sofort, aber nach wenigen Schritten, ein Verdacht aufblitzte und sie plötzlich stehen blieb und den Arm ihres Gatten umklammerte. Noch bevor sie etwas sagte, verstand Franco sie, er schloss sie in seine Arme, wie er den Onkel umarmt hatte, mit noch größerem Ungestüm, er sagte ihr, sein Herz, seine Seele, sein Leben gehöre ihr, nichts anderes solle sie suchen auf der Welt, und er fühlte sie in seinen Armen erbeben.

Danach schwiegen sie. Am Kirchhofsgitter knieten sie zusammen nieder, Franco betete mit Inbrunst. Luisas Augen drangen durch das lockere Erdreich neben dem Eingang, sie drangen durch die Bahre, sie hefteten sich im Geiste auf das milde und ernste Antlitz der Mutter; sie neigte sich tief und immer tiefer, presste ihre Lippen auf die Lippen der Toten, empfand eine Gewalt der Liebe, die viel stärker war als alle Beleidigungen, als alle abscheulichen Niedrigkeiten der Welt.

Nur schwer trennte sie sich von hier gegen elf Uhr. Als sie an der Seite ihres Gatten den schlüpfrigen, frisch beschotterten Fußweg langsam hinunterstieg, tauchte plötzlich vor ihrem Geiste die Vision einer zukünftigen Begegnung mit der Marchesa auf. Sie blieb stehen, sie richtete sich in die Höhe, sie ballte die Fäuste; und ihr schönes, intelligentes Gesicht strömte eine solche Willenskraft aus, dass, wenn die alte Dame mit dem Marmorherzen sie in Wirklichkeit gesehen hätte, ihr in diesem Augenblick begegnet wäre, sie sich ohne weiteres, nicht gebeugt, nicht gefürchtet, nein zur Wehr gesetzt haben würde.

Zweiter Teil.

Erstes Kapitel.
Fischer

Doktor Francesco Zerboli, K.K. Kommissar von Porlezza, landete am 10. September 1854 am K.K. Zollamt von Oria, gerade als eine wahrhaft kaiserliche und königliche Sonne über das mächtige Bollwerk der Galbiga sich erhob, das rosa Häuschen des Zollamts, die Oleander und Bohnen der Frau Peppina Bianconi vergoldete und dem Reglement gemäß deren Gatten, Herrn Carlo Bianconi, ins Amt rief, jenen Zolleinnehmer, dem geschriebene Noten nach Verschwörung rochen. Bianconi, den seine Gattin ›mein Carlascia‹ und der Volksmund ›den Biancon‹ nannte, ein großer, grobknochiger, harter Mann, mit rasiertem Kinn, einem grauen Schnauzbart und zwei vorstehenden, erloschenen Augen, wie die eines treuen Hofhunds, kam herunter, um das andere K.K. ausrasierte Kinn der höheren Rangklasse zu empfangen. Die beiden hatten sonst keine Ähnlichkeit als in der österreichischen

Nacktheit des Kinns. Zerboli, schwarz gekleidet und behandschuht, war klein und untersetzt und trug einen blonden Schnurrbart, der in dem gelblichen Gesicht, in dem zwei sarkastische und durchdringende Äuglein funkelten, angeklebt schien. Seine Haare waren ihm so tief in der Stirn angewachsen, dass er einen Streifen davon zu rasieren pflegte und der stehenbleibende Schatten ihm fast etwas Bestialisches verlieh. Er war äußerst behänd von Person, von Augen und mit der Zunge und sprach ein näselndes, trentinisch gefärbtes Italienisch mit leicht flüssiger Höflichkeit. Er sagte dem Zolleinnehmer, er müsse in Castello eine Versammlung des Gemeinderats abhalten und habe vorgezogen, so zeitig zu kommen, um den Aufstieg in der Morgenfrische von Oria aus, anstatt von Casarico oder von Albogasio zu machen und sich zugleich das Vergnügen zu verschaffen, den Herrn Zolleinnehmer zu begrüßen.

Das treue Haustier verstand nicht sofort, dass er noch einen anderen Zweck habe, dankte mit einer Mischung von unterwürfigen Phrasen und blödem Lachen, rieb sich die Hände und bot Kaffee, Milch, Eier, die frische Luft des Gärtchens an. Den Kaffee nahm er an, aber die frische Luft wies er mit einem Schütteln des Kopfes und einem so beredten Augenblinzeln zurück, dass Carlascia, der »Peppina! Kaffee!« die Treppe hinaufgerufen hatte, den Herrn Kommissar in die Amtsstube geleitete, wo er, seiner doppelten Natur entsprechend, sich aus dem Zollwächter in den Polizeiagenten umgewandelt fühlte und wie bei einer hochheiligen Zusammenkunft mit dem Monarchen sein Herz devot, sein Gesicht streng und ernst umstimmte. Diese Amtsstube war ein unwürdiges Loch zu ebener Erde, mit zwei vergitterten Fenstern, eine primitive, verpestete Zelle, die den üblen Duft der großen Monarchie schon in sich trug. Der Kommissar pflanzte sich auf einem Stuhl in der Mitte auf und sah auf die geschlossene Tür, die vom Landungsplatz zum Vorzimmer führte; die vom Vorzimmer in die Amtsstube führende war auf seinen Befehl offengeblieben.

»Sprechen Sie mir von Herrn Maironi«, sagte er.

»Stetig überwacht«, erwiderte der Biancon. Dann fügte er in seinem Italienisch von Porta Tosa hinzu: »Erlauben Sie, hier habe ich einen beinahe fertiggestellten Rapport.« Und er begann, unter seinen Papieren nach dem Rapport und nach seiner Brille herumzustöbern.

»Sie können ihn schicken, Sie können ihn schicken«, meinte der Kommissar, der von der Prosa des Tölpels nicht viel erwartete. »Sprechen Sie nur inzwischen, reden Sie!«

»Immer übelgesinnt, das wusste man ja«, begann der beredte Zolleinnehmer, »aber jetzt sieht man es auch. Lässt er sich's nicht einfallen, diesen Bart zu tragen, Sie wissen ja, diese Fliege, dies Kinnbärtchen, diesen Dreck, diese Schweinerei...«

»Entschuldigen Sie«, sagte der Kommissar. »Sehen Sie, ich bin noch neu; ich habe Instruktionen, ich habe Informationen, aber eine rechte Vorstellung von dem Manne und von der Familie, die habe ich noch nicht.

Die müssen Sie mir nun so recht von Grund aus beschreiben, so gut sie können. Und da wollen wir denn mit ihm den Anfang machen.«

»Er ist hochmütig, jähzornig, unverschämt. An die fünfzigmal hat er hier Gewiss schon Händel gesucht wegen Einschätzungsgeschichten. Immer will er recht haben, immer möchte er uns Lektionen erteilen, mir und dem Sedentarius. Augen macht er, als ob er das ganze Amt auffressen möchte. Mit mir übrigens soll's ihm schwer werden, den Unverschämten zu spielen, wenn die übrigen...! Denn, das muss man sagen, alles weiß er. Er kennt die Gesetze, er kennt die Steuerverwaltung, er weiß Bescheid mit Musik, mit Blumen, mit Fischen, mit der Teufel weiß was noch.«

»Und sie?«

»Sie? Sie, sie, ... sie ist eine Katze, aber wenn sie die Krallen zeigt, ist sie schlimmer als er; viel schlimmer! Er, wenn er in Zorn kommt, wird rot und macht einen Lärm für tausend; sie wird blass und sagt einem Impertinenzen. Eben hab' ich gesagt, Impertinenzen dulde ich nicht... Aber schließlich... Sie verstehen mich. Eine Frau von Talent, wissen Sie. Meine Peppina ist ganz verliebt in sie. Und eine Frau, die sich in alles einmischt. Wie oft lassen sie hier in Oria sie rufen, anstatt den Doktor kommen zu lassen. Wenn's in einer Familie Streit gibt, gehen sie zu ihr; wenn ein Vieh Bauchschmerzen hat, lassen sie sie kommen. Und im Karneval ist sie auch noch so gut, ihnen allerhand vorzumachen, Puppentheater, wissen

Sie. Und in jetzigen Zeiten ist's ein reines Unglück, dass sie Klavier spielt und Französisch und Deutsch kann. Ich kann unglücklicherweise kein Deutsch und bin ab und zu einmal zu ihr gegangen, um mir deutsche Briefe, die im Amt eingelaufen waren, übersetzen zu lassen.«

»Ah, Sie gehen ins Haus Maironi?«

»Ja, ab und zu, zu diesem Zweck.«

In Wahrheit ging der Tölpel auch hin, um sich von Franco gewisse Rätsel des Zolltarifs lösen zu lassen; aber davon sagte er nichts.

Das Verhör nahm seinen Fortgang.

»Und das Haus, auf welchem Fuß wird es geführt?«

»Sehr gut geführt. Schöne venezianische Fußböden, gemalte Decken, Sofa und Teppiche, Klavier, im Speisezimmer Bilder, dass es eine Pracht ist.«

»Und der Oberingenieur?«

»Der Oberingenieur ist ein guter, braver Mann, heiter, von altem Schrot und Korn; er ähnelt mir. Aber älter natürlich. Er ist übrigens wenig hier. Vierzehn Tage zu dieser Jahreszeit, andere vierzehn Tage im Frühling und einige kurze Besuche während des Jahres. Wenn er seine Ruhe und seinen Frieden hat, morgens und abends seine Milch, mittags seinen halben Fiasco Wein, sein Tarock und seine Mailänder Zeitung, dann ist der Ingenieur Ribera zufrieden. Übrigens, um auf Herrn Maironis Bart zurückzukommen, da gibt's noch Schlimmeres. Gestern habe ich erfahren, dass der Herr eine Jasminpflanze in ein hölzernes, rot lackiertes Gefäß gesetzt hat.«

Der Kommissar, ein gescheiter Mann, dem im Innersten seiner Seele vermutlich jede Farbe, außer der seines eigenen Gesichts und seiner eigenen Zunge, ziemlich gleichgültig war, konnte doch nicht umhin, mit den Achseln zu zucken. Aber dann fragte er plötzlich:

»Steht die Pflanze in Blüte?«

»Ich weiß nicht, ich will die Frau fragen.«

»Wen? Ihre Frau? Geht Ihre Frau ins Haus Maironi?«

»Ja, ab und zu geht sie hin.«

Zerboli bohrte seine gering schätzenden Äuglein fest in Bianconis Gesicht und artikulierte sehr deutlich die Frage: »Geht sie mit Nutzen hin oder nicht?«

»Aber! Mit Nutzen! Je nachdem! Sie bildet sich ein, als Freundin von Frau Luisina hinzugehen, der Blumen wegen, wegen einer Arbeit, wegen einer Klatscherei und irgendwelchen Schnickschnacks. Ich ziehe dann heraus...«

»Da bin ich! Da bin ich!«, rief in ihrem Italienisch von der Porta Ticinese über und über lächelnd Frau Peppina Bianconi, mit dem Kaffee eintretend. »Der Herr Kommissar! Wie mich das freut, Sie zu sehen! Der Kaffee wird wohl leider nicht der beste sein, obgleich es die erste Sorte ist. Das Schlimmste ist, dass man ihn nicht einmal in Lugano kaufen kann!«

»Papperlapapp!«, machte barsch der Gatte.

»Teufel auch, ich sag's ja nur zum Spaß! Sie haben's verstanden, nicht wahr, Herr Kommissar? Dieser gesegnete Grobian versteht nie etwas! Für mich halte ich keinen

Kaffee, das können Sie glauben! Höchstens Eibischtee halte ich für mich, gegen Schwindel im Kopf.«

»Schwatz nicht so viel!«, unterbrach sie der Gatte. Der Kommissar stellte die geleerte Tasse hin und sagte zu der Frau, dass er später kommen würde, um ihre Blumen anzusehen, und es wirkte so, wie wenn im Kaffeehaus jemand tönend sein Geld auf das Präsentierbrett wirft, damit der Kellner es nehme und sich entferne.

Frau Peppina verstand, und durch die hervorstehenden, drohenden Augen ihres Carlascia erschreckt, zog sie sich eiligst zurück.

»Hören Sie, hören Sie, hören Sie«, machte der Kommissar, indem er sich die Stirn bedeckte und die Schläfe mit der linken Hand drückte. »Ach ja!«, rief er, plötzlich sich erinnernd. »Ach ja, was ich noch wissen wollte: ist der Ingenieur Ribera jetzt in Oria?«

»Augenblicklich ist er nicht hier, aber ich glaube, dass er in wenigen Tagen kommen wird.«

»Gibt der Ingenieur Ribera viel für diese Maironis aus?«

»Er gibt sehr viel aus. Ich glaube nicht, dass Don Franco aus eigenem mehr als drei Zwanzigkreuzerstücke täglich hat. Und sie ...« Der Zolleinnehmer blies in die flache Hand. »Sie verstehen also. Sie haben eine Hausmagd. Dann das Kind von zwei Jahren oder so etwas, dann das Kindermädchen. Sie lassen Blumen kommen, Bücher, Noten, Gott weiß was. Abends wird Tarock gespielt, Wein getrunken. Dazu gehören Zwanziger, Sie verstehen?«

Der Kommissar dachte ein wenig nach, und dann gab er mit nebelhaftem Gesichtsausdruck, die Augen zur Decke gerichtet, mit einigen unzusammenhängenden Worten, die wie Bruchstücke eines Orakels klangen, zu verstehen, dass der Ingenieur Ribera, ein K.K. Beamter, der erst kürzlich von der K.K. Regierung mit einer Beförderung in loco ausgezeichnet worden sei, auf seine jungen Verwandten einen besseren Einfluss hätte ausüben müssen. Dann brachte er mit neuen Fragen und neuen Bemerkungen, die sich hauptsächlich auf die gegenwärtigen Schwächen des Ingenieurs bezogen, Bianconi bei, dass seine väterliche Aufmerksamkeit sich mit besonderer Delikatesse und Heimlichkeit dem K.K. Kollegen zuzuwenden habe, um nötigenfalls die Obrigkeit über eine Duldsamkeit, die eventuell skandalös wäre, aufzuklären. Zum Schluss fragte er ihn, ob er nicht wisse, dass der Advokat V. von Varenna und ein anderer von Loveno ziemlich häufig die Maironis besuchten. Der Zolleinnehmer wusste es und wusste durch seine Peppina, dass sie kämen, um zu musizieren. »Das glaube ich nicht!«, rief der Kommissar mit plötzlicher und ungewohnter Schroffheit. »Ihre Frau versteht gar nichts. Sie lässt sich einfach an der Nase herumführen. Diese zwei sind Subjekte, die nach Kufstein gehörten. Sie müssen sich besser informieren! Sich informieren und mich informieren! Und jetzt wollen wir in den Garten gehen. Apropos, wenn für die Marchesa etwas von Lugano kommen sollte...«

Zerboli vollendete den Satz durch eine Bewegung von anmutiger Liberalität; darauf schritt er in den Garten, gefolgt von dem einigermaßen verdrossenen Hofhund.

Man fand Frau Peppina, wie sie mit Hilfe eines kleinen Buben ihre Blumen begoss. Der Kommissar besichtigte und bewunderte sie und fand dabei auch Mittel und Wege, dem untüchtigen Spitzel eine kleine Lektion zu erteilen. Indem er ihre Blumen lobte, brachte er geschickt die Bianconi dahin, Franco zu nennen, hielt sich aber bei Francos Person gar nicht auf, als ob sie ihn nicht im Geringsten interessiere. Er hielt sich an die Blumen und behauptete, dass Maironi unbedingt keine schöneren haben könne. Gequieke, Gestöhn und Gegenvorstellungen der bescheidenen Frau Peppina, die so weit ging, sich über den bloßen Vergleich zu schämen. Der Kommissar beharrte. Wieso? Auch die Fuchsien des Hauses Maironi wären schöner? Auch die Heliotrope? Auch die Pelargonien? Auch der Jasmin?

»Der Jasmin?«, meinte Frau Peppina. »Aber Herr Maironi hat ja den allerschönsten Jasmin im ganzen Valsolda, lieber Herr!«

So brachte der Kommissar es auf die natürlichste Weise heraus, dass der berühmte Jasmin noch nicht blühte. »Don Francos Dahlien möchte ich wohl sehen«, sagte er. Die unschuldige Kreatur erbot sich, ihn noch an jenem Tage in das Haus Ribera zu begleiten: »Es wird ihnen das größte Vergnügen machen!« Aber der

Kommissar drückte den Wunsch aus, die Ankunft des K.K. Oberingenieurs der Provinz zu erwarten, um Gelegenheit zu haben, ihm seine Verehrung zu beweisen, und Frau Peppina machte: »Das ist gescheit!« zum Zeichen ihrer Zustimmung. Inzwischen stieg in dem durch diese überlegene Art gedemütigten Hofhund der Wunsch auf, zu zeigen, dass es ihm zum mindesten an Eifer nicht fehle, und er ergriff den Buben mit der Gießkanne im Arm, um ihn vorzustellen:

»Mein Neffe. Sohn meiner in Bergamo mit einem K.K. Portier am Polizeiamt verheirateten Schwester. Auf meinen Wunsch hat er die Ehre, Franz Joseph zu heißen; Sie verstehen aber, dass er aus pflichtschuldigem Respekt für gewöhnlich nicht so gerufen werden kann.«

»Seine Mutter nennt ihn Ratio, und sein Vater nennt ihn Ratù, können Sie sich das vorstellen?«, fuhr seine Tante dazwischen.

»Still, du da!«, sagte streng der Onkel. »Ich nenne ihn Franz. Er ist ein wohlerzogener Junge, das muss ich sagen, sehr wohlerzogen. Sag mal, Franz, was wirst du tun, wenn du groß bist?«

Ratì antwortete geläufig, als ob er den Katechismus aufsage: »Wenn ich groß bin, werde ich mich stets als treuer und ergebener Untertan Seiner Majestät unseres Kaisers aufführen und außerdem als guter Christ; und ich hoffe, eines Tages mit der Hilfe des Herrn K.K. Zolleinnehmer zu werden wie mein Onkel, um später den Lohn meiner guten Werke im Paradiese zu empfangen.«

»Bravo, bravo, bravo!«, rief Zerboli, Ratì streichelnd. »Fahre so fort, mein Sohn.«

»Dass Sie's nur wissen, Herr Kommissar«, entfuhr es Frau Peppina, »diesen Morgen erst hat mir der Schlingel den Zucker aus der Zuckerschale gemaust!«

»Was, was, was?«, schrie Carlascia, vor Überraschung aus dem Ton fallend. Schnell aber fasste er sich wieder und urteilte: »Deine Schuld! Was hältst du die Dinge nicht unter Verschluss! Gelt, Franz?«

»Natürlich«, erwiderte Ratì; und der Kommissar, von diesem Zank und diesem lächerlichen Ausgang seiner väterlichen Phrase angewidert, verabschiedete sich kurz angebunden.

Kaum war er fort, verpasste Carlascia mit einem »Da hast du was für den Zucker!« Franz Joseph eine schallende Ohrfeige, der etwas ganz anderes erwartet hatte und schleunigst unter die Bohnen flüchtete. Dann berichtigte er die Rechnung seiner Frau mit einem ordentlichen Rüffel und dem Eid, fortan werde er den Zucker an sich nehmen, und als sie sich erlaubte zu entgegnen: »Was um alles in der Welt ärgert dich denn so?«, unterbrach er sie: »Alles ärgert mich! Alles ärgert mich!«, und wendete ihr den Rücken.

Schnaubend und bebend ging er mit großen Schritten zu dem Platz, wo die aufmerksame Gattin ihm die Angelschnur und Köder aus Polenta vorbereitet hatte, und befestigte die beiden starken, für die Schleie bestimmten Angelhaken. Da früher diese kleine Welt viel abgesonderter von der großen Welt war als jetzt, war sie auch viel mehr als jetzt eine Welt der Ruhe und des Friedens, in der die Beamten des Staats und der Kirche und, deren ehrwürdigem Beispiel folgend, auch alle übrigen treuen Untertanen sich mehrere Stunden des Tages einer beschaulichen Betrachtung widmeten. Der Herr Zolleinnehmer schleuderte zuerst nach Westen zwei an einer Spitze befestigte Angelhaken, zwei verräterische Bissen Polenta, so weit vom Ufer entfernt, als er nur irgend konnte; und als die Schnur sich schön ausgestreckt und der Kork, der sogenannte Schwimmer, gewissermaßen friedlich sich verankert hatte, lehnte der K.K. Mann die Angelrute vorsichtig gegen die Mauer, setzte sich und versank in Betrachtung.

Östlich von ihm kauerte auf dem bescheidenen Steindamm des Landungsplatzes der Finanzwächter, den sie damals ›den Sedentarius‹ nannten, vor einem anderen Kork, rauchte seine Pfeife und war in Betrachtung versunken. Wenige Schritte weiter saß der alte, ausgemergelte Küster, emeritierter Anstreicher, Sakristan und Kirchenaufseher, ein Patrizier des Dorfes Oria, auf dem Vorderteil seines Bootes, mit einem turmhohen, prähistorischen Zylinder auf dem Kopf, mit der magischen Rute in der Hand, mit den Beinen im Wasser baumelnd, die Seele auf seinen eigenen Kork konzentriert, in Betrachtung versunken. Am Rande eines kleinen Feldes, im Schatten eines Maulbeerbaums und eines riesigen schwarzen Strohhutes, saß der magere, kleine, bebrillte

Don Brazzova, Pfarrer von Albogasio, vom klaren Wasser widergespiegelt, in Betrachtung versunken.

In einem Garten von Albogasio Inferiore saß zwischen dem Ufer des Ceròn und dem Ufer von Mandroeugn auf einem Stuhl aus dem siebzehnten Jahrhundert hart und feierlich ein anderer Patrizier, in Jackett und dicken Schuhen, der Aufseher beim Kirchenbau Bignetta, genannt der Herr Gernegroß, mit der berühmten Rute in der Hand, und überwachte sie, in Betrachtung versunken. Unter dem Feigenbaum vom Cadate stand in tiefer Betrachtung Don Giuseppe Costabarbieri. In San Mamette hingen mit großer Aufmerksamkeit der Doktor, der Apotheker und der Schuhmacher über dem Wasser, in Betrachtung versunken. In Cressogno war der blühende Koch der Marchesa in Betrachtung versunken. Gegenüber von Oria, am schattigen, einsamen Gestade des Bisgnago, pflegte ein würdiger Erzpriester aus der Lombardei in jedem Jahre vierzig Tage eines beschaulichen Lebens zu verbringen. Einsam und mit den Abzeichen seiner Würde bekleidet, saß er in Betrachtung versunken, mit drei Ruten zu seinen Füßen, betrachtete die drei dazugehörigen friedlichen Korke, zwei mit den Augen und einen mit der Nase.

Wer etwa, um den See gehend, von oben alle diese nachdenklichen, über das Wasser geneigten Gestalten hätte unterscheiden können, ohne die Ruten, die Schnüre und die Korke zu sehen, der würde sich unter ein Volk von asketischen Einsiedlern versetzt geglaubt haben, das, losgelöst von der Erde, den Himmel der größeren Bequemlichkeit wegen hier unten in dem klaren Spiegel betrachtete.

Tatsächlich aber angelten alle diese Asketen nach Schleien, und kein Mysterium der menschlichen Zukunft war für sie von größerer Wichtigkeit als die Mysterien, die geheimnisvoll der kleine Kork andeutete, wenn er, als ob er von einem Geist besessen wäre, immer deutlichere Zeichen von Unruhe und schließlich von völliger Verrücktheit gab; denn nach verschiedenem Rütteln und Stoßen vorwärts und rückwärts gelangte er schließlich zu dem verzweifelten Ausweg, sich in völliger Ideenverwirrung kopfüber in den Abgrund zu stürzen. Diese Erscheinungen traten aber selten auf, und viele Beschauer pflegten halbe Tage lang hinzubringen, ohne auch nur die kleinste Unruhe an ihren Korken zu bemerken. Dann spann ein jeder, ohne die Augen von dem kleinen schwimmenden Gegenstand abzuwenden, seinen unsichtbaren Gedankenfaden weiter, der der Schnur der Angel parallel lief. So geschah es zuweilen dem Erzpriester, dass er im Geiste einen bischöflichen Stuhl fischte, dem Herrn Gernegroß, dass er einen Wald, der seinen Großvätern gehört hatte, fischte, dem Koch, dass er eine gewisse rosig blonde Bergschleie fischte, dem Küster, dass er einen Regierungsauftrag, den Pic von Cressogno zu tünchen, fischte.

Was Carlascia anbetrifft, so hatte sein zweiter Faden in der Regel einen politischen Charakter. Und das wird man umso besser verstehen, wenn man weiß, dass auch der Hauptfaden, der an der Angel, in seinem verschlafenen Dickschädel häufig gewisse, vom Kommissar Zerboli ihm eingegebene politische Betrachtungen anregte. »Sehen Sie, lieber Zolleinnehmer«, hatte ihm eines Tages Zerboli gesagt, als er gelegentlich über den Mailänder Aufstand vom 6. Februar sprach. »Sie, der Sie Angler sind, können das sehr gut verstehen. Unsere große Monarchie fischt mit der Angel. Die beiden Köder sind die Lombardei und Venetien, zwei schöne, runde, verführerische Köder, mit gutem Eisen darin. Unsere Monarchie hat sie ausgeworfen, vor jenes dumme Fischlein, das Piemont ist. Dieses hat im Jahre 1848 auf den Köder Lombardei angebissen, aber dann hat es ihn ausspeien und von sich geben können. Mailand ist unser Korken. Wenn Mailand sich rührt, bedeutet das, dass das Fischchen unter der Oberfläche ist. Vergangenes Jahr hat der Korken sich bewegt, aber nur wenig: das liebe Fischchen hatte den Köder gerade beschnuppert. Warten Sie, und die große Bewegung wird kommen, wir werden den Zug machen, es wird ein bisschen Lärm und ein bisschen Kampf geben, und wir werden festziehen, und unser Fischlein werden wir uns nicht mehr entkommen lassen, dieses weiß-rot-grüne Schweinchen.«

Bianconi hatte uns zum Lachen gebracht, und oft, wenn zum Angeln ging, dachte er sich aus unschuldigem Vergnügen ein hübsches Gleichnis aus, aus dem ihm in der Regel andere subtile und tiefgründige politische

Gedanken hervorgingen. An diesem Morgen war der See ruhig, so recht geeignet zur Beschaulichkeit. Man sah die Algen auf dem abschüssigen Grunde aufrecht stehen, ein Zeichen, dass es keine Strömungen gab. Die weit hinausgeschleuderten Köder sanken langsam senkrecht herab, die Schnur legte sich unter dem Kork weit aus, der ein wenig hinter ihr herschwamm, durch viele kleine Ringe die Anziehung auf die kleinen Gründlinge verratend, und setzte sich dann zur Ruhe, ein Zeichen, dass die Köder sich es auf dem Grunde bequem gemacht hatten und die Gründlinge sie nicht mehr berührten. Der Fischer lehnte die Rute an die Mauer und begann über den Ingenieur Ribera nachzudenken.

Der Bianconi[6] hatte, ohne es selbst zu ahnen, in seinem Herzen eine gewisse Sanftmut in einem doppelten Boden, den Gott ihm, ohne sein Wissen, ins Herz gelegt hatte. Die Welt konnte dies übrigens im Jahr 1859 beobachten, als der kleine Fisch Sardinien die Lombardei mit Haken, Leine, Angel, dem Kommissar und allem, was dazugehört, verschlang und der österreichische Adler resigniert begann, nationale und konstitutionelle Probleme zu beackern. Ungeachtet dieser versteckten Milde empfand er, als er so die Rute aus der Hand legte und daran dachte, dass es sich darum handle, diesen armen, alten Ingenieur Ribera zu fischen, ein eigentümliches Wohlgefallen, nicht im Herzen, nicht im Gehirn, noch

---

6   Biancón, ist eine Anspielung auf ›biancóne‹, den Schlangenadler (Circaetus gallicus) und damit auf das österreichische Kaierreich.

in irgendeinem der gewohnten Sinne, sondern in einem ihm besonders eigenen, dem ausschließlichen K. und K. Sinne. Er hatte in der Tat gar kein Bewusstsein von sich als einem vom Organismus der österreichischen Regierung unterschiedenen Organismus. Als Zolleinnehmer einer kleinen Grenzzollstation betrachtete er sich als eine Nagelspitze vorn an einem Finger des Staates; als Polizeiagent ferner betrachtete er sich als ein mikroskopisches kleines Auge unter dem Nagel. Sein Leben war das der Monarchie. Wenn die Russen sie auf der Haut von Galizien kitzelten, fühlte er in Oria das Jucken. Österreichs Größe, Macht und Ruhm flößten ihm einen ungemessenen Stolz ein. Er gab nicht zu, dass Brasilien ausgedehnter sei als das österreichische Reich, oder dass China bevölkerter wäre, oder dass der Erzengel Michael Peschiera einnehmen könne, oder der Herrgott Verona. Sein wahrer Gott war der Kaiser; er respektierte den im Himmel als einen Verbündeten dessen in Wien.

So war ihm nie auch nur der Verdacht gekommen, der Oberingenieur könne ein schlechter Untertan sein. Die Worte des Kommissars, die ein Evangelium für ihn waren, überzeugten ihn ohne weiteres davon; und die Vorstellung, diesen treulosen Diener in Schußweite zu haben, entflammte seinen Eifer als königliches Auge und kaiserlicher Nagel. Er hieß sich einen Esel, dass er ihn nicht früher erkannt habe. Oho! noch war es aber Zeit, ihn ordentlich einzufangen: ordentlich, ordentlich, aber ordentlich. ›Lassen Sie mich nur machen! Lassen

Sie mich nur machen, Herr...‹

Er brach den Satz ab und griff nach der Angelrute. Der Kork hatte im Wasser einen Ring gebildet,
ganz sachte, fast ohne sich zu bewegen; Zeichen einer
Schleie. Bianconi zog, den Atem anhaltend, fest an der
Rute. Eine neue Berührung des Korkes, ein neuer, größerer Ring; langsam gleitet der Kork über das Wasser,
bleibt stehen, Bianconis Herz schlägt zum Zerspringen;
gen; wieder wandert der Kork ein kleines Stückchen
an der Oberfläche des Wassers und sinkt in die Tiefe;
bauz! Bianconi tut einen Zug, die Rute krümmt sich
zum Bogen, so stark wird die Schnur durch eine verborgene Last niedergezogen.

»Peppina, ich hab’ ihn!«, schreit Carlascia, der den
Kopf verliert und den Fisch nicht mehr vom Ingenieur
unterscheidet; »Das Netz, das Netz!«

Der Sedentarius dreht sich missgünstig um. »Wen
haben Sie, Herr Zolleinnehmer?«

Der Küster kocht innerlich, rührt sich nicht, noch
wendet er seinen Zylinder.

Ratì läuft herbei, und auch Frau Peppina läuft herbei,
in der Hand die lange Stange mit dem großen, beutel-
förmigen Netz an der Spitze, um im Wasser die Schleie
hinein zu praktizieren; denn ihn an der Schnur herauszuziehen, wäre ein zu großes Risiko. Bianconi ergreift
die Schnur und zieht sie langsam, langsam an sich. Man
sieht die Schleie noch nicht, aber er muss riesig sein;
die Schnur kommt nur ein paar Armlängen herauf und

wird dann wieder wütend nach unten gezogen; dann aber kommt sie wieder, kommt, kommt, und unten im Wasser, gerade vor der Nase der drei Personen, blitzt etwas Gelbes auf, ein enormer Schatten.

»Ach, wie schön!«, meint Frau Peppina mit halber Stimme. Ratì ruft: »Heilige Jungfrau, heilige Jungfrau!«, und Bianconi sagt kein Wort, zieht und zieht mit großer Vorsicht. Es ist ein schöner, kurzer, dicker Fisch mit gelbem Bauch und dunklem Rücken, der aus der Tiefe heraufkommt, schief auf dem Rücken liegend, sehr gegen seinen Willen.

Die drei Gesichter gefallen ihm nicht; denn nachdem er ihnen den Schweif zugewendet und damit geschlagen hat, versucht er einen neuen wütenden Sprung in die Tiefe. Endlich aber folgt er, völlig erschöpft, der Schnur und kommt unter der Mauer an, den vergoldeten Bauch in der Luft. Peppina, rücklings auf der Brustwehr, streckt, soweit sie kann, ihre Stange aus, um den Widerstrebenden einzusacken, und kommt nicht zustande. »An der Schnauze!«, schreit der Gatte. »Am Schwanz!«, schrillt Ratì. Bei diesem Lärm, beim Anblick dieses fürchterlichen Geräts wehrt sich der Fisch, taucht unter; Peppina zappelt sich vergeblich ab, sie findet weder die Schnauze noch den Schwanz; Bianconi zieht, der an die Oberfläche gezerrte Fisch windet sich zu einem Knäuel, und mit einem mächtigen Ruck zerreißt er die Schnur und verschwindet zwischen dem Schaum. »Heilige Jungfrau!«, brüllt Ratì; Peppina fährt fort, mit ihrer Stange das Wasser zu durchstöbern: »Wo ist der Fisch, wo steckt der Fisch?« Und Bianconi, der mit der Schnur in der Hand versteinert stehen geblieben ist, dreht sich wütend um, versetzt Rati einen Fußtritt, packt seine Frau an den Schultern, schüttelt sie wie einen Sack mit Nüssen und überschüttet sie mit Schimpfworten.

»Ist er entkommen, Herr Zolleinnehmer?«, fragt honigsüß der Sedentarius. Der Küster dreht ein wenig seine Angströhre, sieht nach dem Ort der Katastrophe, wendet sich wieder der Betrachtung seines friedlichen Korkes zu und brummelt im Tone der Nachsicht: »Äußerst unpraktisch!«

Inzwischen kehrt die Schleie zu den angestammten Algen der Tiefe zurück, übel zugerichtet, aber frei, wie sein Gegenstück, Piemont, nach Novara; und es ist zweifelhaft, ob der arme Oberingenieur das gleiche Glück haben wird.

Zweites Kapitel.
Die Mondscheinsonate und Wolken

Die Sonne verschwand hinter dem Gipfel des Monte Brè, und schnell verdunkelte der Schatten den steilen Abhang und die Häuser von Oria, zeichnete bläulich und düster das Profil des Berges auf das leuchtende Grün der Wellen, die noch groß, aber ohne Schaumkappen bei dem matten Wind schräg nach Westen liefen. Die Villa Ribera versank als letzte in der Dämmerung.

Gegen die abschüssigen Weingelände, von denen sich vereinzelte Olivenbäume abhoben, lag sie quer vor dem Fußpfad, der sich längs des Sees hinzieht, und kehrte dem bewegten Wasser eine bescheidene Front zu. An der Westseite, dem Dorfe zu, war sie von einem terrassenförmigen, hängenden Garten umsäumt, nach Osten gegen die Kirche von einem kleinen Altan, der auf Pfeilern ruhte, die ein Stück des geweihten Kirchplatzes umschlossen. Ein kleines Hafenbecken öffnete sich in diese Front, wo sich jetzt auf den plätschernden Wellen der Kahn des jungen Paares schaukelte. Oberhalb der Bucht des Hafens verband eine zierliche Galerie, deren drei Fenster auf den See gingen, das westliche hängende Gärtchen mit der östlichen Terrasse. Man nannte sie Loggia, vielleicht weil sie vor Zeiten als solche gedient hatte. Bei dem alten Hause hatten sich hier und dort noch verschiedene dieser altehrwürdigen fossilen Bezeichnungen durch Tradition erhalten, und in ihrer anscheinenden Absurdität erläuterten sie die Geheimnisse der Religion des häuslichen Herdes. Hinter der Loggia lag ein geräumiger Saal und hinter dem Saal zwei Zimmer: nach Westen das kleine Speisezimmer, dessen Wände rings mit kleinen Porträts berühmter Männer tapeziert waren, jedes unter Glas und Rahmen und jeder in der würdevollen Haltung, wie berühmte Sterbliche sie an sich haben, als seien die Kollegen gar nicht vorhanden, und als blicke die Welt nur auf ihn allein, und nach Osten das Schlafzimmer, wo neben den Ehegatten im eigenen Bettchen Fräulein Maria Maironi, geboren im August 1852, schlief.

Von den Rokokokommoden bis zu den Schlafzimmern und zu dem Mehlkasten der Küche, von der schwarzen Wanduhr des Speisezimmers bis auf das Kanapee der Loggia mit seinem kastanienbraunen Bezug, auf dem sich gelbe und rote Türkenritter tummelten, von den Rohrstühlen bis zu gewissen unverhältnismäßig hohen Armsesseln gehörten die Möbel des Hauses der Zeit der berühmten Männer an, von denen die meisten Perücke und Zopf trugen.

Wenn es auch aussah, als seien sie von einer Rumpelkammer heruntergestiegen, so schien es doch, als hätten sie in der Luft und dem Licht der neuen Wohnung gewisse verlorene Gewohnheiten der Sauberkeit wieder angenommen, ein bemerkenswertes Interesse am Leben, die Würde eines in Ehren Ergrauten. So könnte sich heute der Erguss einer betagten konservativen Dichterseele aus einem Gemisch ungebräuchlicher Worte zusammensetzen und seine heitere und anmutige Senilität widerspiegeln. Unter dem mathematischen und bürokratischen Regime des Onkels Piero hatten Stühle und Sessel, Tischchen und Tische in vollkommener Symmetrie gelebt, und das Privilegium der Unabsetzbarkeit war selbst den Strohmatten zugebilligt worden. Den Namen »Möbel« – abgeleitet von mobile – trug nur ein himmelblau und graues Kissen mit Recht, eine gepolsterte Missgeburt, das der Ingenieur während seiner kurz bemessenen Aufenthalte in Oria immer mit sich trug, wenn er den Stuhl wechselte.

In seiner Abwesenheit respektierte der Hausverwalter die Einrichtungsgegenstände derart, dass er keine vertraulichere Berührung wagte, sich nicht getraute, die weniger sichtbaren Teile abzustäuben. Darüber geriet bei der jedesmaligen Rückkehr in Valsolda die Wirtschafterin regelmäßig in höchsten Zorn. Der Hausherr, gereizt, dass wegen eines bisschen Staubes so ein armer Teufel von Bauer heruntergemacht würde, geriet mit ihr aneinander und gab ihr den guten Rat, selbst abzustäuben; und als die Frau entrüstet fragte, ob sie sich denn jedes Mal, wenn sie zurückkäme, zu Tode arbeiten sollte, wenn sie immer das ganze Haus in Ordnung bringen müsse, antwortete er ihr gutmütig: »Ein einziges Mal wird ja wohl genügen.«

Ferner überließ er der Laune des Verwalters sowohl die Sorge für das Gärtchen wie für einen Gemüsegarten, den er östlich vom Kirchplatz am Ufer des Sees besaß. Nur ein einziges Mal, zwei Jahre vor Luisas Heirat, als er Anfang September nach Oria kam und auf der zweiten Terrasse des Gärtchens sechs Maispflanzen fand, hatte er sich erlaubt, dem Verwalter zu bemerken: »Hören Sie mal, hier die sechs Stängel, ginge es nicht eigentlich ohne die?«

Die nicht konservativen Fantasten Franco und Luisa hatten den Dingen ein völlig verändertes Ansehen verliehen. Francos Fantasie war kühner, inbrünstiger und leidenschaftlicher, Luisas durchdachter; Francos

Empfindungen flammten ihm immer aus den Augen, aus dem Gesicht, aus den Worten, Luisas sprühten fast nie Flammen, sondern gaben nur ihrem durchdringenden Blick, ihrer weichen Stimme eine tiefere Färbung. Franco war nur in Bezug auf Religion und Kunst konservativ; was die häuslichen vier Wände anging, war er ein glühender Radikaler; immer träumte er von Umwandlungen der Tapeten, der Decken, der Fußböden, der Möbel. Luisa bewunderte anfangs seinen schöpferischen Geist, aber da das Geld fast alles von dem Onkel kam und kein Überfluss für fantastische Unternehmungen vorhanden war, so bewog sie ihn ganz allmählich, die Tapeten, Decken und auch die Fußböden an Ort und Stelle zu lassen und zu überlegen, wie man die Möbel besser disponieren könne ohne eingreifende Umänderungen. Und sie suggerierte ihm Ideen, ohne dass es den Anschein hatte, ihn in dem Glauben lassend, dass er der Urheber sei, denn auf die Vaterschaft der Einfälle hielt Franco sehr, während Luisa diese Mutterschaft ganz gleichgültig ließ. So kamen sie überein, dass der Saal der Unterhaltung, der Lektüre und der Musik gewidmet sein solle, die Loggia dem Spiel, der Altan dem Kaffee und poetischen Betrachtungen. Diese kleine Terrasse stempelte Franco zur lyrischen Poesie des Hauses. Sie war sehr winzig, und es schien Luisa, als könnte man der Begeisterung ihres Gatten etwas Luft schaffen. Und damals war es, dass der König der valsoldesischen Maulbeerbäume von seinem Thron fiel, der

alte berühmte Maulbeerbaum des geweihten Kirchplatzes, ein Tyrann, der der Terrasse den schönsten
Ausblick raubte. Franco befreite sich mittels käuflicher
Erwerbung von ihm. Er entwarf ein luftiges Gefüge
feiner Eisenstangen und Stäbchen, das drei von einer
kleinen Kuppel überragte Bogen darstellte, und brachte
es über der Terrasse an, ließ zwei anmutige Passionsblumen sich hinaufranken, die hier und dort ihre himmelblauen Augen öffneten und von allen Seiten in Gehän-
gen und Gewinden wieder herunterfielen. Ein kleiner
runder Tisch und einige eiserne Stühle dienten für den
Kaffee und für die Betrachtungen.

Was das hängende Gärtchen anbelangt, hätte Luisa
auch den türkischen Weizen ruhig hingenommen, aus
einer Toleranz des überlegenen Geistes, dem es gefällt,
die Untergebenen in ihren Ideen, Gewohnheiten und
Neigungen in Frieden gewähren zu lassen. Sie empfand
ein gewisses respektvolles Mitleid mit den gärtnerischen
Idealen des armen Verwalters, für dieses grobe und
liebliche Gemisch, das sein Herz barg, ein großes Herz,
imstande, gleichzeitig Reseda und Kürbisse, Balsaminen
und Karotten in sich aufzunehmen. Franco hingegen,
großmütig und fromm, wie er war, würde in seinem
Garten weder einen Kürbis noch eine Karotte aus Liebe
zu irgendeinem Nächsten geduldet haben. Jede dumme
Vulgarität reizte ihn. Als der unglückliche Gärtner den
Herrn Don Franco predigen hörte, dass das Gärtchen
eine Schweinerei sei, dass man alles ausroden, alles

fortwerfen müsse, war er völlig niedergeschmettert, in mitleiderregender Weise verzagt; als er aber dann unter seiner Aufsicht arbeitete, um die Beete zu verbessern, sie mit Tuffstein einzufassen, Sträucher und Blumen zu pflanzen, als er sah, wie der Herr selbst verstand, mit den Händen zuzugreifen, und wie viele schreckliche lateinische Namen und welche wunderbare Gabe, neue und schöne Anlagen zu ersinnen, er im Kopf hatte, empfand er allmählich eine Bewunderung für ihn, die fast an Furcht grenzte, und trotz der vielen Rüffel eine unterwürfige Zuneigung.

Das hängende Gärtchen wurde nach Francos Vorbild und Wesen umgewandelt. Eine Olea fragrans erzählte in einer Ecke von der Macht der anmutigen Dinge über das heiße Ungestüm des Dichters; eine kleine, von Luisa nicht gern gelittene Zypresse erzählte in einer anderen Ecke von seiner Frömmigkeit. Ein kleines Geländer aus durchlochtem Backstein, zwischen der Zypresse und dem Oleander, mit oben zwei Reihen Tuffstein, aus denen ein lachendes Volk von Verbenen, Petunien und Portulaken winkte, deutete auf den besonderen Erfindungsreichtum des Verfassers; die vielen, überall verstreuten Rosen sprachen von seiner Liebe zur klassischen Schönheit; der Ficus repens, der die Mauern nach der Seeseite bekleidete, die beiden Orangenbäume, die inmitten der beiden Plateaus standen, ein kräftiger, glänzender Johannisbrotbaum offenbarten ein empfindliches Temperament, eine immer auf südliche

Sonne gerichtete Fantasie, unzugänglich für den Reiz des Nordens.

Luisa hatte erheblich mehr gearbeitet als ihr Gatte und tat es auch jetzt noch; wenn dieser aber sich seiner Mühen rühmte und gern davon sprach, so sprach Luisa nie davon und empfand auch wirklich keine Eitelkeit. Sie nähte und häkelte, strickte und schneiderte mit einer stillen und wunderbaren Schnelligkeit für ihren Mann, für ihr Kind, um ihr Haus zu schmücken, für die Armen und für sich. In allen Zimmern fanden sich Arbeiten von ihr: Vorhänge, Decken, Kissen, Körbchen, Lichtschirme. Auch gehörte es zu ihren Angelegenheiten, den Saal und die Loggia mit Blumen zu versorgen. Nicht Blumen in Töpfen, denn Franco besaß nur wenige, und er mochte sie nicht in die Zimmer einschließen. Auch keine Blumen aus dem Gärtchen, denn dort eine zu pflücken, wäre dasselbe gewesen, wie sie ihm aus dem Herzen reißen. Indessen die Dahlien, die Rosen, die Gladiolen, die Astern aus dem Gemüsegarten standen zu Luisas Verfügung. Da diese ihr aber nicht genügten und das Dorf nächst Gott, der heiligen Margareta und dem heiligen Sebastian die ›Sora Luisa‹ anbetete, so brachten auf einen Wink die Kinder ihr wilde Blumen und Farnkräuter, sie brachten ihr Efeu, um die großen Sträuße mittels Gewinden in Metallringen an den Wänden zu befestigen. Selbst um die Flügel der Harfe, die von der Decke des Saales hing, rankten sich immer lange Gehänge von Efeu und Passionsblumen.

Als sie dem Onkel Piero von diesen Neuerungen schrieben, antwortete er wenig oder nichts. Höchstens empfahl er, den Gärtner, der auch für seine eigenen Angelegenheiten sorgen müsse, nicht allzu sehr in Anspruch zu nehmen. Das erste mal, als er nach der Umwandlung des Gärtchens Oria aufsuchte, blieb er stehen, wie er es bei den sechs Maispflanzen getan hatte, und murmelte leise: »O, ich Ärmster!« Er trat auf die Terrasse hinaus, betrachtete die kleine Kuppel, betastete prüfend die Eisenstäbchen und äußerte ein resigniertes, aber durchaus missbilligendes ›Genug!‹ über so viel Eleganz, die seine und seiner Anverwandten Verhältnisse überstieg. Als er aber schweigend all die Sträuße, Sträußchen, Vasen und Gehänge in Saal und Loggia gemustert hatte, sagte er mit gutmütigem Lächeln: »Höre mal, Luisa, mit all dem Graszeug tätet ihr nicht besser, euch ein paar Ziegen zu halten?«

Die Wirtschafterin indessen war glücklich, dass sie sich nicht mehr wegen des Staubes und der Spinnweben totzuarbeiten brauchte, und der Gärtner rühmte unablässig die Wunderwerke des Herrn Don Franco, und bald fing er selbst an, sich an das neue Aussehen des Hauses zu gewöhnen, die Kuppel über der Terrasse, die ihm angenehmen Schatten gewährte, ohne Missfallen zu betrachten. Nach drei oder vier Tagen fragte er, wer sie ausgeführt habe, und es kam vor, dass er im Gärtchen stehen blieb, um die Blumen anzusehen und nach dem Namen der einen oder der anderen zu fragen. Nach acht oder zehn Tagen, als er mit der kleinen Maria in der Tür, die von dem Saal in das Gärtchen führte, stand, fragte er sie: »Wer hat all diese schönen Blumen gepflanzt?« Und er lehrte sie antworten: »Papa«. Einem seiner Angestellten, der ihn besuchte, zeigte er die Werke seines Neffen und nahm dessen Lobsprüche mit maßvoller, aber sehr befriedigter Zustimmung entgegen: »Ja, ja, was das anbelangt, jawohl.« Kurzum, er wurde schließlich ein Bewunderer Francos und nahm sogar im Laufe der Unterhaltung Anteil an seinen neuen Veränderungsplänen. Und in Franco wuchsen die Bewunderung und die Dankbarkeit für diese große und edelmütige Güte, die die konservative Natur besiegt hatte, die alte Abneigung gegen jede Art von Eleganz.

Diese Güte, die bei jedem ähnlichen Kontrast stillschweigend wuchs und wuchs, bis sie seinen inneren Widerstand überwucherte, verdeckte der Onkel unter einer weiten Woge der Zustimmung oder wenigstens mit dem sakramentalen Satz: »Übrigens, tut, was ihr wollt.« Nur an eine einzige Neuerung hatte der Onkel sich nicht gewöhnen wollen: an das Verschwinden seines alten Kissens. »Luisa«, sagte er, das neue gestickte Kissen mit zwei Fingern von dem Armstuhl nehmend, »trag es fort.« Und es war keine Möglichkeit, ihn zu überzeugen. »Hast du verstanden, dass du's fortnehmen sollst?« Als Luisa ihm lächelnd die alte Polstermissgeburt gab, setzte er sich mit einem tönenden ›So‹ darauf, als nähme er feierlich wieder Besitz von seinem Thron.

Während jetzt der bläuliche Schatten das Grün der Wellen aufsog und längs des Ufers von Ortschaft zu Ortschaft eilte, die leuchtenden, weißen Häuser eins nach dem anderen auslöschte, saß er gerade auf seinem Thron und hielt die kleine Maria auf den Knien, indessen Franco auf der Terrasse die Pelargonientöpfe begoss, liebevolle Zufriedenheit im Herzen und auf dem Gesicht, als tränkte er Ismael in der Wüste, und Luisa geduldig ein Angelgerät ihres Gatten entwirrte, eine schreckliche Wirrnis von Bindfaden, Blei, Schnüren und Haken. Sie plauderte gleichzeitig mit dem Professor Gilardoni, der immer irgendein philosophisches Rätsel zu lösen hatte und sich lieber an sie als an Franco hielt, der ihm immer widersprach, mit Recht oder Unrecht, da er ihn nun mal für ein vortreffliches Herz und einen konfusen Kopf hielt. Der Onkel, der sein rechtes Bein über das linke geschlagen hatte und das kleine Mädchen auf diesem Gebirge hielt, wiederholte ihm zum hundertsten Male mit absichtlicher Langsamkeit und den ausländischen Namen ein wenig verstümmelnd, das Liedchen:

»Ombretta, du spröde vom Missipipi.«

Bis zu dem vierten Worte lauschte das Kind andächtig, unbeweglich, mit großen Augen; aber sobald der ›Missipipi‹ drankam, brach es in helles Lachen aus, strampelte mit den Beinchen und hielt seine Händchen vor des Onkels Mund, der ebenso herzlich lachte wie sie und nach einer kurzen Pause leise dieselbe Melodie wieder begann:

»Ombretta, du spröde ...«

Das Kind glich weder dem Vater noch der Mutter; es hatte die Augen, die feinen Züge der Großmutter Teresa. An dem alten Onkel, den es doch nur selten sah, hing es mit seltsamer, leidenschaftlicher Zärtlichkeit. Der Onkel sagte ihr keine zärtlichen Koseworte, erteilte ihr wohl gelegentlich einen kleinen Verweis, aber immer brachte er ihr Spielzeug mit, ging oft mit ihr spazieren, ließ sie auf seinen Knien tanzen, lachte mit ihr, sang ihr drollige Liedchen vor, wie das, das mit dem ›Missipipi‹ anfing, und ein anderes, das endete:

»Gleich gab zur Antwort Barucaba.«

Wer Barucaba war? Und was hatte man ihn gefragt? »Toa Ba, toa Ba«, sagte Maria, »noch mal Barucaba, noch mal Barucaba.« Der Onkel wiederholte dann noch einmal die poetische Geschichte, aber niemand kann sie mir heute mehr erzählen.

Mit seiner schüchternen und angenehmen Stimme unterhielt sich der Professor Gilardoni, der ein wenig älter, ein wenig kahler und ein wenig gelber geworden war, mit Luisa. »Wer weiß«, hatte Luisa gesagt, »ob Maria der Großmutter wie im Gesicht, so auch im Charakter gleichen wird?« Der Professor hatte erwidert, dass es ein Wunder sein würde, wenn in einer und derselben Familie so kurz nacheinander zwei solche Seelen existierten. Und um zu erläutern, welcher seltenen Spezies seiner Meinung nach der Geist der Großmutter angehört habe, kam er mit folgendem Wirrsal heraus:

»Es gibt Seelen«, sagte er, »die offen das zukünftige Leben leugnen, und die nur ihrer Meinung entsprechend für das gegenwärtige Leben leben. Es gibt deren nicht viele. Dann gibt es Seelen, die tun, als glaubten sie an ein zukünftiges Leben, und ganz und gar an das diesseitige Leben. Davon gibt es schon mehr. Dann gibt es Seelen, die an das zukünftige Leben nicht denken und dennoch so leben, dass sie nicht allzu viel aufs Spiel setzen, um es zu verlieren, wenn es eins gibt. Die sind noch häufiger. Dann gibt es Seelen, die wirklich an ein zukünftiges Leben glauben und Gedanken und Werke in zwei Kategorien einteilen, die untereinander fast immer im Widerspruch stehen, die eine für den Himmel, die andere für die Erde. Davon gibt es sehr viele. Dann gibt es Seelen, die leben nur für das zukünftige Leben, an das sie glauben. Ihrer sind wenige, und zu diesen wenigen zählte Frau Teresa.«

Franco, der ein Feind psychologischer Haarspaltereien war, kam mürrisch blickend mit seiner Gießkanne an ihnen vorbei, um in das Gärtchen zu gehen, und dachte bei sich: ›Dann gibt es Seelen, die einen um den Verstand bringen können.‹ Der Onkel, der etwas schwerhörig war, lachte mit Maria. Als ihr Gatte außer Sicht war, sagte Luisa leise: »Dann gibt es Seelen, die leben, als gäbe es nur ein zukünftiges Leben, an das sie nicht glauben; und von denen gibt es eine.« Der Professor erbebte und sah sie an, ohne etwas zu sagen. Sie war gerade dabei, eine Strähne an dem Angelgerät mit Doppelfaden durch die Öse zu ziehen. Sie sah den Blick nicht, aber sie fühlte ihn, und sie beeilte sich, mit dem Kopf nach dem Onkel zu deuten. Hatte sie wirklich bei dem Gesagten an ihn gedacht? Oder war etwas anderes hinter ihren Gedanken verborgen gewesen? Hatte sie ohne wirkliche Überzeugung an den Onkel gedacht, nur weil sie nicht wagte, auch nur in Gedanken, eine andere Person zu nennen, auf die sich ihre Worte mit mehr Berechtigung beziehen konnten? Das Schweigen des Professors, sein forschender, von ihr nur gefühlter Blick offenbarten ihr, dass er sie selbst in Verdacht hatte: und so deutete sie hastig auf den Onkel.

»Glaubt er nicht an ein zukünftiges Leben?«, flüsterte der Professor.

»Ich würde denken nein«, entgegnete Luisa, die gleich darauf Gewissensbisse fühlte, fühlte, dass sie keine genügenden Gründe, kein Recht hatte, so zu antworten. In der Tat hatte der Onkel Piero sich nie mit Grübeleien über Religion abgegeben: in seinem Begriff von Ehrenhaftigkeit betrieb er die Fortsetzung der alten

Familiengebräuche, die Ausübung des ererbten Glaubens obenhin, er nahm sie hin, wie sie waren. Sein Gott war vertrauensselig wie er, gab nicht viel auf die Stoßgebete und Rosenkränze wie er; ein Gott, der zufrieden war, Ehrenmänner mit Herzen auf dem rechten Fleck zu Dienern zu haben, wie er es zufrieden war, solche zu Freunden zu haben, mochten sie auch im Leben vergnügte Esser und Trinker, Tarockspieler sein oder freimütige Erzähler harmloser Unanständigkeiten, wie sie als Ausfluss des in jedem Menschen lebenden Vergnügens am Schmutzigen wohl gestattet sind. Gewisse scherzhafte Reden, gewisse, ohne Nachdenken hingeworfene Aphorismen des Onkels über die nur relative Bedeutung der religiösen Übungen und über die absolute Wichtigkeit, ein ehrenhaftes Leben zu führen, hatten ihr schon als Kind Eindruck gemacht, auch weil die Mutter sich so sehr darüber beunruhigte und ihren Bruder anflehte, nicht so unbesonnen zu sprechen. Es war in ihr der Verdacht aufgestiegen, dass der Onkel nur der Form wegen in die Kirche ginge. Das war nicht der Fall. Auf die Aphorismen eines Menschen, dessen Leben in Aufopferung und Uneigennützigkeit aufgegangen war, der zu sagen pflegte: ›Caritas incipit ab ego[7]‹, durfte man nichts geben. Und selbst wenn der Onkel wenig Gewicht auf die religiösen Übungen gelegt hätte, so blieb doch noch ein großer Schritt bis zur Verneinung eines künftigen Lebens. In der Tat, sobald Luisa ihre Meinung

---

7   Die erste Liebe beginnt bei mir

ausgesprochen hatte, ihr der Klang ihrer Worte noch im Ohr tönte, fühlte sie, dass sie irrig war, sah sie klarer in ihrem eigenen Innern und erkannte, dass sie unbewusst in dem Beispiel des Onkels eine Stütze und einen Trost für sich selbst gesucht hatte.

Der Professor war von dieser so unerwarteten Enthüllung ganz bewegt. »Diese einzige Seele«, sagte er, »die lebt, als dächte sie nur an ein zukünftiges Leben, an das sie doch nicht glaubt, irrt, aber man muss sie bewundern als die edelste, die größte. Es ist ein erhabenes Ding um sie!«

»Sie sind aber sicher, dass diese Seele irrt?«

»O ja, ja!«

»Aber Sie, welcher der beiden Kategorien gehören Sie an?«

Der Professor war überzeugt, zu den sehr wenigen zu gehören, deren ganzes Trachten nur auf das zukünftige Leben gerichtet war; obwohl er in Verlegenheit gewesen wäre zu beweisen, dass seine gründlichen Studien über Raspail, sein Eifer in der Bereitung von Borwasser und Kampferzigaretten, seine Furcht vor Feuchtigkeit und Zugluft wenig Vorliebe für das gegenwärtige Leben bedeuteten. Er wich jedoch einer Antwort aus, sagte, dass er, obwohl keiner Kirche angehörend, fest an Gott und ein zukünftiges Leben glaube, und dass er seine eigene Art zu leben nicht beurteilen könne.

Inzwischen hatte Franco beim Begießen des Gärtchens eine neu aufgeblühte Verbene entdeckt; er stellte die Gießkanne beiseite, erschien auf der Schwelle zur Loggia und rief Maria, um sie ihr zu zeigen. Maria ließ ihn rufen, sie wollte noch weiter ›Missipipi‹ hören, aber der Onkel ließ sie von seinem Schoß und führte sie selbst zum Papa.

»Aber Professor, man kann doch«, sagte Luisa, ihrem inneren Gedankengang folgend, plötzlich laut, »nicht wahr, man kann doch an Gott glauben und unser zukünftiges Leben bezweifeln?« Sie hatte bei diesen Worten das verwirrte Gebinde des Angelgeräts aus der Hand gelegt und blickte Gilardoni mit lebhaftem Interesse voll ins Gesicht, mit dem offenkundigen Verlangen, dass er ihre Frage bejahen möchte. Und da Gilardoni schwieg, fuhr sie fort:

»Mir scheint, jemand könnte sagen: Welche Verpflichtung hat Gott, uns die Unsterblichkeit zu schenken? Die Unsterblichkeit der Seele ist eine Erfindung des menschlichen Egoismus, der, alles in allem betrachtet, Gott seiner eigenen Bequemlichkeit nutzbar macht. Wir verlangen einen Lohn für das Gute, das wir anderen getan haben, und eine Strafe für das Böse, das die anderen uns getan haben. Begnügen wir uns damit, endgültig zu sterben wie jedes andere Lebewesen, und üben wir, solange wir leben, Gerechtigkeit gegen uns und gegen die anderen, ohne Hoffnung auf zukünftigen Lohn, nur weil Gott es von uns so will, gleich wie er will, dass jeder Stern leuchtet und jeder Baum Schatten gibt. Was denken Sie davon?«

»Was soll ich Ihnen sagen?«, entgegnete Gilardoni. »Mir klingt es wunderschön! Ich kann nicht sagen, wie eine große Wahrheit. Ich weiß es nicht, ich habe nie darüber nachgedacht; aber wunderschön! Ich bin der Meinung, dass das Christentum weder so erhabene Heilige gehabt hat noch sie sich hat vorstellen können wie dieser Jemand! Es ist eine große Schönheit darum, eine große Schönheit!«

»Vielleicht könnte man auch behaupten«, fuhr Luisa nach einem kurzen Schweigen fort, »dass dieses zukünftige Leben nicht ein durchaus glückliches sein würde. Gibt es ein Glück, wenn man nicht den Grund der Dinge erkennt, wenn man nicht dahin gelangt, alle Geheimnisse erklären zu können? Und wird das Verlangen, alles zu wissen, in dem zukünftigen Leben befriedigt werden? Wird nicht ein undurchdringliches Geheimnis übrig bleiben? Heißt es nicht, dass man Gott nie vollkommen erkennen werde? Und also werden wir nicht in dem Verlangen nach Wissen leiden wie jetzt? Vielleicht sogar stärker, denn muss in einem höheren Leben dieser Wunsch nicht auch stärker sein? Ich sehe nur einen Weg, der zur Allwissenheit führen würde, und das wäre Gott zu werden ...«

»Ah, Sie sind Pantheistin«, rief der Professor, sie unterbrechend.

»Pst!«, machte Luisa. »Nein, nein, nein! Ich bin katholische Christin. Ich sage nur, was andere meinen könnten.«

»Aber, verzeihen Sie, das ist Pantheismus.«

»Noch immer Philosophie?«, rief Franco, mit der Kleinen auf dem Arm eintretend.

»O Jammer!«, brummelte der Onkel hinter ihm.

Maria hielt eine schöne weiße Rose in der Hand. »Sieh diese Rose, Luisa«, sagte Franco. »Maria, gib der Mutter die Blume. Sieh dir die Gestalt dieser Rose an, sieh, wie schlank sie am Stängel sitzt, sieh den Farbenschmelz, die Äderung dieser Blätter, sieh diesen roten Streifen und rieche jetzt den Duft! Und lass die Philosophie in Ruhe.«

»Sie sind ein Feind der Philosophie?«, bemerkte lächelnd der Professor.

»Ich bin«, antwortete Franco, »ein Freund leichter Philosophie und bin sicher, dass auch die Rosen sie mich lehren.«

»Die Philosophie, mein lieber Professor«, mischte sich der Onkel feierlich in die Unterhaltung, »die Philosophie ist alle im Aristoteles: nimm dir, was du kriegen kannst!«

»Sie scherzen«, entgegnete der Professor, »aber Sie sind auch ein Philosoph.«

Der Ingenieur legte eine Hand auf seine Schulter. »Hören Sie, lieber Freund, meine Philosophie, die geht in acht oder zehn Glas ganz und gar hinein.«

»Oho, acht oder zehn Glas!«, murmelte die Wirtschafterin, die beim Eintreten diese prahlerische Übertreibung ihres so mäßigen Herrn hörte. »Acht oder zehn Lügen.«

Sie kam, um Don Giuseppe Costabarbieri anzumelden, der gleichzeitig aus dem Saale ein tiefes, aber fröhliches Deo Gratias vernehmen ließ. Und da war er schon selbst, der sanfte Priester mit dem roten, runzligen Gesicht, den heiteren Augen und den weißen Haaren.

»Hier wird philosophiert, Don Giuseppe«, sagte Luisa nach den ersten Begrüßungen. »Kommen Sie und lassen Sie uns auch Ihre schönen Gedanken hören!«

Don Giuseppe kratzte sich im Nacken, und den Kopf dem Ingenieur zuwendend mit dem Blick eines Menschen, der etwas möchte, aber nicht darum zu bitten wagt, äußerte er die Blüte seiner philosophischen Gedanken in folgenden Worten:

»Wäre es nicht besser, eine Primiera[8] zu machen?«

Franco und der Onkel Piero, glücklich, sich vor Gilardonis Philosophie zu retten, setzten sich vergnügt mit dem Priester an ein Tischchen.

Kaum mit Luisa allein zurückgeblieben, sagte der Professor leise: »Gestern ist die Frau Marchesa abgereist.«

Luisa, die Maria auf den Schoß genommen hatte, drückte ihre Lippen leidenschaftlich auf des Kindes Hals.

»Vielleicht«, fuhr der Professor fort, der niemals verstanden hatte, in menschlichen Herzen zu lesen, noch die richtigen Saiten anzuschlagen, »vielleicht, mit der Zeit ... es sind erst drei Jahre... Vielleicht wird der Tag kommen, da sie nachgibt.«

---

8   Es geht um das Kartenspiel ›Scopa‹. Als ›primiera‹ bezeichnet man eine Kombination aus vier Karten mit jeweils einer Karte von jeder Farbe.

Luisa hob das Gesicht von Marias Halse: »Sie vielleicht, ja«, sagte sie.

Der Professor verstand nicht, er folgte seinem bösen Geist, der ihm das ungeeignetste Wort im ungeeignetsten Moment eingab, und anstatt aufzuhören, beharrte er weiter bei dem Gegenstand.

»Vielleicht, wenn sie Maria sehen könnte!«

Luisa presste das Kind an ihre Brust und warf ihm einen so niederschmetternden Blick zu, dass er verlegen sagte: »Verzeihen Sie!«

Maria hob ihre Augen bei der heftigen Umarmung, und als sie den seltsamen Ausdruck auf dem Gesicht ihrer Mutter sah, wurde sie dunkelrot, presste ihre Lippen zusammen, weinte zwei große, runde Tränen, brach in Schluchzen aus.

»Nein, nein, Liebste«, flüsterte Luisa zärtlich, »sei gut, sei gut, du wirst sie nie sehen, nie!«

Als das Kind beruhigt war, wollte der Professor, bestürzt bei dem Gedanken, einen Taktfehler begangen, Luisa, ein Wesen, das er für übermenschlich hielt, gekränkt zu haben, sich aussprechen, sich rechtfertigen, aber Luisa ließ ihn nicht zu Worte kommen. »Genug, verzeihen Sie«, sagte sie, aufstehend. »Wir wollen dem Spiel zusehen.«

In Wirklichkeit ging sie nicht zu den Spielern. Sie schickte Maria mit ihrem kleinen Kindermädchen Veronika auf den Kirchplatz und trug selbst den Rest einer süßen Mehlspeise zu einem alten Männchen im Dorf, das einen gefräßigen Magen und eine leise Stimme hatte, mit der es jeden Tag seiner Wohltäterin denselben köstlichen Lohn in Aussicht stellte: »Ehe ich sterbe, gebe ich Ihnen noch einen Kuss.«

Der Professor indessen, voller Skrupel und Gewissensbisse über sein wenig glückliches Vorgehen, nicht wissend, ob er gehen sollte oder bleiben, ob die Hausfrau zurückkommen würde oder nicht, ob ihr nachgehen indiskret wäre oder nicht, nachdem er zum See geblickt hatte, als wollte er die Fische um Rat fragen, und das Haus gemustert, um zu sehen, ob Luisa sich an einem der Fenster zeigen würde oder jemand anders, den er nach ihr hätte fragen können, entschloss sich endlich, dem Spiel zuzusehen. Jeder der Spieler sah auf die eigenen vier Karten, die er in der Linken hielt, eine über der anderen, und zwar derart, dass die zweite und dritte so weit überstanden, dass man sie erkennen konnte; und jeder von ihnen zog, die obere Ecke der beiden genannten Karten vorsichtig zwischen Daumen und Zeigefinger haltend, mit einer Doppelbewegung der Finger und des Handgelenks die unbekannte Karte unter der dritten sachte, sachte vor, als ob es sich um Tod und Leben handelte, dazu mit großer Andacht geeignete Stoßseufzer wiederholend, so Don Giuseppe, der Pique brauchte: ›Rot sticht und schwarz wirft aus‹, die anderen beiden, die Karo und Coeur wollten, ›schwarz sticht, rot wirft aus‹. Der Professor dachte, dass auch er eine versteckte Karte in der Hand hielte, ein Trumpfass, und dass er noch nicht wusste, ob er es ausspielen würde. Er hatte das Testament des alten Maironi. Wenige Tage nach dem Tode der Frau Teresa hatte Franco ihm gesagt, er solle es vernichten und nie seiner Gattin gegenüber erwähnen. Er hatte nur in Bezug auf das Stillschweigen gehorcht. Das Schriftstück existierte noch, ohne Francos Wissen, weil sein Lehrer sich in den Kopf gesetzt hatte, die Ereignisse abzuwarten, zu sehen, ob Cressogno und Oria Frieden schließen, ob bei Andauer der Feindseligkeiten Franco und seine Familie in Not geraten würden; in diesem letzten Falle würde er selbst eingreifen. Was er tun würde, wusste er nicht recht; aber er wälzte in seinem Kopf verschiedene wunderliche Pläne und wartete, dass der eine oder der andere zur geeigneten Zeit und am richtigen Orte reifen würde. Jetzt, während er Franco beim Spielen zusah, bewunderte er, wie derselbe Mensch, der so eifrig erpicht war, einen Karokönig zu erlangen, jene andere wertvolle Karte zurückgewiesen hatte und nicht einmal wollte, dass seine Gattin etwas davon wüsste. Er hielt dieses Schweigen für Bescheidenheit, dem Wunsch entspringend, eine großmütige Handlung zu verbergen; und obwohl er von Franco schon manch harten Vorwurf hingenommen hatte und er recht wohl fühlte, dass dieser nicht allzu große Stücke auf ihn hielt, betrachtete er ihn mit einer Hochachtung, die voll demütiger Ergebenheit war. Franco deckte als erster die vierte Karte auf und warf ärgerlich alle weg, während Don Giuseppe rief: »O je!

Es ist schwarz!« Und er hielt inne, um Atem zu schöpfen, bevor er weiter aufdeckte, um sich zu überzeugen, ob es Piks oder Treffs wären. Aber der Ingenieur, der mit seinem friedlichen und lächelnden Gesicht von den Karten aufblickte, klopfte geheimnisvoll mit dem Finger unter der Tischplatte, was so viel bedeuten sollte: es ist die gute Karte; da stieß Don Giuseppe, der gesehen hatte, dass sein Schwarz nicht Pique war, ein »Verwünscht!« aus und warf ebenfalls die Karten fort.

»Was für ein Grund, Wut zu schnauben!«, sagte der Ingenieur. »Treff ist doch auch schwarz.«

Der Priester, der seine Revanche haben wollte, begnügte sich damit, ihn ärgerlich zu ersuchen: »Mischen Sie die Karten, mischen Sie die Karten!«

Und die Partie, Symbol des ewigen Urkampfes zwischen den Schwarzen und den Roten, begann von neuem.

Der See schlief jetzt, von Schatten bedeckt und eingehüllt. Nur auf den großen fernen Bergen des Lario im Osten lag ein rötlich-violetter Goldglanz. Die ersten abendlichen Nordwinde bewegten das Laub der Passionsblume, kräuselten auf dem offenen See das eintönig graue Wasser und trugen einen frischen Waldduft herüber. Der Professor war schon seit einer Weile fortgegangen, als Luisa zurückkam. Sie hatte auf dem Stufenweg des Pomodoro ein weinendes Mädchen getroffen, das schrie:

»Mein Vater will meine Mutter umbringen!«

Sie war dem Mädchen in sein Haus bei der Madonna

del Romit gefolgt und hatte den Mann beschwichtigt, der mit dem Messer in der Hand auf seine Frau losgehen wollte, nicht sowohl einer schlechten Suppe als einer schlechten Antwort halber. Luisa führte ihrem Gatten und Don Giuseppe den letzten Akt des Dramas vor, ihre Unterredung mit der Frau, die in den Stall gelaufen war, um sich zu verstecken.

»Ah, Regina, wo bist du denn?«

»Hier bin ich.«

»Wo hier?«

»Hier.«

Die zitternde Stimme kam unter der Kuh vor. Die Frau saß zusammengekauert darunter.

»Komm vor, also.«

»Nein, Sora.«

»Warum nicht?«

»Ich fürchte mich.«

»Komm vor, dein Mann will dir einen Kuss geben.«

»Ich nicht.«

Darauf hatte Luisa den Mann hereingerufen.

»Geh und gib ihr einen Kuss unter der Kuh.«

Und der Mann hatte ihr den Kuss gegeben, während die Frau, die Furcht hatte, dass er beißen würde, stöhnte:

»Beißen wird er doch nicht!«

»Was für eine kleine, verteufelte Sora Luisa!«, sagte Don Giuseppe. Und sich die bescheidenen Rundungen seiner Hüften und seines Bauches leise klopfend, höchlichst befriedigt von dem Genuss des Primspiels, erinnerte sich diese kleine Persönlichkeit aus der guten alten Zeit an den zweiten Zweck seines Besuches. Er hatte Frau Luisa etwas zu sagen. Der Ingenieur war hinausgegangen, um seinen gewohnten kurzen Spaziergang nach der kleinen Anhöhe des Tavorell, den er scherzend den St. Bernhard nannte, zu machen; und Franco, der einen Blick auf den Mond geworfen hatte, der jetzt über dem schwarzen Gipfel des Bisgnago und dem kräuselnden Wasser leuchtete, setzte sich an das Klavier und strömte einen nur in der Vorstellung vorhandenen Schmerz in Improvisationen aus, die sich durch die geöffneten Fenster über die klingende Tiefe des Sees ergossen. Die musikalischen Improvisationen gelangen ihm besser als die sorgfältig ausgefeilten Gedichte, denn sein leidenschaftliches Empfinden konnte er in der Musik leichter ausdrücken, und die Zweifel der Unsicherheit, das mangelnde Selbstvertrauen, die ihm das Formulieren mit Worten so mühsam und zeitraubend machten, quälten seine Fantasie am Klavier nicht. Dann gab er sich völlig, Seele und Leib, dem Feuer der Begeisterung hin, er vibrierte ganz und gar, bis an die Haarwurzeln, seine klaren, sprechenden Augen gaben jede Nuance des musikalischen Ausdrucks wieder, unter seinen Wangen sah man die unaufhörliche Bewegung unausgesprochener Worte, und seine Hände, obschon nicht allzu leicht, nicht allzu gelenkig, ließen das Instrument in unbeschreiblich schöner Weise singen.

Jetzt ging er in eine andere Tonart über. Er legte die

intensivste intellektuelle Kraft in diese Passagen, er ließ das Klavier mit seinen zehn Fingern und beinahe auch mit seinen glühenden Augen keuchen, er holte sozusagen das Innerste heraus. Er hatte unter dem Eindruck des Mondscheins angefangen zu spielen, dann aber waren während des Spielens trübe Wolken aus dem Grunde seines Herzens aufgestiegen.

Sich bewusst, als Jüngling von Ruhm geträumt und dann bescheiden die Hoffnung aufgegeben zu haben, sprach er fast zu sich selbst durch diese traurige, leidenschaftliche Musik, dass auch in ihm ein Funken des Genies war, ein schöpferisches Feuer, das nur Gott sah; denn selbst Luisa schien das Verständnis für die richtige Schätzung, die ihm selbst fehlte, die er in ihr aber gewünscht hätte, zu mangeln; selbst Luisa, die Seele seiner Seele! Luisa lobte in maßvoller Weise seine Musik und seine Verse, aber sie hatte nie zu ihm gesagt: ›Gehe weiter auf diesem Wege, wage, schreibe, veröffentliche!‹ Das waren seine Gedanken, und er spielte in dem dunkelen Saal, und er legte das Weh seiner Liebe, die schüchterne, geheime Klage, die er nie gewagt hätte in Worte zu kleiden, in eine weiche Melodie.

Auf der Terrasse in dem beweglichen Helldunkel, das von dem leichten Windhauch und der Passionsblume, dem Mond und seinem Widerschein auf dem See herrührte, erzählte Don Giuseppe Luisa, dass Herr Giacomo Puttini mit ihm erzürnt sei durch Schuld der Frau

Pasotti, die fälschlicherweise berichtet habe, dass er, Don Giuseppe, eine Heirat des Herrn Giacomo mit Marianne für das einzig Richtige erklärt hätte. »Ich will auf der Stelle tot sein«, protestierte der arme Priester, »wenn ich nur ein einziges Wort gesagt habe! Nichts! Grobe Lügen!«

Luisa wollte nicht an die Schuld der armen Barborin glauben, und Don Giuseppe erklärte ihr, dass er die Sache von dem Herrn Kontrolleur selbst erfahren habe. Sie begriff nun sofort, dass Pasotti sich in boshafter Weise über seine Frau, Herrn Zacomo und den Priester hatte lustig machen wollen, und verwahrte sich dagegen, sich in die Angelegenheit einzumischen, wie letzterer es gewünscht hätte. Sie riet ihm, mit der Pasotti zu sprechen.

»Sie ist so taub!«, entgegnete Don Giuseppe, sich den Nacken kratzend. Und unzufrieden ging er fort, ohne sich von Franco, den er nicht stören wollte, zu verabschieden.

Luisa kam auf den Zehenspitzen zum Klavier, um ihrem Gatten zuzuhören, die Schönheit, den Reichtum, das Feuer dieser Seele in sich aufzunehmen, die ihr gehörte, der sie auf ewig angehörte. Luisa hatte nie zu Franco gesagt: ›Gehe weiter auf diesem Wege, schreibe, veröffentliche‹, vielleicht auch, weil sie in ihrer ausgeglichenen Liebe folgerichtig urteilte, dass er keine Werke, die die Mittelmäßigkeit übersteigen würden, schaffen könnte, vor allem aber, weil sie, obschon sie ein feines Gefühl für Dichtkunst und Musik besaß, im

Grunde weder auf die eine noch die andere großes Gewicht legte, es ihr nicht gefiel, dass sich ein Mann ihnen völlig widme; sie erstrebte für ihren Gatten eine männlichere intellektuelle und materielle Tätigkeit. Sie bewunderte jedoch Franco in seiner Musik mehr, als wenn er ein großer Meister gewesen wäre; sie fand in dieser fast geheimen Sprache seiner Seele etwas Jungfräuliches, Aufrichtiges, den Strahl eines liebenden Geistes, der würdiger als jeder andere war, geliebt zu werden.

Er bemerkte sie erst, als er die leichte Berührung ihrer beiden Arme auf seinen Schultern fühlte, die beiden kleinen Hände auf seiner Brust sah. »Nein, nein, spiele weiter«, flüsterte Luisa, da Franco sie festhielt; nun er aber mit zurückgelehntem Gesicht, ohne zu antworten, ihre Augen und ihren Mund suchte, gab sie ihm einen Kuss und hob den Kopf, indem sie wiederholte: »Spiele!« Er zog stärker als vorher die gefangenen Handgelenke zu sich herab und suchte von neuem schweigend den süßen, süßen Mund. Jetzt ergab sie sich, drückte ihre Lippen auf seinen Mund in einem langen, gewährenden Kusse, viel köstlicher und wohltuender als der Erste. Dann flüsterte sie noch einmal: »Spiele!«

Und er spielte, glückselig, eine rauschende, triumphierende Musik, voller Jubel und Freudenschreie. Denn in diesem Augenblick glaubte er, die Seele seines Weibes ganz und gar zu besitzen, während es ihm oft schien, obwohl er sich geliebt wusste, als ob über ihrer Liebe eine stolze, ruhige und kühle Vernunft throne, bis zu der das Feuer seiner Begeisterung nicht dringe. Oft hielt Luisa seinen Kopf in ihren Händen, dann und wann einen leichten Kuss auf seine Haare drückend. Sie kannte den Zweifel ihres Gatten und behauptete immer, ihm völlig anzugehören, aber in ihrem Innersten fühlte sie, dass er recht hatte. Ein zähes, kühnes, intellektuelles Unabhängigkeitsgefühl hielt in ihrem Innern der Liebe die Waage. Sie vermochte ihren Gatten ruhig zu beurteilen, seine Unvollkommenheiten zu erkennen, und sie empfand, dass er das gleiche nicht vermochte. Sie empfand, dass seine Liebe demütig war, ihr bedingungslos, endlos ergeben. Sie glaubte nicht, dass sie ihm unrecht tat, sie fühlte keine Reue, aber wenn sie daran dachte, zerschmolz ihr Herz in liebevollem Mitleid. Sie erriet die Bedeutung dieses musikalischen Freudenrausches, und gerührt umarmte sie Franco und brachte das Klavier mit jähem Ruck zum Schweigen.

*

Von der Treppe hörte man den langsamen und schweren Tritt des Onkels, der von Sankt Bernhard heimkehrte.

Es war acht Uhr, und die üblichen Tarockspieler, die Herren Giacomo und Pasotti, waren noch nicht erschienen. Denn auch Pasotti gehörte im September und Oktober zu den häufigen Besuchern des Hauses

Ribera, wo er mit dem Ingenieur, mit Luisa und selbst Franco den Liebenswürdigen spielte. Franco und Luisa hatten ihn im Verdacht, ein doppeltes Spiel zu spielen, aber Pasotti war ein alter Freund des Onkels, und so musste man ihn, aus Rücksicht für den Onkel, freundlich empfangen. Da die Tarockspieler auf sich warten ließen, schlug Franco seiner Frau vor, im Boot zu fahren, um den Mondschein zu genießen. Vorher traten sie noch zu Maria hinein, die in ihrem Bettchen im Alkoven schlief, das Gesicht zur rechten Schulter geneigt, ein Arm unter dem Kopf und der andere auf der Brust ruhend. Sie betrachteten sie, küssten sie lächelnd, und schweigend begegneten sich ihre Gedanken bei der Großmutter Teresa, die das Kind so geliebt haben würde, und ernsten Gesichts küssten sie sie noch einmal.

»Meine arme Kleine!«, sagte Franco. »Arme, pfenniglose Donna Maria Maironi!«

Luisa legte ihm eine Hand auf den Mund. »Still!«, sagte sie. »Gott sei Dank, dass wir die pfenniglosen Maironi sind.«

Franco verstand sie und antwortete nicht gleich. Dann aber, als sie das Zimmer verließen, um zur Barke zu gehen, sagte er, die Drohung der Großmutter vergessend, zu seiner Gattin: »Es wird nicht immer so sein.«

Diese Anspielung auf die Reichtümer der alten Marchesa missfiel Luisa. »Lass uns davon nicht sprechen«, sagte sie. »Ich möchte dieses Geld mit keinem Finger anrühren.«

»Ich meine für Maria«, wandte Franco ein.

»Maria hat uns, die wir arbeiten können.«

Franco schwieg. Arbeiten! Auch das war ein Wort, das ihm ins Herz schnitt. Er wusste wohl, dass er ein müßiges Leben führte. Denn die Musik, Lektüre, die Blumen, ab und zu ein paar Verse, was bedeuteten sie anders als Nichtigkeiten und Spielereien? Und dieses Leben führte er zum großen Teil auf Kosten anderer, denn mit seinen tausend Lire österreichischen Geldes, wie hätte er da leben, wie seine Familie erhalten sollen? Er hatte den Doktortitel erworben, aber ohne irgendwelchen Nutzen daraus zu ziehen. Er misstraute seinen eigenen Fähigkeiten, er fühlte sich zu sehr Künstler, allzu abgeneigt den juristischen Spitzfindigkeiten, er wusste, dass in seinen Adern nicht das Blut des starken Arbeiters floss. Er sah nur Rettung in einem Krieg, in der Befreiung des Vaterlandes. ›Ah, wenn Italien frei wäre, wie würde er ihm dienen, mit welcher Kraft, mit welcher Freude!‹ Im Herzen trug er wohl diese kühnen Gedanken, aber der Vorsatz und die Beständigkeit, durch Arbeit eine solche Zukunft vorzubereiten, nein, die fehlten ihm.

Während er schweigend ruderte und sich vom Ufer entfernte, grübelte Luisa darüber nach, wie nur ihr Gatte das Kind bedauern konnte, weil es kein Geld hatte. War da nicht ein Widerspruch zwischen Francos Glauben, seiner christlichen Gottesfurcht und diesem Gefühl? Sie musste an die Kategorien des Professors Gilardoni

203

denken. Franco glaubte mit Inbrunst an das zukünftige Leben, aber tatsächlich klammerte er sich leidenschaftlich an alles, was das irdische Leben an Schönem, Gutem und ehrbarem Vergnügen bot, einschließlich des Tarocks, des Primspiels und guter kleiner Mittagessen. Einer, der mit so peinlicher Gewissenhaftigkeit die Vorschriften der Kirche beobachtete, der so viel darauf gab, am Freitag und Sonnabend nur Fastenspeise zu sich zu nehmen und jeden Sonntag die Erklärung des Evangeliums zu hören, hätte sein eigenes Leben viel strenger mit dem christlichen Ideal in Einklang bringen müssen. Er hätte das Geld fürchten und nicht erwünschen müssen.

»Gute Fahrt!«, rief der Onkel von der Terrasse, als er das Boot sah und Luisa im Mondschein am Bug sitzen. Vor dem düstern Bisgnago breitete sich das ganze Valsolda, von Niscioree bis Caravina, im Glanz des Mondlichts aus. Alle Fenster von Oria und von Albogasio, die Arkaden der Villa Pasotti und die weißen Häuschen der entfernteren Ortschaften Castello, Casarico, S. Mamette, Drano schienen wie hypnotisiert nach dem großen, starren Auge der toten Himmelsbraut zu blicken.

Franco zog die Ruder ins Boot. »Singe«, sagte er.

Luisa hatte nie Gesangunterricht gehabt, aber sie besaß eine süße Mezzosopranstimme, ein vollkommenes Gehör und sang viele Opernarien, die sie von ihrer Mutter gelernt, die die Grisi, die Pasta, die Malibran während der Blütezeit der italienischen Oper gehört hatte.

Sie sang die Arie aus ›Anna Boleyn‹:

»Führ' in die Heimat mich,
Die traute, wieder…«

den Gesang der Seele, die erst hinabsteigt und allmählich, immer weicher werdend, sich der Liebe hingibt und
dann in enger Umarmung mit ihr sich aufschwingt in
leidenschaftlichem Verlangen zu einem hohen Licht in
der Ferne, das ihrem vollen Glück noch fehlt. Sie sang,
und Franco, entrückt, träumte, dass sie sich sehnte, sich
ihm auch mit diesem erhabenen Teil ihrer Seele, den sie
ihm bisher entzogen hatte, zu eigen zu geben, dass sie
sich sehnte, in dieser vollkommenen Verbindung, von
ihm geleitet, zuzustreben. Tränen stiegen ihm auf und
pressten ihm die Kehle zusammen, und das kräuselnde
Wasser und die großen tragischen Berge und alle die in
den Mond starrenden Dinge und das Mondlicht selbst,
alles ringsum füllte ihn mit diesem seinem unbeschreiblichen Gefühl, so dass, als von jenseits des zerrissenen
Sternbilds einen Augenblick silberne Lichter bis unter
den Bisgnago, bis in die schattige Bucht des Doi funkelten, er davon bewegt war, wie von geheimnisvollen, auf
ihn sich beziehende Zeichen, die Mond und See miteinander wechselten, während Luisa ihr Lied zu Ende sang:

»Zu den Platanen hin,
Zum Flusse nieder,
Der uns're Seufzer noch
Murmelt wie einst.«

»Bravo!«, rief Pasottis Stimme von der Terrasse.

Und des Onkels Stimme: »Tarock!«

Gleichzeitig hörte man die Ruderschläge einer Barke, die von Porlezza kam, man hörte ein Fagott die Arie aus der ›Anna Boleyn‹ nachäffen. Franco, der am Hinterteil des Bootes saß, sprang auf und rief erfreut:

»Holla!«

Eine schöne, volle Bassstimme antwortete ihm:

»Guten Abend,

Meine Herren,

Guten Abend,

Guten Abend.«

Es waren seine Freunde vom Comersee, der Advokat V. aus Varenna und ein gewisser Pedraglio aus Loveno, die zu kommen pflegten, um offiziell Musik, im geheimen Politik zu treiben; ein Geheimnis, in das nur Luisa eingeweiht war.

Auch von der Terrasse rief man:

»Nun, Don Basilio?« »Bravo das Fagott!« Und in der Zwischenpause hörte man die Stimme eines Herrn, der eine Einladung zum Tarockspiel abwehrte: »Nein, nein, wertester Kontrolleur, 's ist spät, wir können nicht länger bleiben, wir können wirklich nicht mehr bleiben. O Gott, o Gott, erlassen Sie's mir, ich kann nicht, ich kann nicht; verehrtester Herr Ingenieur, ich begebe mich in Ihren Schutz.«

Sie ließen aber nicht nach, der kleine Mann musste spielen mit dem Versprechen, dass man es bei zwei Partien bewenden lassen wollte. Er schniefte sehr und setzte sich mit dem Ingenieur, Pasotti und Pedraglio an den Tisch. Franco setzte sich ans Klavier, und der Advokat nahm mit dem Fagott an seiner Seite Platz.

Zwischen Pasotti und Pedraglio, zwei gefährlichen Spottvögeln, verbrachte der arme Giacomo eine bittere halbe Stunde, in der er Höllenpein litt. Sie gaben ihm keinen Augenblick Ruhe.

»Wie geht's, Herr Zacomo?«

»Schlecht, schlecht.«

»Herr Zacomo, gehen keine Mönche in Pantoffeln bei Ihnen spazieren?«

»Auch nicht einer.«

»Und der Stier? Wie geht's dem Stier, Herr Zacomo?«

»Seien Sie still, seien Sie still.«

»Verwünscht dieser Stier, was, Herr Zacomo?«

»Verwünscht, ja, mein Herr.«

»Und die Magd, Herr Zacomo?«

»Still!«, rief Pasotti bei dieser dreisten Frage Pedraglios. »Seien Sie vorsichtig. Was das anbetrifft, hat Herr Giacomo von Seiten gewisser Indiskreter Unannehmlichkeiten gehabt.«

»Lassen wir das, bester Kontrolleur, lassen wir das«, unterbrach ihn Herr Giacomo, sich hin und her windend, und der Ingenieur forderte ihn auf, die beiden Quäl-geister zum Teufel zu schicken.

»Wie, Herr Zacomo«, fuhr Pasotti uneingeschüchtert fort, »ist dieser kleine Priester etwa kein Indiskreter?«

»Ich nenn' ihn einen Esel«, schnaubte der Herr Giacomo.

Darauf gab Pasotti lachend und triumphierend, weil es sich um einen seiner Späße handelte, Pedraglio, der vor Neugier, die Geschichte zu erfahren, platzte, einen Wink, dass er schweigen solle, und nahm das Tarock-spiel wieder auf.

Franco und der Advokat übten ein neues Stück für Klavier und Fagott, verhedderten sich und fingen alle Augenblicke von vorn an; da trat, vorsichtig auf den Zehenspitzen, um ihre Melodien nicht zu stören, Frau Peppina Bianconi ein. Niemand bemerkte sie, außer Luisa, die ihr auf dem kleinen Kanapee nahe dem Klavier einen Platz neben sich anbot.

Frau Peppina mit ihrer Herzensgüte, ihrer Geschwätzigkeit und Dummheit ging Franco auf die Nerven. Nicht so Luisa. Luisa hatte sie gern, war aber wegen Carlascia auf ihrer Hut. Peppina hatte von ihrem Garten das Lied ›Ach, so wunderschön‹, gehört und dann das Fagott und die Begrüßungen; sie hatte angenommen, dass man musizieren würde, und sie war »ach, ganz wild« auf Musik!

Und dann der Herr Advokat, der immer so schön das Ding bläst. Und dann der Herr Don Franco, »der braucht gar nicht zu sprechen mit den Teufelshänden, die er hat«. Ihn Klavier spielen zu hören, das sei gerade, als hörte man eine Drehorgel, und Drehorgeln hörte sie »für ihr Leben gern«! Sie fügte hinzu, dass sie fürchte zu stören, aber ihr Mann habe sie zu dem Besuch ermutigt. Und sie fragte, ob der andere Herr aus Loveno nicht auch spielte, und ob sie lange bleiben würden; sie bemerkte, dass beide eine große Leidenschaft für die Musik haben müssten.

›O, du Schuft von einem Zolleinnehmer, du kannst lange warten,‹ dachte Luisa, und sie band seiner Frau die komischsten Märchen über die Musikwütigkeit Pedraglios und des Advokaten auf, immer dicker auftragend, je erzürnter sie auf die verhassten Menschen war, die sie zwangen, sich vor ihnen durch Lügen zu schützen. Die Frau Peppina nahm alles vom Anfang bis zum Ende für bare Münze, die Erzählungen mit Tönen heiterer Verwunderung begleitend: »Das ist gut! – Ist es die Möglichkeit! – Nu sieh einer an!« Dann sprach sie, statt dem diabolischen Streit des Klaviers mit dem Fagott zuzuhören, von dem Kommissar von Porlezza und erzählte, dass er die Absicht habe, einmal zu kommen, um sich Don Francos Blumen anzusehen.

»Er soll nur kommen«, entgegnete Luisa kühl.

Nun riskierte Frau Peppina, die Gelegenheit eines wahren Sturmes benutzend, den Franco und sein Freund zusammen an dem Klavier verübten, eine intimere kleine Aussprache, und wehe, wenn ihr Carlascia sie gehört hätte! Glücklicherweise schlief der gute Kerl in seinem Bett, die Nachtmütze über die Ohren gezogen.

»Mir haben diese teuren Blumen nie so gefallen!«, sagte sie. Ihrer Meinung nach hätten die Maironi gutgetan, dem Herrn Kommissar etwas um den Bart zu gehen. Er war sehr intim bei der Marchesa, und wehe ihnen, wenn ihm der Einfall kommen sollte, sie zu schikanieren! Er war ein furchtbarer Mensch, der Kommissar. »Mein Carlo bellt ein bisschen, aber er ist 'n guter Kerl; der andere da, der bellt zwar nicht, aber na ...!« Wenn zum Beispiel – sie wusste nichts davon und hatte nichts gehört –, wenn der Herr Advokat und der andere Herr nicht der Musik, sondern eines anderen Zweckes halber hierhergekommen wären, und der Kommissar würde es erfahren, dann Gnade Gott.

Mondglanz lag auf dem See nach den westlichen Ufern zu; das Spiel war zu Ende, und Herr Giacomo war dabei, seine kleine Laterne anzuzünden, trotz Pasottis Zwischenrufen. »Licht, Herr Zacomo? Sind Sie toll? Licht bei diesem Mondschein?«

»Ihnen zu dienen«, antwortete Herr Giacomo. »Erstens muss man diesen verwünschten Pomodoro passieren; und dann, was wollen Sie jetzt mit dem Mond! Sagen Sie meinetwegen auch, 's wär der Augustmond; denn sind wir auch im September, der Mond scheint wie im August. Ja, früher, mein Herr, da waren die Augustmonde Riesenmonde, wie die Böden von Weinfässern so groß; jetzt sind's Möndchen, nicht der Rede wert ... nein, nein, nein.«

Damit hatte er sein Laternchen angezündet und entfernte sich mit Pasotti, bis zu dem Gitter des Gärtchens von dem impertinenten Pedraglio begleitet, der seine gewohnten Anspielungen auf den Stier und die Magd wiederholte, und schlug die Richtung nach den Grotten von Oria ein mit dem Trost von Pasottis bösen Nachreden: »Schlecht erzogene Leute, Herr Zacomo, Flegel!« Schmähungen, die recht laut ausgestoßen wurden, damit die anderen sie hören und belachen konnten.

*

Ein lautes Gähnen des Ingenieurs trieb Frau Peppina in die Flucht. Kurz darauf, nachdem er das gewohnte Glas Milch getrunken hatte, verabschiedete er sich poetisch:

»Der Parnass steht in Myrten- und Lorbeerpracht,
Wünsche den Herrn eine glückselige Nacht.«

Auch die beiden Gäste baten um etwas Milch; und Franco, der ihr Latein verstand, holte eine alte Flasche des kleinen vortrefflichen Weinbergs von Mainè.

Als er zurückkam, war der Onkel nicht mehr da. Der dunkle, bärtige Advokat, eine Quadratur von Kraft und Ruhe, hob beide Hände und winkte schweigend Franco auf seine eine, Luisa auf die andere Seite und sagte leise mit seiner Stimme, die einen warmen und tiefen Klang wie ein Violoncell hatte:

»Große Neuigkeiten.«

»Ah!«, sagte Franco, seine glühenden Augen weit aufmachend. Luisa wurde blass und faltete die Hände, ohne ein Wort zu sagen. »Wir sind soweit«, sagte Pedraglio ruhig und ernst. »Sprechen Sie, sprechen Sie, sprechen Sie«, rief Franco, zitternd vor Erregung.

»Wir haben das Bündnis Piemonts mit Frankreich und England. Heute den Krieg mit Russland, morgen den Krieg mit Österreich. Wollen Sie noch mehr?«

Franco warf sich schluchzend seinen Freunden in die Arme.

Schweigend, mit klopfendem Herzen hielten sich die drei fest umschlungen in der Trunkenheit des magischen Wortes: Krieg. Franco merkte nicht, dass er die Flasche noch in der Hand hielt. Luisa nahm sie ihm ab; nun löste er sich energisch aus der Umarmung, und sich mit offenen Armen zwischen beide schiebend, wirbelte er sie, um die Taille gefasst, wie eine Lawine hinaus auf die Loggia, immer wiederholend: »Erzählen Sie, erzählen Sie, erzählen Sie.«

Draußen, nachdem man aus Vorsicht die Glastür, die zur Terrasse führte, geschlossen hatte, rückten der Advokat und Pedraglio mit ihrem köstlichen Geheimnis heraus. Auf ihrem Landsitz in Bellagio hatte eine englische Dame, eine glühende Freundin Italiens, von einer anderen Dame, Cousine des Sir James Hudson, des englischen Gesandten in Turin, einen Brief erhalten, dessen Übersetzung sich in den Händen des Advokaten befand.

Der Brief sagte, dass in Turin, Paris und London ganz geheime Verbindungen im Gange wären, um sich der bewaffneten Beihilfe Piemonts im Orient zu versichern, dass in der Hauptsache die drei Kabinette schon unter sich einig seien und nur einige formale Schwierigkeiten zu erledigen blieben, da der Graf Cavour die größte Rücksicht auf die Würde seines Landes verlange; dass man in Turin sicher sei, spätestens im Dezember die offizielle Aufforderung der Westmächte zu erhalten, dem Vertrag vom 10. April 1854 offen und rückhaltlos beizutreten. Man behauptete sogar, dass das Expeditionskorps von Seiner Königlichen Hoheit dem Herzog von Genua kommandiert werden würde.

V. las, und Franco hielt die Hand seiner Gattin fest in der seinen. Dann wollte er selbst lesen, und nach ihm las Luisa. »Aber!«, sagte sie, »Krieg mit Österreich? Wieso?«

»Aber zweifellos!«, entgegnete der Advokat. »Glauben Sie, dass Cavour den Herzog von Genua und fünfzehn- oder zwanzigtausend Mann sich mit den Türken schlagen wird, wenn er nicht den Krieg mit Österreich in der Tasche hat? Die Dame glaubt, dass kein Jahr vergehen wird.«

Franco schüttelte die Fäuste. Sein ganzer Körper bebte.

»Es lebe Cavour!«, flüsterte Luisa.

»Ah!«, antwortete der Advokat, »Demosthenes hätte den Grafen nicht beredter preisen können.«

Francos Augen füllten sich mit Tränen. »Ich bin ein Dummkopf«, sagte er. »Was soll ich euch wohl sagen?«

Pedraglio fragte Luisa, wo zum Teufel sie die Flasche versteckt habe. Luisa lächelte, ging hinaus und kam sofort mit dem Wein und den Gläsern zurück.

»Auf den Grafen Cavour!«, sagte Pedraglio leise. Alle hoben ihre Gläser und wiederholten: »Auf den Grafen Cavour!«, und tranken, auch Luisa, die sonst nie trank.

Pedraglio schenkte sich von neuem ein und stand auf. »Auf den Krieg!«, sagte er.

Die anderen drei sprangen von ihren Sitzen, ergriffen stumm die Gläser, zu bewegt, um sprechen zu können.

»Wir alle müssen mitgehen!«, sagte Pedraglio.

»Alle!«, erwiderte Franco. Luisa küsste ihn begeistert auf die Schulter. Ihr Gatte nahm ihren Kopf zwischen beide Hände und drückte einen Kuss auf ihre Haare.

Eines der Fenster nach dem See stand weit offen. Man hörte in der Stille, die dem Kuss folgte, den gleichmäßigen Schlag von Rudern.

»Zollwache«, flüsterte Franco. Während die Jolle der Zollwächter unter dem Fenster vorüber segelte, sagte Pedraglio: »Verfluchte Schweine!« so laut, dass die anderen ›Pst‹ machten.

Die Barkasse war vorbei. Franco steckte den Kopf zum Fenster hinaus.

Es war frisch, der Mond ging nach den Bergen von Carona zu unter, einen langen, vergoldeten Streifen über den See ziehend. Seltsame Empfindung, diese stille Einsamkeit zu betrachten mit dem Gedanken eines großen nahen Krieges! Die düsteren, melancholischen

Berge schienen an die furchtbare Zukunft zu denken. Franco schloss das Fenster, und um den Tisch wurde mit leiser Stimme die Unterhaltung wieder aufgenommen. Jeder gab seine eigenen Vermutungen über die bevorstehenden Ereignisse zum besten, und alle sprachen wie von einem Schauspiel, dessen Manuskript schon fix und fertig bis auf die letzte Zeile, mit allen Punkten und Kommas, im Schreibtisch des Grafen Cavour läge.

V., der Bonapartist, war fest überzeugt, dass Napoleon den Onkel zu rächen beabsichtigte, indem er die Mitglieder der heiligen Allianz, eines nach dem anderen, stürzte; heute Russland, morgen Österreich.

Franco indessen, der sehr misstrauisch gegen den Kaiser war, schob das sardische Bündnis auf Englands guten Willen, gab aber zu, dass, sobald dieses Bündnis proklamiert würde, Österreich, indem es seine Interessen seinen Prinzipien und Hassgefühlen opferte, sich an Russland schließen und Napoleon so gezwungen sein würde, gegen es zu kämpfen.

»Hört«, sagte Luisa, »meine Furcht ist vielmehr, dass Österreich sich auf die Seite Piemonts stellen werde.«

»Unmöglich«, entgegnete der Advokat.

Franco erschrak und bewunderte die Feinheit der Bemerkung; aber Pedraglio rief:

»Sie werden's bleiben lassen, sie sind zu große Esel, um einen so schurkischen Feldzug zu machen!« Und das Argument schien überzeugend, niemand dachte weiter daran, außer Luisa.

Sie fingen nun an, die Feldzugspläne und die Insurrektionspläne zu besprechen; aber hier waren sie nicht einig. V. kannte die Bevölkerung und die Berge des Comersees wie vielleicht kein anderer, von Colico bis Como und bis Lecco. Und überall längs des Sees in der Val Menaggio, Vall' Intelvi, in der Valsassina, in Tre Pievi hatte er ergebene Leute, bereit, zu kämpfen auf ein Zeichen des ›Sor Avocat‹. Er und Franco hielten jede aufständische Bewegung für nützlich, die imstande wäre, auch nur einen ganz geringen Teil der österreichischen Kräfte abzulenken, während Luisa und Pedraglio der Meinung waren, dass alle tauglichen Männer die piemontesischen Bataillone vergrößern müssten.

»Die Revolution werden wir Frauen besorgen«, sagte Luisa mit ihrem spöttischen Ernst. »Ich für mein Teil werde Carlascia in den See werfen.«

Sie sprachen immer noch gedämpft, mit einer Elektrizität im Körper, die aus ihren Augen Funken sprühte und ihren Nerven Stöße gab; sie empfanden es als einen Genuss, dieses unterdrückte Sprechen bei geschlossenen Türen und Fenstern, die Gefahr, diesen Brief zu besitzen, das glühende Leben, das sie im Blut fühlten, die trunkenen Worte, die wieder und immer wieder von ihren Lippen tönten: Piemont, Krieg, Cavour, Herzog von Genua, Viktor Emanuel, Kanonen, Bersaglieri.

»Wisst ihr, wie spät es ist?«, sagte Pedraglio, nach der Uhr sehend. »Halb eins. Lasst uns zu Bett gehen.«

Luisa ging hinaus, um die Kerzen zu holen, zündete

sie an und blieb stehen; da keiner Miene machte aufzustehen, setzte sie sich auch wieder. Selbst Pedraglio verging die Lust zum Schlafengehen beim Anblick der angezündeten Kerzen.

»Ein schönes Königreich!«, sagte er.

»Piemont«, sagte Franco, »Lombardo-Venetien, Parma und Modena...«

»Und die Legationen[9]«, meinte V.

Neue Diskussion. Alle hätten die Legationen gern gehabt, besonders der Advokat und Luisa; aber Franco und Pedraglio fürchteten daran zu rühren, sie befürchteten, dass sich Schwierigkeiten ergeben würden.

Sie ereiferten sich so, dass der allzeit lustige Pedraglio seine Gefährten aufforderte, »leise zu schreien«.

Jetzt war es V., der vorschlug, zu Bett zu gehen. Er nahm die Kerze in die Hand, aber ohne aufzustehen.

»Donner und Doria!«, sagte er, ohne recht zu wissen, ob als Schluss oder Eingang einer neuen Rede. Er hatte in der Tat große Lust, zu sprechen und sprechen zu hören, und wusste nichts Neues mehr zu sagen.

»Wahrhaftig, Donner und Doria!«, rief Franco, der sich in derselben Lage befand.

Es folgte eine etwas ausgedehnte Pause. Endlich sagte Pedraglio: »Also?«, und erhob sich.

»Gehen wir?«, sagte Luisa, als erste aufbrechend.

»Und der Name?«, fragte der Advokat.

---

9   Die vier Legationen waren die Städte Bologna, Ferrara, Imola und Ravenna mit ihren Gebieten

Alle blieben stehen.

»Welcher Name?«

»Der Name des neuen Königreichs?«

Franco stellte sofort die Kerze nieder.

»Bravo!«, sagte er, »der Name!«, als sei es eine Sache, die vor dem Zubettgehen entschieden werden müsste.

Erneute Diskussion. Piemont? Cisalpinien? Oberitalien? Italien?

Auch Luisa stellte das Licht hin, und Pedraglio, weil die anderen sein ›Italien‹ nicht durchgehen lassen wollten, tat desgleichen. Da die Debatte sich jedoch allzu sehr in die Länge zog, griff er wieder zu seiner Kerze und lief mit dem Ruf: ›Italien, Italien, Italien, Italien!‹ davon, ohne auf das ›Pst!‹ und die Zurufe der anderen zu hören, die ihm auf den Fußspitzen folgten.

Noch einmal blieben sie alle am Fuße der Treppe stehen, die Pedraglio und der Advokat hinaufgehen mussten, um zu ihren Schlafstätten zu gelangen, und wünschten einander gute Nacht.

Luisa trat in das danebenliegende Schlafzimmer; Franco blieb noch, um die Freunde hinaufgehen zu sehen.

»Holla!«, sagte er plötzlich. Er wollte von unten zu ihnen sprechen, hielt es aber dann für geratener, ihnen nachzueilen. »Und wenn wir verlieren?«, flüsterte er.

Der Advokat begnügte sich mit einem verächtlichen »Pff!«, aber Pedraglio wandte sich um und sprang wie eine Hyäne Franco an den Hals. Unter Lachen kämpften sie auf dem Treppenabsatz, und dann »Adieu!«

Pedraglio lief hinauf. Franco sprang mit großen Sätzen hinunter.

Seine Frau erwartete ihn in der Mitte des Zimmers stehend und nach der Tür blickend. Sobald sie ihn eintreten sah, ging sie ihm ernst entgegen und umschloss ihn in fester, inniger Umarmung, und als er nach einigen Augenblicken sich sanft aus dieser Schlinge lösen wollte, umschlang sie ihn nur noch fester, in stummem Schweigen. Nun verstand Franco sie. Sie umarmte ihn jetzt, wie sie ihn vorher stürmisch geküsst hatte, als sie davon gesprochen hatten, alle in den Krieg zu ziehen. Er presste ihre Schläfen zwischen den Händen, küsste wieder und wieder ihre Haare und sagte mit sanfter Stimme: »Denke, Geliebte, welch große Sache darnach, dieses Italien!«

»O ja!«, sagte sie. Sie erhob ihr Gesicht zum Gesicht des Mannes und bot ihm die Lippen.

Sie weinte nicht, aber ihre Augen glänzten feucht. So angeblickt, so geküsst zu werden von diesem leidenschaftlichen und stolzen Geschöpf, wog gut einige Jahre Lebens auf, denn nie, nie war sie gegen ihn in der Zärtlichkeit so demütig gewesen!

»Dann«, sagte sie, »werden wir nicht länger in Valsolda bleiben. Du wirst als Staatsbürger arbeiten müssen, nicht wahr?«

»Ja, ja, Gewiss!«

Mit großem Eifer besprachen sie jetzt, sowohl sie wie er, was er nach dem Kriege tun würde, wie um den

Gedanken an eine furchtbare Möglichkeit fortzuschieben. Luisa löste ihre Haare und trat an Marias Bettchen, um das Kind im Schlafe zu betrachten. Die Kleine war kurz zuvor vielleicht aufgewacht und hatte ein Fingerchen in den Mund gesteckt, das beim Wiedereinschlafen ganz allmählich hinausgeglitten war. Jetzt schlief sie mit offenem Mund und das Fingerchen auf dem Kinn.

»Komm, Franco«, sagte ihre Mutter. Beide neigten sich über das Bettchen. Marias Gesichtchen war von paradiesischer Lieblichkeit.

Mann und Frau betrachteten sie schweigend eine Weile und richteten sich dann gerührt wieder auf. Die unterbrochene Unterhaltung setzten sie nicht fort.

Aber als sie im Bett lagen und das Licht gelöscht hatten, flüsterte Luisa auf dem Munde ihres Gatten:

»Wenn dieser Tag kommt, so gehst du; aber ich gehe auch.«

Und sie erlaubte ihm nicht zu antworten.

Drittes Kapitel.
Mit Handschuhen

Um den Spaß vollkommener zu machen, überhäufte Pasotti seine Gattin mit Vorwürfen, dass sie Herrn Giacomo die Reden des Don Giuseppe über die Unschicklichkeit einer solchen Ehe hinterbracht habe. Die arme Taube fiel aus den Wolken, wusste nichts von Reden und nichts von Ehen, protestierte, es wäre eine

Verleumdung, beschwor ihren Gatten, doch ja nichts zu glauben, und geriet fast in Verzweiflung, weil der Kontrolleur sich den Anschein gab, seinen Verdacht zu bewahren. Der boshafte Mensch versprach sich ein ausgesuchtes Vergnügen; er wollte Herrn Giacomo und Don Giuseppe sagen, dass seine Frau ihre Übeltat gutmachen und Frieden stiften wolle, wollte alle drei in seinem Hause zusammenbringen und hinter der Tür die köstliche Szene belauschen, die sich zwischen dem erzürnten Herrn Giacomo, dem bestürzten Don Giuseppe und der betrübten tauben Barborin abspielen würde. Aber sein Plan misslang, denn seine Frau hielt den Aufregungen nicht stand und lief in den ›Palast‹, um sich zu rechtfertigen.

Sie fand Don Giuseppe und Maria in einem Zustand ungewöhnlicher Erregung. Eine wichtige, bedeutsame Sache war ihnen passiert, und Maria wollte sie erzählen, während Don Giuseppe dagegen war. Schließlich gab der Herr nach, unter der Bedingung, dass Maria nicht schreien, sondern sich durch Zeichen verständlich machen würde. Als man ihm auch in diesem Punkt nicht folgen wollte, wurde er in seiner ängstlichen Vorsicht wütend, und die Magd gab nach.

Da das Gerücht ging, in Lugano sei ein Cholerafall vorgekommen bei einer aus Mailand zugereisten Person, wo die Krankheit herrschte, so hatte Don Giuseppe sofort angeordnet, dass alle Einkäufe für die Küche in Porlezza, anstatt in Lugano zu besorgen wären; und er

hatte Giacomo Panighèt damit beauftragt, den Postbo-
ten, der die Briefe in Valsolda nicht dreimal täglich, wie
es jetzt üblich ist, sondern zweimal wöchentlich aus-
trug, wie es die glückselige Gewohnheit der kleinen
Welt von dazumal war. Also fünf Minuten bevor Frau
Pasotti gekommen war, hatte Giacomo Panighèt seinen
gewohnten Korb gebracht, und in dem Korb hatte sich,
unter den Kohlköpfen verborgen, ein an Don Giuseppe
adressierter Brief gefunden. Er lautete so:

»Machen Sie, der Sie mit Don Franco Maironi
Primiera spielen, ihn darauf aufmerksam, dass
die Luft in Lugano sehr viel besser ist als die in
Oria.

Tivano.«

Maria zeigte stillschweigend der Pasotti den noch gefüllten Korb, machte ihr durch eine wirksame Mimik
die Entdeckung des Briefes deutlich und gab ihn ihr zu
lesen.

Kaum hatte die Taube gelesen, so begann zwischen
den dreien eine bizarre, unbeschreibliche, stumme Szene
sich abzuspielen. Maria und Don Giuseppe gaben durch
Gesten und wilde Blicke ihre Überraschung und ihren
Schrecken zu erkennen; die Pasotti sah sie halb entsetzt
und halb verwirrt an, mit offenem Mund, das Blatt in
der Hand, als ob sie verstanden hätte; tatsächlich hatte
sie nur verstanden, dass der Brief furchteinflößend sein

müsse. Ein Blitz durchschoss sie, mit der Linken hielt sie Don Giuseppe das Blatt hin, mit dem Zeigefinger der Rechten deutete sie auf das Wort Franco, darauf kreuzte sie die Hände mit fragender Miene; und als die beiden, nachdem sie die Figur der Handschellen erkannt hatten, aus allen Kräften mit dem Kopfe bejahten, geriet sie außer sich wegen der innigen Liebe, die sie für Luisa hegte, und ohne sich mehr um ihre eigene Angelegenheit zu kümmern, erklärte sie durch Zeichen, als ob die beiden anderen ebenfalls taub wären, dass sie schleunigst nach Oria zu Don Franco laufen und ihm die Zuschrift überbringen wolle.

Sie barg den Brief in ihrer Tasche und stürmte davon, fast ohne Don Giuseppe und Maria zu grüßen, die sich, fassungslos, wie sie waren, vergeblich bemühten, sie zu packen, zurückzuhalten und ihr alle mögliche Vorsicht anzuempfehlen. Sie entschlüpfte ihnen aus der Hand und trabte, ihren alten grauen Rock auf der Erde nach sich schleifend, mit wackelndem Hut auf Oria zu, wo sie gänzlich atemlos anlangte, den Kopf voll Gendarmen, Hausdurchsuchungen, Verhaftungen, voller Schrecknisse und Tränen.

*

Sie lief die Gartentreppe des Hauses Ribera hinauf, trat geradeswegs in den Saal, erkannte den Zolleinnehmer und den K.K. Kommissar von Porlezza, erschrak tödlich bei der Vorstellung, sie seien da, um zu dem fürchterlichen Streiche auszuholen, entdeckte zugleich Frau Bianconi und Herrn Giacomo und atmete auf.

Der Kommissar saß auf dem großen Sofa auf dem Ehrenplatze neben dem Oberingenieur, sprach viel und mit großer Leichtigkeit und viel Feuer und sah dabei hauptsächlich auf Franco, als ob Franco der einzige wäre, für den es sich verlohne, Atem und Geist auszugeben.

Franco saß stumm und gereizt in einem Lehnstuhl wie jemand, der in einem fremden Hause einen üblen Geruch wahrnimmt und anständigerweise weder davonlaufen noch schimpfen kann. Man sprach über den Krimkrieg, und der Kommissar verherrlichte den Plan der Alliierten, den Koloss an einem für seine ehrgeizigen Absichten so vitalen Punkt anzugreifen, und sprach von der russischen Barbarei und selbst vom Selbstherrscher in einer Weise, die Franco aus Furcht vor der Möglichkeit einer anglo-französisch-österreichischen Allianz erbeben machte und Carlascia, der noch die Ideen von 1849 hatte und im Zaren einen dicken Hausfreund sah, in gewaltiges Staunen versetzte.

»Und Sie, Herr Deputierter«, wendete sich der Kommissar mit seinem gelblichen, ironischen Lächeln an Herrn Giacomo, »wie denken Sie hierüber?«

Herr Giacomo blinzelte mit den Äuglein, betastete sich die Knie und erwiderte: »Ich, hochverehrtester Herr Kommissar, ich versteh' mich weder auf Russland noch auf Frankreich noch auf England, und kümmere mich auch nicht drum. Die sollen nur miteinander fertig werden. Wer mich aber dauert, das ist, um die Wahrheit zu sagen, der arme Hund von Babusche. Hält sich ruhig wie ein Lämmchen, und die machen ihn zu ihrem Hanswurst; der schreit nicht um Hilfe, und Anno fünfzig laufen sie und helfen ihm, und jetzt hat er sie alle auf dem Hals, und einerlei, ob er nun siegt oder unterliegt, der arme Babusche, ausgeplündert wird er mal jedenfalls.«

Mit diesem Kosenamen ›Babusche‹ bezeichnete Herr Giacomo in seinem Venezianisch den Türken. Es war die Personifikation der Türkei in einem Idealtürken mit Turban, obligatem Bart, Schmeerbauch und Pantoffeln. In seiner Eigenschaft als Mann des Friedens und als halber Freidenker hatte Puttini eine Schwäche für den trägen, friedfertigen und gutmütigen Babusche.

»Beruhigen Sie sich«, sagte lachend der Kommissar. »Ihr Freund Babusche wird sich vortrefflich herausziehen. Wir sind ja auch Freunde des Türken, und wir werden ihn weder verstümmeln noch verbluten lassen.«

Franco konnte sich nicht enthalten, mit grämlicher Miene zu brummen:

»Das würde aber eine schöne Ungerechtigkeit gegen Russland sein.«

Der Kommissar schwieg, und Frau Peppina schlug mit ungewohntem Takt vor, ob man nicht gehen wolle, um die Blumen zu besehen.

»Sehr gut!«, sagte der Ingenieur, froh, dass die Unterhaltung unterbrochen wurde.

Als sie aus dem Saal in das Gärtchen traten, nahm der Kommissar familiär Francos Arm und flüsterte ihm ins Ohr: »Mit der Undankbarkeit haben Sie ja ganz recht; aber es gibt gewisse Dinge, die wir Beamte nicht aussprechen dürfen.«

Franco, auf dem die Berührung der K.K. Hand brannte, war durch diesen Ausfall überrascht. Wenn jener nur ein wenig italienisches Gesicht gehabt hätte, würde er ihm geglaubt haben; aber mit diesem Kalmückengesicht glaubte er ihm nicht und nahm die Unterhaltung nicht auf.

Mit halber Stimme begann der andere von neuem, indem er sich über das Geländer nach dem See hin beugte, um anscheinend die Kletterfeige, der die Mauer bedeckte, zu betrachten.

»Seien auch Sie mit gewissen Worten vorsichtig«, sagte er. »Es gibt Bestien, die sie übel auslegen könnten.« Und er deutete mit dem Kopf leicht auf den Zolleinnehmer. »Seien Sie auf der Hut, seien Sie auf der Hut.«

»Danke«, erwiderte Franco trocken; »aber ich glaube, keine Veranlassung zu haben, um auf der Hut zu sein.«

»Man weiß nicht, man weiß nicht, man weiß nicht«, flüsterte der Kommissar, drehte sich um und ging, von Franco gefolgt, nach der kleinen Treppe, die zu der zweiten Terrasse des Gärtchens herunterführte, wo der Zolleinnehmer und der Ingenieur sich über Schleie unterhielten.

Dicht dabei stand der berühmte rote Jasmintopf.

»Dieses Rot Passt schlecht, Herr Maironi«, sagte unvermittelt der plumpe Kerl und tat mit der Hand einen Schlag in die Luft, als wollte er sagen: »Fort damit!«

In diesem Augenblick zeigte sich Luisa vom Saal aus und rief ihren Gatten. Der Kommissar wandte sich zu seinem übereifrigen Trabanten und sagte ihm barsch: »Lassen Sie das bleiben!«

Frau Pasotti brach auf und wünschte sich von Franco zu verabschieden. Dieser wollte sie durch den Garten herauslassen, aber sie, um die Zeremonien mit den anderen Herren zu vermeiden, zog vor, die innere Treppe herabzugehen, und Franco begleitete sie bis an die offene Straßentür. Anstatt aber hinauszugehen, schloss die Pasotti zu seiner größten Verblüffung diese Tür und begann, ihn durch ein leidenschaftliches, absolut unverständliches Mienenspiel zu erschrecken, das sie mit abgebrochenen Seufzern und einem wilden Verdrehen der Augen begleitete, worauf sie einen Brief aus der Tasche zog und ihm überreichte.

Franco las, zuckte die Achseln und steckte das Blatt in die Tasche. Als nun die Pasotti mit ihrer verzweifelten Mimik ihm Flucht, Flucht, Lugano, Lugano anriet, beruhigte er sie lächelnd durch eine Bewegung. Sie ergriff noch einmal seine Hände und schüttelte noch einmal, mit einem Beben flehender Angst, den nach rechts gerutschten mächtigen Hut und die zwei langen schwarzen Locken. Dann riss sie die Augen auf, spitzte die Lippen so viel sie konnte und legte den Zeigefinger an die Nase zum Zeichen des Schweigens. »Auch mit Pasotti!«, sagte sie; und das waren ihre einzigen Worte während dieser ganzen Szene, worauf sie sich eilig entfernte.

Franco stieg die Treppe wieder hinauf, über seine Angelegenheiten nachdenkend. Es konnte blinder Lärm sein, es konnte eine ernste Sache sein. Warum aber um alles in der Welt sollte man ihn verhaften? Er suchte in seinem Gedächtnis, ob er irgendetwas Kompromittierendes im Hause hätte, und fand nichts. Einen Augenblick dachte er an eine Arglist der Großmutter, aber sogleich verwarf er diesen Gedanken wieder, machte sich Vorwürfe darüber und verschob jede Entschließung auf später, wenn er mit seiner Gattin gesprochen haben würde. Er kehrte in den Garten zurück, wo der Kommissar, kaum seiner ansichtig, ihn bat, ihm doch die gewissen Dahlien zu zeigen, die Frau Peppina so sehr rühmte. Als er hörte, dass die Dahlien im Gemüsegarten wären, schlug er Franco vor, mit ihm dorthin zu gehen. Sie könnten allein gehen, die anderen wären ja doch nur Laien. Franco war einverstanden.

Das Benehmen dieses kleinen, behandschuhten Schergen erschien ihm mehr als seltsam; doch hätte er gern herausgebracht, ob es in irgendeiner Weise mit der mysteriösen Warnung in Zusammenhang stünde.

»Hören Sie, Herr Maironi«, sagte kurz entschlossen der Kommissar, als Franco die Tür des Gemüsegartens hinter sich zugemacht hatte. »Ich will Ihnen ein Wort sagen.«

Franco, der die zwei Stufen herunterging, die sich an die Türschwelle schließen, blieb stehen und runzelte die Augenbrauen.

»Kommen Sie hierher!«, fügte der andere befehlend hinzu. »Es ist vielleicht gegen meine Pflicht, was ich jetzt im Begriff bin zu tun, aber ich tue es trotzdem. Ich bin ein zu guter Freund Ihrer Großmutter, der Frau Marchesa, um es nicht zu tun. Sie schweben in einer großen Gefahr.«

»Ich?«, sagte kalt Franco; »in welcher?«

Franco hatte eine rasche und sichere Empfindung für die Gedanken des anderen. Die Worte des Kommissars stimmten merkwürdig mit denen überein, die die Pasotti ihm überbracht hatte; trotzdem fühlte er in diesem Augenblick, dass der kleine Scherge Verräterei im Schilde führte.

»In welcher?«, erwiderte dieser. »Mantua!«

Ohne mit der Wimper zu zucken, hörte Franco den entsetzlichen Namen, der gleichbedeutend war mit Gefängnis und Galgen.

»Vor Mantua brauche ich keine Furcht zu haben«, sagte er. »Ich habe nichts getan, um nach Mantua zu gehen.«

»Und trotzdem!«

»Wessen klagt man mich an?«, wiederholte Franco.

»Das werden Sie erfahren, wenn Sie hier bleiben«, erwiderte der Kommissar, die letzten Worte nachdrücklich betonend. »Und jetzt wollen wir die Dahlien besichtigen.«

»Ich habe nichts getan«, sagte nochmals Franco. »Ich

rühre mich nicht von hier.«

»Wir wollen diese Dahlien besichtigen, wir wollen diese Dahlien besichtigen!«, beharrte der Kommissar.

Franco hatte die Empfindung, als müsse er diesem Menschen danken, aber er brachte es nicht fertig. Er zeigte ihm seine Blumen mit vollkommener Ruhe und so viel Höflichkeit, wie es die Gelegenheit erforderte, und führte ihn dann aus dem Gemüsegarten ins Haus, über irgendeinen Professor Maspero und über irgendein Geheimnis zur Bekämpfung der Traubenkrankheit sich ergehend.

Im Saale sprach man über eine andere, schlimmere Krankheit. Frau Peppina hatte eine schauderhafte Angst vor der Cholera im Leibe. Sie gab zu, ja, dass die Cholera für jeden guten Christen eine Mahnung sei, sich Gottes Gnade zu empfehlen, und dass, wenn man in Gottes Gnade ist, es ein Glück sei, in die andere Welt einzugehen. »Aber dann ist auch die äußere Hülle, diese liebe äußere Hülle! Zu denken, dass die morgen leer sein könnte!«

»Die Cholera«, sagte Luisa, »könnte die Sachen aufs Schönste arrangieren, wenn sie ein Einsehen hätte; aber sie hat keins. Sehen Sie«, flüsterte sie Frau Peppina ins Ohr, während Bianconi aufstand, um dem mit Franco eintretenden Kommissar entgegenzugehen, »die Cholera wäre imstande, Sie hinwegzuraffen und Ihren Gatten hier zu lassen.«

Bei diesem seltsamen Ausfall fuhr Frau Peppina vor

Entsetzen zusammen, schrie: »Jesus Maria!«, und als sie dann verstand, dass sie sich verraten und für ihren Carlascia nicht so viel Zärtlichkeit, wie sie immer zur Schau trug, gezeigt hatte, packte sie das Knie ihrer Nachbarin und beugte sich, rot wie eine Pfingstrose, vor, um ihr leise zuzuflüstern: »Still, still, still!«

Aber Luisa achtete gar nicht mehr auf sie; ein Blick von Franco hatte ihr zu verstehen gegeben, dass etwas vorgefallen sei.

*

Als alle Gäste sich entfernt hatten, nahm Onkel Piero die Mailänder Zeitung vor, und Luisa sagte zu ihrem Gatten: »Es ist drei Uhr; wir wollen Maria aufwecken.«

Als sie mit ihm in dem Zimmer neben dem Alkoven war, fragte sie ihn, anstatt die Fensterläden zu öffnen, was vorgefallen wäre. Franco erzählte ihr alles, von dem Billett der Pasotti an bis zu dem seltsamen Benehmen, der seltsamen Vertraulichkeit des Kommissars.

Luisa hörte ihn sehr ernsthaft an, aber ohne ein Zeichen von Angst zu geben. Sie untersuchte das mysteriöse Briefchen. Sie sowohl wie Franco wussten, dass unter den Agenten der Regierung ein Ehrenmann war, der im Jahre 1849 und 1850 mehrere Patrioten gerettet hatte, indem er sie heimlich gewarnt hatte; aber sie wussten auch, dass dieser Ehrenmann weder von Orthografie noch von Grammatik eine Ahnung hatte. Und das von der Pasotti überbrachte Briefchen war durchaus korrekt. Was den Kommissar anbetrifft, so war bekannt, dass er eines der traurigsten und bösartigsten Werkzeuge der Regierung war. Luisa billigte die ablehnende Haltung ihres Gatten. »Ich möchte darauf schwören, dass sie dich zur Abreise veranlassen wollen«, sagte sie.

Franco war derselben Meinung, ohne jedoch einen vernünftigen Grund hierzu zu finden. Luisa hatte wohl einen im Sinn, der ihr durch ihre Verachtung für die Großmutter eingegeben wurde. Der Kommissar war ein guter Freund der Großmutter, das hatte er selbst in einer ihrer Meinung nach allzu raffinierten Schlauheit zugegeben. Im Handschuh des Kommissars steckte die Kralle der Großmutter. Nicht Franco allein, sie alle sollten getroffen werden; und in der Person dessen, der mit seinen Mühen und mit seinem eigensten großmütigen Herzen die Familie erhielt, sollten sie getroffen werden. Luisa wusste aus Unterhaltungen, die ihr von den gewohnten müßigen Zungen hinterbracht worden waren, dass die Großmutter Onkel Piero verabscheute, weil Onkel Piero ihrem Enkel die Möglichkeit gegeben hatte, sich gegen sie aufzulehnen und in der Rebellion ausreichend behaglich zu leben. Jetzt suchte man nach einem Vorwand, ihn zu treffen. Die Flucht des Neffen würde einem Geständnis gleichgekommen sein und wäre für eine Regierung wie die österreichische ein willkommener Vorwand, um den Onkel zu treffen. Luisa sprach es nicht sogleich aus, aber sie gab zu verstehen, dass sie eine Idee habe; und ihr Gatte entlockte sie ihr dann nach und nach. Als er sie gehört, schenkte er ihr im innersten Herzen Glauben, widerlegte sie aber mit Worten und suchte die Großmutter vor einer so unbegründeten und so ungeheuerlichen Anklage zu verteidigen. Wie nun die Sache auch immer sich verhalten mochte, Mann und Frau stimmten darin völlig überein, nicht vom Platz zu weichen und die Ereignisse abzuwarten. Deshalb standen sie davon ab, Vermutungen aufzustellen oder abzustreiten. Luisa stand auf, öffnete die Fensterläden, drehte sich um, um ihren Gatten im vollen Lichte lächelnd zu betrachten, und streckte ihm die Hand entgegen, die er mit heißem Herzen und stummem Munde fasste und drückte. Sie kamen sich vor wie Soldaten, die auf einem ruhigen Wege dem fernen Dröhnen der Kanonen und Gott weiß, welchem Geschick entgegengeführt werden.

Viertes Kapitel.
Mit Krallen

Der Oberingenieur bemerkte nichts, und zwei Tage später, da sein Urlaub abgelaufen war, fuhr er in friedlichster Stimmung, angetan mit seinem langen grauen Reiseüberzieher, zusammen mit Cia, seiner Wirtschafterin, im Boot davon. Es vergingen weitere zehn Tage, ohne dass sich das geringste ereignete, so dass Franco und Luisa zu der Überzeugung kamen, dass man ihnen in der Tat eine Falle gelegt hätte, und dass die Polizei sich nicht sehen lassen würde. Am Abend des ersten Oktober spielten sie mit Puttini und Pasotti vergnügt Tarock, und als die Gäste sich zeitig entfernt hatten, gingen sie zu Bett. Als Luisa dem schlafenden Kind einen Kuss gab, fühlte sie, dass es heiß war. »Maria hat Fieber«, sagte sie.

Franco nahm das Licht, um sie anzusehen. Maria schlief, das Köpfchen wie gewöhnlich auf die linke Schulter geneigt. Das hübsche Gesichtchen, das im Schlaf immer ernst aussah, war etwas gerötet, der Atem beschleunigt. Franco erschrak; er dachte sofort an Masern, Scharlach, gastrisches Fieber, Gehirnentzündung. Luisa, die viel ruhiger blieb, dachte an Würmer und machte auf dem Nachttisch das Santonin zurecht. Dann gingen Vater und Mutter geräuschlos zu Bett, löschten das Licht und horchten gespannt auf die leisen, kurzen Atemzüge der Kleinen. Sie schliefen ein und wurden gegen Mitternacht durch Marias Weinen geweckt. Sie zündeten Licht an, und Maria beruhigte sich und nahm das Santonin. Dann fing sie wieder an zu weinen, wollte in das große Bett getragen werden, zwischen Papa und Mama liegen, und bald darauf schlief sie wieder ein; aber es war ein unruhiger, durch Weinen unterbrochener Schlaf.

Franco ließ die Kerze brennen, um sie besser beobachten zu können.

Er und seine Frau waren beide über ihren Sprössling geneigt, als plötzlich zwei hastige Schläge gegen die Haustür ertönten. Franco fuhr in die Höhe und saß auf dem Bett. »Hast du gehört?«, sagte er. »Still!«, antwortete Luisa, sich an seinen Arm klammernd und horchend.

Noch zwei, diesmal stärkere Schläge. Franco rief: »Die Polizei!«, und sprang aus dem Bett. »Geh, geh!«, flehte sie leise. »Sie sollen dich nicht fassen! Geh über den kleinen Hof! Klettere über die Mauer!«

Er antwortete nicht, warf sich hastig einige Kleidungsstücke über und stürzte aus dem Zimmer, entschlossen, seine Luisa, seine kranke Maria freiwillig nicht zu verlassen, jeder Gefahr Trotz zu bieten. In großen Sätzen sprang er die Treppe hinunter. »Wer ist da?«, fragte er, bevor er öffnete. »Die Polizei!«, war die Antwort. »Machen Sie sofort auf!«

»Um diese Stunde mach' ich niemand auf, den ich nicht sehe.«

Man hörte ein kurzes Zwiegespräch auf der Straße. Die erste Stimme sagte: »Reden Sie«, und die Stimme, die nun sprach, war Franco wohlbekannt.

»Öffnen Sie, Herr Maironi.«

Es war die Stimme des Zolleinnehmers. Franco öffnete. Ein schwarz gekleideter Herr mit Brille trat ein; nach ihm der Tölpel von Carlascia, nach dem Tölpel ein Gendarm mit einer Laterne, dann noch drei bewaffnete Gendarmen, zwei einfache und ein Sergeant, der einen großen Ledersack trug. Jemand blieb draußen.

»Sie sind Herr Maironi?«, fragte der mit der Brille, ein Hilfskommissar der Mailänder Polizei. »Begleiten Sie mich hinauf.« Und die ganze Gesellschaft ging die

Treppe hinauf mit einem Geräusch schwerer Schritte, mit militärischem Eisengerassel.

Sie waren noch nicht beim ersten Stock angelangt, als die Treppe von oben hell wurde, Schluchzen und Stöhnen vom zweiten Stock herunterdrang.

»Das ist Ihre Frau?«, fragte der Agent.

»Meinen Sie?«, erwiderte Franco ironisch. Der Zolleinnehmer murmelte: »Es wird das Dienstmädchen sein.« Der Agent wandte sich um, um einen Befehl zu erteilen; zwei Gendarmen traten vor und stiegen eilig zum zweiten Stock hinauf. Der Polizist fragte Franco in schärferer Tonart als zuvor: »Ihre Frau ist im Bett?«

»Selbstverständlich.«

»Wo? Es ist notwendig, dass sie aufsteht.«

Die Tür des Alkovens ging auf, Luisa, im Morgenrock, mit gelösten Haaren, erschien, ein Licht in der Hand, während ein Gendarm von dem oberen Treppenabsatz meldete, dass das Mädchen halb ohnmächtig sei und nicht hinunterkommen könne. Der Agent befahl ihm, hinunterzukommen und seinen Kameraden oben bei dem Mädchen zurückzulassen. Dann grüßte er die Dame, die seinen Gruß nicht erwiderte. In der Hoffnung, dass Franco flüchten werde, hatte sie sich geeilt, aus dem Zimmer zu kommen, um womöglich die Polizei hinzuhalten, zu täuschen. Als sie ihren Gatten sah, zuckte sie zusammen, zitterte, fasste sich aber gleich wieder.

Der Agent näherte sich, um in das Zimmer einzutreten.

»Nein!«, rief Franco, »da liegt eine Kranke!« Luisa ergriff die Klinke der geschlossenen Tür und blickte jenem ins Gesicht.

»Wer ist diese Kranke?«, fragte der Agent.

»Ein Kind.«

»Und was glauben Sie, dass wir ihm antun werden?

»Entschuldigen Sie«, sagte Luisa, nervös an der Klinke rüttelnd, fast wie eine Herausforderung, »müssen alle mit hineinkommen?«

»Alle.«

Bei dem Geräusch der Stimmen und des Türgriffes fing die kleine Maria an zu weinen, ein müdes, verzweifeltes Weinen, das dem Herzen wehe tat.

»Luisa«, sagte Franco, »lass diese Herren ihres Amtes walten.«

Der Hilfskommissar war ein junger, ziemlich eleganter Mann mit feinen Zügen und boshafter Physiognomie. Er warf Franco einen unheilvollen Blick zu. »Hören Sie auf Ihren Gatten, Madame«, sagte er, »ich finde ihn vorsichtig.«

»Weniger als Sie, der Sie sich von einer ganzen Armee eskortieren lassen!«, antwortete Luisa, die Tür öffnend. Jener sah sie an, zuckte die Achseln und ging hinein, gefolgt von den anderen.

»Öffnen Sie dies alles!«, sagte er in lautem, grobem Ton, auf den Schreibtisch deutend. Francos große, himmelblaue Augen sprühten Funken. »Sprechen Sie leise!«, sagte er. »Erschrecken Sie mir das Kind nicht!«

»Sie schweigen!«, donnerte der Hilfskommissar, mit

der Faust auf den Schreibtisch schlagend. »Öffnen Sie!«

Das Kind fing bei diesem Lärm an, herzzerreißend zu schluchzen. Zornbebend warf Franco den Schlüssel auf den Schreibtisch.

»Tun Sie's selbst!«, sagte er.

»Ich verhafte Sie!«, schrie der Polizeiagent.

»Gut!«

Als Franco geantwortet hatte, richtete Luisa, die sich ganz über ihr Kind gebeugt hatte, um es zu beruhigen, jäh ihr Gesicht in die Höhe.

»Habe ich auch Anspruch auf diese Ehre?«, sagte sie mit ihrer schönen, vibrierenden Stimme.

Der Polizist würdigte sie keiner Antwort, er ließ von einem Gendarmen alle Fächer des Schreibtisches öffnen und durchwühlen, Briefe und Papiere herausnehmen, die er schnell durchflog und teils auf die Erde, teils in den großen Ledersack warf. Nach dem Schreibtisch kamen die Kommoden an die Reihe, wo alles durcheinander geworfen wurde. Nach den Kommoden wurde Marias Bettchen durchsucht. Der Hilfskommissar befahl Luisa, das Kind aus dem großen Bett zu nehmen, das er ebenfalls zu visitieren beabsichtigte.

»Bringen Sie das Bettchen in Ordnung!«, entgegnete Luisa zornbebend. Während dieser ganzen Zeit war der Tölpel Carlascia stumm und unbeweglich hinter seinem Schnurrbart geblieben, als sei dieses in der Theorie vielleicht sehr erwünschte Geschäft in der Praxis nicht ganz nach seinem Geschmack. Jetzt rührte er sich, und ohne ein Wort zu sagen, machte er sich mit seinen Riesentatzen daran, die Matratzen und Laken des Bettchens in Ordnung zu bringen. Luisa legte das Kind hinein, und nun wurde auch das große Bett auseinandergenommen und durchwühlt, ohne Ergebnis. Maria weinte nicht mehr, mit großen, erstaunten Augen verfolgte sie das wüste Gebaren.

»Sie kommen jetzt mit mir«, sagte der Hilfskommissar. Luisa war sicher, dass man sie mit ihrem Mann fortführen würde, und verlangte, dass man ihr Dienstmädchen herunterkommen lasse, um ihr das Kind anzuvertrauen. Bei dem Gedanken, dass man auch Luisa in Haft nehmen, der kranken Maria die Mutter entziehen könnte, rief Franco außer sich vor Zorn und Schmerz:

»Das ist nicht möglich! Sagen Sie es!«

Der Agent würdigte ihn keiner Antwort, gab den Befehl, die Magd herbeizuschaffen. Halbtot vor Furcht erschien das Mädchen zwischen den Gendarmen, stöhnend und schluchzend. »Alberne Person!«, murmelte Franco zwischen den Zähnen.

»Das Mädchen bleibt hier mit dem Kind«, sagte der Kommissar. »Sie kommen mit mir. Sie haben der Hausdurchsuchung beizuwohnen.« Er hieß sie Lichter nehmen, ließ einen Gendarmen im Schlafzimmer zurück und ging in den Saal, gefolgt von den anderen Gendarmen, Bianconi, Franco und Luisa.

»Bevor ich mit der Hausdurchsuchung fortfahre«, sagte er, »will ich eine Frage an Sie richten, die ich schon eher getan hätte, wenn Ihr Verhalten ein besseres gewesen wäre. Sind Sie im Besitz von Waffen oder aufrührerischen Veröffentlichungen oder Schriften, seien es gedruckte oder handschriftliche, die der Kaiserlich-Königlichen Regierung feindlich sind?«

Franco antwortete mit einem kräftigen »Nein«.

»Das werden wir sehen«, entgegnete der Kommissar.

»Ganz nach Belieben.«

Während der Kommissar die Möbel von den Wänden rücken, alles durchsehen und durchwühlen ließ, fiel Luisa ein, dass vor acht oder zehn Jahren der Onkel ihr in der Kommode eines Zimmers im zweiten Stock einen alten Säbel gezeigt hatte, der seit dem Jahr 1812 dort lag. Es war der Säbel eines anderen Pietro Ribera, eines Kavallerieleutnants, der bei Malojaroslawetz gefallen war. In diesem Zimmer, das über der Küche lag, schlief nie jemand, fast nie kam jemand hinein, es war, als ob es nicht existierte. Luisa hatte den alten Säbel des Kaiserreichs ganz vergessen. Gott im Himmel, und jetzt musste er ihr einfallen! Wenn der Onkel ihn auch vergessen hätte! Wenn er ihn 1848 nach dem Kriege nicht abgegeben hätte, als bei Todesstrafe alle Waffen abgeliefert werden mussten! Hatte der Onkel in seiner patriarchalischen Einfachheit daran gedacht, dass dieses Familienstück, das seit sechsunddreißig Jahren auf dem Grunde einer Kommode ruhte, gleichfalls ein gefährliches und verbotenes Gerät geworden war? Und Franco, Franco, der von nichts wusste! Luisa hielt ihre Hände auf der Lehne eines Sessels; der ganze Stuhl knarrte unter der krampfhaften Berührung; sie hob ihre Hände, entsetzt, als ob sie gesprochen hätte.

Sie sah den Polizeimenschen mit seinen Gendarmen von einem Zimmer ins andere gehen, schließlich bei diesem anlangen, die Kommode öffnen, durchwühlen, den Säbel finden. Sie gab sich die erdenklichste Mühe, sich des genauen Platzes zu erinnern, wo sie ihn gesehen hatte, auf einen Ausweg zu sinnen, und sie schwieg, mechanisch mit den Augen das Licht verfolgend, das ein Gendarm, je nach den Winken seines Vorgesetzten, bald einem offenen Schubfach, einem Eckschrank oder einem Bild näherte, das jener hochnahm, um dahinter zu suchen. Kein Ausweg fiel ihr ein. Wenn der Onkel vergessen hatte, den Säbel beiseite zu schaffen, so blieb als einzige Hoffnung, dass man dieses Zimmer bei der Visitation übergehen konnte.

Franco, gegen den Ofen gelehnt, folgte mit finsterer Stirn jeder Bewegung der Leute. Wenn sie mit ihren Händen in den Kästen wühlten, sah man den Zorn in dem stummen Spiel der Kinnladen. Nichts war zu hören als einige abgebrochene Befehle des Kommissars, einige leise gegebene Antworten der Gendarmen. Nichts bewegte sich um sie her als ihre großen, schwankenden Schatten an den Wänden. Francos, Luisas und des Zolleinnehmers Schweigen wirkte wie das Schweigen derer, die in einem Saale, wo verbotenes Spiel getrieben wird, während der kurzen Ausrufe der Spieler einen hohen Einsatz gewagt haben. Das drohende Gesicht, die drohende Stimme des Kommissars blieben sich, obwohl nichts gefunden wurde, immer gleich. Auf Luisa machte er den Eindruck eines Menschen, der sicher war, seinen Zweck zu erreichen. Und sie konnte nichts tun, nicht einmal Franco warnen! Aber vielleicht war es besser, dass er nichts wusste, vielleicht konnte die Unkenntnis ihn retten.

Nachdem Saal und Loggia durchsucht waren, ging der Kommissar zum Salon über. Er nahm die Kerze einem Gendarmen aus der Hand und hielt eine schnelle Musterung der kleinen Berühmtheiten.

»Der Herr Oberingenieur Ribera«, sagte er, als er die Porträts von Gouvion Saint-Cyr, von Marmont und anderer napoleonischen Generälen bemerkte, »hätte besser getan, das Porträt Seiner Exzellenz des Feldmarschalls Radetzky aufzuhängen. Ist er nicht da?«

»Nein«, antwortete Franco.

»Eine nette Sorte Beamter!«, sagte er mit Verachtung und einem unbeschreiblichen Ausdruck von Arroganz.

»Sind die Beamten verpflichtet«, fuhr Franco auf, »Porträts zu halten...«

»Ich bin nicht hier«, unterbrach ihn der Kommissar, »um mich mit Ihnen in Diskussionen einzulassen!«

Franco war im Begriff, zu antworten.

»Still da, Sie, mit der vier Ellen langen Zunge!«, mischte sich der barsche Zolleinnehmer ein.

Der Kommissar ging aus dem Salon in den Korridor, der zur Treppe führte. ›Wird er hinaufgehen oder nicht?‹, dachte Luisa. Er ging hinauf, und sie folgte ihm auf dem Fuße, ohne Zittern, aber mit schwindelerregender Schnelle alle möglichen Dinge erwägend, die sich ereignen konnten. In ihrem Geiste rollten alle Möglichkeiten, unglückliche und hoffnungsvolle, durcheinander. Hielt sie sich bei den ersteren auf, so trieb das Entsetzen sie den zweiten in die Arme; und wollte sie bei diesen verweilen, so kehrte mit perverser Gier die Fantasie zu den ersten zurück.

Noch bevor sie den Fuß auf den Flur des zweiten Korridors gesetzt hatte, hörte sie Maria weinen. Franco ersuchte den Kommissar, zu gestatten, dass seine Frau zu dem Kind hinuntergehen dürfe, aber sie widersetzte sich, sie wollte bleiben. Der Gedanke, nicht bei ihm zu sein, wenn man die Waffe fände, flößte ihr Entsetzen ein.

Inzwischen war der Kommissar in ein kleines Zimmer getreten, in dem sich verschiedene Bücher befanden; er fand ein in Capolago gedrucktes Werk mit dem Titel: ›Literarische Schriften eines lebenden Italieners‹ und fragte: »Wer ist dieser lebende Italiener?«

»Der Pater Cesari«, erwiderte Franco kühn.

Der andere, durch die schnelle Antwort und den Namen des Mönches getäuscht, gab sich die Miene des gebildeten Mannes, sagte: »Ah, ich weiß!«, stellte das Buch wieder hin und fragte, wo der Oberingenieur schlafe.

Luisa war von der einen Angst so überwältigt, dass

sie auf anderes nicht achtete, aber Franco, als er den Schergen und seine Knechte in das reinliche und ordentliche Stübchen des Onkels treten sah, das so erfüllt war von seinem guten, friedlichen Geist, und als er daran dachte, welch ein Schlag für den armen Alten eine derartige Nachricht sein würde, empfand eine wütende Lust zu weinen.

»Mir scheint«, sagte er, »dass dieses Zimmer wenigstens verschont bleiben könnte.«

»Behalten Sie Ihre Bemerkungen für sich«, war die Antwort des Kommissars, und er fing damit an, Matratzen und Decken umherzuwerfen. Dann verlangte er den Schlüssel zur Kommode.

Franco hatte ihn in Verwahrung und ging unter dem Schutze eines Gendarmen hinunter, um ihn aus seinem Zimmer zu holen.

Der Onkel hatte ihn ihm bei der Abreise übergeben und ihm gesagt, dass er im Notfalle in dem obersten Kasten etwas cum quibus[10] finden würde.

Sie öffneten. Eine Rolle Zwanziger lag da, ein paar Briefe und Papier, alte Brieftaschen und Notizbücher, Kompasse, Bleistifte, ein Holzschälchen mit verschiedenen Geldstücken.

Der Hilfskommissar untersuchte jedes einzelne Stück aufs genaueste, entdeckte unter den Münzen in dem Schälchen einen Taler von Carlo Alberto und ein Vierzig-Lire-Stück der Provisorischen Regierung der

---

10 »Mit wem, mit dem«

Lombardei.

»Der Herr Oberingenieur«, sagte der Hilfskommissar, »hat diese Geldstücke mit außerordentlicher Fürsorge aufbewahrt! Von jetzt an werden wir sie aufbewahren.«

Damit schloss er den Kasten und gab die Schlüssel zurück, ohne die anderen zu öffnen.

Dann trat er in den Korridor und blieb ungewiss stehen. Der Zolleinnehmer glaubte, dass er die Absicht habe hinunterzugehen, und da der Korridor fast dunkel war, und man die Treppe nicht sah, so ging er, der Bescheid wusste, rechts auf die Treppe zu, indem er sagte: »Hier geht's entlang.«

Das Zimmer mit dem Säbel lag links.

»Warten Sie«, sagte der Kommissar. »Wir wollen auch hier hineinsehen.« Und sich nach links wendend, schritt er auf die bewusste Tür zu.

Luisa, die die letzte im Zuge geblieben war, trat in dem entscheidenden Augenblick vor. Ihr Herz, das während der Unentschlossenheit des Kommissars wild gehämmert hatte, beruhigte sich wie durch ein Wunder. Jetzt war sie kühl, furchtlos und auf alles vorbereitet.

»Wer schläft hier?«, fragte der Kommissar.

»Niemand. Hier schliefen die Eltern meines Onkels, die seit vierzig Jahren tot sind. Seitdem hat niemand hier geschlafen.«

In dem Zimmer standen zwei Betten, ein Kanapee und eine Kommode. Die Gendarmen probierten, die Kommode zu öffnen. Sie war verschlossen.

»Den Schlüssel muss ich haben«, sagte Luisa mit vollkommener Gleichgültigkeit.

Von einem Gendarmen begleitet, ging sie hinunter und kehrte mit einem Körbchen voller Schlüssel zurück. Sie reichte es dem Kommissar.

»Ich kenne ihn nicht«, sagte sie, »er wird nie gebraucht. Es muss einer von diesen sein.«

Dieser probierte alle der Reihe nach vergebens. Dann probierte sie der Zolleinnehmer, dann Franco. Der passende war nicht dabei.

»Schicken Sie nach San Mamette und lassen Sie den Schlosser kommen«, sagte Luisa gleichmütig.

Der Zolleinnehmer sah den Hilfskommissar an, als wollte er sagen: ›Das scheint mir überflüssig.‹ Aber der Kommissar drehte ihm den Rücken und rief zu Luisa gewendet: »Dieser Schlüssel muss da sein!«

Die Kommode, ein altes Rokokomöbel, hatte an jedem Kasten Metallgriffe. Einer der Gendarmen, der robusteste, versuchte mit Gewalt zu öffnen. Es gelang ihm weder beim ersten noch beim zweiten Kasten. In diesem Augenblick fiel Luisa ein, dass sie den Säbel im dritten Kasten gesehen hatte, zusammen mit einigen aufgerollten Zeichnungen. Der Gendarm zog an den Griffen des dritten Kastens.

»Der ist nicht verschlossen«, sagte er.

In der Tat ging der Kasten ganz leicht auf.

Der Kommissar nahm das Licht und bückte sich, um hineinzusehen.

Franco hatte sich auf das Kanapee gesetzt und betrachtete die Querbalken an der Decke. Seine Frau setzte sich, als sie sah, dass der Kasten offen war, neben ihn, nahm seine Hand und presste sie krampfhaft. Er hörte das Blättern von Papieren und den Zolleinnehmer mit wohlwollender Stimme sagen: »Zeichnungen.« Dann rief der Kommissar: »Oho!«

Die Trabanten bückten sich, um zu sehen; Franco erbebte. Sie hatte die Kraft aufzustehen, um hinzusehen:

»Was gibt's?«

Der Kommissar hielt ein langes, krummes, dünnes Pappetui in der Hand, auf dem ein geschriebenes Billet lag. Er hatte es erst still für sich gelesen und las es nun laut mit einem unbeschreiblichen Ausdruck von Genugtuung und Sarkasmus.

»Säbel des Leutnants Pietro Ribera, gefallen bei Malojaroslawetz 1812.«

Franco sprang auf, erstaunt und ungläubig, und gleichzeitig öffnete der Kommissar das Etui. Franco konnte nicht sehen, was es enthielt; er blickte seine Frau an, die es sah. Seine Gattin hatte weiße Lippen. Er hielt es für Furcht, und das schien ihm unbegreiflich.

Es war Freude; das Etui enthielt nichts als eine leere Scheide. Luisa zog sich schnell in den Schatten zurück, ließ sich auf das Sofa niederfallen, kämpfte gegen ein heftiges inneres Zittern an, war zornig auf sich selbst, verachtete sich und überwand es. Inzwischen hatte der Kommissar die Scheide in die Hand genommen, sie nach allen Seiten betrachtet und fragte Franco, wo die Waffe sei.

Franco war im Begriff, der Wahrheit entsprechend zu antworten, dass er es nicht wisse. Aber da das wie eine persönliche Rechtfertigung aussehen konnte, antwortete er stattdessen: »In Russland.«

Der Säbel war nicht in Russland, sondern steckte im Schlamm auf dem Grunde des Sees, in den Onkel Piero ihn heimlich versenkt hatte, statt ihn abzuliefern.

»Und warum hat man ›Säbel‹ darauf geschrieben?«, fragte der Zolleinnehmer, um doch auch etwas Eifer an den Tag zu legen.

»Der es geschrieben hat, ist tot«, sagte Franco.

»Dieser Schlüssel, her damit!«, rief wütend der Hilfskommissar.

Diesmal fand ihn Luisa, und die anderen beiden Kästen wurden geöffnet; der eine war leer, der andere enthielt wollene Decken und Wäsche.

Die Hausdurchsuchung war hier zu Ende. Der Polizeiagent ging wieder hinunter in den Saal und forderte Franco auf, sich bereit zu machen, um ihm innerhalb einer Viertelstunde zu folgen.

»Aber so verhaften Sie uns doch alle!«, rief Luisa.

Der Kommissar zuckte die Achseln und wiederholte zu Franco: »Innerhalb einer Viertelstunde, Sie! Gehen Sie nur in Ihr Zimmer.«

Franco zog Luisa fort und flehte sie an, zu schweigen, sich um Marias willen darein zu ergeben. Er schien ein anderer; er zeigte weder Schmerz noch Zorn, auf seinem Gesicht und in seiner Stimme lag eine ernste Zärtlichkeit, eine männliche Ruhe.

Nachdem er etwas Wäsche, einen Dante und einen ›Almanach du Jardinier‹, der auf seinem Nachttisch lag, in die Reisetasche getan, beugte er sich einen Augenblick über Maria, die eingeschlafen war, und gab ihr keinen Kuss, um sie nicht zu wecken, küsste Luisa und löste sich, da sie sich unter den Augen der Gendarmen befanden, die an den beiden Ausgängen des Zimmers aufgepflanzt standen, schnell aus ihren Armen, indem er ihr auf Französisch sagte, dass es nicht angebracht sei, diesen Herren ein Schauspiel zu geben. Dann nahm er seine Tasche und ging, sich den Befehlen des Hilfskommissars zu stellen.

Dieser hatte seine Barke fünfzig Schritt entfernt von der Casa Ribera, nach Albogasio zu, bei der Landungsstelle, die sie dort den Canevaa nennen, warten.

Als Franco aus dem zurückgebauten Torweg des Hauses trat, hörte er über seinem Kopf ein Geräusch von Fensterflügeln, sah auf die weiße Fassade der Kirche das Licht aus seinem Fenster fallen und rief hinauf zum Fenster: »Schicke morgen früh zum Arzt! Leb wohl!«

Luisa antwortete nicht.

Als die Gendarmen mit ihrem Arrestanten bei dem Canevaa angelangt waren, befahl ihnen der Hilfskommissar, Halt zu machen.

»Herr Maironi«, sagte er, »für diesmal haben Sie Ihre Lektion gehabt. Kehren Sie nach Hause zurück und lernen Sie die Behörde respektieren.«

Staunen, Freude, Empörung wollten Francos Herz zersprengen. Er nahm sich jedoch zusammen, biss sich auf die Lippen und trat ohne Hast den Heimweg an. Er war noch nicht um die Ecke bei der Kirche gebogen, als Luisa ihn am Schritt erkannte und rief:

»Franco?«

Er sprang vorwärts, wurde von ihr gesehen, sah ihren Schatten vom Fenster verschwinden, erreichte laufend das Haus, stürzte zur Treppe mit dem Ruf: »Frei, frei!«, während seine Gattin die Treppe heruntereilte, einmal über das andere fragend: »Aber wieso, wie ist es möglich?« Sie suchten einander mit sehnsüchtigen Armen, sie umfingen sich, sie pressten sich aneinander und sprachen nicht mehr.

In der Loggia sprachen sie dann noch zwei Stunden lang ununterbrochen von allem, was sie gesehen, gehört, empfunden hatten, immer wieder auf den Säbel zurückkommend, auf die Schriftstücke, die Münzen, nicht ohne sich bei allerhand Kleinigkeiten aufzuhalten, wie über den venezianischen Akzent des Hilfskommissars, über den brünetten Gendarm, der ein guter Teufel schien, und über den blonden Gendarm, der ein gemeiner Hund sein musste. Von Zeit zu Zeit schwiegen sie, genossen dieses sichere Schweigen und die Süße des Heims; dann fingen sie wieder an. Bevor sie zu Bett gingen, traten sie hinaus auf die Terrasse. Die Nacht war dunkel und lau, der See unbeweglich. Die Schwüle, die Dunkelheit, die unbestimmten, ungeheuerlichen Formen der Berge nahmen in der Einbildungskraft etwas von dem tödlichen österreichischen Druck an, selbst die Luft schien gesättigt davon. Sie fühlten beide keine Müdigkeit, weder Luisa noch Franco; aber wegen des Mädchens, das bei Maria wachte, mussten sie sich doch entschließen, zu Bett zu gehen. Auf den Fußspitzen traten sie ins Zimmer. Das Kind schlief, und seine Atemzüge waren fast regelmäßig.

Sie versuchten auch zu schlafen, aber es wollte ihnen nicht gelingen.

Es drängte sie, besonders Franco, zu sprechen. Er fragte leise: »Schläfst du?« Sie antwortete: »Nein«, und so wurden die Geldstücke oder die Papiere oder der Säbel oder der Scherge mit dem venezianischen Dialekt wieder ins Treffen geführt. Es war nun wirklich nichts Neues mehr, und daher, als Maria gegen Morgen sich rührte und Zeichen des Erwachens gab und Franco wieder einmal geflüstert hatte: »Schläfst du?«, antwortete Luisa: »Ja«, worauf er endgültig schwieg, als ob er davon überzeugt wäre.

Am Tage nach der Hausdurchsuchung ging das Gezischel in Oria, Albogasio, San Mamette: »Haben Sie schon gehört? – O du himmlischer Vater! – Haben Sie gehört? – Himmlische Madonna!« – Am lautesten war naturgemäß das Geflüster, durch das Barborin Pasotti von dem Geschehnis erfuhr. Ihr Mann schrie ihr in den Mund: »Maironi! Polizei! Gendarmen! Verhaftung!« Die arme Frau glaubte nicht anders, als dass eine Armee ihre Freunde weggefegt habe und fing an zu schnauben: »O, o!« wie eine Lokomotive. Sie weinte und stöhnte und fragte Pasotti nach dem Kinde.

Pasotti, der ihr unter keiner Bedingung erlauben wollte, hinunter nach Oria zu gehen, den Maironi unter allen Umständen Teilnahme zu bezeigen, antwortete mit einer Bewegung, die das Aufkehren mit dem Besen deutlich versinnbildlichte. Fort! Auch fort! – Und die Dienstmagd? Die Magd wird doch da sein? – Wieder fegte dieser boshafte Mensch in der Luft, und Frau Barborin begriff, dass Seine K.K. österreichische Majestät auch die Dienstmagd hatte mit einsperren lassen.

Aber am boshaftesten wurde in beträchtlicher Entfernung von Valsolda, in einem Saale des Palazzo Maironi in Brescia gezischelt. Zehn Tage nach der Hausdurchsuchung entstieg der Cavaliere Greisberg di San Giustina, ein Vetter Maironis, der bis 1853 der Regierung des Feldmarschalls in Verona attachiert und dann mit seinem Herrn nach Mailand übergesiedelt war, vor dem Hause Maironi einem Wagen des K.K. Gesandten zu Brescia, dessen Gast er seit einigen Stunden war. Der Cavaliere, ein schöner Mann, an vierzig, geputzt und parfümiert, zeigte keine sehr heitere Miene, während er in der Mitte des Empfangssalons stand und die alten Stuckarbeiten an der Decke in Erwartung der Marchesa, ihrer Zeitgenossin, betrachtete. Als jedoch die gegenüberliegende Tür von dienender Hand weit geöffnet ward, um die umfangreiche Gestalt, das Marmorgesicht und die schwarze Perücke von Madame langsam hereinrauschen zu lassen, war der Cavaliere wie ausgetauscht und küsste mit Inbrunst die runzlige Hand der Greisin. Eine Österreich ergebene lombardische Dame war ein seltenes Tier und von großem Wert in den Augen der K.K. Regierung: jeder loyale Staatsbeamte schuldete ihr ehrerbietigste Artigkeit. Die Marchesa nahm die Huldigungen des chevaleresken Vetters mit der gewohnten phlegmatischen Würde entgegen, und nachdem sie ihn aufgefordert hatte, sich zu setzen, erkundigte sie sich nach seiner Familie, dankte ihm für seinen Besuch, alles immer in demselben schläfrigen und gutturalen Ton. Schließlich wartete sie, die Hände über den Leib zusammengelegt, etwas atemlos von der Anstrengung so vieler Worte, dass der Vetter das Wort ergriffe.

Sie erwartete, dass er von der Hausdurchsuchung und dem Ingenieur Ribera sprechen sollte. Schon früher einmal hatte sie ihm ihr Missfallen darüber ausgedrückt, dass Franco unter dem Einfluss seiner Frau und des Ribera stände, und ihr Erstaunen, dass die Regierung einen Menschen in Amt und Brot halte, der sich im Jahre 1848 ganz öffentlich zu den Liberalen bekannt hatte, und dessen Familie, insbesondere die ›Frau Listig‹, den dreistesten Liberalismus zur Schau trug. Der Cavaliere Greisberg hatte ihr geantwortet, dass man ihren gescheiten Beobachtungen Rechnung tragen würde. Darauf hatte die Marchesa den Kommissar Zerboli gegen den armen Oberingenieur aufgestachelt. Sie hatte durch Zerboli von der Hausdurchsuchung erfahren und meinte, als sie Greisberg sah, dass er gekommen sei, um mit ihr darüber zu sprechen. Nun bediente sie sich wohl gern der Regierung für ihre privaten Ränke, aber aus Prinzip hielt sie sich niemand gegenüber zur Dankbarkeit verpflichtet. Indem sie einem Beamten, dem sie misstraute, auf den Leib gerückt war, hatte die österreichische Regierung in ihrem eigensten Interesse gehandelt. Es war nicht ihre Angelegenheit, es war nicht an ihr, darnach zu fragen; Sache des Cavaliere war es, als erster davon zu sprechen. Aber der Herr Cavaliere, schlau, boshaft und hochmütig seinerseits, war anderer Meinung. Die alte Dame verlangte eine Gunst, und um sie zu erhalten, musste sie sich bücken, die wohltätigen Fingernägel der Regierung zu küssen.

Er schwieg, um sich zu sammeln und zu sehen, ob die andere nachgäbe. Als er sah, dass sie stumm und hart blieb, wurde er selbst geschmeidig, lächelnd, liebenswürdig, erzählte ihr, dass er von Verona komme, und schlug ihr vor, zu raten, welchen Weg er genommen habe. Er war durch einen so reizenden Ort gekommen, hatte eine so entzückende prächtige Villa gesehen, ein Paradies! Das Raten war nicht die starke Seite der Marchesa; sie fragte, ob es Brianza gewesen sei. Nein, von Verona nach Brescia über Brianza, nein, so war er nicht gekommen.

254

Er schilderte die Villa so eingehend, dass die Marchesa nicht umhinkonnte, ihre Besitzung in Monzambano zu erkennen. Nun gab ihr der Cavaliere zu raten auf, weshalb er sich wohl die Villa angesehen habe.

Sie erriet es sofort, erriet das ganze Gewebe der Komödie, die man ihr vorspielte, aber ihr schwerfälliges Gesicht ließ nichts durchblicken. Der Gesandte von Brescia hatte schon einmal vorsichtig getastet, um zu erfahren, ob sie die Villa Seiner Exzellenz dem Marschall vermieten würde, aber von den Liberalen in Brescia heimlich mit Feuersbrünsten und Tod bedroht, hatte sie allerhand plausible Ausflüchte gebraucht. Sie fühlte jetzt aus Greisbergs Rede das stumme Anerbieten eines Kontrakts und blieb auf ihrer Hut. Sie gestand ihrem Vetter, dass sie auch dieses nicht erraten könnte. Ja, es schien ihr, als würde sie mit jedem Tag dümmer. Die Jahre und die Sorgen! »In diesen Tagen gerade habe ich einen argen Verdruss gehabt«, sagte sie. »Ich habe erfahren, dass die Polizei bei meinem Enkel in Oria eine Hausdurchsuchung vorgenommen hat.«

Greisberg, als er die heuchlerische Alte sich entschlüpfen sah, warf die Handschuhe beiseite und packte sie mit den Krallen fest. »Marchesa«, sagte er in einem Ton, der keine Erwiderung duldete, »Sie dürfen nicht von Verdruss sprechen. Sie haben durch mich und den Herrn Kommissar von Porlezza der Regierung wertvolle Informationen verschafft, die Ihnen Ihr verdienstliches Vorgehen sehr hoch anrechnet. Ihrem Enkel wurde kein

Haar gekrümmt, noch wird man ihn anrühren, wenn er verständig ist. Indessen bedauere ich aufrichtig, dass man vermutlich keine Mittel und Wege finden wird, gegen eine andere Persönlichkeit strenge Maßregeln zu ergreifen, die Ihnen persönliches Unrecht zugefügt hat. Um ein Mittel zu finden, diese Person zu treffen, ist der Herr von Porlezza sogar über seine Pflicht hinausgegangen. Sie müssen also ohne weiteres zugeben, Marchesa, dass von Verdruss nicht die Rede sein kann, und dass Sie sogar der Regierung besonders verpflichtet sind.«

Niemals war man der Marchesa so hochmütig und mit so überwältigender Autorität entgegengetreten. Vielleicht waren es die empörten Schläge ihres Herzens, die über dem steifen Busen Kopf und Hals in sichtbare, unablässige Schwingungen versetzten; aber es sah genau aus wie die Bewegungen eines Tieres, das mühsam arbeitet, um einen Riesenbissen zu verschlucken. Auf jeden Fall demütigte sie sich nicht so weit, ein Wort der Besänftigung zu sagen. Wieder im Besitze ihrer fetten Gemütsruhe bemerkte sie nur, dass sie niemals Maßregeln gegen irgend jemand angerufen, und dass, wenn man bei der Hausdurchsuchung nichts für den Ingenieur Ribera Belastendes gefunden habe, sie das aufrichtig freue; dass wohl im Hause Ribera alles Erdenkliche gesprochen worden sei, dass aber Reden schwerlich aufzugreifen seien.

In etwas milderer Tonart entgegnete der Cavaliere, dass er nicht sagen könne, ob nichts gefunden sei, dass das letzte Wort erst der Marschall sprechen würde, der beabsichtigte, sich persönlich mit der Angelegenheit zu befassen. So fand er Gelegenheit, das Gespräch wieder auf die Villa Monzambano zu lenken. Er bat sie formell, sie seiner Exzellenz zu überlassen, der die Absicht habe, sich acht Tage dort aufzuhalten.

Die Marchesa dankte für die große Ehre, sagte, dass die Villa es nicht verdiene, dass sie ihr zu eng scheine, dass sie reparaturbedürftig sei und man das Seiner Exzellenz sagen müsse. Sie hätte gern einen Aufschub ermöglicht, abgewartet, welches der Sündenpreis für ihre Nachgiebigkeit sein würde, aber der Cavaliere zeigte noch einmal die Krallen und erklärte, eine sofortige Antwort haben zu müssen, eine klare Antwort, ja oder nein, und so musste die alte Dame wohl oder übel sich unterwerfen. »Seiner Exzellenz zu Gefallen«, sagte sie.

Sofort wurde Greisberg wieder liebenswürdig und scherzte über die Maßregeln, die man gegen den Herrn Ingenieur ergreifen könnte. Es würde kein Blut fließen, allerhöchstens ein bisschen Tinte; man würde ihm die Freiheit nicht nehmen, sondern sie ihm völlig wiedergeben!

Die Marchesa sagte kein Sterbenswörtchen. Sie ließ zwei Glas Limonade bringen und schlürfte langsam die ihre in kleinen Schlückchen, nicht ohne einen schwachen Ausdruck von Befriedigung zwischen einem Schluck und dem anderen, als habe die Limonade einen neuen und auserlesenen Geschmack.

Der Cavaliere hätte gern von ihr ein bestimmtes Wort betreffs des Ribera gehört, einen ausdrücklichen Wunsch, und das schnell geleerte Glas auf das Tablett stellend, sagte er zu ihr: »Ich werde die Sache in die Hand nehmen, wissen Sie, und es soll uns gelingen. Sind Sie's zufrieden?«

Die Marchesa fuhr fort, ihre Limonade zu schlürfen, ganz, ganz langsam, und blickte dabei ins Glas.

»Ist's Ihnen nicht recht?«, fragte der Vetter noch einmal nach vergeblichem Warten.

»Ja, sie ist gut«, tönte es schläfrig durch die Nase. »Ich trinke wegen der Zähne so langsam.«

*

Ein letztes Flüstern, doch das kam nicht aus Menschenmund. Luisa und Franco saßen auf der Wiese von Looch, dicht bei dem Kirchhof. Sie sprachen von der großen und wunderbaren Güte der Mutter und verglichen sie mit der großen und einfachen Güte des Onkels, die Ähnlichkeiten und die Unterschiede hervorhebend. Sie sagten nicht, welche von beiden ihnen im Ganzen die erhabenere dünkte, aber aus ihrem Urteil konnte man die verschiedenen Neigungen erraten. Franco zog die ganz von dem Glauben an das Überirdische durchdrungene Güte vor, Luisa die andere. Er litt unter diesem geheimen Widerspruch, hütete sich jedoch, daran zu rühren, in der Furcht, eine Note anzuschlagen, die einen allzu schmerzlichen Nachhall geben könnte. Aber ein Schatten lag auf seiner Stirn, und in einem gewissen Augenblick entschlüpften ihm dennoch die Worte:

»Wie viel Unglück, wie viel Bitterkeit ertrug deine Mutter und mit welcher Resignation, mit welcher Kraft, mit welchem Frieden! Glaubst du, dass einfache, natürliche Güte sie so hätte ertragen können?«

»Ich weiß es nicht«, erwiderte Luisa. »Die arme Mama hat, glaube ich, vor dieser schon in einer jenseitigen Welt gelebt; ihr Herz war immer dort.« Sie sagte nicht alles, was sie dachte. Sie dachte, dass, wenn alle guten Seelen dieser Welt ihrer Mutter an frommer Ergebenheit glichen, die Erde bald unter der Herrschaft der Bösewichter und der Gewalttätigen stehen würde. Und was die Schmerzen anbelangt, deren Ursache nicht die Menschen, sondern die Verhältnisse des menschlichen Lebens sind, so schienen ihr jene, die aus eigenster Kraft dagegen ankämpften, bewundernswerter als die anderen, die von eben demselben Wesen, das sie heimgesucht, Beistand erflehen und erhalten. Aber diese Empfindungen wollte sie ihrem Gatten nicht eingestehen. Sie sprach stattdessen die Hoffnung aus, dass den Onkel niemals schwere Trübsal treffen möge. »War es möglich, dass der Herr einem solchen Mann Leiden schickte?«

»Nein, nein, nein!«, rief Franco, der in einem anderen Moment vielleicht nicht gewagt haben würde, Gott in dieser Weise ins Handwerk zu pfuschen. Ein leichter

Wind wehte vom Boglia herunter durch die Schlucht von Muzai, bewegte die Kronen der alten Nussbäume. Luisa schien es, als stände dieses Rauschen im Zusammenhang mit Francos letzten Worten; es schien ihr, als wüssten der Wind und die großen Bäume etwas von der Zukunft und flüsterten miteinander davon.

Fünftes Kapitel.
Das Geheimnis des Windes und der Nussbäume

Marias Fieber dauerte nur acht Tage, als aber die Kleine wieder aufstand, fanden ihre Eltern sie sowohl innerlich wie äußerlich mehr verändert, als ob es anstatt acht Tage acht Monate gewährt hätte. Die Augen hatten eine dunklere Färbung bekommen, einen eigentümlich ernsten, frühreifen Ausdruck. Sie sprach klarer und geläufiger, aber mit den Personen, die sie nicht mochte, sprach sie überhaupt nicht; die grüßte sie nicht einmal. Luisa fand weniger hiergegen einzuwenden als Franco. Franco wollte sie liebenswürdig haben, und Luisa fürchtete, sie könnte ihre Aufrichtigkeit einbüßen. Maria hatte für ihre Mutter eine eher zurückhaltende, aber leidenschaftliche Liebe; fast scheu und eifersüchtig. Ihren Vater hatte sie auch sehr lieb, aber man merkte, dass sie die Verschiedenheit zwischen ihnen empfand. Franco hatte Anfälle von leidenschaftlicher Zärtlichkeit für sie, er packte sie unversehens, drückte sie an sich und bedeckte sie mit Küssen; und sie pflegte dann den

Kopf rückwärts zu werfen, ihr Händchen gegen das Gesicht des Vaters zu stemmen und ihn mit düsterer Miene anzusehen, als ob sie etwas Fremdes oder gar Abstoßendes in ihm entdecke. Oft schrie Franco sie zornig an, und dann weinte Maria und starrte ihn durch ihre Tränen an, bewegungslos, wie gebannt, und wieder mit dem Ausdruck jemands, der nicht versteht. Er sah die Vorliebe der Kleinen für die Mutter, und er billigte sie; es schien ihm eine gerechte Empfindung, und er zweifelte nicht, dass Maria ihn eines Tages ebenso zärtlich lieben würde.

Luisa war, aus Liebe zu ihren Gatten, sehr unzufrieden damit, dass das Kind ihr eine so viel größere Zuneigung zeigte; aber diese Empfindung war nicht so klar und lebhaft wie Francos großherzige Duldsamkeit. Luisa kam es vor, als ob Franco, trotz alles Gefühlsüberschwangs, seine Tochter liebte wie ein von ihm unterschiedliches Wesen; während sie, die diese äußeren Zärtlichkeitsergüsse nicht hatte, die Kleine wie ein notwendiges Teil ihrer selbst liebte; deswegen konnte sie es nicht ungerecht finden, dass sie von ihr vorgezogen wurde. Dann trug sie auch eine zukünftige Maria im Herzen, die vermutlich ganz verschieden war von der, die Franco im Herzen trug. Auch aus diesem Grunde konnte sie nicht bedauern, ein moralisches Übergewicht bei dem Töchterchen zu haben. Sie sah die Gefahr, die darin lag, dass Franco eine allzu starke Entwicklung des religiösen Empfindens begünstigte; nach ihrem Dafürhalten eine sehr ernste

Gefahr; denn Maria, voller Neugier und versessen auf Geschichten, besaß die Bedingungen für eine sehr lebhafte, religiösen Vorstellungen sehr zugängliche Einbildungskraft, wodurch sie leicht aus dem moralischen Gleichgewicht kommen konnte. Es handelte sich nicht darum, das religiöse Gefühl zu unterdrücken; das würde Luisa niemals unternommen haben, sei es auch nur aus Respekt vor Franco; aber es war notwendig, dass Maria, einmal Weib geworden, den Stützpunkt ihres Lebens in einem sicheren, in sich selbst gefesteten moralischen Sinne zu finden wisse, ohne sich auf Glaubenssätze verlassen zu müssen, die im letzten Grunde doch nur Hypothesen und Meinungen waren, deren sie von einem Tage zum anderen verlustig gehen konnte. Am Rechten und Wahren festzuhalten, losgelöst von jedwedem anderen Glaubensbekenntnis, losgelöst von jedweder Hoffnung oder Furcht, schien ihr die höchste Staffel des menschlichen Bewusstseins. Auf diese Vollkommenheit glaubte sie für sich keinen Anspruch mehr erheben zu dürfen, da sie zur Messe ging und zweimal im Jahre zum Abendmahl; und sie wollte auch für Maria darauf verzichten, aber so wie jemand auf den Stand der christlichen Vollkommenheit verzichtet, weil er nun einmal Weib und Kind hat: schweren Herzens und so wenig wie möglich.

Das Schicksal konnte Maria Reichtum in den Schoß werfen. Sie musste absolut davor bewahrt werden, ein frivoles Leben voller Nichtigkeiten hinzunehmen, das durch die Frühmesse, den Abendrosenkranz und durch Almosen ausgeglichen würde. Luisa hatte ein paarmal versucht, mit Franco Fühlung zu finden über diesen Punkt; nämlich: Marias Erziehung eine von der religiösen Richtung losgelöste moralische Richtung zu geben, und der Versuch war immer übel ausgeschlagen. Dass jemand an Religion nicht glaubte, verstand Franco; dass aber jemand die Religion als Richtschnur für das Leben nicht ausreichend finden könne, war ihm völlig unbegreiflich. Dass dann alle nach Heiligkeit streben müssten, dass der kein guter Christ wäre, der Tarock- und Primieraspiel, die Jagd, das Fischen, gutes Essen und feine Weine liebte, der Gedanke kam ihm nicht einmal im Traum. Und diese von der Religion losgelöste moralische Richtung der Erziehung schien ihm wie ein schlechter Spaß; denn nach seiner Meinung waren die Ehrenmänner ohne Glauben eben Ehrenmänner von Natur oder aus Gewohnheit, aber nicht aus philosophischen oder moralischen Vernunftgründen. Es gab für Luisa also keinen Weg, sich über diesen delikaten Punkt mit ihrem Gatten zu verständigen. Sie musste für sich und mit großer Vorsicht handeln, um ihn weder zu beleidigen noch zu kränken. Wenn Franco der Kleinen den Mond und die Sterne, die Blumen und die Schmetterlinge als Wunderwerke Gottes zeigte und eine religiöse Poesie, die für ein zwölfjähriges Mädchen gepasst hätte, daraus entwickelte, so schwieg Luisa; wenn es aber vorkam, dass er zu Maria sagte: »Gib acht, Gott will nicht, dass du dies, Gott will nicht, dass du jenes tust«, so fügte Luisa sofort hinzu: »Dies ist schlecht und jenes ist schlecht, und man soll niemals etwas Schlechtes tun.« Hier konnte es nun aber nicht fehlen, dass sich hin und wieder Meinungsverschiedenheiten zwischen Vater und Mutter geltend machten, weil das moralische Urteil des einen nicht immer sich mit dem des anderen deckte.

Eines Tages standen sie zusammen am Fenster des Saales, während Maria mit einem ungefähr gleichalterigen kleinen Mädchen aus Oria spielte. Ein Bruder dieser Kleinen, ein gewalttätiger Bube von acht Jahren, kommt vorüber und befiehlt dem Schwesterchen, ihm zu folgen. Diese weigert sich und weint. Ganz ernsthaft geht Maria mit den Fäusten auf den Störenfried los. Mit einem befehlenden Ruf hält Franco sie zurück; die Kleine dreht sich um, sieht ihn an und bricht in Tränen aus, während jener sein Opfer mit sich fortschleift. Luisa trat vom Fenster zurück und sagte leise zu ihrem Gatten: »Entschuldige, das war ungerecht.« – »Wie, ungerecht?« Franco erhitzte sich, erhob die Stimme, fragte seine Frau, ob sie eine heftige, gewalttätige Maria haben wolle. Sie erwiderte mit Sanftmut und Sicherheit, ohne sich von seinen scharfen Worten verletzt zu zeigen, blieb dabei, dass Marias Empfindung gut gewesen, dass Empörung gegen Ungerechtigkeit und Anmaßung für jeden eine berechtigte Wallung sei, dass, wer als Kind sich mit Fäusten wehre, als Erwachsener sich schon gesitteterer Mittel bedienen werde, dass man aber Gefahr laufe, wenn man im Kinde den natürlichen Ausdruck der Gesinnung unterdrücke, zugleich auch das keimende gute Gefühl zu vernichten.

Franco war nicht überzeugt. Seiner Meinung nach war es sehr zweifelhaft, dass in Maria diese heroischen Empfindungen maßgebend gewesen seien. Sie war wütend geworden, weil man ihr die Spielgefährtin entziehen wollte, nichts weiter. Und dann, war es nicht etwa Sache der Frau, Anmaßungen und Ungerechtigkeiten gegenüber eine freundliche Milde an den Tag zu legen, eher die Beleidiger zu besänftigen und zu bessern, als die Beleidigung mit Gewalt zurückzuweisen? Luisa wurde rot und erwiderte, dass gewissen Frauen, und vielleicht den besten, diese Rolle anstünde, aber dass sie nicht allen anstehen könne, da es nicht allen gegeben sei, so sanft und demütig zu sein.

»Und du gehörst zu jenen anderen?«, rief Franco.

»Ich glaube, ja.«

»Das ist eine schöne Geschichte!«

»Tut es dir leid?«

»Sehr, sehr leid!«

Luisa legte ihre Hände auf seine Schultern. »Tut es dir leid«, sagte sie, ihn fest anblickend, »dass ich mich gleich dir dagegen empöre, diese Herren im Hause zu haben, dass ich gleich dir wünsche, auch mit meinen Händen dazu beizutragen, sie hinauszujagen; oder würdest du es vorziehen, wenn ich versuchte, Radetzky zu bessern und die Kroaten zu besänftigen?«

»Das ist doch etwas ganz anderes!«

»Warum etwas ganz anderes? Nein, es ist ganz dasselbe!«

»Es ist etwas anderes!«, wiederholte Franco; aber er konnte nicht beweisen, dass es etwas anderes wäre. Er vermeinte, unrecht zu haben vermittels eines Trugschlusses, und recht zu haben vermittels einer tiefen Wahrheit, die er nur nicht zu packen vermochte.

Er sprach nichts mehr, war den ganzen Tag nachdenklich, und man sah, dass er nach der Antwort suchte. Auch in der Nacht grübelte er darüber nach, endlich schien ihm, er habe sie gefunden, und er weckte seine schlafende Gattin auf.

»Luisa!«, sagte er. »Luisa! Das ist etwas ganz anderes!«

»Was gibt's?«, rief Luisa, jäh erwachend.

Er hatte sich ausgedacht, dass die durch die Fremdherrschaft zugefügte Kränkung nicht persönlich wäre wie Privatbeleidigungen, und dass sie aus der Verletzung eines Prinzips der allgemeinen Gerechtigkeit hervorginge; aber im Begriff, dies seiner Gattin zu erklären, wurde er sich selbst darüber klar, dass auch bei Privatbeleidigungen stets die Verletzung eines Prinzips der allgemeinen Gerechtigkeit Platz griffe, und er sah ein, dass er sich geirrt habe.

»Nichts«, sagte er.

Seine Frau glaubte, dass er geträumt hätte, legte ihren Kopf auf seine Schulter und schlief wieder ein. Wenn es ein Argument gab, um Franco zu den Ideen seines Weibes zu bekehren, so war es diese süße Berührung, dieser sanfte Atem auf seiner Brust, der ihm so oft schon die beglückende Empfindung der gegenseitigen Übereinstimmung ihrer Seelen zum Bewusstsein gebracht. Heute war es nicht so. Wie ein rascher, kalter Stahl schoss ihm der Gedanke durchs Gehirn, dieser latente Gegensatz zwischen seinen Ideen und denen seiner Frau könnte den einen oder den anderen Tag in irgendeiner schmerzlichen Weise ausbrechen, und angstvoll presste er sie in seine Arme, als wolle er sie und sich verteidigen gegen die Trugbilder des eigenen Hirns.

*

Am 6. November nahm Franco nach dem Frühstück seine große Gartenschere zur Hand, um gewohntermaßen im Gärtchen und auf der Terrasse das dürre Holz abzuschneiden. Es war eine Stunde von solcher Schönheit, von solchem Frieden, dass es einem das Herz bedrückte. Kein Blatt, das sich bewegte; nach Westen die Luft kristallklar und durchsichtig, nach Osten verschleiert, dazwischen in leichtem Dunst die Berge zwischen Osteno und Porlezza; das Haus funkelte in der Sonne und im zitternden Schein des Sees; die Sonne war ziemlich warm, aber die Chrysanthemen im Garten, die Oliven- und Lorbeerbäume am Ufer, weithin sichtbar im rötlichen Glanz ihrer welkenden Blätter, eine gewisse verborgene Frische in der von Olea Fragrans süß durchdufteten Luft, das Schweigen des Windes, die hohen, mit Schnee bedeckten Berge des Comersees: alles vereinigte sich in melancholischer Weise, um das Sterben der schönen Jahreszeit zu verkünden. Nachdem Franco das dürre Holz beseitigt, schlug er seiner Frau vor, mit dem Boot nach Casarico zu fahren, um Freund Gilardoni die beiden ersten Bände der Mystères du Peuple, die sie in wenigen Tagen gierig verschlungen hatten, zurückzubringen und den dritten Band zu holen. Sie beschlossen, in der Mittagsstunde aufzubrechen, nachdem Maria ins Bett gelegt worden sei. Aber ehe noch Maria im Bette lag, erschien atemlos keuchend Barborin Pasotti mit schiefem Hut und schiefer Mantille. Sie war durch das Gartengitter hereingekommen und blieb an der Schwelle des Saales stehen. Es war das erste Mal, dass sie nach der Hausdurchsuchung kam; sie erblickte ihre Freunde, faltete die Hände, wiederholte mit leiser Stimme: »Ach du mein Gott, ach du mein Gott, ach du mein Gott!«, stürzte sich auf Luisa und bedeckte sie mit Küssen.

»Meine Allerteuerste! Meine Allerteuerste!« Am liebsten hätte sie Franco ebenso umarmt, aber Franco liebte diese Ergüsse nicht und machte ein so wenig ermunterndes Gesicht, dass die arme Frau sich begnügte, seine beiden Hände zu ergreifen und herzhaft zu schütteln. »Mein teurer Don Franco! Mein teurer Don Franco!« Schließlich nahm sie Maria auf den Arm, die ihre beiden Händchen gegen ihre Brust stemmte und dazu ein ähnliches Gesicht machte wie ihr Vater. »Ich bin alt, gelt? Ich bin garstig, gelt? Ich gefall' dir nicht? Es macht nichts, es macht nichts, es macht nichts!« Und demütig küsste sie ihre Ärmchen und die Schultern, da sie es nicht wagte, sich dem herben Gesichtchen zu nähern. Dann sagte sie ihren Freunden, dass sie ihnen eine gute Neuigkeit brächte, und ihre Augen glänzten bei diesem freudigen Geheimnis. Die Marchesa hatte an Pasotti geschrieben, und in dem Briefe war ein Satz, den Barborin auswendig gelernt hatte: »Mit lebhaftem Missvergnügen (mit lebhaftem Missvergnügen, so steht's da) habe ich von dem traurigen Zwischenfall in Oria gehört... in Oria... (warten Sie!) von dem traurigen Zwischenfall in Oria (ach ja!), und obgleich mein Enkel es nicht verdient, wünschte ich doch, dass er keine üblen Folgen haben möge.«

Der Satz hatte nicht den gewünschten Erfolg. Luisa machte ein düsteres Gesicht und sagte nichts; Franco sah auf seine Frau und wagte nicht, die günstige Auslegung auszusprechen, die ihm wohl auf den Lippen, nicht aber im Herzen lag. Die arme Barborin, die die günstige Gelegenheit – ihr Gatte war nach Lugano gegangen – benutzt hatte, um schnell ihren Freunden das Zuckerplätzchen zu überbringen, war ganz gekränkt, blickte zerknirscht bald auf Luisa, bald auf Franco und endete damit, ein wirkliches und wahrhaftiges Zuckerplätzchen aus der Tasche zu ziehen, um es Maria zu geben. Dann, als sie verstanden hatte, dass die Gatten mit dem Boot fortfahren wollten, schwätzte und zögerte sie, vor Begierde brennend, noch ein wenig bei Maria bleiben zu dürfen, so endlos, dass jene schließlich aufbrachen und die Sorge, das Kind ein wenig später ins Bett zu bringen, Veronika überließen.

Maria schien nicht gerade sehr entzückt über die Gesellschaft ihrer alten Freundin. Sie schwieg und schwieg eigensinnig, und es dauerte nicht lange, so riss sie den Mund auf und brach in Tränen aus. Die arme Pasotti wusste nicht, welche Heiligen anrufen. Sie rief nach Veronika, aber Veronika plauderte mit einem Finanzwächter und hörte nicht oder wollte nicht hören. Sie bot ihre Ringe an, ihre Uhr, bis auf den Hut à la Vizekönigin Beauharnais, aber nichts fand Gnade, und Maria fuhr fort, zu weinen. Endlich kam ihr der Einfall, sich ans Klavier zu setzen, und sie begann immer von neuem, acht oder zehn Takte einer vorsündflutlichen Tanzweise zu hämmern. Da besänftigte sich Prinzesschen Maria und gestattete ihrer Kammermusikerin, sie so vorsichtig, als ob ihre Ärmchen Schmetterlingsflügel wären, zu nehmen und so sachte auf die Knie zu setzen, als ob die alten Beine Gefahr liefen, in Staub zu zerfallen.

Nachdem Maria fünf- oder sechsmal die Tanzweise gehört, machte sie ein gelangweiltes Gesichtchen, versuchte die runzligen Hände der alten Spielerin von den Tasten zu ziehen und sagte leise: »Singe mir ein Liedchen.« Dann, da sie keine Antwort erhielt, drehte sie sich um, sah ihr ins Gesicht und schrie aus voller Kehle:

»Du sollst mir ein Lied singen.«

»Ich verstehe nicht«, erwiderte die Pasotti, »ich bin taub.«

»Warum bist du taub?«

»Ich bin taub«, antwortete die Unglückliche lächelnd.

»Aber warum bist du taub?«

Die Pasotti konnte nicht herausbringen, wonach das Kind fragte. »Ich verstehe nicht«, sagte sie.

»Dann«, meinte Maria mit sehr ernster Miene, »dann bist du dumm«, worauf sie die Augenbrauen runzelte und weinerlich wieder begann: »Ich will ein Lied!«

Jemand sagte vom Garten her:

»Da kommt er schon, der mit den Liedern!«

Maria sah auf, und ihr Gesicht verklärte sich ganz. »Missipipi!«, rief sie, glitt von den Knien der Pasotti herunter und lief dem eintretenden Onkel Piero entgegen. Auch die Pasotti erhob sich, und ganz überrascht und lachend streckte sie die Arme nach dem alten, unerwarteten Freunde aus. »Nein, so etwas! Nein, so etwas!« Und sie ging ihm entgegen. Maria rief in so hohen Tönen ihr »Missipipi, Missipipi!«, und klammerte sich so fest an die Beine ihres Onkels, dass diesem, obgleich er gar keine Lust dazu zu haben schien, nichts anderes übrig blieb, als sich auf das Sofa zu setzen, das Kind auf den Schoß zu nehmen und das alte Lied wieder zu singen:

»Ombretta, du spröde…«

Nach vier oder fünf Wiederholungen des ›Missipipi‹ bekam die Pasotti Angst, ihr Gatte könnte zurückkehren, und verabschiedete sich. Veronika wollte nun die Kleine ins Bett bringen. Aber Maria sträubte sich, und der Onkel vermittelte: »Ach, lassen Sie sie mir noch ein wenig!«, und trat mit ihr auf die Terrasse, um zu sehen, ob Papa und Mama noch nicht heimkehrten. Von Casarico her war kein Boot in Sicht. Die Kleine befahl dem Onkel, sich niederzusetzen, und kletterte auf seinen Schoß.

»Warum bist du gekommen?«, fragte sie. »Es gibt gar kein Essen für dich, weißt du.«

»Dann musst du das Essen für mich kochen. Ich bin gekommen, um bei dir zu bleiben.«

»Für immer?«

»Für immer.«

»Wirklich immer, immer, immer?«

»Wirklich immer.«

Maria schwieg nachdenklich. Dann fragte sie:

»Und was hast du mir mitgebracht?«

Der Onkel zog eine Gummipuppe aus der Tasche. Wenn Maria hätte ahnen, hätte verstehen können, in welcher Stimmung der Onkel nach jenem Schlage ausgegangen war, um diese Puppe für sie zu kaufen, so würde sie vor zärtlicher Rührung geweint haben.

»Das ist ein garstiges Geschenk«, sagte sie, sich der früheren Gaben des Onkels erinnernd. »Und wenn du hierbleibst, bringst du mir nichts mehr mit?«

»Gar nichts mehr.«

»Geh fort, Onkel!«, sagte sie.

Er lächelte.

Nun wollte Maria vom Onkel hören, ob sein Onkel ihm Geschenke mitgebracht hätte, als er noch klein war. Aber dieser Onkel des Onkels, so unmöglich es Maria auch vorkam, hatte niemals existiert. Und wer hatte ihm dann Geschenke mitgebracht? Und war er ein braves Kind gewesen? Weinte er? Der Onkel fing an, ihr Geschichten aus seiner Kindheit zu erzählen, Geschichten von vor sechzig Jahren, als die Leute noch Perücke und Zöpfchen trugen. Es machte ihm Spaß, der Nichte seine ferne Zeit vor Augen zu führen, sie für einen Augenblick mit seinen Verstorbenen zusammenleben zu lassen, und er sprach mit so traurigem Ernst, als ob er jene teuren Toten vor sich gehabt und mehr zu ihnen als zu der Kleinen gesprochen hätte. Sie blickte ihm mit weitgeöffneten Augen starr ins Gesicht und zuckte nicht mit den Wimpern. So verging die Zeit, ohne dass weder er noch sie es gewahr wurden, und weder er noch sie dachten mehr an das Boot, das heimkehren sollte.

Und das Boot kam, und Franco und Luisa stiegen arglos herauf, in der Meinung, dass das Kind schliefe. Franco war der erste, der unter den hängenden Zweigen der Passionsblume den Onkel sitzen sah, über die auf seinem Schoß sitzende Maria gebeugt. Er stieß einen Schrei der Überraschung aus, und, von Luisa gefolgt, lief er auf ihn zu in der Befürchtung, dass etwas vorgefallen sei.

»Du hier?«, rief er noch im Laufen. Luisa, die ganz bleich war, sagte nichts. Der Onkel hob den Kopf und sah sie an; sie verstanden sofort, dass es sich um eine schlimme Neuigkeit handeln müsse, denn nie hatten sie ihn mit einem so ernsten Gesicht gesehen.

»Vorbei!«, sagte er.

»Was ist vorgefallen?«, murmelte Franco.

Er machte beiden ein Zeichen, von der Terrasse in die Wohnung zu gehen, folgte ihnen hinein, dann breitete der arme Alte die Arme wie ein Gekreuzigter aus und sagte mit trauriger, aber ruhiger Stimme: »Abgesetzt.«

Franco und Luisa sahen ihn einen Augenblick wie verständnislos an. Dann rief Franco: »Ach, Onkel, Onkel!«, und umarmte ihn. Maria brach in Tränen aus, als sie dies sah und das Gesicht ihrer Mutter beobachtete. Luisa versuchte, sie zu beruhigen, aber ihr selbst, der tapferen Frau, steckte das Weinen in der Kehle.

Nachdem er sich im Saal auf das Sofa gesetzt, erzählte der Onkel, der K.K. Delegierte von Como habe ihn kommen lassen, um ihm zu sagen, dass die in seinem Hause in Oria vorgenommene Untersuchung schmerzliche und unerwartete Resultate ergeben habe; welche, habe er absolut nicht sagen wollen. Er habe dann hinzugefügt, dass man eigentlich einen Prozess gegen ihn hätte anstrengen wollen, dass aber in Anbetracht seiner langen und lobenswerten Dienste die Regierung sich darauf beschränken wolle, ihn seines Amtes zu entheben. Der Onkel hatte darauf bestanden, die Anklagen kennen zu lernen, aber jener hatte ihn verabschiedet, ohne ihm zu antworten.

»Und nun?«, fragte Franco.

»Und nun...?« Der Onkel schwieg ein Weilchen, und dann sprach er einen durchs Alter geheiligten Satz unbekannten Ursprungs aus, den er selbst und seine Gefährten beim Tarock von sich zu geben pflegten, wenn das Spiel verzweifelt schlecht stand: »Wir sind hin und geliefert, o Königin!«

Es folgte ein langes Schweigen. Dann warf Luisa sich dem Alten an den Hals. »Onkel, Onkel«, flüsterte sie, »ich fürchte, dass es unseretwegen geschehen ist!«

Sie dachte an die Großmutter, und der Onkel meinte, dass sie Franco und sich irgendeiner Unvorsichtigkeit bezichtigte.

»Hört, meine lieben Freunde!«, sagte er mit gutmütigem Ton, der aber dabei einen versteckten Beigeschmack von Vorwurf hatte, »das sind nutzlose Reden. Jetzt sind die Eier zerschlagen, jetzt müssen wir ans Brot denken. Zieht in die Rechnung das Haus, einige kleine Ersparnisse, die mir ungefähr vier Zwanziger pro Tag abwerfen, und zwei Mäuler mehr, meins und Cias; das meine, hoffe ich, nicht mehr für lange.«

Franco und Luisa widersprachen.

»Das ist nicht anders! Das ist nicht anders!«, sagte der Onkel, die Arme bewegend, wie um seine Geringschätzung solcher unvernünftigen Gefühlsduselei auszudrücken. »Gut leben und zur rechten Zeit sterben. So ist die Regel. Den ersten Teil habe ich besorgt, jetzt ist's an mir, den zweiten zu besorgen. Inzwischen könnt ihr mir Wasser auf mein Zimmer schicken und meinen Reisesack öffnen. Ihr werdet zehn Fleischklößchen drin finden, die Frau Carolina dell' Agria mir mit Gewalt aufgedrängt hat. Ihr seht also, dass die Sachen noch nicht allzu schlecht stehen.«

Damit stand der Onkel auf und ging mit festem Schritt durch die Salontür, auch von rückwärts sein mutiges Gesicht, seinen bescheidenen, friedlichen Bauch und die Heiterkeit des antiken Philosophen nicht verleugnend. Franco, aufrecht auf der Schwelle der Terrasse, blickte mit über der Brust gekreuzten Armen und gerunzelten Augenbrauen nach Cressogno hinüber. Und wenn er in diesem Augenblick ein ganzes Bündel von Delegierten, Kommissaren, Schergen und Spitzeln zwischen den Kinnladen gehabt hätte, so würde er sie gern mit seinen Zähnen zu einem einzigen Brei zermalmt haben.

Sechstes Kapitel.
Trumpfass kommt zum Vorschein

»Die Barke steht bereit«, sagte Ismaele, ohne Umstände eintretend, in der linken Hand sein Pfeifchen, in der rechten eine Laterne.

»Wie spät ist es?«, fragte Franco.

»Halb zwölf.«

»Was für Wetter?«

»Es schneit.«

»Sehr gut«, sagte ironisch der Onkel, seine Beine nach der Glut des Wachholderholzes vorstreckend, das im Kamin knisterte.

In dem kleinen, vom Winter belagerten Wohnzimmer kniete Luisa vor Maria und war damit beschäftigt, ihr ein Tuch um den Hals zu knüpfen, Franco wartete mit der Kapuze seiner Frau auf dem Arm, und Cia, die alte Wirtschafterin, mit dem Hut auf dem Kopf und den Händen im Muff, brummte mit ihrem Herrn: »Was Sie auch für ein Herr sind! Was wollen Sie hier allein zu Hause tun?«

»Um zu schlafen, brauche ich keinen Menschen«, antwortete der Ingenieur, »und wenn die anderen verrückt sind, so bin ich es nicht. Stellen Sie mir meine Milch und mein Licht bereit.«

Es war Weihnachtsabend, und was dem Ingenieur als eine so verrückte Idee dieser gescheiten Leute, ein so unglaublicher Entschluss schien, war, dass sie der feierlichen Mitternachtsmesse in San Mamette beiwohnen wollten.

»Und das arme Opferlamm«, sagte er mit einem Blick auf das Kind.

Franco errötete, er sagte, dass er dem Kinde wertvolle Erinnerungen schaffen wolle, diese nächtliche Bootsfahrt, der dunkle See, der Schnee, die Kirche voller Lichter und Menschen, die Orgel, der Gesang, die ganze Heiligkeit der Weihenacht. Er sprach mit Wärme, vielleicht nicht sowohl für den Onkel als für eine andere Person, die sich schweigend verhielt.

»Ja, ja, ja«, machte der Onkel, als sei er schon auf diese Rhetorik gefasst gewesen, auf diese poetischen Fantastereien.

»Ich gehe auch mit, weißt du, es gibt Punsch«, sagte die Kleine.

Der Onkel lächelte. »Desto besser! Das wird eine wertvolle Erinnerung sein.«

Franco, der auf diese Weise seine zarte Vorbereitung religiöser und poetischer Empfindungen zerstört sah, machte ein finsteres Gesicht.

»Und dieser Gilardoni?«, fragte Luisa.

»Sie sind soeben gekommen«, sagte Ismaele, mit seiner Laterne hinausgehend.

Professor Gilardoni hatte die Maironis und Donna Ester Bianchi eingeladen, nach der Messe bei ihm den Punsch zu trinken. Man erwartete ihn aus Niscioree, wohin er gegangen war, um das Fräulein, das seit dem 1852 erfolgten Tode seines Vaters dort mit zwei alten Dienerinnen hauste, abzuholen. Der gute Professor hatte im geheimen, nach Ablauf eines angemessenen Zeitraums, Frau Teresa im Stich gelassen. Während der schweren Zeit der Rekonvaleszenz des Herzens, das schwach und verlangend immer in der Gefahr eines Rückfalles schwebte, war er nicht genügend vor diesem schönen, feurigen Gesichtchen, den lebhaften Augen, dem funkelnden Übermut des Prinzesschens von Niscioree, wie die Maironis sie nannten, auf der Hut gewesen. Sie war innerlich und äußerlich so verschieden von Frau Teresa, ihre durch höchste Anmut der Formen ausgezeichnete Gestalt flößte ein von der Liebe für die andere so andersgeartetes Gefühl ein, dass der Professor der Meinung war, er könnte ihr recht wohl seine Neigung schenken, ohne das heilige Bild von Luisas Mutter zu verletzen. Und in der Tat heiligte er dieses Bild immer mehr, hob es höher und höher zum Himmel, so hoch, dass einige Wolken begannen, sich zwischen ihn und das Bild zu schieben; zuerst waren es nur Cirruswölkchen, dann wurden es Wolkenballen, und jetzt wollte es sich zu einer endgültigen Wolkenschicht verdichten. Er war Donna Ester gegenüber noch schüchterner, als er es Frau Teresa gegenüber gewesen war. Im Übrigen hatte er ein unbewusstes Bedürfnis, hoffnungslos zu lieben, um sich dann bemitleiden zu können, um der Wollust einer zwiefachen Zärtlichkeit willen, für ein schönes Geschöpf und für sich selbst. Und seine Schüchternheit war es sogar zufrieden, in dem großen Unterschied des Alters und des Aussehens eine Entschuldigung zu besitzen. Da er sich jedoch in keiner Weise gegen diese übermütigen Augen, diese dichten blonden Haare, diesen schlanken weißen Hals schützte, wieder und wieder diese frische Stimme, dieses silberne Lachen in sein Herz drang, geriet der ganze Mann in Gefahr, sich unheilbar zu verbrennen.

Ester, die mit siebenundzwanzig Jahren, abgesehen von einer frauenhaften Weichheit in den Bewegungen und einer gewissen heimlichen, wundervollen Erfahrung in den Augen, aussah, als wäre sie zwanzig, hatte nicht daran gedacht, nach diesem respektablen Liebhaber zu angeln, aber sie fühlte ihn in ihren Banden, und es machte ihr Vergnügen, da sie ihn für einen großen Geist, einen bedeutenden Gelehrten hielt. Dass er wagen könnte, von Liebe zu sprechen, dass sie diesen gelblichen, runzligen, vertrockneten Inbegriff der Weisheit heiraten könnte, der Gedanke kam ihr gar nicht in den Sinn; auf der anderen Seite wollte sie aber auch nicht dieses bescheidene Flämmchen, das sie ehrte und ihn vermutlich freute, löschen.

Wenn sie zuweilen mit Luisa darüber lachte, so war sie nie diejenige, die anfing, und sie pflegte gleich hinzuzufügen: »Armer Herr Gilardoni! Armer Professor!«

Sie trat eilig herein, das blonde Köpfchen in eine große schwarze Kapuze gehüllt, wie der Frühling, der sich zum Spaß als Dezember verkleidet hat. Dezember schritt hinter ihr einher, den Hals in eine große Schärpe gewickelt, über der leuchtend und rot die professorale, von dem Schnee irritierte Nase ragte. Es war spät. Alle verabschiedeten sich von dem Onkel, der allein mit seinem Licht und seiner Milch vor der letzten ersterbenden Glut des Wachholderholzes zurückblieb.

Ein leichter Schatten der Missbilligung lag auf seinem Gesicht. Franco war allzu sehr Fantast! Das Leben war jetzt hart im Hause Maironi. Man frühstückte mit einer Tasse Milch und Zichorie und verwandte eine gewisse

Sorte roten Zuckers, der nach Apotheke roch. Fleisch wurde nur am Sonntag und Donnerstag gegessen. Eine Flasche Grimelliwein stand jeden Tag für den Onkel auf dem Tisch, der von keinem Privileg wissen wollte. Jeden Tag erhob sich wegen dieser Flasche Wein derselbe Wortstreit, entlud sich dasselbe kleine Gewitter, das sich nach dem Willen des Onkels immer in einen kurzen Tropfenregen in jedes der fünf Gläser löste. Das Dienstmädchen war entlassen worden; für die grobe Arbeit, für die Polenta und zuweilen, um Maria zu hüten, hatte man die Veronika behalten. Trotz dieser und anderer Ersparnisse, obgleich Cia auf jedes Gehalt verzichtete und es Geschenke von Ricotta, Mascherpa, Ziegenkäsen, Kastanien, Nüssen von Seiten der Bauern regnete, gelang es Luisa nicht, die Ausgaben mit der Einnahme in Einklang zu bringen. Sie hatte sich von einem Notar in Porlezza etwas Arbeit zum Abschreiben verschafft: sehr viel Mühe und eine elende Bezahlung. Auch Franco hatte angefangen, mit Eifer zu kopieren, aber er war weniger widerstandsfähig als seine Frau, und außerdem war für zwei nicht Arbeit genug vorhanden. Er hätte sich umtun, eine Privatanstellung suchen müssen. Aber der Onkel sah kein Anzeichen davon; und also?

Also erschienen ihm diese poetischen Expeditionen sehr wenig angebracht. Nachdem er noch ein Weilchen über die traurige Lage und über die geringe Wahrscheinlichkeit, dass Franco einen Ausweg finden würde, gegrübelt hatte, fand er, dass es für ihn selbst erstens Zeit sei, seine Milch zu trinken, zweitens zu Bett zu gehen. Aber nein, es kam ihm noch ein anderer Gedanke. Er öffnete die Saaltür, und als er sah, dass es draußen stockdunkel war, ging er in die Küche, zündete eine Laterne an, trug sie zur Loggia, machte das Fenster weit auf und stellte das Licht, da es bei völliger Windstille schneite, auf das Fensterbrett, damit diese poetischen Menschen bei der Heimkehr in der tiefen Dunkelheit ihre Richtung fänden, worauf er schlafen ging.

Auf der alten Hausgondel hatte der ingeniöse Franco eine Art Kajüte für den Winter gebaut, mit zwei Fensterchen an den Seiten und einer kleinen Tür am Vorderteil. Jetzt saßen die sechs Passagiere um ein Tischchen, auf dem eine Kerze brannte. Als Franco den verzückten Ausdruck des Professors sah, der Ester gegenübersaß, machte er sich den Scherz, die Kerze auszulöschen, dazu bemerkend, dass die Philosophie im Dunkeln sich vielleicht nicht wohl befände, desto besscr aber die Poesie.

In der Tat folgten seine und seiner Gefährten Gedanken, die sich zuerst um das Licht gesammelt hatten, durch das Glas der kleinen Tür einem schwachen Lichtschimmer, in dem man den weißen, schon ganz beschneiten Schiffsbug von dem unbeweglichen schwarzen Wasser sich abheben sah. Und die Fantasie war am Werk. Dem einen schien es, als führe man nach Osteno, dem anderen, als nähme man die Richtung nach der Caravina, einem dritten, als ginge es nach Cadate. Und jeder äußerte seinen Zweifel mit leiser Stimme, als gälte es, den schlafenden See nicht zu wecken. Ab und zu stritten sie sich, aber bei jedem Ruderschlag nickten die sechs Köpfe wie zum Zeichen völliger Übereinstimmung. So glaubt jeder der Kritiker, die in das Fahrzeug eines großen Dichters gestiegen sind, seinen eigenen Weg zu verfolgen. Der eine meint einem Ideal, der andere einem anderen nachzuhängen. Dieser glaubt sich an dieses Muster, jener an ein anderes anzulehnen, dieser glaubt vorwärts, jener rückwärts zu gehen, und der Dichter bewegt sie, erschüttert sie alle zusammen mit seinem Vers und zwingt sie auf seinen eigenen Weg.

Ismaele lud getreulich seine Last bei San Mamette aus. Der Schnee fiel noch immer in großen, stillen Flocken. Unter den Bogengängen auf dem Marktplatz war ein lebhafter Verkehr und ein beständiges Hin und Her von Laternen. Auch der Propst war da, der eine Gruppe von Gläubigen langweilte, die nicht übel Lust hatten, die Kirche mit dem Wirtshaus zu vertauschen. Er setzte ihnen auseinander, dass es nicht so leicht sei, das Paradies zu gewinnen, und dass man beizeiten daran denken müsse: »Ihr glaubt wohl, ins Paradies geht ihr gerade so bequem wie in Parellas Barke. Immer herein, Leute! Immer herein. 's ist noch Platz! Ihr versteht wohl, dass es so einfach nicht geht?«

Auf der Kirchentreppe fragte Ester Luisa, ob das Paradies wirklich so klein wäre. Dem Professor, der Ester mit seinem Schirm beschützte, kam ein Gedanke; sein Herz schlug, er erbebte, aber mit Löwenmut sprach er ihn aus; er sagte, sein Paradies sei noch kleiner, es habe unter einem Regenschirme Platz. Die Sache lief glimpflich ab. Ester antwortete nichts, und die Gesellschaft trat inmitten einer Schar von Weibern in das Dunkel der Kirche ein.

Zwischen der Liebe und der Philosophie schwankend, blieb der Professor in der Tür stehen. Die Philosophie zog ihn an einem Faden rückwärts, die Liebe an einem Seil vorwärts. Er trat hinein und hielt sich an Esters Seite. Franco hatte einen Augenblick den grausamen Gedanken, ihn nach vorn zu den Sitzen der Männer zu ziehen, dann aber änderte er seinen Plan und blieb auch neben seiner Gattin. Es nützte ihm nicht viel, Ester tat, als wollte sie Luisa etwas sagen, und schob boshafterweise die alte Cia zwischen sich und den Professor. Dieser, der noch ganz aufgeregt über seine unerhörte Kühnheit mit dem Paradies unter dem Regenschirm war, beunruhigte sich bei Esters Vorgehen, glaubte sie verletzt zu haben und schalt sich einen Esel über den anderen.

Die Kirche war schon gedrängt voll, und auch die Damen mussten hinter der Rücklehne der ersten Bankreihe stehen. Ester übernahm es, Maria zu halten, und setzte sie auf die Lehne, während der Sakristan die Kerzen am Hauptaltar anzündete. Die Cia belästigte den Professor, den sie für einen sehr heiligen Mann hielt, mit tausend Fragen über den Unterschied des römischen und des ambrosianischen Ritus, und Maria hielt Ester mit anderen, noch viel seltsameren Fragen in Atem:

»Für wen werden die Kerzen angezündet?«

»Für den lieben Gott.«

»Geht der liebe Gott jetzt zu Bett?«

»Nein, sei still.«

»Ist das Jesuskind schon im Bett?«

»Ja, ja«, antwortete Ester leichtsinnig, um sie zum Schweigen zu bringen.

»Mit dem Maultier?«

Der Onkel hatte Maria einmal ein hässliches hölzernes kleines Maultier mitgebracht, das sie verabscheute; und als sie irgendeine Unart beging, hatte die Mutter sie ins Bett gelegt und zur Strafe das Maultier unter das Kopfkissen gelegt, unter dieses allzu eigensinnige Köpfchen.

»Still, Schwätzerin!«, sagte Ester.

»Ich nicht, ich brauche nicht mit dem Maultier ins Bett. Ich bitte um Verzeihung.«

»Still! Höre die Orgel jetzt.«

Alle Kerzen brannten, und der Organist, der seinen Platz eingenommen hatte, berührte, wie um es zu wecken, sein altes Instrument, das erbost zu zanken schien. In dem Augenblick, als ein Glöckchen ertönte und die Orgel mit allen ihren brausenden Stimmen einsetzte und die Chorknaben und der Geistliche heraustraten, griff Luisa, verstohlen wie eine Liebende, nach der Hand ihres Gatten.

Diese beiden einander verstohlen drückenden Hände sprachen von einem bevorstehenden Ereignis, von einem gewichtigen Entschluss, den man besser geheim hielt, und der noch nicht unwiderruflich gefasst war. Die kleine, nervöse Hand sagte: »Mut!« Die männliche Hand antwortete: »Ich werde ihn haben.« Man musste einen Entschluss fassen. Franco sollte fortgehen, seine Frau, sein Kind, den alten Onkel verlassen, vielleicht auf Monate, vielleicht auf Jahre; er sollte Valsolda, sein liebes Heim, seine Blumen verlassen, vielleicht für immer nach Piemont auswandern, Arbeit und Verdienst suchen, mit der Hoffnung, seine Familie nachkommen zu lassen für den Fall, dass die anderen großen nationalen Hoffnungen sich in Rauch auflösten.

Beglückt, dass seine Frau die Kirche und diesen feierlichen Augenblick gewählt hatte, um ihn zu dem Opfer zu ermutigen, ließ er die süße Hand nicht wieder los, hielt auch er sie, wie ein Liebender sie gehalten hätte, ohne dass er Luisa ansah, ohne dass sein Gesicht oder seine Haltung sich veränderte. Er sprach nur mit der Hand, seine ganze Seele in der Handfläche und in den Fingern, eine leidenschaftliche Sprache voller zarter und inniger Liebkosungen, voller Zärtlichkeit und Glut.

Einige Male versuchte sie, sich ihm sanft zu entziehen, aber er hielt sie gewaltsam fest. Er blickte mit erhobenem Angesicht auf den Altar, wie versunken in das Spiel der

Orgel, in die Stimme des Geistlichen, in den Gesang der Gemeinde.

In Wirklichkeit folgte er den Gebeten nicht, aber er empfand die göttliche Gegenwart, eine Verzückung, eine überströmende Liebe, Schmerz und Vertrauen in Gott.

Luisa hatte seine Hand genommen, weil sie erriet, dass er betete, dass alle seine Nöte und seine Zweifel sein Herz in Aufruhr setzten. Es war ihre Absicht gewesen, ihm Mut einzuflößen, sie war überzeugt, dass es gut für ihn war, diesen schmerzlichen Entschluss zu fassen. Sie missverstand seinen erwiderten Druck; es schien ihr ein leidenschaftlicher Protest gegen die Trennung, und da sie ihn, so wohl er ihr tat, nicht billigen konnte, machte sie alle Augenblicke den Versuch, ihm die Hand zu entziehen. Er war es, der bei der Wandlung aus Ehrfurcht die seine aus der ihren zog. Dann musste er Maria, die eingeschlafen war, auf den Arm nehmen; sie schlief weiter, mit dem Kopf auf des Vaters Schulter, ein schönes, friedliches Profil zeigend. Sie ahnte nicht, das liebe Kind, dass ihr Papa weit, weit fortgehen wollte, und das Herz ihres Papas wurde ganz weich bei dem Anblick dieses kleinen Schatzes, dessen warmer Atem ihn berührte, dieses Köpfchens mit dem Duft eines Waldvögelchens. Er hatte das Gefühl, als sei er schon fort, und sie suchte ihn, sie weinte, und seine Arme zuckten in dem Verlangen, sie an sich zu pressen, aber die Furcht, sie zu wecken, hielt ihn davon ab.

Gilardoni war als erster hinausgegangen und wartete draußen auf dem Platz mit aufgespanntem Regenschirm auf Donna Ester.

Sie kam an Luisas Arm, und trotz ihrer geflüsterten Bitte sagte die verräterische Luisa zu dem Professor:

»Hier bringe ich Ihre Dame.«

Ester hatte nicht den Mut, Gilardonis Arm abzulehnen, aber lachend machte sie ihn darauf aufmerksam, dass tausend Sterne funkelten.

Gilardoni sah zum Himmel, brachte zwei oder drei sinnlose Sätze vor und machte den Regenschirm zu.

Es schneite nicht mehr, über dem Boglia leuchtete ein klarer Himmel, und ein unaufhörliches Brausen tönte in der Luft.

»Wind, Wind!«, sagte Ismaele, der sich wieder bei der Gesellschaft eingefunden hatte.

»Ich gehe zu Fuß! Ich gehe zu Fuß!«, jammerte darauf die Cia, die große Furcht vor dem See hatte.

Indessen drängten und schoben die aus der Kirche Kommenden die Gruppe auseinander und die Stufen hinunter. Erst auf dem Markt von San Mamette fanden sich die sechs Reisenden und der Barkenführer wieder zusammen, und hier erklärte Donna Ester, dass sie sich nicht ganz wohl fühle, dass sie auf den Punsch verzichte und mit Cia zu Fuß nach Hause gehen wolle.

Der Professor stand abseits und schwieg. Franco und Luisa fühlten, dass es unnütz sein würde, in sie dringen zu wollen, und so schlugen die beiden Frauen den Weg nach Oria ein, eskortiert von Ismaele, der zurückkommen sollte, um die Maironis und das Boot abzuholen.

*

Eine Moderateurlampe war in Gilardonis Salon angezündet, im Kamin prasselte ein schönes Feuer, Pinella hatte alles für den Punsch vorbereitet, und Luisa braute ihn, da der Professor den Kopf völlig verloren zu haben schien und sich abwechselnd einen Dummkopf und einen Esel schalt.

Zunächst war nichts aus ihm herauszukriegen; aber allmählich kam die Geschichte mit dem Paradies unterm Regenschirm heraus und gewisse diabolische Konsequenzen, die dieses Paradies gezeitigt hatte. Als sie die Kirchtreppe hinuntergegangen waren, hatte zwischen ihm und Ester folgendes Zwiegespräch stattgefunden:

»Wissen Sie, Donna Ester, ich fürchtete beinahe, Sie beleidigt zu haben.«

»Wieso?«

»Mit der Regenschirmsache.«

»Was für ein Regenschirm?«

Hier hatte der Professor nicht gewagt, sein Kompliment zu wiederholen.

»Wissen Sie, ich hatte Ihnen doch etwas gesagt…«

»Was denn?«

»Es wurde vom Paradies gesprochen…«

Ester schwieg.

»… Und ich, wenn ich mit einer Person zusammen bin, die ich schätze, die ich von ganzem Herzen schätze, dann sage ich leicht Dummheiten. Beinahe hätte ich jetzt wieder eine gesagt, Donna Ester.«

»Wissen Sie, Dummheiten nie!«, hatte Ester geantwortet und sich von ihm getrennt, um mit der Cia nach Oria zu gehen.

In Wahrheit lautete der Bericht dieser Unterhaltung anders. Gilardoni erzählte, dass er seine große Leidenschaft habe durchblicken lassen, und dass Donna Ester darüber erzürnt sei.

Franco hatte große Lust zu lachen; Luisa sagte scherzend: »Lassen Sie mich nur machen, lassen Sie mich nur machen, ich mache den Punsch und mache den Frieden und mache alles; und ein anderes Mal seien Sie nicht ein so schrecklicher Verführer!«

Es fehlte nicht viel und der arme Professor wäre niedergekniet, um ihren kleinen Schuh zu küssen; mit frischem Mute kam er jetzt seinen Pflichten als Wirt nach und servierte seinen Freunden den Punsch.

»Seht nur Maria an«, sagte Franco leise.

Die Kleine war auf dem Armstuhl des Professors neben dem Fenster eingeschlafen.

Franco nahm die Lampe und leuchtete, um sie besser zu sehen. Sie schien ein kleines Geschöpf des Himmels, das von dort schlummernd mit dem Licht der Sterne herniedergefallen war, auf ihrem Gesicht lag eine überirdische Süße, etwas geheimnisvoll Feierliches.

»Du Geliebtes!«, sagte er. Mit dem einen Arm zog er seine Gattin an sich, ohne das Auge von Maria abzuwenden.

Gilardoni stand dicht hinter ihnen, er murmelte: »Welcher Liebreiz!«, und kehrte seufzend zum Kamin zurück: »Ihr Glücklichen!«

Das rührte Franco, und er flüsterte seiner Frau ins Ohr: »Wollen wir's ihm sagen?«

Sie verstand ihn nicht und blickte ihm in die Augen.

»Dass ich fortgehe«, sagte er, immer noch flüsternd.

Luisa zitterte. »Ja, ja«, antwortete sie ganz bewegt.

Sie hatte das nicht erwartet, denn in der Kirche hatte sie ihn für unschlüssig gehalten. Ihr Erstaunen entging Franco nicht. Es verwirrte ihn, er fühlte seinen Entschluss wanken, und als sie es gewahrte, wiederholte sie energisch: »Ja, ja!«, und drängte ihn zu Gilardoni.

»Lieber Freund«, sagte er, »ich muss Ihnen etwas mitteilen.«

Der Professor, in den Anblick des Feuers versunken, gab keine Antwort. Franco legte ihm eine Hand auf die Schulter.

»Ah!«, fuhr er zusammen. »Verzeihen Sie. Was ist es?«

»Ich will jemand Ihrer Fürsorge empfehlen.«

»Mir? Wen?«

»Einen alten Mann, eine Frau und ein Kind.«

Die beiden Männer sahen sich stumm an, der eine bewegt, der andere höchlichst verwundert.

»Verstehen Sie nicht?«, flüsterte Luisa.

Nein, er verstand nicht, er antwortete nicht.

»Ich lege Ihnen«, erklärte Franco, »meine Frau, meine Tochter und unsern alten Onkel ans Herz.«

»O!«, rief der Professor, abwechselnd bald Luisa, bald Franco ansehend.

»Ich gehe fort«, sagte dieser mit einem Lächeln, das Gilardoni ins Herz schnitt. »Dem Onkel haben wir es noch nicht gesagt, aber es ist notwendig. In unserer Lage kann ich nicht hierbleiben und müßiggehen. Ich werde sagen, dass ich nach Mailand gehe, mag's glauben, wer Lust hat. Stattdessen werde ich in Piemont sein.«

Gilardoni schlug, ohne zu sprechen, die Hände zusammen, er war fassungslos. Luisa umarmte Franco und küsste ihn, sie lehnte mit geschlossenen Augen ihren Kopf an seine Brust. Der Professor glaubte, dass sie schweren Herzens sich dem Willen ihres Gatten beugte. »Hören Sie«, sagte er zu Franco, »wenn Krieg wäre, würde ich es verstehen, aber so, aus ökonomischen Gründen Ihrer Frau einen solchen Schmerz antun, finde ich unrecht.«

Luisa, immer noch einen Arm um den Hals des Gatten geschlungen, winkte mit der anderen Hand Gilardoni, damit er schwiege.

»Nein, nein, nein«, flüsterte sie, beide Arme wieder um Francos Hals legend, »du tust recht, du tust recht«, und da Gilardoni bei seiner Meinung beharrte, löste sie sich von ihrem Gatten und sagte, ihm mit den Händen drohend: »Aber, Professor, wenn ich ihm sage, dass er recht tut fortzugehen, wenn ich es ihm sage, die sein Weib ist! Aber, teurer Professor!«

»Schließlich, Frau Luisa?«, brach Gilardoni los. »Man muss doch erst wissen...«

Franco streckte ungestüm die Arme gegen ihn aus und schrie: »Professor!«

»Sie tun unrecht!«, entgegnete dieser. »Sie tun unrecht! Sie tun unrecht!«

»Was gibt's, Franco?«, fragte Luisa erstaunt. »Handelt es sich um etwas, das ich nicht weiß?«

»Es handelt sich darum, dass ich fortgehen muss, dass ich fortgehen muss, und um weiter nichts!«

Maria war bei dem Ruf ihres Vaters aus dem Schlafe aufgefahren. Als sie die Mutter so erregt sah, wurde ihr weinerlich zumute. Schließlich brach sie in bitterliches Weinen aus: »Nein, Papa, nicht fort, Papa, nicht fort!«

Franco nahm sie in die Arme, küsste und liebkoste sie. Zwischen dem Schluchzen wiederholte sie immer wieder »mein Papa, mein Papa« mit einer so herzzerreißenden und traurigen Stimme, dass es einem in die Seele schnitt. Ihr Vater schmolz in Rührung, er versprach, immer bei ihr zu bleiben und weinte vor Kummer darüber, dass er sie täuschte, vor Ergriffenheit bei dieser neuen Zärtlichkeit, die sich ihm gerade jetzt offenbaren musste.

Luisa musste an den Schrei ihres Mannes denken. Gilardoni merkte, dass sie einem Geheimnis auf der

Spur zu sein wähnte, und fragte sie, um ihre Gedanken abzulenken, ob Franco beabsichtige, bald abzureisen. Er selbst antwortete ihm. Es hing von einem Brief aus Turin ab. In einer Woche vielleicht; spätestens in vierzehn Tagen. Luisa schwieg, und die Unterhaltung stockte. Franco sprach darauf von Politik, von der Wahrscheinlichkeit, dass der Krieg im Frühjahr ausbräche. Auch diese Unterhaltung erstarb bald wieder. Es schien, als ob Gilardoni und Luisa an anderes dächten, als horchten sie auf das Anschlagen der Wellen gegen die Gartenmauern. Endlich kam Ismaele zurück, bekam seinen Punsch, versicherte, dass der See nicht allzu stürmisch sei, und dass man die Heimfahrt antreten könne.

Kaum waren die Maironis im Boot, kaum war Maria wieder eingeschlummert, so fragte Luisa ihren Gatten, ob es etwas gebe, das sie nicht wissen und wovon Gilardoni nicht sprechen solle.

Franco schwieg.

»Gut«, sagte sie. Da schlang ihr Gatte einen Arm um ihren Hals, presste sie an sich, gegen Worte protestierend, die sie nicht gesprochen hatte: »O Luisa, Luisa!«

Luisa ließ sich umarmen, erwiderte aber den Druck nicht, worauf ihr trostloser Gatte ihr sofort versprach, ihr alles zu sagen, alles. »Hältst du mich für neugierig?«, flüsterte sie in seinen Armen. Nein, nein, er wollte ihr alles erzählen, gleich, sofort, ihr sagen, warum er nicht früher gesprochen habe. Sie widersetzte sich; er sollte später sprechen, aus eigenem Antrieb.

Der Wind war ihnen günstig, und das Licht, das aus einem Fenster der Loggia leuchtete, tat Ismaele gute Dienste als Zielpunkt. Franco hielt die ganze Zeit seine Gattin im Arm und blickte schweigend zu dem leuchtenden Punkt. Weder er noch sie dachten an die gütige und vorbedachte Hand, die es angezündet hatte. Ismaele dachte daran, er behauptete, dass weder Veronika noch Cia eines so genialen Einfalls fähig seien und segnete das Antlitz des Herrn Ingenieurs.

Beim Aussteigen aus dem Boot erwachte Maria, und es schien, als ob die Ehegatten nur noch Gedanken für sie hätten. Als sie im Bett waren, löschte Franco das Licht.

»Es handelt sich um die Großmutter«, sagte er. Seine Stimme klang bewegt, gebrochen.

Luisa flüsterte: »Liebster«, und nahm seine Hand.

»Ich habe nie davon gesprochen«, fuhr Franco fort, »um die Großmutter nicht anzuklagen, und dann auch ...« Hier folgte eine Pause; jetzt war er es, der seine Worte mit zärtlichsten Liebkosungen begleitete, während seine Frau nicht mehr darauf reagierte. »Ich fürchtete den Eindruck«, sagte er, »den es auf dich machen könnte, ich fürchtete deine Gefühle, die Gedanken, die dir kommen könnten ...« Je unsicherer seine Worte wurden, um so zärtlicher klang seine Stimme.

Luisa fühlte nicht einen Streit, aber einen schweren Konflikt nahen; sie hätte jetzt gewünscht, ihr Mann spräche nicht, und er, als er sie so kühl werden sah, sprach nicht weiter. Da legte sie ihre Stirn gegen seine

Schulter und sagte leise, im Widerspruch mit sich selbst: »Erzähle.«

Und nun wiederholte Franco, in ihre Haare hineinsprechend, die Geschichte, die Gilardoni ihm in seiner Hochzeitsnacht erzählt hatte. Als er den Brief und das Testament des Großvaters aus dem Gedächtnis wiedergab, milderte er um einiges die seinen Vater und die Großmutter beschimpfenden Sätze. Mitten in der Erzählung hob Luisa, die auf eine derartige Enthüllung nicht gefasst war, den Kopf von ihres Mannes Schulter. Dieser unterbrach sich.

»Weiter«, sagte sie.

Als er zu Ende war, fragte sie ihn, ob es bewiesen sei, dass man das Testament des Großvaters unterschlagen habe. Franco verneinte sofort die Frage. »Aber«, sagte sie, »warum sprachst du dann von Gedanken, die mir kommen könnten?« Ihre Gedanken hatten sich gleich dem wahrscheinlich von der Großmutter begangenen Verbrechen, der Möglichkeit einer Anklage zugewendet.

Aber wenn die Anklage ausgeschlossen war?

Franco antwortete nicht. Nachdem sie ein Weilchen nachgedacht hatte, rief sie: »Ach, die Abschrift des Testaments! Kann man Gebrauch davon machen? Ist das ein Testament, das Gültigkeit haben würde?«

»Ja.«

»Und du hast dein Recht nicht geltend machen wollen?«

»Nein.«

»Warum, Franco?«

»Siehst du!«, rief Franco, heftig werdend. »Siehst du? Ich wusste es. Nein, ich werde keinen Gebrauch davon machen, nein, nein, nein, auf keinen Fall!«

»Aber die Gründe?«

»Mein Himmel, die Gründe! Die Gründe fühlt man, du musst sie fühlen, ohne dass ich sie dir sage!«

»Ich fühle sie nicht. Glaube nicht, dass ich an das Geld denke. Wir wollen das Geld nicht haben, gib es, wem du magst. Ich fühle nur Gerechtigkeit. Man hat den Willen deines Großvaters zu achten, es ist ein Verbrechen, das deine Großmutter begangen hat. Du bist fromm, du musst zugeben, dass es die göttliche Gerechtigkeit war, die dieses Papier ans Tageslicht gebracht hat. Willst du dich zwischen die göttliche Gerechtigkeit und diese Frau stellen?«

»Lass die göttliche Gerechtigkeit aus dem Spiel!«, entgegnete Franco heftig. »Was wissen wir von den Wegen der göttlichen Gerechtigkeit? Es gibt auch ein göttliches Erbarmen! Es handelt sich um die Mutter meines Vaters, vergiss das nicht! Und habe ich dieses verfluchte Geld nicht immer verachtet? Was habe ich getan, als die Großmutter mir drohte, mich zu enterben, wenn ich dich heiratete?«

Liebe und Zorn erstickten ihm die Stimme. Er konnte nicht weitersprechen und nahm Luisas Kopf und drückte ihn an seine Brust.

»Ich habe das Geld verachtet, um dich zu erringen«, fuhr er mit erstickter Stimme fort. »Wie kannst du verlangen, dass ich es jetzt durch Prozesse wieder an mich zu bringen versuche?«

»Aber nein!«, unterbrach Luisa ihn, den Kopf aufrichtend. »Das Geld sollst du geben, wem du Lust hast! Ich spreche nur von der Gerechtigkeit! Hast du denn gar kein Gerechtigkeitsgefühl?«

»Mein Gott!«, sagte er mit einem tiefen Seufzer. »Es wäre besser gewesen, ich hätte auch heute Abend geschwiegen!«

»Vielleicht, ja. Wenn du in keinem Fall auf deinen Vorsatz verzichten wolltest, wäre es vielleicht besser gewesen.« Luisas Stimme drückte bei diesen Worten Traurigkeit aus, nicht Zorn.

»Übrigens«, fügte Franco hinzu, »existiert dieses Schriftstück nicht mehr.«

Luisa erbebte.

»Es existiert nicht mehr?«, sagte sie leise, angsterfüllt.

»Nein. Der Professor hat es auf meinen Wunsch vernichtet.«

Es folgte eine lange Pause. Ganz leise zog Luisa ihren Kopf zurück, bettete ihn auf das eigene Kissen.

Franco sprach laut vor sich hin: »Einen Prozess! Mit diesen Dokumenten! Mit diesen Beschimpfungen! Der Mutter meines Vaters! Um des Geldes willen!«

»Aber wiederhole doch nicht immer dieselbe Sache!«, rief seine Frau entrüstet. »Warum wiederholst du es immer wieder? Du weißt ja, dass es nicht wahr ist?«

Sie sprachen beide in gereiztem Ton miteinander; es

war klar, dass während des Schweigens jeder über diesen Punkt seinen eigenen Gedanken weiter gefolgt war.

Der Vorwurf reizte ihn, und er antwortete ohne Überlegung:

»Nichts weiß ich.«

»O Franco!«, sagte Luisa schmerzerfüllt.

Er hatte seine verletzende Bemerkung schon bereut und bat sie um Verzeihung, er klagte sein Temperament an, das ihn zu unbesonnenen Worten hinriss, und flehte um ein freundliches Wort.

Luisa antwortete ihm seufzend: »Ja, ja«, aber er war nicht zufrieden, er wollte, dass sie sagen solle: »Ich verzeihe dir«, und ihn umarme. Die Berührung des geliebten Mundes erquickte ihn nicht wie sonst.

Es vergingen einige Minuten, und er lauschte, um zu hören, ob seine Gattin eingeschlafen wäre. Er hörte den Wind, Marias leisen Atem, das Rauschen der Wellen, das Klirren der Fensterscheiben, weiter nichts.

Er flüsterte: »Hast du mir wirklich verziehen?« Und er hörte die liebliche Stimme antworten: »Ja, Lieber!«

Nach wieder einem Weilchen war sie es, die lauschte. Und durch den Wind und die Wellen, bei dem Klirren der Fensterscheiben, hörte sie den ruhigen, regelmäßigen Atem der Kleinen, den ruhigen, regelmäßigen Atem des Gatten. Und wieder stieß sie einen tiefen Seufzer aus, einen Seufzer der Verzweiflung. Gott im Himmel, wie war es möglich, dass Franco sich so benahm? Was sie im Innern ihres Herzens am meisten verletzte, war, dass er die der armen Mama und dem Onkel zugefügten Kränkungen kaum zu empfinden schien. Aber bei diesem Gedanken wollte sie sich nicht aufhalten, wenigstens erst, nachdem sie sein Unrecht von einem anderen Gesichtspunkt aus, vom Standpunkt der Gerechtigkeit betrachtet hatte; und hier empfand sie mit einem Gefühl der Bitterkeit, das nicht ganz einer gewissen Selbstgefälligkeit entbehrte, ihre Überlegenheit.

Er wurde von Empfindungen, die der Fantasie entsprangen, beherrscht, während ihr eigenes Empfinden die Vernunft regierte. So viel vom Kinde hatte Franco. Er konnte jetzt schlafen, und sie war sicher, kein Auge vor dem Morgen schließen zu können. Ihr schien, als besäße sie keine Einbildungskraft, weil sie sich selten regte, nicht leicht aufflammte. Wer ihr gesagt hätte, dass in ihr die Fantasie mächtiger arbeitete als in ihrem Gatten, den hätte sie ausgelacht. Und doch war es so. Um es zu beweisen, hätte man nur diese beiden Seelen umwenden müssen.

Francos Fantasie war immer sichtbar an der Oberfläche seiner Seele, und seine ganze Vernunft ruhte auf dem Grunde, während Luisas Fantasie in der Tiefe schaffte und ihre Vernunft immer sichtbar an der Oberfläche ihrer Seele haftete. Sie schlief in der Tat nicht, und die ganze Nacht grübelte sie mit der auf dem Grunde ihrer Seele arbeitenden Fantasie darüber nach, wie die Religion die schwachen Gefühlsduseleien begünstige, wie sie, die den Durst nach Gerechtigkeit predige, nicht imstande war, in den ihr ergebenen Intellekten den wahren Begriff der Gerechtigkeit zu entwickeln.

Auch der Professor, der an serösen Ergüssen der Fantasie sowohl in den Denkzellen des Gehirns als in den Empfindungszellen des Herzens litt, verbrachte, nachdem er die Lampe gelöscht hatte, einen großen Teil der Nacht vor dem Kamin, mit der Feuerzange und der Fantasie arbeitend, glühende Kohlen und Pläne aufnehmend, betrachtend, fallen lassend, bis ihm zuletzt nur ein glimmendes Stück Kohle und ein letzter Gedanke übrig blieb. Er nahm ein Streichholz und, es in die Glut haltend, zündete er die Lampe wieder an, nahm seinen gleichfalls leuchtenden und aufregenden Einfall und ging mit ihm zu Bett.

Der Gedanke war der: Er wollte, ohne dass jemand davon wüsste, nach Brescia fahren, mit den schrecklichen Dokumenten vor die Marchesa treten und eine Kapitulation erlangen.

Siebentes Kapitel.
Es wird ausgespielt

Drei Tage später schritt um fünf Uhr morgens, bis über die Nase eingepackt in Mantel und Kragen, Professor Gilardoni aus dem Gasthof ›Zu den Engeln‹ in Mailand, ging beim Dom vorbei, bog in die düstere Gasse dei Rastrelli ein und trat hinter einer ganzen Reihe von Pferden, die von Postillionen an der Hand geführt wurden, in das

Büro der staatlichen Stellwagen. Der kleine Hof, wo sich heute die Post befindet, war schon voll von Leuten, von Tieren, von Laternen. Stimmen von Postillionen und Kondukteuren, Getrampel von Pferden, Schellengeläute: dem Einsiedler von Valsolda schien es Weltuntergang.

Zwei Stellwagen wurden bespannt, jeder mit vier Pferden. Der Professor wollte nach Lodi, denn er hatte erfahren, dass die Marchesa bei einer Freundin in Lodi zu Besuch weilte. Der Wagen nach Lodi ging um halb sechs ab.

Es war durchdringend kalt, und der arme Professor bewegte sich unruhig um die ungeheure Kutsche herum, mit den Füßen stampfend, um sich zu erwärmen, bis ein anderer Reisender verständnisvoll zu ihm sagte: »Etwas frisch, nicht wahr? Ein frisches Lüftchen, ein frisches Lüftchen!«

Als es Gott gefiel, wurde man endlich mit dem Einspannen fertig, ein Angestellter rief die Reisenden beim Namen auf, und der brave Beniamino verschwand im Bauche der Kutsche, zusammen mit zwei Priestern, einer alten Dienstmagd, einem alten Herrn mit einer ungeheuren Balggeschwulst im Gesicht und einem jungen Elegant. Der Wagenschlag wurde geschlossen, ein Befehl ertönte, die Schellen bewegten sich, die Kutsche schwankte, die Priester, die Alte und der Herr mit der Geschwulst schlugen das Zeichen des Kreuzes, die sechzehn Hufe der Pferde donnerten unter dem Torweg, die schweren Räder verstärkten das Getöse, dann wurde der ganze Lärm schwächer, und der Postwagen wendete sich nach rechts, nach der Porta Romana.

Jetzt liefen die Räder beinahe geräuschlos, und die Reisenden hörten nichts mehr als das regellose Klappern der sechzehn Hufe auf den Steinen. Der Professor sah die dunkeln Häuser vorübergleiten, den Schimmer der spärlichen Straßenlaternen, ab und zu ein beleuchtetes kleines Kaffeehaus, ab und zu das Schilderhaus einer Wache. Ihm schien es, als hätte das Schweigen der großen Stadt etwas Drohendes und Schreckliches für diese Soldaten, als wären die Mauern der Häuser selbst vom Hasse geschwärzt.

Als der Postwagen in den Corso di Porta Romana bog, der vom Nebel so eingehüllt war, dass man von den Fenstern aus fast nichts mehr unterschied, schloss er die Augen und überließ sich dem Vergnügen, sich die Personen und die Dinge, die er im Herzen trug, vorzustellen und sich mit ihnen zu unterhalten.

Es war nicht mehr der Reisende mit der Geschwulst, der ihm gegenübersaß, es war Donna Ester, ganz eingehüllt in einen weiten schwarzen Mantel, mit der Kapuze über dem Kopf. Sie sah ihn fest an; und ihre schönen Augen sprachen zu ihm: »Bravo, Sie begehen eine schöne Handlung, Sie zeigen viel Herz, ich hätte es Ihnen nicht zugetraut, ich bewundere Sie, Sie sind für mich nicht mehr alt und nicht mehr hässlich. Mut!«

Bei dieser Ermahnung, mutig zu sein, fühlte er eine ängstliche Beklemmung, und das Bild der Marchesa erstand vor seinem Geist; das dumpfe Geräusch der Räder verwandelte sich in die näselnde Stimme der alten Dame, die zu ihm sagte: »Nehmen Sie Platz. Was wünschen Sie?«

In diesem Augenblick hielt der Postwagen an, und der Professor öffnete die Augen. Porta Romana. Jemand öffnete den Schlag und verlangte die Passkarten; nachdem er sie abgenommen, entfernte er sich, erschien nach fünf Minuten wieder und erstattete sie allen außer dem eleganten Jüngling zurück.

»Sie steigen aus«, befahl er ihm. Dieser erbleichte, stieg aus und kam nicht zurück.

Nach einer weiteren Minute wurde der Schlag wieder geschlossen, und eine raue Stimme rief: »Vorwärts!«

Der Herr mit der Balggeschwulst legte seine Reisetasche auf den leer gewordenen Platz; keiner von den anderen Reisenden ließ sich's anmerken, dass er von dem Vorgefallenen etwas wahrgenommen habe. Nur als die vier Pferde sich wieder in Trab gesetzt hatten, fragte Gilardoni den ihm zunächst sitzenden Priester, ob er den Namen des jungen Mannes kenne; dieser erwiderte: »Bewahre!«, und warf einen entsetzten und argwöhnischen Blick auf den Professor. Der Professor blickte auf den anderen Priester, der sofort einen Rosenkranz aus der Tasche zog und, nachdem er das Zeichen des Kreuzes geschlagen, zu beten anfing. Der Professor schloss wieder die Augen, und das Bild des jungen Unbekannten verlor sich für immer im Nebel, in dem sich auch die seltsamen gespenstischen Erscheinungen der Bäume, der Pappeln und Weiden, die links und rechts vom Weg vorüberglitten, zu verlieren schienen.

›Wie soll ich anfangen?‹ dachte Gilardoni. Seit der Weihnachtsnacht hatte er nichts getan, als darüber nachgedacht und mit sich selbst die Art und Weise zurechtgelegt, wie er vor die Marchesa treten, wie er die Sache anpacken, wie er sie wenden, wie er seinen Vorschlag anbringen sollte. Einzig diesen letzteren hatte er klar vor Augen: Sofern die Marchesa ihrem Enkel ein behagliches Einkommen aussetzen würde, wollte er die Papiere zerstören. Diese Papiere selbst führte er nicht bei sich; er hatte eine Abschrift davon mitgenommen. Sie mussten eine niederschmetternde Wirkung haben; aber wie beginnen? Keiner der vielen Eingänge, die er sich ausgedacht hatte, befriedigte ihn. Auch jetzt, während er mit geschlossenen Augen Fantasierte, stellte er sich vor dies Problem, von dem einzigen gegebenen Punkte: ›Nehmen Sie Platz, was wünschen Sie?‹ ausgehend, und er malte sich eine Antwort aus, die ihm dann entweder zu unterwürfig vorkam oder zu gewagt, oder zu weit entfernt von der Angelegenheit, oder allzu dringlich nahe, und er begann den ganzen Weg wieder von neuem mit dem gewohnten: ›Was wünschen Sie?‹

Ein blasser Schimmer des Morgenrots, voll Unlust, Traurigkeit und Verdrossenheit kroch in den Postwagen. Jetzt, da die Stunde der Unterredung näherkam, warfen tausend Zweifel, tausend neue Bedenken alle Pläne des

Professors wieder über den Haufen. Das Fundament selbst seiner Berechnungen brach plötzlich zusammen. Wie, wenn die Marchesa weder: »Nehmen Sie Platz«, noch: »Was wünschen Sie?«, zu ihm sagte? Wenn sie ihn in Gott weiß welcher einschüchternden Weise empfing? Oder wenn sie ihn gar nicht empfangen wollte? Heiliger Himmel, wenn sie ihn gar nicht empfangen wollte?

Das plötzliche Klappern der sechzehn Hufe über ein Steinpflaster machte sein Herz erbeben. Aber es war noch nicht das Steinpflaster von Lodi; es war das Pflaster von Melegnano.

In Lodi kam er gegen neun Uhr an. Er stieg im Gasthaus zur ›Sonne‹ ab und bekam ein Zimmer ohne Sonne und ohne Feuer. Da er sich weder dem Nebel auf den Straßen noch den Dünsten in der Küche auszusetzen wagte, legte er sich lieber ins Bett setzte seine Nachtmütze auf, die Mitwisserin aller seiner Nöte, und erwartete, mit einer Kampferzigarette im Mund, irgendeinen guten Gedanken und die Mittagsstunde.

*

Um zwölf Uhr stieg er die Treppe des Palastes X. mit dem weisen Entschluss hinauf, alle eingelernten Phrasen zu vergessen und sich der Eingebung des Augenblicks zu überlassen. Ein Diener in weißer Krawatte führte ihn in ein dunkles Zimmer mit steinernem Fußboden und Stuckdecke, dessen Wände mit gelber Seide bedeckt waren, machte eine Verbeugung und entfernte sich. Einige alte, weiß und vergoldete, mit rotem Stoff überzogene Armsessel standen im Halbkreis vor dem Kamin, auf dem drei oder vier riesige Holzklötze hinter einem Messinggitter langsam verkohlten. Die Luft roch nach einem Gemisch von altem Schimmel, altem Kuchen, alten Bratäpfeln, alten Stoffen, alten Fellen, verrotteten Gedanken: ein leiser Duft von Greisenhaftigkeit, in dem die Seele zusammenschrumpfte.

Der Diener kam zurück, um zu Gilardonis größter Aufregung den baldigen Eintritt der Frau Marchesa zu melden. Er lauscht und lauscht; eine große Tür mit vergoldeten Leisten öffnet sich jetzt, jetzt ein näherkommendes Glöckchen, jetzt Friend, der hereintrottet, rechts und links das Pflaster beschnüffelnd, jetzt eine große Glocke aus schwarzer Seide unter einer kleinen Kuppel aus weißen Spitzen, jetzt zwischen zwei himmelblauen Bändern die schwarze Perücke, die marmorne Stirn, die toten Augen der Marchesa.

»Welches Wunder, Professor, Sie in Lodi?«, sagte die schläfrige Stimme, während das Hündchen die Stiefel des Professors beschnüffelte. Dieser machte eine tiefe Verbeugung, und die Dame, die geradezu wie der auf eine Flasche gezogene Extrakt der Greisenhaftigkeit erschien, setzte sich auf einen der Sessel am Feuer und machte es ihrem Tier auf einem anderen bequem, worauf sie Gilardoni ein Zeichen gab, ebenfalls Platz zu nehmen.

»Ich nehme an«, sagte sie, »dass Sie irgendeine Verwandte bei den englischen Damen haben.«

»Nein«, erwiderte der Professor, »wirklich nicht.«

Die Marchesa war auf ihre Weise zuweilen spaßhaft. »Dann«, sagte sie, »sind Sie wahrscheinlich gekommen, um einen größeren Vorrat von Ziegenkäsen einzukaufen.«

»Auch das nicht, Frau Marchesa. Ich bin in Geschäften hier.«

»Bravo! Sie haben mit dem Wetter Unglück. Mir scheint, jetzt regnet es gar.«

Bei dieser unerwarteten Ablenkung fürchtete der Professor, gänzlich die Fassung zu verlieren. »Ja«, sagte er ganz dumm und blöde wie ein Schuljunge, der merkt, dass das Examen sich zum Übeln wendet, »es nieselt.«

Seine Stimme, der Ausdruck seines Gesichtes musste seine innere Befangenheit verraten und es der Marchesa offenbaren, dass er gekommen sei, um ihr etwas Besonderes mitzuteilen. Aber sie hütete sich wohl, ihm eine Brücke zu bauen, und fuhr fort, vom Wetter zu sprechen, von der Kälte, von der Feuchtigkeit und von Friends Erkältung, der in der Tat die Reden seiner Herrin mit fortwährendem Niesen begleitete. Die schläfrige Stimme hatte einen friedlichen, beinahe lachenden Ton, ein sanftes Wohlwollen; und dem Professor brach der kalte Schweiß aus bei dem Gedanken, diese honigsüß dahinfließende Ader zu verstopfen und zum Austausch die bittere Pille anzubieten, die er in der Tasche trug.

Er hätte von einer Pause profitieren können, um seine Einleitung loszulassen, aber er vermochte es nicht; und es war im Gegenteil die Marchesa, die Gebrauch davon machte, um ihren Schluss anzubringen.

»Ich danke Ihnen herzlich für Ihren Besuch«, sagte sie, »und jetzt verabschiede ich mich, denn Sie haben Ihre Geschäfte, und ich habe, um die Wahrheit zu sagen, eine Abhaltung.«

Jetzt musste er den Sprung wagen.

»Eigentlich«, antwortete ganz aufgeregt der Professor, »bin ich nach Lodi gekommen, um mit Ihnen zu sprechen, Frau Marchesa!«

»Das«, erwiderte eiskalt die Dame, »hätte ich mir allerdings nicht vorstellen können.«

Da er einmal im Sprunge war, sprang der Professor weiter.

»Es handelt sich um äußerst dringliche Dinge«, sagte er, »und ich muss bitten ...«

Die Marchesa unterbrach ihn.

»Wenn es sich um Geschäfte handelt, müssen Sie sich an meinen Verwalter in Brescia wenden.«

»Entschuldigen Sie, Frau Marchesa; es handelt sich um ein Geschäft von ganz besonderer Art. Niemand weiß und niemand darf erfahren, dass ich zu Ihnen gegangen bin. Ich sage Ihnen lieber gleich, dass es sich um Ihren Enkel handelt.«

Die Marchesa erhob sich, und das Hündchen, das auf dem Sessel hingekauert gelegen hatte, sprang ebenfalls auf und bellte Gilardoni an.

»Sprechen Sie mir nicht«, sagte feierlich die alte Dame, »von dieser Persönlichkeit, die für mich nicht mehr existiert. Komm, Friend!«

»Nein, Frau Marchesa!«, begann wieder der Professor. »Sie können sich absolut nicht vorstellen, was ich Ihnen zu sagen habe!«

»Es geht mich auch gar nichts an, ich will nichts wissen, leben Sie wohl!« Und die unbeugsame Frau wandte sich bei diesen Worten dem Ausgang zu.

»Marchesa!«, rief dicht auf ihren Fersen Professor Beniamino, während Friend, der von seinem Sessel gesprungen war, ihn wütend anbellte. »Es handelt sich um das Testament Ihres Gatten!«

Diesmal konnte die Marchesa nicht umhin, stehen zu bleiben. Aber sie drehte sich auch jetzt noch nicht um.

»Dieses Testament muss Ihnen missfallen«, fügte Gilardoni rasch hinzu, »aber ich habe auch nicht die Absicht, es zu veröffentlichen. Ich flehe Sie an, Frau Marchesa, hören Sie mich an!«

Sie drehte sich um. Das undurchdringliche Gesicht verriet nur in den Nasenflügeln eine gewisse Erregung. Auch ihre Gestalt blieb ruhig.

»Was für Märchen erzählen Sie mir da?«, erwiderte sie. »Scheint es Ihnen schicklich und würdig, hierher zu kommen und so, ohne jede Rücksicht den Namen des armen Franco vor mir auszusprechen? Was gehen Sie die Geschäfte meiner Familie an?«

»Verzeihen Sie«, antwortete der Professor, seine Tasche durchsuchend. »Wenn ich mich nicht hineinmische, so könnten es andere mit noch weniger Rücksicht tun. Haben Sie die Güte, diese Dokumente anzusehen. Diese ...«

»Behalten Sie Ihre Schreibereien!«, unterbrach ihn die Marchesa, als sie sah, dass er verschiedene Papiere aus der Tasche zog.

»Dieses sind die von mir angefertigten Abschriften ...«

»Ich sage Ihnen, dass Sie sie für sich behalten, dass Sie sie wieder einstecken sollen!«

Die Marchesa läutete und schickte sich von neuem an, das Zimmer zu verlassen.

Der Professor, über und über bebend, warf, als er den Diener kommen hörte und sie die Tür öffnen sah, seine Papiere auf einen Sessel und sagte wütend und eilig mit unterdrückter Stimme: »Ich lasse sie hier; dass niemand sie zu Gesicht bekommt; ich bin in der ›Sonne‹ und werde morgen wiederkommen; sehen Sie sie an und bedenken Sie sich wohl!« Und ehe noch der Diener eingetreten war, entschlüpfte er nach der Seite, von der er gekommen war, griff nach seinem Mantel und stürzte die Treppe hinunter.

Die Marchesa schickte den Diener wieder fort, lauschte einen Augenblick, kehrte dann wieder um, nahm die Papiere, schloss sich in ihrem Zimmer ein und begann, nachdem sie die Brille aufgesetzt hatte, beim Fenster zu lesen. Ihr Gesicht war finster und ihre Hände bebten.

*

Der Professor war eben im Begriff, sich in seinem eiskalten Zimmer in der ›Sonne‹ zu Bett zu legen, als zwei
Polizisten eintraten und ihm den Befehl überbrachten,
sich umgehend auf das Polizeiamt zu verfügen.

Er empfand wohl einen gewissen inneren Schauder,
aber er beherrschte sich und ging mit ihnen. Auf der
Polizei befragte ihn ein unverschämter kleiner Kommissar, wozu er nach Lodi gekommen wäre, und als jener
erwiderte, er sei in Privatgeschäften in Lodi, machte er
ein Zeichen verächtlicher Ungläubigkeit. Was für Privat-
geschäfte gab Herr Gilardoni vor, in Lodi zu haben? Mit
wem? Der Professor nannte die Marchesa. »Aber wenn
es doch keine Maironi in Lodi gibt!«, rief der Kommissar,
und als der andere widersprach, unterbrach er ihn barsch:
»Genug! genug! genug!« Die Polizei wusste ganz genau,
dass Herr Gilardoni, obgleich er K.K. Pensionär, kein
loyaler Österreicher wäre, dass er Freunde in Lugano
hätte, und dass er zu einem politischen Zweck nach
Lodi gekommen wäre.

»Da wissen Sie mehr als ich!«, rief Gilardoni, der nur
mit Mühe seinen Zorn unterdrückte.

»Schweigen Sie!«, fuhr ihn der Kommissar an. »Übrigens brauchen Sie nicht zu glauben, dass die K.K.
Regierung Angst vor Ihnen hat. Sie sind frei, zu gehen,
wohin es Ihnen Passt. Nur Lodi haben Sie innerhalb
zwei Stunden zu verlassen!«

Hier würde Franco sofort verstanden haben, von wem der Streich ausging; der Philosoph verstand nichts.

»Ich bin«, sagte er, »in einem dringenden Geschäft, das ich noch nicht zu Ende geführt habe, in einem äußerst wichtigen Privatinteresse nach Lodi gekommen. Wie kann ich da innerhalb zwei Stunden abreisen?«

»Mit einem Wagen. Wenn Sie nach Ablauf von zwei Stunden noch in Lodi sind, lasse ich Sie verhaften.«

»Meine Gesundheit«, gab das Opfer zur Antwort, »erlaubt mir nicht, im Dezember in der Nacht zu reisen.«

»Sehr wohl, dann lasse ich Sie sofort verhaften.«

Der arme Philosoph nahm schweigend seinen Hut und ging.

Eine Stunde später reiste er nach Mailand ab, in einer geschlossenen Kutsche, die Füße in Stroh, eine Decke über den Beinen, ein dickes Tuch um den Hals, und während er alle Augenblicke Speichel schluckte, um zu fühlen, ob er auch kein Halsweh habe, dachte er, dass er trotz alledem eine ganz gelungene Expedition gemacht habe. Es war eine infame Nacht, die Wahrheit zu gestehen; aber auch die Frau Marchesa war diese Nacht nicht auf Rosen gebettet.

Achtes Kapitel.
Bittere Stunden

Am letzten Tag des Jahres, während Franco die bis ins Kleinste gehenden Anordnungen für die Besorgung des Ziergärtchens und des Gemüsegartens aufschrieb, die er seiner Frau zurückzulassen beabsichtigte, während der Onkel zum zehnten Male sein Lieblingsbuch, ›Die Geschichte der Diözese Como‹, las, ging Luisa mit Maria spazieren. Es leuchtete eine milde Sonne. Schnee lag nur auf dem Bisgnago und auf der Galbiga. Maria fand ein Veilchen neben dem Kirchhof und ein zweites hinter der Calcinera. Dort war es warm, ein leichter Lorbeerduft lag in der Luft. Luisa setzte sich mit dem Rücken gegen den Berg und erlaubte, dass Maria zu ihrem Vergnügen hinaufklettere und auf dem trockenen Gras hinter ihr wieder hinuntergleite. Sie dachte nach.

Sie hatte den Professor Gilardoni seit der Weihnachtsnacht nicht wieder gesehen, und sie hätte ihn gern gesprochen, nicht um die Geschichte von dem Testament Maironi noch einmal zu hören, sondern um sich seine Unterhaltung mit Franco erzählen zu lassen, nachdem er ihm das Testament gezeigt hatte, um Francos erste Eindrücke und die Meinung des Professors kennen zu lernen. Da das Testament vernichtet worden, war das nur von psychologischer Bedeutung.

Luisas Neugier war jedoch weit entfernt von der kalten Neugier einer Beobachtenden. Das Benehmen ihres Gatten hatte sie schwer gekränkt. Immer wieder und wieder darüber nachdenkend, wie sie es seit der Weihnachtsnacht getan hatte, war sie zu der Überzeugung gelangt, dass auch das ihr gegenüber gewahrte Schweigen eine schwere Versündigung gegen ihr gutes Recht und ihre Liebe gewesen sei. Es war bitter für sie, die Achtung vor ihrem Gatten sich verringern zu fühlen, umso bitterer, als es der Vorabend seiner Abreise war und in einem Augenblick, da er Lob verdiente. So hätte sie wenigstens gern gewusst, ob, als Gilardoni ihm diese Papiere gezeigt hatte, er einen innerlichen Kampf durchgekämpft, ob wenigstens für einen Augenblick in seiner Seele das gerechtere Gefühl sich erhoben hatte. Sie stand auf, nahm Maria an der Hand und schlug den Weg nach Casarico ein.

Sie traf den Professor mit Pinella im Gemüsegarten, sagte Maria, sie möchte herumlaufen, mit Pinella spielen, aber das Kind, das immer gar zu gern den Unterhaltungen der großen Leute zuhörte, wollte durchaus nichts davon wissen. So nahm sie die Unterhaltung auf, ohne Namen zu nennen. Sie wollte mit dem Professor von gewissen Papieren, von diesen alten Briefen sprechen. Dunkelrot im Gesicht, behauptete der Professor, sie nicht zu verstehen. Zum Glück rief Pinella Maria, um ihr ein Bilderbuch zu zeigen, und Maria, durch das Buch besiegt, lief zu ihm. Jetzt konnte Luisa den Professor aller seiner Skrupel entheben, sie teilte ihm mit, dass sie alles von Franco selbst erfahren habe, gestand ihm, dass sie die Handlungsweise ihres Mannes nicht billige, dass sie tiefen Schmerz empfunden habe und noch empfinde.

»Warum, warum, warum?«, unterbrach sie der gute Beniamino. »Nun, weil Franco nichts hatte tun wollen! Ich habe gehandelt, ich, ich!«, sagte Gilardoni ganz begeistert und freudezitternd, »aber um des Himmels willen, sagen Sie Ihrem Manne nichts davon!«

Luisa war starr. Aber was hatte der Professor getan? Wann? Und wie? War denn das Testament nicht vernichtet?

Rot wie glühende Kohlen, mit verzückten Augen, seine Worte durch Zwischenbemerkungen, wie: »Aber um Gottes willen, nicht wahr? – Aber kein Wort, nicht wahr?« unterbrechend, kramte nun der Professor alle seine Geheimnisse aus, die Aufbewahrung des Testaments, seine Reise nach Lodi. Luisa hörte ihm bis zum Schlusse zu, vergrub dann ihr Gesicht in ihre Hände und seufzte tief: »Ah!«

»Habe ich Unrecht getan?«, rief der Professor erschreckt. »Habe ich Unrecht getan, Frau Luisina?«

»Unrecht! Mehr als Unrecht! Nehmen Sie es mir nicht übel, wissen Sie, es sieht so aus, als wären Sie hingegangen und hätten einen Vertrag vorgeschlagen, ein Handelsgeschäft! Und die Marchesa wird glauben, dass wir im Einverständnis sind! O mein Gott!«

Sie rang und presste die gefalteten Hände, als wollte sie darin den Kopf eines gewissen Professors zurechtkneten.

Der arme, völlig konsternierte Professor wiederholte immer von neuem: »O du lieber Herrgott! O ich Ärmster! O was für ein Esel!«, ohne jedoch völlig zu begreifen, welche Eselei er begangen hätte.

Luisa lehnte sich über die Brüstung nach dem See, um ins Wasser zu blicken. Plötzlich sprang sie auf, schlug mit dem rechten Handrücken auf die Handfläche der Linken, ihr Gesicht erhellte sich.

»Führen Sie mich in Ihr Arbeitszimmer«, sagte sie. »Kann ich Maria hierlassen?«

Der Professor bejahte und geleitete sie klopfenden Herzens in sein Studierzimmer.

Luisa nahm einen Briefbogen und schrieb hastig darauf:

»Luisa Maironi Rigey teilt der Marchesa Maironi Scremin mit, dass der Professor Beniamino Gilardoni zwar ihr und ihres Gatten vortrefflicher Freund ist, dass aber die unziemliche Benutzung eines für andere Zwecke bestimmten Dokuments von ihnen missbilligt wurde, und dass daher keine Mitteilung seitens der Marchesa erwartet noch gewünscht wird.«

Als sie geschrieben hatte, reichte sie den Brief schweigend dem Professor.

»O nein!«, rief der Professor, nachdem er gelesen hatte. »Um des Himmels willen, schicken Sie diesen Brief nicht ab. Wenn Ihr Mann das erfährt! Bedenken Sie, was für furchtbare Unannehmlichkeiten für mich, für Sie! Und wie sollte es Ihr Mann nicht erfahren?«

Luisa antwortete nicht, sie sah ihn lange an; sie dachte dabei nicht an ihn, sie dachte an Franco, sie dachte, dass die Marchesa diesen Brief vielleicht für einen Kniff, für eine Falle halten könnte. Sie nahm ihn zurück und zerriss ihn seufzend.

Der Professor strahlte. Er wollte ihr die Hand küssen. Sie protestierte. Sie hatte es weder für ihn nach für Franco getan, sie hatte es aus anderen Gründen getan! Das Opfer, das sie ihrem Zorn abringen musste, reizte sie auch gegen Franco. »Er hat unrecht! Er hat unrecht!«, wiederholte sie mit Bitterkeit im Herzen.

Weder sie noch der Professor bemerkten, dass Maria im Zimmer war. Als sie ihre Mutter hineingehen sah, hatte die Kleine nicht länger bei Pinella bleiben wollen, und Pinella hatte sie bis zur Tür des Studierzimmers begleitet, ihr geräuschlos geöffnet. Von dem Aussehen der Mutter betroffen, blieb die Kleine stehen und starrte sie mit erschrecktem Ausdruck an. Sie sah, wie sie den Brief zerriss, sie hörte sie ausrufen: »Er hat unrecht!«, und fing an zu weinen. Jetzt erst gewahrte Luisa ihre Gegenwart, nahm sie in die Arme, tröstete sie und brach sofort auf.

Die letzten Worte des Professors beim Abschied waren: »Um Gottes willen, schweigen!«

»Was, schweigen?«, fragte Maria sofort. Die Mutter beachtete sie nicht: alle ihre Gedanken waren anderswo.

Drei- oder viermal wiederholte Maria: »Was, schweigen?«
Als endlich die Mutter antwortete: »Still, genug!«, schwieg
sie ein Weilchen, um bald darnach, ihr lachendes Köpfchen nach hinten legend, wie um die Mutter zu reizen,
wieder anzufangen: »Was, schweigen?«

Sie wurde heftig gescholten, schwieg wieder, aber
unterhalb des Kirchhofs, wenige Schritte vom Hause
entfernt, fing sie von neuem an mit demselben schlau-
en Lachen. Luisa, die ihre ganze Kraft zusammennahm,
um hinter der Maske der Gleichgültigkeit ihre Erregung
zu verbergen, schüttelte sie ein wenig, das genügte, sie
zum Schweigen zu bringen.

Maria war an diesem Tag sehr vergnügt. Bei Tisch,
während sie mit der Mutter Possen trieb, erinnerte sie
sich der auf dem Spaziergang erhaltenen Vorwürfe und
sah sie von der Seite mit ihrem gewohnten halb schüchternen, halb schelmischen Lächeln an, noch einmal ihr:
»Was, schweigen?« wiederholend.

Die Mutter tat, als hörte sie nicht, aber sie blieb dabei.
Da brachte Luisa sie mit einem so ungewöhnlich bar-
schen »Genug!« zum Schweigen, dass Marias Mäulchen
sich leise verzog und Tränen aus ihren Augen brachen.

Der Onkel sagte: »Ach, ich Ärmster!«, und Francos
Gesicht verfinsterte sich. Es war klar, dass er seiner Frau
Vorgehen missbilligte.

Da Maria nicht aufhörte zu weinen, machte er seinem
Ärger ihr gegenüber Luft, nahm sie in seine Arme und
trug sie, die wie ein Adler kreischte, hinaus.

»Immer besser!«, rief der Onkel. »Bravo!«

»Lassen Sie ihn doch«, sagte die Cia, während Luisa schwieg. »Kinder müssen den Eltern gehorchen lernen.«

»Ja, ja, das ist ganz nach meinem Geschmack«, erwiderte ihr der Herr, »geben Sie nur auch Ihre Weisheit zum Besten.«

Brummend verstummte sie.

Indessen kam Franco, der Maria im Schlafzimmer in die Ecke gestellt hatte, zurück und murmelte etwas von Kinder absichtlich zum Weinen bringen vor sich hin, worauf Luisa ihrerseits ein böses Gesicht machte, zu Maria ging und sie verweint, aber schweigsam wieder hereinbrachte. Das kurze Mittagessen endete ungemütlich, weil Maria nicht mehr essen wollte, und alle waren aus diesem oder jenem Grunde verstimmt, bis auf Onkel Piero, der Maria halb ernste, halb scherzhafte kleine Reden hielt, so dass sich wieder etwas Sonnenschein über ihr Gesichtchen stahl. Nach Tisch besichtigte Franco einige Blumentöpfe, die er im Keller unter dem hängenden Gärtchen aufbewahrte, und nahm Maria mit sich. Da er sie wieder getröstet sah, befragte er sie freundlich nach der Ursache all des Unglücks.

»Was bedeutet dieses: Was, schweigen?«

»Ich weiß es nicht.«

»Aber warum wollte die Mutter nicht, dass du das sagtest?«

»Ich weiß es nicht. Ich hab' es immerzu gesagt, und Mama hat mich immer dafür gescholten.«

»Wann?«

»Auf dem Spaziergang.«

»Wohin bist du spazieren gegangen?«

»Zu Herrn Ladroni.« (Der Onkel hatte ihr den Namen des Professors in dieser Weise vereinfacht.)

»Und hast du schon bei Herrn Ladroni angefangen so zu sagen?«

»Nein, Herr Ladroni hat es zur Mama gesagt.«

»Was hat er gesagt?«

»Aber Papa, du verstehst gar nichts! Er hat gesagt: ›Um Gottes willen, schweigen!‹«

Franco sprach nicht weiter.

»Mama hat auch ein Papier zerrissen bei Herrn Ladroni«, fügte Maria hinzu, in dem Gefühl, dass es ihrem Vater lieber sei, je mehr sie ihm von diesem Besuch erzählte.

Ihr Vater gebot ihr zu schweigen. Als er wieder im Haus war, fragte er Luisa mit wenig freundlichem Gesicht, warum sie das Kind zum Weinen gebracht habe.

Luisa sah ihn an, es schien ihr, als hätte er einen Verdacht; sie fragte ihn heftig, ob sie sich wegen dieser Dinge rechtfertigen müsse.

»O nein!«, entgegnete kalt ihr Gatte und ging in das Gärtchen, um zu sehen, ob das trockene Laub am Fuße der Orangenbäume und das Stroh um den Stamm in Ordnung wären, denn die Nacht versprach kalt zu werden. Während er bei seinen Pflanzen arbeitete, sagte er sich bitter, wenn sie Verstand hätten und sprechen könnten, so würden sie sich dankbarer und zärtlicher als sonst gezeigt haben wegen seiner bevorstehenden Abreise, und Luisa hatte das Herz, herb und schroff zu ihm zu sein. Dass er selbst herb und schroff gewesen, kam ihm nicht in den Sinn.

Luisa ihrerseits bereute sofort, ihm in dieser Weise geantwortet zu haben, aber sie konnte ihn nicht zurückhalten, ihm um den Hals fallen und die Sache mit ein paar Küssen abtun; zu schwer lastete das andere auf ihrem Herzen.

Franco war mit der Winterumhüllung seiner Orangenbäume fertig geworden und kam wieder herein, seinen Mantel zu holen, um in die Kirche von Albogasio zu gehen.

Luisa, die in der Küche Kastanien schälte, hörte seinen Schritt im Korridor, blieb einen Augenblick unschlüssig im Kampfe mit sich selbst, dann stürzte sie ihm nach und erreichte ihn, als er im Begriff war, die Treppe hinunterzugehen.

»Franco!«, sagte sie.

Franco antwortete nicht, er schien sie abzuweisen.

Da hielt sie ihn am Arm zurück und zog ihn in das am Gang liegende Schlafzimmer.

»Was wünschest du?«, fragte er, unsicher geworden, aber entschlossen, seinen Groll nicht so schnell aufzugeben.

Luisa antwortete nicht, schlang ihre Arme um den widerstrebenden Hals, bog sein Gesicht hinunter auf die Brust und sagte leise: »Wir dürfen einander nicht zürnen, weißt du, in diesen Tagen!«

Er, der Worte der Entschuldigung erwartet hatte, löste die Arme seiner Gattin vom Halse und antwortete trocken: »Ich zürne nicht. Du wirst mir dann erzählen«, fügte er hinzu, »was dir der Herr Professor Gilardoni so äußerst Geheimnisvolles anvertraut hat, um dir Schweigen ans Herz legen zu müssen.«

Luisa sah ihn an, bestürzt, schmerzbekümmert. »Du hast mich beargwöhnt«, sagte sie, »und hast das Kind ausgefragt? Hast du das getan?«

»Nun«, sagte er, »und wenn ich es getan hätte? Im Übrigen denkst du immer das Schlechteste von mir, das weiß ich ja. Aber sieh, ich will nichts wissen.«

Sie unterbrach ihn: »Aber ich werde es dir sagen, ich werde es dir sagen.«

Er jedoch, dem das Gewissen ein wenig schlug wegen des mit Maria angestellten Verhörs, und da er sah, dass Luisa geneigt war zu sprechen, wollte absolut nichts hören, verbot ihr jede Erklärung. Aber sein Herz floss über von Bitterkeit, und er musste sich Luft machen. Er beklagte sich, dass sie seit der Weihnachtsnacht nicht mehr dieselbe mit ihm gewesen sei. Wozu widersprechen? Er hatte es wohl empfunden. Übrigens seit sehr langer Zeit hatte er eine gewisse Sache begriffen! Was für eine Sache? O, eine ganz natürliche Sache! Das Natürlichste von der Welt! Verdiente er, von ihr geliebt zu werden? Sicherlich nein! Er war ein armer Müßiggänger und weiter nichts.

War es nicht natürlich, dass sie ihn weniger liebte, nachdem sie ihn besser kennen gelernt hatte? Denn das war zweifellos, dass sie ihn weniger liebte als früher.

Luisa erbebte bei dem Gedanken, dass er die Wahrheit sprechen könnte, sie sagte: »Nein, Franco, nein.« Aber der Schrecken, es nicht mit genügender Energie sagen zu können, lähmte ihr die Stimme.

Er, der auf eine heftige Widerlegung gehofft hatte, murmelte betroffen: »Mein Gott!«

Jetzt war sie bestürzt, umschlang ihn verzweifelt mit ihren Armen und schluchzte: »Nicht doch! Nicht doch!«

Sie verstanden einander wie durch ein magnetisches Fluidum bis auf den Grund ihrer Seele, und lange blieben sie umarmt, in einer stummen, krampfhaften Anspannung ihres ganzen Seins zueinander sprechend, sich gegenseitig beklagend, sich Vorwürfe machend, den leidenschaftlichen Wunsch hegend, sich wieder zu besitzen, den schmerzvoll herben Genuss auskostend, für einen Augenblick im Wollen und in der Liebe eins zu sein, trotz der innerlichen Disharmonie ihrer Überzeugungen und ihrer Naturen; alles ohne ein Wort, ohne einen Laut.

Franco riss sich los, um in die Kirche zu gehen. Er wollte Luisa nicht bitten, ihn zu begleiten, in der Hoffnung, dass sie es von selbst tun würde: und sie tat es nicht, weil sie nicht sicher war, ob es ihm recht sein würde.

*

Am Morgen des 7. Januar nach zehn Uhr ließ der Onkel Piero Franco zu sich rufen.

Der Onkel lag noch im Bett. Er stand spät auf, da sein Zimmer nicht heizbar war, und er aus Sparsamkeit das Feuer im kleinen Salon nicht so früh anzünden lassen wollte. Die Kälte hinderte ihn jedoch nicht, sich aufrecht zu setzen und mit der halben Brust und beiden Armen außerhalb der Decke zu lesen.

»Grüß Gott«, sagte er, als Franco eintrat.

Aus dem Ton des Grußes, aus dem schönen, in seiner Güte ernsten Gesicht begriff Franco, dass der Onkel Ungewöhnliches zu sagen hatte.

Der Onkel wies auch auf den Stuhl an seinem Bett und begann mit der feierlichsten seiner Einleitungen.

»Setze dich!«

Franco setzte sich.

»Also du reisest morgen fort?«

»Ja, Onkel.«

»Schön.«

Es schien, als sei ihm bei diesem ›Schön‹ das Herz auf die Zunge getreten, so schwellte das Wort seine Backen, so voll und klingend kam es heraus.

»Du hast mich bis auf diesen Augenblick«, fuhr der Alte fort, »deinen Plan sozusagen weder billigen noch missbilligen hören. Vielleicht habe ich ein wenig gezweifelt, dass du ihn ausführen würdest. Jetzt ...«

Franco streckte ihm beide Hände entgegen.

»Jetzt«, fuhr der Onkel fort, sie mit festem Druck in

den seinigen haltend, »da ich sehe, dass du in deinem Entschluss festbleibst, sage ich: der Plan ist gut, die Notwendigkeit liegt vor, geh, arbeite, es ist eine große Sache um die Arbeit. Gott schütze dich und lasse dich gut anfangen und gebe dir Ausdauer, was das Allerschwerste ist. So sei es.«

Franco wollte ihm die Hände küssen, aber der Onkel zog sie eilig zurück. »Lass das, lass das!« Und er fuhr fort in seiner Rede.

»Jetzt höre! Es ist möglich, dass wir uns nicht wiedersehen.«

Franco protestierte.

»Ja, ja«, entgegnete der Alte, die Seele aus den Augen und der Stimme verbannend, »alles schöne Dinge, alles Dinge, die gesagt werden müssen. Lass nur gut sein.«

Die Augen strahlten wieder ernst und gütig, die Stimme nahm wieder ihren tiefen Ton an.

»Es ist möglich, dass wir uns nicht wiedersehen. Im Übrigen frage ich dich: was tue ich noch auf dieser Welt? Und für euch wäre es besser, dass ich ginge. Vielleicht missfällt es deiner Großmutter, dass ich euch aufgenommen habe, vielleicht wird sie danach eher geneigt sein, sich mit euch auszusöhnen. Deshalb, gesetzt den Fall, wir sähen uns nicht wieder, bitte ich dich, gleich nach meinem Tode, wenn die Dinge noch nicht geordnet sind, irgendwelche Schritte zu tun.«

Franco stand auf und umarmte den Onkel mit Tränen in den Augen.

»Ein Testament«, begann der Onkel von neuem, »habe ich nicht gemacht und werde auch keins machen. Ich lege euch die Cia ans Herz. Richtet's ein, dass ein Bett und ein Stück Brot immer für sie da ist. Für das Begräbnis genügen drei Geistliche, die mir ein von Herzen kommendes Requiem singen; unserer, Introini und der Präfekt der Caravina; es ist keineswegs nötig, wegen des Konfekts und des Weißweins fünf oder sechs singen zu lassen. Wegen meiner Kleider, das wollen wir Luisa überlassen, die weiß am besten, wo sie unterzubringen sind. Meine Repetieruhr sollst du als Andenken von mir behalten. Ich möchte auch Maria ein Andenken hinterlassen, aber was? Du könntest ein Stück von meiner goldenen Kette nehmen. Wenn du ein kleines Medaillon, ein Kreuzchen hast, hängst du es ihr mit meiner Kette um den Hals. Und Amen.«

Franco weinte. Es war tief ergreifend, den Onkel von seinem Tode in dieser Seelenheiterkeit sprechen zu hören wie von einem beliebigen Geschäft, das mit Umsicht und Ehrenhaftigkeit geführt werden muss. Der Onkel, der, wenn er mit den Freunden sprach, so an dem Leben zu hängen schien, der zu sagen pflegte: »Ja, wenn man diesem Krepieren aus dem Weg gehen könnte!«

»So, und nun erzähle du mir!«, sagte er. »Welche Arbeit hoffst du zu finden?«

»Zunächst, schreibt mir T., in Turin in einer Zeitungsredaktion. Vielleicht findet sich in Zukunft etwas Besseres. Und schließlich, wenn ich von der Zeitung nicht leben könnte und nichts anderes fände, würde ich zurückkommen. Darum muss die Sache ganz geheim gehalten werden, wenigstens in der ersten Zeit.«

Was das Geheimhalten anbetraf, so war der Onkel ungläubig. »Und die Briefe?«, sagte er.

Für die Briefe war verabredet, dass Franco nach Lugano postlagernd schreiben und Ismaele die Briefe der Familie nach der Post in Lugano bringen und die Francos dort in Empfang nehmen sollte.

Und was sollte man den Bekannten sagen? Es war ihnen schon gesagt worden, dass Franco am 8. in Geschäften nach Mailand ginge und vielleicht einen Monat, vielleicht auch länger fortbleiben würde.

»Dass man den Leuten etwas aufbinden muss«, sagte der Onkel, »gehört nicht gerade zu den Annehmlichkeiten dieser Welt, aber schließlich ...! Ich schließe dich jetzt in meine Arme, Franco, denn ich weiß, morgen reist du schon zeitig ab, und wir werden schwerlich allein sein. Also leb wohl! Ich lege dir alles noch einmal ans Herz, und vergiss mich nicht. Ach, noch etwas. Du gehst nach Turin. Ich habe gemeint, als Beamter meinem Vaterland zu dienen. Ich habe mich an keiner Verschwörung beteiligt und würde es auch jetzt nicht tun, aber meine Heimat habe ich immer geliebt. Also grüße mir das dreifarbige Banner. Leb wohl!«

Hier breitete der Onkel seine Arme aus.

»Du musst auch nach Piemont kommen, Onkel«, sagte Franco, bewegten Herzens aufstehend. »Sobald ich so viel verdiene, wie zu den bescheidensten Bedürfnissen notwendig ist, lasse ich euch alle nachkommen.«

»Ach nein, mein Lieber. Ich bin zu alt, ich gehe nicht mehr fort.«

»Gut, so komme ich in diesem Frühjahr mit zweihunderttausend meiner Freunde!«

»Ah ja! Zweihunderttausend Stück. Schöne Gedanken, schöne Hoffnungen! – Oho, ist da das Fräulein Ombretta Pipi?«

Ombretta Pipi, so hieß Maria im Hause in gut gelaunten Augenblicken, trat ernst und würdevoll herein. »Guten Morgen, Onkel. Sagst du mir die Ombretta Pipi?«

Ihr Vater hob sie empor und setzte sie auf das Bett des Onkels, der sie lächelnd an sich zog und auf seinen Beinen wippen ließ.

»Kommen Sie her, mein Fräulein, haben Sie gut geschlafen? Und hat die Puppe gut geschlafen? Und das Maultier, hat das gut geschlafen? Ach, das war nicht da? Desto besser! Ja, ja, jetzt komme ich mit der Ombretta. Und ein Kuss, nicht wahr? Noch einen, nein? Dann muss ich wirklich sagen:

›Ombretta, du spröde
Vom Missipipi,
Warum bist du so blöde
Und küssest mich nie?‹«

Maria horchte auf, als hörte sie die Verse zum ersten mal, und dann wollte sie sich halb totlachen, sprang und klatschte in die Hände. Und der Onkel lachte wie sie.

»Papa«, sagte sie, wieder ernst werdend, »warum weinst du? Bist du in Strafe?«

*

Man erwartete an diesem Tag Besuch von einigen Bekannten, die versprochen hatten, sich von Franco vor seiner Reise nach Mailand zu verabschieden.

Luisa hatte das Wunder vollbracht, den Ofen in Sibirien, wie der Onkel den Saal nannte, anzuzünden, und dort hatten sich Donna Ester, die beiden unzertrennlichen Paoli aus Loggia, der Paolin und der Paolon, und der Professor Gilardoni zusammengefunden, letzterer in einer unaufhörlichen zitternden Erregung, weil Luisa, die mit Francos Gepäck noch zu tun hatte, aus dem Schlafzimmer kam und ging und alle Augenblicke nach Ester rief, und Ester war daher immer in Bewegung, bald ging sie hinter, bald vor dem Professor vorbei, bald rechts, bald links. Der arme Mensch hatte das Gefühl, als befände er sich in einem magnetischen Strudel.

Und da erscheint auch, ganz unerwartet, weil sie sich seit der Hausdurchsuchung nicht wieder hatte sehen lassen, Frau Peppina.

»O, meine liebe Frau Luisa! O, mein lieber Herr Don Franco! Ist es wahr, dass Sie wirklich fort wollen?«

Jetzt fängt der Paolin an, sich auf seinem Stuhl etwas zu winden, denn ihm fällt ein, dass die Sora Peppina von ihrem Gatten geschickt sein könnte, um auszuspionieren, wer bei dem verdächtigen Menschen, in dem mit dem Bann belegten Hause zugegen sei. Er wollte am liebsten gleich wieder fort mit seinem Paolon, aber der Paolon ist nicht so leicht von Begriffen.

›Was fängt man jetzt mit diesem Kamel an, das nichts begreift?‹, dachte der Paolin; und ohne den Paolon anzusehen, sagte er leise zu ihm: »Lass uns gehen!«

»Gehen wir!«

Der Paolon brauchte in der Tat lange, bis er begriffen hatte, aber schließlich stand er doch auf und entfernte sich mit Paolin, von dem er es auf der Treppe ordentlich zu hören bekam.

Franco hatte denselben Argwohn wie Paolin und begrüßte Frau Peppina nicht eben freundlich. Die arme Frau hätte am liebsten geweint, denn sie liebte seine Frau von Herzen und hielt große Stücke auch von ihm; aber sie begriff seine Abneigung und entschuldigte sie in ihrem Herzen. Kaum wagte sie es, von Zeit zu Zeit ihn anzublicken, demütig, mit der Miene eines geschlagenen Hundes. Sie nahm Maria auf den Schoß und sprach zu ihr von ihrem guten Papa, von ihrem lieben Papa, der fortginge: »Wer weiß, was für Kummer er meinem alten Frauchen machen wird? Armes Häschen! Armes Mäuschen! Geht der Papa fort? Und so ein Papa!«

Franco unterhielt sich mit dem Professor, aber er hörte

jedes Wort und zitterte vor Ungeduld. Er war es sehr zufrieden, dass Veronika kam, um ihn abzurufen.

Im Garten wurde nach ihm verlangt. Er ging hinunter und fand Don Giacomo Puttini und Don Giuseppe Costabarbieri, die gekommen waren, ihn zu begrüßen, aber, von Paolin und Paolon gewarnt, nicht wünschten, sich der Sora Peppina zu zeigen. Selbst der Boden des Gemüsegartens brannte ihnen unter den Füßen. Während der magere, kleine Held Francos Einladung, hinaufzukommen, schnaubend abwehrte, drehte der dicke, kleine Held lebhaft den Kopf und die Äuglein wie eine gut gelaunte Amsel, um bald auf den Berg, bald auf den See ein Auge zu haben, fast wie in gewohnheitsmäßigem Argwohn. Er gewahrte ein Boot, das von Porlezza kam. Wer weiß? Konnte das nicht der K.K. Kommissar sein? Obwohl das Boot noch in ziemlicher Entfernung war, dachte er sofort daran, sich aus dem Staube zu machen, gedachte mit Puttini dem Zolleinnehmer einen Besuch zu machen, um des Glückes willen, die Sora Peppina nicht zu Hause anzutreffen.

Nachdem sie mit Franco leise und hastige Abschiedsworte gewechselt hatten, trabten die beiden alten Hasen gesenkten Hauptes davon, und Franco blieb im Garten zurück. Die Luft war mild, die Spitze des Cressogno ragte schneebefreit, in Sonnenlicht gebadet, in den klaren Himmel; die Sonne vergoldete auch die gelblichen, mit Oliven bestandenen Hänge von Valsolda, während auf der anderen Seite des Sees sich die großen weißen Wälle des beschneiten Galbiga und des Bisgnago in dem bläulichen Schatten bis zum Wasser hinuntersenkten. Franco blickte mit geschwelltem Herzen auf diese teure Heimat seiner Träume, seiner Liebe. ›Leb wohl, Valsolda,‹ dachte er. ›Und jetzt will ich auch von euch Abschied nehmen.‹

Euch, das waren seine Pflanzen, die bitteren Orangen, die Olea sinensis, die japanische Mispel, die Pinie, die längs der geraden Allee, die zwischen den Gemüsebeeten zum See führte, in regelmäßigen Intervallen grün schimmerten; es waren die Rosenbüsche, die Kapernsträucher, die Agaven, die aus den in den Mauern angebrachten Öffnungen wucherten und über das Wasser hingen. Alles noch junge Pflanzen; der Koloss der Familie, eine Pinie, war noch nicht drei Meter hoch; kleine blasse Wesen, die an dem winterlichen Nachmittag zu schlummern schienen. Aber Franco sah sie in der Zukunft, wie er sie sich mit seinem feinen Gefühl für das Anmutige und Malerische beim Pflanzen gedacht hatte. Jeder hatte er eine besondere Bedeutung beigelegt.

Die edeln Pflanzen an der Allee, die die Gemüse überragten, sollten eine gewisse Feinheit des Geistes und der Kultur in dem bescheidenen Familienglück versinnlichen. Die Orangen hatten die besondere Aufgabe, eine liebliche und sanfte Note in das Bildchen zu tragen; die Pflicht der Mispel war, ihre belaubten Arme schützend über einen künftigen Ruhesitz zu heben und zu breiten; die Rosenbüsche und Kapernsträucher an der dem See zugewendeten Mauer sollten den im Boot Vorübergleitenden von den Träumereien eines Dichters erzählen; die Agaven würden den Orangen, Gefährten im Exil, im Mollakkord antworten; die hohe Bestimmung der Pinie endlich war, der kleinen Oase anmutigen Schatten zu spenden, dem Akkord der Agaven und Orangen den südlichen Stempel aufzudrücken, mit ihrer grünen Krone die kleine blaue Bucht von Casarico zu umrahmen. Lebt wohl, lebt wohl! Es schien Franco, als antworteten die jungen Pflanzen traurig: »Warum verlässt du uns? Was wird aus uns werden? Deine Frau liebt uns nicht wie du.«

Inzwischen hatte sich die von Don Giuseppe bemerkte Barke genähert und glitt in einiger Entfernung vom Ufer an dem Garten vorbei. Ein Herr und eine Dame saßen darin. Der Herr stand auf und grüßte mit durchdringender Stimme: »Grüß Gott, Don Franco! Er lebe hoch!« Die Dame wehte mit dem Taschentuch. Es waren die Pasottis.

Franco lüftete den Hut.

Die Pasottis! Im Januar in Valsolda! Was hatten sie hier zu suchen? Und dieser Gruß! Pasotti, der sich nach der Hausdurchsuchung nicht mehr hatte sehen lassen, Pasotti grüßte in dieser Weise? Was hatte das zu bedeuten? Ganz perplex ging Franco ins Haus zurück und brachte die Nachricht nach oben. Alle waren starr vor Staunen und vor allem die Sora Peppina:

»Aber nein? Ist es die Möglichkeit? Der Herr Kontrolleur? Armer Kerl! Auch die Sora Barborin? Arme Frau!«

Die Angelegenheit wurde lebhaft erörtert. Der eine vermutete dies, der andere jenes.

Fünf Minuten später trat Pasotti geräuschvoll ein, Frau Barborin, beladen mit Tüchern und Paketen, halb tot vor Kälte, hinter sich herziehend. Armes Geschöpf, sie konnte nichts weiter hervorbringen als: »Zwei Stunden! Zwei Stunden im Boot!«, während ihr Gatte mit einem Grinsen in seinen diabolischen Augen schrie: »Das tut ihr gut! Ich habe ihr in Porlezza ein Gläschen Wacholder aufgezwungen. Sie hat höllische Grimassen geschnitten!«

Die arme Taube, die erriet, dass er von dem Wacholder sprach, drehte die Augen zur Decke und wiederholte die Grimassen von Porlezza.

Pasotti war nie so zärtlich und herzlich gewesen. Er küsste Luisa die Hand, umarmte den Ingenieur und Franco und begleitete sein Tun mit einem Wortschwall und überfließenden Gefühlsergüssen.

»Teuerste Donna Luisa! Schönste und vollkommene Frau! Mein lieber Piero! Mein teurer Herzenskönig! Die Welt ist groß, aber einen zweiten Piero gibt's da nicht, was Sie auch sagen! Und dieser Don Franco! Mein bester Franco! Zu denken, wie ich dich gekannt habe! In Kleidchen und Schürzchen! Wie du Feigen beim Präfekten der Caravina stahlst! Dieser Schelm da!«

Der ›Schelm‹ machte nicht gerade das ermutigendste Gesicht von der Welt, aber der andere tat, als merkte er es nicht. Ebenso wenig konnten sich die Damen mit seiner Frau verständigen.

»Wie haben Sie's nur angestellt, Sora Pasotti!«, schrie Frau Peppina, »bei dem Wetter nach Valsolda zu kommen. – O je, sie versteht nichts, armes Frauchen.«

Und wie auch Luisa und Ester sich abmühten, ihr dieselbe Frage ins Ohr zu schreien, und wie weit sie auch den Mund aufsperrte, die Taube verstand nichts und antwortete aufs Geratewohl:

»Ob ich schon gespeist habe? Ob ich hier essen will?«

Hier mischte sich Pasotti ein und erklärte, dass er und seine Frau im Oktober wegen einer geschäftlichen Angelegenheit hätten abreisen müssen, ohne vorher Wäsche zu halten, dass seine Frau ihm wegen dieser verwünschten Wäsche schon eine Ewigkeit in den Ohren läge, und dass er sich endlich entschlossen habe, ihr den Willen zu tun und herzukommen.

Nun wandte sich Ester zu der Pasotti und machte die Bewegung des Waschens.

Die Pasotti blickte ihren Mann an, dessen Augen fest auf ihr ruhten, und antwortete: »Ja, ja, die Wäsche, die Wäsche!«

Dieser befehlende Blick, den Luisa in den Augen des Kontrolleurs beobachtete, weckte in ihr den Argwohn, dass ein Geheimnis dahinterstecke. Dieses Geheimnis und die unbegreifliche Herzlichkeit Pasottis brachten sie auf einen weiteren Verdacht. Wenn er ihretwegen gekommen wäre? Wenn die Reise des Professors nach Lodi die Veranlassung dieses unerwarteten Besuches wäre? Sie hätte sich gern mit dem Professor beraten, ihm gesagt, er möge bleiben, bis die Pasottis das Feld geräumt hätten. Aber wie sollte sie mit ihm sprechen, ohne dass Franco es merkte? Inzwischen verabschiedete sich Donna Ester, und der Professor, der unter der Bedingung, nicht das Paradies begehren zu wollen, von dem kleinen, perfiden, kapriziösen Fräulein volle Verzeihung erlangt hatte, durfte sie nach Hause begleiten.

Die Pasottis konnten nicht eher hinauf nach Albogasio Superiore gehen, bis der Verwalter, den sie sofort benachrichtigt hatten, nicht wenigstens ein Zimmer für sie hergerichtet und geheizt hatte. Er schlug sofort ein kleines Tarock zu dreien vor, mit dem Ingenieur und Franco. Darauf ging auch Frau Peppina, und die Pasotti, die sich einen Moment zurückziehen wollte, bat Luisa, sie zu begleiten.

Kaum war sie mit der Freundin im Schlafzimmer allein, so blickte sie mit großen, ängstlichen Augen um sich und flüsterte: »Wir sind gar nicht wegen der Wäsche da, gar nicht wegen der Wäsche!«

Luisa fragte sie stumm mit dem Gesicht und durch Gebärden, denn lautes Sprechen hätte man im Saal gehört. Diesmal verstand die Pasotti, sie antwortete, dass sie von nichts wisse, dass ihr Mann ihr nichts gesagt, ihr nur die Geschichte mit der Wäsche anbefohlen habe, aber dass ihr gar nichts an der Wäsche gelegen sei. Da nahm Luisa ein Stück Papier und schrieb daraus:

»Was vermuten Sie?«

Die Pasotti las und machte eine äußerst komplizierte

Mimik. Sie schüttelte den Kopf, rollte die Augen, seufzte, warf hilflose Blicke nach der Decke; es schien, als kämpften in ihrem Innern Furcht und Hoffnung einen entscheidenden Kampf. Endlich sagte sie »Ah!«, ergriff die Feder und schrieb unter Luisas Frage: »Die Marchesa!«

Sie ließ die Feder fallen und starrte die Freundin an. »Sie ist in Lodi«, sagte sie flüsternd. »Der Kontrolleur ist in Lodi gewesen. So steht die Sache!« Und dann eilte sie in den Saal zurück, in der Furcht, ihr Gatte könnte Argwohn schöpfen.

Als das Spiel zu Ende war, lehnte Pasotti sich an ein Fenster, machte laut eine Bemerkung über die Wirkung des Dämmerlichts und rief Franco.

»Du musst heute Abend zu mir kommen«, sagte er leise, »ich muss dich sprechen.«

Franco versuchte auszuweichen. Er reiste am nächsten Morgen nach Mailand, verließ die Familie für längere Zeit, es war ihm kaum möglich, den Abend außer Haus zu verbringen.

Pasotti erwiderte, dass es absolut notwendig sei. »Es handelt sich um deine morgige Reise«, sagte er.

*

»Es handelt sich um deine morgige Reise!« Kaum hatten die Pasotti den Weg nach Albogasio Superiore angetreten, berichtete Franco seiner Frau diese Unterhaltung. Er war im höchsten Grade betroffen. Pasotti wusste also; er würde nicht so geheimnisvoll getan haben, wenn es nicht Anspielungen auf seine Reise nach Turin gewesen wären. Und Franco war äußerst ärgerlich, dass Pasotti darum wusste. Aber auf welche Weise hatte er es erfahren? Vielleicht war der Freund in Turin unvorsichtig gewesen. Und was wollte jetzt dieser Pasotti von ihm? Bedrohte vielleicht ein neuer Streich der Polizei sein Haupt?

Aber Pasotti war nicht der Mann, der eigens kommen würde, ihm dies mitzuteilen! Und dieses ganze Aufgebot von Liebenswürdigkeit? Vielleicht wünschte man nicht, dass er nach Turin ginge. Man wünschte nicht, dass er einen guten Ausweg fände, ein Mittel, sich und die Seinen der Armut, den Kommissaren und den Gendarmen zu entziehen! Wie er auch seine Gedanken anstrengte und grübelte, es konnte nichts anderes sein.

Luisa war im Innern ihres Herzens nicht davon überzeugt. Sie fürchtete etwas anderes; nichtsdestoweniger zweifelte auch sie nicht, dass Pasotti von dem Turiner Plan wusste, und das verwirrte alle ihre Vermutungen. Es blieb nichts übrig, als hinzugehen und zu hören.

*

Franco machte sich um acht auf den Weg. Pasotti empfing ihn mit liebenswürdigster Herzlichkeit und entschuldigte seine Frau, die schon zu Bett gegangen war. Bevor er auf den Gegenstand einging, bestand er darauf, dass sein Gast ein Glas von dem San Colombano trank und ein Stück von dem Neujahrskuchen aß. Mit dem Wein und den Kuchen musste Franco, sehr gegen seinen Willen, viele Freundschaftsbeteuerungen und die schwülstigsten Lobeserhebungen über seine Frau, seinen Onkel und seine eigene Persönlichkeit hinunterschlucken. Nachdem endlich Glas und Teller geleert waren, zeigte der honigsüße Mephisto sich geneigt, in den Gegenstand der Verhandlung einzutreten.

Sie saßen an einem Tischchen einander gegenüber. Pasotti, bequem gegen den Rücken seines Stuhles gelehnt, hielt ein gelb und rot gemustertes Foulard Tuch in den Händen, mit dem er spielte.

»Also, lieber Franco«, sagte er, »wie ich dir schon sagte, handelt es sich um deine morgige Reise. Wie ich heute in deinem Hause erfuhr, reisest du in Geschäften; nun heißt es aufpassen, ob nicht das Geschäft, das ich dir bringe, erheblich vorteilhafter ist als das deine in Mailand.«

Franco, von dieser unerwarteten Einleitung überrascht, schwieg. Pasotti blickte auf das Tuch, mit dem er keinen Augenblick aufhörte zu spielen, und fuhr fort:

»Mein lieber Freund Don Franco Maironi kann sich denken, dass, wenn ich mich auf ein delikates und vertrauliches Argument einlasse, ich einen triftigen Grund habe, es zu tun, ich fühle mich verpflichtet, es zu tun, und bin autorisiert, es zu tun.«

Die Hände hielten inne, die scharfen, funkelnden

Augen blickten auf und begegneten Francos finsteren und argwöhnischen Blicken.

»Es handelt sich, mein lieber Franco, um deine Gegenwart und um deine Zukunft.«

Bei diesen Worten legte Pasotti entschlossen das Foulard beiseite. Die Arme mit den verschlungenen Händen auf den Tisch stützend, ging er geradeswegs auf sein Ziel los, die Augen fest auf Franco gerichtet, der jetzt seinerseits im Stuhl zurückgelehnt, ihn ansah, blass und in feindlicher Defensivstellung.

»Schon seit langer Zeit trage ich mich, aus alter Freundschaft für deine Familie, mit dem Gedanken, etwas zu tun, um einem betrüblichen Zwist ein Ende zu bereiten. Auch dein Vater, armer Don Alessandro! Welches goldene Herz! Und wie lieb er mich hatte!«

Franco wusste, dass sein Vater einmal Pasotti mit dem Stock bedroht hatte, weil er sich allzu viel in die Angelegenheiten seines Hauses mischte.

»Doch genug. Nachdem ich erfahren hatte, dass deine Großmutter in Lodi sei, sagte ich mir am vergangenen Sonntag: Nach so vielen Ärgernissen, die die Maironi durchgemacht haben, ist dies vielleicht der richtige Moment. Gehen wir hin, machen wir einen Versuch. Und ich ging hin.«

Pause. Franco erbebte. Welcher Vermittler war ihm hier erstanden. Und wer hatte diese Vermittlung verlangt?

»Ich muss gestehen«, fuhr Pasotti fort, »ich bin zufrieden. Deine Großmutter hat ihre eigenen Ideen, sie ist in einem Alter, in dem man schwerlich seine Meinungen wechselt, sie ist, wie du weißt, von sehr entschlossenem Charakter, aber es fehlt ihr schließlich nicht an Herz. Sie liebt dich, weißt du. Sie leidet. In ihr ist ein fortwährender Kampf zwischen ihren Gefühlen und ihren Grundsätzen; wenn du willst auch zwischen ihren Empfindungen und ihrer Empfindlichkeit. Arme Marchesa! Es ist traurig, zu sehen, wie sie leidet; im Übrigen aber, sie gibt nach, sie gibt nach. Natürlich darf man seine Erwartungen nicht zu hochschrauben. Sie gibt nach, aber nicht so weit, um das zu zerstören, was sie aufrecht erhält, ihre Grundsätze, ich meine vor allem ihre politischen Grundsätze.«

Francos Augen, seine unruhigen Kinnladen, ein Zucken, das durch seinen ganzen Körper ging, sagten Pasotti: Rühre nicht an diesen Punkt, sei auf deiner Hut! Pasotti hielt inne; vielleicht fiel ihm der Stock des verstorbenen Don Alessandro ein.

»Ich verstehe«, fuhr er fort. »Glaubst du, dass ich dich nicht verstehe? Ich esse das Brot der Regierung und muss, was ich denke, in meinem Herzen verschließen, aber ich bin auf deiner Seite, ich seufze nach dem Augenblick, in dem gewisse Farben gewissen anderen Farben weichen werden. Nicht so deine Großmutter, und man muss sie eben nehmen, wie sie ist. Wenn man zu einem Vergleich kommen will, muss man sie nehmen, wie sie ist. Man kann kämpfen, wie ich gekämpft habe, aber...«

»Mir scheint diese ganze Rede überflüssig!«, rief Franco, aufstehend.

»Warte!«, nahm Pasotti seine Rede wieder auf. »Der Teufel ist vielleicht nicht so schlimm, wie er aussieht! Setze dich und höre!«

Franco wollte von Wiederhinsetzen nichts wissen.

»Also hören wir!«, sagte er mit vor Ungeduld vibrierender Stimme.

»Die Großmutter ist indessen geneigt, deine Ehe anzuerkennen ...«

»Danke!«, unterbrach ihn der junge Mann.

»Warte doch! ... und euch eine sehr angemessene Rente auszusetzen, soviel ich verstanden habe, zwischen sechs- und achttausend Gulden jährlich, nicht übel, wie?«

»Weiter!«

»Geduld! Es ist nichts Demütigendes dabei. Wenn irgendeine erniedrigende Bedingung daran geknüpft wäre, hätte ich es dir nicht vorgeschlagen. Die Großmutter wünscht, dass du eine Beschäftigung hast und eine gewisse Verpflichtung übernimmst, dich nicht in politische Angelegenheiten zu mischen. Ich muss zugeben, dass sich schon ein schicklicher Modus finden wird, beides miteinander zu verbinden, obschon, das sage ich dir ganz offen, ich deiner Großmutter anders geraten hätte. Meine Idee war, sie sollte dich an die Spitze ihrer Geschäfte stellen. Da hättest du so viel zu tun gehabt, dass dir gar keine Zeit blieb, an anderes zu denken. Jedoch auch der Gedanke der Großmutter ist gut. Ich kenne die feinsten jungen Leute, die wie du denken und die in der juristischen Karriere sind. Das ist ein sehr unabhängiger und sehr geachteter Beruf. Ein Wort von dir, und du bist Gerichtsreferendar.«

»Ich?«, brach Franco los. »Ich? Nein, mein lieber Pasotti! Nein! Man schickt mir nicht - Schweige! - die Polizei ins Haus, man setzt nicht in niederträchtigster Weise einen Ehrenmann ab, dessen einziges Verbrechen ist, der Onkel meiner Frau zu sein, schweige, sage ich dir! Man sucht nicht heute auf alle Weise meine Familie und mich auszuhungern, um uns morgen schmutziges Brot anzubieten. Nein, das wisse, nein, schrei so viel du willst, durch Hunger, nein, bei Gott, durch Hunger ködert mich niemand! Sage es ruhig der Großmutter, und du ... und du ... und du ...«

Pasotti stammte sicher von dem Geschlecht der Katzen ab, er war lüstern, schlau, vorsichtig, schmeichlerisch, zur Heuchelei bereit, aber auch dem Zorn leicht unterworfen. Er hatte mit immer heftigeren Protesten Maironis Schmährede unterbrochen; bei dieser letzten direkten Anrede, in dem Vorgefühl eines Sturmes von Anklagen, die ihn umso mehr reizten, je mehr er sie erriet, sprang auch er auf.

»Halt ein!«, rief er. »Was ist das für eine Art?«

»Guten Abend!«, sagte Franco, seinen Hut nehmend. Aber Pasotti beabsichtigte nicht, ihn so fortgehen zu lassen.

»Einen Augenblick!«, sagte er, im schnellen Takte auf dem Tisch trommelnd. »Ihr macht euch Illusionen, ihr setzt zu große Hoffnungen in dieses Testament, und das ist kein Testament, das ist ein Papierfetzen, das ist das Delirium eines Verrückten!«

Franco, der schon bei der Tür war, blieb stehen, betäubt von dem Schlag. »Welches Testament?«, sagte er.

»Geh!«, fuhr Pasotti halb gleichmütig, halb spöttisch fort, »geh, wir verstehen uns recht gut!«

Zornesglut brachte von neuem Francos Blut in Wallung. »Nein, keineswegs!«, sagte er. »Heraus mit der Sprache! Was weißt du von Testamenten?«

»Ah!«, entgegnete Pasotti mit ironischer Freundlichkeit. »So ist's recht, jetzt geht es sehr gut.«

Franco hätte ihn erwürgen können.

»Ich bin in Lodi gewesen, habe ich es dir nicht gesagt? Also weiß ich.«

Franco, außer sich, beharrte dabei, nichts zu verstehen.

»Ah so!«, fuhr Pasotti spöttischer als vorher fort. »So werde ich dem Herrn Bescheid sagen. So wissen Sie denn, dass der Herr Professor Gilardoni, der in der Tat Ihr Freund nicht ist, sich Ende Dezember nach Lodi begeben hat und vor der Marchesa mit einer gesetzlich wertlosen Abschrift eines angeblichen Testaments Ihres armen Großvaters erschienen ist. In diesem Testament sind Sie, Herr Don Franco, zum Universalerben eingesetzt, und zwar unter gleichzeitigen abscheulichen Beleidigungen der Gattin und des Sohnes des Testators. Jetzt wissen Sie es. Übrigens ist Herr Gilardoni bei der Überbringung so aufrichtig gewesen, zu sagen, dass er aus eigenem Antrieb gekommen sei, ohne euch etwas davon mitzuteilen.«

345

Franco hörte zu, totenbleich, er fühlte, wie es ihm dunkel vor den Augen und im Herzen wurde. Er musste alle seine Kräfte zusammennehmen, um sich zu fassen, um eine würdige Antwort zu geben.

»Du hast recht«, sagte er. »Auch die Großmutter hat recht. Wer unrecht hat, das ist der Professor Gilardoni. Er hat mir dieses Testament vor drei Jahren in meiner Hochzeitsnacht gezeigt. Ich habe ihm gesagt, er solle es verbrennen, und ich habe geglaubt, dass er's getan hätte. Wenn er es nicht getan hat, so hat er mich getäuscht. Wenn er sich dieses rühmlichen Unternehmens halber nach Lodi begeben hat, so hat er eine Taktlosigkeit und eine ungeheure Torheit begangen. Ihr habt recht gehabt, übel von uns zu denken. Aber dass du es wissest! Ich verachte das Geld der Großmutter ebenso wie das der Regierung; und da diese Dame das Glück hat, die Mutter meines Vaters zu sein, so werde ich nie, verstehst du, niemals – und sollte sie auch alle Niedrigkeiten, alle ihr zu Gebote stehende Bosheit gegen uns in Bewegung setzen –, nie werde ich von einem Schriftstück Gebrauch machen, das sie entehret! Ich stehe so viel höher als sie! Geh und sage ihr das in meinem Namen und sage ihr, sie möge ihr Anerbieten zurücknehmen, denn ich verachte sie. Guten Abend.«

Er ließ Pasotti ganz betäubt zurück und ging bebend vor übermäßiger Erregung und Zorn, vergaß seine Laterne an sich zu nehmen und stieg mit großen Schritten im Dunkeln hinunter, nicht wissend, noch darauf achtend, wohin er den Fuß setzte, von Zeit zu Zeit sich durch einen Ausruf Luft machend, dem, was in ihm kochte, Ausdruck gebend durch abgerissene Worte des Zorns gegen Gilardoni, Worte der Anklage gegen Luisa.

*

Der Onkel war zeitig zu Bett gegangen, und Luisa erwartete Franco in dem kleinen Salon mit Maria, die sie aufbehalten hatte, damit ihr Vater sie am letzten Abend noch sehen könnte.

Die arme Ombretta Pipi hatte bald angefangen sich zu langweilen, eine Schnute, ein weinerliches Gesichtchen zu ziehen, mit klagender Stimme zu fragen: »Wann kommt Papa?« Aber sie hatte eine so einzige Mama, die es wie niemand auf der Welt verstand, die Kümmernisse wegzutrösten.

Ombrettina besaß schon seit geraumer Zeit keine heilen Schühchen mehr, und Schühchen kosteten, selbst in Valsaldo, Geld. Wenig, das stimmt; wenn nun aber nur ganz wenig da war? Aber es gab nur eine einzige Mama auf der Welt, die so schön die kleinen Füßchen bekleiden konnte. Gerade am Tag vorher hatte Luisa auf der Suche nach einem Stück Leine in der Bodenkammer unter altem Gerümpel, zwischen leeren Kisten und zerbrochenen Stühlen einen Stiefel ihres Großvaters gefunden. Sie hatte ihn zum Aufweichen ins Wasser gelegt und sich Schustermesser, Pfriem und

Ahle geliehen. Sie nahm den ehrwürdigen Stiefel, der Ombretta Furcht einflößte, und stellte ihn auf den Tisch.

»Jetzt wollen wir ihm die Leichenrede halten«, sagte sie mit jener absichtlichen Lustigkeit, die selbst die tödlichste Angst ihr nicht rauben konnte, wenn sie ihrer bedurfte: »Erst aber musst du deinen Herrn Urgroßvater um die Erlaubnis bitten, dir seinen Stiefel zu nehmen.«

Sie hieß Maria die Händchen falten und sagte drollig zur Decke blickend folgenden spaßigen Vers her:

»Lieber Herr Urgroßpapa,
Tragen Sie noch diesen Stiefel da?
Sonst könnte ihn ja
Ihre Ombretta haben,
Sie möchte so gerne tragen
Ein Paar Schuh,
Und sie will's Ihnen danken ihr ganzes Leben
Und Ihnen dazu
Noch ein Küsschen schön auf die Fußsohle geben.«

Und daran knüpfte sich ein wenig frommes Märchen, wie so viele in Luisas Gehirn entstanden, eine putzige Geschichte vom Engelchen, das die Stiefel im Paradies wichst und, weil es ohne Erlaubnis ein Stückchen Goldbrot nehmen wollte, den Stiefel des Urgroßvaters hatte auf die Erde fallen lassen.

Maria wurde wieder vergnügt, sie lachte, unterbrach die Mutter mit hundert Fragen über das goldene Brot und über den im Paradies zurückgebliebenen Stiefel. Was würde der Urgroßpapa damit anfangen? Die Mutter erklärte ihr, dass der Urgroßvater lieber damit dem Kaiser von Österreich, wenn er ihm begegnete, von hinten einen Stoß versetzen würde, als ihn vom Himmel herunterwerfen.

In diesem Augenblick trat Franco ein.

Luisa gewahrte sofort, dass seine Augen und seine Stirn Sturm kündeten.

»Nun?«, sagte sie.

Franco antwortete erregt: »Bring Maria ins Bett.«

Luisa entgegnete, dass sie das Kind habe aufbleiben lassen, um ihn zu erwarten, um noch ein bisschen mit ihm zusammen zu sein.

Franco erwiderte: »Ich sage dir, bringe sie zu Bett!« in so barschem Ton, dass Maria anfing zu weinen.

Luisa wurde rot, schwieg aber. Sie zündete eine Kerze an, hob das Kind auf den Arm, reichte es stumm seinem Vater, der ihm einen kühlen Kuss gab, und trug es hinaus.

Franco folgte ihr nicht. Der Anblick des Stiefels erregte seinen Zorn, und er warf ihn auf die Erde. Dann setzte er sich, stützte die Ellbogen auf den Tisch und presste seine Hände gegen den Kopf.

Während Pasotti sprach, war ihm plötzlich mit der Erinnerung an jenes ›was, schweigen?‹, an jenes ›Genug!‹ und an die Erzählung des Kindes der bittere Gedanke aufgeblitzt, Luisa könnte Gilardonis Mitschuldige sein. Es war ihm, als bewegte sich in seinem Innern ein

Strudel, in dem dieser Gedanke wirbelnd verschwand, wieder auftauchte und immer tiefer wirbelte, immer näher zum Herzen.

»Also?«, fragte Luisa, wieder zurückkommend. Franco sah sie einen Augenblick schweigend an, mit forschenden Blicken. Dann stand er auf und umklammerte ihre Hände.

»Sage mir, ob du von nichts weißt!«, sagte er.

Sie erriet, um was es sich handelte, aber dieser Blick und diese Art verletzte sie.

»Wie, ob ich was nicht weiß?«, rief sie, indem ihr das Blut ins Gesicht stieg. »Fragst du mich so darnach?«

»Ah, du weißt also!«, schrie Franco, ihre Hände von sich schleudernd und die Arme in die Luft streckend.

Sie ahnte, was jetzt kommen würde, der Verdacht ihrer Mitschuld an des Professors Vorgehen, ihr eigenes Widerlegen, die tödliche, nie wieder gut zu machende Beleidigung, wenn Franco in seinem Zorn ihrem Wort keinen Glauben schenkte, und angsterfüllt rang sie die Hände.

»Nein, Franco, nein, Franco«, sagte sie mit flüsternder Stimme und schlang die Arme um seinen Hals, sie wollte seine Lippen mit Küssen schließen. Aber er missverstand sie, er glaubte, sie wollte um Verzeihung bitten und stieß sie zurück.

»Ich weiß es, ja, ich weiß es«, sagte sie, sich von neuem leidenschaftlich an seine Brust werfend, »aber ich habe es erst nachher erfahren, als es geschehen war, ich war entrüstet wie du, mehr als du!«

Aber Francos Bedürfnis, sich auszutoben, zu kränken, war allzu groß.

»Und wie willst du, dass ich dir glaube?«, rief er.

Mit einem Schrei taumelte sie zurück, dann trat sie wieder auf ihn zu und streckte ihm die Arme entgegen.

»Nein«, flehte sie mit herzzerreißender Stimme, »sage mir, dass du mir glaubst, sage es mir gleich, sofort, denn sonst, du weißt nicht, du weißt nicht!«

»Was weiß ich nicht?«

»Du weißt nicht, wie ich bin, ich, die ich dich immer lieben, dir aber nicht mehr Gattin sein werde, die ich vielleicht unendlich leiden, aber niemals wieder die alte werden kann. Begreifst du, was das heißt: niemals wieder?«

Er zog sie an sich, die schmächtige, schwer atmende Gestalt, er presste ihre Hände, als wollte er sie zerbrechen, und sagte mit erstickter Stimme:

»Ich werde dir glauben, ja, ich werde dir glauben!«

Luisa sah ihn unter Tränen an, sie verlangte ein besseres Wort.

»Ich werde dir glauben«, sagte sie, »ich werde dir glauben?«

»Ich glaube dir, ich glaube dir.«

Er glaubte ihr wirklich, aber wo Zorn ist, ist auch immer Stolz. Er wollte sich nicht ganz ergeben. Und sein Ton war mehr der eines willfährigen als eines überzeugten Menschen. Hand in Hand blieben sie beide stumm. Wie in unmerklicher Bewegung löste sich ganz sachte einer vom anderen. Es war Luisa, die sich endlich sanft, aber entschieden von ihm trennte. Sie fühlte die Notwendigkeit, das Schweigen zu brechen, warme Worte fand sie nicht, kalte Worte mochte sie nicht sagen, so erzählte sie ohne weiteres, wie sie durch Gilardoni von der verwünschten Reise nach Lodi erfahren habe. Sie sprach mit ruhiger Stimme, in nicht gerade gleichgültigem, aber traurigem Ton, während sie am Tisch ihrem Gatten gegenübersaß. Indessen sie die vertraulichen Mitteilungen des Professors berichtete, erregte sich Franco von neuem und unterbrach sie unaufhörlich: »Und du hast ihm nicht dies und das gesagt? – Und du hast ihn nicht einen Dummkopf genannt? Du hast ihn nicht einen Tölpel genannt?«

Das erste Mal ließ Luisa es gehen, dann protestierte sie. Sie hatte ihm schon gesagt, dass Gilardonis Missgriff sie sehr aufgebracht habe, jetzt schien es fast, als zweifelte ihr Gatte an ihrem Wort.

Franco schwieg, aber nur widerwillig.

Als der Bericht zu Ende war, fiel er noch einmal über diesen eselhaften Philosophen her, so dass Luisa ihn in Schutz nahm. Er war ihr Freund, er hatte einen schweren Irrtum begangen, einen sehr schweren, aber in guter Absicht. Wohin verloren sich Francos Grundsätze, die Barmherzigkeit, die Verzeihung der Kränkungen, wenn er nicht einmal dem verzieh, der ihm hat Gutes tun wollen? Sie dachte Dinge, die sie nicht aussprach. Sie dachte, dass Franco nur allzu oft verzieh, wo verzeihen

Torheit und Prahlerei war, und allzu wenig, wo einfach wundervolle Gründe vorhanden waren, es zu tun.

Es reizte Franco, als er sie von Barmherzigkeit sprechen hörte, er wagte nicht zu sagen, dass er sich über einen solchen Angriff erhaben fühlte; aber er parierte den Stoß in wenig großmütiger Weise.

»Siehst du!«, rief er, und es war unschwer, auch aus dem Nichtgesagten seine Meinung durchzufühlen. »Du verteidigst ihn bereits!«

Luisa zuckte nervös mit den Schultern, aber sie sagte nichts.

»Und warum nicht mit mir darüber sprechen?«, fuhr Franco fort. »Warum mir nicht gleich alles erzählen?«

»Weil Gilardoni, als ich ihm Vorwürfe machte, mich anflehte zu schweigen, und ich meinte, dass, nachdem es nun einmal geschehen war, es unnütz sei, dir so großen Verdruss zu bereiten. Am letzten Tag des Jahres, als du so zornig warst, wollte ich es dir sagen, wollte ich dir erzählen, was Gilardoni mir anvertraut hatte, entsinnst du dich? Und du wolltest es durchaus nicht leiden. Ich habe nicht darauf bestanden, auch weil Gilardoni der Großmutter gesagt hat, dass wir nichts davon wüssten.«

»Sie hat es nicht geglaubt! Selbstverständlich!«

»Und wenn ich gesprochen hätte, was würde das daran geändert haben? So hat Pasotti gesehen, dass du nichts wusstest.«

Franco erwiderte nichts. Nun bat Luisa ihn, ihr seine Unterredung mitzuteilen, und hörte zu, ohne mit der

Wimper zu zucken. Sie erriet mit ihrem durch Hass geschärften Blick, dass, wenn Franco die Aufforderung, in die Geschäfte einzutreten, angenommen hätte, man mit der letzten Bedingung herausgerückt wäre, sich von dem Onkel, einem aus politischen Gründen entlassenen Beamten, zu trennen.

»Zweifellos«, sagte sie, »würde sie auch das verlangt haben! Pack!«

Ihr Gatte zuckte zusammen, als ob dieser Hieb auch ihn getroffen habe.

»Gemach mit diesen Worten«, sagte er. »Erstens ist das eine Vermutung von dir, und dann ...«

»Eine Vermutung von mir? Und das übrige? Und dir eine solche Gemeinheit anzubieten?«

Franco, der bei Pasottis Vorschlag in namenlose Wut geraten war, antwortete jetzt seiner Frau ganz nachgiebig:

»Ja, ja, ja, aber schließlich...«

Jetzt war es an ihr, heftig zu werden. Der Gedanke, dass die Großmutter wagen könnte, ihnen vorzuschlagen, den Onkel zu verlassen, machte sie fast wahnsinnig.

»Das wenigstens wirst du mir zugeben«, sagte sie, »dass sie Mitleid nicht verdient! Mein Gott, zu denken, dass dieses Testament noch existiert!«

»Oho!«, rief Franco. »Fangen wir noch einmal von vorn an?«

»Ja, fangen wir noch einmal von vorn an! Hast du das Recht, zu verlangen, dass ich nicht einmal denken, nicht einmal empfinden soll, was dir nicht gefällt? Ich wäre feige, ich verdiente eine Sklavin zu sein, wenn dem so wäre. Und ich will weder das eine noch das andere sein.«

Die Rebellin, die Franco zuweilen in der Geliebten geahnt, gefühlt hatte, den starken und stolzen, über die Liebe gehenden Intellekts, den er niemals vollkommen besessen hatte, stand ihm jetzt gegenüber, am ganzen Körper bebend in dem Bewusstsein seiner Auflehnung.

»Es ist gut«, sagte Franco, zu sich selbst sprechend. »Sie wäre feige, sie wäre eine Sklavin. Aber denkt sie gar nicht daran, dass ich morgen fortgehe?«

»Gehe nicht fort. Bleibe. Handle nach dem Willen deines armen Großvaters. Erinnere dich dessen, was du mir über den Ursprung des Vermögens der Maironi erzählt hast. Erstatte alles dem Ospedale Maggiore zurück. Übe Gerechtigkeit.«

»Nein!«, antwortete Franco, »Hirngespinste! Der Zweck heiligt nicht die Mittel. Dein wahrer Zweck ist, die Großmutter zu treffen. Die Geschichte mit dem Hospital dient dir nur zum Deckmantel. Nein, ich werde mich nie dieses Testaments bedienen. Ich habe das auch Pasotti erklärt und müsste mir ins Gesicht speien, wenn ich mein Wort nicht hielte! Und morgen früh reise ich.«

Es folgte ein langes Schweigen. Dann nahmen sie beide das Gespräch wieder auf, kalt und traurig, als sei in beider Herzen etwas erstorben.

»Hast du daran gedacht«, sagte Franco, »dass ich auch das Andenken meines Vaters beschimpfen würde?«

»Wieso?«

»Erstens wegen der beleidigenden Form der Verfügungen, dann aber, weil ich meinen Vater der Mitschuld bei der Unterschlagung des Testaments verdächtigen würde. Freilich, du begreifst diese Dinge nicht. Was liegt dir daran?«

»Aber es ist nicht notwendig, von Unterschlagung zu sprechen. Es kann sein, dass das Testament nicht gefunden worden ist.«

Erneutes Schweigen. Selbst die Talgkerze, die auf dem Tisch brannte, schien eine trübselige Stimmung zu verbreiten.

Luisa stand auf, nahm den Stiefel des Urgroßvaters von der Erde und traf ihre Vorbereitungen, um an die Arbeit zu gehen.

Franco lehnte die Stirn an die Fensterscheiben. Er blieb eine Weile in die Betrachtung der nächtlichen Schatten versunken. Dann sagte er leise, ohne den Kopf umzudrehen: »Nie, nie hat deine Seele mir ganz angehört.«

Keine Antwort.

Jetzt wandte er sich um und fragte seine Frau ohne jeglichen Zorn, mit der unbeschreiblichen Sanftheit, wie sie ihm in den Momenten physischer und moralischer Depression eigen war, ob er vom Anfang ihrer Verbindung an sich ihr gegenüber habe etwas zuschulden kommen lassen.

Ein kaum vernehmbares »Nein« war die Antwort.

»So liebtest du mich vielleicht nicht, wie ich glaubte?«

»Nein, nein, nein.«

Franco war nicht sicher, richtig verstanden zu haben und wiederholte:

»Du liebtest mich nicht?«

»Ja, ja, so sehr!«

Seine Stimmung hob sich, ein Hauch von Strenge klang in seiner Stimme, als er fragte:

»Warum hast du mir dann nicht deine ganze Seele gegeben?«

Sie schwieg. Vergeblich hatte sie vorher versucht, die Arbeit wieder aufzunehmen. Die Hände zitterten ihr.

Und jetzt diese furchtbare Frage. Sollte sie oder sollte sie nicht antworten? Antwortete sie, enthüllte sie zum ersten Mal auf dem Grunde ihres Herzens begrabene Dinge, so würde sie den schmerzlichen Riss nur erweitern; aber konnte sie unaufrichtig sein? Ihr Schweigen dauerte so lange, dass Franco noch einmal fragte:

»Du sagst nichts?«

Sie nahm all ihre Kraft zusammen.

»Ich habe mich immer verschieden und losgelöst von dir gefühlt«, sagte sie, »in der Empfindung, die alle anderen beherrschen muss. Du hast die religiösen Anschauungen meiner Mutter. Meine Mutter verstand unter Religion, wie du es tust, ein aus Glaubensartikeln, gottesdienstlichen Handlungen und religiösen Vorschriften bestehendes Ganzes, das von der Liebe zu Gott eingegeben und beherrscht würde. Ich habe immer widerstrebt, sie in diesem Sinne aufzufassen, es ist mir nie gelungen, wie sehr ich mich auch bemüht habe, in Wirklichkeit jene Liebe für ein unsichtbares und unbegreifliches Wesen zu empfinden; ich habe nie den Sinn begreifen können, meine Vernunft zu zwingen, Dinge als richtig anzunehmen, die ich nicht fassen kann. Dennoch fühlte ich mich immer von dem glühenden Verlangen beseelt, mein Leben auf ein edles Ziel zu richten, das höher gesteckt war als meine persönlichen Interessen. Und dann hatte meine Mutter durch Beispiel und Worte mich so von meinen Pflichten gegen Gott und die Kirche überzeugt, dass meine Zweifel mir einen tiefen Schmerz verursachten, dass ich gegen sie ankämpfte, soviel ich vermochte. Meine Mutter war eine Heilige. Jede Handlung ihres Lebens stand mit ihrer Frömmigkeit im Einklang. Auch das verfehlte nicht die Wirkung auf mich, und dann wusste ich, dass der größte Kummer ihres Lebens meines Vaters Unglaube gewesen war. Ich lernte dich kennen; ich liebte dich, ich heiratete dich, und ich bestärkte mich in dem Vorsatz, die Religion mit deinen Augen anzusehen, weil du warst wie meine Mutter. Aber allmählich, ganz allmählich fand ich, du warst nicht wie meine Mutter. Muss ich dir auch das sagen?«

»Ja, alles.«

»Ich fand, dass du die Güte selbst warst, dass du das wärmste, edelste, großmütigste Herz von der Welt besaßest, aber dass dein Glaube und deine religiösen Andachten diese Schätze fast überflüssig machten. Du handeltest nicht. Du begnügtest dich damit, mich zu lieben, das Kind, Italien, deine Blumen, deine Musik, die Schönheiten des Sees und der Berge, darin folgtest du deinem Herzen. Dein ideales Bedürfnis wurde befriedigt durch den Glauben und das Gebet. Ohne diesen Glauben und ohne das Gebet hättest du das Feuer deiner Seele dem, was wirklich wahr, was wirklich gerecht auf Erden ist, geweiht, du hättest das Bedürfnis zur Betätigung empfunden, wie ich es fühlte. Du weißt es ja, wie ich dich in gewissen Dingen gern anders gesehen hätte! Wer könnte zum Beispiel patriotischer empfinden als du? Niemand. Nun gut, wie hätte ich gewünscht, dass du versuchtest, deinem Vaterland in Wahrheit in geringerem oder höherem Maße zu dienen. Jetzt gehst du nach Piemont, aber du gehst vor allem dorthin, weil wir fast nichts mehr zu leben haben.«

Franco, finster blickend, machte eine Gebärde zornigen Widerspruches.

»Wenn du willst«, sagte Luisa demütig, »höre ich auf.«

»Nein, nein, weiter, heraus mit allem, das ist am besten!«

Er sprach so gereizt, so erbittert, dass Luisa schwieg und erst nach einem zweiten ungeduldigen »Weiter!« in ihrer Rede fortfuhr:

»Auch ohne, dass du nach Piemont gingst, wäre in Valsolda, in Val Porlezza, in Vall' Intelvi zu tun gewesen, was V. am Comersee getan hat, man hätte sich mit den Leuten in Verbindung setzen, das richtige Gefühl in ihnen lebendig halten können, alles, was not tut für den Tag des Krieges, wenn er kommen sollte, vorbereiten. Ich habe es dir gesagt, und du wolltest dich nicht davon überzeugen, du legtest mir so viel Schwierigkeiten in den Weg. Diese innere Trägheit bestärkte meine Abneigung gegen deine Auffassung der Religion und meine Neigung zu einer anderen Auffassung. Denn auch ich hatte meine Religion. Mein Begriff von Religion, der sich in meinem Geiste immer klarer gestaltet hatte, war in kurzem folgender: Gott existiert, er ist auch allmächtig und allwissend, gerade wie du es glaubst; aber dass wir ihn anbeten und zu ihm sprechen, daran liegt ihm nichts. Das, was er von uns will, ist ersichtlich aus dem Herzen, das er uns gemacht, aus dem Gewissen, das er uns gegeben, aus dem Ort, an den er uns gestellt hat. Er will, dass wir all das Gute lieben, dass wir all das Böse verabscheuen und mit all unsern Kräften dieser Liebe und diesem Hasse entsprechend handeln sollen, und dass wir uns nur mit der Erde befassen, mit den Dingen, die wir begreifen, die wir fühlen können! Jetzt verstehst du, wie ich meine Pflicht auffasse, unsere Pflicht angesichts aller Ungerechtigkeiten, aller Gewalttätigkeiten!«

Je länger Luisa fortfuhr, ihre eigenen Ansichten zu erklären und darzulegen, je zufriedener war sie, endlich aufrichtig sein zu dürfen, sich mit Freimut auf eigenem, sicherem Terrain zu bewegen; in dem Maße, in dem jede Bitterkeit gegen den Gatten schwand, füllte sich ihr Herz mit zärtlichem Mitleid für ihn.

»Siehst du«, fügte sie hinzu, »wenn es sich nur um diese Unannehmlichkeit wegen der Großmutter handelte, glaubst du nicht, dass ich lieber tausendmal meine Meinung geopfert hätte, als dich zu betrüben? Es musste schon etwas anderes dahinterstecken. Jetzt weißt du alles. Jetzt habe ich meine Seele in deine Hände gelegt.«

Sie las auf der Stirn ihres Mannes einen düsteren Schmerz, eine feindliche Kälte. Sie stand auf und näherte sich ihm leise, leise, mit verschlungenen Händen, ihn fest anblickend, seine Augen suchend, die sie vermieden, und sie blieb stehen, von einer höheren Macht zurückgehalten, obwohl er kein Wort gesprochen, keine Bewegung gemacht hatte. »Franco!«, flehte sie. »Du kannst mich nicht mehr lieben?«

Er gab keine Antwort.

»Franco! Franco!«, sagte sie, die verschlungenen Hände nach ihm ausstreckend. Dann machte sie Miene, zu ihm zu treten. Er zog sich heftig von ihr zurück. Eine endlose halbe Minute standen sie so schweigend einander gegenüber.

Franco presste seine Lippen aufeinander, man hörte seine schnellen Atemzüge. Er brach das Schweigen.

»Das, was du gesagt hast, das meinst du wirklich?«

»Ja.«

Seine Hände hielten die Lehne eines Sessels. Heftig stieß er dagegen und sagte bitter: »Genug.«

Luisa blickte ihn mit unsäglicher Traurigkeit an und murmelte: »Genug?«

Zornig antwortete er: »Ja, genug, genug, genug!« Er schwieg einen Augenblick und fuhr mit Härte fort: »Ich mag faul sein, träge, ein Egoist, alles, was du willst, aber ich bin kein Kind, das man mit ein paar Liebkosungen beruhigt, wenn man ihm all das gesagt hat, was du mir gesagt hast! Genug!«

»O Franco, ich habe dir weh getan, ich weiß, aber es ist mir so schwer geworden, dir weh zu tun! Könntest du nicht Nachsicht mit mir haben?«

»Ah, Nachsicht mit dir haben! Du willst verletzen und willst mit Güte behandelt werden! Du stehst über allen, du urteilst ab, du richtest, du bist die Einzige, die versteht, was Gott will und was er nicht will! Nein, meine Liebe, das denn doch nicht. Von mir sage nur ruhig, was du magst, aber lass deine Hand von Dingen, die du nicht verstehst. Beschäftige dich lieber mit deinem Stiefel.«

Er wollte in seiner Frau nur den Hochmut sehen, und sein Zorn entsprang doch fast ausschließlich dem Stolz, der gekränkten Eigenliebe, es war ein unedler Zorn, der ihm Geist und Herz trübte. Sowohl die Frau wie der Mann waren der Meinung, dass man sie aller möglichen Dinge beschuldigen konnte, aber nicht des Hochmuts.

Sie schwieg, setzte sich wieder an ihren Platz und versuchte die Arbeit wieder aufzunehmen, sie hantierte nervös mit den Werkzeugen, ohne recht zu wissen, was sie tat. Franco ging in den Saal, die Tür hinter sich zuschlagend.

In dem Dunkel des Saales, der seit fünf Uhr verlassen war, erstarrte man vor Kälte. Aber Franco bemerkte es nicht. Er warf sich auf das Sofa und überließ sich ganz seinem Schmerz, seinem Zorn und verteidigte sich im Geiste, ohne auf den Grund zu gehen, leidenschaftlich gegen seine Gattin. Da Luisa sich, wenn auch mit gewissen Einschränkungen, gegen ihn und gegen Gott aufgelehnt hatte, so passte es ihm in seinem Herzen, seine eigene Angelegenheit mit jener anderen stummen, schrecklichen Kränkung zu vermischen. Erstaunen, Bitterkeit, Zorn, die guten und schlechten Gründe, die er gegeneinander abwog, verursachten zunächst einen stürmischen Wirbel in seinem Gehirn. Dann erleichterte er sich in der Vorstellung von Luisas Reue, ihrer Bitte um Verzeihung, seinen großmütigen Antworten.

Plötzlich hörte er Maria schreien und weinen. Er sprang auf, um zu sehen, was ihr fehlte, aber er hatte kein Licht. So wartete er ein wenig in dem Glauben, dass Luisa zu ihr gehen würde. Er hörte keine Bewegung, und das Kind weinte immer lauter. Leise näherte er sich dem kleinen Salon und sah durch die Glastür.

Luisa hatte die Arme auf dem Tisch gekreuzt und das Gesicht auf die Arme gelegt. Man sah bei dem Licht der Kerze nur ihre schönen braunen Haare.

Franco fühlte seinen Zorn schwinden, er öffnete die Tür und rief mit halblauter Stimme, einen gewissen milden Ernst im Ton:

»Luisa, Maria weint.«

Luisa hob das totenblasse Gesicht, nahm die Kerze und ging, ohne ein Wort zu sagen, hinaus. Ihr Gatte folgte ihr.

Sie fanden das Kind, erschreckt durch einen bösen Traum, im Bett aufsitzend, ganz verweint. Als es den Vater sah, streckte es ihm die Ärmchen entgegen und flehte mit tränenerstickter Stimme: »Nicht fort, Papa, nicht fort, Papa!«

Franco drückte sie an seine Brust, bedeckte sie mit Küssen, beruhigte sie und legte sie wieder in ihr Bettchen. Sie behielt eine Hand des Vaters fest in der ihren und wollte sie nicht wieder loslassen.

Luisa nahm eine andere Kerze von dem Nachttisch und wollte sie anzünden, aber es gelang ihr nicht, so zitterten ihr die Hände.

»Kommst du nicht zu Bett?«, fragte Franco.

Sie antwortete: »Nein« unter noch heftigerem Zittern.

Franco glaubte einen Argwohn, eine Furcht in ihr zu erraten, die ihn verletzten.

»O, du kannst ruhig kommen!«, sagte er gereizt.

Luisa zündete das Licht an und sagte jetzt gefasster, dass sie an den Schuhen arbeiten müsse. Sie ging hinaus, und erst auf der Schwelle murmelte sie: »Gute Nacht.«

Einen Augenblick hatte er die Absicht, sich zu entkleiden, er ließ sie aber wieder sein, da seine Gattin aufblieb, um zu arbeiten. Er nahm eine Decke, legte sich angekleidet neben das Bettchen, um die Händchen Marias halten zu können, und löschte das Licht.

Wie weich und lieblich war diese kleine Hand! Franco fühlte sie, sein Kind, sein unschuldiges, liebeheischendes Töchterchen, und er stellte sie sich vor als ein Weib, im Herzen ganz die seine, ihm in Gedanken und Empfindungen gleich, er stellte sich vor, dass dieses Händchen, das er so innig presste, ihn für den ihm von Luisa zugefügten Schmerz entschädigen wollte, zu ihm spräche: ›Papa, du und ich, wir sind auf immer miteinander verbunden.‹ Gott im Himmel, Schauer durchrieselten ihn bei dem Gedanken, dass Luisa sie in ihren Ansichten erziehen könnte, und er wäre in der Ferne machtlos, etwas dagegen zu tun! Er betete zum Herrn, er betete zum Meister, der die Kindlein zu sich kommen ließ, er betete zur Jungfrau, er betete zu der Großmutter Teresa, die unter den Heiligen wandelte, er betete zu seiner eigenen Mutter, von der er wusste, dass sie rein und fromm gewesen war: »Beschützet, beschützet meine Maria!« Sich selbst, sein irdisches Glück, seine Gesundheit, sein Leben bot er dar, dass Maria vor der Irrlehre bewahrt bleibe.

»Papa«, sagte Ombretta. »Einen Kuss.«

Er lehnte sich aus dem Bett und neigte sich, um mit den Lippen das liebe Gesichtchen zu suchen, dann sagte er ihr, sie solle still sein und schlafen. Sie schwieg eine Minute, dann rief sie: »Papa!«

»Was willst du?«

»Ich habe das Maultier nicht unter dem Kopfkissen, weißt du, Papa.«

»Nein, nein, Liebling, aber schlafe.«

»Ja, Papa, ich schlafe.«

Wieder schwieg sie eine Minute, dann ging's von neuem los:

»Ist Mama im Bett, Papa?«

»Nein, Liebling.«

»Warum nicht?«

»Weil sie dir Schuhchen macht.«

»Werde ich im Paradies auch die Schühchen tragen wie der Urgroßvater?«

»Still, schlafe.«

»Erzähle mir eine Geschichte, Papa.«

Er fing an, aber er besaß weder Luisas Fantasie noch Geschicklichkeit im Erzählen und geriet bald in die Enge.

»O Papa!«, sagte Maria, mit dem Ausdruck des Mitleids. »Du kannst gar nicht Geschichten erzählen.«

Das beschämte ihn. »Höre nur, höre«, entgegnete er und begann eine Ballade von Carrer aufzusagen. »Geboren ward im Wald ein armes Kind, Gerolomina«, die er nach den vier Strophen, die er kannte, immer wieder von vorne anfing, mit einer geheimnisvollen Betonung, allmählich die Stimme immer mehr sinken lassend, bis sie zu einem unartikulierten Geflüster wurde und Ombretta Pipi, durch Rhythmus und Reim eingewiegt, mit ihnen in das Land der Träume sank. Als er sah, dass sie friedlich schlief, erschien es ihm so grausam, sie zu verlassen, dünkte er sich als Verräter, dass er in seinem Vorhaben schwankend wurde. Gleich darauf lenkte er wieder ein.

Das süße Zwiegespräch mit dem Kinde hatte ihm den Frieden einigermaßen wiedergegeben und den Nebel von seinem Geiste verscheucht. Das Bewusstsein einer anderen Pflicht, die er seinem Weibe gegenüber zu erfüllen hatte, dämmerte in ihm auf: er wollte ihr, koste es was es wolle, durch Wille und Tat beweisen, dass er ein Mann sei, er wollte durch seine Werke den eigenen Glauben gegen sie verteidigen, er wollte fortgehen, arbeiten und leiden; und dann ..., und dann ... wenn der liebe Gott zuließe, dass die Kanonen für Italien donnerten, dann fort und mutig voran, und möge dann nur eine österreichische Kugel kommen, die sie weinen macht und auch sie beten lehrt!

Es fiel ihm ein, dass er seine Abendgebete noch nicht gesprochen hatte. Armer Franco, es war noch nie vorgekommen, dass er sie im Bett gesagt hatte, ohne nach der ersten Hälfte einzuschlummern. Als er sich ziemlich ruhig fühlte, fürchtete er bei dem Gedanken, dass Luisa vielleicht erst spät kommen würde, dass er einschlafen könnte, und er fragte sich, was sie sagen würde, wenn sie ihn eingeschlafen fände. Er stand leise auf, sagte seine Gebete, zündete dann das Licht an, setzte sich an den Schreibtisch, fing an zu lesen und schlief auf dem Stuhl ein.

*

Er wachte von Veronikas Holzpantoffeln auf, die die Treppe herunterklapperten. Luisa war noch nicht gekommen. Kurz darauf trat sie ein und zeigte sich nicht im Geringsten erstaunt, Franco wach zu sehen.

»Es ist vier«, sagte sie. »Wenn du abreisen willst, es fehlt eine halbe Stunde.«

Er musste um halb fünf aufbrechen, um sicher rechtzeitig in Menaggio den ersten Dampfer, der von Colico kam, zu erreichen.

Statt nach Como und dann nach Mailand zu gehen, wie er offiziell angekündigt hatte, musste Franco in Argegno aussteigen, um in S. Fedele über die Berge und dann entweder durch die Val Mara oder durch Orimento und über den Generoso in die Schweiz zu gelangen.

Franco machte seiner Frau ein Zeichen, still zu sein und Maria nicht zu wecken. Dann winkte er ihr noch einmal stumm, näher zu kommen.

»Ich gehe fort«, sagte er leise. »Ich bin Abend schlecht gegen dich gewesen. Ich bitte dich um Verzeihung. Ich durfte dir nicht so antworten, auch wenn ich recht hatte. Du kennst mein Temperament. Verzeihe mir. Wenigstens trage es mir nicht nach.«

»Ich hege keinen Groll gegen dich«, antwortete Luisa sanft, wie jemand, der leicht freundlich sein kann, weil er sich überlegen fühlt.

Die letzten Vorbereitungen wurden in Schweigen getroffen, der Kaffee wurde in Schweigen genommen.

Franco ging zum Onkel, den er am Abend nicht mehr gesehen hatte, um ihn zu umarmen, dann trat er in den Alkoven, kniete vor Marias Bettchen nieder und berührte ein Händchen, das über dem Pfosten hing, mit den Lippen. Als er in den Salon zurückkam, fand er Luisa in Hut und Schal. Er fragte sie, ob sie mit nach Porlezza käme. Ja, sie kam mit. Alles war bereit. Luisa hatte die Handtasche, der Reisesack war im Boot, Ismaele wartete bei der kleinen Treppe der Bucht, einen Fuß auf der Stufe, den anderen im Vorderteil der Barke.

Veronika leuchtete den Franco und wünschte ihm zerknirscht eine glückliche Reise, denn sie ahnte Sturm.

Zwei Minuten noch, und das schwerfällige Boot, von Ismaele mit den ruhigen und langsamen ›Reiseruder-schlägen‹ geführt, glitt an der Mauer des Gemüsegartens entlang. Franco sah durch das kleine Fenster. Bei dem matten Schein des gestirnten, mondlosen Nachthim-mels zogen die Rosen, die Kapernsträucher, die über die Mauern hängenden Agaven vorüber, vorüber die Orangenbäume, die Mispel, die Pinie. Lebt wohl! Lebt wohl! Weiter ging's vorbei am Kirchhof, an der ›Zocca de Mainé‹, der schmalen Straße, die er so oft mit Maria gegangen war, am Tavorell. Franco blickte nicht mehr hinaus. Diese Nacht brannte nicht das gewohnte Licht in dem Bootverdeck, und er konnte sein Weib nicht sehen, sein Weib, das stumm blieb.

»Kommst du nach Porlezza wegen der Akten des Notars«, fragte er, »oder nur um mich zu begleiten?«

»Auch deswegen!«, sagte Luisa traurig. »Ich wollte aufrichtig mit dir sein bis zum letzten, und du fühlst dich dadurch gekränkt. Du bittest mich um Verzeihung und dann sprichst du so zu mir. Ich begreife, dass man nicht der Wahrheit treu bleiben kann, ohne viel, sehr viel zu leiden. Geduld, jetzt habe ich diesen Weg eingeschlagen. Ob ich mitgekommen bin, um dich zu begleiten, das wirst du wissen. Demütige mich nicht so weit, dass ich es dir jetzt sagen soll!«

»Demütigen!«, rief Franco. »Ich verstehe dich nicht. Wir sind so verschieden in so vielen Dingen. Mein Gott, wie sind wir verschieden! Du bist immer so ganz Herr deiner selbst, du verstehst, deinen Gedanken immer einen so präzisen Ausdruck zu geben, du hast sie immer so rund und nett, so kalt beisammen!«

Luisa murmelte:

»Ja, wir sind verschieden.«

Keiner von beiden sprach, bis sie nach Cressogno kamen. Als sie in der Nähe der Villa Maironi waren, sprach Luisa und tat ihr Möglichstes, dass die Unterhaltung nicht ins Stocken geriet, bis die Villa außer Sicht war. Sie ließ sich die ganze festgesetzte Reiseroute noch einmal wiederholen, riet ihm an, nur die Handtasche zu nehmen, weil der Reisesack ihn von Argegno an zu sehr belästigen würde. Sie hatte schon mit Ismaele gesprochen, und Ismaele übernahm es, ihn nach Lugano zu bringen und von dort nach Turin befördern zu lassen. Inzwischen war man an der großmütterlichen Villa mit ihren unheilvollen Erinnerungen vorübergefahren.

Und jetzt war man bei dem Sanktuarium der Caravina. Zweimal hatten Franco und Luisa sich während ihres Liebesfrühlings bei dem Fest der Caravina am 8. September unter den Olivenbäumen getroffen. Und jetzt ging's vorüber an der lieben kleinen, von Olivenbäumen umstandenen Kirche unter den wilden Felsen des steilen Cressogno. Ade, Kirchlein, ade, vorüber, vorüber!

»Vergiss nicht«, sagte Franco fast hart, »dass Maria jeden Morgen und jeden Abend ihre Gebete sagen muss. Ich befehle es.«

»Ich hätte es auch ohne diesen Befehl getan«, antwortete Luisa. »Ich weiß, dass Maria nicht mir allein gehört.«

Bis Porlezza wurde kein Wort mehr gesprochen. Das Verlassen der friedlichen Bucht von Valsolda, der Ausblick auf neue Täler, andere Horizonte und den im ersten Morgengrauen sich kräuselnden See zogen die Gedanken der beiden Reisenden ab, ließen sie, sie wussten nicht weshalb, an die ungewisse Zukunft denken, die ein verheißungsvolles Raunen, das verstohlen durch das drückende österreichische Schweigen klang, als Vorläufer großer Dinge ankündigte.

Vom Ufer in Porlezza hörte man jemand rufen, und Ismaele ruderte mit aller Kraft darauf zu. Es war der Fuhrmann Toni Pollin, der rief, dass man sich beeilen müsste, wenn man nicht den Dampfer nach Menaggio versäumen wollte.

Die letzten Augenblicke waren gekommen. Franco öffnete das Glasfenster der Tür und sah zu dem Mann hinüber, als ob ihn seine Worte sehr interessierten.

Als sie anlegten, wandte er sich um zu seiner Frau. »Steigst du auch aus?«

Sie antwortete: »Wenn du meinst.«

Sie stiegen aus. Ein Wagen wartete am Ufer.

»Sieh in der Tasche nach«, sagte Luisa, »du wirst darin etwas zum Frühstücken finden.«

Sie umarmten sich und gaben sich vor den drei oder vier Neugierigen, die sie umstanden, einen flüchtigen, gleichgültigen Kuss.

»Sag Maria«, sagte Franco, »sie soll mir verzeihen, dass ich so von ihr gehe«, und das waren seine letzten Worte, denn Toni Pollin trieb zur Eile an, »schnell, schnell!«

Mit lautem Peitschenknall fuhr der Wagen in schnellem Trab durch die schmale, düstere Gasse von Porlezza davon.

*

Franco fuhr auf dem ›Falken‹ von Campo nach Argegno, als ihm die Lust kam, etwas zu sich zu nehmen. Er öffnete die Tasche, und das Herz wollte ihm stillstehen, als seine Augen auf einen Brief fielen, der die in der Handschrift seiner Frau geschriebene Adresse trug: ›Für Dich.‹ Er öffnete ihn begierig und las:

»Wenn Du wüsstest, was ich im Innern meines Herzens fühle, was ich leide, wie ich mich versucht fühle, die Schuhe, auf die ich mich sehr viel weniger verstehe, als Du anzunehmen scheinst, im Stich zu lassen und zu Dir zu kommen, um alles zurückzunehmen, was ich Dir gesagt habe, so würdest Du nicht so hart zu mir sein. Ich muss viel gegen die Wahrheit gesündigt haben, dass mir die ersten Schritte, die ich in ihrer Gefolgschaft mache, so schwer und bitter werden. Du hältst mich für stolz, und ich selbst hielt mich für empfindlich. Jetzt fühle ich, dass Deine demütigenden Worte mich nicht abhalten könnten, Dich aufzusuchen. Das, was mich zurückhält, ist eine Stimme in mir, eine Stimme, die stärker ist als ich, die mir befiehlt, alles zu opfern, außer meiner Wahrhaftigkeit. Ach, ich hoffe auf einen Lohn für dieses Opfer! Ich hoffe, dass wir eines Tages in Seelengemeinschaft verbunden sein werden. Ich gehe in das Gärtchen und pflücke für Dich das brave Röslein, das wir vorgestern zusammen bewundert haben, das dem Januar getrotzt hat und ihn besiegt. Entsinnst Du Dich, wie viele Hindernisse zwischen uns standen, als ich zum ersten Mal eine Blume aus Deiner Hand empfing? Ich liebte Dich noch nicht, und Du dachtest schon daran, mich zu bezwingen. Jetzt bin ich es, die Dich zu erobern hofft.«

Es fehlte wenig, und Franco wäre an Argegno vorbei-
gefahren, ohne sich von der Stelle zu rühren.

Neuntes Kapitel.
Fürs Brot, für Italien und für Gott

Acht Monate später, im September des Jahres 1855,
bewohnte Franco eine elende Dachkammer in der Via
Barbaroux in Turin. Er hatte im Februar bei der ›Opinione‹ eine Anstellung als Übersetzer gefunden mit
einem Monatsgehalt von fünfundachtzig Lire. Später
lieferte er auch Parlamentsberichte, und sein Gehalt
wurde auf hundert Lire monatlich erhöht. Der Leiter
der Zeitung, Dina, war ihm wohlgesinnt und ver-
schaffte ihm ab und zu eine Extraarbeit, außerhalb
seines Amtes, um ihm fünfundzwanzig oder dreißig
Lire im Monat zusätzlich zu verschaffen. Franco lebte
von sechzig Lire monatlich. Der Rest ging nach Lugano und von Lugano durch Ismaels treue Hände nach
Oria. Um mit sechzig Lire im Monat auszukommen,
dazu bedurfte es einer Seelenstärke, die Franco selbst
sich zunächst nicht zugetraut hätte. Seine Amtsstun-
den, das Übersetzen, das für einen Menschen voller
Skrupel und literarischer Bedenklichkeiten wie er eine
sehr mühevolle Arbeit war, bedrückte ihn mehr als
die Entbehrungen; sechzig Lire schienen ihm noch zu
viel, und er machte sich Vorwürfe, dass er nicht mit
noch weniger auskäme.

Er hatte sich mit sechs anderen Emigranten, teils Lombarden, teils Venezianern, zusammengetan. Sie aßen zusammen, gingen zusammen spazieren, disputierten zusammen. Außer Franco und einem Udinesen waren alle zwischen dreißig und vierzig Jahre alt. Trotzdem sie alle äußerst bedürftig waren, hatte keiner von ihnen auch nur einen Soldo Unterstützung von der piemontesischen Regierung annehmen wollen. Der Udinese, der einer reichen, österreichfreundlichen Familie angehörte und von Haus nichts erhielt, spielte gut Flöte, gab vier oder fünf Stunden die Woche und spielte in kleinen Theaterorchestern. Ein Notar aus Padua kopierte im Büro von Boggio. Ein Advokat aus Bergamo, der im Jahre 1849 in Rom Soldat gewesen, war Buchhalter in einem großen Schirm- und Stockgeschäft in der Via Nuova und wurde infolgedessen von seinen Freunden ›Stockbube‹ genannt. Ein vierter, ein Mailänder, hatte den Feldzug von 48 unter Carlo Alberto mitgemacht; aus diesem Grunde und wegen einer gewissen mailändischen Prahlsucht, die ihm eigen war, hatte der Paduaner ihm den Beinamen ›das Schlachtross‹ zugelegt. Der Beruf des Schlachtrosses bestand darin, beständig mit dem Stockbuben in Streit zu liegen wegen Provinzeifersüchteleien, in zwei Instituten Fechtunterricht zu geben und im Winter hinter einem mysteriösen Vorhang in Lokalen, wo Polka getanzt wurde, zu zwei Soldi für den Tanz Klavier zu spielen. Die anderen lebten von elenden Wechseln, die sie von ihren Familien bezogen. Außer Franco waren sie alle

Junggesellen und alle heiteren Sinnes. Sie nannten sich ›die sieben Weisen‹ und ließen sich auch von anderen so nennen. Sie beherrschten in ihrer Weisheit Turin von der Höhe ihrer sieben Dachkammern aus, die über die ganze Stadt, vom Borgo San Dalmazzo bis zur Piazza Milano, zerstreut lagen.

Die allerelendeste war die Francos, der sieben Lire monatlich dafür bezahlte. Mit Ausnahme des Paduaners, dem eine Schwester des Portiers das Wasser unters Dach hinauftrug, hatte kein einziger von der Gesellschaft irgendwelche Bedienung; und der Paduaner würde den Eifer seiner ihm ergebenen Marga durch die lästigen Neckereien seiner Freunde redlich abgebüßt haben, wenn er nicht der friedliche Philosoph gewesen wäre, der er war. Alle putzten sie sich ihre Stiefel selbst. Franco besaß am meisten Handgeschicklichkeit, und ihm lag es ob, den Freunden die abgerissenen Knöpfe anzunähen, wenn sie sich nicht so weit demütigen und zum Paduaner und seiner Marga ihre Zuflucht nehmen wollten, die übrigens nicht selten eine ganze Prozession bei sich einbrechen sah, welche sie mit den Worten: »O, ich armes Weib!« empfing. Der Udinese hatte zwar eine Geliebte, ein kleines Grisettchen aus dem ersten Geschäft auf der Piazza Castello an der Po-Ecke; aber er war sehr eifersüchtig und erlaubte nicht, dass sie irgendjemand Knöpfe annähte. Die Freunde rächten sich dafür, indem sie sie ›die Puppenmamsell‹ nannten, weil sie Hampelmänner und Puppen verkaufte. Er war übrigens dank seiner Puppenmamsell der einzige aus der Gesellschaft, dessen Kleider immer in Ordnung und dessen Krawatten stets mit besonderer Grazie geschlungen waren. Zum Essen gingen sie in eine Gastwirtschaft, die sie ›die Wirtschaft zum Magenweh‹ getauft hatten, und wo sie für dreißig Lire im Monat zu Mittag und zu Abend aßen. Aber ihr großer Luxus war eine Mischung von Kaffee, Milch und Schokolade, ein Getränk, das sie für fünfzehn Centesimi bekamen. Sie tranken es des Morgens, die Venezianer im Café Alfieri, die anderen im Café Fiori. Alle, außer Franco. Franco verzichtete auf das köstliche Getränk und auf den dazu gehörigen Kuchen für einen Soldo, um so viel zu ersparen, wie er zu einem Abstecher nach Lugano brauchte, und um Maria ein Geschenk mitbringen zu können. Im Winter gingen sie unter den Bogengängen am Po spazieren, unter denen der Sapienza, nach der Seite der Universität, nicht unter denen der Torheit, nach der Seite von San Francesco; und dann ließen sie sich in einem Café nieder, wo der Reihe nach einer eine Tasse Kaffee zu sich nahm, während die anderen Zeitungen lasen und den Zucker einsteckten. Einmal die Woche krochen sie, um den Stockbuben zu befriedigen, statt ins Café zu gehen, in ein dunkles Loch in der Via Bertola, wo man den reinsten und trefflichsten Giambava trank.

Der Udinese ging gratis ins Theater, und durch seine Gnade ab und zu auch einer von den anderen; immer ins Schauspiel, höchstens ins Rossini oder ins Gerbino.

Vor den Theaterzetteln des Königlichen Opernhauses oder der anderen Operntheater vorbeigehen zu müssen, war für Franco ein viel größeres Opfer, als sich seine Schuhe selbst zu putzen, oder seinen Appetit mit einem Eierkuchen zu stillen, fünf Zentimeter im Quadrat und gerade recht, um die Sonnenflecken zu beobachten. Glücklicherweise kannte er einen gewissen C., einen Venezianer, Sekretär im Ministerium der öffentlichen Arbeiten, der ihn in der Familie eines ausgezeichneten Oberstabsarztes vorstellte, ebenfalls eines Venezianers, der ein Klavier besaß, abends stets einige Freunde empfing und sie mit einem vorzüglichen Kaffee, zu damaligen Zeiten in Turin fast ein Unikum, bewirtete.

Wenn die sieben Weisen aus irgendeinem Grunde den Abend nicht zusammen verbrachten, so ging Franco ins Haus C. an der Piazza Milano, um zu musizieren, mit den jungen Damen über Kunst zu sprechen und über Politik mit der Frau vom Hause, einer stolzen venezianischen Patriotin von großem Verstande und antikem Geiste, die alle Härten und Bitterkeiten des Exils heroisch ertragen und ihrem Gatten, dessen erste Schritte sehr schwierig und sehr bitter gewesen waren, tapfer zur Seite gestanden hatte; denn die ehrenwerten, liebevollen, gütigen und harten Köpfe der gestrengen piemontesischen Verwaltung hatten von ihm, der bereits einer der angesehensten Professoren der Universität Padua gewesen war, nichts weniger verlangt, als dass er nochmals ein Examen ablegen müsse, wenn er Stabsarzt werden wollte.

Die Korrespondenz zwischen Turin und Oria spiegelte nicht den wahren Seelenzustand von Franco und Luisa wider: sie war einfach und herzlich, aber mit vielen Vorbehalten und Rücksichten von der einen wie von der anderen Seite. Luisa hatte erwartet, dass Franco auf ihr Briefchen antworten und auf den großen Gegenstand eingehen würde. Da er niemals weder auf den Brief noch auf die Vorgänge jener letzten Nacht zurückkam, wagte sie eine Anspielung. Sie wurde nicht aufgenommen.

Tatsächlich hatte sich Franco zu verschiedenen Malen hingesetzt, in der Absicht, die Ideen seines Weibes zu widerlegen. Bevor er anfing zu schreiben, fühlte er sich stark und war ganz sicher, dass er bei ernstlichem Nachdenken leicht siegreiche Gegengründe finden würde. Es kamen ihm auch welche in die Feder, die ihm als solche erschienen; aber dann, wenn sie niedergeschrieben waren, entdeckte er sofort ihre Unzulänglichkeit, er staunte und ärgerte sich darüber, begann von neuem und immer mit demselben Erfolg. Und doch war seine Frau ganz im Unrecht; daran zweifelte er nicht einen Augenblick; so musste es doch auch einen Weg geben, es ihr zu beweisen. Man musste nachdenken. Wie? Auf welche Weise?

Er fragte einen Priester, dem er bald nach seiner Ankunft in Turin gebeichtet hatte. Dieser Priester, ein kleiner, verwachsener, leidenschaftlicher und sehr gelehrter Greis, erklärte sich mit Enthusiasmus bereit, ihm zu helfen, und riet ihm eine Masse Bücher an, teils um sie selbst zu lesen, teils um sie seiner Frau zu schicken. Er war selbst ein vorzüglicher Orientalist und großer Thomist, und es hätte nicht viel gefehlt, dass er Franco, dem er eine über die Wirklichkeit vielleicht hinausgehende Bildung und Geistesanlage zuschrieb, geraten hätte, Hebräisch zu lernen, und er wollte ihn durchaus dazu veranlassen, den heiligen Thomas zu lesen. Er ging so weit, ihm einen Entwurf zu einem Brief an seine Frau anzufertigen, mit den Einwänden, die er ihr entwickeln sollte.

Franco verliebte sich sofort in den enthusiastischen Alten, der auch in seiner äußeren Erscheinung die Reinheit eines Heiligen hatte. Er begann mit großem Eifer den heiligen Thomas zu studieren, aber er hielt nicht lange aus. Es schien ihm, als ob er sich in ein Meer ohne Anfang und Ende stürze, in dem er alle Herrschaft über sich verlöre. Diese scholastische Anordnung der Behandlungsweise, diese Gleichmäßigkeit der Form in der Beweisführung des Für und Wider, dies frostige Latein, gesättigt von tiefen Gedanken und dabei farblos an der Oberfläche, hatte ihm in drei Tagen seinen ganzen guten Willen zunichte gemacht. Die Auseinandersetzungen in dem Briefentwurf verstand er nur zum kleinsten Teil. Er ließ sie sich erklären, verstand sie besser, machte sich bereit, mit ihnen bewaffnet zu Felde zu ziehen, und fand sich behindert und verlegen wie David in Sauls Rüstung. Sie drückten ihn, er wusste sie nicht zu handhaben, er fühlte, dass sie nicht sein eigen wären und es auch niemals werden würden. Nein, er konnte nicht mit dem Dreispitz und dem Talar des Professors G. vor seine Frau treten, eine theologische Lanze zur Hand nehmen und sich mit einem metaphysischen Schilde decken. Er erkannte, dass es ihm in keiner Weise gegeben sei, zu philosophieren; es fehlte ihm dazu sogar das Organ für strenges, logisches Denken; oder zum mindesten wollte sein glühendes Herz, reich an zärtlichen und an bitteren Empfindungen, allzu lebhaft mitsprechen zugunsten oder zum Schaden, je nach der eigenen Neigung.

Als er eines Abends im Hause C. mit bebendem Herzen und blitzenden Augen das Andante der Sonate op. 28 von Beethoven spielte, passierte es ihm, dass er mit halber Stimme rief: »Ach der, der, der!«. ›Kein Priester und kein Gelehrter könnte das religiöse Gefühl so wecken,‹ dachte er, ›wie Beethoven.‹ Er legte, während er spielte, seine ganze Seele in die Musik, und dabei hätte er bei Luisa sein mögen, um ihr das göttliche Andante vorzuspielen, um sich mit ihr so betend in einer unaussprechlichen Verzückung des Geistes zu einigen. Und es kam ihm nicht in den Sinn, dass Luisa, die überhaupt Musik viel weniger lebhaft empfand als er, dem Andante eher die Bedeutung des schmerzlichen Konflikts zwischen ihrer Liebe und ihren Ideen untergeschoben haben würde.

Er ging zu G., brachte ihm den heiligen Thomas zurück und gestand ihm seine Ohnmacht mit so demütigen und bewegten Worten, dass der alte Priester nach einigem Stirnrunzeln und gereiztem Schweigen ihm verzieh.

»Ja, ja, ja«, sagte er, indem er resigniert seinen ersten Band der »Summa« wieder an sich nahm, »so empfehle man sich dem Herrn und hoffe auf den Himmel.«

So endeten Francos theologische Studien.

Das viele Nachdenken über Luisas Ideen und über seine eigenen, vor allem aber der Rat des Professors, sich dem Herrn zu empfehlen, blieben nicht ohne Frucht. Er begann einzusehen, dass seine Frau nicht in allem unrecht habe. Ihr Vorwurf, dass er sein Leben nicht so führe, wie er es seinem Glauben gemäß hätte führen müssen, hatte ihn mehr verletzt als alles Übrige. Jetzt verfiel er in einem edelmütigen Aufschwung in das andere Extrem, seine eigenen Anfälle von Verdrossenheit, von Jähzorn und selbst von Freude am Essen zu übertreiben und sich für Luisas intellektuelle Irrtümer verantwortlich zu fühlen. Und er empfand eine wahre Sucht, es auszusprechen, sich vor ihr zu demütigen, seine eigene Sache von Gottes Sache zu trennen.

Als er die Anstellung an der ›Opinione‹ bekam und seine Ausgaben ordnete, um seiner Familie einen Zuschuss schicken zu können, schrieb seine Frau ihm, dass dieser Zuschuss im Verhältnis zu seinen Einnahmen viel zu groß sei. Das Bewusstsein, dass er in Turin mit sechzig Lire monatlich lebe, verbittere ihr Speis und Trank. Darauf antwortete er ihr, und das wohl nicht ganz aufrichtig, dass er vor allem niemals Hunger litte, dass er im Übrigen glücklich sein würde, selbst zu fasten, denn das bewiese den brennenden Wunsch, sein Leben zu ändern, den früheren Müßiggang, die den Blumen und der Musik überflüssig gewidmete Zeit mit inbegriffen, wieder gut zu machen, wieder gut zu machen auch alle frühere Verweichlichung und alle früheren Schwächen, inbegriffen die für eine verfeinerte Küche und für ausgewählte Weine. Er fügte hinzu, dass er Gott wegen seines früheren Lebens um Vergebung gebeten habe, und dass er glaube, auch sie jetzt um Vergebung bitten zu sollen. Schließlich meinte der Paduaner, dem er sich in großer Freundschaft angeschlossen hatte, und der ihn dies Bruchstück seines Briefes gleichsam wie eine Bekräftigung früherer Berichte hersagen hörte: »Es klingt wirklich wie das Gebet Manasses, König von Juda.«

Luisa schrieb sehr liebevoll, Gewiss, aber mit weniger Hingebung. Francos Schweigen über den Gegenstand ihrer peinvollen Unterredung kränkte sie; und es schien ihr nicht angebracht, einem so beharrlichen Schweigen gegenüber ihrerseits den Anfang zu machen.

Seine guten Vorsätze betreffs der Arbeit und der Opfer rührten sie tief; als sie seine Sündenbeichte las, nebst der Bitte um Vergebung, lächelte sie und küsste den Brief, denn sie fühlte, dass es ein Akt der Unterwürfigkeit war, ein demütiges Zugeständnis der strengen Kritik, die ihn beim ersten Aussprechen so bitter gereizt hatte. Armer Franco, das waren die Ergüsse seiner edlen, großmütigen Natur! Aber würden sie von Dauer sein? Sie antwortete umgehend; aber wenn in der Antwort ihre Rührung durchschimmerte, so schimmerte auch ihr Lächeln durch, womit Franco nicht einverstanden war. Den Schluss bildeten folgende Sätze:

»Als ich die Anklage las, die Du Dir machst, habe ich mit Reue an die gedacht, mit denen ich Dich in jener trüben Nacht überhäufte, und ich habe gefühlt, dass auch Du daran dachtest, als Du schriebst, obgleich Du weder in einem Briefe noch in irgendeinem Deiner früheren darauf zurückgekommen bist. Ich bereue diese Anklagen, mein Franco, aber über die anderen Gegenstände, über die ich in meiner Einsamkeit so viel nachdenke, möchte ich, dass wir als gute Freunde noch sprechen könnten!«

Luisas Wunsch blieb eitel. Über diesen Punkt ging Franco stillschweigend hinweg; auch war sein nächster Brief etwas kühl. So kam Luisa auf den Gegenstand nicht wieder zurück. Nur einmal, als sie von Maria sprach, schrieb sie:

»Wenn Du nur sehen könntest, wie sie morgens und abends ihr Vaterunser betet, und wie sie sich sonntags bei der Messe benimmt, so würdest Du zufrieden sein.«

Er antwortete:

»Was Du mir über Marias religiöse Übungen schreibst, erfreut mich, und ich danke Dir dafür.«

Luisa und Franco schrieben fast jeden Tag und schickten die Briefe einmal wöchentlich ab. Ismaele ging jeden Dienstag nach Lugano auf die Post, brachte die Briefe der Frau hin und holte die des Mannes ab. Im Juni hatte Maria die Masern, im August erblindete Onkel Piero plötzlich auf dem linken Auge. Während dieser beiden Perioden wurden die Briefe aus Oria häufiger. Im September kehrte die Korrespondenz wieder zu den wöchentlichen Abständen zurück. Ich greife aus dem Bündel von Briefen die letzten heraus, die zwischen Franco und Luisa kurz vor dem Hereinbrechen jener Ereignisse gewechselt wurden, die Ende September eintrafen.

Luisa an Franco.
Oria, 12. September 1855.

»Der brave Herr Ismaele hat uns lange auf Deinen letzten Brief warten lassen; denn anstatt von Lugano direkt nach Oria zu kommen, ist er mit einigen Freunden von sich und von den östlichen Mächten nach Caprino gegangen, um die Einnahme von Sebastopol in Scarselons Keller gebührend zu feiern; dort hat er einen ›Tropfen‹

getrunken, und dann ist er nach Lugano zurückgekehrt, wo er einen zweiten ›Tropfen‹ getrunken hat, worauf er bis Mittwoch früh wie ein Murmeltier schlief. Er hat sogar verbummelt, Dir den Topf mit Wichse zu schicken, und so musst Du entweder eine volle Woche darauf warten, oder, wenn Dein Vorrat zu Ende ist, in Turin einen viel höheren Preis dafür zahlen. Ich ärgere mich sehr darüber.

Wenn Dina Dir angeboten hat, ab und zu ein Theaterfeuilleton zu schreiben, umso besser. Auf diese Weise kannst Du gratis ein bisschen Musik hören; obschon auch ich eigentlich der Meinung Eures Schlachtrosses bin, dass man die italienische Musik auf die Trommel reduzieren sollte. Was die Affäre Valle Intelvi anbetrifft, so lobe ich Deine Vorsicht. Diese ist aber so überaus groß gewesen, dass ich nicht ganz sicher bin, ob ich Dich richtig verstanden habe. Ich habe verstanden, dass, um im Kriegsfalle eine Bewegung hinter dem Rücken unserer Tyrannen vorzubereiten, einige zuverlässige Personen nötig sind, an die man sich mit den erforderlichen Mitteilungen aus Turin wenden könnte, sei es direkt, oder sei es auf dem Umweg über das Komitee in Como. Auf jeden Fall will ich gleich morgen selbst nach Pellio Superiore gehen, wo der Bezirksarzt ein guter und äußerst zuverlässiger Freund von V. ist. Mit ihm will ich einstweilen sprechen. Um Dein zerrissenes Futter brauchst Du Dich nicht zu grämen. Bringe nur den Rock mit nach Lugano, wenn Du hinkommst. Ich werde dafür sorgen und verspreche Dir auch, die Ärmel mit Seide zu füttern, dank einem Unterrock, von dem meine Mutter mir erzählte, er sei im vergangenen Jahrhundert aus der Familie Affaitati in die Familie Ribera gekommen, einem gelben Rock mit roten Blumenranken, den sicherlich weder ich noch Ombretta jemals tragen werden.

Ombretta geht es ausgezeichnet. Seit drei Tagen, seitdem die Hitze nachgelassen hat, kommt ihre Farbe wieder zurück. Heute Morgen habe ich ihr die erste Lesestunde nach der Methode Lambruschini gegeben.

Alles in unserem Hause wird umgewandelt und dem Fortschritt untertan gemacht. Diesem Geschick fiel gestern die alte Tombola Tafel anheim, zu Cias stummem, aber offenkundigem Schmerz. Ich habe sie geopfert, um außer fünf kleinen Vierecken für die Vokale noch ein paar größere Vierecke zurechtzuschneiden, auf die ich die Gestalten von Sonne, Mond, Ochse, Esel – Du kannst Dir denken wie! – gezeichnet habe. Maria hat die Vokale genügend schnell gelernt. Während der Stunde kam Onkel Piero herein und rief: ›Ach, ich Ärmster!‹ Dann hat er, trotz meines

Widerspruchs, Maria sehr beklagt. Aber sie antwortete, sie lerne, um an Papa schreiben zu können. ›An Papa schreiben‹ ist ihre fixe Idee, und ich glaube, ich würde, wenn ich ihr beim Schreiben die Hand führte, vielleicht den stärksten Sporn, dessen ich mich als ihre Lehrerin bedienen kann, verlieren; denn sie weiß, dass sie vor dem Schreiben lesen lernen muss. Ihre Liebe zu Dir äußert sich immer mit einem Zusatz von Eigenliebe. Sie spricht, als wäre es nicht ein Bedürfnis von ihr, sondern von Dir, von mir, dass Ombretta Pipi an Papa schreibt. Neulich hörte sie, wie ich Veronika zankte, weil sie die schlechte Gewohnheit hatte, das schmutzige Wasser aus der Küche auf den Johannisbrotbaum zu schütten, der dadurch verkümmert. Ich erinnerte Veronika daran, wie lieb Dir der Johannisbrotbaum ist. Maria hörte, wie sie vor sich schimpfte auf den armen Johannisbrotbaum, weil er der Küche die Sonne nähme, und wie sie den Wunsch aussprach, er möchte eingehen. ›Schweig!‹, schrie Maria sie mit unbeschreiblicher Gewalt an. ›Wenn du nicht schweigst, schicke ich dich fort!‹ Die andere fuhr sie derb an, und Maria brach in Tränen aus. Ich hörte sie und lief herzu. ›Warum weinst du?‹ – ›Weil Veronika so hässliche Worte zu Papas Baum gesagt hat.‹ Du hättest nur ihr empörtes Gesichtchen sehen sollen! Jetzt bewacht sie den Baum, geht niemals fort, ohne Veronika eine Predigt zu halten, und setzt Dir eine so wichtige Miene auf, als ob das Leben des Johannisbrotbaums ihr anvertraut wäre. Jeden Morgen, wenn sie ins Gärtchen kommt, läuft sie hin und fragt: ›Geht's dir gut, Baum?‹ Heute hat sie viele Tränen vergossen, weil ein starker Wind den Baum arg schüttelte, und als sie dann ihre gewohnte Frage an ihn richtete, sagte ich: ›Siehst du nicht, dass es dem Baum nicht gut geht? Siehst du nicht, dass er nein antwortet?‹ Später fragte sie mich, ob der Johannisbrotbaum, wenn er stirbt, ins Paradies kommt. Ich antwortete ihr, dass er nicht ins Paradies kommen könnte, da er ja Veronika durch den Schatten, den er in die Küche wirft, ärgere. Da schwieg sie gekränkt.

Onkel Piero hat sich jetzt über den Verlust seines Auges ganz getröstet. Er vergleicht sich mit einem Altar, wo man die Messe liest, und wo der Messdiener während des letzten Evangeliums bereits eine der beiden Kerzen ausgelöscht hat. Nach dem Essen haben Maria und er lange Unterhaltungen in der Loggia, die durch den Lauf des jetzt in Vergessenheit geratenen Mississippi nicht mehr unterbrochen werden. Onkel erzählt ihr eine Masse uralter Geschichtchen, die er nicht einmal mir je erzählt hat. Ich gehe dann nie in die Loggia, denn ich glaube, dass er sich lieber mit der Kleinen allein ausspricht. Sie haben sich sehr lieb, aber sie küssen und liebkosen sich nie, oder fast nie, als ob Maria eine erwachsene Person wäre.«

13. September.

»Heute Morgen habe ich Veronikas Schwester Leu, die sehr bleichsüchtig[11] ist, mitgenommen, um sie zur Untersuchung zum Doktor nach Pellio zu bringen: Du verstehst! Wir haben von Osteno aus zwei und eine halbe Stunde gebraucht. Du hättest mit Enthusiasmus die Schönheit der Gegend und des Morgens genossen. Ich hingegen war nur einen Augenblick davon gerührt, zwischen den alten Kastanienbäumen von Pellio Superiore, von denen aus man, wenn man sich umdreht, um ins Tal hinunterzuschauen, im Grunde dieses großen grünen Trichters Porlezza gewahrt und ein Stückchen See, eine kleine Schale lebendigen Wassers, ebenfalls ganz grün. Erinnerst Du Dich, dass wir dort unten zusammen gefrühstückt haben zu der Zeit, als ich noch Mädchen war, und dass Ester etwas gemerkt hat aus der Art, in der Du zu mir von meiner Mutter sprachst.
Ich fand den Bezirksarzt am ›Pell Sora‹-Brunnen, mitten unter den Schafen, wie einen Patriarchen.

---

11 Bleichsucht steht für Blutarmut (Anämie)

Ich ließ ihn zuerst Leu untersuchen, und dann, nachdem ich sie fortgeschickt hatte, sprachen wir miteinander. Er wusste nicht, dass Du in Turin bist, und beim bloßen Namen Turin nahm er meine Hände und drückte sie, als ob die Frau eines, der in Turin ist, schon eine Art Heldin wäre. Ferner glaubte er, weil ich mit Turin korrespondiere, müsste ich Cavours Pläne in der einen Tasche und die Napoleons in der anderen haben. Er ist ein so enragierter Bonapartist, dass ihm das englische Bündnis ganz zuwider ist, und er sagt ›das perfide Albion‹. Er hält den Krieg zum Frühling für absolut sicher, und es missfiel ihm, zu hören, dass noch Zweifel bestehen. Ich glaube, dass er mich daraufhin sofort weniger bewundert hat. Was das Handeln im richtigen Moment betrifft, so meint er, dass sie sich in Vall' Intelvi, wenn's nötig wäre, in Stücke schneiden ließen. Er macht nicht den Eindruck eines Prahlhanses. Als er davon sprach, mit den Kroaten handgemein zu werden, wurde er röter als das Coeur-As und zitterte über und über wie ein Jagdhund, wenn man ihm ein Stück Brot zeigt. ›Den Brenta,‹ sagte er, ›haben sie auch noch auf dem Kerbholz.‹ Du weißt, dass die Österreicher Brenta erschossen haben; der bleibt ihnen noch zu rächen. Kurz und gut: wenn meine Aufgabe beim Ausbruch des Krieges nicht wäre, Dame Peppina zu befreien und ihren Carlascia den Gründlingen vorzuwerfen, so würde ich an der Seite des Doktors von Pellio in den Kampf ziehen.

Wir kamen um drei wieder heim. Onkel spielte mit dem Pfarrer, mit Pasotti und Herrn Giacomo Tarock. Der Pfarrer hatte die ›Gazetta Ticinese‹, und man hatte viel über Sebastopol gesprochen. Es versteht sich, dass Pasotti wütend ist wie alle Deutschenfreunde. Herr Giacomo hingegen war voller Zärtlichkeit für seinen ›Babusche‹, und der Pfarrer schlug vor, eine Flasche auf das Wohl Babusches zu trinken. Darauf fragte Onkel Piero ihn, ob er als Priester sich nicht schäme, die Glücksfälle des Türken zu feiern. ›Es war mir des Trinkens wegen,‹ brummelte der Pfarrer. ›Es ist gut, dass es weiter nix ist,‹ meinte Onkel. Und als der Pfarrer noch stärker als zuvor brummte, hielt ihm Onkel eine gelehrte Abhandlung über lombardische Dialekte und schloss mit den Worten: ›Es ist nix, es ist gar nix, es ist absolut nix.‹«

14. September.

»Ich glaube, dass Pasotti unser Haus nicht mehr betreten wird. Es tut mir leid wegen dieser armen Barborin, die, wie ich fürchte, auch nicht mehr wird kommen dürfen; aber ich bereue das, was ich getan habe, keineswegs.

Er weiß seit einiger Zeit ganz genau, dass Du in Turin bist, wie es hier alle wissen. Sogar mit dem Zolleinnehmer hat er darüber gesprochen, wie mir Maria Pon erzählt hat, die sie, während sie bei der Kapelle Romit stand, eifrig sprechen hörte, als sie von Albogasio Superiore herunterkamen. Wenn er zu uns kam, hat er immer so getan, als ob er es nicht wüsste, und hat mit seiner gewohnten Affektation von Freundschaft und Sorge nach Dir gefragt. Heute findet er mich allein im Gärtchen und fragt mich, wie lange Du noch fortbleiben wirst, und ob Du gegenwärtig in Mailand bist. Ich antwortete ihm kurz, dass ich mich über seine Frage wundere. ›Warum?‹, sagte er. ›Weil Sie herumgehen und sagen, dass Franco ganz wo anders ist.‹ Er verwirrt sich, protestiert, wird wütend. ›Protestieren Sie nur,‹ sagte ich. ›Es ist ganz unnötig. Ich weiß, was ich weiß. Im Übrigen befindet sich Franco sehr wohl da, wo er ist. Sagen Sie das immerhin, wem Sie mögen.‹ – ›Sie beleidigen mich!‹, sagte er. Ich überlegte nicht lange und erwiderte: ›Mag sein!‹ Darauf ging er schnell auf und davon, ohne sich zu verabschieden, düster wie das Pique-As, da ich einmal bei diesen Vergleichen bin. Ich bin sicher, dass er heute Abend nach Cressogno geht.

Küster hat uns eine wundervolle Schleie zum Geschenk gemacht, die er heut früh gefangen hat, zur großen Wut von Biancon, der den ganzen Tag angelt, nichts fängt und rast, weil die Schleie, die braven, auf S. K. K. M. und ihren Carlascia pfeifen. ›Armer Kerl!‹, sagte Dame Peppina. ›Er ärgert sich noch die Gelbsucht an den Hals!‹ Er wird's verwinden, er wird's verwinden.

Milder Sinn und holder Friede
Füllt das edle Herz zum Rand;
Gott erhalte und beschütze
Unsern Kaiser Ferdinand.«

15. September.

»Ich habe die ›Episode Pasotti‹ Onkel Piero erzählt, und er war recht unzufrieden damit. ›Du wirst einen schönen Nutzen daraus ziehen!‹, sagte er. Armer Onkel, man könnte ihn für einen Utilitarier halten; aber er ist ein Philosoph. Im Grunde ist sein Hauptargument gegen meine Verachtung all der hässlichen Dinge auf dieser Welt: ›Nimm's, wie's ist!‹

Heut war das Hochamt in Albogasio Superiore. Als ich mit Maria die Kirche verließ, traf mich ein ganz verzweifelter Blick der armen Pasotti, die augenscheinlich Befehl hat, mich zu meiden. Dafür ist Ester mit mir heruntergegangen und auch mit in unser Haus gekommen, wo sie mir unter vier Augen eine Rede gehalten hat, die ich schon seit einiger Zeit erwartete. Sie fing mit der Bitte an, ich möchte nicht lachen, und dabei lachte sie selbst. Schließlich verstand ich so viel, dass der Professor so nach und nach doch einigen Eindruck gemacht hat. Es ist so, wenn auch Ester behauptet, dass sie ihre eigenen Gefühle nicht entwirren kann. Ich sehe den ganzen Weg, den er in ihrem Herzen zurückgelegt hat. Zuerst nannte sie ihn – Du wirst dich erinnern – auf gut valsoldeskisch den Ollen, das Alterchen, den Kahlkopf, das Langohr, den Nasenkönig, den Rotbart. Als sie seine Zuneigung bemerkte, gebot ein Gefühl der Dankbarkeit ihr, all diese Titel fortzulassen, ohne sie jedoch mit seinem glänzenden Schädel, noch mit seinen abstehenden Ohren, noch mit dem rötlichen Fell, noch mit der blühenden Nase ihres Anbeters zu versöhnen. Jetzt spricht man von den ersten drei Schmerzen gar nicht mehr; auf diesen drei Punkten hat der Freund die Schlacht gewonnen und kann sie im Triumph tragen. Einzig um den vierten Punkt tobt noch der Kampf. ›Nein, über diese Nase!‹, sagte Ester heute Morgen und lachte und lachte und verbarg ihr hübsches, glänzendes Gesichtchen. Mir kommt vor, als ob diese skandalöse Nase in fatalster Weise immer mehr gediehe und sich färbte und zunähme an Größe und Dicke.

Dieser herzenseinfältige Mensch vertraute mir kürzlich, vermutlich, damit ich es Ester wiederholte, dass er auch in seiner Jugend immer nur Wasser getrunken habe, und dass die Röte und Geschwollenheit seiner Nase von häufigen Schleimhautentzündungen herrührten. Ich fürchte, dieser neue Gesichtspunkt verbessert in keiner Weise die Situation. Ich glaube aber, dass die Freundin schließlich auch noch dies große und dicke Hindernis überwinden wird. Tatsache ist, dass seine Leidenschaft den Gipfel erreicht hat. Er hat ihr eine Generalbeichte von dreißig Seiten geschrieben, hat sein ganzes Herz vor ihr ausgeschüttet und es um und um gewendet, in einer Art und Weise, um selbst einen Kroaten zu erweichen. Ich habe bei Ester seine Sache geführt, sie will sich in zwei Tagen entscheiden und wünscht, dass ihre Antwort ihm durch mich zugestellt werde. Ich verstehe das so, dass die Gelehrsamkeit des Professors sie bedrückt, und dass sie große Angst vor kleinen orthografischen Schnitzern hat. Ein gutes Zeichen!«

18. September.

»Ich habe Dir seit drei Tagen nicht geschrieben, aus Angst, ich könnte meine Feder nicht beherrschen, könnte meine Gedanken nicht in Worte zwängen, die ein gegebenes Maß haben sollen, und nicht mehr. Jetzt kann ich's tun, und ich tue es. Wisse aber, Franco, dass ich nicht dafür einstehe, ob ich immer Herrin meiner selbst bleiben kann!

Am Abend des fünfzehnten also ist der Bevollmächtigte Deiner Großmutter zu mir gekommen. Da die halbjährliche Rate Deiner Zinsen am sechzehnten fällig ist, dachte ich, er brächte die fünfhundert Zwanziger, und sagte ohne weiteres, ich wolle gehen, um die Quittung für ihn zu schreiben. Darauf erklärte mir der sehr ehrenwerte Herr Bellini, meine Quittung könne ihm in keiner Weise genügen. ›Wie,‹ erwiderte ich, ›wenn sie Ihnen am 16. März genügt hat?‹ – ›Aber,‹ sagte er, ›meine Befehle!‹ – ›Aber Franco ist nicht hier.‹ – ›Ich weiß es.‹ – ›Zu welchem Zweck sind Sie dann überhaupt gekommen?‹ – ›Ich bin gekommen, um Ihnen zu sagen, dass Don Franco sich bei der Verwaltung der Frau Marchesa in Brescia vorzustellen hat, wenn er das Geld erheben will.‹ – ›Und wenn er nicht nach Brescia kommen kann?‹ Hier machte Bellini eine Bewegung, als wollte er sagen: Das ist Ihre Sache. Ich antwortete ihm, es wäre gut, ließ ihm Kaffee bringen und sagte ihm, dass ich den Wunsch hätte, der Frau Marchesa die Bücherschränke in Deinem alten Studierzimmer in Cressogno abzukaufen. Bellini wurde gelb und entfernte sich ganz geduckt, wie unser alter Hund Pato im Haus Rigey, wenn er etwas gestohlen hatte.

Ich bin sicher, dass Herr Pasotti seine Hand in diesem unsauberen Spiel hat.

Gestern war der Präfekt der Caravina hier und erzählte mir, dass am Abend des vierzehnten Pasotti ziemlich spät nach Cressogno gegangen und in das Haus Deiner Großmutter gerade gekommen ist, als man den Rosenkranz betete, so dass er nicht umhin konnte, noch daran teilzunehmen. Das brachte den Präfekten zum Lachen, denn seiner Meinung nach geht Pasotti zur Messe, weil er Beamter ist, aber von Gebeten sagt er nur das, wovon ich gar nicht weiß, was es ist. Er erzählte weiter, als die anderen fortgingen, wäre Pasotti geblieben, um mit der Großmutter zu klatschen, und Bellini wäre auch dabei gewesen. Bellini war an demselben vierzehnten aus Brescia gekommen. Wahrscheinlich hatte er das Geld für Dich gebracht.

Bis Oktober, wenn Dein Geld kommt, haben wir zu leben. Weiter sage ich nichts.

Das Alpenveilchen, das Du hier eingeschlossen finden wirst, schickt Maria Dir. Das muss ich Dir doch erzählen! Du kannst Dir denken, in welcher Verfassung sie mich sieht. Sie hört mich auch oft mit Onkel den Gegenstand besprechen. Onkel bleibt immer Onkel. In seinem ganzen Leben hat er einzig jene Unternehmer für Schufte erklärt, die ihm Geld angeboten hatten, und dann einen anderen Onkel, seinen direkten Antipoden, der, nachdem er seinen Neffen jahrelang ausgesogen hatte, ihm auch nicht einen roten Heller hinterließ. Andere Schufte hatte er nie gesehen und will er auch jetzt nicht sehen. Wenn ich mich nun also jetzt mit ihm ausspreche, möchte Maria immer zuhören. Ich schicke sie fort, aber so und so oft bemerke ich es nicht, dass sie ganz leise wieder zurückkommt. Heute Morgen sagte sie ihre Gebete auf. Ach, Franco, Deine Tochter ist sehr religiös in Deinem Sinne! Das letzte, das sie spricht, ist ein Gebet für die Seelenruhe der armen Großmutter Teresa. ›Mama,‹ sagte sie hierauf, ›jetzt will ich auch für die Großmama von Cressogno beten.‹ Ich antwortete, was ich nun einmal antwortete, bittere Worte; ich habe Unrecht getan, wenn Du willst, und ich gestehe es. Maria sieht mich an und meint: ›Ist die Großmama von Cressogno wirklich böse?‹ – ›Ja.‹ – ›Und weshalb sagt denn Onkel Piero, dass sie nicht wirklich böse ist?‹ – ›Weil der Onkel so gut ist.‹ – ›Und du, bist du denn nicht so gut?‹ Meine geliebte kleine Unschuld, ich bedeckte sie mit Küssen, ich konnte wahrhaftig nicht anders. Als ich sie frei ließ, begann sie sofort wieder: ›Du kommst nicht in den Himmel, weißt du, wenn du nicht sehr gut bist.‹ Das mit dem Paradies, das ist ihre fixe Idee. Armer Franco, dass Du sie nicht bei Dir haben kannst, Du, der Du so glücklich über sie sein würdest! Du bringst ein großes Opfer! Wenn es Dir Freude macht, so möchte ich Dir sagen, dass die einzige Möglichkeit für mich, Gott zu lieben, in diesem Kinde liegt, denn in ihr wird mir Gott sichtbar und begreiflich. Adieu, Franco; ich umarme Dich.

Luisa.

P. S. Ich teile Dir noch mit, dass ich Veronika für den ersten Oktober gekündigt habe. Erstens aus Sparsamkeit; dann aber auch, weil ich dahintergekommen bin, dass sie eine Liebschaft mit einem Finanzwächter hat. – Ach, und dann vergaß ich auch noch: Vor einer halben Stunde kam Ester zu mir, um mir zu sagen, dass sie sich zum Jawort entschlossen hat, aber noch einen Tag warten will, bevor sie den Professor sieht. Sie hat also die Nase geschluckt, aber noch nicht ganz verdaut.«

Franco an Luisa.
Turin, 12. September 1855.

»Gestern Abend schickte mich Dina ins Angennes-Theater, wo man eine Oper ›Marin Faliero‹, die mir gar nicht gefiel, recht schlecht gab. Dazu kam die quälende Vorstellung, nachher einen Bericht darüber schreiben zu müssen; und Du wirst verstehen, dass es für mich nicht eben ein Fest war. Ein Kollege machte mir den Vorschlag, mich in einer Loge, in der zwei auffallend elegant gekleidete Damen saßen, vorzustellen. Ich glaube, es geschah auf Dinas Wunsch, denn er zögerte und warf einen raschen Blick auf meine Kleider, die die Schwindsucht meiner Börse offen bekunden. Du kannst Dir vorstellen, wie angenehm es mir war, mich aus der Verlegenheit zu ziehen!

Alte Kleider,
Treu und schäbig,

ich schulde euch auch dafür eine Dankbarkeit, die ich euch nicht vorenthalte.
Im Theater war von nichts die Rede wie von Sebastopol. Die meisten glauben, dass der Friede noch nicht abgeschlossen und dass England die Waffen nicht niederlegen wird, ehe es nicht für die nächsten fünfzig Jahre den Russen die Lust auf Eroberungen ausgetrieben hat. Beim Ausgang aus dem Theater hörte ich, wie der Abgeordnete B., ein heftiger Gegner der Expedition, zu jemand sagte: ›Sie haben ihr Grab erobert! Ein kleiner

Napoleon, ein kleines Moskau!‹ Ich sagte sehr laut: ›Sie haben Verona erobert.‹ B. sah mich mit blitzenden Augen an, und ich erwiderte den Blick, ohne die meinen zu senken. Er zuckte die Achseln und ging weiter. Ich stieg in meine Dachkammer und schrieb meinen Bericht auf den Rand einer alten Zeitung, um kein Papier zu vergeuden.

Ich schrieb und strich aus, schrieb wieder und strich wieder aus und war endlich um vier Uhr morgens damit zustande gekommen. Sie finden hier, dass meine Perioden einen zu klassischen Aufbau haben, und dass ich zu viel toskanische Wörter und Wendungen gebrauche. ›Ach Sie, mit Ihrem Giusti!‹, sagte mir neulich D. Sein Schmerz ist, dass ich nicht piemontesisch schreibe, wie es ihm vielleicht gefiele. Inzwischen habe ich einen wundervollen, glänzenden Scudo, frisch von der Münze, verdient, mit einem so sprechend ähnlichen Viktor Emanuel darauf, dass Ihr vor Rührung ohnmächtig werden könntet, so wie vorgestern im Hotel Liguria eine venezianische Dame ohnmächtig wurde, als sie an der Spitze seiner Infanteriekolonne den General Gianotti vorbeikommen sah, den sie wegen der riesigen Schnurrbartspitzen für den König hielt. Ich werde diesen Scudo aufheben und ihn Euch nach Lugano mitbringen. Du musst ihn beiseitelegen, und er soll den Grundstein zu Ombrettas Mitgift bilden. Ist's so recht? Diese Idee ist mir heute Morgen durch einen Traum gekommen, kaum dass ich eingeschlafen war, in der Stunde, in der die Seele

›Fast göttlich ist mit ihren Eingebungen.‹

Ich träumte, ich wäre mit Dir und Maria, die groß und schön und bräutlich gekleidet war, in der Kirche San Sebastiano in Oria; der Bräutigam war Michele Steno, und Onkel Piero legte Talar und Stola an, um die Ehe einzusegnen; und Michele Steno erhob sich vom Betschemel, um mir zu sagen: ›Es ist alles recht und gut, aber wie steht's mit der Mitgift? Wie steht's mit der Mitgift?‹

Meine süße, süße Maria, es wird auch für dich der große Tag der Mitgift kommen; und wenn du dann auch viele Goldstücke neben diesem Silberscudo zur Verfügung hättest, du würdest doch den Scudo am höchsten halten!«

14. September.

»Der Stockbube läuft Gefahr, von seinem Prinzipal entlassen zu werden wegen des wahrhaft erbärmlichen Zustandes seiner Kleidung. Er ist, um die Wahrheit zu sagen, ein rechter Verschwender und hat noch nicht gelernt, duris in rebus, eine Kleiderbürste zu handhaben; aber schließlich haben die übrigen Weisen beschlossen, eine Woche mal nicht zu frühstücken, um ihm die Möglichkeit zu geben, sich etwas herauszumustern. Siehe die Niedrigkeit des menschlichen Herzens! Der Bube hat sich tief gerührt bedankt, und dann schickte er sich an, zu frühstücken, als ob nichts vorgefallen wäre. Das haben wir ihm aber gelegt. So sind wir denn heut, anstatt ins ›Magenweh‹ zu gehen, ein halbes Stündchen am Po entlang nach Valentino zu gebummelt, um das Wasser steigen zu sehen. Der Udinese hatte seine Flöte mitgenommen, denn zu einer idealen Mahlzeit, bei der man sich die leckersten Bilder von Speise und Trank leistet, gehört notwendigerweise auch Musik. Er hatte einen Brief von zu Haus mit den lockendsten Anerbietungen, falls er in den Stall zurückkehren will. Bis zu einem Reitpferd verstiegen sie sich. Er erzählte uns, er hätte ihnen geantwortet, sie würden ihn bald auf einem Pferde Viktor Emanuels heimkehren sehen. Darauf entgegnete der Paduaner, der ein großer Spötter ist, mit seinem ganzen Phlegma: ›So, so, du Held, du bläst also auch die Posaune?‹ Der Udinese wurde zuerst wütend, aber zum Schluss spielte er uns doch sein wackeres Stücklein auf der Flöte. Das sonderbare ist, dass keiner von uns etwas von Hunger verspürt hat. Als die Sitzung aufgehoben wurde, kamen wir überein, dass die Toilette des Stockbuben vereinfacht werden sollte, und dass er sehr gut sein Kamisol, modern ausgedrückt, Weste, entbehren könnte.

Ach, wir würden auch gern das Mittagessen entbehren, um im April 1856 mit dem König den Tessin überschreiten zu können. Wir sprachen darüber, als wir von unserem Fantasiefrühstück heimkehrten. Der Paduaner bemerkte, dass im April das Wasser noch zu kalt wäre, und dass wir lieber bis zum Juni warten sollten. Und man sprach darüber, wie groß Italien ohne die Deutschen sein würde. Ich versichere Dir, dass wir alle trotz des leeren Magens voller Enthusiasmus waren. Alle, mit Ausnahme des Paduaners natürlich, der aber, zu seiner Ehre sei's gesagt, lieber Hunger leidet, oder doch beinahe, nur um keinen Österreicher sehen zu müssen, und der, obgleich er ausgangs der Vierziger steht, sich besser schlagen wird als mancher Junge, der jetzt täglich zum Frühstück einen Kaiserlichen verspeist und zum Mittag zwei. Er glaubt, dass wir wieder in den Zustand von Hund und Katze zurückverfallen werden. ›Also,‹ sagte er, ›verstehen wir uns recht. Nach Abzug der Deutschen verschließt sich jeder in sein Haus, und wehe euch, wenn ihr nach Padua kommt, um meinen Hausfrieden zu bre-

chen!‹ Ich glaubte Onkel Piero zu hören, wenn
wir zu Haus in Oria ebenfalls von Italiens zu-
künftiger Größe und Pracht sprachen. ›Ja, ja!‹,
sagte er dann, ›ja, ja! Der See wird eitel Milch und
Honig werden und der Galbiga Parmesankäse!‹
Wir werden ja sehen, wir werden sehen!«

21. September.

»Dein Brief hat einen Sturm von Gefühlen in
mir erregt, die sich nicht beschreiben lassen.
Mich schmerzen ganz Gewiss sowohl die Handlungsweise der Großmutter wie Pasottis hämi-
sche Winkelzüge; aber tiefer betrübt mich noch
Deine allzu heftige Entrüstung. Wenn ein Bevoll-
mächtigter von mir sich in Brescia vorstellt, kann
man ihm die Auszahlung nicht verweigern. Es ist
wahr, Du bist als Frau nicht verpflichtet, diese
Dinge zu wissen. Auch Deinen Zorn verzeihe ich
Dir, denn selbst ich konnte anfangs nicht kühl
bleiben. Dann aber habe ich mir gesagt: Über wen
entrüstest du dich, und was überrascht dich? War
dir dieses Übelwollen nicht bekannt, und hast du
nicht schlimmere Beleidigungen erduldet?
Unendlich traurig hat es mich gemacht, dass
Du es nicht vermochtest, Maria Deine Empfindungen zu verbergen, unendlich rührt es mich,
dass Du diese Wallung bereust, und unendlichen

Trost gewährt es mir, dass Du in dem Kinde den Herrn liebst, und dass Du es mir schreibst. Um die Wahrheit zu sagen, Liebste, sollte ich darüber noch nicht frohlocken; denn Himmel und Erde laden uns ein, Gott zu lieben, und er wird uns sichtbar in jedem Lichtstrahl, fasslich in der ganzen Natur! Aber Du beginnst endlich, seine Stimme zu vernehmen! Ich habe in meinen Briefen niemals diesen Punkt berührt, weil ich meine Unfähigkeit fühlte, würdig und zugleich wirksam mit Dir darüber zu sprechen. Und jetzt soll Gott durch das Kind weiter zu Dir sprechen, und ich kehre zu meinem Schweigen zurück. Du magst aber wissen, dass ich klopfenden Herzens lausche, dass ich bete und hoffe.

Kann ich Dir sagen, was ich für Maria empfinde? Wer könnte diese Rührung beschreiben, diese unendliche Zärtlichkeit, diese Sehnsucht, die mich packt, sie wenigstens einen Augenblick, einen einzigen Augenblick nur, an mein Herz zu drücken? Glaubst Du, dass ich bis November warten kann? Nein, ich will Kritiken schreiben und abschreiben und für andere auf Wache steh'n, aber ich komme früher nach Lugano! Küsse sie inzwischen für mich und sage ihr, dass Papa seine Ombretta immer im Herzen trägt und sie segnet, und frage sie, was ich ihr mitbringen soll, und schreibe es mir dann, ohne an meine Armut allzu sehr zu denken.

Ich umarme Dich von ganzer Seele, meine Luisa.

Franco. «

Luisa an Franco.
24. September 1855.

»Endlich! Seitdem Du fort bist, habe ich immer gewünscht, Du möchtest diesen Punkt berühren. Wie mag ich mich in jener Nacht, in meiner schmerzlichen Erregung ausgedrückt haben? Wie magst Du mich in der Deinen verstanden haben? Seit Monaten und Monaten fühle ich das Bedürfnis, mit Dir darüber zu sprechen, und immer habe ich es aus Mangel an Mut unterlassen. Siehst Du, zum Beispiel. Du hast mich in jener Nacht des Stolzes bezichtigt. Ich flehe Dich an, mir zu glauben, dass ich nicht stolz bin; ich kann eine solche Anklage nicht einmal begreifen!

Ich glaube aus Deinen Briefen zu verstehen, dass Du annimmst, ich sei zum Glauben an Gott zurückgekehrt. Aber habe ich Dir je gesagt, dass ich nicht an Gott glaube? Ich kann Dir das nicht gesagt haben, denn die Geschichte meines Denkens ist in mein Gedächtnis eingegraben, und der schreckensvolle Gedanke, das Entsetzen, vielleicht nicht mehr an Gott glauben zu können, ist mir erst nach Deiner Abreise gekommen, ich weiß genau Tag und Stunde. Ich hatte in San Mamette von einem großen Gastmahl sprechen hören, das Deine Großmutter in Brescia gegeben hatte, und ich konnte unserem geliebten Onkel absolut das Regime an Speisen und Wein nicht verschaffen, das der Doktor, der für das rechte Auge fürchtete, vorgeschrieben hatte. Ich habe mit den finstern Mächten gekämpft, Franco, und ich habe gesiegt. Es ist wahr, der Sieg gebührt zum großen Teil unserer Maria. Ich will damit sagen, dass, wenn so viel schwarze Wolken mir das Walten einer höheren Gerechtigkeit verbergen, ein Strahl davon mich trotz alledem in Maria trifft; und dieser Strahl macht mich an das Gestirn glauben, auf dasselbe hoffen. Denn es wäre zu fürchterlich, wenn nicht eine göttliche Gerechtigkeit das Weltall regierte!

In jener Nacht habe ich Dir folglich nur sagen können, dass ich die Religion anders verstehe wie Du, dass die Vorschriften des christlichen Glaubens und das Gebet mir nicht unbedingt zur religiösen Idee zu gehören schienen, hingegen Liebe und Aufopferung für die, die da leiden, unbedingt! Und Empörung und Auflehnung gegen die, die Leiden verursachen, unbedingt!

Und Du willst nun weiter schweigen? Nein, nein, das sollst Du nicht. Du fühlst Dich schwach, sagst Du. Dich schwach oder Deinen Glauben?

Lass uns darüber sprechen, uns klar werden. Du musst zugeben, dass ihr Gläubigen euern Glauben auch deswegen liebt, weil er ein so bequemes Ausruhen für den Geist gewährt. Ihr wiegt euch darin behaglich wie in einer Hängematte, die in der Luft schwebt, deren Fäden von Menschenhänden gearbeitet, von Menschenhänden miteinander verknüpft sind. Ihr befindet euch recht wohl darin, und wenn jemand sie untersuchen, mit der Hand auch nur einen einzigen dieser Fäden prüfend betasten will, dann werdet ihr unruhig und habt Angst, er könnte reißen, denn nach ihm würde sich leicht auch der nächste lösen, und nach diesem wieder ein anderer, und schließlich würde zu eurem Schreck und eurem Schmerz das ganze zerbrechliche Lager aus der Luft auf die Erde stürzen. Ich kenne diesen Schreck und diesen Schmerz, ich weiß, dass man auf diese Weise die Wohltat zahlen muss, später auf festem Grunde zu wandeln; und deswegen lasse ich nicht davon ab, mit Dir über eine Frömmigkeit zu verhandeln, die ja falsch wäre. Aber vielleicht täusche ich mich, und Du bist derjenige, der mich hinaufhebt in sein Lager aus zerbrechlichen Fäden und Luft. Das kann Maria nicht tun. Wenn Maria mir den Glauben an Gott gibt, so will das nicht sagen, dass sie mir auch den Glauben an die Kirche geben kann. Und Du, Du glaubst vor allem an die Kirche! Versuche also, mich zu überzeugen, und auch ich will Dir klopfenden Herzens lauschen; und wenn ich nicht bete, so hoffe ich wenigstens; denn mehr als je sehne ich mich jetzt darnach, mit Dir völlig eins zu sein. Ich fühle jetzt neben der alten Liebe zu Dir noch eine neue Bewunderung, eine neue Dankbarkeit. Wird Dich dieser mein Erguss verletzen? Bedenke, dass es acht Monate sind, dass Du in Deiner Reisetasche einen Brief von mir gefunden haben musst, und dass ich acht Monate lang auf die Antwort gewartet habe!

Der Professor und Ester sehen sich jetzt als Brautleute in unserem Hause. Die sind wenigstens glücklich. Sie geht in die Kirche, er nicht, und weder er noch sie machen sich mehr Gedanken darüber als etwa über die Verschiedenheit ihrer Haarfarbe. Und so machen es neunhundertneunundneunzig auf tausend Gatten, glaube ich. Ich umarme Dich. Schreib mir lang und ausführlich.

Luisa.«

Der Brief wurde am 26. September von Lugano aus abgeschickt, Franco erhielt ihn am 27. Am 29. bekam er folgendes Telegramm aus Lugano:

»Die Kleine schwer erkrankt. Komm sofort.

Onkel.«

Zehntes Kapitel.
Jesus Maria, Sora Luisa!

Zu früher Nachmittagsstunde kehrte Luisa am 27. September aus Porlezza mit einigen Schriftstücken, die sie für den Notar zu kopieren hatte, zurück. Zu jener Zeit bewahrten die Klippen zwischen San Michele und Porlezza noch ihre ursprüngliche Wildheit; der schmale Saumpfad, der sie heute gangbar macht, existierte damals noch nicht. Luisa hatte sich die kurze Strecke im Boot übersetzen lassen und dann zu Fuß den Weg auf der engen Straße eingeschlagen, die wie alle jene Straßen meiner kleinen alten und neuen Welt keine andere Reiseart zulässt; diese anmutige und boshafte Straße, die es auf alle Weise versucht, nie dorthin zu führen, wohin der Wanderer möchte. Bei Cressogno geht sie oberhalb der Villa Maironi entlang, ohne dass man die Besitzung von dort sehen kann.

›Wenn ich ihr begegnete!‹, dachte Luisa, und ihr Blut geriet aufs neue in Wallung. Aber sie begegnete niemand.

Auf der steilen Höhe von Cressogno bei dem Campo brannte die Sonne. Als sie das frische Höhental, das das Campo heißt, erreicht hatte, setzte sie sich in den Schatten der Riesenkastanie, der letzten überlebenden von drei oder vier altehrwürdigen Patriarchen. Sie blickte auf die Häuser ihres Geburtsortes Castello, die sich kreisförmig um eine hohe Spitze der schattigen Felsenklippen gruppierten, und sie dachte ihrer armen Mutter und fand Trost in dem Gedanken, dass wenigstens sie den Frieden hatte, als sie plötzlich durch den Ruf: »O teure Madonna!« aufgeschreckt wurde.

Es war die Sora Peppina, die gleichfalls von Cressogno kam, verzweifelt, dass sie weder in San Mamette noch in Loggio noch in Cressogno hatte frische Eier auftreiben können. »Jetzt wird er mich schlagen, der Carlo! Umbringen wird er mich geradezu, meine Liebste!«

Sie hatte auch noch nach Puria gehen wollen, aber sie war halb tot vor Müdigkeit. Was für ein abscheuliches Land! Diese erbärmlichen Straßen! Diese spitzen Steine! »Wenn ich an mein Mailand denke, meine Beste!«

Sie setzte sich neben Luisa ins Gras, sagte ihr tausend Zärtlichkeiten und wollte, dass sie erraten solle, mit wem sie gerade von ihr gesprochen habe. Aber Gewiss, mit der Frau Marchesa! Ganz Gewiss!

»Ah, meine Teuerste! Die Welt! Die Welt!«

Es schien, als hätte die Peppina sehr Wichtiges zu sagen und wagte es nicht, aber als läge es ihr auf der Zunge und sie wartete nur darauf, dass man sie ihr gewaltsam löste. »Was für Sachen!«, rief sie einmal über das andere. »Was für Sachen! Was für 'ne Rede! Die Welt, die Welt!«

Luisa schwieg noch immer. Da konnte jene dem Verlangen nicht widerstehen und sprudelte alles heraus, was sie auf dem Herzen hatte. Sie war zum Koch der Frau Marchesa gegangen, um sich Eier zu leihen.

Die Frau Marchesa hatte, als sie ihre Stimme erkannte, sie durchaus sehen und sie zu einem Plauderstündchen zurückhalten wollen, da war es plötzlich wie eine Eingebung des Himmels über sie gekommen: sprich von diesen armen Menschen! Vielleicht ist der Augenblick günstig. Sprich von Maria, ›dem lieben Kerlchen, dem guten Mäuschen, dem herzigen Wurm!‹ Ach, es war eine Eingebung des Teufels und nicht des Himmels gewesen. Sie hatte angefangen von ihr zu sprechen, sie war im Begriff gewesen, zu erzählen, wie schön sie sei, wie lieb und was für eine staunenswerte, unglaubliche Klugheit; da hatte die Abscheuliche sie mit einem so gleichgültigen Gesicht unterbrochen: »Lassen Sie gut sein, Frau Bianconi, ich weiß, dass sie sehr schlecht erzogen ist, und anders kann es auch nicht sein.« Darauf hatte sie versucht, eine andere Note anzuschlagen, und von dem Unglück des Herrn Ingenieurs gesprochen, der auf einem Auge erblindet war. Und die Marchesa: »Wer nicht ehrlich ist, den züchtigt der Herr.«

Als die Peppina jetzt Luisa anblickte, bereute sie ihre Redseligkeit. Sie streichelte sie, schalt sich geschwätzig und bat sie, sich zu beruhigen. Luisa versicherte sie, dass sie absolut ruhig sei, und dass nichts von Seiten dieser Person sie überrasche. Die Peppina wollte ihr unter allen Umständen einen Kuss geben und entfernte sich, einmal über das andere: ›Ah, ich Ärmste‹ vor sich hinmurmelnd, und mit dem vagen Gefühl, auch ohne Eier einen großen Salat angerichtet zu haben.

Luisa erhob sich, wandte sich, um nach Cressogno hinüberzuschauen und drohte mit der Faust: ›Wenigstens eine Reitgerte!‹, dachte sie. ›Wenigstens sie durchpeitschen!‹ Der Gedanke einer Begegnung, dieser alte Gedanke, der sie schon vor vier Jahren am Begräbnistage ihrer Mutter in zuckende Leidenschaft versetzt, derselbe Gedanke, der ihr kurz zuvor erst durch den Kopf gegangen war, als sie an Cressogno vorüberkam, ergriff sie von neuem mit solcher Heftigkeit, dass sie einen Schritt nach dem Abhang tat. Gleich darauf blieb sie wieder stehen und ging langsam zurück in der Richtung nach San Mamette, jeden Augenblick im Nachdenken stehen bleibend, mit umwölkter Stirn und zusammengepressten Lippen, um einige Knoten in dem Gewebe, an dem sie im geheimen spann, aufzulösen.

In Casarico ging sie zum Professor, um ihm und seiner Verlobten für den folgenden Tag um zwei Uhr in ihrem Hause eine Zusammenkunft vorzuschlagen. Beim Abschied fragte sie ihn, ob er noch die Schriftstücke Maironi besitze.

Der Professor, erstaunt über diese unerwartete Frage, bejahte und erwartete eine Erklärung.

Aber Luisa ging fort, ohne weiteres zu sagen. Es drängte sie, nach Hause zu kommen, da sie für die Beaufsichtigung von Maria weder auf den Onkel noch auf Cia zählen konnte und zu der gekündigten kleinen Dienstmagd wenig Vertrauen hatte. Sie fand Maria auf dem Kirchplatz allein und schalt Veronika dafür. Dann ging sie in ihr Zimmer und begann einen Brief an Franco.

Sie hatte ungefähr fünf Minuten geschrieben, als sie ein leichtes Klopfen gegen das Fenster des kleinen Nebenzimmers hörte. Dieses Fenster ging auf eine kleine Treppe, die vom Kirchplatz zu gewissen Ställen und von da auf einen Abkürzungsweg nach Albogasio Superiore führte. Luisa ging in das Zimmer und sah vor dem Fenstergitter das rote, atemlose Gesicht der Pasotti, die ihr durch Zeichen bedeutete, zu schweigen, und sie fragte, ob sie Besuch hätte. Als Luisa verneinte, warf Frau Barborin zwei hastige Blicke nach oben und nach unten, lief die Treppe hinunter und trat heftig zitternd in das Haus.

Arme Frau; sie befand sich auf verbotenem Terrain und sah im Geiste überall das Gespenst des wutschnaubenden Pasotti. Pasotti war in Lugano. Himmlischer Vater, ja, er war in Lugano! Nachdem sie Luisa diese Nachricht mitgeteilt, fing das unglückliche Geschöpf an, die Augen zu verdrehen und in förmliche Zuckungen zu verfallen. Pasotti war wegen des morgigen großen Diners in Lugano, wegen der Einkäufe. Wie, Luisa wusste nichts von diesem Mittagessen? Sie wusste nicht, wer daran teilnehmen würde. Aber die Marchesa, die Frau Marchesa Maironi!

Luisa fuhr zusammen.

Die Pasotti missverstand den Ausdruck ihrer Augen, sie glaubte einen Vorwurf darin zu lesen und fing an zu weinen; mit den Händen das Gesicht bedeckend und ihre beiden armen schwarzen Locken schüttelnd, sprach sie durch die Hände; sie sagte, dass sie einen Zorn hätte, einen Zorn! Ein Jahr bei Wasser und Brot würde sie lieber gelebt haben, als die Marchesa zum Essen einladen! Dieses Mittagessen war Gewiss eine große Last für sie wegen all der Sachen, die zu bedenken waren, der Mühe der Vorbereitung und der unerträglichen Vorwürfe von Seiten Pasottis, aber das größte Kreuz war doch der Gedanke, Luisa damit zu kränken! Wenn es sich noch um ein dem Herrn wohlgefälliges Opfer gehandelt hätte! Aber nein, sie war gar zu zornig. Sie war eigens gekommen, ihrer teuren Luisa zu sagen, was sie wegen dieses Mittagessens litt.

»Verzeihen Sie mir, Luisa«, sagte sie mit ihrer verschleierten Stimme, die aus einem alten, geschlossenen Spinett zu kommen schien. »Ich kann wirklich nichts, nichts, gar nichts dafür!«

Sie saßen nebeneinander auf dem Kanapee. Die Pasotti zog ein umfangreiches Taschentuch aus der Tasche, drückte es mit einer Hand gegen die Augen, während sie mit der anderen, ohne den Kopf zu wenden, nach Luisas Hand suchte.

Aber Luisa stand auf, ging zum Schreibtisch und schrieb auf ein Stück Papier: »Um welche Zeit kommt die Marchesa? Welchen Weg nimmt sie?«

Die Pasotti antwortete, dass das Essen um halb vier stattfinden und die Marchesa so gegen drei an der Landungsstelle der Calcinera aussteigen werde, wo Pasotti

417

sich mit vier Männern und der berühmten Sänfte einfinden würde, die im vorigen Jahrhundert einem Erzbischof von Mailand gedient hatte.

Luisa lauschte eifrig auf jedes Wort, ohne dass sie sprach. Bevor sie ging, sagte die Pasotti, dass sie gern dem geliebten Goldkind, der Maria, einen Kuss gegeben hätte, dass sie aber fürchtete, sie würde nicht reinen Mund halten können. Dabei ließ die gute Dame ihren linken Arm zur Hälfte in ihrer Tasche verschwinden, brachte ein kleines Metallschiffchen zum Vorschein und bat Luisa, es ihrem Töchterchen im Namen eines anderen alten Wracks zu geben, das nicht genannt sein wollte. Dann eilte sie die Treppe hinunter und verschwand.

Luisa kehrte zu dem angefangenen Brief an Franco zurück, und nachdem sie mit der Feder in der Hand lange Zeit in Nachdenken versunken dagesessen hatte, schob sie ihn beiseite, ohne ein Wort geschrieben zu haben, nahm die Akten des Notars vor und begann abzuschreiben.

Bei Tisch sprach sie kein Wort. Die Mahlzeit verlief trübselig, auch weil Cia eine unangebrachte Bemerkung über das Fehlen des Käses in der Suppe machte, die so ihrem Herrn nicht schmecken könnte; und ihr Herr wurde böse, schalt sie eine Törin und meinte, wenn an der Suppe der Käse fehlte, so fehle ihr selbst das Salz.

»Ja, ja«, murmelte Cia, »werden Sie nur mit mir böse.«

Die Angelegenheit rührte so viel bittere Gedanken auf, von denen es überflüssig war zu sprechen, dass niemand weiter ein Wort sagte. Nur Maria konnte sich nicht enthalten, nach einigen Minuten mit weisem Gesichtchen zu bemerken: »Weil wir kein Geld haben, nicht wahr, Mama, darum können wir keinen Käse an die Suppe tun?«

Ihre Mutter küsste sie und sagte ihr, sie solle still sein. Die Kleine schwieg selbstzufrieden.

Das Fenster war offen, man hörte von der Straße nach der Treppe des Pomodoro das Geräusch lauter Stimmen, und Luisa erkannte deutlich Pasottis Stimme, der zweifellos mit den Einkäufen aus Lugano heimkehrte und absichtlich so laut sprach, um im Haus Ribera gehört zu werden.

Nach Tisch setzte Onkel Piero sich in seinen Armstuhl in der Loggia und nahm Maria auf den Schoß. Luisa ging hinaus auf die Terrasse. Vor dem von der Sonne vergoldeten Bisgnago lag die Küste von Valsolda fast ganz im Schatten. Ganz in der Ferne leuchtete auf der grünen Spitze, die die Berge von Tention und die Olivenwälder von Cressogno überragt, das Sanktuarium der Caravina außerhalb des Schattens in den blauen See. Luisa blickte mit dem Ausdruck stolzer Zufriedenheit dort hinüber. Ah, Herr Pasotti, wenn Euer Essen eine Rache sein soll, so habt Ihr sie schlecht ausgedacht!

Ihr Entschluss war gefasst. Das Schicksal selbst bot ihr die Hand zu dieser Begegnung mit der alten Schurkin! Kein Zweifel noch Bedenken stieg in ihr auf. Die seit so lange in ihr genährte, gehegte und gepflegte Leidenschaft hatte jene Kraft in ihr aufgespeichert, die, wenn das Maß voll ist, auf einen Schlag den Gedanken in die Tat umsetzt, so dass dem Handelnden das Gefühl der Verantwortlichkeit genommen zu sein scheint, und er nur von neuem sich angetrieben fühlt, der inneren Versuchung nachzugeben.

Ja, morgen, sei es an der Landungsbrücke oder auf der Calcinera oder auf dem Kirchplatz der Annunciata, würde sie der Marchesa mit Verachtung gegenübertreten, würde sie ihr ins Gesicht den Krieg erklären, würde sie ihr raten, auf der Hut zu sein, weil man mit allen gesetzmäßigen Waffen gegen sie kämpfen werde. Ja, das würde sie sagen, und das würde sie tun, sie selbst, allein, da Franco es nicht wollte. Wenn Franco etwas versprochen, sie hatte nichts versprochen.

Sie ging in die Loggia zurück, plauderte mit dem Onkel, scherzte mit Maria, heiterer, als sie es seit vielen Monaten getan hatte. Später schrieb sie ein Billett an den Freund, Rechtsanwalt V., ihn bittend, sobald es ihm möglich sei, zu ihr zu kommen. Sie wollte von ihm erfahren, in welcher Weise sie die in Gilardonis Besitz sich befindenden Urkunden benutzen könnte. Dann machte sie sich wieder an die Abschriften für den Notar von Porlezza. Maria war nicht einverstanden mit den vielen Schreibarbeiten der Mutter; als die Mama ihr sagte, dass sie schreibe, damit sie Käse in des Onkels Suppe tun könnte, hatte sie sich jedoch beeilt zu antworten:

»Und in meine auch, nicht wahr, Mama?«

Als sie ins Bett gelegt war und sah, dass die Mama gleich wieder an ihre Arbeit ging, fiel ihr ein, zu fragen, ob die Großmama in Cressogno Käse in der Suppe habe.

»Sie hat zu viel«, antwortete Luisa, »und man muss ihn ihr fortnehmen, damit er ihr nicht schlecht bekommt.«

»Ach, nein, ihr nicht fortnehmen, arme Großmama!«

»Sei still, schlafe!«

Aber das Kind schlief nicht ein. Nach einem Weilchen war es Luisa, als hörte sie sie weinen. Sie stand auf und sah nach. Wirklich weinte Maria ganz leise.

»Was fehlt dir?«

»Papa!«, schluchzte die arme Kleine. »Mein Papa!«

»Dein Vater kommt, Liebling, sehr bald wird er kommen. Jetzt schlafe ein und träume recht schön, so einen schönen Traum, dass der Papa zusammen mit dem König Viktor Emanuel kommt, und Mama und Cia kochen einen schönen Risotto, den du so gern isst, und dass du sagst: Es lebe der König! Und dass der König antwortet: Keine Spur, es lebe Ombretta Pipi und ihr Papa! So, weißt du, jetzt musst du es auch träumen.«

»Ja, Mama, ja.«

*

Am folgenden Tag erschien der Professor Beniamino eine Stunde vor der ihm von Luisa angegebenen Zeit in Oria. Seit Esters Jawort war der Mann völlig verwandelt. Er schien viel jünger als zuvor. Die gelbliche

Farbe seiner Haut, die jetzt ein inneres rosenfarbenes Licht durchleuchtete, war fast ganz geschwunden, bis auf den Schädel, von dem Luisa meinte, dass dort Gewiss eines schönen Tages die Haare wieder keimen würden. Er ging, er atmete nicht mehr wie früher. Sein Gang, sein Atem war unruhig, nervös, durch plötzliches Zusammenzucken unterbrochen, das blitzartigen Vorstellungen entsprach, Gott weiß, welchen Vorstellungen unter diesem glänzenden Schädel. Wie seine Augen leuchteten, ist nicht zu beschreiben. Nur wenn sie Ester anschauten, zogen sie sich zusammen, hüllten sie sich in fromme Zärtlichkeit, als fürchtete der Professor, wenn er das ganze Feuer seiner Seele ohne Vorsichtsmaßregeln über sie ergösse, die Auserwählte zu Asche zu verbrennen. Diese Art angeblickt zu werden war Ester unbehaglich, und Luisa, die Beraterin des Professors, hatte den Mut, ihm zu sagen, dass er seine Verlobte nicht mit zusammengekniffenen Augen, wie die verliebten Hunde es tun, anzusehen brauche.

Der Ärmste versprach, dass er versuchen wolle, es nicht wieder zu tun, aber er tat es dennoch. Luisa war immer seine Schutzgöttin, das Orakel, das er sogar befragte, wie er sich bei den Unterhaltungen mit seiner Verlobten zu benehmen habe. In seiner Bescheidenheit war er glücklich, nur aus einem Gefühl der Hochachtung angenommen worden zu sein. Der Gedanke, dass Ester ihn mit wirklicher Liebe lieben könnte, schien ihm eine lächerliche Anmaßung. Und daher seine stete Furcht, einen Missgriff zu begehen, sie zu verletzen. Ein Zweifel, der ihn quälte, war: ob es richtig sei, einen Kuss zu wagen oder nicht? Sobald dieser Zweifel ihm aufgestiegen, unterbreitete er ihn Luisa, und Luisa, die verkörperte Weisheit, hatte ihm geantwortet: »Nein, jetzt ist es noch zu früh. Der erste Kuss darf weder zu früh noch zu spät kommen.« Die Möglichkeit des ›zu spät‹ erschien dem Professor so schrecklich und unerträglich, dass er seine Unterhaltungen mit dem Orakel, nachdem er über hundert verschiedene Dinge sich Rats geholt hatte, regelmäßig mit der inhaltschweren Frage schloss: »Und dieser Kuss?« Luisa, bei ihrer Neigung, das Komische auch bei den Menschen, die sie gerne mochte, herauszusuchen, amüsierte sich teils darüber, teils fürchtete sie in der Tat, dass eine physische Abneigung Esters sich bei Gelegenheit allzu heftig dokumentieren und die ganze Sache verderben könnte. Sie gewahrte zum Glück, dass der Professor seiner Verlobten immer weniger hässlich erschien. Daher kam es ihr in den Sinn, als sie ihn so zeitig eintreten sah, dass heute, da sie ihn nachher mit Ester allein lassen würde, um der Großmutter zu begegnen, der geeignete Tag ›für den Kuss‹ sein könnte.

Aber der Professor zeigte sich sehr verstimmt. Er hatte schlechte Nachrichten. In San Mamette erzählte man, dass der Arzt aus Pellio verhaftet und nach Como überführt worden sei, dass man Briefe und Schriften bei ihm gefunden habe, die für andere, unter denen man Don Franco Maironi nannte, kompromittierend seien.

»Francos wegen bin ich unbesorgt. Im übrigen, Professor, heißt das nichts anderes, als dass wir auch diesen Doktor aus Pellio dem Kaiser von Österreich auf die Rechnung setzen werden; er ist ein stattlicher Mensch und wiegt eine ganze Masse. Aber an einem Tag wie heute wollen wir nicht Trübsal blasen. Heute ist der Tag Ihres Kusses.«

»Ah, wirklich? Wirklich?«, fragte der Professor ganz rot und atemlos. »Meinen Sie es im Ernst, Frau Luisa? Ganz im Ernst?«

Ja, sie meinte es ernst. Sie erklärte ihm, dass, wenn Ester, wie sie gesagt hatte, um zwei käme, sie sie nach einer halben Stunde sich selbst überlassen würde. In der Loggia hielt sich der Onkel immer auf, aber es war nicht nötig, ihn zu stören. Sie konnten im Saal bleiben.

»Und dann schreiten sie mit heiterem Mute zur Tat«, sagte sie. »Aber vorher möchte ich von Ihnen ein Versprechen haben.«

»Was für ein Versprechen?«

»Ich brauche die berühmten Schriftstücke.«

»Jederzeit.«

»Geben Sie acht: ich fordere sie von Ihnen, nicht Franco.«

»Ja, ja. Was Sie tun, ist immer gut und richtig. Morgen bringe ich Ihnen die Papiere.«

»Bravo.«

Luisa sprach, das Strickzeug in der Hand, mit einem Anschein von heiterer Ruhe, der durchaus nicht ihre innere Erregung zu verdecken vermochte, die, mit dem vorhergehenden Tage begonnen, durch Schlaflosigkeit zugenommen hatte und immer mehr stieg, je näher der Augenblick ihres Fortgehens rückte. Selbst in dem heiteren Ton ihrer Stimme zitterte eine ungewohnte Saite. Ihre Haare, die immer mit peinlicher Sorgfalt geglättet waren, zeigten einen Schatten von Unordnung, als habe ein leichter Windhauch ihre Stirn berührt. Der Professor bemerkte nichts, er ging in die Loggia, um sich von dem Ingenieur Rats zu holen wegen eines kleinen Hafenbeckens, das er am oberen Teil seines Gartens anlegen wollte, um sich ein Boot zu halten. Maria hielt sich auch in der Loggia auf und nahm regen Anteil an Herrn Ladronis zukünftigem Boot. Sie erzählte ihm, dass sie auch eines besäße, lief und holte es, zeigte es ihm, und der Professor scherzte mit ihr und bat sie, ihn in ihrem Boot nach Lugano zu begleiten.

»Du bist zu groß, weißt du!«, sagte sie. »Meine Puppe, ja die werde ich im Boot spazieren fahren!«

»Ach, Unsinn!«, sagte der Onkel. »Das Boot da kann nur untergehen.«

»Nein!«

»Ja!«

Ombretta wurde ganz böse und lief ins Zimmer, um das Schiffchen in der Waschschüssel schwimmen zu lassen, aber im Waschbecken war kein Wasser, und recht verdrießlich kehrte die Kleine, das Schiffchen im Arm, in den Saal zurück; sie ging nicht wieder zum Onkel.

Ester erschien um dreiviertel auf zwei. Sie sagte, sie habe es donnern gehört und sei deswegen früher gekommen. Donnern? Luisa ging sofort hinaus auf die Terrasse, um nach dem Himmel zu sehen. Es sah nicht gerade drohend aus. Über dem Picco di Cressogno und über der Galbiga war der Himmel völlig klar bis zu den Bergen des Comersees. Nach der anderen Seite, über Carona, ja, da war es dunkel, aber immerhin nicht allzu arg. Wenn die Marchesa nicht käme aus Furcht vor dem Wetter? Sie nahm das kleine alte Fernrohr, das immer in der Loggia lag. Es war nichts zu sehen. Freilich, es war noch zu früh. Um die Calcinera um drei zu erreichen, musste die Marchesa mit der schweren Gondel gegen halb drei aufbrechen. Luisa ging in den Saal zurück, wo Ester, der Professor und Maria waren. Sie hätte es lieber gesehen, Maria wäre in der Loggia beim Onkel geblieben, aber Fräulein Ombretta hängte sich immer an die Mutter, wenn Besuch kam, und war ganz Auge und Ohr. Luisa beabsichtigte, sie fortzuschicken, sobald sie aufbräche, und behielt sie inzwischen bei sich. Die Verlobten standen abseits und unterhielten sich beinahe im Flüsterton.

Um zwei ging Luisa noch einmal auf die Terrasse, blickte durch das Fernrohr, ob die Gondel zufällig beim Tention zum Vorschein käme. Die Marchesa konnte des schlechten Wetters wegen vielleicht die Abfahrt beschleunigen. Nichts. Sie blickte nach Westen. Der Himmel war nicht dunkler als vorher. Nur zwischen

426

dem Monte Bisgnago und dem Monte Caprino, über der leichten Einbuchtung, die Zocca d'i Ment genannt, war aus dem Vall' Intelvi eine dräuende bläuliche Wolke aufgestiegen, die unbeweglich hing, unheilvoll wie eine gerunzelte Stirn über einem blinden Auge. Sie schien die Schar der finsteren Gefährten gesehen zu haben, die sich am See über Carona zusammenballten, und wollte auch mit von der Partie sein. Luisa fing an unruhig zu werden und zu fürchten, dass die Marchesa nicht käme. Sie ging in das Gärtchen, um nach dem Boglia zu sehen. Auf dem Boglia lagen nur lichte weiße Wolken. Sie trat wieder in den Saal und fand Maria vor Ester und dem Professor aufgepflanzt, die beide, sehr rot im Gesicht, lachten.

»Bist du krank?«, hatte die Kleine zu Ester gesagt.

»Nein, warum?«

»Weil ich sehe, dass du dir den Puls fühlst.«

Es war, wie es schien, alles gut abgelaufen. Luisa brachte die Kleine hinaus und verbot ihr streng, sich den Herrschaften wieder zu nähern. Einen Augenblick danach kam der Onkel vorbei, sagte, dass er hinaufgehe, um einige Briefe zu schreiben, und mahnte Luisa, auf die Fenster in der Loggia achtzugeben, da ein Wetter im Anzug sei.

»Adieu, Fräulein Ombretta!«, sagte er.

»Adieu, Herr Pipi«, erwiderte das übermütige Mädchen.

Lachend ging er hinauf.

Luisa, die jetzt die größte Mühe hatte, ihre Ruhe zu bewahren, ging zum dritten Mal auf die Terrasse hinaus und blickte durchs Fernrohr. Ihr Herz tat einen Sprung: die Gondel bog beim Tention um die Ecke.

Es war ein Viertel vor drei.

Jemand, der von Albogasio kam, war auf dem Kirchplatz stehen geblieben, um mit einer anderen Person zu sprechen, die den Treppenweg seitlich von der Villa Ribera hinunterkam. Er sagte: »Eben ist die Sänfte mit Herrn Pasotti vorbeigekommen. Ein Haufen Kinder sind hinterher.«

Jetzt hatte sich der Himmel auch über dem Picco di Cressogno und über der Galbiga bezogen. Nur auf den Bergen des Comersees lag noch ein wenig Sonne. Die Gefahr des wilden Gewittersturms, den man in Valsolda Caronasca nennt, war immer drohender geworden. Über Carona war die Farbe der Wolken dunkel wie die der Berge. Die große Wolke der Zocca d'i Ment hatte eine dunkelblaue Färbung angenommen, und auch der Boglia fing an, finster die Stirn zu runzeln. Der See lag in bleierner Unbeweglichkeit.

Luisa hatte sich vorgenommen aufzubrechen, sobald die Gondel bei San Mamette angelangt sei. Sie trat wieder in den Saal.

Maria hatte ihr teilweise gehorcht, sie hatte sich nicht von ihrem Platz gerührt, aber als sie sah, dass der Professor Ester eine lange und lebhafte Rede hielt, hatte sie ihn gefragt:

»Erzählst du ihr eine Geschichte?«

In dem Augenblick kam Luisa herein.

428

»Ja, Liebling«, antwortete Ester lachend, »er erzählt mir eine Geschichte.«

»Ach, mir auch, mir auch!«

Dumpfes Donnern ertönte. »Geh, Maria, Liebling«, sagte Ester. »Geh in dein Zimmer und bete zum lieben Gott, dass er uns kein böses Wetter schickt, keinen bösen Hagelschlag.«

»O ja, ja, ich gehe und bete zum lieben Gott.«

Die Kleine ging mit ihrem Schiffchen in das Schlafzimmer, würdevoll und ernst, als hinge in diesem Augenblick das Heil Valsoldas von ihr ab. Das Gebet hatte für sie immer etwas Feierliches, es war eine Berührung des Geheimnisvollen, die sie eine ernste und gespannte Miene annehmen ließ wie Zauber- und Spukgeschichten. Sie stieg auf einen Stuhl, sagte die paar Gebete her, die sie wusste, und nahm die Haltung an, wie sie sie in der Kirche bei den Frömmsten der Gemeinde gesehen hatte, sie bewegte wie jene die Lippen, um ein Gebet ohne Worte zu sagen. Und wer sie so gesehen und das furchtbare Geheimnis, das die nächste Stunde bringen sollte, gekannt hätte, würde geglaubt haben, dass in diesem letzten Augenblick der Engel des Kindes an seiner Seite gestanden und ihm eingegeben habe, für etwas anderes zu beten als für die Wein- und Olivenberge Valsoldas, für etwas anderes, ihr Näherliegendes, das er nicht aussprach, das die Kleine nicht wusste, und dem sie nicht Ausdruck geben konnte: er würde geglaubt haben, dass in ihrem unartikulierten

Wispern ein verborgener, zarter und tragischer Sinn gelegen hätte, die sanfte Ergebung einer süßen Seele in den Ratschluss seines Engels, in den geheimnisvollen Willen Gottes.

Um halb drei grollte aus dem finsteren Gewölk von Carona wiederum ein dumpfer Donner, auf den die Wolken des Boglia und der Zocca d'i Ment sofort Antwort gaben.

Luisa eilte auf die Terrasse. Die Gondel befand sich San Mamette gegenüber und steuerte gerade auf die Calcinera. Man konnte genau sehen, wie die Ruderer arbeiteten. Während Luisa das Fernrohr aus der Hand legte, fegte der erste Windstoß durch die Loggia, Türen, Fensterscheiben und Laden zuschlagend. In furchtbarer Angst, bei dem Gedanken, zu spät zu kommen, schloss sie in großer Eile die Fenster, lief durch den Saal, griff nach dem Schirm, verließ das Haus, ohne irgendjemand etwas zu sagen, ohne die Haustür zu schließen und schlug den Weg nach Albogasio Inferiore ein. Hinter dem Kirchhof, an der Stelle, die sie dort Mainè nennen, begegnete sie Ismaele.

»Wohin, Sora Luisa, bei dem Wetter?«

Luisa antwortete, dass sie nach Albogasio gehe, und eilte vorwärts. Hundert Schritte weiter fiel ihr ein, dass sie Veronika nicht von ihrem Fortgehen benachrichtigt, ihr nicht gesagt hatte, dass sie die Fenster im Schlafzimmer schließen und auf Maria achtgeben sollte. Sie wollte Ismaele hinschicken. Er war schon hinter der Biegung des Kirchhofs verschwunden. Ein Impuls ihres Herzens riet ihr umzukehren, aber es war keine Zeit mehr. Unaufhörlich rollte das Getöse des Donners, vereinzelte große Tropfen fielen hier und dort auf den Weizen. Windstöße, die dem Wirbelsturm der Caronasca vorangingen, fegten in Zwischenräumen durch die Maulbeerbäume. Luisa öffnete den Regenschirm und beschleunigte ihren Schritt.

Die ganze Wucht des Unwetters ereilte sie in den dunklen Gassen von Albogasio. Sie dachte nicht daran, in einer Tür Schutz zu suchen, unentwegt schritt sie vorwärts. Sie begegnete einer Schar Kinder, die vor dem Regen flüchteten, nachdem sie auf dem Kirchplatz der Annunziata vergeblich auf das Vorbeikommen der Marchesa in der Sänfte gewartet hatten. Auf der kurzen Strecke zwischen dem Rathaus von Albogasio und der Kirche hatte der Wind ihr den Schirm umgestülpt. Sie fing an zu laufen und erreichte den Streifen des Kirchplatzes, der hinter der Kirche den Blick auf die kleine Bucht der Calcinera hat. Dort gegen das Ungestüm von Sturm und Regen durch die Kirche geschützt, brachte sie den Schirm, so gut es gehen wollte, wieder in Ordnung und lehnte sich gegen die Brüstung.

Die Kirche der Annunziata steht auf der Höhe einer Klippe, die, sich von dem Boglia abzweigend, dürftig mit Brombeersträuchern und wilden Feigenbäumen bewachsen, über den See vorspringt und die kleine Bucht der Calcinera im Westen abschließt. Der Streifen des Kirchplatzes, auf dem Luisa sich befand, lief genau auf der Höhe der Klippe. Sie hätte von dort oben den Weg der Gondel von Cressogno bis zur Landung verfolgen können; aber ein förmlicher Sturzbach von Regen verhüllte ihr jetzt alles wie in einen weißen Nebel. Die Marchesa musste jedoch, wenn sie nicht nach Cressogno zurückkehrte, wo sie auch landete, hier vorüberkommen, denn hier, wo der Verbindungspunkt der vorspringenden Klippe mit dem Ufer ist, führt der Stufenweg von der Calcinera zum Kirchplatz empor, der einzige Weg nach Albogasio Superiore sowohl von der unten gelegenen Landungsstelle als von San Mamette, Casarico oder Cadate.

In wenigen Minuten war die Gewalt des Wolkenbruchs vorüber, und die düsteren Umrisse der Berge begannen sich gespensterhaft von dem weißen Hintergrunde loszulösen. Luisa blickte hinunter nach der Landungsstelle. Keine Gondel, keine Sänfte, nichts war am Ufer zu sehen. War es möglich, dass die Gondel nach Cressogno zurückgekehrt war? Der Nebel zerteilte sich schnell, Cadate kam zum Vorschein, an der Öffnung der Bucht des Palazzo tauchte weiß aus dem leichten grauen Nebel das Hinterteil der Gondel auf. Das war es. Die Marchesa hatte im Palazzo Schutz gesucht, und dasselbe hatte auch Pasotti mit seiner Sänfte und den Trägern getan. Das Gewitter hatte so gut wie aufgehört, die Sänfte musste jeden Augenblick kommen.

Dem war nicht so, noch zehn lange Minuten ließ sie auf sich warten. Luisa hielt ihre Augen auf den schmalen

Weg geheftet, der sich von Cadate zu der Bucht der Calcinera schlängelt. In ihrem Innern schwieg alles Denken. Ihre ganze Seele schaute und wartete, sonst nichts. Links gingen Leute vorbei, von der Calcinera heraufsteigend oder von Albogasio kommend; jedes Mal hielt sie den Schirm vor, um nicht erkannt zu werden oder wenigstens Grüße und Unterhaltungen zu vermeiden. Endlich erschien eine Gruppe von Menschen an der Biegung. Luisa unterschied die Sänfte, hinter der Sänfte Pasotti und Don Giuseppe und dann zuletzt die beiden Gondolieri der Marchesa. Noch blieb sie an ihrem Platz, sie folgte mit den Augen der Sänfte, die nur sehr langsam vom Fleck kam, und machte den Regenschirm zu, weil es kaum noch regnete. Fünf oder sechs schaulustige Kinder aus Albogasio waren auch wieder zur Stelle. Sie hieß sie in barscher Weise fortgehen. Die Kinder zögerten zu gehorchen, aber ein plötzlicher Platzregen, ohne Wind, ohne Donner, trieb sie in die Flucht.

Jetzt war die Sänfte am Fuß des Treppenwegs angelangt. Luisa setzte sich in Bewegung. Ihr Auge war kalt, ihre Gestalt hoch aufgerichtet. Von einem einzigen Gedanken beherrscht, war sie völlig gleichgültig gegen den Regen, der sich in Strömen auf ihren Kopf und ihre Schultern ergoss, der sie wie in einen dichten Schleier hüllte, und dessen klatschendes Geräusch sie umtoste. Vielleicht fand sie Gefallen an diesem Aufruhr der Natur, der ihrem eigenen entsprach. Langsam, langsam stieg sie hinunter mit geschlossenem Schirm, den Griff fest umspannend, als sei es der Griff einer Waffe. Der Treppenweg macht einige Biegungen, und man muss eine ganze Anzahl von Stufen hinuntergehen, bis man das Ende sehen kann. Als sie bei der Biegung angelangt war, gewahrte sie die Sänfte, die stillstand. Die beiden Barkenführer nahmen die Stelle der beiden Träger ein. Luisa stieg hinunter bis zu der Stelle, wo sich die Zweige eines großen Nussbaumes über die Treppe spannten. Dort blieb sie stehen, gerade, als sich die Träger wieder in Bewegung setzten. Alles ging gut. Pasotti und Don Giuseppe, die mit offenem Schirm hinter der Sänfte gingen, konnten sie nicht sehen. Sobald die Träger bei ihr angekommen waren, mussten sie stehen bleiben und beiseite treten, um sie vorbeizulassen.

Als sie näher kamen, erkannte sie in den beiden vorderen Trägern der Sänfte einen Bruder von Ismaele und einen Vetter der Veronika. Auf vier Schritt Entfernung hieß sie sie durch eine gebieterische Bewegung stehen bleiben. Sie folgten sofort ihrem Wink und stellten die Sänfte nieder, dasselbe taten, ohne zu wissen warum, die beiden Träger, die folgten. Pasotti hob den Schirm, sah Luisa, machte eine Gebärde des Staunens, runzelte finster die Stirn; er hielt Don Giuseppe fest, zog ihn zur Seite, um sie vorbeizulassen, nicht argwöhnend, dass die Begegnung eine absichtliche war.

Aber Luisa rührte sich nicht vom Fleck. »Sie haben nicht darauf gerechnet, mir zu begegnen, Herr Pasotti«, sagte sie mit lauter Stimme. Die Marchesa steckte den Kopf heraus, erkannte sie, zog sich wieder zurück und sagte mit einem ungewohnten Ausdruck von Energie in ihrer schläfrigen Stimme: »Vorwärts!«

In diesem Augenblick tönten von der Höhe des Kirchplatzes durchdringende, verzweifelte Schreie: »Sora Luisa! Sora Luisa!«

Luisa hörte nicht.

Pasotti hatte den Trägern ein zorniges: »Vorwärts!« zugerufen, und die Träger hoben die Tragstangen wieder auf.

»Meinetwegen vorwärts!«, sagte sie, fest entschlossen, neben der Sänfte herzugehen. »Ich habe nur zwei Worte zu sagen.«

Wenn Pasotti und die alte Marchesa zunächst auf Tränen und Bitten gefasst waren, so sahen sie jetzt an dem stolzen Gesicht, an der vibrierenden Stimme, dass sie ganz etwas anders zu erwarten hatten.

»Worte, jetzt?«, sagte Pasotti, beinahe drohend vortretend.

»Sora Luisa! Sora Luisa!«, klang es ganz aus der Nähe mit herzzerreißendem Schrei; und gleichzeitig mit dem Rufen näherte sich das Geräusch hastiger, ungestümer Schritte.

Aber Luisa schien nichts zu hören. »Ja, jetzt«, antwortete sie Pasotti mit unsagbarem Stolz. »Ich benachrichtige aus Freundlichkeit diese Dame ...«

»Sora Luisa!«

Jetzt war sie gezwungen, sich zu unterbrechen und umzuwenden. Zwei, drei, vier Weiber waren ihr auf den Fersen, mit verzerrten Gesichtern, zerzausten Haaren, schluchzend: »Sie sollen gleich nach Hause kommen. Um Gottes willen, gehen Sie schnell nach Hause!« Die Gesichter, die Tränen, die Stimmen entrissen sie mit einem Schlag ihrem Zorn, ihrem Vorhaben.

Auf die Frauen zustürzend, schrie sie: »Was gibt's?« Und diese konnten nur wiederholen, mit Augen, die aus den Höhlen traten:

»Gehen Sie nach Hause! Um Gottes willen, gehen Sie nach Hause!«

»Aber was gibt's, ihr Närrinnen?«

»Ihr Kind, Ihr Kind!«

Sie schrie auf wie eine Wahnsinnige:

»Maria? Maria? Was ist mit ihr? Was ist mit ihr?« Sie hörte unter dem Schluchzen das Wort »See«, stieß einen Schrei aus, und wie ein wildes Tier sich Bahn brechend, stürzte sie den Treppenweg hinauf. Die Frauen vermochten ihr nicht zu folgen, aber auf dem Kirchplatz standen trotz des Regens andere, die schrieen und weinten.

Luisa fühlte, wie die Kräfte sie verließen. Auf der letzten Stufe stürzte sie zu Boden.

Die Frauen eilten herbei, zehn Hände streckten sich ihr entgegen, hoben sie auf. Sie heulte wie ein Tier.

»Gott, ist sie tot?«

Jemand antwortete: »Nein, nein.«

»Der Arzt?«, sagte sie keuchend. »Der Arzt?«

Viele Stimmen antworteten, dass er dort sei.

Sie schien ihre ganze Willenskraft wiederzufinden und setzte den Lauf fort. Acht oder zehn Personen stürzten hinter ihr her. Nur zwei vermochten ihr zu folgen. Sie flog. Beim Kirchhof begegnete sie Ismaele mit einem anderen, sie schrie, sobald sie ihrer ansichtig wurde:

»Lebt sie? Lebt sie?«

Ismaels Gefährte kehrte eiligen Laufes zurück, um die Nachricht zu bringen, dass die Mutter käme. Ismaele weinte und konnte nur herausbringen, »Jesus Maria, Sora Luisa!« Und er machte eine Bewegung, wie um sie zurückzuhalten.

Luisa stieß ihn wild von sich und setzte ihren Weg fort, gefolgt von ihm, der den Kopf verloren hatte und jetzt hinter ihr herlaufend rief: »Es ist vielleicht nichts, es ist vielleicht nichts.« Es schien, als ob der heftige, ununterbrochene, gleichmäßige Regen ihn durch Tränen Lügen strafte.

Atemlos auf dem Kirchplatz von Oria angekommen hatte Luisa noch die Kraft zu rufen: »Maria! Meine Maria!«

Das Fenster des Schlafzimmers stand offen. Sie hörte Cia weinen und Ester, die sie schalt. Einige Personen, unter ihnen der Professor Gilardoni, kamen aus dem Haus ihr entgegen. Der Professor hielt die Hände verschlungen und weinte stumm, bleich wie ein Toter. Die anderen flüsterten: »Mut, noch ist Hoffnung!«

Sie war im Begriff umzusinken, völlig erschöpft. Der Professor legte einen Arm um ihre Taille und zog sie die Treppe, die ebenso wie der Flur dicht voller Menschen stand, hinauf zum ersten Stock.

Luisa ging, fast getragen, an Stimmen vorbei, die bekümmert Trostworte sprachen. »Mut, Mut, wer weiß, vielleicht!« Am Eingang des Schlafzimmers befreite sie sich von dem Arm des Professors und trat allein ein.

Man hatte Licht anzünden müssen, da es wegen des Regens im Alkoven dunkel war. Die arme, süße Ombretta lag entkleidet auf dem Bett mit halbgeöffneten Augen und den Mund auch halb geöffnet. Auf dem Gesicht lag ein leichter rosiger Schimmer, die Lippen waren schwärzlich, der Körper von bläulicher Leichenfarbe. Mit Esters Hilfe versuchte der Arzt die künstliche Atmung, indem er die kleinen Ärmchen abwechselnd über den Kopf hob, längs der Hüften hinunter bewegte und auf den Unterleib drückte.

»Doktor? Doktor?«, schluchzte Luisa.

»Wir tun unser Möglichstes«, antwortete der Doktor ernst.

Sie stürzte mit dem Gesicht auf die eiskalten Füßchen ihres Lieblings, bedeckte sie mit wilden Küssen. Da wurde Ester von einem Zittern ergriffen.

»Nein, nein!«, sagte der Doktor. »Mut, Mut!«

»Ich will!«, rief Luisa.

Der Doktor hielt sie mit einer Bewegung zurück und winkte Ester, innezuhalten. Er beugte sich über Marias

Gesichtchen, legte seinen Mund auf ihren und holte mehrere Male hintereinander tief Atem. Dann richtete er sich wieder auf.

»Aber sie ist rosig, sie ist rosig!«, flüsterte Luisa, schwer atmend.

Der Doktor seufzte schweigend, zündete ein Streichholz an und näherte es Marias Lippen.

Drei oder vier Frauen, die kniend beteten, erhoben sich, sie traten mit klopfendem Herzen an das Bett, hielten den Atem an. Die Tür zum Saal stand offen; andere Gesichter blickten von dort herein, stumm und gespannt. Luisa, die neben dem Bett kniete, hielt die Augen fest auf die Flamme gerichtet.

Eine Stimme murmelte: »Sie bewegt sich!«

Ester, hinter Luisa stehend, schüttelte den Kopf. Der Doktor löschte das Streichholz.

»Warmen Flanell!«, sagte er.

Luisa stürzte hinaus, und der Arzt nahm die Bewegungen der Arme wieder auf. Als Luisa mit der erwärmten Wolle wieder eintrat, begannen sie, er von der einen, sie von der anderen Seite die Brust und den Leib der Kleinen zu frottieren. Nach einer Weile, als er Luisas Blässe, ihr entstelltes Gesicht sah, machte der Arzt einem Mädchen ein Zeichen, ihren Platz einzunehmen.

»Geben Sie Ihren Platz ab«, sagte er, da Luisa eine Gebärde des Widerspruchs machte. »Ich bin auch erschöpft. Es ist unmöglich.«

Luisa schüttelte den Kopf, ohne zu sprechen, mit

krampfhafter Energie ihr Werk fortsetzend. Der Doktor zuckte schweigend die Achseln, ließ sich selbst durch das Mädchen ablösen und hieß Ester anderes Zeug wärmen, um die Beine des Kindes damit zu bedecken. Ester ging hinaus, es selbst zu besorgen, denn Veronika war sofort nach dem Unglücksfall verschwunden, und man hatte sie nicht finden können.

Im Korridor und auf den Treppen besprach man das Ereignis, das Wie und das Wo. Als Ester vorbeikam, fragten sie alle: »Wie geht's? Wie geht's?«

Ester machte eine hoffnungslose Bewegung, ging vorbei, ohne zu antworten. Die Unterhaltung wurde mit leiser Stimme wieder aufgenommen.

Man wusste nicht, wie lange das Kind im Wasser gelegen hatte. Während das Unwetter tobte, hatte sich ein gewisser Toni Gall in den Ställen hinter der Villa Ribera aufgehalten. Es fiel ihm ein, dass das Boot des Herrn Ingenieurs schlecht befestigt sei und sich an den Mauern des Hafenbeckens zerschlagen könnte. Mit einigen Sprüngen war er unten, sah den Eingang zum Bassin offen und trat ein. Das Boot schaukelte fürchterlich, von dem Schaum der Wellen, die sich an der Mauerung brachen, völlig überschwemmt; es tanzte, schwankte zwischen den Ketten und hatte sich umgedreht, so dass das Hinterteil fast auf der Mauer lag. Gegenüber dem Eingang, der von der Straße in das Bassin führt, lief ein Gang, von dem zwei kleine Treppchen ins Wasser führten, die eine an der Seite des Vorderteils, die andere an der Seite des Hinterteils der Barke. Toni Gall ging zu der letzteren, um die Kette am Hinterteil kürzer zu machen. Da zwischen dem Boot und der letzten Stufe, wo das Wasser sechzig oder siebzig Zentimeter Tiefe hatte, sah er Marias Körperchen auf der Oberfläche treiben, den Kopf unter Wasser. Als er sie aus dem Wasser zog, bemerkte er auf dem Grund ein Metallschiffchen.

Er trug das Kind hinauf, mit seiner furchtbaren Stimme den ganzen Ort zusammenrufend und glücklicherweise auch den Arzt, der sich in Oria befand; er war Ester behilflich, das arme Geschöpf auszukleiden, das kein Lebenszeichen mehr von sich gab.

Mit wem war sie gewesen, bevor sie zum Bassin hinunterging? Mit Veronika nicht, denn Veronika hatte man mit ihrem Zollwächter in die Topfkammer hinter dem Hause gehen sehen, noch bevor Luisa das Haus verlassen hatte. Mit Ester und dem Professor ebenso wenig. Ester hatte sie hinauf in das Schlafzimmer zum Beten geschickt und sie dann nicht wieder gesehen. Cia war mit Arbeiten und der Ingenieur mit Schreiben beschäftigt gewesen, als Toni Galls furchtbares Schreien ertönte. Maria musste aus dem Schlafzimmer hinunter zu dem Hafenbecken gegangen sein, um ihr Schiffchen im Wasser schwimmen zu lassen, und hatte unseligerweise die Haustür und den Eingang zum Hafen offen gefunden. Toni Gall war der Meinung, dass sie einige Minuten im Wasser gelegen haben müsste, denn sie trieb entfernt von dem Ort, wo das Schiffchen auf dem

Grund lag. Er schilderte zum hundertsten Male seine entsetzliche Entdeckung im Saale, in dem sich außer der Cia, dem Ingenieur und dem Professor auch andere aus dem Ort befanden. Alle schluchzten, bis auf den Onkel Piero. Auf dem Kanapee sitzend, auf dem vorher Gilardoni und Ester gesessen hatten, schien er zu Stein geworden. Er hatte keine Träne, er hatte keine Worte. Toni Galls Geschwätz belästigte ihn augenscheinlich, aber er schwieg. Seine edlen Züge waren eher feierlich und ernst als bestürzt. Es schien, als sähe er vor sich den Schatten des antiken Fatums. Er fragte nicht einmal; es war klar, er hatte keine Hoffnung. Und es war klar, dass sein Schmerz himmelweit verschieden war von diesem redseligen, vorübergehenden Nervenreiz der ihn umgebenden Leute. Es war der stumme, gefasste Schmerz des Weisen und Starken.

Aus der geöffneten Tür des Schlafzimmers drangen bald fragende, bald befehlende Laute. Aber niemand konnte sagen, dass er seit mehr als einer Stunde Luisas Stimme gehört hatte. Ab und zu waren es auch zitternde, fast freudige Laute. Es schien irgendeinem da drinnen, als habe er eine Bewegung, einen Hauch, ein Lebenszeichen wahrgenommen. Dann drängten alle die draußen Stehenden herbei. Der Onkel Piero wandte den Kopf zur Tür des Schlafzimmers, und nur in diesen Augenblicken zeigte sich eine Unruhe auf seinem Gesicht. Und leider musste er jedes Mal die Leute sich langsam zurückziehen sehen in beklemmendem Schweigen. Es war fünf Uhr vorüber. Das Regenwetter hielt an, und es war dunkel.

Um halb sechs hörte man endlich Luisas Stimme. Es war ein durchdringender, unbeschreiblicher Aufschrei, der allen das Blut in den Adern erstarren machte. Die Stimme des Doktors antwortete im Tone eifrigen Widerspruches. Man erfuhr, der Doktor hatte eine Bewegung gemacht, wie um zu sagen: ›es ist nunmehr umsonst; geben wir es auf‹, und dass er bei ihrem Schrei die Arbeit wieder aufgenommen hatte.

Bei der eintönigen Klage des feinen, dichten Regens gegen alle die geöffneten Fenster schien die Grabesstille des Hauses noch schauerlicher geworden. Da es im Saal und im Flur dunkel wurde, näherte man sich dem schwachen Lichtschimmer, der aus dem Schlafzimmer drang. Die Leute begannen sich zurückzuziehen, ein Schatten nach dem anderen verschwand schweigend auf den Zehenspitzen. Dann hörte man auf dem Steinpflaster der Straße die schweren Schuhe, Schritte ohne Stimmengeräusch. Die Cia näherte sich leise ihrem Herrn und flüsterte ihm ins Ohr, ob er nicht etwas zu sich nehmen wollte. Mit heftiger Gebärde hieß er sie schweigen.

Nach sieben Uhr, nachdem alle nicht zur Familie Gehörenden bis auf Toni Gall, Ismaele, den Professor, Ester und drei oder vier Frauen, die im Schlafzimmer halfen, das Haus verlassen hatten, hörte man ein langgedehntes, unterdrücktes Stöhnen, das kaum menschlich schien.

Der Doktor trat in den Saal. Man konnte nichts sehen. Er stieß gegen einen Stuhl und sagte laut:

»Ist der Herr Ingenieur hier?«

»Ja, Herr«, antwortete Toni Gall und ging, ein Licht zu holen.

Der Ingenieur sprach nicht, noch rührte er sich.

Toni Gall kehrte bald mit einem Licht zurück, und Doktor Aliprandi, dessen ich hier gern gedenke als eines Mannes mit offenem Wesen, klarem Verstande und edlem Herzen, ging zu dem Kanapee, auf dem Onkel Piero saß.

»Herr Ingenieur«, sagte er, mit Tränen in den Augen, »jetzt müssen Sie etwas tun.«

»Ich?«, fragte Onkel Piero aufblickend.

»Ja... Sie müssen wenigstens versuchen, sie hinauszuführen. Sie müssen kommen und zu ihr sprechen. Sie sind ihr wie ein Vater. Das sind die Augenblicke, wo der Vater eintreten muss.«

»Lassen Sie meinen Herrn in Ruhe«, murmelte die alte Cia. »Er versteht sich nicht auf diese Dinge. Er leidet und weiter nichts.«

Jetzt hörte man gleichzeitig mit dem Stöhnen zärtliche Laute und Küsse.

Der Ingenieur stemmte die Fäuste gegen das Sofa und blieb einen Augenblick mit gesenktem Kopf. Dann erhob er sich, nicht ohne Mühe, und sagte zu dem Arzt:

»Muss ich allein hineingehen?«

»Wünschen Sie, dass ich dabei bin?«

»Ja.«

»Gut. Übrigens wird's unnütz sein. Zwingen möchte ich sie nicht, aber versuchen muss man's.«

Der Doktor schickte die Frauen, die noch im Schlafzimmer waren, hinaus. Dann wandte er sich in der Tür zu dem Ingenieur und winkte ihm zu kommen.

»Donna Luisa«, sagte er mit sanfter, liebevoller Stimme. »Hier ist Ihr Onkel, Ihr teurer Onkel, der Sie bitten will.«

Der Alte trat mit ruhigem Gesicht ein, aber er wankte. Als er zwei Schritte getan hatte, blieb er stehen.

Luisa saß auf dem Bett, ihr totes Kind im Arm, sie presste es an sich, sie küsste ihm Gesicht und Hals, sie stöhnte, ließ ein unbeschreibliches, lang gezogenes Wimmern hören.

»Ja, ja, ja«, sagte sie, fast ein zärtliches Lächeln im Ton, »dein Onkel ist da, Liebling, es ist dein Onkel, der zu seinem Herzblatt kommt, zu seiner Ombretta, seiner Ombretta Pipi, die ihn so lieb hat. Ja, ja, ja.«

»Luisa«, sagte Onkel Piero, »fasse dich. Alles, was man tun konnte, ist getan worden. Komm jetzt mit mir, bleib nicht länger hier, komm mit mir ...«

»Onkel, Onkel, Onkel«, erwiderte Luisa mit von Zärtlichkeit überquellender Stimme, ohne aufzublicken, den kleinen Leichnam an ihre Brust drückend, ihn wiegend. »Komm hierher, komm her, komm her zu deiner Maria. Komm, komm zu uns, du bist unser Onkel, unser lieber Onkel. Nein, Liebling, nein, Liebling, unser Onkel bleibt bei uns.«

Der Onkel zitterte, einen Augenblick übermannte ihn der Schmerz, entriss ihm einen Seufzer.

»Lass ihr den Frieden«, sagte er mit erstickter Stimme.

Sie schien ihn nicht zu hören und fuhr fort: »Komm, Liebling, komm, wir gehen zu unserem Onkel. Wollen wir zu ihm gehen, Maria? Ja, ja, lass uns gehen, komm.« Sie ließ sich von dem Bette zur Erde gleiten, sie näherte sich dem Onkel, mit dem linken Arm ihre süße Tote an ihre Brust drückend und den anderen um den Hals des Alten legend, flüsterte sie: »Einen Kuss, einen Kuss, einen Kuss deiner Ombretta, nur einen Kuss, nur einen.«

Onkel Piero neigte sich, küsste das vom Tod schon traurig entstellte Gesichtchen und badete es mit zwei großen Tränen.

»Sieh, Onkel, sieh«, sagte sie. »Doktor, bringen Sie das Licht her. Ja, ja, seien Sie nicht schlecht, Doktor. Sieh, Onkel, unser Schatz. Doktor!«

Aliprandi war widerstrebend und versuchte noch Widerstand zu leisten; aber dieser wahnsinnige Schmerz hatte etwas Heiliges, das ihm Ehrfurcht einflößte. Er gehorchte, nahm die Kerze und hielt sie über die kleine Leiche, die mit ihren halbgeöffneten Augen und mit den erweiterten Pupillen einen schaurig erbarmungswürdigen Anblick gewährte, und es war Maria gewesen, die liebliche Ombretta, das Herzblatt des Alten, der Sonnenschein und der Schatz des Hauses.

»Sieh, Onkel, diese kleine Brust, wie wir sie misshandelt haben, armer Schatz, wie weh wir ihr getan haben mit all unserem Reiben! Deine Mama ist es gewesen, weißt du, deine hässliche Mama, Maria, und dieser böse Doktor da.«

»Genug!«, sagte der Doktor entschlossen, das Licht auf den Schreibtisch stellend. »Sprechen Sie zu Ihrem Kind, wenn Sie wollen, aber nicht zu diesem, zu jenem, das im Paradies ist.«

Der Eindruck war furchtbar. Jede Zärtlichkeit schwand aus Luisas Gesicht. Finster wich sie zurück, ihre Tote an die Brust drückend.

»Nein!«, schrie sie, »nein! Nicht im Paradies! Sie gehört mir! Sie gehört mir! Gott ist schlecht! Nein! Ich gebe sie ihm nicht!«

Sie wich immer weiter zurück, bis in den Alkoven, zwischen das Ehebett und Marias Bettchen und begann von neuem dieses lang gezogene Wimmern, das nicht von einem Menschen zu kommen schien. Aliprandi ließ den Ingenieur, der am ganzen Körper bebte, hinausgehen.

»Es wird vorübergehen, es wird vorübergehen«, sagte er. »Man muss Geduld haben. Jetzt bleibe ich hier.«

Im Saal nahm Ismaele den Professor beiseite.

»Muss man nicht den Herrn Don Franco benachrichtigen?«, sagte er.

Sie sprachen mit dem Onkel und beschlossen, am nächsten Morgen, weil es jetzt schon zu spät sei, von Lugano ein Telegramm im Namen des Onkels zu schicken, das schwere Erkrankung melden sollte.

Ester setzte das Telegramm auf.

Im Saal war noch eine Person anwesend, die arme Pasotti, die hergelaufen war, indessen ihr Mann die Marchesa nach Cressogno begleitete. Sie schluchzte, trostlos darüber, dass sie Maria das Schiffchen geschenkt hatte. Sie wollte zu Luisa hineingehen, aber der Doktor, als er sie laut weinen hörte, kam heraus und gebot Ruhe, Schweigen. Die Pasotti ging in die Loggia, um sich auszuweinen. Mit ihr zusammen waren der Kurat Don Brazzova und der Präfekt der Caravina gekommen, die bei Pasotti zu Mittag gegessen hatten. Später kam der Kurat von Castello, Introini, der wie ein Kind weinte. Er wollte durchaus zu Luisa hinein, trotz des Verbots des Arztes, und kniete in der Mitte des Zimmers nieder, Luisa anflehend, ihr Kind dem Herrn zu geben.

»Sehen Sie, Sora Luisa, sehen Sie, wenn Sie es durchaus nicht dem Herrn geben wollen, so vertrauen Sie es seiner Großmutter Teresa an, Ihrer lieben Mutter, die es droben im Paradiese in Liebe hüten wird.«

Luisa war bewegt, nicht durch die Worte, aber von den Tränen, und antwortete sanft:

»Sie wissen, dass ich an Ihr Paradies nicht glaube! Mein Paradies ist hier!«

Aliprandi machte dem Kurat ein bittendes Zeichen, und dieser ging schluchzend hinaus.

*

Der Arzt verließ Oria gegen Mitternacht zusammen mit dem Professor. Das ganze Haus lag im Schweigen, selbst aus dem Schlafzimmer drang kein Laut mehr.

Aliprandi hatte die beiden letzten Stunden im Saal mit dem Professor und Ester zugebracht, ohne dass ein Schrei, ein Stöhnen oder irgendeine Bewegung zu hören war. Er war zweimal hineingegangen, um zu sehen, wie es stand. Luisa saß auf dem Rand ihres Bettes, die Ellbogen auf die Knie gestützt und das Gesicht in den Händen, und blickte unverwandt auf das Bettchen, das Aliprandi nicht sehen konnte. Diese neue Unbeweglichkeit missfiel ihm fast mehr als die vorherige übergroße Erregtheit.

Da Ester die Absicht hatte, die Nacht über zu bleiben, legte er ihr ans Herz, vorsichtig zu versuchen, ihre Freundin aufzurütteln, sie zum Weinen und Sprechen zu bringen.

Um mit Ester zu wachen, waren noch einige Frauen aus dem Ort dageblieben und Ismaele, der um fünf Uhr nach Lugano fahren wollte. Onkel Piero war zu Bett gegangen. Aliprandi und der Professor blieben auf dem Kirchplatz stehen, um nach dem erleuchteten Schlafzimmerfenster zu sehen und zu horchen.

Alles still.

»Verfluchter See!«, sagte der Doktor, den Arm seines Begleiters nehmend und sich auf den Weg machend. Zweifellos dachte er bei diesen Worten an das süße Geschöpf, das der See gemordet hatte, aber in seinem Herzen war auch das bange Vorgefühl, dass noch anderes

Unheil im Anzuge, dass das unselige Werk des tücki-
schen Wassers noch nicht vollendet sei; und ein un-
geheures Mitleid ergriff ihn mit dem Vater, mit dem
armen Vater, der noch von nichts wusste.

Elftes Kapitel.
Nacht und Morgenrot

Sofort nach Eintreffen des Telegramms stürzte Franco
in die Redaktion der ›Opinione‹, Via della Rocca. Dina,
als er ihn so verstört sah, rief:

»Ach, Sie haben es also schon erfahren?«

Franco fühlte sein Blut erstarren, aber Dina machte,
als er von dem Telegramm hörte, eine überraschte Gebärde. Nein, nein, davon wusste er nichts. Er war von
Seiten des Ministerpräsidenten informiert worden, dass
die österreichische Polizei in Vall' Intelvi Hausdurchsuchungen und Verhaftungen vorgenommen habe, und
dass sich unter den Papieren eines Arztes auch der Name
Don Franco Maironis mit ziemlich kompromittieren-
den Angaben befunden hätte. Dina fügte hinzu, dass
er in diesem für einen Vater so schmerzlichen Augenblick es kaum wage, ihm mitzuteilen, dass Graf Cavour
sich für ihn interessiere. Er selbst, Dina, habe mit dem
Grafen über ihn gesprochen, und dieser habe sich sehr
abfällig darüber geäußert, dass ein lombardischer Edel-
mann von so gutem Namen sich in Turin in drückenden
und ärmlichen Verhältnissen befinde. Dina glaubte, dass

er die Absicht habe, ihm eine Anstellung im Ministerium des Äußeren anzubieten. Jetzt müsste Franco abreisen, selbstverständlich. Aber das Kind würde gesund werden, und er würde in möglichst kurzer Zeit zurückkehren. Inzwischen würde er in der Erwartung weiterer Nachrichten in Lugano bleiben, nicht wahr, und die Lombardei würde er gar nicht betreten, wenn es die Umstände nicht absolut erforderten. Denn nach dieser Affaire in Vall' Intelvi würde das eine riesige Unvorsichtigkeit sein. Franco schwieg, und im Verabschieden wiederholte sein Direktor nochmals: »Seien Sie vorsichtig! Lassen Sie sich nicht erwischen!« Aber er bekam keine Antwort.

Franco war wie in einem Traum durch Turin gelaufen, ohne den Klang seiner eigenen Schritte zu hören, ohne sich dessen bewusst zu sein, was er sah und hörte, mechanisch dorthin gehend, wo er in dieser Situation hin musste, wo ihn eine untergeordnete und unterwürfige Fähigkeit der Seele, dieses Gemisch aus Vernunft und Instinkt, das uns durch das Labyrinth der Straßen einer Stadt leiten kann, während unser Geist, der auf ein Problem oder eine Leidenschaft fixiert ist, sich um nichts kümmert. Er verkaufte seine Uhr mit Kette für hundertfünfunddreißig Lire an einen Uhrmacher von Doragrossa, kaufte eine Puppe für Maria, ging beim Café Alfieri und beim Café Florio vorüber, um die Freunde benachrichtigen zu lassen, und war, da er den Zug nach Novara um halb zwölf benutzen wollte, um elf Uhr am

Bahnhof. Um ein Viertel nach elf kamen der Paduaner und der Udinese noch dorthin. Sie versuchten, ihn mit allen nur möglichen rosigen Vorspiegelungen und leeren Trostgründen zu erheitern, aber er antwortete mit keiner Silbe und erwartete mit unaussprechlicher Sehnsucht den Moment der Abreise, des Alleinseins, den Moment, wo er nach Oria kommen würde; denn er war fest entschlossen, nach Oria zu gehen, wie groß die Gefahr auch wäre. Er setzte sich in einen Wagen dritter Klasse, und als endlich die Lokomotive pfiff und der Zug in Bewegung kam, stieß er einen tiefen Seufzer der Erleichterung aus und gab sich ganz dem Gedanken an seine Maria hin. Aber es waren zu viel Menschen um ihn herum, zu viel rohe, lärmende Menschen. Er konnte diese Gespräche, dies Gelächter nicht länger ertragen und stieg in Chivasso in ein leeres Coupé zweiter Klasse, wo er ein Selbstgespräch begann, während er auf den Sitz gegenüber starrte.

Gott, warum haben sie auf das Telegramm nicht ein Wort mehr gesetzt? O mein Herrgott, ein einziges Wort! Den Namen der Krankheit wenigstens!

Ein fürchterlicher Name durchzuckte sein Hirn: Croup! Er streckte seine Arme gegen dies Schreckgespenst aus, und während er mit aller Kraft nach Atem rang, verzerrte er sich krampfhaft; dann ließ er sie wieder sinken mit einem Seufzer, der seine Brust der Luft und des Lebens zu berauben schien. Denn es musste sich ja um eine plötzliche Erkrankung handeln, anderenfalls hätte

Luisa geschrieben! Ein anderer Blitz durchzuckte seinen Kopf: Gehirnentzündung? Er selbst war als Kind an einer Gehirnentzündung dem Tode nahe gewesen. Herr! Herr! Das war die richtige Eingebung. Gott selbst hatte sie ihm gesandt! Er wurde von nervösem Schluchzen gepackt, ohne Tränen. Maria! Mein Schatz, meine Liebe, meine Freude! Das musste so sein, ja. Er sah sie keuchend, fieberglühend, vom Arzt und von der Mutter bewacht; in einem Augenblick machte er lange, lange Stunden der zitternden Angst an ihrem Krankenbett durch, er sah das Aufflackern der Hoffnung, hörte das erste Flüstern der süßen Stimme: »Lieber Papa.«

Er sprang auf, faltete die Hände krampfhaft zu einem stummen Gebet. Dann fiel er erschöpft auf seinen Sitz zurück und wendete die blicklosen Augen auf die vorüberfliehende Landschaft, während er fast einen Zusammenhang zwischen der großen, verschleierten Alpenkette, die so fest am nördlichen Horizont stand, und dem allbeherrschenden, fixen und unklaren Gedanken in seiner Seele empfand. Von Zeit zu Zeit weckte ihn das Rasseln des Zuges aus seiner Erstarrung und flößte ihm die Vision eines qualvollen Laufes ein und ließ sein Herz wieder erbeben und unruhig klopfen. Dann schloss er die Augen wieder, um seine Ankunft deutlicher zu sehen. Plötzlich stiegen ihm Bilder aus dem Herzen auf vor die Augen, aber sie flackerten, flackerten unaufhörlich, und er konnte sie keinen Moment festhalten. Es war Luisa, die ihm auf der Treppe entgegenlief, es war der Onkel, der am Eingang zum Saal die Arme nach ihm ausbreitete, es war Doktor Aliprandi, der ihm die Tür des Alkovens öffnete und dabei ›Gut, gut‹ sagte, es war in der dunklen Kammer ein Gleiten schweigender Schatten, es war Maria, die ihn mit fieberglänzenden Augen ansah.

In Vercelli, wo es ihm vorkam, als sei er schon tausend Meilen von Turin entfernt, gewann die Wirklichkeit wieder Herrschaft über ihn. In Lugano angelangt fragte er sich, wie und auf welchem Wege er nach Oria kommen würde? Offen, über den See, wo er vom Zollamt aus gesehen werden musste? Und wenn sie ihn nun nicht passieren ließen, weil auf seinem Pass sein Ausgang nicht vermerkt war, oder, schlimmer noch, wenn wegen der Affaire des Doktors aus Pellio ein Haftbefehl lauerte? Besser übers Gebirge gehen. Mochte er später verhaftet werden, aber mit der Ortskenntnis ausgerüstet, die er sich vor 1848 durch die Jagd erworben, war er fast sicher, ungefährdet zu Haus anzugelangen. Diese mühsame Arbeit, Pläne zu schmieden und sie wieder zu verwerfen, zerstreute ihn etwas und hielt seinen Geist beschäftigt bis über Arona hinaus, bis auf das Schiff über den Lago Maggiore. Nach seiner Berechnung kam er mitten in der Nacht in Lugano an. Ob jemand dort war, um ihn zu erwarten? Und wenn niemand dort wäre, konnte es ganz gut sein, dass sie in der Apotheke Fontana, wo viele aus Valsolda verkehrten, etwas wüssten. Wenn es Gottes Wille wäre, ihn in Lugano beruhigende

Nachrichten finden zu lassen, so könnte er seine Entschlüsse wegen Oria auf morgen verschieben. Er beschloss also, vor Lugano keine Pläne mehr zu machen, und bat Gott inständig, ihn gute Nachrichten finden zu lassen. Der Himmel war bedeckt, die Berge hatten schon eine traurig-herbstliche Färbung, über dem See lag ein leichter Nebel, die Glocken von Meina läuteten, auf dem Schiff war fast niemand, und Franco erstarb das Gebet im Herzen unter einer bleischweren Traurigkeit, und seine Augen irrten hinter einem Schwarm weißer Möwen her, die weithin nach den Wassern von Laveno flogen, nach dem verborgenen Land, wo seine Seele weilte.

Er kam nach sieben in Magadoni an, ging zu Fuß über den Monte Ceneri, den Steig benutzend, der über die Cantoniera führt, nahm dann in Bironico einen Wagen und kam nach Mitternacht in Lugano an. Auf dem Platz dicht beim Café Terreni stieg er ab. Das Café war geschlossen, der Platz verödet und dunkel; alles lag in Schweigen, selbst der See, dessen langsames Pulsieren man im Schatten ahnte. Franco blieb einen Augenblick am Ufer stehen, in der Hoffnung, es könnte jemand auf ihn warten und von irgendwoher plötzlich auftauchen. Valsolda, das hinter dem Monte Brè versteckt lag, konnte er nicht sehen; aber das war ja dasselbe Wasser, in dem Oria sich spiegelte, das in dem kleinen Hafen seines Hauses schlief. Sein Herz weitete sich ein wenig in einem Gefühl von Frieden, er hatte die Empfindung, als sei er zu den Seinen zurückgekehrt. Da jede menschliche Stimme schwieg, schien es ihm, als ob die großen dunkeln Berge zu ihm sprächen, vor allen der Monte Caprino und der Zocca d'i Ment, die auf Oria blickten. Sie sprachen sanft und friedlich zu ihm, sie flößten ihm ein gutes Vorgefühl ein. Neunzehn Stunden waren seit der Aufgabe des Telegramms verflossen: das Übel konnte besiegt sein.

Da niemand zu sehen war, ging er nach der Apotheke Fontana und zog die Glocke. Er kannte seit Jahren diesen vortrefflichen, herzensguten Ehrenmann Carlo Fontana, der ebenfalls mit der alten Welt dahingegangen ist. Herr Carlo erschien am Fenster und war nicht wenig erstaunt, Don Franco zu sehen. Er wusste gar nichts aus Valsolda, da er zwei Tage in Tesserete gewesen und erst vor wenigen Stunden zurückgekehrt war; er hatte keine Nachrichten. Sein Gehilfe, Herr Benedetto, war ebenfalls vor einigen Stunden nach Bellinzona gereist. Franco dankte und machte sich auf den Weg nach Villa Ciani, fest entschlossen, sofort nach Oria zu gehen.

Er hatte die Wahl zwischen zwei Wegen: entweder von Pregassona aus den Schweizer Hang des Boglia hinaufsteigen, die Alpe della Bolla berühren, den Pian Biscagno und den großen Buchenwald durchschreiten, auf der Höhe des lombardischen Hanges heraustreten, gerade bei der Buche der Madonna, und nach Albogasio und Oria heruntersteigen; oder den bequemen Weg über Gandria nehmen, immer am See entlang, und dann den abscheulichen, gefährlichen Fußsteig, der von Gandria, dem letzten Schweizerdorf, den furchtbar steilen Felsenhang durchschneidet, die Grenze ungefähr hundert Meter oberhalb des Sees überschreitet, zur Sennhütte von Origa führt, in die enge Schlucht der Val Malghera abstürzt, zur Sennerei von Rooch wieder emporklimmt, dort auf das steinige Sträßchen stößt, das über den Niscioree hinüber und schließlich nach Oria hinunter führt. Der erste Weg war bei weitem länger und mühsamer, aber dafür geeigneter, an der Grenze der Wachsamkeit der Zollwächter zu entgehen.

Franco beschloss, als er aus der Apotheke Fontana fortging, diesen zu wählen. Als er aber in Cassaroga war, wo die Straßen von Gandria und die von Pregassona sich treffen, als er die Spitze von Castagnola so nahe vor sich sah und bedachte, dass man von Castagnola Gandria in weniger als einer halben Stunde erreichen kann, dass man von Gandria nach Oria anderthalb Stunden braucht, wurde ihm die Vorstellung, den Boglia zu erklimmen und sieben oder acht Stunden gehen zu müssen, völlig unerträglich. Wenn er über den Boglia ging, kam er stattdessen bei hellem Tageslichte an; das war für seine Sicherheit äußerst gewagt. Entschlossen nahm er den Weg über Castagnola und Gandria. Der Himmel war mit schweren Wolken bedeckt. Unter den hohen Kastanienbäumen, unter denen der Fußweg nach Castagnola führte, wusste man nicht, wohin den Fuß setzen; aber wie wäre es erst in dem dichten Wald des Boglia gewesen, wenn Franco diesen gewählt hätte? Undurchdringlich war's in Castagnola, schlimmer noch in dem Labyrinth von schmalen Gassen in Gandria. Nachdem er immer wieder sich dort verirrt und wieder herausgefunden hatte, gelangte Franco endlich auf den Grenzsteig, und dort hielt er an, um auszuruhen. Im Begriff, sein Leben aufs Spiel zu setzen im tiefen Dickicht dieses gefahrvollen, schwierigen Weges, sich einer gefährlichen Begegnung mit den österreichischen Grenzwächtern auszusetzen, um dann zu jenem anderen qualvollen Moment zu gelangen: in sein Haus zu treten, die erste Frage zu stellen, die erste Antwort zu hören, – in diesem Augenblicke erhob er seinen Geist zu Gott und sammelte alle seine Gedanken zu einem Aufgebot von Kraft und von Ruhe.

Er setzte seinen Weg fort. Jetzt war es notwendig, seine ganze Aufmerksamkeit auf den Weg zu richten, um sich nicht zu verirren, um nicht abzustürzen. Die Felder von Gandria sind bald zu Ende. Dann kommen dichte Dornengestrüppe, die über den See hängen, zerklüftete, durch Bäume maskierte Schluchten, die direkt in die Tiefe stürzen. In dieser pechschwarzen Finsternis war Franco gezwungen, mit den Armen blindlings zu tasten, um einen Zweig zu packen, dann den nächsten, das Gesicht durch das Laubwerk zu zwängen, das wenigstens den Duft von Valsolda hatte, sich von Pflanze zu Pflanze zu schleifen, mit den Füßen den Boden zu sondieren, nicht ohne die Gefahr, plötzlich in die Tiefe zu versinken, und so die Spuren des Fußsteiges zu suchen.

Sein Bündel war nur klein, und doch behinderte es ihn. Und das Rauschen der Blätter bei seinem Vorübergehen erregte ihn; er hatte die Empfindung, als müsse man es in der religiösen Stille der Nacht weithin hören, über die Berge und über den See. Nun blieb er stehen und horchte. Er vernahm nichts als das ferne Brausen des Wasserfalls von Rescia, das lang gezogene Heulen der Nachteulen in den Wäldern jenseits des Sees und ab und zu in der Tiefe, auf dem Wasser, ein trockenes Anschlagen von Gott weiß was.

Er brauchte nicht weniger als eine Stunde, um bis an die Grenze zu gelangen. Dort, zwischen dem Grenztale und der Val Malghera war der Wald erst kürzlich abgeholzt worden, der steinige Abhang war nackt und hierdurch sowohl die Gefahr eines Absturzes wie die Gefahr der Entdeckung erheblich vergrößert. Diesen Teil durchschritt er mit der äußersten Vorsicht, häufig stehen bleibend, zuweilen auf allen vieren kriechend. Bevor er nach Origa kam, hörte er in der Tiefe ein leises Geräusch von Rudern. Er wusste, dass die Barke der Wächter ab und zu des Nachts am Ufer von Val Malghera vorbeistrich. Es waren die Wächter, sicherlich. Unter den Kastanienbäumen von Origa atmete er auf. Dort war er gedeckt und ging geräuschlos über Gras. Er stieg den Westhang nach Val Malghera herunter und ohne weiteres Hindernis auf der anderen Seite wieder hinauf. Als er sich Rooch näherte, hämmerte sein Herz zum Zerspringen. Denn Rooch ist gewissermaßen ein

Vorposten von Oria. Hier mündete das Sträßchen, das er so oft an lauen Winternachmittagen mit Luisa hinaufgestiegen war, Veilchen pflückend und Lorbeerblätter und dabei über die Zukunft plaudernd. Er erinnerte sich, dass sie das letzte Mal einen kleinen Streit gehabt hatten über den wünschenswertesten Gatten für Maria und über die Eigenschaften, die er haben müsste. Franco hätte einen Landwirt vorgezogen und Luisa einen Maschinenbaumeister.

Rooch ist eine Sennerei, die dicht an ein paar spärliche Felder gerückt ist, welche sich terrassenförmig den Berg hinaufziehen und einen kleinen lichten Fleck in dem waldigen Gelände bilden. Ein Zimmer oben, unten der Stall, ein kleiner Vorbau vor dem Stall, eine Zisterne in dem Vorbau; das ist alles. Der Vorbau sieht auf das gepflasterte Sträßchen, das zwei oder drei Meter weiter unten vorbeiführt. Von der Höhe der Felsschlucht von Val Malghera nach Rooch sind es nur wenige Schritte. Als Franco die Höhe erreicht hatte, hörte er jemand in der Sennhütte gedämpft sprechen.

Er blieb stehen, trat zur Seite und verbarg sich liegend unter dem Gras, vom Weg abseits, längs eines Kastaniengebüschs. Er hörte nicht mehr sprechen, sondern vernahm den raschen Schritt eines herannahenden Mannes und blieb, den Atem anhaltend, regungslos liegen. Der Mann blieb beinahe unmittelbar neben ihm stehen, wartete ein Weilchen, dann ging er langsam wieder zurück und sagte laut, mit fremdem Akzent:

»Es ist nichts. Es wird ein Fuchs gewesen sein.«

Die Wächter. Es folgte ein langes Schweigen, währenddessen Franco sich nicht zu rühren wagte. Die Wächter nahmen ihr Gespräch wieder auf, und er fasste den Entschluss, sich geräuschlos zurückzuziehen und wieder ins Val Malghera zurückzugehen, um sich hinter der Sennhütte in die Höhe zu schlängeln. Ganz leise und langsam zog er die Schuhe aus. Er war im Begriff fortzukriechen, als er die Wächter, drei oder vier, aus der Hütte treten und schwatzend auf sich zukommen hörte. Einer von ihnen sagte: »Bleibt keiner hier?«, und ein anderer erwiderte: »Es ist nutzlos.«

Vicr Wächter gingen unmittelbar an ihm vorüber, ohne ihn zu sehen. Sie hatten keinen Verdacht, denn sie plauderten von gleichgültigen Dingen. Einer sagte, dass man zehn Minuten unter Wasser bleiben könnte, ohne zu ertrinken, ein anderer behauptete dagegen, dass fünf Minuten genügten, um den Tod herbeizuführen. Der vierte ging schweigend vorbei, aber kaum vorüber, blieb er stehen; Franco überlief ein Schauder, als er das Reiben eines Zündholzes vernahm. Der zündete seine Pfeife an, tat zwei oder drei kräftige Züge und fragte dann die Gefährten, die schon ziemlich weit nach der Seite von Val Malghera vorausgegangen waren, mit erhobener Stimme:

»Wie alt war sie?«

Und einer von jenen erwiderte, ebenfalls sehr laut:

»Drei Jahre und einen Monat.«

Darauf tat der vierte Wächter abermals zwei Züge und machte sich auch auf den Weg. Franco, der noch auf dem Boden lag, erhob sich, als er das ›drei Jahre und einen Monat‹, Marias Alter, hörte, auf seine Arme, das Gras krampfhaft packend. Das Geräusch der Schritte verlor sich unten im Val Malghera.

»Gott, Gott, Gott!«, rief er. Er erhob sich auf die Knie und wiederholte in seinem Innern langsam, wie vor den Kopf geschlagen, das fürchterliche Wort ›war‹. Er rang die Hände und stöhnte von neuem: »Gott, Gott, Gott!«

Von dem, was nun folgte, hatte er kein rechtes Bewusstsein. Er stieg nach Oria hinunter, mit der unbestimmten Empfindung, taub geworden zu sein, mit einem heftigen Zittern des Armes, in dem er die Puppe trug. Er gelangte zur Madonna del Romit, ging quer über Land, und anstatt über den Stufenweg des Pomodoro herunterzusteigen, verfolgte er geradeswegs den Fußpfad, der auf den Abkürzungsweg von Albogasio Superiore stößt, und ging dann dieselben Stufen herab, die die Pasotti den Tag vor der Katastrophe benutzt hatte. Auf der Fassade der Kirche bemerkte er einen schwachen Lichtschimmer, der von dem Alkovenfenster ausging, hielt sich unter dem erleuchteten Fenster nicht auf, rief nicht, trat unter die Vorhalle und drückte gegen die Tür. Sie war offen.

Aus der Frische der Nacht trat er in eine drückende Schwüle, in einen seltsamen Duft von heißem Essig und Weihrauch. Mühselig schleppte er sich die Treppe

hinauf. Vor ihm, auf dem Treppenabsatz, fiel ein Licht
von oben. Dort angelangt, sah er, dass das Licht aus
dem Alkovenzimmer kam. Er stieg weiter hinauf, setzte
den Fuß auf den Korridor. Die Tür des Zimmers stand
offen, viele Lichter mussten da drinnen brennen. Er
bemerkte neben dem Dufte des Weihrauchs Blumen-
duft; ein heftiges Zittern packte ihn, er konnte nicht
weiter. Vom Alkoven her war nichts zu hören. Plötzlich
sprach Luisas Stimme, zärtlich und ruhig:

»Willst du, Maria, dass ich dich morgen dahin begleite,
wohin du gehst? Willst du deine Mama unter der Erde
bei dir haben, Maria?«

»Luisa, Luisa!«, schluchzte Franco. Sie lagen sich in
den Armen, auf der Schwelle ihres Brautgemachs, in
dem das Gedächtnis ihrer Liebe noch lebte, und die
Frucht dieser Liebe tot dalag.

»Komm, Lieber, komm, komm!«, sagte sie und zog
ihn hinein.

In der Mitte des Zimmers lag zwischen vier angezündeten Kerzen auf einer offenen Bahre unter einem
Berge abgeschnittener und wie sie selbst dahinwelken-
der Blumen die arme Maria. Es waren Rosen, Heliotrop,
Nelken, Begonien, Geranien, Eisenkraut, blühendes
Laub der Olea fragrans und anderes Laub ohne Blüten,
aber ebenso dunkel und ebenso glänzend: das Laub des
Johannisbrotbaums, den sie schon deshalb so geliebt
hatte, weil ihr Papa ihn liebte. Blumen und Blätter waren
auch über ihr Gesicht gestreut.

Schluchzend kniete Franco nieder: »Gott, Gott, Gott!«, während Luisa zwei Rosen nahm, sie in eines von Marias Händchen legte und ihr dann die Stirn küsste.

»Du kannst sie auf das Haar küssen«, sagte sie. »Aufs Gesicht nicht. Der Doktor will es nicht.«

»Aber du? Aber du?«

»O, für mich ist's etwas anderes.«

Er drückte trotzdem seine Lippen auf die eisigen Lippen, die zwischen den Blättern des Johannisbrotbaumes und den Geranien hindurchschimmerten. Er drückte sie leicht, wie zu einem zärtlichen Lebewohl, ohne Verzweiflung auf die leere Hülle seines heiß geliebten Kindes, das in eine andere Wohnung eingegangen war.

»Maria, meine Maria«, flüsterte er schluchzend, »was ist geschehen, was ist geschehen?«

Er hatte es nicht aufgefasst, dass die erste Unterhaltung der Wächter über Ertrunkene einen Zusammenhang mit der darauffolgenden haben könnte.

»Du weißt es nicht?«, fragte ihn ruhig, ohne Überraschung zu zeigen, seine Frau. Man hatte ihr gesagt, in welcher Weise telegrafiert worden sei; aber sie wusste auch, dass Ismaele nach Lugano gehen sollte, um Franco zu treffen, und ahnte nicht, dass Ismaele, als die Post von Ceneri ohne Passagiere angekommen war, sich schlafen gelegt hatte.

»Armer Franco!«, sagte sie, ihn mütterlich auf die Stirn küssend. »Und so ohne vorhergehende Krankheit.«

Leu trat in diesem Augenblick ein, um zu räuchern, und blieb bei Francos Anblick wie erstarrt stehen.

»Geh«, sagte Luisa zu ihr, »stelle die Pfanne draußen hin, lege darauf, was dir gut scheint, und dann geh in die Küche schlafen, arme Leu.« Leu gehorchte.

»Ohne vorhergehende Krankheit?«, wiederholte Franco.

»Komm«, erwiderte Luisa, »ich will dir alles erzählen.« Sie setzte ihn auf den Lehnstuhl zu Füßen des Ehebettes. Er wollte sie an seiner Seite haben. Sie machte ihm ein verneinendes Zeichen, ein Zeichen, nicht darauf zu bestehen, zu schweigen, abzuwarten, und dann setzte sie sich auf den Boden, dicht bei ihrem Kinde, nieder, und begann mit leiser, gleichmäßiger Stimme die schmerzliche Erzählung, fast als ob die Tragödie, die sie erzählte, sie nichts anginge, mit einer Stimme, die der der tauben Pasotti glich, die aus einer fernen Welt zu kommen schien. Sie schilderte ihre Aufregung nach der Begegnung mit der Bianconi und sagte ihm all die Gedanken und all die Empfindungen, die sie dazu gebracht hatten, der Großmutter entgegenzutreten; sie schilderte die Ereignisse bis zu dem Augenblick, wo sie sich überzeugt hatte, dass in Maria kein Funken Leben mehr war. Als sie fertig war, kniete sie nieder, um ihre Tote zu küssen, und flüsterte ihr zu: »Jetzt glaubt dein Papa, dass ich dich getötet habe, aber es ist nicht wahr, weißt du, es ist nicht wahr.«

Er stand auf, bebend von einer Empfindung ohne Namen, beugte sich über sie, hob sie vom Boden auf mit starken und sorgsamen Armen, sie, die sich weder sträubte noch sich ihm überließ, setzte sie neben sich auf den Lehnstuhl, schlang seine Arme um sie, presste sie an sich, sprach in ihre Haare hinein und badete sie mit vereinzelten heißen Tränen, die dann und wann seine Stimme brachen. »Meine arme, arme Luisa, nein, du hast sie nicht getötet, du nicht. Wie sollte ich wohl so etwas glauben? Ach nein, Liebste, nein. Ich segne dich im Gegenteil für alles, was du für sie getan hast seit ihrer Geburt. Ich, der ich nichts für sie getan habe, segne dich, die du so unendlich viel getan hast. Sage das nicht mehr, sage das nicht mehr! Unsere Maria...«

Ein heftiges Schluchzen unterbrach seine Worte, aber mit starkem Willen überwand er sich sogleich und fuhr fort:

»Weißt du nicht, was unsere Maria in diesem Augenblick sagt? Sie sagt: ›Liebe Mama, lieber Papa, jetzt seid ihr allein, jeder von euch hat nur den anderen, ihr seid mehr denn je vereinigt, gebt mich dem Herrn, damit er mich euch zurückschenke, damit ich euer Schutzengel sei und euch eines Tages zu ihm führe und wir auf ewig vereint seien.‹ Hörst du es nicht, Luisa, dass sie so spricht?«

Sie bebte in seinen Armen, von heftigen Zuckungen erschüttert, das Gesicht nach unten gewendet, und Franco, der es nach oben richten wollte, stummen Widerstand entgegensetzend. Endlich ergriff sie schweigend eine seiner Hände und küsste sie. Da küsste auch er sie auf das Haar. Dann flüsterte er: »Antworte mir.«

»Du bist gut«, erwiderte Luisa mit tieftrauriger, leiser Stimme, »du hast Mitleid mit mir, aber du meinst nicht das, was du sagst. Du musst denken, dass ich die Ursache ihres Todes bin, dass, wenn ich deinen Empfindungen und deinen Ideen gefolgt wäre, so wäre ich nicht aus dem Hause gegangen, und wenn ich nicht ausgegangen wäre, so wäre nichts geschehen, und Maria lebte.«

»Lass dies Grübeln, lass es gehen. Du konntest glauben, Maria wäre im Zimmer oder bei Veronika, du konntest im Saal beim Brautpaar bleiben, und das Unglück wäre ebenso geschehen. Daran denke nicht mehr, Luisa. Höre lieber auf das, was Maria zu dir spricht.«

»Armer Franco! Du Ärmster, Ärmster!«, rief Luisa mit einer solchen Bitterkeit, schrecklicher Hintergedanken voll, dass Franco das Blut erstarrte. Er schwieg zitternd, wagte nicht, sich auszudenken, was sie meinte, und wartete voll Angst doch, es zu vernehmen. Langsam lösten sie sich aus ihrer Umklammerung, Luisa zuerst. Sie ergriff von neuem die Hand ihres Gatten und wollte ihre Lippen wieder darauf pressen. Franco zog die ihre zärtlich an sich und versuchte ein letztes Wort:

»Warum willst du mir nicht antworten?«

»Weil ich dir zu weh tun würde«, sagte sie leise.

Er hatte die Empfindung einer unheilbaren Verstörung ihrer Seele und schwieg. Er zog seine Hand nicht zurück, aber er fühlte seine Kräfte schwinden, er fühlte das Eindringen eines Dunkels und einer Eiseskälte, als ob die nutzlos angerufene Maria ein zweites Mal gestorben wäre. Die Seelenqual, die Müdigkeit, die drückende Schwüle, die verschiedenartigen Düfte in dem Zimmer überwältigten ihn derart, dass er hinausgehen musste, um nicht ohnmächtig zu werden.

Er ging auf die Loggia. Die Fenster waren geöffnet; die reine, frische Luft belebte ihn. In der Dunkelheit weinte seine Tochter, hemmungslos, ohne die Zurückhaltung, die das Licht mit sich bringt. Er kniete an einem Fenster nieder, verschränkte die Arme vor der Brust, weinte, das Gesicht zum Himmel gewandt, Tränen und Worte in Strömen, unzusammenhängende Worte von Qual und glühendem Glauben, rief Gott um Hilfe an, Gott, Gott, der ihn geschlagen hatte. Und er bat ihn, seinen Gott, mit der Flut seiner Tränen, er möge ihm erlauben zu weinen, obgleich er wohl wisse, warum das Kind gestorben sei. Denn habe er nicht heiß zum Herrn gebetet, dass er sie erretten möge aus der Gefahr, ihren Glauben zu verlieren, wenn sie bei ihrer Mutter weile? Ach, an jenem Abend, jenem letzten Abend, als Maria ›Liebster Papa, einen Kuss‹ und noch so viele andere Zärtlichkeiten gesagt hatte und seine Hand nicht loslassen wollte, wie hatte er da gebetet! Es war ein Entsetzen, eine Freude, eine Ekstase für ihn, sich daran zu erinnern. »Herr, Herr«, rief er zum Himmel, »du hast geschwiegen und hast mich vernommen, du hast mich erhört nach deinem geheimnisvollen Rate, du hast meinen Schatz zu dir genommen, sie ist sicher, sie freut sich, sie erwartet mich, du wirst mich wieder mit ihr vereinigen!«

Der Strom von Tränen, in dem seine Worte erstarben, war ohne Bitterkeit. Aber als er dann wieder an seinen letzten Abend dachte, empfand er es sehr bitter, dass er abgereist war, ohne es Maria zu sagen, dass er sie getäuscht hatte. »Maria, meine Maria«, flehte er weinend, »verzeih mir!« Gott, wie unmöglich es ihm erschien, dass all das wahr wäre, wie natürlich es ihm vorkam, in den Alkoven zu gehen, sie dort in ihrem Bettchen schlafend zu finden, den Kopf auf die Schulter geneigt und die offenen Händchen, mit den Flächen nach oben, auf das Betttuch gestreckt! Und nun war sie dort, ja, aber ...! O diese Wirklichkeit! Er konnte des Weinens kein Ende finden.

Leu kam mit Licht und brachte ihm Kaffee. Die Frau habe sie geschickt. Er hatte eine Regung zärtlicher Dankbarkeit für sein Weib. Gott, arme Luisa, welche schwarze Verzweiflung war die ihre! Und dieser fürchterliche Anschein von Strafe, der für sie in dem Schlage lag, der sie in diesem Augenblick, gerade in diesem Augenblick wie ein Blitzstrahl getroffen! Sie hatte es wohl verstanden, dass er so denken musste, und er dachte es wirklich und hatte es nur aus Mitleid geleugnet, ja aus Mitleid, wie sie es ja auch verstanden hatte. Und dieser drohende Anschein von Strafe hatte also keine Frucht getragen? Sie trennte sich von Gott mehr denn je, wer weiß, bis zu welchem Punkte. Arme, arme Luisa! Nicht für Maria musste man beten, Maria brauchte das nicht mehr. Für Luisa musste man beten Tag und Nacht; auf die Fürbitten des geliebten Seelchens, das zu Gott eingegangen, musste man hoffen.

Ziemlich ruhig sprach er mit Leu und ließ sich von ihr alles, was sie von dem schrecklichen Vorfall gesehen, alles, was sie darüber gehört hatte, erzählen. »Der Herr hat Ihr Kleinchen bei sich haben wollen«, sagte Leu zum Schluss. »Sie hätten es nur in der Kirche sehen sollen, mit den gefalteten Händchen und so ernst im Gesichtchen. Wie 'n Engel hat's ausgesehen.« Dann fragte sie, ob Franco das Licht zu behalten wolle. Nein, er zog es vor, im Dunkeln zu bleiben. Und um wie viel Uhr sollte das Begräbnis stattfinden? Leu glaubte um acht Uhr. Wenn Leu einmal angefangen hatte zu reden, fand sie nicht leicht ein Ende, und vielleicht fürchtete sie sich auch davor, allein in der Küche zu bleiben. »Und ihr Papa!«, sagte sie noch, ehe sie sich entfernte. »Ihr lieber Papa! Wohl an die hundertmal, seitdem ich hergekommen bin und der Frau und dem lieben Kind Kastanien gebracht habe, hat sie zu mir gesprochen, so höflich und so freundlich, kein Advokat kann's besser: ›Leu‹, hat sie gesagt, ›weißt du, mein Papa kommt jetzt bald nach Lugano, und dann gehe ich, um ihn dort zu sehen.‹ – O Gott, o Gott, es ist eine schlimme Geschichte!«

Tränen und wieder Tränen. Ja, Gott hatte das Kind zu sich genommen, um es vor den Irrungen der Welt zu schützen, Gott hatte Luisa für ihre Irrtümer gestraft, aber hatte die fürchterliche Strafe nicht auch ihn betroffen? Hatte er keine Schuld? O ja, wie große, wie viele! Er hatte die deutliche Vision seines eigenen Lebens, so jammervoll leer an Werken, so voll von Eitelkeit, das so wenig dem Glauben, den er bekannte, entsprochen hatte, dass es die Verantwortlichkeit für Luisas Irreligiosität auf ihn wälzte. Die Welt hielt ihn für gut wegen Eigenschaften, an denen er kein Verdienst trug, da er ja mit ihnen geboren war; umso schwerer fühlte er über sich Gottes Urteil, der ihm viel gegeben und keine Frucht von ihm geerntet hatte. Er kniete von neuem nieder und demütigte sich unter der Züchtigung in der verzweifelten Zerknirschung seines Herzens, in dem glühenden Wunsch, zu sühnen, sich zu reinigen, würdig zu werden, dass Gott ihn wieder mit Maria vereinige.

Er betete und weinte lange, dann ging er auf die Terrasse hinaus. Über dem Galbiga und den Bergen am Comersee begann der Himmel hell zu werden. Der Tag kam herauf. Von dem dräuenden schwarzen Boglia wehte ein eisiger Nordostwind. Von nah und von fern, vom Ufer des Sees und aus dem höher gelegenen Tal begannen die Glocken zu läuten. Die Vorstellung, dass Maria und die Großmutter Teresa glücklich vereint wären, stieg unvermittelt hell und lieblich in Francos Herzen auf. Es schien ihm, als ob der Herr zu ihm spräche: Ich bereite dir Schmerzen, aber ich liebe dich; warte, vertraue, und du wirst wissen. Die Glocken läuteten von nah und von fern, vom Ufer des Sees und aus dem höher gelegenen Tal; heller und heller wurde der Himmel über dem Galbiga, nach dem Comersee zu, über dem steilen, schwarzen Profil des Pik di Cressogno; und die weite, ruhige Wasserfläche nahm nach Osten zu, zwischen den großen Schatten der Berge, die lichte Färbung einer Perle an. Die Blätter der Passionsblumen, vom Winde gestreift, bewegten sich leise über Francos Kopf, zitternd in der Erwartung des Lichtes, der unermesslichen Glorie, die da im Osten heraufstieg, vom Klange der Glocken begrüßt, Wolken und Luft mit ihrer Herrlichkeit färbend.

Leben, leben, schaffen, leiden, anbeten, hinaufsteigen! So wollte es das Licht. Die Lebenden in seinen Armen mit sich forttragen, die Toten im Herzen mit sich forttragen, nach Turin zurückkehren, Italien dienen, für Italien sterben! Der neue Tag stieg schnell herauf. Italien, Italien, teure Mutter! Franco faltete die Hände in einem Überschwang von sehnender Begeisterung.

Auch Luisa hörte die Glocken. Sie hätte gewünscht, sie nicht zu hören, sie hätte gewünscht, dass es nie wieder Tag würde, dass nie die Stunde käme, in der sie Maria der Erde übergeben musste. Auf den Knien vor dem Körper ihres Kindes versprach sie ihm, jeden Tag, solange noch Leben in ihr sei, zu kommen, mit ihm zu sprechen, ihm Blumen zu bringen, ihm Gesellschaft zu leisten, morgens und abends. Dann setzte sie sich und gab sich den düsteren Gedanken hin, die sie dem Gatten nicht hatte gestehen wollen, und die im Laufe von vierundzwanzig Stunden in ihr gewachsen und gereift waren wie eine bösartige Ansteckung, die seit langer Zeit von ihr aufgenommen und lange Zeit untätig geblieben, in einem gegebenen Augenblick in den Blutkreislauf übergegangen war und mit blitzartiger Heftigkeit nun alles verheerte.

Alle ihre religiösen Ideen, ihr Glaube an den liebenden Gott, ihre Zweifel an der Unsterblichkeit der Seele waren im Begriff, sich umzukehren. Sie war davon überzeugt, dass sie keine Schuld an Marias Tode habe. Wenn eine Vorsehung existierte, ein Wille, eine Macht, die Herrin über Menschen und Dinge war, so traf sie die ungeheuerliche Schuld. Diese Vorsehung hatte kalt den Besuch der Pasotti und ihr Geschenk bestimmt, hatte die Personen, die Maria in Abwesenheit der Mutter behüten konnten, von ihr entfernt, hatte sie ohne Verteidigung in ihren grausamen Hinterhalt gelockt und hatte sie getötet. Diese Macht hatte sie, die Mutter, gerade in dem Augenblick angehalten, als sie im Begriff stand, einen Akt der Gerechtigkeit zu vollziehen. Wie töricht war sie gewesen, an die göttliche Gerechtigkeit zu glauben! Es gab keine göttliche Gerechtigkeit, es gab nur den Altar im Bündnis mit dem Thron, den österreichischen Gott, den Bundesgenossen jeder Ungerechtigkeit und jeder Vergewaltigung, den Urheber von Schmerz und Leid, den Mörder der Unschuldigen und den Beschützer der Schlechten. Ach, wenn er existierte, so war es besser, dass

Maria ganz hier in diesem Körper vor ihr war, dass kein Teil ihrer selbst überlebend in die Hände dieser ruchlosen Allmacht fiel!

Aber es blieb eine Möglichkeit, an der Existenz dieses schrecklichen Gottes zu zweifeln. Und wenn er nicht existierte, so könnte man wünschen, dass ein Teil des menschlichen Seins über das Grab hinaus fortlebe, nicht in wunderbarer, sondern in natürlicher Weise. Das war vielleicht leichter zu fassen als das Dasein eines unsichtbaren Tyrannen, eines Schöpfers, der gegen die eigenen Geschöpfe wütete. Besser die Herrschaft der Natur ohne Gott, besser ein blind waltender Herr als ein feindlicher, absichtsvoll böser. Sicherlich brauchte man in keiner Weise weder in diesem Leben noch in einem zukünftigen, wenn es eines gab, an das leere Gespenst Gerechtigkeit mehr zu denken.

Das schwache Licht der Morgendämmerung mischte sich in ihre Gedanken wie in die Francos: feierlich und tröstend für ihn, Hasserweckend für sie. Er, der Christ, dachte an eine Empörung des Zornes und an Waffen gegen seine Brüder in Christo, aus Liebe zu einem kleinen Punkt auf einem winzig kleinen Gestirn am Himmel; sie träumte eine ungeheure Auflehnung, eine Befreiung des Universums. Ihr Gedanke konnte großartiger erscheinen, ihr Intellekt stärker; aber er, der um so besser erkannt wird, je mehr menschliche Generationen zu Kultur und Wissenschaft hinaufsteigen, er, der er geschehen lässt, dass jede Generation ihn nach ihrem Ermessen ehrt, und der nach und nach die Ideale der Völker umwandelt und sie erhöht und sich dabei zur gegebenen Zeit, um die Erde zu gewinnen, auch vergänglicher und falscher Ideale bedient, er, der der Friede und das Leben ist und es duldet, der Gott der Heere genannt zu werden, er hatte das Zeichen seines Gerichts auf das Antlitz der Frau und auf das Antlitz des Mannes geprägt. Während die Morgendämmerung sich zu glühendem Morgenrot entzündete, begann Francos Stirn von einem inneren Licht zu strahlen, seine Augen brannten, während sie voll Tränen standen, von Lebenskraft; Luisas Stirn wurde immer dunkler, tiefe Nacht stieg auf im Blick ihrer erloschenen Augen.

*

Bei Sonnenaufgang wurde ein Boot an der Spitze der Caravina sichtbar. Es war der Advokat V., der auf Luisas Ruf aus Varenna kam.

Zwölftes Kapitel.
Gespenster

Am Abend desselben Tages versammelte sich eine auserlesene Gesellschaft in dem roten Saale der Marchesa. Pasotti hatte seine unglückliche Gattin gezwungen, ihn zu begleiten, und fast gewaltsam Herrn Giacomo Puttini mitgeschleppt, der vergeblich versuchte, sich den despotischen Launen des verehrtesten Kontrolleurs zu entziehen. Auch der Kurat von Puria und der Paolin waren gekommen, neugierig, zu sehen, welchen Eindruck die Tragödie von Oria auf das Marmorgesicht der Alten gemacht hatte. Der Paolin hatte den Paolon mit sich gezogen, der ebenfalls sanft widerstrebte wie ein großes, gutes Schaf. Es erschien der der Marchesa ergebene Kurat von Cima und der Präfekt der Caravina, der im Herzen zu Franco und Luisa hielt, aber als Seelsorger von Cressogno zu gewissen Rücksichten gegen deren Feindin verpflichtet war.

Diese empfing ihre Gäste mit dem gewöhnlichen gleichgültigen Gesicht, mit der gewöhnlichen phlegmatischen Begrüßung. Sie ließ Frau Barborin, der ihr Gebieter streng untersagt hatte, die Angelegenheiten von Oria auch nur anzudeuten, neben sich auf dem Sofa Platz nehmen, sie nahm die ehrerbietigen Begrüßungen der anderen entgegen, tat die üblichen Fragen an Paolin und Paolon nach ihren betreffenden Freundinnen, freute sich zu hören, dass es der Paolina und der Paolona gut ging, faltete die Hände über dem Leib und schwieg würdevoll angesichts ihrer Höflinge, die einen Halbkreis um sie bildeten. Pasotti, der Friend nicht erblickte, erkundigte sich sogleich mit ehrfurchtsvollem Interesse nach ihm. »Und Friend? Der arme Friend!«, obschon er, wenn er ihn solus cum solo in seinen Krallen gehabt hätte, dieses garstige, fletschende Satansvieh, das seine Hosen und die Röcke seiner Frau beschädigte, mit Wonne gewürgt haben würde.

Friend war seit zwei Tagen krank. Die ganze Gesellschaft bedauerte und beklagte den Fall in der geheimen Hoffnung, dass das verwünschte Ungeheuer krepieren möchte. Die Pasotti, als sie so viele Münder sprechen und alle Gesichter eine zerknirschte Miene annehmen sah, glaubte, da sie kein Wort hörte, man spräche über Oria; sie wandte sich an ihren Nachbar Paolon, fragte ihn mit den Augen, dabei den Mund aufsperrend und mit den Fingern nach der Richtung von Oria deutend.

Paolon schüttelte mit dem Kopf. »Sie sprechen vom Hund«, sagte er.

Die Taube verstand nichts, sagte »Ah!«, und machte aufs Geratewohl ein betrübtes Gesicht.

Friend aß zu viel und zu gut, er litt an einer ekelhaften Krankheit. Paolin und der Pfarrer von Puria beeiferten sich, Ratschläge zu geben.

Der Präfekt der Caravina hatte sich anderenorts maßvoll dahin geäußert, dass es das Beste wäre, ihn in den See zu werfen, mit seiner Herrin als Gewicht am Halse. Während man so interessiert von dem Haustier sprach, musste er an Luisa denken, mit dem verzerrten, totenblassen Gesicht, wie er sie am Morgen gesehen, als sie sich wie eine Rasende erst der Schließung des Sarges, dann der Überführung widersetzte, und dann auf dem Kirchhof mit eigenen Händen Erde auf ihr Kind geworfen und ihm zugerufen hatte, auf sie zu warten, sie würde bald zu ihm kommen und an seiner Seite ruhen, und das sollte ihr Paradies sein.

Wenn man mit Interesse von dem räudigen Friend sprach, so waren dennoch die Gespenster des toten Kindes und der verzweifelten Mutter im Saal anwesend. Als niemand mehr etwas von dem Hunde zu sagen wusste und momentanes Schweigen herrschte, hörten alle, wie die beiden bleichen Schatten forderten, dass man von ihnen spräche, und jeder sah sie in den Augen derjenigen, die sie geliebt hatte, in den Augen der tauben Pasotti. Ihr Gatte versuchte sofort eine Ablenkung, er schlug Herrn Giacomo ein Tarockproblem vor. Einer, der Karten abzuwerfen hat und drei niedrige Karten, alle drei Bilder, eine Dame und zwei Pferde und noch dazu den Matto hat, was soll er tun? Die Dame und ein Pferd oder beide Pferde abwerfen? Herr Giacomo blies mit Volldampf, er blähte die roten Backen und die große weiße Krawatte auf:

»Nein, teuerster Kontrolleur, nein. Erlassen Sie's mir. Von den Damen will ich nicht reden, aber von den Pferden habe ich mich immer ferngehalten.«

Die anderen Tarockisten erörterten eifrig das Problem, die Gespenster verschwanden, und alle atmeten auf.

Es war neun Uhr. Gewöhnlich pflegte um neun der Diener mit zwei brennenden Kerzen einzutreten und in einer Ecke des Saales zwischen dem großen Kamin und dem Westbalkon den Spieltisch zurechtzustellen. Dann erhob sich die Marchesa und sagte mit ihrem schläfrigen Phlegma: »Wenn Sie jetzt wollen...«

Die zwei oder drei Anwesenden antworteten: »Zu

Ihren Diensten«, und man begann, je nachdem die Partie, zu dritt oder zu viert.

Der alte, Franco treu ergebene Diener zögerte diesen Abend, die Lichter hineinzutragen. Es schien ihm nicht möglich, dass seine Herrin und ihre Gäste den Mut haben könnten zu spielen. Als er fünf Minuten nach neun noch nicht erschienen war, erklärte jeder sich diese Verzögerung auf seine Weise. Paolin hatte, ehe sie das Haus betraten, dem Präfekten gegenüber die Ansicht verfochten, dass man nicht spielen würde. Jetzt blickte er seinen Gegner triumphierend an, und dasselbe tat Paolon, dem es aus einem Solidaritätsgefühl heraus ge-fiel, dass Paolin recht behielt. Pasotti, der mit Sicherheit auf das Spiel gerechnet hatte, fing an, Zeichen der Un-ruhe von sich zu geben. Um neun Uhr sieben Minuten bat die Marchesa den Präfekten, die Klingel zu ziehen. Dieser gab Paolin den triumphierenden Blick zurück und legte seine ganze stumme Verachtung für die Alte mit hinein.

»Richte den Tisch her«, sagte sie zum Diener.

Gleich darauf trat er mit den beiden Kerzen ein. Auch auf dem Grunde seiner finster blickenden Augen konnte man das Gespenst des toten Kindes sehen. Während er die Lichter auf den Spieltisch stellte und die Karten und Elfenbeinmarken zurechtlegte, herrschte im Saale jenes Schweigen der Erwartung, welches dem Aufstehen der Marchesa vorauszugehen pflegte. Aber die Marchesa machte keine Miene, sich zu erheben. Sie wandte sich an Pasotti und sagte zu ihm:

»Kontrolleur, wenn Sie und die Herren spielen wollen ...«

»Marchesa«, antwortete Pasotti schlagfertig, »die Gegenwart meiner Frau darf Sie nicht abhalten, Ihre Partie zu machen. Barbara spielt schlecht, aber sie unterhält sich ausgezeichnet beim Zusehen.«

»Ich spiele Abend nicht«, entgegnete die Marchesa. Die Stimme war weich, aber dies Nein war hart.

Der gute Paolon, der immer schwieg und nicht Tarock spielen konnte, glaubte endlich ein beredtes und weises Wort gefunden zu haben.

»Ja, ja!«, sagte er.

Pasotti sah ihn grimmig an. ›Was geht's ihn an?‹, dachte er, aber er wagte nicht zu sprechen. Die Marchesa schien Paolons Entdeckung keinen Wert beizumessen und fügte hinzu:

»Sie können spielen.«

»Auf keinen Fall!«, rief der Präfekt, »nicht im Traum!«

Pasotti zog die Tabaksdose aus der Tasche. »Der Herr Präfekt«, sagte er, jede Silbe einzeln betonend und dabei die Hand mit einer Prise zwischen Daumen und Zeigefinger ein wenig hebend, »spricht in seinem Namen. Ich meinerseits, wenn die Frau Marchesa es wünscht, bin bereit, ihrem Wunsche nachzukommen.«

Die Marchesa schwieg, und der hitzige Präfekt, durch dieses Schweigen ermutigt, murmelte halblaut:

»Schließlich ist es Familientrauer.«

Seitdem Franco das Haus verlassen hatte, war sein Name niemals bei den Abendunterhaltungen im roten Saal ausgesprochen worden, nie hatte die Marchesa eine Anspielung auf ihn noch auf seine Gattin gemacht. Jetzt brach sie das vierjährige Schweigen.

»Ich bedaure das kleine Wesen«, sagte sie, »aber für seinen Vater und seine Mutter ist es eine von Gott geschickte Züchtigung.«

Alle schwiegen. Nach einigen Minuten sagte Pasotti mit leiser Stimme im feierlichen Tone:

»Ein Blitzstrahl.«

Und der Pfarrer von Cima setzte lauter hinzu:

»Ohne Zweifel.«

Paolin hatte Furcht, zu schweigen und zu sprechen, sagte »Aber!«, worauf Paolon ein »So ist's« hören ließ.

Herr Giacomo pustete.

»Eine Strafe Gottes!«, wiederholte emphatisch der Pfarrer von Cima. »Und unter den waltenden Umständen auch ein Zeichen seines besonderen Schutzes über einer anderen Person.«

Alle, mit Ausnahme des Präfekten, der sich in Wut verzehrte, schauten die Marchesa an, als schwebte die schützende Hand des Allmächtigen über ihrer Perücke.

Aber die göttliche Hand lag auf dem unförmigen Hut der Pasotti und schloss ihr vorsorglich die Ohren, dass kein verderbliches Wort der Bosheit hineindränge.

»Pfarrer«, sagte Pasotti, »da die Marchesa es vorschlägt, wollen wir ein Spielchen machen? Sie, Paolin, der Herr Giacomo und ich?«

Die vier, die sich an den Spieltisch setzten, ließen sich sofort in ihrer Ecke in behaglicher, aufgeknöpfter Unterhaltung gehen, in den ambrosianischen Witzen, die wie Fett am Tarock kleben.

»Sie sind nicht einmal bis nach Barlassina gekommen!«, rief Pasotti nach dem ersten Spiel, laut lachend seinen Sieg und seine Freude verkündend. Diese hatten sich von den Gespenstern befreit; die anderen nicht.

Die Taube, kerzengerade und unbeweglich auf dem Sofa sitzend, hatte Todesqualen ausgestanden, in der Erwartung, der Gatte könnte ihr durch eine Bewegung befehlen, sich am Spiel zu beteiligen. O Herr, musste sie auch diese Prüfung auf sich nehmen? Gott sei Dank blieb das Zeichen aus, und ihr erstes Gefühl, als sie die vier an dem Spieltisch sitzen sah, war das der Erleichterung. Aber gleich darauf stieg ein bitterer Ekel in ihr auf. Welche Beschimpfung für Luisa, dieses Spiel, welche Verachtung für die teure, kleine tote Ombretta! Niemand redete mit ihr, niemand beachtete sie; und so sprach sie im Geiste eine Reihe Paters, Aves und Glorias für das schlechte Geschöpf, das in der anderen Ecke des Kanapees saß, für die alte Frau, die so bald vor Gottes Thron erscheinen musste. Sie widmete ihr das Gebet für die Bekehrung der Sünder, das sie morgens und abends für ihren Gatten zu sagen pflegte, seitdem sie hinter gewisse Vertraulichkeiten gekommen war, die er sich mit einer niedrigen Person des Hauses erlaubte.

Bei Pasottis geräuschvollem Lachen erhob sich der Präfekt und verabschiedete sich.

»Warten Sie«, sagte die Marchesa, »Sie trinken noch ein Glas Wein.«

Um halb zehn Uhr pflegte eine Flasche des kostbaren alten San Colombano serviert zu werden.

»Heute Abend trinke ich nicht«, antwortete der Präfekt heroisch. »Der Pfarrer von Puria weiß warum.«

»Ja«, entgegnete der Purianer leise, »es ist wahr, es war eine furchtbare Tragödie.«

Allgemeines Schweigen. Der Präfekt verneigte sich vor der Marchesa, grüßte die Pasotti mit der Miene ›wir verstehen uns‹ und entfernte sich.

Der Pfarrer von Puria, ein starker Körper und ein feiner Kopf, beobachtete die Marchesa verstohlen. Hatten die Ereignisse in Oria Eindruck auf sie gemacht? Dass sie auf das Spiel verzichtete, schien ihm ein zweifelhafter Beweis. Sie konnte es ganz abstrakt, aus Achtung vor dem eigenen Blut getan haben. Indem er sie genau beobachtete, bemerkte der Kurat, dass ihre Hände zitterten: das war neu. Sie vergaß Pasotti zu fragen, ob der Wein gut sei: das war neu. Über die wächserne Maske ihres Gesichtes ging von Zeit zu Zeit ein Zucken: etwas ganz Neues.

›Es hat sie getroffen,‹ dachte der Kurat. Da sie schwieg, die Pasotti schwieg, Paolon schwieg, die ganze Gruppe in Stein verwandelt schien, versuchte er das Eis zu brechen, und es fiel ihm nichts Besseres ein, als die Aufmerksamkeit auf den Spieltisch zu lenken und Pasottis Ausrufe, Paolins Proteste und die ›ich sag' nicht‹ und ›Pff‹ des Herrn Giacomo zu glossieren.

Die Marchesa raffte sich ein wenig auf, es schien ihr Vergnügen zu machen, zu sehen, dass die Spieler sich unterhielten.

Die Pasotti hörte und sprach kein Wort, und die anderen drei fingen schließlich an, über sie zu sprechen.

Die Marchesa äußerte ihr Bedauern, dass sie so taub sei, dass man nicht ein wenig mit ihr plaudern könnte. Die anderen beiden lobten sie so, wie sie es verdiente, und wie es noch heute jeder tut, der sich an sie erinnert. Sie blieb melancholisch und stumm, ohne im geringsten zu ahnen, dass sie der Gegenstand dieser Unterhaltung war. Der Herr behütete ihre tiefe, kindliche Demut und ließ nicht das Lob der Leute in ihre Ohren dringen, sondern nur die harten Verweise des Gemahls. Ihre großen traurigen Augen belebten sich, als Herr Giacomo ein lautes Schlussschnauben ertönen ließ und seine Kollegen, nachdem sie die Karten beiseite gelegt, sich bequem in ihre Stühle zurücklehnten, um das Vergnügen des Spiels wiederzukäuen. Endlich näherte sich ihr Herr und Gebieter dem Sofa und machte ihr ein Zeichen, sich zu erheben.

Vielleicht zum ersten Mal in ihrem Leben freute sie sich, in das Boot zu steigen, zum größten Erstaunen des Pfarrers von Puria, der erklärte, dass er bei Nacht auf dem See ein Hasenfuß sei.

Und in der Tat, hundert Schritte von Cressogno packte sie von neuem der Schauder des Sees und der Finsternis. Mit Neid dachte sie an den Kuraten, dessen Stimme man oben vom Tention zwischen den Olivenbäumen hörte.

»Adieu, Hasenfuß!«, rief Pasotti.

Der ›Hasenfuß‹ hörte nicht. Er war in leise geführtem eifrigem Gespräch mit Paolin; sie erörterten die Worte der Marchesa, des Präfekten, Pasottis, versuchten das Herz der Alten zu erforschen und stritten darüber, ob Mitleid oder Gewissensbisse es erfüllten. Der Kurat meinte ja, Paolin widersprach.

Paolin ging mit der Laterne voran und ließ ein fortwährendes unverständliches Grunzen hören.

Paolon begann nun alles, was ihm zwischen die Zähne kam, in seiner bissigen Art zu zermalmen, nichts verschonte er: die Härte der Marchesa, Pasottis Bosheit, die Einfalt seiner Gattin, Cimas unwürdige Kriecherei, die Unbesonnenheit des Präfekten, Luisas und Francos Verrücktheiten, die Schwachheit des Ingenieurs Ribera, und was es sonst noch an Vergehen von Toten und Lebendigen gab. Härte, Schwachheit, Bosheit, Eigensinn, Kriecherei: überall war seiner Meinung nach gemeiner Egoismus das Grundmotiv.

»Was für ein großes Narrenhaus, die Welt«, war das Resümee seiner Anschauungen. »Und hören Sie, mein lieber Pfarrer, wenn man sein bisschen Reis und Kohl mit 'nem bisschen Käse darauf hat, dann soll man all

485

das andere zum Teufel gehen lassen, das ist das Beste.«

Nach einer so logischen Sentenz gab es nichts mehr zu sagen noch zu grunzen, und die kleine Gesellschaft, die jetzt die Höhe der Steigung erreicht hatte, setzte ihren Weg in Schweigen fort durch die feuchten Schatten des Campo, in dem frischen Duft der Kastanien und Nussbäume, ohne ein Gespenst zu gewahren, das durch die Luft in der Richtung nach Cressogno schwebte.

*

Nachdem ihre Gäste sie verlassen hatten, läutete die Marchesa zum Rosenkranz, den man nicht zu der üblichen Stunde hatte beten können. Dieser Rosenkranz des Hauses Maironi war etwas Lebendiges, das seine Wurzeln in den alten Sünden der Marchesa hatte und sich immer weiterentwickelte und in dem Maße, wie die alte Dame an Jahren, an neuen Aves und Glorias zunahm. Daher war dieser Rosenkranz recht lang. Die süßen Sünden der in die Länge gezogenen Jugendzeit belasteten ihr Gewissen nicht allzu schwer; aber ein großer Betrug ganz anderer Natur, in Lire, Soldi und Gold zu bemessen, der von ihr unvollkommen gebeichtet und daher ihr nur unvollkommen verziehen war, beschwerte ihr Gemüt und sollte durch das Rosenkranzbeten niedergehalten werden, aber immer von neuem erhob sich das Gespenst. Während sie den großen Gläubiger um den Erlass ihrer Schuld bat, schien es ihr, als könnte er ihn ihr voll und ganz gewähren; aber dann sah sie wieder im Geiste die finsteren Gesichter der kleinen Gläubiger, und mit ihnen kehrte der Zweifel an die Vergebung der Sünden zurück, und ihr Geiz, ihr Hochmut hatten einen Kampf zu bestehen mit der Furcht vor dem ewigen Schuldgefängnis jenseits des Grabes.

Als die Gebete für die Bekehrung der Sünder und für die Heilung der Kranken gesprochen waren, kündigte sie, ehe man zum ›De Profundis‹ überging, drei neue Ave Maria an.

Die Küchenmagd, ein einfaches, frommes Bauernmädchen aus Cressogno, nahm an, dass die drei Ave Maria den Unglücklichen in Oria galten, und sprach sie mit tiefster Inbrunst.

Die Ave Maria der Dienstmagd verdrängten und zerstreuten die der Herrin, die um Schlaf, Ruhe der Nerven und des Gewissens baten. Was die Ave Maria der anderen anbetraf, so wurden sie nach ihrer gemeinsamen Absicht so gebetet, dass sie nicht endgültig, wie es nur allzu häufig geschah, vom Rosenkranz abhingen. Niemand aber vermochte das Gespenst auf seinem Wege aufzuhalten.

Gegen elf Uhr zog sich die Marchesa zurück. Als sie ihre Limonade getrunken hatte und die Kammerfrau anfing zu erzählen, dass das Gerücht ginge, Don Franco sei nach Oria zurückgekommen, gebot sie ihr Schweigen.

Ja, es hatte sie getroffen. Immer stand ihr Marias Bild

vor Augen, wie sie sie einmal im Boot an der Villa Gilardoni hatte vorbeifahren sehen, ein kleines Mädchen mit einem weißen Schürzchen, langen Haaren und nackten Armen, seltsam einem Kinde von ihr gleichend, das ihr mit drei Jahren gestorben war. War es Liebe, Mitleid, das sie fühlte? Sie wusste es selbst nicht! Vielleicht Ärger und Schrecken darüber, dass sie sich nicht von einer lästigen Vorstellung freimachen konnte. Vielleicht Furcht vor dem Gedanken, dass, wenn jene alte, schwere Sünde nicht begangen, wenn das Testament des Marchese Franco nicht verbrannt worden wäre, das Kind nicht gestorben sein würde.

Als sie im Bett war, ließ sie sich von der Kammerfrau andere Gebete lesen, hieß sie das Licht auslöschen und verabschiedete sie. Sie schloss die Augen und versuchte, an nichts zu denken. Unter den geschlossenen Lidern sah sie einen formlosen hellen Fleck, der sich allmählich als ein kleines Kissen abzeichnete, dann zu einem Brief wurde, der sich in eine große weiße Chrysantheme verwandelte und dann in ein ruhendes Totenantlitz, das kleiner und kleiner wurde. Sie hatte schon die Empfindung einzuschlummern, aber diese letzte Wandlung erweckte in ihrem Herzen den Gedanken an das Kind, sie sah nichts mehr unter den geschlossenen Lidern, die Müdigkeit schwand, und unruhig, unzufrieden öffnete sie die Augen. Sie nahm sich vor, eine Tarockpartie auszudenken, um die lästigen Vorstellungen zu verscheuchen und den Schlaf zurückzurufen. Sie dachte an die Trümpfe, und mit einiger Anstrengung gelang es ihr, im Geiste den Spieltisch, die Spieler, die Kerzen, die Karten vor sich zu sehen; als sie nun aber mit der geistigen Anstrengung nachließ, um sich einer passiven Vision dieser angenehmen Vorstellungen hinzugeben, erschien ihren geschlossenen Augen ein ganz anderes Bild, ein Kopf, der seine Züge, seinen Ausdruck, seine Haltung beständig wechselte, und der zuletzt sich langsam vornüber neigte, wie im Schlafe oder im Tode, so dass man nichts als die Haare sah.

Wieder zuckten die Nerven der Marchesa zusammen, und wieder öffnete sie die Augen. Sie hörte die Uhr auf der Treppe schlagen. Sie zählte die Schläge: zwölf. Schon Mitternacht, und sie konnte nicht schlafen! Sie blieb einige Zeit mit offenen Augen liegen, und nun sah sie im Dunkel Bilder wie vorher unter den geschlossenen Lidern. Sie begannen mit einem formlosen Fleck und wechselten beständig. Das Zifferblatt einer Uhr war es erst, das sich in ein entsetztes Fischauge, in ein streng blickendes Menschenauge verwandelte.

Plötzlich kam der Marchesa der Gedanke, dass es ihr nicht gelingen würde einzuschlafen, und wieder war der beginnende Schlaf verscheucht. Nun läutete sie.

Die Kammerfrau ließ sich zweimal rufen und erschien dann halb entkleidet und verschlafen. Der Befehl lautete, das Licht auf einen Stuhl zu stellen, so dass man vom Bett aus die Flamme nicht sehen könnte, einen Band der Predigten von Barbieri zu nehmen und halblaut zu lesen. Die Kammerfrau war daran gewöhnt, derlei Narkotika zu beschaffen. Sie begann zu lesen, und beim Anfang der zweiten Seite, als sie den Atem ihrer Herrin schwerer gehen hörte, senkte sie die Stimme allmählich mehr und mehr, ging in ein unartikuliertes Murmeln über, bis sie schließlich ganz schwieg. Sie wartete ein Weilchen, horchte auf die regelmäßigen und schweren Atemzüge, stand auf, um das auf doppelten Kissen ruhende finstere Gesicht mit den gerunzelten Brauen und dem halb geöffneten Mund zu betrachten, nahm das Licht und zog sich auf den Zehenspitzen zurück.

Die Marchesa schlief und träumte. Sie träumte, sie läge auf Stroh in der dunkeln Zelle eines Gefängnisses mit Ketten an den Füßen, des Mordes angeklagt. Der Richter trat mit einem Licht zu ihr ein, setzte sich neben sie und las ihr eine Predigt über die Notwendigkeit der Beichte vor. Sie beteuerte ihre Unschuld und sagte: »Aber wissen Sie nicht, dass sie durch eigene Schuld ertrunken ist?« Der Richter antwortete nicht, sondern las und las immer weiter mit ernster, feierlicher Stimme, und die Marchesa beteuerte immer dringender: »Nein, nein, ich habe sie nicht getötet.«

Sie war nicht phlegmatisch im Traum, sie gebärdete sich wie eine Verzweifelte.

»Hüten Sie sich«, antwortete der Richter. »Das Kind sagt es.« Er stand auf und wiederholte: »Sie sagt es.« Dann klatschte er laut in die Hände und rief: »Tretet ein!« Bis hierher hatte die Marchesa im Traum gefühlt, dass sie träumte; jetzt glaubte sie zu erwachen und sah mit Entsetzen, dass wirklich jemand eingetreten war.

Eine menschliche Gestalt, von der ein schwacher Schein ausging, hatte sich auf den mit Kleidungsstücken bedeckten Armsessel neben ihrem Bett niedergelassen, so dass sie den unteren Teil der Erscheinung nicht sehen konnte. Der Hals, die Arme, die gefalteten Hände schimmerten weiß und zeigten nur verschwommene Umrisse; der gegen die Lehne gestützte Kopf hob sich klar und deutlich ab und war von einem blassen Lichtschein umgeben. Die dunkeln, lebhaften Augen hefteten sich auf die Marchesa. O Grauen! Es war wahrhaftig das tote Kind. Entsetzlich, entsetzlich! Die Augen der Erscheinung sprachen, sie sagten es. Der Richter hatte recht, das Kind sagte es, ohne Worte, mit den Augen. »Du, Großmutter, du bist es gewesen, du. Ich hätte in deinem Hause zur Welt kommen müssen und dort leben. Du hast es nicht gewollt. Du bist verdammt zum ewigen Tod.«

Nur die Augen, die starren, traurigen, klagenden Augen sagten dies alles gleichzeitig. Die Marchesa stöhnte laut auf, sie streckte die Arme nach der Erscheinung aus, sie wollte etwas sagen, aber sie brachte nichts als ein röchelndes: »Ach ... ach ... ach ...« heraus, während Brust, Hände und Arme der geisterhaften Erscheinung sich im Nebel auflösten, die Konturen des Gesichts verschwammen und nur der eindringliche Blick blieb, bis auch dieser sich endlich verschleierte und wieder in einer Weite, einer Tiefe versank, so dass nichts von der

Erscheinung blieb als ein phosphoreszierendes Leuchten, das von der Dunkelheit aufgesogen wurde.

Die Marchesa fuhr aus dem Schlafe auf, in ihrer Angst dachte sie nicht an die Glocke, sie versuchte zu schreien, brachte aber keinen Ton aus der Kehle. Mit einer letzten Anstrengung ihres Willens, der selbst bei dem Versagen ihrer Kräfte noch mächtig war, fuhr sie mit den Beinen aus dem Bett, stand auf, tat im Dunkel ein paar Schritte, wankte, stolperte gegen den Armsessel, klammerte sich an einen Stuhl und fiel mit diesem in ihrer ganzen Schwere zu Boden, wo sie stöhnend liegen blieb.

Die Kammerfrau erwachte von dem dumpfen Geräusch des Falles, sie rief, erhielt keine Antwort, hörte das Stöhnen, zündete eine Kerze an, eilte hinein und sah in dem Halbdunkel zwischen dem Stuhl und dem Lehnsessel etwas Weißes und Unförmliches, das sich auf dem Boden wand wie ein Meeresungeheuer, das man aus dem Wasser ins Trockene gezogen hat. Sie schrie auf, lief zu der Glocke, weckte mit einem Schlage das ganze Haus und stürzte der Alten zu Hilfe, die röchelte: »Der Priester, der Priester! Der Präfekt, der Präfekt!«

Dreizehntes Kapitel.
Auf der Flucht

Um halb drei Uhr morgens saßen Franco, der Advokat V. und ihr Freund Pedraglio im Dunkeln schweigend in der Loggia. Nach einem Weilchen erhob sich Pedraglio mit den Worten: »Was macht dieser Esel?«, ging auf die Terrasse hinaus, lauschte einen Augenblick und kam wieder zurück. »Nichts«, sagte er. »Sagt mir, und wegen dieses Esels, der eingeschlafen sein wird, sollen wir also hierbleiben und als dumme Einfaltspinsel darauf warten, dass sie uns einstecken? Du, Maironi, kennst ja doch die Straße so ziemlich, und dann sind wir ja auch alle drei ein paar tüchtige Kerls. Wenn's nötig wird, Faustschläge auszuteilen, so stellen wir unsern Mann, gelt, Advokat?«

Pedraglio hatte sich am Abend vorher gegen sieben Uhr auf der Straße zwischen Loveno und Menaggio befunden, an dem Punkt, der im Volksmund ›Crott del Bertin‹ heißt. Ein Mann hatte ihn um ein Almosen angesprochen und ihm dabei einen Zettel in die Hand gedrückt. Darauf hatte er sich schnell davon gemacht. Auf dem Zettel stand: ›Warum begibt sich Carlino Pedraj nicht umgehend nach Oria, um Herrn Maironi und den Herrn Advokaten aus Varenna zu besuchen und mit den teuern Freunden einen schönen Spaziergang von dieser Seite über die Grenzpfähle hinaus zu machen?‹

Nach der Verhaftung des Arztes von Pellio, der sein Freund war, wurde Pedraglio verdächtigt, Schüsse auf die Poliezi abgefeuert zu haben, und diese Notiz war nicht die erste unfreundliche und sprachlich fehlerhafte Nachricht, die einem Patrioten zugestellt wurde. Im Schreiben stand, er müsste so schnell wie möglich über die Grenze zu gelangen. Pedraglio wusste nichts, weder von Francos Unglück noch von seiner Heimkehr, noch dass der Advokat in Oria weilte; aber er kümmerte sich um weiter nichts, eilte nach Loveno, versah sich mit Geld und machte sich auf den Weg. Er hielt es nicht für geraten, über Porlezza zu gehen, sondern nahm den Fußweg, der bei Tavordo über ein einsames Hochtal zum Passo Stretto hinaufklimmt. Behände wie eine Gämse, gelangte er in vier Stunden nach Oria und fand Franco und den Advokaten mit den Vorbereitungen zur Abreise beschäftigt, auf eine andere geheimnisvolle Warnung hin, die ihnen durch den Pfarrer von Castello zugekommen war, der in Porlezza gewesen und in der Beichte damit beauftragt worden war, Ismaele sollte sie über die Grenze führen. Die Übergänge über den Boglia waren aufs strengste bewacht. Ismaele hatte vor, zwischen dem Monte della Nave und Castello hindurchzugehen, um dann ins Tal abzusteigen, die Alpe von Castello unterhalb des Sasso Grande rechts liegen zu lassen und von dort nach Cadro, eine Stunde oberhalb von Lugano, hinunterzugehen.

Aber Ismaele sollte um zwei Uhr kommen, und um halb drei hatte er sich noch nicht sehen lassen.

Auch Luisa war auf. Sie war im Alkoven, wo sie ein paar Strümpfe von Maria ausbesserte, um sie dann auf deren Bettchen zu legen, wo sie alle Sachen von Ombretta mit derselben Sorgfalt ausgebreitet hatte wie zu Lebzeiten der Kleinen. Sie hatte weder den Advokaten noch Pedraglio sehen wollen. Nach der Raserei bei dem Begräbnis hatte ihr Schmerz wieder den düsteren, dumpfen Charakter angenommen, der dem Doktor Aliprandi noch mehr missfiel. Sie raste nicht mehr, sie sprach kein Wort; geweint hatte sie überhaupt nicht. Ihr Verhalten Franco gegenüber war ein Verhalten des Mitleids für den Mann, der sie liebte, und dessen Neigung, dessen Gegenwart ihr, ohne dass sie etwas dagegen tun konnte, gleichgültig waren. Franco hatte in der Aussicht auf die Anstellung, von der sein Direktor mit ihm gesprochen hatte, die Rede darauf gebracht, die Familie mit sich nach Turin zu nehmen. Der Onkel, der Ärmste, war auch zu diesem Opfer bereit; aber Luisa hatte erklärt, dass, ehe sie sich von ihrem Töchterchen entferne, sie lieber im See enden würde wie das Kind.

Auf den Vorschlag hin, ohne Ismaele aufzubrechen, erhob sich Franco und sagte, dass er gehen wolle, um sich von seiner Frau zu verabschieden. In diesem Augenblick hörte der Advokat Schritte auf der Straße.

»Ruhe!«, sagte er. »Da ist er.«

Franco ging auf die Terrasse hinaus. Jemand kam in der Tat von der Seite von Albogasio her. Franco wartete, bis er bei der Kirche angelangt war, dann rief er mit halblauter Stimme: »Ismaele!«

»Ich bin's«, erwiderte eine Stimme, die nicht Ismaels war. »Ich bin's, der Präfekt. Ich komme herauf.«

Der Präfekt? Zu dieser Stunde? Was mochte vorgefallen sein? Franco ging in die Küche, um ein Licht anzuzünden, und stieg dann eilends die Treppe hinab.

Fünf Minuten vergingen, und die Freunde sahen ihn nicht wieder erscheinen. Dafür kam Ismaels Frau, um zu vermelden, dass ihr Mann krank sei und sich nicht rühren könne. Sie sprach vom Kirchplatz aus mit Pedraglio, der auf der Terrasse stand. Dieser ging, um Franco zu rufen. Er fand ihn auf der Treppe, die er eben mit dem Präfekten heraufkam.

»Der Führer ist krank geworden«, sagte er, da er den Priester als einen Ehrenmann kannte.

Franco erwiderte ihm, dass er nicht sogleich mitkommen könnte, und dass sie vorausgehen möchten. Wie, er könnte nicht mitkommen? Nein, er könnte nicht. Er ließ den Präfekten in den Saal eintreten, rief den Advokaten und bestand darauf, dass er und Pedraglio sofort aufbrächen. Es wäre etwas ganz Ungewöhnliches vorgefallen, er müsse mit seiner Frau Rücksprache nehmen und könne nicht sagen, was er beschließen würde. Die Freunde protestierten, sie würden ihn niemals verlassen. Der lebenslustige Pedraglio, dessen Ausgaben stets über die Wünsche seines Vaters hinausgingen, meinte, dass man schlimmstenfalls in Josephstadt oder in Kufstein billiger und tugendhafter lebe als in Turin, und dass das seinen Erzeuger trösten werde.

»Nein, nein!«, rief Franco. »Geht, geht! Präfekt, überrede du sie!« Und er trat in den Alkoven.

»Brecht ihr auf?«, fragte Luisa mit jener Stimme, die aus einer fernen Welt zu kommen schien. »Lebe wohl.«

Er ging zu ihr heran, beugte sich nieder, um das Strümpfchen in ihrer Hand zu küssen. »Luisa«, murmelte er, »der Präfekt der Caravina ist hier.«

Sie zeigte keinerlei Überraschung.

»Die Großmutter hat ihn heute Nacht rufen lassen«, fuhr Franco fort. »Sie hat ihm gesagt, sie hätte unsere Maria gesehen, leuchtend wie einen Engel.«

»Sie lügt!«, rief Luisa voller Verachtung, aber ohne Zorn. »Als ob es möglich wäre, dass sie zu ihr ginge und nicht zu mir käme!«

»Maria hat ihr ins Herz gegriffen«, begann Franco wieder. »Sie bittet uns um Verzeihung, sie hat Angst vor dem Tode, sie fleht mich an, zu ihr zu kommen und ihr ein Wort des Friedens auch von dir zu bringen.«

Franco glaubte selbst nicht an die Erscheinung, absolut skeptisch, wie er allem nicht durch die Religion vorgeschriebenen Übernatürlichen gegenüber war; aber er glaubte, dass Maria in ihrer höheren Daseinsform schon ein Wunder hätte wirken, das Herz der Großmutter rühren können, und das bereitete ihm eine unaussprechliche Bewegung.

Aber Luisa blieb eisig. Sie ereiferte sich auch nicht, wie Franco fürchtete, bei der Vorstellung, eine liebevolle Botschaft zu schicken.

»Die Großmutter wird sich vor der Hölle fürchten«, bemerkte sie mit ihrer tödlichen Kälte. »Eine Hölle gibt es nicht, es läuft alles auf ein bisschen Schrecken hinaus; das ist eine winzige Strafe, die mag sie erleiden und dann sterben wie alle sterben, und Amen.«

Franco sah ein, dass es nutzlos wäre, darauf zu bestehen. »Dann gehe ich also«, sagte er.

Sie schwieg.

»Ich glaube nicht, dass es mir auf dem Rückweg noch einmal möglich sein wird, hier vorbeizukommen«, fuhr Franco fort. »Ich werde über den Berg gehen müssen.«

Keine Antwort.

Mit leiser Stimme rief der junge Mann: »Luisa!«

Vorwurf, Schmerz, Leidenschaft, all das lag in diesem Ausruf.

Luisas Hände, die die Arbeit nicht einen Augenblick unterbrochen hatten, hielten still. Sie murmelte:

»Ich fühle nichts mehr. Ich bin ein Stein.«

Franco fühlte seine Kräfte schwinden; er küsste seine Frau auf das Haar, sagte ihr Lebewohl, trat in den Alkoven, kniete nieder, umarmte das leere Bettchen, dachte an das Silberstimmchen seines Lieblings: ›Noch einen Kuss, Papa!‹, schluchzte laut auf, beherrschte sich und stürzte davon.

Die Freunde erwarteten ihn ungeduldig im Saal. Wie sollten sie aufbrechen, wenn sie den Weg nicht kannten? Der Advokat kannte wohl die Straße über den Boglia; aber konnte man die nehmen, wenn man den Wächtern entgehen wollte? Als sie hörten, dass Franco die Absicht hatte, nach Cressogno zu gehen, waren sie ganz bestürzt. Pedraglio fuhr aus der Haut, meinte, es wäre eine Ungeheuerlichkeit, die Freunde so im Stich zu lassen.

Als der Präfekt vernahm, wie die Sachen stünden, schloss er sich Pedraglio an, erbot sich, Franco zu rechtfertigen und schlug ihm vor, zwei Worte zu schreiben, die er nach Cressogno bringen würde. Aber Franco hatte die Vorstellung, dass seine Maria diese Sache von ihm fordere, und gab nicht nach. Es fiel ihm ein, dass der Präfekt Wege und Stege kenne wie ein Fuchs.

»Geh du!«, sagte er zu ihm. »Begleite du sie!«

Der Präfekt wollte eben antworten, dass die Marchesa vielleicht seiner bedürfen könnte, als der Advokat rief:

»Still! Seht!«

Gerade vor dem Hause, wo der Schatten des Bisgnago auf das leise bewegte Wasser fiel, hielt ein Boot. Franco erkannte die Barke der Finanzwächter.

»Ich wette, dass diese Schweine da uns auflauern«, murmelte Pedraglio. »Sie fürchten, dass wir zu Wasser entkommen. Mögen sie immerhin spionieren!«

»Still!«, machte abermals der Advokat, indem er sich an das Fenster der Kirche gegenüber stellte.

Den Atem anhaltend, schwiegen alle.

»Teufel!«, rief der Advokat, plötzlich vom Fenster zurücktretend. »Da sind sie!«

Franco ging ans Fenster und sah einen einzelnen Mann, der im Laufschritt daherkam, und glaubte an einen blinden Alarm; aber der Mann, derselbe, der den Beinamen ›der gehetzte Hase‹ hatte und alles sah und alles wusste, warf ihm, während er unter dem Fenster vorbeilief, zwei Worte zu: »Die Polizei!« Zu gleicher

Zeit hörte man die Schritte vieler Personen. Franco rief: »Mit mir! Du auch, Präfekt!«, und stürzte, von allen gefolgt, in den kleinen Hof, der zwischen dem Hause und dem Berg liegt, und erreichte, durch einen Holzschuppen eilend, den Abkürzungsweg, der nach Albogasio Superiore führt. Es war so dunkel, dass niemand den Finanzwächter bemerkte, der mit dem Karabiner in der Faust zwei Schritte von der Tür des Holzschuppens auf Posten stand. Glücklicherweise war dieser Wächter, ein gewisser Filippino di Busto, ein braver Kerl, der schweren Herzens das österreichische Brot aß, weil er eben kein anderes gefunden hatte.

»Schnell!«, sagte er im Flüsterton. »Nehmen Sie die Felder und dann den Weg über den Boglia, den Fußsteg unter der Buche der Madonna, linker Hand!«

Franco dankte dem Mann und eilte mit den Gefährten weiter auf dem steilen Pfad, der auf die Landstraße von Albogasio Superiore mündet. Auf halbem Wege angelangt, sprangen sie alle nach rechts in ein Maisfeld und blieben lauschend stehen. Sie hörten Schritte auf den Stufen, die von der Kirche aufwärts und dann auf den Fußweg führten, wo der Wachposten stand. Augenscheinlich wollte man sich vergewissern, ob alle Ausgänge gut bewacht wären. Die vier schlichen, so schnell es ging, durch das Maisfeld, und unter dem ›Sass' del Lori‹ genannten Felsen angelangt, hielten sie Rat. Sie konnten den Fußweg wählen, der auf der Straße von Albogasio sich gerade an Pasottis Gartentür abzweigt, und dann kletternd von Feld zu Feld bis auf die Bogliastraße hinaufklimmen. Aber der Fußweg war zu dieser Stunde schwer zu finden; in der Angst, zu viel Zeit zu verlieren, zogen sie es vor, einen Stufenweg zu nehmen, der von Albogasio Superiore zum Hause Puttini emporführt. Von dort konnten sie, Haus Puttini rechts liegen lassend, mit zwei Sprüngen die Bogliastraße erreichen. Es war schon ein wenig heller geworden; einerseits war das ein Nachteil; aber es war gut, um sich aus dem Gewirr von Gässchen, Feldern und Mauern herauszuwinden. Niemand sprach. Einzig Pedraglio stieß zuweilen, wenn er über einen Stein stolperte oder sich an einer Hecke stach, einen mailändischen Fluch aus. Dann geboten die anderen Ruhe. Sie kamen auf den Stufenweg, allen voran der Präfekt, der wie ein Eichhörnchen über Hecken und Zäune sprang. Als sie alle auf der Treppe versammelt waren, löste sich Franco aus der Gruppe. Für die Bogliastraße bedurfte man seiner nicht, er ging nach Cressogno. Vergeblich hielt ihn Pedraglio am Arm fest, vergeblich flehte der Präfekt ihn an, sich nicht einer sicheren Verhaftung, wo nicht gar dem Zuchthaus auszusetzen. Er glaubte Marias Stimme, einer Gewissenspflicht zu gehorchen. Er riss sich von Pedraglio los und verschwand oben auf der Treppe, da er nicht über San Mamette nach Cressogno gehen wollte, was doch zu gefährlich gewesen wäre.

»Vorwärts!«, rief der Präfekt. »Der da ist verrückt, wir müssen an uns denken.«

Als sie um Puttinis Haus herumgingen, hörten sie Leute ihnen entgegenkommen und kehrten wieder um. Die Tür von Puttinis Haus stand offen, sie traten ein. Schwatzend gingen die Leute vorüber. Es waren Bauern, und einer sagte: »Wo, zum Teufel auch, geht er um diese Stunde hin?« O weh, sie sind Franco begegnet und haben ihn erkannt. Wenn die Gendarmen und Wächter den Flüchtigen nachjagen und auf diese Leute stoßen, so haben sie die Spur. Um die Morgendämmerung trifft man immer Leute. Diesmal haben sie es vermieden, das nächste Mal wird sich's vielleicht nicht machen lassen; die nächste Begegnung kann vielleicht dem Advokaten und Pedraglio verhängnisvoll werden, wie diese erste wahrscheinlich für Franco verhängnisvoll werden wird.

»Ihr solltet euch als Bauern verkleiden«, meint der Präfekt.

Dem Advokaten, der etwas vom Künstler und Poeten hat, und der überdies Puttini gut kennt, kommt eine Idee: Herrn Giacomos Kleider für Pedraglio nehmen, der ebenfalls klein ist, für sich ein Kleid der Magd, die groß und dick ist, die eigenen Sachen in einen Tragkorb werfen, ihn auf die Schulter nehmen und fort über den Boglia. Der erste Deputierte von Albogasio hat hundert Gründe, in den Gemeindewald zu gehen. Gesagt, getan; sie steigen die Treppe hinauf, und der praktische Präfekt geht geradesweg, um Marianna zu rufen. Sie antwortet nicht; ihre Kammer ist leer. Der Präfekt errät sofort, dass die treulose Magd nach San Mamette gegangen ist wegen irgendeines heimlichen Geschäfts, wie das mit dem Öl. Deswegen also stand die Straßentür offen! Sie gehen in die Küche, zünden zwei Kerzen an, der Advokat ergreift eine davon und lässt sich Herrn Giacomos Zimmer zeigen. Inzwischen durchforscht mit der zweiten Kerze Pedraglio die Küche nach etwas Trinkbarem, um die Kehle anzufeuchten.

Herr Giacomo schlief in einem Eckzimmer jenseits eines Saales, den der Advokat auf den Zehenspitzen durchschritt, zwischen Haufen von Kastanien, Walnüssen, Haselnüssen und Birnen sich durchwindend. Er kommt an die Tür: sie ist geschlossen. Er horcht: Schweigen. Vorsichtig, langsam dreht er die Klinke und stößt. Die abscheuliche Tür kreischt, man hört einen gewaltigen Schnaufer, und Herr Giacomo ruft wütend:

»Hinaus! Auf der Stelle hinaus!«

Der Advokat trat ohne weiteres ein.

»Hinaus, Unverschämte, sage ich!«, schrie Herr Giacomo, die weiße Spitze seiner Nachtmütze vom Kopfkissen aufrichtend. Als er den Advokaten erblickte, begann er zu jammern: »O Gott, o Gott, ich Ärmster, verzeihen Sie mir nur aus Barmherzigkeit, verehrtester Advokat, ich glaubte, es wäre die Magd; in Gottes Namen, was ist geschehen?«

»Nichts, nichts, Herr Giacomo«, meinte der Advokat, indem er in seiner humorvollen Weise ihm nachäffte, »es ist geschehen, dass der Kommissar von Porlezza...«

»O Gott!« Herr Giacomo schickte sich an, die Beine aus dem Bett zu werfen.

»Nichts, nichts, ruhig, ruhig, hören Sie. Wir gehen auf den Boglia, sag' ich, wegen dieses verflixten Stieres!«

»O Gott, was reden Sie da, wo doch um diese Jahreszeit gar keine Stiere mehr auf dem Boglia sind! Ich bin ganz in Schweiß!«

»Macht nichts, wir gehen, sag' ich, um den Fleck zu sehen, wo er gewesen ist. Aber der Herr Kommissar«, fuhr der spaßhafte Advokat fort, indem er diese Sprechweise fallen ließ, die ihm doch unbequem war, »verbietet Ihnen ausdrücklich, mit uns zu kommen, aus guten Gründen; er verbietet Ihnen, vor unserer Rückkehr überhaupt auszugehen, und deshalb hat er mir aufgetragen, Ihnen die Kleider fortzunehmen.«

Und schnell raffte er Herrn Giacomos Kleider zusammen, hieß ihn schweigen im Namen des Kommissars, nahm seinen Zylinderhut, ergriff den Spazierstock aus indischem Rohr, befahl dem Unglücklichen, sogleich nach seinem Fortgang den Riegel vorzuschieben und niemand zu öffnen, vor der Rückkehr des Kommissars mit niemand zu sprechen, und alles das im Namen des Herrn Kommissars. Dann, nachdem er ihn mehr tot als lebendig zurückgelassen, suchte er wieder die Gefährten auf, die nach langem Herumstöbern ein schmutziges Gewand von Marianna entdeckt hatten, dazu ein rotes Taschentuch, einen Korb und eine Flasche Anesone triduo.

»Verflucht!«, rief der Advokat, als er die unappetitlichen Sachen sah, die er anlegen sollte. Seine Verkleidung gelang nicht recht, der Rock war zu kurz, und das Tuch verdeckte sein Gesicht nicht genügend, aber es war keine Zeit, um es besser zu machen. Dafür stellte Pedraglio, den Hut auf dem Kopf und den Rohrstock in der Hand, einen völlig glaubwürdigen Herrn Giacomo vor. Der Advokat gab ihm einen alten Schmöker, den er in der Küche fand, unter den Arm und machte ihm vor, wie er gehen und dabei schnaufen müsste. Schließlich nahm er die Kellerschlüssel, zwei riesige Schlüssel, gab den einen Pedraglio und steckte den anderen selbst in die Tasche für zwei gelegentliche Faustschläge, den einen als Violinschlüssel, wie er sagte, und den anderen als Bassschlüssel. Und so gingen sie fort, der Präfekt voran, dann der falsche Herr Giacomo, der wie eine Dampfmaschine schnaufte, und zum Schluss die falsche Marianna mit dem Korb. Kaum waren sie auf der Straße, so kam die echte Marianna in Sicht, die mit einer leeren Flasche von San Mamette heimkehrte. Als sie im Halbdunkel den Zylinderhut ihres Herrn erblickte, machte sie Kehrt und lief davon.

»Abscheuliche Diebin!«, rief der Präfekt. »Vortrefflich. Die Verkleidung ist vortrefflich gelungen.« In fünf Minuten waren sie auf der Bogliastraße. Der Präfekt ging wieder zurück, hörte Leute, die von Albogasio Superiore heraufkamen und von Gendarmen und Wächtern sprachen, ging ihnen entgegen und fragte, was es denn

Neues gäbe. Eine Lumperei; Polizisten, Gendarmen und Soldaten im Haus Ribera, um Don Franco Maironi zu verhaften und, wie es scheint, auch den Advokaten V., denn sie wüssten, dass er dort sein sollte, und hätten eifrig nach ihm gefragt. Sie hätten weder den einen noch den anderen gefunden, obgleich die Finanzwächter bis Mitternacht um das Haus aufgepflanzt geblieben wären. Jetzt hielte die Polizei Hausdurchsuchung in sämtlichen Häusern von Oria und sei der Meinung, die beiden müssten über das Dach entkommen sein. Während sie dem Präfekten diese Auskunft erteilen, kommt ein Bube in vollem Lauf von Albogasio Superiore. Sie halten ihn an.

»Die Gendarmen!«, schreit er. »Die Gendarmen!« Er ist bleich wie ein Betttuch und läuft davon, ohne zu wissen warum, und man kann nicht aus ihm herausbringen, wo diese Gendarmen denn sind. Eine Frau kommt daher, die sich deutlicher ausdrückt. Vier Finanzwächter und vier Gendarmen sind soeben über den Platz von Albogasio Superiore gegangen. Es hat den Anschein, als sei Don Franco auf der Straße nach Castello gesehen worden. Zwei Gendarmen und zwei Wächter haben die Straße nach Castello genommen, zwei Gendarmen und zwei Wächter die Bogliastraße. Den Präfekten überläuft es kalt.

»Ja«, sagt jemand, »die Bogliastraße, um ihm den Weg abzuschneiden.«

Darauf setzt der Präfekt seine Hoffnung, dass Gendarmen und Wächter einzig Franco aufs Korn nehmen.

Er ist so mager und hochgewachsen, dass weder der falsche Puttini noch die falsche Marianna Gefahr laufen, für ihn gehalten zu werden. Deren Schicksal liegt jetzt nicht mehr in seinen Händen, wohingegen er für Franco noch vieles tun kann. Er macht sich auf den Weg nach Cressogno, denn er hofft, dass Franco sicher und heil nach Cressogno gelangen wird, falls die Gendarmen nicht eine neue Fährte finden, denn sie werden ihn auf allen Fußsteigen suchen, die von Castello nach der Grenze führen, aber niemals auf der Straße nach Cressogno.

Pedraglio und der Advokat legten den ersten Teil des Weges, von Albogasio bis zu den Stallungen von Püs, zurück, indem sie wie Katzen mit langen, vorsichtigen Schritten den steilen Abhang hinaufschlichen. Der Advokat ging schweigend, der andere fluchte fortwährend mit unterdrückter Stimme auf seinen Anzug, »das Schindluder von einem Hut«, der ihm die Stirn mit Fett beschmierte, »dies Untier von einem Rock«, der ihm allzu sehr nach altem Schweiß duftete. Bis Püs begegneten sie keiner lebenden Seele.

In Püs trat gerade einen Augenblick, nachdem sie weg waren, eine Alte aus den Stallungen und sagte verblüfft:

»Sie hier oben, Herr Giacomo, und um diese Stunde?«

Der Advokat murmelte »Puste!«, und der andere begann wie ein Blasebalg ›Hpaff! Hpaff!‹ zu keuchen.

»Sie verlieren die Puste auf der Straße hier, lieber Herr«, meinte die Alte.

Bis zur Sostra trafen sie niemand mehr.

Die Sostra ist ein Stall auf halber Bergeshöhe ungefähr, mit einem Heuschober, einem Vorbau und einer Zisterne, etwas vom Wege abseits gelegen. Der Weg dort hinauf ist der allerabscheulichste, den es im ganzen Valsolda gibt, ein Gemsbock würde die Zunge hängen lassen. Pedraglio und der Advokat, die keuchten und von Schweiß trieften, traten einen Augenblick in die Sostra ein. Auch hier Schweigen und Einsamkeit. In dieser Höhe atmete man schon eine andere Luft. Und wie alle Berggipfel ringsum niedrig geworden waren! Und der See tief unten erschien wie ein Fluss! Der Advokat blickte zärtlich hinauf auf den ersten Grat des Boglia, wo der große Buchenwald begann; eine weitere halbe Stunde zu klettern.

»Gehen wir«, sagte er.

Aber Pedraglio, dem der frühere lange Weg von Loveno über den Passo Stretto nach Oria noch in den Beinen steckte, bat, noch ein wenig zu rasten, und machte sich ruhig daran, Puttinis Schmöker zu durchblättern, ein mönchisches unbekanntes Gedicht eines anonymen Cremonesen aus dem siebzehnten Jahrhundert.

»Gehen wir«, wiederholte sein Gefährte nach Ablauf von ein paar Minuten und erhob sich schon, als er Leute kommen hörte. Er hatte kaum Zeit genug, um »Aufgepasst!« zu rufen und sich abzuwenden, um sich nicht ins Gesicht sehen zu lassen. Pedraglio, immer noch die Nase in seinem Schmöker, sah auf der Straße zuerst zwei Finanzwächter auftauchen und dann zwei Gendarmen. Mit leiser Stimme teilte er es seinem Freunde mit, ohne mit den Wimpern zu zucken.

Die beiden Wächter blieben stehen. Einer von ihnen grüßte: »Ergebener Diener, Herr Puttini«, und erklärte den Gendarmen: »Es ist der politische Deputierte von Albogasio.« Die Gendarmen grüßten ebenfalls, und Pedraglio lüftete den Hut, indem er gleichzeitig das Buch etwas in die Höhe hob. Die Wächter wollten ein wenig rasten, aber der eine Gendarm hieß sie weitergehen, und als die Abteilung wieder aufgebrochen war, trat er selbst in die Sostra. Er war aus Ampezzo und sprach sehr gut italienisch.

›Ich hoffe, du Hund, dass du mich nicht kennst,‹ dachte Pedraglio in dem trüben Bewusstsein seiner doppelten Persönlichkeit. ›Lass mich nur machen.‹

»Herr Deputierter«, sagte er, »haben Sie vielleicht heute Morgen Herrn Maironi aus Oria gesehen?«

»Ich? Keineswegs. Herr Maironi schläft um diese Zeit.«

»Und Sie, wohin gehen Sie?«

»Ich gehe hinauf auf den Berg, auf den verdammten Boglia hier. Ich gehe wegen der Angelegenheit des Gemeindestieres.«

›Schafskopf!‹, dachte der Advokat. ›Jetzt lässt er ihn mir zum Gemeindestier werden!‹

Aber auch der Gemeindestier ging glücklich durch. Der Gendarm, eine Fratze wie ein Fleischerhund, musterte genau das Gesicht seines Gegenübers.

»Sie sind politischer Deputierter«, sagte er frech, »und tragen dieses Dings da im Gesicht?«

Pedraglio griff instinktiv nach seinem kleinen, spitzen schwarzen Kinnbart, dem verpönten Barte des Liberalen.

»Wir werden ihn scheren«, sagte er mit komischem Ernst, »wir werden ihn scheren. Jawohl, mein Herr. Gehen Sie auch auf den Boglia?«

Der Gendarm ging unwillig weiter, ohne ihm zu antworten, und ohne mehr zu hören, auf welchen schimpflichen Galgen der politische Deputierte ihn sandte.

Die beiden freuten sich gegenseitig, heil davongekommen zu sein, aber sie konnten sich nicht verhehlen, dass das Spiel sehr ernst geworden sei. Sie mussten jetzt mit den Wächtern rechnen, die Puttini gut kannten, und sich in geeigneter Entfernung zu halten wissen. Und wenn dieser Hund von Gendarm von dem Barte sprach?

»Auf, auf«, sagte der Advokat, »wir müssen uns hinter ihnen halten, und wenn wir sie sehen, oder hören, dass sie wieder herunterkommen, so heißt's, sich eiligst aus dem Staub machen und schnell nach links auf die Grenze zu.«

Ein verzweifeltes Wagnis das, denn sie kannten das Terrain nicht, das den Finanzwächtern sicher ganz vertraut war.

Der Fleischerhund musste hinter seinen Gefährten her allzu sehr schwitzen und keuchen, um dann noch Lust zu verspüren, von Bärten zu reden. Pedraglio und der Advokat, die gemächlich stiegen, sahen den Feind

510

den Grat des Berges bei der Buche der Madonna erreichen, sich dort ein wenig verschnaufen und dann verschwinden.

Die große alte Buche, die im Stamm ein Bild der Madonna trug und diese Ehre bei ihrem Tod einer kleinen Kapelle überließ, war wie die Wache des großen Waldes von Boglia, der Soldat, der in einer Einsattelung des Kamms postiert war, um den steilen Abhang, den See und die Hänge von Valsolda auszuspähen. Das ehrwürdige Heer der Riesenbuchen war aufgestellt in einem schweigenden Hochtal, zwischen der steilen Höhe des Colmaregia, dem bequemen Rücken des Nave, dem felsigen Fuße der Denti di Vecchia oder Canne d'Organo und dem anderen Sattel des Pian Biscagno zwischen dem Colmaregia und dem Sasso Grande, der die Tiefen der Val Colla von Lugano bis Cadro begrenzt. Ein offener, mit Gras bewachsener Streifen läuft zwischen der Buche der Madonna und dem Wald, auf dem Rande des Grats. Die beiden Flüchtlinge überlegten alle Möglichkeiten. Welchen Entschluss sollten sie fassen? Den Fußsteig unter der Buche, von dem der freundlich gesinnte Wächter gesprochen hatte, aufsuchen, oder in den Wald dringen? Nein, in den Wald eindringen ging nicht an, mit all diesem Wild, das vor ihnen schon eingedrungen war. Im Walde würden die dürren Blätter fußhoch liegen. Es war unmöglich, hindurchzukommen, ohne die Spürhunde, die dort ihr Unwesen trieben, auf sich zu lenken; und aus der Nähe hielt die Verkleidung nicht stand. Den Fußweg wählen? Es gab mehr als einen unter der Buche; welcher war der richtige? Pedraglio schimpfte auf Franco, weil er nicht mit ihnen gegangen war. Inzwischen studierte der Advokat den Colmaregia, den man besteigen konnte, ohne durch den Wald zu müssen. Er war zweimal auf dem Colmaregia gewesen, dem stolzen, spitzen, grasbewachsenen Gipfel des Boglia, über den gerade mitten durch die Grenzlinie läuft; er wusste, dass es möglich war, von dort in das Schweizerdorf Brè hinabzusteigen, und er beschloss, diesen Weg zu versuchen. Auf dem Grat, der von der Buche der Madonna nach dem Colmaregia aufsteigt, war niemand zu sehen. Die Spitze lag in den Wolken.

Wenige Schritte unterhalb der Buche wurden die beiden von einer Nebelwelle überrascht, die von dem einen Abhang aufstieg und sich rasch über den anderen verbreitete, einem dichten, kalten Nebel, einem ›von Gott fabrizierten‹ sagte V. Man sah nicht fünf Schritte weit. So kam es, dass dicht bei der Buche Pedraglio fast in einen Finanzwächter hineinrannte.

Es war einer von den Vieren, und seine Instruktion lautete dahin, den offenen Streifen zwischen dem Grat des Berges und dem Walde zu überwachen. Als er das Männchen mit dem hohen Hut erblickte, fragte er: »Auf den Boglia, Herr …?« Der Advokat entledigte sich schleunigst seines Korbes. In der Tat vollendete der Wächter seinen Satz nicht, blieb einen Augenblick mit offenem Munde und rief dann: »Was?« Der Advokat hatte nichts anderes erwartet. »Das«, antwortete er ruhig, dabei ballte er beide Fäuste auf seiner Brust zusammen und versetzte jenem damit einen derartigen Stoß vor den Magen, dass er auf das Gras niederstürzte, die Beine in der Luft. Pedraglio sprang schnell auf ihn zu und entriss ihm den Karabiner.

»Wenn du rufst, Hund, schieße ich«, sagte er.

Aber wie sollte er rufen? Mit den Fäusten von V. im Magen konnte er für die nächste Viertelstunde nicht einmal daran denken, Atem zu schöpfen. Wirklich schien der Mann tot, und es dauerte eine gute Weile, bis es ihm gelang, mit leiser Stimme »O weh! O weh!« zu stöhnen.

»Es ist nichts, es ist nichts«, sagte V. mit seinem gewohnten spöttischen Phlegma. »Das sind Püffe, die gut tun. Sie werden sehen. Sie werden jetzt sich schönstens auf Ihre Füße stellen und mit uns auf den Colmaregia kommen. Sie werden sehen, wie gut das gehen wird. Ich habe diesen hier absichtlich nicht angewendet.« Und er zeigte ihm den Schlüssel.

»O welche Faust!«, jammerte der Wächter. »O welche Faust! O was für eine Sorte von Faust!«

»Der Aufstieg ist ein bisschen beschwerlich«, begann der Advokat wieder, indem er Pedraglio den Karabiner aus den Händen nahm. »Aber wir werden Sie, mit Ihrer Erlaubnis, hinaufziehen an diesem Ding hier. Auf diese Weise ist es ein reines Vergnügen, hinaufzugehen. Dann kommen Sie mit uns hinunter nach Brè. Den Karabiner tragen wir Ihnen. Zur Entschädigung tragen Sie uns den kleinen Korb. Scheint Ihnen das billig? Gehen wir, marsch!«

Dem Unglücklichen gelang es nicht, saufzustehen, und zurücklassen konnte man ihn sicher nicht auf die Gefahr hin, dass er dann sofort um Hilfe rufen würde.

»Tollpatsch!«, schimpfte Pedraglio. »Hast's ihm zu toll gegeben!«

V. erwiderte, er hätte ihm einen Schlag versetzt wie ein Mädchen, gab dem Freunde den Karabiner zurück, packte den Wächter am Uniformkragen, zog ihn auf die Füße und hieß ihn den Korb auf die Schulter nehmen.

»Gehen wir, Schlafmütze!«, sagte er. »Auf, Faulpelz, gehen wir!«

Hinauf durch den dichten, kalten Nebel, hinauf, hinauf. Der Hang ist entsetzlich steil, man hat Mühe, den Fuß zwischen den Büscheln weichen Grases fest aufzusetzen, man gleitet und arbeitet mit Händen und Füßen, aber es tut nichts, – hinauf, hinauf, für die Freiheit. Hinauf durch den undurchdringlichen Nebel, unsichtbar wie Gespenster, voran die falsche Marianna, dann der Finanzwächter, der unter dem Gewicht des Korbes keucht und stöhnt, zuletzt der falsche Herr Giacomo, der ihm die schönsten Aussichten verspricht und ihn mit dem Karabiner stößt. Der Karabiner tut Wunder. In einer halben Stunde erreichen die drei den Grat, der nach Brè abfällt, wenige Schritte unterhalb des Gipfels. Dort setzen sie sich aufs Gras, aber dann eilen sie Hals über Kopf jählings hinunter, hinunter. Es beginnt zu regnen, der Nebel zerteilt sich, und hier unten, zwischen den Füßen, erscheint schon das Rot des niedrigen Unterholzes. Als erster kommt im Fluge der ehrwürdige Zylinderhut des Herrn Giacomo an, den Pedraglio mit einem ›Hoch Italien!‹ heruntergeschleudert hat, während er Arm in Arm mit dem Wächter daherstolpert.

In Brè lief der ganze Ort zusammen, weil Pedraglio zur Feier den Karabiner losfeuerte; er verteilte Anesone triduo an die Männer und halbe Unzen an die Mädchen, bat den Pfarrer, ob er das ›Untier von Rock‹ nicht zum Zeichen der empfangenen Gnade in der Kirche aufhängen dürfe, setzte sich an den Tisch, um mit dem Wächter zu essen, ließ ihm vom Pfarrer Vergebung der in den Magen erhaltenen Faustschläge predigen und las ihm einen Vers aus dem mönchischen Gedicht vor, der so endete:

»Da sagte Pater Lanternone: Lieben.
Ich selbst bin mir auch nicht treu geblieben.«

Er bewies ihm, dass, wenn ein Pater Lanternone sich geändert habe, so könne er sich auch verändern, und redete ihm zu, zu desertieren, und ließ ihn unter allgemeinem Gelächter und Applaus die Uniform aus- und ›das Untier von Rock‹ anziehen.

Der einzige, der nicht lachte, war der Advokat.

»Und der arme Maironi?«

*

515

Franco war nicht über Castello gegangen. An der kleinen Kapelle von Rovaja angelangt, lief er den Fußweg, der nach der Fontana di Caslano führt, hinunter, kam auf die Straße von Casarico, stieg diese wieder hinauf, und bei der letzten Biegung, die sie unterhalb Castello macht, da, wo die Kirche von Puria unter einem Amphitheater von Felsen auftaucht, warf er sich nach rechts auf einem Gämsensteg ins Tal, kletterte unter der Kirche von Loggio von neuem herauf und gelangte nach der Villa Maironi, ohne irgendjemand zu begegnen.

Dem alten Diener Carlo, der ihm öffnete, schwanden fast die Sinne vor Rührung, und er küsste ihm die Hände. Der Arzt war gerade da. Franco beschloss zu warten, bis er herauskäme, und vertraute inzwischen dem treuen Diener an, dass die Gendarmen ihm auf den Fersen wären.

Doktor Aliprandi kam bald heraus, und Franco, der ihn als einen Patrioten kannte, vertraute sich auch ihm an, da ihm daran lag, sich zu zeigen und sich nach dem Zustand der Großmutter zu erkundigen. Aliprandi war in der Nacht gerufen worden und war gekommen, nachdem der Präfekt nach Oria aufgebrochen war; er hatte eine nervöse Erregung gefunden, eine entsetzliche Angst vor dem Tode, aber keine eigentliche Krankheit. Jetzt schien die Marchesa ruhig zu sein.

Franco ließ sich melden und wurde von der Kammerfrau hineingeführt, die ihn mit unterwürfiger Neugierde betrachtete und dann das Zimmer verließ.

Die halbgeschlossenen Fensterläden ließen in das Zimmer, in dem die Marchesa im Bette lag, nur zwei trübe Lichtstreifen einfallen, die nicht bis zu dem auf den Kissen ruhenden Gesichte drangen. Franco sah sie nicht, als er eintrat; er hörte nur die bekannte schläfrige Stimme: »Bist du da, Franco?«

»Ja, grüß dich Gott, Großmama«, sagte er und beugte sich nieder, um sie zu küssen; die Wachsmaske war nicht aus der Ruhe gekommen; aber in ihrem Blick lag etwas Unbestimmtes und Dunkles, das zugleich Sehnsucht und Entsetzen auszudrücken schien.

»Ich sterbe, Franco, weißt du«, sagte die Marchesa. Franco widersprach, berichtete, was der Arzt ihm gesagt hatte. Die Großmutter lauschte begierig und blickte ihn an, als ob sie in seinen Augen lesen wollte, ob der Arzt ihm wirklich so berichtet hätte. Dann antwortete sie:

»Es tut nichts. Ich bin bereit.«

Aus dem neuen Ausdruck in ihren Augen und aus ihrer Stimme ersah Franco deutlich und klar, dass sie bereit war, noch weitere zwanzig Jahre zu leben.

»Ich bedaure dein Unglück«, sagte sie, »und verzeihe dir alles.«

Es waren nicht Worte der Vergebung, die Franco von ihr erwartete. Er glaubte, gekommen zu sein, um sie zu bringen, nicht sie zu empfangen. Getröstet und beruhigt, erschien die alltägliche Marchesa nach und nach unter der Marchesa der letzten Stunden. Sie wollte wohl den Frieden erlangen; aber wie ein schmutziger

Geizhals, den eine Lüsternheit überkommt, und der sich schmerzlich den Preis seiner Lust aus den Händen quetscht und dabei, soviel er irgend kann, davon zwischen den Klauen zu behalten trachtet. Zu jeder anderen Zeit wäre Franco aufgefahren und hätte diese Verzeihung verächtlich von sich gewiesen; jetzt, mit der süßen Maria im Herzen, konnte er so nicht handeln. Er hatte aber bemerkt, dass die Großmutter sich mit ihrer Verzeihung einzig an ihn gewendet hatte. Nein, das konnte er ihr nicht durchgehen lassen.

»Meine Frau, der Onkel meiner Frau und ich, wir haben vor diesem letzten Unglück viel durchgemacht«, sagte er; »und jetzt haben wir all unsern Trost verloren. Der Onkel Ribera kommt nicht in Betracht, vor ihm müssen wir uns alle verneigen, du, ich, alle; aber wenn meine Frau und ich dir gegenüber schuldig sind, so wollen wir uns gegenseitig verzeihen.«

Es war ein harter Bissen. Die Marchesa schluckte ihn und schwieg. Obgleich sie den Tod nicht mehr an ihrem Kopfende stehen sah, hatte sie doch im Herzen noch das Entsetzen der Erscheinung und vor gewissen Worten des Präfekten, dem sie gebeichtet hatte.

»Ich will ein Testament machen«, sagte sie, »und ich wünsche, dass du erfährst, dass der ganze Maironische Besitz an dich fällt.«

O Marchesa, Marchesa! Elendes, eisigkaltes Geschöpf! Glaubte sie, den Frieden damit erkauft zu haben? Hier hatte in der Tat auch der Präfekt gefehlt, denn von ihm stammte der Rat, dem Enkel diese Erklärung abzugeben, von ihm, einem braven, guten Manne, dem es aber an Takt gebrach, und der unfähig war, Francos vornehme Gesinnung zu verstehen. Franco war die Vorstellung, man könne glauben, er sei aus Eigennutz gekommen, unerträglich.

»Nein, nein«, rief er, über und über bebend und in Angst vor seinem eigenen Jähzorn, »Nein, nein, hinterlass mir nichts! Es genügt, wenn du mir meine Zinsen in Oria auszahlen lässt. Den Maironischen Besitz, Großmama, hinterlass lieber dem Ospedale Maggiore. Ich habe so Angst, dass meine Vorfahren Unrecht getan haben, ihn zu behalten!«

Die Großmutter hatte keine Zeit zu antworten, denn es wurde an die Tür geklopft. Der Präfekt trat ein und veranlasste Franco, sich zu verabschieden, um die Kranke nicht zu ermüden.

»Jetzt heißt's, sich sputen«, sagte er draußen. »Hier hast du mehr als deine Pflicht getan. Es wissen zu viele, dass du hier bist, und die Gendarmen können von einem Augenblick zum anderen hiersein. Ich habe alles mit Aliprandi vereinbart. Aliprandi gibt vor, dass für die Marchesa eine Konsultation notwendig ist, er nimmt die Gondel des Hauses und fährt nach Lugano, um einen Arzt zu holen. Die beiden Ruderer werden Carlo und du sein. Es regnet. Wachstuchmäntel mit Kapuzen sind vorhanden. Ihr zieht sie an, und du setzt dich an die hintere Seite des Bootes. Zunächst schneiden wir dir jetzt deinen Spitzbart ab; mit der Kapuze auf dem Kopf soll dich mal einer erkennen. Du bist sicher. Vielleicht lassen sie euch beim Zollwächterhaus nicht einmal anlegen. Auf jeden Fall wird dich niemand erkennen. Wenn gesprochen werden muss, so spricht Carlino.«

Der Gedanke war gut. Die Gondel der Marchesa wurde von den österreichischen Agenten immer mit großem Respekt behandelt, als ob sie ein Ei des Doppeladlers trüge; auch wenn sie von Lugano zurückkam, ließ man sie am Zollwächterhaus nur pro forma anlegen.

Die Gondel glitt nach acht aus dem kleinen Hafen. Die Nebel hatten sich von den hohen Gipfeln herabgesenkt, und es regnete. Traurig trüber Tag, traurig trübe Fahrt! Weder Franco noch Aliprandi noch der Diener sprachen ein Wort. Sie kamen an San Mamette und an Casarico vorüber. Im Dunste tauchten jenseits der Olivenbäume von Mainè die weißen Mauern von Ombrettas Wohnung auf. Francos Augen füllten sich mit Tränen. ›Nein, Süße,‹ dachte er, ›nein, Liebling, nein, Leben, du bist nicht da drinnen, und der Herr sei gesegnet, der mich heißt, dieser schrecklichen Vorstellung nicht zu glauben!‹

Wenige Ruderschläge noch, und da war das Häuschen der glücklichen Zeit, der bitteren Stunden, des Unglücks; da ist das Fenster des Zimmers, in dem Luisa sich in finsterem Schmerze zugrunde richtet, die Loggia, in der fortan der alte Onkel Piero einsam seine Tage hinbringen wird, der gerechte Mann, der schweigend, hart geprüft und müde dem Grabe entgegengeht. Franco wüsste gar zu gern, was nach seiner Abreise vorgefallen ist, ob der Onkel, ob Luisa von der Polizei belästigt worden sind. Er blickt und blickt, sieht nichts Lebendiges, weder auf der Terrasse noch im Gärtchen noch an den Fenstern der Loggia; alles ist schweigsam, alles ist ruhig. Er hört auf zu rudern, er möchte irgendein Zeichen von Leben sehen. Doktor Aliprandi öffnet das rückwärtige Fenster des Gondelverschlags und fleht ihn an, zu rudern, sich nicht zu verraten. In diesem Augenblick wird Leu am Gitter des Gärtchens sichtbar mit einem Gefäß in der Hand, betrachtet die Gondel und geht in die Loggia. Also ist Onkel Piero in der Loggia, denn das ist sein gewohnter Becher Milch, den man ihm bringt, folglich kann nichts vorgefallen sein. Franco fängt wieder an zu rudern, und Doktor Aliprandi schließt das Fenster. Das Gärtchen entschwindet, es entschwinden die Häuser von Oria, und die Gondel nähert sich dem Landungssteg des Zollwächterhauses.

Biancon, der mit einem Regenschirm in der Hand nach Schleien angelt, verlässt seine Angelrute, um der Marchesa seine Huldigung darzubringen. Aber er findet statt ihrer den Doktor Aliprandi, der ihn mit seinen schlimmen Nachrichten über die Dame so beunruhigt, dass er das Bedürfnis fühlt, auch seine Peppina herbei-zurufen und ihr die Sache mitzuteilen; und Peppina, die Ärmste, leiert unter dem Regenschirm ihres Carlascia eine kleine Komödie tiefer Ergriffenheit her. Mann und Frau beschwören Aliprandi, sich zu eilen, schnell zurückzukommen. Carlascia erteilt ihm die Erlaubnis, auf der Rückfahrt direkt von Gandria nach Cressogno zu rudern, und der Doktor wendet sich zu Franco und sagt: »Vorwärts!«

Franco hat, ohne sich zu rühren, der Unterhaltung beigewohnt, die Hände am Ruder, in der stillen Hoffnung, etwas von seinen Freunden, von seinem Hause zu erfahren, aber niemand hatte etwas von Polizei verlauten lassen noch von Verhaftungen noch von Flucht, als ob Haus Ribera in China läge. Die Gondel entfernt sich langsam vom Landungssteg, dreht das Vorderteil nach Gandria, entschwindet, verliert sich jenseits der Grenze im Nebel.

*

Am Ufer von Lugano öffnete Doktor Aliprandi die Schiebetür und ließ Franco eintreten. Sie kannten sich nur wenig, aber sie umarmten sich wie Brüder.

»Am Tage des Kanonendonners werde auch ich zur Stelle sein«, sagte Aliprandi.

Sie kamen überein, sich hier zu verabschieden, und dass Franco zuerst aussteigen solle; denn Lugano wimmelte von Spionen, und der Doktor hatte doch gewisse Rücksichten zu nehmen. Der Doktor hatte überdies keine Eile; für ihn war es dringlicher, einen Ruderer zu finden als einen Arzt. Franco zog die Kapuze über die

Augen, ging an Land und begab sich in das Wirtshaus zur Krone.

Einige Stunden später, nachdem die Gondel wieder abgefahren war, machte er sich auf die Suche nach Valsoldeskern, um etwas zu erfahren, schlug den Weg zur Apotheke Fontana ein und begegnete unter dem Bogengang seinen Freunden, die gerade in Begleitung eines Alten aus der Apotheke kamen. Sie fielen ihm um den Hals und weinten vor Ergriffenheit. Sie waren ebenfalls gekommen, um Nachrichten zu suchen. In der Apotheke erzählte man, dass Franco verhaftet worden sei. Welche Freude, ihn zu finden, und welche Freude, freien Boden unter den Füßen zu fühlen!

Es sei mir erlaubt, des Alten zu gedenken, der Pedraglio und den Advokaten begleitete, einer bizarren Figur aus der kleinen alten Welt von Lugano, eines Künstlers, der es wert ist, dass ein anderer Künstler, der ihm so nahe vorübergeht, ihm Ehre erweist. Es war ein gewisser Sartorio, Maler, Dichter und Gitarrenspieler, den man um jene Zeit häufig hier und dort in den dunkeln Gassen von Lugano auftauchen sah mit seinem schönen, weißen Bart, mit seinem über das rechte Auge gezogenen weißen Hut, mit seinem feinen, schwarzen Rock und der Blume im Knopfloch. Er war sehr arm, aber sehr sauber, ritterlich mit Damen und einfachen Frauen, immer bereit für ein Liebeslied und einer Gitarrenmusik, als Verehrer seiner eigenen Stadt. Er lebte von Brot, Käse und Wasser, spürte Fremde auf, um sie in Luganos willkommen zu heißen, war immer beschäftigt, immer in Bewegung zwischen der Villa Ciani, dem Hotel du Parc und der Villa Chialiva. Das Hotel du Parc war für ihn das achte Weltwunder. Er war bei seiner Einweihung dabei gewesen und war sehr stolz darauf, er zitierte mit besonderem Wohlgefallen in seinem klassischen Luganeser Dialekte das Lied und die Melodie, zu der der Speisesaal ihn inspiriert hatte: »Es ist wenig gesagt, wenn ich sage:

Trompeten schmetterten
Dort in der Halle,
Und dieses Lied erklang
Zu ihrem Schalle.«

Heute hatte er sich aus freien Stücken zu Pedraglio und dem Advokaten gesellt, und diese hatten ihm ihre Flucht erzählt. Er hatte sie in die Apotheke Fontana geleitet, um etwas über Franco in Erfahrung zu bringen.

»Wie?«, rief er nach der Begegnung, »dieses ist Ihr Freund? Auch er den Klauen des raubsüchtigen Habsburger Adlers entkommen? Vortrefflich! Vortrefflich! Ich habe vor Jahren für andere lombardische Flüchtlinge nach der Revolution von Vall' Intelvi eine Ode gedichtet, die nicht übel war. Ich habe ihre Flucht durch Val Mara beschrieben, ihren Abstieg nach Maroggia, ihre Ankunft in Lugano, es ist wenig gesagt, wenn ich sage:

Ihr tapferen Söhne der Lombardei,
In mein Lugano nun kommt herbei!

Es ist ein Sächelchen, das auch auf Sie ausgezeichnet passt. Jetzt laufe ich und hole meine Gitarre und singe es Ihnen im Wirtshaus vor.«

»Heilige Jungfrau!«, rief Pedraglio.

Dritter Teil.

Erstes Kapitel.
Der Weise spricht

Nicht einer, sondern drei Frühlinge waren vorüber-
gegangen seit jenem Herbste 1855, ohne dass man die
Banner entfaltet und die Waffen ergriffen hätte, wie es
die Italiener an den Ufern des Tessin erwarteten. Im
Februar 1859 war man sicher, dass es so nicht weiter
gehen würde. Große Ereignisse, die sich pflichtschuldig
durch einen prächtigen Kometen angemeldet hatten,
waren im Gange. Durch die Eingeweide der alten Welt
liefen Schauer und ein dumpfes Knistern wie im Innern
eines eingefrorenen Flusses am Vorabend des Eisgangs.
Die tödliche Kälte, das angstvolle Schweigen von zehn
Jahren sollten weggefegt werden in den krachenden
Stößen und dem Zusammenprall neuer, heißer, glänzender Strömungen. Carlascia machte den Schwadroneur
und erzählte seinen schweigenden Beamten von einem
demnächst bevorstehenden militärischen Spaziergang

nach Turin. Herr Giacomo hatte sich nie wieder recht erholt von dem Schlage jenes Morgens, von der Verräterei des Advokaten, von dem tragischen Ende seines Hutes und von dem komischen Ende seines Rockes und hatte jede Achtung vor den Patrioten verloren. Gerade im Februar 1859 sprach der deutsch gesinnte Paolin in der Apotheke von San Mamette mit ihm über die großartigen Hoffnungen der Liberalen.

»Nein, verehrtester Herr Paolo«, erwiderte ihm das Männchen. »Ich bin unter San Marco geboren, einem großen Heiligen; ich habe die Franzosen gesehen, gute Leute; jetzt sehe ich die Deutschen, na, lassen wir's gehen; es könnte ja kommen, dass ich auch noch andere sehe, aber die Gauner, das glauben Sie mir, die Gauner können nicht triumphieren.«

Doktor Aliprandi war schon in Piemont. Ein alter napoleonischer Unteroffizier, der in Puria wohnte, brachte in aller Heimlichkeit seine Uniform in Ordnung, um sich dem Kaiser der Franzosen vorstellen zu können, wenn er nach Italien käme. Der Pfarrer von Castello, Introini, erinnerte Don Giuseppe Costabarbieri, als er ihm begegnete, an das Lied von 1796, das Don Giuseppe 1848 ausgegraben und dann wieder versteckt hatte:

Standen unsre wackeren Truppen,
Hergeschickt aus Ungarland,
Die Franzosen, diese...
Jagten fort sie allesamt!

528

Und Don Giuseppe machte entsetzt: »Still, still, still!«

Inzwischen blühten auf den Hängen des Valsolda friedlich die Veilchen, als ob gar nichts los wäre. Am Abend des zwanzigsten Februar trug Luisa ein Veilchensträußchen auf den Friedhof. Sie ging noch in Trauerkleidern, sah erdfahl und abgezehrt aus, ihre Augen waren größer geworden, und ihr Haar war von Silberfäden durchzogen. Sie sah aus, als seien seit dem Tage ihres Unglücks zwanzig Jahre vergangen. Als sie vom Kirchhof zurückkam, ging sie in der Richtung nach Albogasio und gesellte sich zu einigen Frauen aus Oria, die zur Pfarrkirche gingen, um den Rosenkranz zu beten. Sie schien nicht mehr das finstere Gespenst zu sein, das die Veilchen auf Marias Grab gelegt hatte. Sie sprach heiter, beinahe fröhlich mit der einen und mit der anderen, fragte nach einer kranken Kuh, liebkoste und lobte ein kleines Mädchen, das mit der Großmutter zum Rosenkranz ging, und empfahl ihm an, sich in der Kirche ruhig zu verhalten, wie es ihre Maria auch immer getan habe. Sie sagte das ruhig, auch Marias Namen, während die Frauen schauderten und sich zugleich auch wunderten, da Luisa jetzt nie mehr in die Kirche ging. Dann fragte sie ein Mädchen, ob die jungen Leute wie früher eine Aufführung veranstalten wollten, und ihr Bruder mitwirke. Auf die bejahende Antwort erbot sie sich, bei den Kostümen zu helfen. Bei der Kirche der Annunziata verabschiedete sie sich, und als sie allein die Calcinera herunterstieg, hatte sie wieder ihr gespenstisches Gesicht.

Sie ging nach Casarico zu den Gilardonis, die seit drei Jahren verheiratet waren. Die Glückseligkeit des Professors, seine Anbetung für Ester waren ein Gedicht. Onkel Piero behauptete von ihm, er sei kindisch geworden. Ester fürchtete, er könnte sich lächerlich machen, und erlaubte ihm, wenn Leute da waren, nicht, seine ekstatischen Stellungen vor ihr einzunehmen. Die einzige Person, für die das Verbot nicht galt, war Luisa. Aber vor Luisa nahm Gilardoni sich zusammen; sie war noch immer ein übermenschliches Wesen für ihn; zu dem Respekt vor ihrer Person hatte sich der Respekt vor ihrem Schmerz gesellt, und in ihrer Gegenwart hatte er stets ein rücksichtsvolles Benehmen. Seit beinahe zwei Jahren ging Luisa fast jeden Abend in das Haus Gilardoni, und wenn etwas den Frieden der Gatten hätte stören können, so waren es diese Besuche.

Ester empfand deren Motiv in der Tat seltsam und unsympathisch; aber sie hatte eine solche Zuneigung zu ihrer Freundin, ein solches Mitleid mit ihrem Unglück und sie fühlte ein so tiefes Bedauern in ihrem Herzen, dass sie Maria an diesem schrecklichen Tag nicht mehr Aufmerksamkeit geschenkt hatte, dass sie es nicht wagte, sich entschlossen ihren Wünschen zu widersetzen oder ihren Ehemann davon abzubringen, ihnen nachzugeben. Sie sprach Luisa ihre Missbilligung aus und bat sie, wenigstens geheim zu halten, was sie abends im Studierzimmer des Professors betrieben; aber weiter ging sie nicht. Der Professor hingegen wäre über diese

Zusammenkünfte glücklich gewesen, wenn er nicht unter Esters Missvergnügen gelitten hätte.

Es war schon Nacht, als Luisa an der Tür des Hauses Gilardoni läutete. Ester öffnete ihr. Luisa erwiderte ihren Gruß, der ihr verlegen vorkam, nicht, sondern blickte sie nur an, und als sie in dem kleinen Salon zu ebener Erde waren, in dem Ester ihre Abende zu verbringen pflegte, umarmte sie sie so leidenschaftlich, dass die andere anfing zu weinen.

»Hab Geduld«, sagte Luisa, »es ist das einzige, was mir geblieben ist.«

Ester versuchte, sie zu trösten, ihr zu sagen, dass nun wieder bessere Zeiten, die Vereinigung mit ihrem Gatten, für sie kommen würden. Binnen wenigen Monaten würde die Lombardei frei sein. Franco würde wieder heimkehren. Und dann ... dann ... es könnten so viele Dinge geschehen ... auch Maria könnte wiederkommen!

Luisa sprang auf und packte ihre Hände.

»Nein!«, rief sie. »Sage das nicht! Niemals, niemals! Ich gehöre ganz ihr! Ich gehöre ganz Maria!«

Ester konnte nicht antworten, denn eilig und lächelnd trat der Professor ein.

Er bemerkte, dass seine Frau die Augen voll Tränen hatte, und dass Luisa sehr erregt schien. Er begrüßte sie ganz verzagt und setzte sich schweigend neben Ester in der Annahme, dass sie über den gewohnten, seiner Frau so peinlichen Gegenstand gesprochen hätten. Diese hätte ihn am liebsten fortgeschickt, um ihre Unterhaltung mit Luisa wieder aufzunehmen, aber sie wagte es nicht recht. Luisa erbebte vor diesem Bilde einer kommenden Gefahr, das von Zeit zu Zeit undeutlich vor ihrer Seele aufgestiegen war, das sie immer voller Schrecken verjagt hatte, ohne ihm ins Auge zu schauen, und das jetzt durch die Worte ihrer Freundin unverhüllt und klar vor ihr erstand. Nach einem langen, drückenden Schweigen seufzte Ester und sagte leise zu ihr:

»So geht also, weißt du. Geht also.«

Luisa hatte einen stürmischen Erguss von Dankbarkeit, kniete vor ihrer Freundin nieder und legte den Kopf in ihren Schoß.

»Du weißt«, sagte sie, »dass ich nicht mehr an Gott glaube. Zuerst glaubte ich, dass es einen bösen Gott gäbe, aber jetzt glaube ich nicht mehr an seine Existenz; aber wenn der gute Gott existierte, an den du glaubst, so könnte er eine Mutter nicht verdammen, die ihr einziges Töchterchen verloren hat und sich zu überzeugen sucht, dass ein Teil von ihr noch lebt!«

Ester antwortete nicht. Beinahe an jedem Abend seit zwei Jahren beschworen ihr Gatte und Luisa das tote Kind herauf. Professor Gilardoni, ein seltsames Gemisch von Freidenker und Mystiker, hatte mit allerhöchstem Interesse die wunderbaren Dinge gelesen, die von den amerikanischen Schwestern Fox, von den Experimenten des Eliphas Levi berichtet wurden und hatte die spiritistische Bewegung, die sich wie ein Wahnsinn rasch über ganz Europa ausgebreitet hatte und Köpfe und

Tische ergriff, mit Eifer verfolgt. Er hatte Luisa davon erzählt, und Luisa, von der Vorstellung erfüllt und geblendet, sie könne erfahren, ob ihr Kindchen noch existiere, und könne, falls es noch existiere, eine Verbindung mit ihm herstellen, sah in dem Wunderbaren der Tatsachen und in der Seltsamkeit der Theorien nur diesen einen leuchtenden Punkt und hatte ihn angefleht, mit ihr und Ester einige Experimente zu versuchen. Ester glaubte an Übernatürliches nur, soweit es sich mit der christlichen Doktrin verträgt. Sie nahm auch die Sache nicht recht ernst und erklärte sich sofort bereit, zusammen mit der Freundin und dem Gatten die Hände auf ein Tischchen zu legen; ihr Gatte hingegen zeigte großen Eifer und einen festen Glauben an den Erfolg.

Die ersten Experimente blieben erfolglos. Ester, die sich dabei langweilte, hätte gewünscht, dass man auf die Fortsetzung verzichtete; aber eines Abends, nach einer Erwartung von zwanzig Minuten, neigte sich das Tischchen langsam auf eine Seite, ein Fuß hob sich in die Höhe, senkte sich wieder und hob sich von neuem in die Höhe, zu Esters größtem Entsetzen wie zu Luisas und des Professors größter Freude. Am nächsten Abend genügten schon fünf Minuten, um ihn in Bewegung zu bringen. Der Professor brachte ihm ein Alphabet bei und versuchte eine Beschwörung. Der Tisch antwortete, indem er mit dem Fuß auf den Boden klopfte, dem Alphabet entsprechend, das ihm vorgesagt war. Der angerufene Spirit nannte seinen Namen: van Helmont.

Ester zitterte vor Angst wie Espenlaub, der Professor zitterte vor Erregung und wollte van Helmont zu verstehen geben, dass er seine Werke in seiner Bibliothek besäße; aber Luisa beschwor ihn, er möge fragen, wo Maria sich befände. Van Helmont antwortete: »Ganz nah.« Darauf stand Ester, blass wie eine Leiche, auf und weigerte sich fortzufahren. Weder Luisas Bitten noch ihre Tränen vermochten sie umzustimmen. Es wäre Sünde, es wäre Sünde! Ester hatte kein tiefes religiöses Empfinden, aber große Angst vor dem Teufel und auch vor der Hölle. Für einige Zeit war es unmöglich, die Sitzungen wieder aufzunehmen. Sie empfand Entsetzen davor, und ihr Gatte wagte nicht, ihr zuwider zu handeln. Luisa gelang es endlich durch inständiges Bitten, einen Vergleich zustande zu bringen. Die Sitzungen wurden wieder abgehalten, aber Ester nahm nicht mehr teil daran.

Sie wollte nicht einmal erfahren, was dort vorginge. Nur wenn sie ihren Mann zerstreut und innerlich beschäftigt sah, warf sie eine gereizte Anspielung auf die geheimen Umtriebe in seinem Arbeitszimmer hin. Das betrübte ihn dann tief, und er erbot sich, davon abzulassen; und es war dann Ester, die sich Luisa gegenüber schwach fühlte. Denn sie hatte schließlich verstanden, dass Luisa mit dem Geiste ihrer Kleinen Verkehr zu haben glaubte. Einmal hatte sie zu ihr gesagt: »Morgen komme ich nicht, denn Maria mag nicht.« Und ein anderes Mal: »Ich gehe nach Looch, denn Maria wünscht eine Blume von der Großmama.«

Ester kam es unglaublich vor, dass ein so heller und starker Kopf wie dieser sich so verirren konnte. Gleichzeitig aber sah sie ein, wie unendlich schwierig es sein würde, sie mit guten Gründen zu überzeugen, und wie unendlich grausam, sich ihr mit absprechenden Worten zu widersetzen.

Der Professor zündete eine Kerze an und stieg, von Luisa gefolgt, in sein Studierzimmer. Wir kennen das kleine Arbeitszimmer schon, das einer Schiffskabine gleicht, mit den Gestellen voller Bücher, dem Kamin, dem Fenster, das auf den See geht, und dem Lehnstuhl, auf dem Maria in der Weihnachtsnacht eingeschlafen war. Jetzt war noch zwischen dem Kamin und dem Fenster ein kleines rundes Tischchen mit einem einzigen Fuß, der einen Zoll über dem Boden dreigeteilt war, hinzugekommen.

»Es tut mir so sehr leid«, sagte Gilardoni beim Eintreten, »dass wir Esters Missfallen erregen.« Er stellte das Licht auf den Schreibtisch, und anstatt wie gewöhnlich das Tischchen und die Stühle zurechtzurücken, ging er an das Fenster, um den unbestimmten Schimmer des Wassers und des Himmels im Dunkel der Nacht zu betrachten.

Luisa blieb unbeweglich, und er wendete sich plötzlich um, als ob er durch eine magnetische Kraft ihre qualvolle Angst empfunden hätte. Er blickte in ihr erschrecktes Gesicht und verstand, dass sie glaubte, er wolle ein- für allemal abbrechen, während er nur die Versuchung dazu verspürt hatte; und gerührt ergriff er ihre Hände, sagte ihr, wie gut Ester wäre, wie sehr sie sie liebte, und dass weder er noch sie ihr je mit Absicht eine Kränkung zufügen würden. Luisa antwortete nicht, aber der Professor hatte alle Mühe, sie zu hindern, dass sie ihm die Hände küsste. Während er das Tischchen und die zwei Stühle in die Mitte des Zimmers trug, setzte sie sich wie überwältigt von ihren Empfindungen auf den Lehnstuhl.

»Ich bin bereit«, sagte der Professor.

Luisa zog einen Brief aus der Tasche und reichte ihn ihm hin.

»Ich bedarf Ihrer und Marias Abend so dringend!«, sagte sie. »Lesen Sie, er ist von Franco. Sie können auf der vierten Seite anfangen.«

Der Professor fasste diese letzten Worte nicht auf, rückte das Licht zurecht und las mit lauter Stimme:

Turin, 18. Februar 1859.

»Meine Luisa!
Weißt Du, dass Du mir seit vierzehn Tagen nicht geschrieben hast?«

»Das können Sie überspringen«, unterbrach ihn Luisa; aber dann verbesserte sie sich. »Nein, lesen Sie nur weiter, es ist besser.«

Der Professor fuhr fort:

»Dieses ist der dritte Brief, den ich an Dich abschicke, nachdem ich Deinen vom sechsten erhalten habe. Vielleicht bin ich in dem ersten zu lebhaft geworden und habe Dich verletzt. Mein verwünschtes Temperament, das mich nicht nur heftige Worte sagen lässt, wenn mein Blut erhitzt ist, sondern sie mir auch in die Feder diktiert! Und verwünschtes Blut, das sich mit geschlagenen zweiunddreißig Jahren erhitzt wie mit zweiundzwanzig! Verzeih mir, Luisa, und erlaube mir, auf den Gegenstand zurückzukommen und die Worte zurückzunehmen, die Dich verletzt haben können.

Jetzt spricht man nicht mehr von Tischrücken und von Spirits, jetzt spricht man von Diplomatie und von Krieg; aber in den verflossenen Jahren sprach man viel darüber, und verschiedene Personen, die ich schätze und achte, glauben daran. Von einigen weiß ich positiv, dass sie Betrogene waren, aber wenn sie mir von ihren Unterhaltungen mit den Spirits berichteten, habe ich niemals an ihrem guten Glauben gezweifelt. Es scheint, dass die überreizte Einbildungskraft Dinge, die nicht sind, dem Auge wie dem Ohr als Realitäten erscheinen lässt. Aber ich will glauben, dass auch in Deinem Falle die Fantasie nicht täuscht, dass euer Tisch sich bewegt und wirklich spricht, wie Du es berichtest. Ich bekenne, dass ich unrecht gehabt habe, dies in Zweifel zu ziehen, da Du so sicher bist, Dich nicht zu täuschen, und da ich die Ehrenhaftigkeit des Professors Gilardoni kenne. Aber da gibt es für mich noch eine Frage des Gefühls. Ich weiß, dass meine süße Maria bei Gott lebt, ich hoffe, eines Tages mit anderen Seelen, die mir teuer sind, dorthin zu gelangen, wo sie weilt. Wenn sie mir plötzlich erschiene, wenn ich, ohne sie gerufen zu haben, den Klang ihrer lebendigen, wirklichen Stimme hörte, so könnte ich vielleicht eine so große Freude nicht ertragen; aber sie rufen, sie zum Kommen zu zwingen, das möchte ich niemals. Es widerstrebt mir, es geht mir gegen den Sinn von Verehrung, den ich einem Wesen gegenüber habe, das Gott so viel näher ist als ich. Auch ich, Luisa, spreche täglich zu unserem Liebling, ich spreche ihr von mir und auch von Dir, denn ich weiß, dass sie uns liebt, dass sie uns sieht, dass sie auch in unserem diesseitigen Leben viel über uns vermag. So wünschte ich auch Deine Unterhaltungen mit ihr; und wenn ich Dir auf Deinen Brief, in dem Du auf einen Verkehr mit ihr anspieltest, mit Bitterkeit geantwortet habe, so verzeih es mir, nicht nur mit Rücksicht auf meinen schlechten Charakter, sondern auch wegen der Gedanken und Gefühle, die wie ein Teil meiner selbst sind.

Verzeih mir auch im Hinblick auf die ungeheure

538

Erregung, in der wir hier leben. Mit meinem Hals geht es gut; seitdem man vom Kriege spricht, habe ich Kampfer und Gurgelwasser fortgeworfen, aber meine Nerven sind so über die Maßen gespannt, dass ich glaube, sie müssten bei der Berührung Funken geben. Das kommt auch von der intensiven Arbeit, die wir jetzt auf dem Ministerium haben, wo es keine Tageseinteilung mehr gibt; und wer am meisten Vertrauen genießt, sei er auch nur ein kleiner Sekretär, muss am meisten arbeiten. Als ich diesen Posten durch die Güte des Herrn Grafen Cavour erhielt, hatte ich die Empfindung, das Brot des Staates unverdientermaßen zu essen. Jetzt ist davon keine Rede mehr, aber ich bin im Begriff, mich diesem großen Arbeitsfeld zu entziehen, und das bringt mich auf etwas anderes, das ich seit einer Weile auf dem Herzen habe, und das ich Dir jetzt mit unsagbarer Bewegung mitteilen will.

In acht Tagen treten meine Freunde und ich für die Dauer des Feldzugs als Freiwillige in das Heer ein. Wir treten ins neunte Infanterieregiment, das in Turin steht. Hier im Ministerium möchten sie mich noch halten, aber ich möchte, wenn der Feldzug beginnt, schon im Regiment ausgebildet sein und habe nur die Verpflichtung übernommen, das Amt erst einen Tag vor meinem Eintritt zu verlassen.

Luisa, es sind drei Jahre und fast fünf Monate, dass wir uns nicht gesehen haben. Es ist wahr, dass Du unter polizeilicher Aufsicht stehst und nicht nach Lugano kommen darfst. Aber ich habe Dir des öfteren verschiedene Wege angegeben, wie Du mir heimlich wenigstens bis an die Grenze entgegenkommen könntest über die Berge, und Du hast mir nie darauf geantwortet. Ich habe zu erraten geglaubt, dass Du Dich, wenn auch nur für kurze Zeit, nicht von einem heiligen Orte zu trennen vermöchtest. Es erschien mir übertrieben, und ich gestehe Dir, dass es mich mit tiefer Bitterkeit erfüllte! Dann empfand ich Reue hierüber, klagte mich als Egoisten an und entschuldigte Dich. Aber jetzt, Luisa, sind die Umstände verändert. Ich leide nicht an schlimmen Ahnungen, und es scheint mir unmöglich, dass ich auf dem Schlachtfelde bleiben sollte; aber es ist nicht unmöglich. Ich beteilige mich an einem Kriege, der sich als einer der größten, längsten und verzweifeltsten ankündigt, denn wenn für Österreich seine italienischen Provinzen auf dem Spiele stehen, so steht für uns und vielleicht auch für den Kaiser Napoleon alles auf dem Spiele. Man sagt, dass wir den kommenden Winter vor Verona zubringen werden. Luisa, ich möchte nicht die Gefahr laufen zu sterben, ohne Dich wiedergesehen zu haben. Ich habe nur vierundzwanzig Stunden, ich kann weder an die Grenze noch nach Lugano kommen, und es genügt mir nicht, Dich auf zehn Minuten zu sehen! Lass Dich auf irgendeine Weise am Morgen des fünfundzwanzigsten dieses Monats von Ismaele nach Lugano bringen. Brich von Lugano rechtzeitig auf, um mittags in Magadino zu sein, da Du nicht über Luino gehen kannst. In Magadino musst Du das Schiff nehmen, das ungefähr um halb eins dort abfährt. In Isola Bella verlässt Du es gegen vier Uhr, und ungefähr um diese Stunde werde ich dort von Arona eintreffen. Isola Bella ist um diese Jahreszeit eine Einöde, wir verbringen den Abend zusammen und reisen am nächsten Morgen wieder ab. Du nach Oria, ich nach Turin. Ich schreibe an Onkel Piero, um ihn um Verzeihung zu bitten, dass ich ihn auf einen Tag Deiner Gesellschaft beraube.

Ich fürchte keine ernsteren Schwierigkeiten. Auch die Österreicher denken nur an die Waffen, und ihre Polizei lässt sich Tausende von jungen Leuten entgehen, die hierherkommen, um sie hier zu ergreifen. Sie werden am Morgen nach einem Siege schrecklich sein, aber dieser Tag wird, so Gott will, für sie nicht kommen.

Luisa, sollte es möglich sein, dass ich Dich auf der Isola Bella nicht finde, dass Du glaubst, Maria zu Gefallen zu handeln, wenn Du nicht kommst?

Aber weißt Du nicht, wenn sie meiner Maria, meiner armen Kleinen, gesagt hätten: geh nur, Deinen Papa zu begrüßen, der vielleicht in den Tod geht – wie ...«

Die Stimme des Lesenden bebte, wurde unsicher, brach sich in einem Schluchzen. Luisa verbarg das Gesicht in den Händen. Er legte den Brief auf ihren Schoß und sagte mühsam:

»Donna Luisa, können Sie zweifeln?«

»Ich bin schlecht«, erwiderte Luisa leise, »ich bin wahnsinnig.«

»Aber lieben Sie ihn denn nicht?«

»Zuweilen scheint mir, sehr; und zuweilen gar nicht.«

»Mein Gott!«, rief der Professor. »Aber jetzt? Erschüttert Sie denn nicht die Vorstellung, dass Sie ihn vielleicht nie wiedersehen würden?«

Luisa schwieg; sie schien zu weinen. Plötzlich sprang sie auf, presste die Schläfen zwischen ihre Hände und heftete ihre Augen auf den Professor, in denen nichts von Tränen zu sehen war, wohl aber ein Feuer düsteren Zornes brannte.

»Sie wissen nicht«, rief sie aus, »was in meinem Kopf vorgeht, was für Widersprüche und entgegengesetzte Vorstellungen dort angehäuft sind, die sich bekämpfen und beständig eine die andere verdrängen! Als ich den Brief erhielt, habe ich lange geweint und habe mir gesagt: ja, armer Franco, diesmal komme ich – und dann war da eine Stimme, die mir hier im Kopfe sagte, nein, du sollst nicht gehen, weil ... weil ... weil ...«

Sie unterbrach sich, und der Professor, entsetzt über die Blitze des Wahnsinns, die aus diesen auf ihn gehefteten Augen schossen, wagte nicht, eine Erklärung zu verlangen. Die unheimlichen Augen, die immer noch wie gebannt in die seinen starrten, wurden sanfter, verschleierten sich.

Luisa ergriff seine Hände und sagte leise und schüchtern: »Wir wollen Maria fragen.«

Sie setzten sich an den Tisch und legten die Hände darauf. Der Professor hatte den Rücken der Kerze zugewendet, deren Licht auf Luisas Gesicht fiel. Das Tischchen war im Schatten. Nach elf Minuten tiefen Schweigens murmelte der Professor: »Er bewegt sich.«

In der Tat neigte sich der Tisch langsam auf eine Seite. Dann fiel er wieder zurück und gab ein kleines Klopfen von sich. Luisas Gesicht strahlte.

»Wer bist du?«, fragte der Professor. »Antworte nach dem gewohnten Alphabet.«

Der Tisch gab siebzehn Klopftöne, dann vierzehn, dann achtzehn, dann einen.

»Rosa«, sagte leise der Professor.

Rosa war ein früh verstorbenes Schwesterchen seiner Frau, und der Tisch hatte schon früher zu verschiedenen Malen diesen Namen durch Klopfen bezeichnet.

»Geh«, begann Gilardoni wieder, »und schicke uns Maria.«

Der Tisch setzte sich sofort wieder in Bewegung und klopfte diese Worte: »Ich bin hier, Maria.«

»Maria, Maria, meine Maria!«, flüsterte Luisa mit dem Ausdruck seligsten Glückes im Gesicht.

»Kennst du den Brief«, sagte Gilardoni, »den dein Vater an deine Mutter geschrieben hat?«

Das Tischchen antwortete: »Ja.«

»Was soll deine Mutter tun?«

Luisa zitterte erwartungsvoll von Kopf bis Fuß. Der Tisch blieb unbeweglich.

»Antworte«, sagte der Professor.

Der Tisch bewegte sich und klopfte ein unverständliches Durcheinander von Buchstaben.

»Wir haben nicht verstanden. Wiederhole.«

Der Tisch bewegte sich nicht mehr.

»So wiederhole doch!«, rief der Professor fast barsch.

»Nein!«, bat Luisa. »Bestehen Sie nicht darauf, bestehen Sie nicht darauf! Maria will nicht antworten.«

Aber der Professor blieb beharrlich. »Es ist nicht möglich«, sagte er, »dass der Geist nicht antwortet. Sie wissen ja, dass es auch früher schon vorgekommen ist, dass wir nicht verstanden, was er sagte.«

Luisa stand sehr erregt auf und sagte, ehe sie einen Zwang auf Maria ausübe, wolle sie lieber die Sitzung unterbrechen.

Der Professor blieb nachdenklich auf seinem Platz sitzen. »Still!«, sagte er.

Der Tisch bewegte sich und begann wieder zu klopfen.

»Ja!«, rief Gilardoni strahlend. »Ich habe eben in Gedanken gefragt, ob Sie gehen sollen, und der Tisch hat ›ja‹ geantwortet. Fragen Sie ihn nochmals mit lauter Stimme.«

Fünf oder sechs Minuten vergingen, bevor der Tisch sich wieder in Bewegung setzte. Auf Luisas Frage: »Soll ich gehen?« klopfte er zuerst dreizehnmal und dann fünf-, neun- und wieder dreizehnmal. Die Antwort lautete ›nein‹.

Der Professor erbleichte, und Luisa sah ihn fragend an. Lange blieb er stumm, dann erwiderte er seufzend:

»Vielleicht ist es nicht Maria. Es könnte ein Lügengeist sein.«

»Und wie kann man es erfahren?«, fragte Luisa ängstlich.

»Unmöglich. Man kann es nicht wissen.«

»Aber die anderen Mitteilungen – wie steht es dann mit denen? Kann man nie Gewissheit haben?«

»Niemals.«

Sie schwieg, zu Boden geschmettert. Dann flüsterte sie: »So musste es kommen. Auch das musste mir versagt bleiben!«

Und sie legte die Stirn auf das Tischchen. Das Kerzenlicht spielte auf ihrem Haar, auf ihren Armen, auf ihren Händen. Sie rührte sich nicht, und nichts rührte sich im Zimmer, mit Ausnahme der flackernden Flamme des Lichts. Eine andere Flamme, ein letztes Hoffnungs- und Trosteslicht erstarb in dem armen Haupte, das unter dem Schlag eines bitteren, unabweisbaren Zweifels niedergesunken war. Was konnte Gilardoni tun, was konnte er sagen? Er sah es, dass Esters Wunsch, nicht durch sein Zutun, demnächst in Erfüllung gehen würde. Drei oder vier Minuten später hörte man im unteren Stockwerk Schritte und Esters Stimme.

»Wir wollen gehen«, sagte Luisa.

»Vielleicht sollten wir beten«, bemerkte Gilardoni, ohne sich zu rühren. »Vielleicht sollten wir die Geister fragen, ob sie an Christus glauben.«

»Nein, nein, nein«, sagte Luisa feindselig und mit der Hand ebenfalls abwehrend. Schweigend nahm der Professor die Kerze.

*

Auf dem Heimweg nach Oria ging Luisa an das Gittertor des Friedhofs. Sie lehnte die Stirn daran, rief Marias Grab ein ersticktes Lebewohl zu und entfernte sich wieder. Auf dem Platz vor der Kirche angelangt, ging sie an die Brüstung, beugte sich darüber und blickte lange hinunter auf den im nächtlichen Dunkel schlummernden See. So blieb sie einige Zeit und ließ den Gedanken ihren Lauf. Sie stützte die Ellbogen auf die Brüstung, bückte sich, lehnte das Gesicht in die Hände und sah unabänderlich auf das Wasser, das Wasser, das ihr Maria geraubt hatte. Ihr Gedanke nahm bestimmte Gestalt an, nicht in ihrem Innern, sondern dort unten im Wasser. Sie starrte darauf. Sterben, ein Ende machen. Sie hatte ihn schon gehegt, diesen Gedanken, so ins Wasser starrend hatte sie sich vor langer Zeit schon damit getragen, ehe sie die spiritistischen Sitzungen mit dem Professor anfing. Dann war er verschwunden. Jetzt kehrte er wieder. Es war ein besänftigender und trostreicher Gedanke, voller Ruhe und Vergessenheit, voller Frieden. Es tat wohl, ihm ins Antlitz zu schauen, jetzt, wo sie auch den Glauben an die Geister verloren hatte. Sterben, ein Ende machen. Früher hatte das Bild des alten Onkels viel gegen die Verführung des Wassers vermocht. Jetzt war seine Macht geringer. Der Onkel war nach Marias Tode und dem, was darauf folgte, in fast vollständiges Schweigen verfallen, was Luisa einem Beginn greisenhafter Apathie zuschrieb. Sie verstand nicht, dass im Gemüte des Alten neben dem Schmerz sich eine tiefe Missbilligung eingenistet hatte, und wie sehr ihn die wiederholten täglichen Besuche auf dem Friedhof und die Blumen und die geheimnisvollen Gänge nach Casarico, vor allem aber das vollständige Aufgeben der Kirche verletzten. Wäre sie nicht so ganz von ihrer Toten ausgefüllt gewesen, so hätte sie wenigstens in diesem letzten, die Kirche betreffenden Punkte den Onkel besser verstehen müssen; denn der schweigende Alte ging jetzt öfter als früher in die Kirche, kehrte mit dem Herzen zurück zur Religion von Vater und Mutter, die er bis dahin nur kühl, mehr aus Gewohnheit und aus Achtung vor den Traditionen des Hauses ausgeübt

547

hatte. Es kam Luisa vor, als wäre er etwas stumpfsinnig geworden, und als brauche er weiter nichts, wenn nur für seine Bedürfnisse gesorgt würde. Für die materiellen Sorgen war ja Cia da, und die Hilfsmittel, die für drei gereicht hatten, würden zweien noch besser genügen.

Luisa glaubte, das Wasser um eine Handbreit steigen zu sehen. Und Franco? Franco würde trostlos sein und sie einige Jahre beweinen, und dann würde er glücklicher sein. Franco besaß das Geheimnis, sich schnell zu trösten. Und wieder schien das Wasser um eine Handbreit zu steigen.

In demselben Augenblick, in dem Luisa so an der Brüstung stand, sah Franco, als er in der Via di Po an San Francesco di Paolo vorüberging, Licht in der Kirche und hörte Orgelklang. Er trat ein. Kaum hatte er sein Gebet gesprochen, so bemächtigte sich seiner sofort wieder sein vorherrschender Gedanke, der Klang der Orgel verwandelte sich in das Geschmetter von Trompeten und Trommeln und Waffengerassel, und während vom Altare ein Gesang des Friedens aufstieg, kam es ihm vor, als stürme er mit Ingrimm gegen den Feind. Plötzlich sah er im Geiste vor sich Luisas Gestalt, bleich, in Trauer gekleidet. Seine Gedanken richteten sich auf sie, und er betete mit Inbrunst für sie.

Und da fühlte sie, auf dem geweihten Boden der Kirche zu Oria, eine Eiseskälte, eine Unruhe, ein

Nachlassen der Versuchung. Sie wollte sie zurückrufen und konnte es nicht. Das Wasser fiel wieder. Eine innere Stimme sprach zu ihr: und wenn der Professor sich getäuscht hätte? Wenn es nicht wahr wäre, dass der Tisch zuerst ›ja‹ geantwortet hätte und dann ›nein‹? Wenn das mit den lügnerischen Geistern gar nicht wahr wäre? Sie löste sich von der Brüstung und ging langsamen Schrittes nach Hause.

Sie fand den Onkel in der Küche, am Kamin sitzend, mit der Feuerzange in der Hand, seinen Becher mit Milch neben sich. Cia und Leu kochten.

»Ich war übrigens«, sagte er, »im Zollwächterhaus. Der Einwohner lag mit Gelbsucht im Bett, aber ich habe mit dem Sedentarius gesprochen.«

»Worüber, Onkel?«

»Nun, über Lugano, über deine Reise nach Lugano am Fünfundzwanzigsten. Er hat mir versprochen, ein Auge zuzudrücken und dich passieren zu lassen.«

Luisa schwieg und sah nachdenklich ins Feuer. Dann gab sie Leu einige Anordnungen für den nächsten Tag und bat den Onkel, mit ihr in den kleinen Salon zu gehen.

»Zu welchem Zweck?«, fragte er mit seiner gewohnten Einfachheit. »Du wirst keine großen Geheimnisse haben. Bleiben wir lieber hier am Feuer.«

Cia zündete ein Licht an. »Wir werden hinausgehen«, sagte sie.

Der Onkel machte seine gewohnte mitleidsvolle Miene für die Torheiten der anderen, aber er schwieg, trank seinen Becher Milch aus und reichte ihn schweigend Luisa. Luisa nahm den Becher und sagte leise:

»Ich bin noch nicht entschlossen.«

»Wie? Zu was noch nicht entschlossen?«, fragte der Onkel auffahrend.

»Ob ich nach Isola Bella gehe.«

»Oho! Was zum Teufel?«

Der Onkel konnte etwas derartiges nicht einmal verstehen.

»Und warum willst du nicht gehen?«

Ruhig, als ob sie eine selbstverständliche Sache sagte, erwiderte sie: »Ich fürchte, ich kann Maria nicht verlassen.«

»Oho! Höre!«, sagte der Onkel. »Setz dich hierher.«

Er wies auf einen Stuhl ihm gegenüber unter dem Kaminmantel, ließ die Feuerzange los und sagte mit seiner ernsten, ehrlichen, aus dem Herzen kommenden Stimme: »Liebe Luisa, du hast die Steuerung verloren!« Und mit einem tiefen Seufzer hob er die Arme in die Höhe und ließ sie wieder auf seine Knie fallen. »Verloren!«, sagte er.

Ein Weilchen schwieg er noch mit gesenktem Kopfe, die Lippen bewegend in einem leisen Brummeln sich bildender Worte, die dann hervorströmten. »Dinge, die ich niemals geglaubt hätte! Dinge, die unmöglich scheinen! Aber wenn man anfängt« – und bei diesen Worten hob er den Kopf wieder in die Höhe und sah Luisa gerade ins Gesicht –, »die Steuerung zu verlieren, dann ist's um einen geschehen. Und du, Liebe, hast schon seit geraumer Zeit angefangen, sie zu verlieren.«

Luisa zitterte.

»Ach ja!«, rief der Onkel aus vollem Hals. »Seit geraumer Zeit hast du angefangen, sie zu verlieren. Und das wollte ich dir sagen. Höre: meine Mutter hat Kinder verloren, deine Mutter hat Kinder verloren, ich habe so viele Mütter Kinder verlieren sehen, und keine hat sich aufgeführt wie du. Man muss es hinnehmen, wir sind alle sterblich und müssen uns abfinden mit unserem Schicksal. Sie fügten sich. Aber du, du nicht. Und dieser Friedhof! Und diese zwei, drei, vier Besuche jeden Tag! Und diese Blumen, und was weiß ich, ach, ich Ärmster! Und dann diese Narrheiten, die du mit diesem anderen armen Einfaltspinsel in Casarico betreibst, und von denen ihr glaubt, sie im geheimen zu betreiben, während alle davon sprechen bis auf Cia herab! Ach, ich Ärmster!«

»Nein, Onkel«, sagte Luisa traurig, aber ruhig. »Sprich nicht so. Du kannst es nicht verstehen.«

»Da stimme ich dir zu«, erwiderte der Onkel mit der ganzen Ironie, deren er fähig war. »Ich kann es nicht verstehen. Aber dann ist da noch etwas anderes. Du gehst nicht mehr in die Kirche. Ich habe dir niemals etwas darüber gesagt, denn es ist mein Grundsatz, in diesen Dingen jeden so handeln zu lassen, wie er es für richtig hält; aber wenn ich sehe, wie du sozusagen den gesunden Menschenverstand verlierst, und überhaupt jedes Verständnis, so möchte ich dir dann doch

551

zu bedenken geben, dass, wer unserem Herrgott den Rücken wendet, eben solchen Verlusten ausgesetzt ist. Aber diese Idee, unter solchen Umständen nicht zu der Begegnung mit deinem Manne gehen zu wollen, übersteigt alle Grenzen. Das will sagen«, nahm er nach einer kurzen Pause wieder auf, »dass ich gehen werde.«

»Du?«, rief Luisa.

»Warum nicht? Jawohl, ich. Ich hatte die Absicht, dich zu begleiten, aber wenn du nicht mitkommst, so werde ich allein gehen. Ich werde deinem Gatten sagen, dass du den Verstand verloren hast, und dass ich hoffe, auch bald dahinzugehen und mich mit der armen Maria zu vereinigen.«

Niemals hatte irgend jemand aus Onkel Pieros Munde ein so bitteres Wort vernommen. War es dieses, war es die Autorität des Mannes, oder war es Marias in dieser Weise ausgesprochener Name: Luisa war besiegt.

»Ich werde gehen«, sagte sie. »Aber du musst hier bleiben.«

»Nicht im geringsten«, erwiderte der Onkel zufriedengestellt. »Seit vierzig Jahren habe ich die Inseln nicht gesehen. Ich benutze die Gelegenheit. Und wer weiß, ob ich nicht noch in die Kavallerie eintrete?«

*

»Also wirklich?«, sagte Cia zu Luisa, nachdem der Onkel ins Bett gegangen war. »Der Herr will also wirklich mitreisen? Liebste Frau, erlauben Sie es ihm doch um Gottes willen nicht!«

Und sie erzählte ihr, dass er vor zwei Stunden die Augen so seltsam weit aufgerissen und den Kopf auf die Brust gesenkt habe; auf ihren Ruf habe er nicht geantwortet, dann sei er wieder zu sich gekommen, und auf ihre ängstlichen Fragen hin sei er in Zorn geraten und habe sich dagegen verwahrt, es sei ihm nicht schlecht gewesen, nur ein wenig müde habe er sich gefühlt. Luisa hörte sie stehend, das Licht in der Hand, mit gläsernen Augen an, und ihre Aufmerksamkeit war nur halb auf die Worte, die sie hörte, gerichtet, halb auf einen anderen Gedanken, der ganz verschieden und weit entfernt war vom Onkel, vom Hause, von Valsolda.

Zweites Kapitel.
Feierlicher Trommelwirbel

Am 25. Februar, dem Tag der Abreise, stand Onkel Piero um halb acht Uhr auf und trat ans Fenster. Ein dichter Nebel hing über dem weiß schimmernden See und verhüllte die Berge, so dass man nur zwei schmale schwarze Streifen zwischen dem See und dem Nebel sah, einen auf der rechten, den anderen auf der linken Seite.

»O weh!«, seufzte der Onkel. Er war noch nicht fertig angekleidet, als Luisa eintrat, um ihn unter dem Vorwand des schlechten Wetters zu bitten, daheim zu bleiben, sie allein reisen zu lassen. Cia war in großer Angst und hatte Luisa gebeten, darauf zu bestehen, denn sie wusste, dass er am zwanzigsten von heftigem Schwindel ergriffen worden war, und dass er am zweiundzwanzigsten, ohne jemand ein Wörtchen davon zu sagen, gebeichtet hatte. Er wurde ärgerlich, und man musste schweigen und ihm seinen Willen lassen. Armer Onkel! Er war immer von eiserner Gesundheit gewesen und war sehr ängstlich, die geringste Störung beunruhigte ihn; aber jetzt schien es ihm unrecht, Luisa in ihrer geistigen Verfassung allein reisen zu lassen, und so opferte er sich für sie. Er kleidete sich an, trat wieder ans Fenster und rief triumphierend nach Luisa, die ins Gärtchen gegangen war.

»Kopf in die Höhe«, rief er, »und sieh den Boglia an!«

Hoch oben über Oria sah man durch den dampfenden Nebel hindurch das blasse Gold der Sonne auf dem Berge und noch höher hinauf einen durchsichtig heiteren Himmel.

»Ein schöner Tag!«

Luisa antwortete nicht, und der Alte ging frohgemut auf die Loggia und trat hinaus auf die Terrasse, um den prachtvollen Kampf zwischen Nebel und Sonne zu genießen.

Der ganze östliche Teil des Sees zwischen Ca Rotta, vom letzten Haus von San Mamette zur Linken bis zur Bucht des Doi zur Rechten, schien ein unendliches weißes Meer. Ca Rotta schimmerte wie eine Erscheinung nur undeutlich hervor. Bei der Bucht des Doi begann der feine schwarze Streifen zwischen der Bleifarbe des Sees und dem Nebel. Nach und nach bekam dieser Nebel eine bläuliche Färbung, eine unbestimmte Helligkeit breitete sich nach Osteno zu über den Himmel, an der Oberfläche des östlichen Sees blitzten neue Lichter auf, die Brise brachte bräunliche Streifen und Flecke. Ein Stück des Sonnenballs tauchte in den wirbelnden Dunstwolken über Osteno auf und verschwand wieder, wurde rasch größer und trug leuchtend den Sieg davon. Der Nebel verflüchtigte, einige Nebelwolken schwebten groß und schnell über Oria dahin, andere lösten sich an der Küste auf; was noch übrig blieb, verlor sich im äußersten Osten; und dort ragten hinter und über einem dichten weißen Vorhang die Berge des Comersees siegreich in den strahlenden Himmel.

Onkel Piero rief Luisa zu sich, damit sie sich das Schauspiel ansehen konnte, die letzte herrliche Szene des Dramas; der Triumph der Sonne, das Fliehen der Nebel, die Pracht der Berge. Er bewunderte sie mit altväterlichem Stolz, ohne künstlerische Feinheiten wahrzunehmen, mit jugendlicher Wärme, mit eindringlicher Stimme, wie ein alter Mann, der zwar keusch gelebt hat, aber die Frische seines Herzens nicht verschwendet hat und sich eine gewisse Unschuld der Vorstellungskraft bewahrt hat.

»Sieh, Luisa«, rief er, »da muss man doch sagen: Ehre dem Vater und dem Sohne und dem Heiligen Geist!«

Luisa antwortete nicht, sie entfernte sich rasch, um nicht die weiße Mauer jenseits des Obstgartens sehen zu müssen, die sie gewaltig anzog mit einer geheimen Stimme von Vorwurf und Schmerz. Sie war um sechs Uhr dort gewesen und hatte, auf dem durchnässten Grase sitzend, im Nebel eine Stunde dort zugebracht.

Der Onkel blieb bis zur Abreise in Betrachtung versunken auf der Terrasse. Wenn er ein eingebildeter Poet gewesen wäre, hätte er meinen können, Valsolda wünsche ihm mit diesem Schauspiel glückliche Reise und wollte sich ihm so schön zeigen, wie er es vielleicht noch nie gesehen hatte. Aber solche poetischen Fantastereien kamen ihm nicht, es handelte es sich ja nur um eine kurze Reise! Stattdessen tauchte Marias Bild in seinem Innern auf und die Vorstellung, sie käme auf ihn zu, er zöge sie auf seinen Schoß und sänge ihr das alte Liedchen:

Ombretta, du spröde,
Vom Mississippi ...

»Genug!«, seufzte er. »Es war ein großartiger Anblick!« Und von Cia gerufen, schritt er langsam hinunter ins Gärtchen, wo Luisa ihn erwartete, bereit, in das Boot zu steigen. »Da bin ich«, sagte er; »und du gib gut acht, dass du während unserer Abwesenheit das Haus nicht in den See fallen lässt.«

*

Während der Fahrt über den Lago Maggiore saß Luisa an Bord des ›San Bernardino‹ fast die ganze Zeit in der Kajüte zweiter Klasse. Ein einziges Mal stieg sie herauf, um Onkel Piero zu bewegen, ebenfalls herunterzukommen; aber Onkel Piero, in seinen langen, grauen Überrock gehüllt, wollte sich trotz der kalten Luft nicht von der Brücke bewegen, auf der er friedlich stand, Berge und Ortschaften betrachtete und sich ab und zu in eine Unterhaltung mit einem Priester aus Locarno, mit einem alten Weibchen aus Belgirate und mit anderen Reisenden zweiter Klasse einließ. Luisa musste ihn oben lassen und stieg wieder hinunter, da sie es vorzog, mit ihren eigenen Gedanken allein zu bleiben.

Je mehr man sich der Isola Bella näherte, um so mehr wuchs in ihrem Innern eine dumpfe Aufregung, eine unbestimmte Erwartung der kommenden Ereignisse. Wie würde sich die Begegnung mit Franco gestalten? Wie würde er sich ihr gegenüber benehmen? Würde er zu ihr sprechen, wie es der Onkel getan hatte? Seine Briefe waren ja sehr verständnisvoll und zärtlich, aber wer wüsste nicht, dass Schreiben und Sprechen zweierlei sind? Wie und wo würden sie den Abend verbringen? Und dann die andere Sache, die Sache, die auszudenken schon schrecklich war...? All diese Fragen stiegen auf, unabweisbar, drohten die Herrschaft zu gewinnen und sich in Widerspruch zu setzen zu dem Bilde des Friedhofs von Oria, das jeden Augenblick wieder auftauchte, gebieterisch, wie um sein Eigen zurückzunehmen.

An der Station Cannero hörte Luisa über ihrem Kopf Geräusche von vielen Schritten, großen Lärm von Stimmen und Rufen und stieg hinauf, um nach dem Onkel zu sehen. Es waren Soldaten, die zu den Fahnen einberufen und die auf zwei großen Booten auf das Schiff gekommen waren. Andere kleinere Boote brachten Frauen, Kinder und Greise, die grüßten und weinten. Die Soldaten, zum größten Teil Bersaglieri, schöne, fröhliche Jünglinge, erwiderten die Grüße, schrien »Hoch Italien!«, und versprachen Geschenke von Mailand.

Eine Alte, die drei Söhne unter diesen Soldaten hatte, rief ihnen mit zerrauften Haaren, aber ohne Tränen zu, sie möchten sich des Herrn und der heiligen Jungfrau erinnern.

»Ja«, brummte ein alter Sergeant, der sie begleitete, »das erinnert sich des Herrn, der Madonna, des Bischofs und des Profossen.«

Die Soldaten, die reichliche Erfahrung mit dem ›Profoß‹, dem militärischen Strafaufseher, hatten, lachten über den Spaß, und das Schiff fuhr ab. Rufe, Winke mit den Taschentüchern und dann Gesang, mächtiger Gesang aus fünfzig munteren Kehlen:

Ade, ade, mein Schätzchen,
Nun ziehen wir in den Krieg.

Die Soldaten hatten sich alle vorn auf dem Schiff auf Säcken und Fässern zusammengedrängt, die einen saßen, andere standen, wieder andere lagen, und alle sangen sie aus voller Kehle zu der dumpfen Begleitung der Räder des Dampfers, der geradewegs lossteuerte auf den Strich, den die flachen Hügel von Ispra abtrennen von dem ungeheuren Wasserspiegel, auf den Tessin hin. Diese Jünglinge mussten in Bälde den Tessin überschreiten, vermutlich unter wütendem Kugelregen, mit dem Losungswort Savoyen. Viele von ihnen würden dort unten, unter diesem heiteren Himmel, vom Tode getroffen werden; aber alle sangen sie frohgemut, und nur der düstere Lärm der Schiffsräder schien etwas davon zu wissen. Die freien piemontesischen Berge, an deren Küste entlang das Schiff glitt, schienen, obwohl im Schatten liegend, stolz und zufrieden, ihre Söhne den geknechteten lombardischen Bergen entsandt zu haben, die trotz hellen Sonnenglanzes einen tragischen Anblick gewährten.

Luisa fühlte ein leises Kochen in ihrem Blute, das Erwachen ihres einst so glühenden Patriotismus. Und diese Mütter, die ihre Söhne so hatten fortziehen sehen? Sie kam ihren eigenen Gedanken zuvor und sagte sich schnell, dass auch sie gern einen Sohn dem Vaterland gegeben hätte, und dass diese Mütter sich in keiner Weise mit ihr vergleichen könnten. Aber wie anders es doch war, in Valsolda einen Brief zu lesen, der vom Kriege erzählte, und hier den Hauch und den Lärm des Krieges lebendig um sich zu verspüren, ihn mit der Luft einzuatmen! In der Luft von Valsolda war er ein Schatten ohne Realität; hier nahm der Schatten Gestalt an. Hier wurde Luisas persönlicher Schmerz, der endlose Schmerz, der die bewegungslose Luft in Oria rundum erfüllte, hier wurde er klein angesichts der allgemeinen Bewegung, und sie empfand es, und es erfüllte sie mit Unbehagen, mit unbeschreiblicher Pein. War es die Angst, einen Teil ihres persönlichen Schmerzes, sozusagen einen Teil von sich selbst, zu verlieren? War es der Wunsch, sich einem Vergleich zu entziehen, den zu machen sie sich scheute? Zu gleicher Zeit nahm die Vorstellung, dass auch Franco in diesen Krieg zöge, die Vorstellung, wie wenig sie das in Valsolda berührt hatte, eine neue, greifbare Gestalt in ihrem Innern an, sie erschütterte ihr Herz und begann ebenfalls mit dem Bilde des Friedhofs von Oria zu kämpfen. Zum ersten Mal war das Bild der Vergangenheit nicht absoluter, allmächtiger Alleinherrscher ihrer Seele; diese Seele empfand wohl Verachtung und Reue hierüber, aber neue Bilder, Bilder der Gegenwart und der Zukunft, stürmten auf sie ein.

Dem Onkel wurde es zu kalt, und er ging in die Kajüte. »In einer guten Stunde«, sagte er, »sind wir in Isola Bella.«

»Bist du müde?«

»Durchaus nicht. Ich fühle mich sehr wohl.«

»Aber du wirst dich doch heute Abend früh ins Bett legen?«

Der Onkel war zerstreut und antwortete nicht. Stattdessen sagte er nach einer Weile plötzlich:

»Weißt du, was ich dachte? Ich dachte, dass nächstes Jahr eine neue Maria kommen sollte.«

Luisa, die neben ihm saß, stand jählings auf und ging bebend an das kleine Fenster gegenüber, durch das sie, dem Onkel den Rücken zuwendend, hinausschaute. Der verstand nicht, was in ihr vorging, glaubte an ein Gefühl von Verlegenheit und schlief in seiner Ecke ein. Das Schiff berührt Intra. Jetzt kommt vor der Isola nur noch Pallanza. Das Schiff fährt am Ufer entlang; Luisa sieht durch das ovale Fensterchen die Ufer, Häuser und Bäume vorübergleiten. Wie schnell es fährt, wie schnell!

Pallanza. Das Schiff hat fünf Minuten Aufenthalt.

Luisa steigt aufs Deck und fragt, wann man in Isola Bella ankommt. Das Schiff legt weder in Suna noch in Baveno an, es ist eine Fahrt von nur wenigen Minuten. Und wann kommt das Schiff von Arona? Es scheint Verspätung zu haben. Sie geht wieder hinunter und weckt den Onkel und kommt dann mit ihm aufs Deck. Das letzte Stück der Reise wird schweigend zurückgelegt. Der Onkel blickt auf Pallanza, das zurückweicht, und Luisa hat die Augen starr auf die Isola Bella gerichtet und sieht nichts anderes.

Das Schiff legt am Landungssteg von Isola Bella um drei Uhr vierzig Minuten an. Keine Spur von dem Schiff von Arona. Ein Bediensteter sagt Luisa, dass dies

Schiff jetzt regelmäßig Verspätung hat wegen des Zuges von Novara, der infolge der militärischen Bewegungen gar keinen festen Fahrplan mehr einhält.

Niemand stieg in der Isola aus, niemand war am Ufer außer dem am Landungsplatz angestellten Mann. Nach der Abfahrt des Schiffes begleitete er selbst die beiden Reisenden nach dem Wirtshaus zum Delphin. Es wäre ein reiner Zufall, sagte er, dass sie um diese Jahreszeit den Delphin offen fänden. Eine zahlreiche englische Familie brächte den Winter dort zu. Im Übrigen schien es die Insel des Schweigens. Der See lag regungslos, das Ufer war verödet, auf den Galerien der armen, alten Häuschen, die am Hafen zwischen dem runden Bollwerk des Gartens und dem Wirtshaus auf einem Haufen standen, ließ sich keine lebende Seele sehen.

Die Engländer waren in einem Boot ausgefahren; das Wirtshaus lag schweigend wie das Ufer, wie der See. Die Neuangekommenen bekamen zwei große Zimmer im zweiten Stock, nach Süden gelegen und mit dem Blick auf den melancholischen schmalen Wasserarm zwischen der Insel und dem bewaldeten Weg, der von Stresa nach Baveno führt. Das erste Zimmer, an der westlichen Ecke, hatte ein Fenster nach dem Kirchlein S. Vittore, das seitwärts vom Wirtshaus steht, und auf die ferne kleine Isola dei Pescatori. Onkel Piero stellte sich an dieses Fenster und sah auf die Insel, auf die Gruppe von Häusern, die über dem Seespiegel hervorlugten und von einem Glockenturm überragt wurden,

562

und auf die hohen Berge der Val di Toce und der Val di Grevellone, die halb von sonnendurchleuchteten leichten Nebeln verhüllt waren.

Als Luisa sah, dass in dem Zimmer zwei Betten standen, ging sie schnell in das andere, in dem sich ein Alkoven mit ebenfalls zwei Betten befand.

»Vortrefflich«, meinte Onkel Piero, der einen Augenblick später eintrat, »dieses Passt ausgezeichnet für euch beide.«

Luisa fragte leise den Wirt, ob man nicht statt dieser zwei lieber drei Zimmer haben könne.

Nein, die könnte man nicht haben.

»Aber wenn es doch sehr gut so geht!«, wiederholte der Onkel. »Wenn es doch ausgezeichnet so geht! Ihr beide hier, und ich dort.«

Luisa schwieg, und der Wirt entfernte sich.

»Siehst du nicht, dass du einen Alkoven hast wie zu Haus?«

Dem alten Patriarchen kam es nicht in den Sinn, dass der bloße Anblick dieses Alkovens eine Qual für Luisa war. Sie erwiderte, dass sie das andere hellere und freundlichere Zimmer vorzöge.

»Amen«, sagte der Onkel. »Mach, was du willst; dann nehme ich also den Alkoven.«

Auch dieser Winkel des Wirtshauses wurde wieder totenstill. Luisa stellte sich ans Fenster. Das Schiff von Arona musste in Sicht sein, denn der Mann von vorhin ging langsam zum Landungsplatz, und kurze Zeit darauf hörte man das ferne Geräusch der Räder. Der Onkel teilte Luisa mit, dass er sich müde fühle und lieber im Zimmer bleiben wolle.

Luisa ging hinunter zur Landungsbrücke und blieb bei einem verfallenen Häuschen stehen, das ihr den Blick auf das Schiff, dessen Lärmen man hörte, nahm. Plötzlich tauchte das Vorderteil des ›San Gottardo‹ langsam vor ihr auf und hielt an. Luisa erkannte ihren Mann zwischen einer Gruppe von Personen, die großen Lärm um ihn herum vollführten. Franco sah sie, sprang auf die Brücke und lief auf sie zu; sie kam ihm zwei Schritte entgegen. Sie umarmten sich, er stumm, blind vor Rührung, lachend und weinend, voller Dankbarkeit, zugleich aber zögernd, unsicher über ihre Stimmung und über die Art, wie sie sich ineinander finden würden; sie gefasster, aber sehr bleich und sehr ernst.

»Gehen wir«, sagte sie, »gehen wir«, und schlug den Weg zum Wirtshaus ein.

Nun kam Franco mit einer wahren Flut von Fragen, zuerst über ihre Reise, über das Passieren der Grenze; dann über den Onkel. Als er den Onkel nannte, hob Luisa ihr Gesicht in die Höhe und sagte: »Sieh!«

Der Onkel stand oben am Fenster und rief ein dröhnendes ›Willkommen!‹ herunter, wobei er mit dem Taschentuch schwenkte.

Ganz starr vor Staunen machte Franco: »Ach!«, und fing an zu laufen.

Der Onkel erwartete ihn auf dem Treppenabsatz

mit einem Ausdruck von Zufriedenheit, der sich bis auf seinen friedlichen Bauch erstreckte.

»Da bist du nun also«, sagte er, nahm seine Hände und schüttelte sie, ihn dabei fernhaltend. Denn er wollte keine Küsse, die in diesem Augenblick den Anschein einer Dankbezeigung hätten gewinnen können; aber er konnte sich Francos stürmischer Begrüßung nicht entziehen.

»Stell dir vor«, sagte er, kaum dass er sich den Armen des jungen Mannes entwunden hatte, »ob eine Maironi ohne Haushofmeister reisen kann! Außerdem bin ich auch gekommen, um mich bei den Bersaglieri anwerben zu lassen.«

Und bei diesen Worten ging der müde Mann die Treppe hinunter, um, wie er sagte, das Essen zu bestellen.

In dem Zimmer der Gatten befand sich kein Sofa. Franco zog Luisa auf das Bett, setzte sich neben sie und legte den Arm um ihren Nacken, unfähig zu irgendwelcher Unterhaltung, immer nur die Worte ›ich danke dir, ich danke dir‹ wiederholend und nichts anderes als stürmische Liebkosungen, stürmische Küsse und zärtliche Namen findend. Mit gesenktem Kopf saß Luisa zitternd da, ohne seine Ergüsse irgendwie zu erwidern; da zähmte er sich, nahm ihren Kopf wie ein Heiligtum und berührte die weißen Haare, die er sah, leise mit den Lippen. Sie verstand, dass er die weißen Haare suchte, begriff diese schüchternen Küsse, fühlte sich ganz von Rührung ergriffen, und das Herz schien ihr gleichsam aufzutauen, dann erschrak sie und wollte sich mehr vor sich selber als vor Franco verteidigen.

»Weißt du«, sagte sie, »mein Herz ist zu Eis erstarrt, ich wollte auch nicht kommen, ich wollte Maria nicht verlassen und wollte dir die Bitterkeit ersparen, mich so zu finden. Der Onkel ist die Ursache, dass ich doch gekommen bin. Er wollte allein gehen, und da habe ich mich erst entschlossen.«

Kaum hatte sie diese grausamen Worte gesprochen, so fühlte sie, wie sich Francos Lippen von ihren Haaren, wie sich seine Arme von ihrem Nacken lösten. Lange schwiegen sie beide; dann murmelte Franco sanft:

»Es sind noch dreizehn Stunden. Vielleicht werde ich dich später nie wieder belästigen.«

In diesem Augenblick trat Onkel Piero ein und verkündete, dass das Essen bereit wäre. Luisa nahm ihres Gatten Hand und drückte sie schweigend, nicht mit der Leidenschaft der Geliebten, aber doch stark genug, um zu verstehen zu geben, dass sie tief ergriffen sei.

Beim Mahle aß weder Luisa noch Franco etwas. Dafür aß der Onkel mit Appetit und sprach viel. Er billigte es nicht, dass Franco die Waffen ergriff.

»Was für einen Soldaten wirst du abgeben?«, sagte er zu ihm. »Was willst du anfangen ohne Kampfer, ohne Gurgelwasser und ohne was weiß ich?«

Franco erklärte, dass er alle Medikamente fortgeworfen hätte, dass er sich eisern fühlte, und dass er der kräftigste Soldat des neunten Regiments sein würde.

»Mag sein!«, brummte der Onkel. »Mag sein! Und du, Luisa, sagst du gar nichts?«

Luisa erwiderte, sie sei überzeugt von dem, was ihr Mann gesagt hätte.

»Das genügt!«, meinte der Onkel. »Er lebe hoch!«

Er hatte ferner auch eine gute Vorstellung von der österreichischen Macht und sah nicht so rosig wie Franco in die Zukunft.

Nach Francos Ansicht war gar nicht am Sieg zu zweifeln. Er hatte einen Adjutanten des Marschalls Niel, der heimlich nach Turin gekommen war, gesehen, und hatte ihn zu einigen piemontesischen Offizieren des Generalstabes sagen hören: ›Nous allons supprimer l'Autriche.‹ Freilich würden mindestens fünfzigtausend italienische und französische Leichen zwischen Tessin und Isonzo bleiben.

»Entschuldigen Sie, mein Herr«, sagte der bedienende Kellner. »Mir schien, dass der Herr davon sprach, ins neunte Regiment einzutreten?«

»Ja.«

»Brigade Königin. Tapfere Brigade. Ich habe im zehnten gedient. Wir haben 1848 Ehre eingelegt, he! Goito, Santa Lucia, Governolo, Volta! Jetzt ist die Reihe an Ihnen.«

»Werden unser Möglichstes tun.«

Luisa überlief ein leiser Schauer. Die Engländer, die am Nebentisch speisten, verstanden das Gespräch und sahen auf Franco. Einige Zeit sprach niemand; die Vision einer im Kugelregen daher stürmenden Infanteriekolonne mit aufgepflanztem Bajonett ging durch den Saal.

Nach dem Essen blieb der Onkel zu seiner gewohnten Siesta im Hotel, und Franco ging mit Luisa hinaus. Sie nahmen die Straße nach rechts auf den Palazzo zu. Es war ziemlich dunkel, dann und wann fielen einige Regentropfen, und die Stufen, die vom Ufer zum Hof der Villa führten, waren schlüpfrig, so dass man unsicher ging. Franco bot seiner Frau den Arm, die ihn schweigend nahm. Zwischen dem veröeten Hof und der Treppe des Landungsplatzes blieben sie stehen, um die Schläge zu zählen, die eben von der Uhr des Palazzo erklangen. Sechs. Es waren also zwei Stunden vergangen, elf andere blieben ihnen noch; dann kam die Trennung, das Unbekannte. Langsam gingen sie weiter, immer ohne zu sprechen, auf der geraden Straße zwischen dem See und der Seitenfront des Palazzo, in der Ecke, die auf die Isola dei Pescatori sieht, wo schon einige Lichter aufzutauchen begannen. Zwei Frauen kamen ihnen schwatzend Arm in Arm entgegen. Franco ließ sie vorübergehen, und dann fragte er seine Frau, ob sie sich an die Rancò erinnere.

Zwei Jahre vor ihrer Heirat hatten sie mit einigen Freunden einen Spaziergang nach Drano und Rancò gemacht, hoch gelegenen Weideplätzen, über die man gehen muss, um nach dem Passo Stretto zu gelangen. Sie hatten einen lebhaften Streit gehabt, eine Stunde voll Zorn und Pein.

»Ja«, erwiderte Luisa, »ich erinnere mich.«

Beide fühlten in demselben Augenblick, wie sehr die gegenwärtige Stunde von jener verschieden war, und wie unendlich traurig es war, sich das sagen zu müssen. Sie sprachen nicht mehr, bis sie an die Ecke kamen. Glockenklang drang von der Isola dei Pescatori. Franco ließ den Arm seiner Frau los und lehnte sich an die Brüstung. Der See lag ruhig im Nebel, nichts war zu sehen, außer den Lichtern auf der anderen Insel. Der See, der Nebel, diese Lichter, diese Glocken, die von einem im Meer versunkenen Schiff zu kommen schienen, das Schweigen der Dinge bis herab auf die vereinzelten kleinen Regentropfen, alles war so traurig.

»Und erinnerst du dich weiter?«, murmelte Franco, ohne das Gesicht umzuwenden. Auch Luisa hatte sich an die Brüstung gelehnt. Sie schwieg ein wenig, dann antwortete sie mit leiser Stimme:

»Ja, Lieber.«

In diesem ›Lieber‹ lag ein leiser, geheimer Anfang von Wärme, von zärtlicher Rührung. Franco fühlte es, und ein freudiger Schreck durchzuckte ihn.

»Ich denke«, fuhr er fort, »an den Brief, den ich dir damals, kaum nach Hause zurückgekehrt, sofort schrieb, und an die fünf Worte, die du am anderen Tag zu mir sagtest, in Muzzaglio, als die anderen unter den Kastanien tanzten und du an mir vorüber gingst, um dein Tuch zu holen, das du auf den Rasen gelegt hattest. Erinnerst du dich ihrer?«

»Ja.«

Er nahm ihre Hand und führte sie an die Lippen.

»Ich danke dir nochmals«, sagte er, »für die fünf Worte. Damals bedeuteten sie für mich das Leben. Erinnerst du dich, dass ich dir beim Heruntergehen den Arm gab, und dass Mondschein war?«

»Ja.«

»Und erinnerst du dich, dass ich, bevor wir an die Brücke kamen, ausglitt, und dass du zu mir sagtest: ›Mein lieber Herr, es ist Ihre Sache, mich zu stützen‹?«

Luisa erwiderte nichts, sie drückte seine Hand.

»Ich war zu nichts gut«, sagte er traurig. »Ich habe es nicht verstanden, dich zu stützen.«

»Du hast alles getan, was in deiner Macht war.«

Luisas Stimme war bei diesen Worten heiser, aber ganz verschieden von der, mit der sie zu ihm gesagt hatte: ›Mein Herz ist zu Eis erstarrt‹.

Ihr Gatte nahm wieder ihren Arm und ging mit langsamen Schritten zum Landungsplatz zurück. Der teure Arm war nicht leblos wie vorher, sondern verriet eine Erregung, einen Kampf. Franco blieb stehen und fragte leise: »Und wenn ich zu Maria gehe? Was soll ich ihr von dir sagen?«

Sie begann zu zittern, legte den Kopf auf seine Schulter und flüsterte: »Nein, bleibe.«

Franco verstand sie nicht und fragte: »Wie?«

Er hörte keine Antwort, beugte langsam sein Gesicht herab, sah ihre Lippen sich ihm entgegenneigen und drückte die seinen darauf. Sein Herz klopfte; es klopfte stärker als damals, da er Luisa zum ersten Mal als Liebhaber geküsst hatte. Als er das Gesicht wieder in die Höhe hob, konnte er nicht sprechen. Endlich gelang es ihm, die Worte hervorzubringen:

»Ich werde ihr sagen, dass du versprochen hast ...«

»Nein«, murmelte Luisa verzweifelt, »das nicht, das kann ich nicht, das musst du nicht von mir verlangen, es ist nicht mehr möglich.«

»Wie, es ist nicht möglich?«

»Ah, du verstehst mich wohl! Ebenso wie ich wohl verstanden habe, was du meintest.«

Sie wollte den Weg fortsetzen, um dieser Unterhaltung zu entgehen. Sie blieb aber am Arme ihres Gatten, der sie zum Stehenbleiben zwang.

»Luisa!«, sagte er ernst, fast herrisch. »Willst du mich so abreisen lassen? Weißt du, was es für mich heißt, so abzureisen?«

Da zog sie langsam ihren Arm aus dem seinen und wendete sich nach rechts zu der Brüstung, an die sie sich lehnte, um ins Wasser zu schauen, wie an jenem Abend in Oria. Franco blieb dicht an ihrer Seite, wartete ein Weilchen und bat sie dann, ihm zu antworten.

»Für mich wäre es am besten, da unten im See ein Ende zu machen«, sagte sie bitter.

Ihr Mann schlang den Arm um ihren Leib, riss sie von der Brüstung fort, ließ sie dann wieder frei und hob den Arm zum Himmel.

»Du?«, rief er voller Verachtung. »Du sprichst so, du, die du immer behauptest, das Leben wie einen Krieg aufzufassen? Und das wäre deine Art zu kämpfen? Ich glaubte früher, dass du die Stärkere von uns beiden wärest. Jetzt sehe ich ein, dass ich der Stärkere bin. Der bei weitem Stärkere! Kannst du dir vorstellen, was ich in diesen Jahren gelitten habe? Kannst du dir überhaupt vorstellen...« Er fühlte, wie die Stimme ihm für einen Augenblick versagte, aber er überwand sich und fuhr fort: »Kannst du dir auch nur vorstellen, was du für mich bist, und was ich tun würde, um dir auch nicht den kleinsten Schmerz ohne Not zuzufügen, während es dir ganz gleichgültig zu sein scheint, ob du mir die Seele zerreißt?«

Sie warf sich in seine Arme. In dem Schweigen, das folgte, und das nur durch einen Krampf unterdrückten Schluchzens unterbrochen wurde, hörte Franco Leute kommen und hatte alle Mühe, sein Weib von seiner Brust zu lösen, um den Weg zum Wirtshaus mit ihr fortzusetzen.

»Du, du!«, flüsterte er. »Und du willst nicht, dass ich sterben möchte, wenn ich so schön den Tod fürs Vaterland sterben kann?«

Luisa presste seinen Arm, ohne zu sprechen. Sie begegneten zwei jungen Liebenden, die sie im Vorübergehen neugierig betrachteten. Das Mädchen lächelte. Auf den Stufen angekommen, die auf den kleinen Platz vor San Vittore hinunterführen, hörten sie Stimmen von Kindern und Frauen. Luisa blieb einen Augenblick auf der obersten Stufe stehen und sagte leise die fünf Worte von Muzzaglio: »Ich liebe dich so sehr.«

Franco antwortete nur durch einen Druck des Armes. Ganz langsam stiegen sie die Stufen herunter und traten wieder ins Hotel zum Delphin.

Einige junge Leute, die trinkend und rauchend schwätzten, erhoben sich bei Francos und Luisas Eintritt und gingen ihnen entgegen, mit Ausnahme von einem, der die günstige Gelegenheit benutzte, um die letzte Flasche zu leeren.

»Gnädige Frau«, sagte der erste, der sich Luisa vorstellte, »Ihr Gatte wird Ihnen die sieben Weisen schon angekündigt haben.«

Es folgte ein großer Tumult, denn Franco hatte vergessen, Luisa zu sagen, dass seine Freunde mit ihm von Turin gekommen, aus Zartgefühl aber bis Pallanza gefahren waren und versprochen hatten, seiner Dame einen kleinen Huldigungsbesuch abzustatten.

»Der Weiseste bin ich«, sagte sich erhebend der Paduaner, der die Flasche geleert hatte. »Ihr anderen macht einen Heidenlärm und trinkt nicht; ich trinke und mache keinen Spektakel.«

»Dieser hier ist, wie die gnädige Frau wohl selbst sieht, der weise Esel der Gesellschaft«, sagte ein schöner junger Mann.

»Schweig, Stockbube! Gnädige Frau!«, sagte der Paduaner, nähertretend und grüßend.

»Ah, Sie sind der Herr Stockbube?«, sagte Luisa lächelnd zu dem hübschen Jüngling. Sie war zu allen liebenswürdig und hatte einen großen Erfolg, als sie zu einem langen, mageren Mann mit gekräuseltem Schnurrbart sagte: »Und Sie müssen doch sicher das ›Schlachtross‹ sein?«

»Nicht wahr, gnädige Frau«, rief der Paduaner, während die anderen Beifall klatschten, »man erkennt die Bestie?«

Sie waren mit einem Boot von Pallanza gekommen und wollten sofort wieder aufbrechen, aber Franco ließ zwei neue Flaschen bringen, und der Lärm wurde, trotz Luisas Gegenwart, so betäubend, dass der Wirt kam, um zu bitten, sie möchten seinen Engländern zuliebe nicht ein solches Spektakel machen. Der Paduaner traktierte ihn sanft mit einer lieblichen Litanei paduanischer Schimpfwörter. Die verstand er nicht, lächelte dümmlich und entfernte sich wieder.

Die Weisen waren an den See gekommen, um ebenfalls noch einen Tag in Freiheit zu genießen, ehe sie die Waffen ergriffen. Sie traten, mit Ausnahme des Schlachtrosses, gemeinsam in dasselbe Regiment ein. Sie tranken auf das neunte Infanterieregiment, Brigade Königin, und auf alle gegenwärtigen und zukünftigen nationalen Kriegshelden und stritten über den Ort und den Namen der ersten Schlacht, die man den Österreichern liefern würde. Alle Stimmen, außer der des Paduaners, waren für eine ›Schlacht am Tessin‹. Der Paduaner wollte eine

Schlacht von Gorgonzola. »Hört ihr nicht, wie kriegerisch das klingt: ›Schlacht von Grün-Gorgonzola‹?«

Es stand im Schicksalsbuche geschrieben, dass gerade er in der ersten Schlacht, bei Palestro, fallen sollte, mit einem Granatsplitter in der Brust, als guter Soldat zwei Schritte vom Oberst Brignone entfernt kämpfend. Diese jungen Leute sprachen von Schlachten mit Enthusiasmus, aber ohne Aufschneiderei; sie sprachen vom zukünftigen Italien, und wenn auch hier und da einige Possen darunter waren, so fühlte man doch, dass ihnen das Leben keinen Pfifferling wert war, wenn es galt, es zu befreien, dieses alte und große Vaterland.

»Glauben Sie, dass diese grünen Jungen nun ein einiges Italien schaffen werden?«, sagte der Paduaner zu Luisa. »Auch Ihr Mann nicht, müssen Sie wissen. Ein guter Kerl, aber um Italien zu schaffen, taugt er auch nicht. Sie werden sehen, was für eine Sorte von Italien dabei herauskommen wird! Unsere Söhne werden ihm ein Monument errichten, aber nachdem werden, mit Ihrer Erlaubnis, diese schmierigen Gesellen, unsere Enkel, kommen, und ich glaube sie zu hören: warum in drei Teufels Namen haben diese alten Narren dieses hundsföttische Italien nur geschaffen!«

Die Weisen brachen auf, nachdem sie mit Franco verabredet hatten, sich am nächsten Morgen auf dem ersten Schiff zu treffen. Franco begleitete sie bis an ihr Boot, während seine Frau hinauf ging, um nach Onkel Piero zu sehen. Er hatte den Wirt beauftragt, seinem

Neffen und seiner Nichte mitzuteilen, dass er sich ins Bett gelegt hätte, da er sehr müde sei. Luisa hörte ihn in der Tat geräuschvoll schlafen. Sie stellte das Licht nieder und erwartete Franco.

Er kam sofort zurück und war sehr überrascht zu erfahren, dass der Onkel schon schliefe. Er hätte gern vor dem Schlafengehen Abschied von ihm genommen, da das Schiff in frühester Morgenstunde, um halb sechs schon, losfuhr. Obwohl die Tür zu dem anderen Zimmer geschlossen war, bat Luisa ihren Mann, auf Zehenspitzen zu gehen und leise zu sprechen. Sie berichtete ihm, was Cia erzählt hatte. Der Onkel brauchte Ruhe. Sie hoffte, dass er bis neun oder zehn Uhr im Bett bleiben würde, und hatte vor, mittags abzureisen und in Magadino zu übernachten, um ihn nicht zu sehr zu ermüden. Sie hielt sich lange bei diesen Bemerkungen über Onkel Pieros Gesundheit auf und sprach unaufhaltsam, in der Hoffnung, andere Gespräche und allzu zärtliche Liebkosungen durch diesen Schatten fernzuhalten. Gleichzeitig kam und ging sie durchs Zimmer, hier einen Gegenstand ergreifend, dort ihn niederlegend, teils aus Nervosität und teils in der Absicht, ihren Mann zu veranlassen, sich vor ihr ins Bett zu legen. Er seinerseits schien ganz damit beschäftigt, eine Börse, die er um den Hals hängend trug, zu öffnen, womit er nicht zustande kam. Endlich gelang es ihm, er rief seine Frau und händigte ihr eine Rolle Goldes aus, fünfzig Stück zu zwanzig Lire.

»Du verstehst«, sagte er zu ihr, »dass ich zum mindesten für einige Monate nichts werde schicken können. Diese hier gehören nicht mir, ich habe sie mir geborgt.« Dann zog er einen versiegelten Brief aus der Tasche. »Und dies ist mein Testament«, fügte er hinzu. »Ich besitze nur wenig, aber auch über dieses wenige muss ich verfügen. Es gibt nur ein Vermächtnis; die Brosche meines Vaters, die du hast, für Onkel Piero; und dann befindet sich auch der Name der Person darin, der ich die tausend Lire schulde. Außer dem Testament sind noch zwei für dich bestimmte Zeilen dabei. Nimm.«

Er sprach mit ernster Milde, ohne Rührung. Ihre Hände zitterten, als sie den Brief in Empfang nahm. Sie sagte ›danke‹, fing an, ihre Zöpfe zu lösen, flocht sie wieder ein, wusste nicht, was sie tun sollte, von dem Gespenst ihres eigenen Todes und von einer anderen Vision von Krieg und Tod gequält. Mit gebrochener Stimme sagte sie, dass sie lieber die Haare nicht auflösen und sich angekleidet niederlegen wolle, da sie doch morgen so früh aufstehen müsse, um ihn ans Dampfschiff zu begleiten. Franco erwiderte kein Wort, sprach ein kurzes Gebet und begann sich zu entkleiden. Er nahm ein Kettchen mit einem kleinen goldenen Kreuze daran, das seiner Mutter gehört hatte, vom Halse.

»Nimm du es«, sagte er, indem er es Luisa reichte. »Es ist besser. Man weiß nie, und es könnte den Kroaten in die Hände fallen.«

Sie schauderte, erbebte, zögerte einen Augenblick, dann warf sie sich in seine Arme und presste ihn an sich, als wollte sie ihn ersticken.

*

Der Kellner klopfte gegen halb fünf an die Tür der Gatten. Um fünf Uhr trat Franco mit dem Licht in das Zimmer des Onkels, der schon wach war. Er nahm Abschied von ihm und schlug dann Luisa vor, dass auch sie lieber hier voneinander Abschied nehmen wollten. Sie hatte im Gesicht und auch in der Stimme einen Ausdruck tiefen, schmerzlichen Staunens. Sie war nicht aufgeregt, sie weinte nicht, sie umarmte und küsste ihren Mann wie im Traum, und wie im Traum ging sie mit ihm zusammen die Treppen hinunter. Durchzuckte vielleicht wie ein Blitz auch ihn der Gedanke, der ihre Seele erfüllte? Wenn es geschah, so war es im Gastzimmer, während er Kaffee trank und seine Frau ihm gegenübersaß. Es schien, dass er in ihrem Blick, in ihrem Ausdruck etwas entdeckte, denn mit der Kaffeetasse in der Hand betrachtete er sie unverwandt, und über sein Gesicht verbreitete sich eine Zärtlichkeit, ein Bangen, eine unaussprechliche Rührung. Sie wünschte augenscheinlich nicht zu sprechen, während er es wünschte. Ein geheimes Wort zitterte in jedem Muskel seines Gesichts, leuchtete aus seinen Augen; der Mund wagte nicht, es auszusprechen.

Sie gingen Hand in Hand hinunter an die Landungsbrücke und lehnten sich an die Mauer, an die tags zuvor
Luisa sich gelehnt hatte. Als sie das Getöse der Räder
hörten, umarmten sie sich ein letztes Mal und sagten
sich ohne Tränen Lebewohl, mehr verwirrt durch den
gemeinsamen geheimen Gedanken, als betrübt über die
Trennung. Das Schiff nahte geräuschvoll, die Stricke
wurden ausgeworfen und befestigt. Eine Stimme schrie:
»Einsteigen, wer abreist!«

Noch ein Kuss. »Gott segne dich!«, sagte Franco und
sprang auf das Schiff.

Sie blieb, solange sie noch das Geräusch der Räder
vernehmen konnte, die sich nach Stresa hin entfernten.
Dann kehrte sie in das Hotel zurück, setzte sich aufs
Bett und blieb dort sitzen, wie versteinert in dieser
Vorstellung, in dieser instinktiven Sicherheit, dass sie
zum zweiten Mal Mutter sei.

Obwohl gerade das der Gegenstand ihrer so großen
Angst gewesen war, kann man nicht sagen, dass sie betrübt darüber war. Das Staunen, innerlich eine so starke,
klare und unerklärliche Stimme zu vernehmen, überwog
in ihr jedes andere Gefühl. Sie war wie vor den Kopf
geschlagen. Seit Marias Tod hatte sie immer geglaubt,
dass im Buche des Schicksals für sie nichts Neues
mehr stehen könne, dass gewisse intime Fibern ihres
Herzens abgestorben seien. Und jetzt sprach eine geheimnisvolle Stimme eben dort und sagte: ›Wisse, dass
im Buche des Schicksals eine Seite sich schließt, eine

andere sich öffnet. Es gibt für dich noch eine Zukunft intensivsten Lebens; das Drama, das du im zweiten Akt beendet glaubtest, nimmt seinen Fortlauf und muss wohl außergewöhnlich sein, wenn ich es dir verkündige.‹ Drei Stunden lang, bis Onkel Piero sie anrief, blieb Luisa in sich versunken, dieser Stimme lauschend.

Der Onkel stand um halb zehn auf. Er fühlte sich sehr wohl. Das Wetter war noch feucht und beinahe regnerisch, aber er wollte nichts davon wissen, bis zur Abfahrt nach Magadino im Haus zu bleiben, wie Luisa es gewünscht hätte. Er hatte sich beim Wirt erkundigt und erfahren, dass man von neun Uhr ab den Garten besichtigen dürfe, und nachdem er seine Milch getrunken hatte, machte er sich um zehn mit Luisa auf den Weg. Im Vorübergehen wollte er in San Vittore eintreten, um die Bilder anzusehen.

Es wurde gerade Messe gelesen, und der Priester wandte sich eben um mit den Worten: ›Benedicat vos omnipotens Deus.‹ Der Onkel schlug ein großes Kreuz, hörte das letzte Evangelium mit an, verzichtete darauf, die Bilder zu besichtigen, weil so wenig Licht sei, und ging aus der Kirche, indem er mit seiner gewöhnlichen Heiterkeit sagte:

»Ich bin glücklich und zufrieden, dass ich gekommen bin, um den Segen zu empfangen.«

Es war keine Möglichkeit, sich mit ihm zu beeilen. Bei jedem Schritt blieb er stehen und besah sich alles, was nach Kunst aussah, alles, was nur einigermaßen zur Betrachtung einlud. Er betrachtete die Fassade der Kirche, die dreifache Treppe des Borromeischen Landungsplatzes, alle drei Seiten des Hofes und die große Palme in der Mitte, die Luisa zu seinem ernsten Ärgernis nicht einmal bemerkt hatte, als sie am Abend vorher mit Franco dort vorbeigegangen war. Als der Aufseher sie ins Innere des Palastes führte, brauchte er mindestens zehn Minuten zum Hinaufgehen, so bewunderte er die Treppe. Als sie oben angelangt waren, brach die Sonne durch die Wolken, und der Führer schlug vor, den günstigen Moment zu benutzen, um den Garten zu besichtigen. Er wendete sich nach links und begleitete die Besucher durch eine Flucht leerer Säle bis an ein eisernes Gitter, wo er die Glocke zog. Ein Gärtner kam, ein wohlerzogener junger Mensch, der dem Onkel sehr gut gefiel, weil er ihm alles aufs bereitwilligste erklärte, und der Onkel fragte nicht wenig. Fünf Minuten brauchte er allein für den Kampferbaum, der beim Eingang steht. Luisa litt darunter, fürchtete auch, der Onkel könnte sich zu sehr ermüden, und wurde selbst unsäglich müde davon, dass sie so viele Pflanzen betrachten, so viele lateinische und einheimische Namen anhören und dem Onkel Aufmerksamkeit schenken musste, während ihre Gedanken nach Schweigen und Einsamkeit verlangten. Der Gärtner schlug vor, zum Neptunsturm hinaufzusteigen. Der Onkel hingegen hätte lieber das Borromeische Einhorn aus der Nähe betrachtet, das sich da unten bäumt; aber es waren einige Stufen zu steigen, die Luft war drückend, und er zögerte. Luisa benutzte dieses Zaudern, um den Gärtner nach einem Sitzplatz zu fragen.

»Dort unten linker Hand«, antwortete er, »auf dem Platz mit den Strobus.«

Der Onkel ließ sich überreden, auf diesen Platz mit den Strobus herunterzugehen.

Er war müde, aber er ließ nicht nach, alles anzusehen und nach allem zu fragen. Als er sich den Strobus näherte, hörte er aus der Ferne, von der Isola Madre her, Trommelwirbel und fragte den Gärtner nach der Bedeutung. Es waren die Trommeln der Nationalgarde von Pallanza, die am Ufer ihre Übungen machte.

»Jetzt ist's nur ein Spiel«, sagte der junge Mensch. »Nur zum Spaß; aber schließlich!... Nächsten Monat wird's bitterer Ernst. Es gilt einer großen Bestie eine Lektion zu erteilen. Da ist es ja, das Ungeheuer.«

Das Ungeheuer war der österreichische Kriegsdampfer ›Radetzky‹, von den picmontesischen Uferbewohnern der ›Radescòn‹ genannt.

»Er läuft jetzt in den Hafen von Laveno ein«, sagte der Gärtner. »Er kommt von Luino. Kommen Sie hierher, wenn Sie ihn gut sehen wollen.«

Der Onkel wusste, dass seine Augen dazu nicht ausreichten, und setzte sich auf die erste Bank, die er unter den Strobus fand, und die mit der Rücklehne an einer Gruppe von Bambusrohr stand, seitwärts von zwei anderen Gruppen großer Azaleen geschützt. Hinter der

Bambusgruppe sah man zwischen den starken, gewundenen Stämmen der Strobus hindurch den weißen Wasserspiegel schimmern bis zu den schwarzen Streifen der Hügel von Ispra hin. Der Himmel, nach Norden düster, war dort unten hell.

Luisa ging mit dem Gärtner bis zu dem wappengeschmückten Gitter, das nach der grünen Isola Madre, Pallanza und dem oberen See sieht. Luisa blickte hinaus auf die große bleifahle Wasserfläche, die von den im Nebel verschwindenden Riesen der Gruppe des Sasso di Ferro, oberhalb von Laveno, gekrönt wurde, und auf die Berge von Maccagno, auf die fernen Schneefelder des Splügen. Vom ›Radetzky‹ wurde man mehr den Rauch gewahr als den Rumpf. Die Trommeln von Pallanza wirbelten immer noch. Onkel Piero rief den Gärtner, und Luisa ging und lehnte sich an die Mauer neben dem Gitter, bei dem Taxus, der von der unteren Terrasse heraufragt. Der Baum verdeckte ihr die Aussicht nach dem hellen Osten; sie war zufrieden, endlich allein zu sein, ihre Blicke und ihre Gedanken in dem Grau der fernen Berge und des unendlichen Wassers ausruhen zu können. Nach einem Augenblick kam der Gärtner zurück, um ihr die blühenden gelben Akazien und die weißen Erika auf der unteren Terrasse, die ebenfalls in Blüte standen, zu zeigen.

»Die bruyères blanches bringen Glück«, sagte er. Als er sah, dass Luisa zerstreut war und ihm keine Aufmerksamkeit schenkte, ging er weiter zum Begonien-

Treibhaus. »Uralter Strobus«, sagte er sehr laut, um von den Fremden gehört zu werden, aber ohne sich umzusehen. »Uralter, vom Blitz getroffener Strobus. Wenn die Herrschaften den Privatgarten sehen wollen ...«

Luisa stand auf, um den Onkel zu holen und ihm den Arm zu geben, falls er dessen benötigen sollte. Der Gärtner, der beim Eingang ins Lorbeerwäldchen wartete, sah, wie die Dame auf den sitzenden Herrn zuging, den Schritt beschleunigte und sich mit einem Schrei auf ihn stürzte.

Wie die alte schuldlose Pflanze, so war auch Onkel Piero vom Blitz getroffen worden. Sein Körper lehnte gegen den Rücken der Bank, der Kopf berührte mit dem Kinn die Brust, die blicklosen Augen standen weit offen. Es war ein Abschiedsschauspiel gewesen, das sein Valsolda ihm geboten hatte. Onkel Piero, der teure, verehrte Greis, der Weise, der Gerechte, der Vater und Wohltäter der Seinen, war dahingegangen, dahin auf ewig. Jawohl, er war dahingegangen, um unter die Waffen zu treten, Gott bedurfte seiner in höheren Heerscharen, und als der Appell erklungen war, hatte er ihm Folge geleistet. Die Trommeln von Pallanza wirbelten, sie wirbelten das Ende einer Welt, das Herannahen einer neuen. In Luisas Schoß wuchs ein Lebenskeim, der bestimmt war für die kommenden Schlachten der werdenden Zeit, für andere Freuden und andere Leiden, als die waren, aus denen der Mann der alten Welt in Frieden geschieden war; er, der in seinem letzten

Augenblick, ohne es zu wissen, den Segen empfangen hatte von jenem unbekannten Priester der Isola Bella, der niemals vielleicht einem Würdigeren die heiligen Worte hatte zuteil werden lassen.

Inhalt

Vorwort des Herausgebers

Erster Teil.

  1. Risotto und Trüffeln   11

  2. An der Schwelle eines anderen Lebens   40

  3. Der große Schritt   58

  4. Carlins Brief   92

  5. Der Teufel bei der Arbeit   112

  6. Die alte Frau mit dem Marmorherzen   141

Zweiter Teil.

  1. Fischer   153

  2. Die Mondscheinsonate und Wolken   172

  3. Mit Handschuhen   220

  4. Mit Krallen   233

  5. Das Geheimnis des Windes und der Nussbäume   260

  6. Trumpfass kommt zum Vorschein   276

  7. Es wird ausgespielt   301

  8. Bittere Stunden   314

  9. Fürs Brot, für Italien und für Gott   374

  10. Jesus Maria, Sora Luisa!   412

  11. Nacht und Morgenrot   450

  12. Gespenster   475

  13. Auf der Flucht   492

Dritter Teil.

  1. Der Weise spricht   527

  2. Feierlicher Trommelwirbel   553